黒い谷

ベルナール・ミニエ
青木智美 訳

LA VALLÉE
BY BERNARD MINIER
TRANSLATION BY TOMOMI AOKI

ハーパー
BOOKS

Published by K.K. HarperCollins Japan, 2024

自分が何をしているかは考えないで、司祭はまたブランデーを一口呷《あお》った。その液体が舌に触れたとき、司祭はわが娘がまぶしい陽《ひ》の光を背に小屋のなかへ入ってきたところを思い出した。娘の顔は悲しげで、強情で、見透かしたような暗いまなざしをしていた。「ああ神よ、あの娘《こ》をお守りください」司祭は祈った。「このわたしを地獄へ落としてください。わたしは罰を受けて当然なのです。でも、娘にはどうか、永遠の命をお授けください」

——グレアム・グリーン『権力と栄光』

黒い谷

おもな登場人物

マルタン・セルヴァズ——トゥールーズ署の警部補
イレーヌ・ジーグラー——ポー憲兵隊、犯罪捜査部の大尉
エロワ・アンガール——エグヴィヴ憲兵隊の大尉
マリアンヌ・ボカノウスキー——失踪中のセルヴァズの元恋人
カメル・アイサニ——殺人事件の被害者
ティモテ・オジエ——殺人事件の被害者
マルシアル／アデル・オジエ——ティモテの両親
ガブリエラ・ドラゴマン——精神科医
アドリエル神父——オーフロワ大修道院の院長
アンセルム／シプリアン——オーフロワ大修道院の副院長／修道士
イザベル・トレス——エグヴィヴの村長
ジルダス・ドゥラエ——中学校のフランス語教師
ボッシャー／ロズラン——採石場作業員
マチス——山頂ホテルの経営者の息子
ヴァンサン・エスペランデュー——セルヴァズの元部下
マルゴ／ギュスターヴ——セルヴァズの娘／息子
レア・ドランブル——小児科医。セルヴァズの恋人
ジュリアン・アロイス・ハルトマン——スイスの殺人鬼。元検事

プレリュードⅠ

「どうして……こんな……ことを？」

男は目をあげた。ぼんやりとした人影が自分を見おろしている。影はじっとしたまま動かない。これは幻覚なのだろうか。山ではよくあることだ。登山中に発熱や脱水症状、高地脳浮腫といった高山病の症状が出ると、幻覚が見えることがある。あるいは低体温症か。実際、体ががたがたと震えて止まらない。

登山家やハイカーたちはしばしばこう証言する。そうした症状に見舞われているあいだ、見知らぬ誰かがしばらくそばに付き添っているのが見えた、と。自分を見おろしているこの人影のように。だが、たった今、顔に受けた衝撃は幻覚などではない。目の前の人物は確かに、バケツに入った氷のように冷たい水をいきなり自分の顔にぶちまけたのだ。

男は一瞬息が止まるかと思った。たちまち脈があがり、呼吸は荒くなった。体は激しく震えている。この症状ならよく知っている。身震い《シバリング》しているあいだは大丈夫だ——男は自分に言い聞かせた。低体温症の初期の典型的な症状だからだ。

体は震えを起こすと同時に、身を守るための防御機構を発動させているはずだった。血管収縮、つまり、血液を心臓や肺などの重要な臓器へ多くまわそうと、身体の末端の血管を収縮しているのだ。手足の感覚がなくなっているのはそのためだろう。

男はゆっくりと首をまわし、小さな湖を取り囲む険しい山の斜面をじっと眺めた。厚い氷の層で覆われた湖を縁どるように、鋭く切り立った岩山が灰色の空に向かってそびえ立っている。古くより人を寄せつけない、岩山のその冷ややかな姿は、忌まわしい死が自分を待ち受けていることを厳然と宣告しているように見えた。なぜなら、自分はまもなく死ぬからだ。それはまちがいない。今のところは軽度の低体温症も、次第に中等度、重度へと移行し、最後には致命的なレベルまで進むはずだ。その頃には、自分は昏睡状態に陥り、やがて心停止に至るだろう。それは避けられない結末だ……。気がつけば、衣服はすべてはぎ取られていた。ドレッドヘアをうしろへ束ねた赤いバンダナだけを残して。そして自分は今、真っ裸で氷の上に仰向《あおむ》けで寝かされている。肩も、背中も、尻も、氷にじかに触れている。気温は氷点下をはるかに下回り、マイナス十五度くらいにはなっているだろう。

頼む……頼む……頼むから——。

男は懇願した。いや、自分はこの言葉を本当に口にしたのだろうか。それとも、心のなかの叫びにすぎなかったのか。

現実の感覚を見失いはじめている。

非常にまずい兆候だ……。
男はそのままゆっくりと、現実と精神錯乱とを隔てる霧のなかへと沈んでいった。

プレリュードⅡ

今朝、出発したときと同じ霧が景色をすっぽりと覆っている――。

山は朝から霧が立ちこめていた。男――カメルは、薄れゆく意識のなかで記憶をたどった。今日はやめておこうかとも思ったが、冬の日曜日にこの谷でできることなどほかに何もない。そう思い直し、山に入った。霧は昼近くになるまでしぶとく残りつづけた。カメルは寒さで顔を引きつらせながら、山を登った。目に入るのは、大地を覆う白い雪と灰色の空。ぼんやりとした薄明かりのなかで目印になるのは、霧の隙間からときおり顔を出す切り立った岩角だけだった。やがて、森のある層へとたどり着いた。その頃になって、霧はようやく少し晴れてきた。透き通るような霧のベールのなか、モミの若木のシルエットが見張り番のように立っているのが見えた。カメルはそこで少し立ち止まった。この寒さにもかかわらず、汗びっしょりになっていた。

物音がしたのは、そのときだった。軋《きし》むような音。音は斜面の下のほうから聞こえた。乾いた枝が、爆竹が鳴るように何本も折れる音が響いたのだ。まるで大きな靴が枝を踏みつけたみたいに。

「おーい、誰かいるのか？」

カメルは音がしたほうに向かって呼びかけてみた。だが、返事はなかった。動物かもしれない。いや、あれほど大きな足音を立てる動物がいるだろうか。もしや熊か？　この山でこれまで数えきれないほどの時間を過ごしてきたが、熊に出くわしたことは一度もなかった。

木々に庇護された森を出ると、カメルはこのルートで最も険しい山道に挑みはじめた。といっても、それほど難易度の高いコースではない。三時間ほどで山奥の湖までたどり着けるトレッキングコースで、夏には観光客も大勢訪れる。だが、夏場は賑わう山道も、冬は人けがなく、しんと静まり返っていた。そして自分はこの静寂を愛していた。

標高があがり、寒さが厳しくなるにつれ、モンタナマツが同属のほかの木々を制して勢いを増し、その生命力の強さを見せつけていた。樹木も人間と同じだ。勝者がいて、そうでない者がいる。不平等と不公正は、人間界だけでなく、自然界のルールでもある。自分はそもそも平等など信じていない。信じられるのは争いであり、生存競争であり、弱肉強食の世界――。

そう、あの時点では、自分があと四時間足らずで死ぬことになろうとは、想像すらしていなかったのだ。

仮に知っていたら、どうしただろうか？　自分が死ぬことを知っていたら、人は何をするのだろう。身辺整理をしようとするだろうか。あるいは、許しを乞う？　誰に？　何を許してもらうというのか？　過去の悪行を悔悛《かいしゅん》する？　確かに自分は、これまで数々の忌まわしい悪事に手を染めてきた。良心の呵責《かしゃく》どころか、一切のためらいもなく。そして必要とあらば、また同じことをするだろう。それが自分の性《さが》だからだ。道徳心のかけらもない残忍な男。あの男——この自分以上に残忍なあの男はすぐにそれを感じ取ったらしい。どんな人間を相手にしているかを、一瞬にして見抜いたのだ……。

あのあと、また霧が出てきた。いつにも増して濃い霧だった。道標にするはずの氷河が見当たらず、一瞬、道に迷ったのかと思った。だが、昨年まで氷河の下限の目印になっていた花崗《かこう》岩の岩場は、例年と同じくその場所にあった。どういうことだろうといぶかったが、すぐに合点した。案の定、氷河はもう少し上のほうで見つかった。つまり、ここ数年続いている夏の異常な猛暑と暖かすぎる秋のせいで、氷河が後退していたのだ。まさしく予告された死の記録だった。あと二十年か三十年もすれば、氷河は跡形もなく消えてしまうだろう。そしてその頃には、低地の街は夏の盛りのオラン（アルジェリアの港湾都市）のように、うだるような暑さに見舞われることだろう。

だが、遠い先のことはともかく、自分は今、氷の上に横たわっている。厳しい寒さのせいで、頬がひりひりと痛む。美容整形手術を重ねすぎた顔のように、ぱんぱんに腫《は》れあがっているにちがいない。カメルは息を深く吸いこんだ。と、つかのま意識が途切れたらしい。ふっと我に返ったときには、体の震えが止まっていた。

まずいな……。カメルは思った。激しい震えが消えたということは、体温が三十一度以下に下がったということだ。そのとき、カメルはまたしても自分を見おろす人影に気がついた。

「なぜ……こんな……ことをする……？」

カメルはもう一度うめいたが、その言葉の半分は、ひび割れた唇から外へ出ることはなかった。首を動かそうとしたが、今度はそれもできなかった。頭に残された赤いバンダナが凍りつき、硬い冠のように額を締めつけている。体はすでに薄氷に覆われ、身動きをしようとするたびにシャリシャリとひび割れる音がした。このまま何度もバケツの氷水を浴びつづければ、薄氷もやがては分厚い氷の膜になるだろう。そして自分は、冷たく硬い死の潜水服のなかに永久に閉じこめられることになるのだ。

それにしても、これだけ繰り返しバケツに氷水を汲んでくるということは、氷の張った湖のどこかに穴でも空いているのにちがいない……。

気がつくと、体がかっと火照《ほて》っている。いったいどういうことだ？　そして思い当たった。低体温症が悪化する際の矛盾する身体反応。血管収縮をつかさどる筋肉が、とうとうその仕事を放棄して弛緩したせいで、血液が再び手足の末梢血管へ流れこんでいるのだ。

脈はどんどん遅くなっていた。徐脈。血圧低下。まずい兆候が積み重なっていく……。

あれは湖のほとりに立つ避難小屋に着いたときのことだった。避難小屋といっても、石とスレートでできたごく簡素な小屋だ。そこで少し休んだら下山することにして、小屋に入った。霧が深すぎて、この先にそそり立つジャンダルムの山頂を目指すような日ではなかったからだ。

小屋で一息つくと、魔法瓶に入れてきたコーヒーを飲み、小便を済ませ、エナジーバーを手早くかじった。開いたままの戸口から寒空の弱々しい光が射《さ》し、ときおり凍てつく風が入ってきた。やがて休憩を終え、少し軽くなったリュックを背負って戸口のほうへ向かった。だが、敷居をまたごうとした瞬間、びゅんとうなる音がして、顔面に強い衝撃を受けた。そして、そのまま気を失ったのだ。次に気がついたのは、バケツに入った一杯目の氷水をかけられたときだった……。

自分はかつての悪行の報いを受けようとしているのだ。おぼろげな意識のなかでカメルは思った。それは自分でもわかっていた。ただ、わからないのは、よりによってどうしていい、こんなのに依頼を……？

「お、おまえは……誰なんだ？」カメルは声にならない声で訊《き》いた。

だが、予想したとおり、返事はなかった。代わりに、またしてもバケツの冷たい水が降ってきた。カメルは、自分の腕や尻、ふくらはぎの皮膚が氷に張りついていることに気がついた。自分は文字どおり、湖の氷上に張りつけにされている。

自分の体を見ることはできないが、今や死体同然の姿に変わり果てていることだろう。皮膚はチアノーゼの状態を呈し、氷に触れている部分には紫斑《しはん》が出て、瞳孔も反応しなくなっているにちがいない。寒風が湖面を吹きすさび、舞いあがった小さな氷片が角膜を濡らした。

そのとき、視界にナイフの刃が見えた。カメルははっとした。できることなら、かっと目を見開きたかった。

鋭い刃先が腹部に向けられ、銀色の刃にほんの一瞬、灰色の空に浮かぶ雲が映った。

カメルは叫びたかった。だが、声帯も凍りついていた。次の瞬間、ナイフが体を覆う薄氷を突き破り、胸骨から恥骨結合まで一気に切り裂いた。カメルは何も感じなかった。全身が凍えすぎて、麻痺《まひ》していた。ぱっくりと開いた傷口を押し広げる手も、内臓を切り裂くナイフの刃先も、何も感じない。遠のく意識のなかでかろうじて知覚したのは、耳に届く笑い声だけだった。

プレリュードⅢ

その夜、エグヴィヴ憲兵隊の山岳小隊《PGHM》に電話が入った。若い女性からの通報で、夫がトレッキングに出たまま戻らないという。遭難者の名前は、カメル・アイサニ。二十九歳の男性で、今夜は山で夜を明かす予定はなかったらしい。野宿に必要な寝袋やマット、ガソリンストーブは自宅に残したままで、着替えも持参していない。つまり、何かが起こったにちがいない、と。

電話口の妻の声は震えていて、今にも泣きだしそうだった。よほど心配なのだろう。隊員たちは、一刻たりとも時間を無駄にはしなかった。通報から三十分もしないうちに、山岳救助ヘリコプターが雪に覆われた広い草地から飛び立った。エグヴィヴでは、憲兵隊の建物に隣接する草地がヘリポートとして使われている。ヘリコプターには、パイロット、整備士、医師、救急隊員の四人が搭乗した。

カメルがたどったルートは、誰もが知っていた。問題は、カメルがノワール湖で足を止めたのか、あるいは、そこからさらにジャンダルムの山頂を目指したのかということだった。すでに夜は更けており、捜索は難航した。夜中の一時半、救助隊は捜索をいったん中断し、翌朝再開しようということになった。ヘリコプターはちょうど、谷間に現れたノワール湖上空に差しかかったところだった。

真夜中のノワール湖は、〝黒い湖〟というその名にふさわしい姿を見せていた。険しい岩壁に囲まれた不吉な舞台のくぼみに、細長い湖がひっそりとたたずんでいる。凍りついた湖面は鏡のように艶やかで、月明かりのスポットライトを浴びて黒く光っている。

ヘリコプターのほうも、月に負けじと強力なライトの光を放った。目もくらむようなまぶしい光線束が、凍った湖面をなぞっていく。と、ライトが湖面に横たわる人の姿を捉えた。まぎれもなく人間の形をしている。頭に巻かれた赤いバンダナからすると、捜索中のカメル・アイサニにまちがいなさそうだ。ただ、上空から距離があるとはいえ、その人物が裸で横たわっているらしいのに気がついて、機上の四人は漠とした不安に襲われた。白い氷、青ざめた裸体、その黒い影、そして赤いバンダナ……。さらに気にかかるのは、その腹部がぱっくりと開いているように見えることだった。四人は思わず顔を見合わせた。

この狭い谷間では、ヘリコプターは近づこうにも、それ以上は降下できなかった。夜を切り裂くようにそびえ立つ岩壁が、湖を取り囲んでいるからだ。着陸できそうな場所もない。着陸するなら湖の氷上しかないが、氷が機体を支えられるほど分厚いという保証はどこにもなかった。そこで一同は、ヘリコプターを湖岸近くの小さな岩棚の上空で停止飛行《ホバリング》させながら、医師と救急隊員をウインチを使っておろすことにした。裸体のある場所から二十メートルほど離れたところだ。

「でも、本当に降りるんですか？」パイロットはプロペラの轟音《ごうおん》に負けない声で叫んだ。
「どう見ても、ありゃあ、もうくたばってますよ。明日まで待ってもいいと思いますけどね」

それでも医師は、降下するよう合図を送った。医師と救急隊員がハーネスを装着しているあいだ、機内の誰もがどこかうしろ暗い興奮を覚えていた。夜の闇に突如として現れた不穏な舞台、芝居がかった雰囲気。そして何より、月の光に照らされた氷上の裸体。そこには何か非日常的で、かつ危険なものを感じさせる気配が漂っていた。誰もが、ほとばしるアドレナリンの作用に酔っていた。

救急隊員のヤン・ヴォジェルが、最初に空中に身を滑らせた。医師のロリダンもこれに続く。眼鏡をかけた医師は、赤い救命胴衣を着て白いヘルメットをかぶり、凍てつく突風に大きく揺れながらロープの先にぶら下がった。谷間が舞台なだけに、その姿はまるで吊《つ》るされた振り子のおもり、あるいは糸の先にぶら下がる蜘蛛《くも》のようにちっぽけに見える。岩棚におろされた二人はそこから湖へ向かい、湖面に張った氷の状態を調べた。充分な厚さはあるように思えるが、安全だと言いきれるわけではない。リスクを避けるため、まずは向こうに見える避難小屋まで湖岸に沿って迂回し、そこから裸体が横たわる湖上へ向かおうということになった。二人は先を急いだ。

ロリダンは、歩きながら考えた——カメルもあの避難小屋から今いる場所へと向かったにちがいない。そこですぐに疑問がよぎった。いや、待てよ。カメルは誰かと一緒だったのだろうか？　カメルは、あれを自分一人でやったのか？　昔の日本人がセップクしたように、自ら腹を切り裂いたのか？　それとも、ほかの誰かがあんなことを？

ロリダンは寒さとは関係なく、背筋に戦慄《せんりつ》を覚えた。

前方に横たわる裸体を見据えながら、ロリダンはヴォジェルと湖面の氷の上に足を踏みだした。仮にカメルがまだ生きているとすれば、ここから運びだす前に気管に挿管し、人工呼吸器を装着して、できるだけ早急に医療措置を施さなくてはならない。場合によっては、心臓マッサージも必要になるだろう。救急車の緊急医療チームと違って、ここでは医師は自分一人。頼れるのは、自分だけなのだ。

対象が近づいてきた。

横たわる裸体は乳白色の月明かりを受け、氷上に黒い影を落としていた。まるでミュージックホールの舞台のようだ。接近するにつれ、ロリダンはその腹部になにやらおかしなものがあるのに気がついた。

上空から見えたとおり、腹は上下に大きく切り裂かれていた。今いる場所からも、それは見てとれる。だが、それだけではない。その腹は丸く膨らんでいた。水を入れた革袋のように。でなければ、妊婦の腹のように。

「嘘だろ……何だよ、あれは？」横を歩くヴォジェルが声をあげた。

さらに十歩ほど進み、とうとう裸体のところへたどり着いた。男はやはり死んでいた。

もちろん、死体を見るのは初めてではない。ヴォジェルにとってもそれは同じだろう。

滑落した登山者。ゲレンデを外れ、雪崩《なだれ》で雪に埋もれたスキーヤー。落石による頭部外傷を負った者。低体温症にかかり、下山中に力尽きた者。なかには自ら招いた死もある。人間の愚かさや軽率さ、身勝手さ、無責任さが払った大きな代償だ。だが、目の前にあるのは、これまで目にしてきたなかでも、まちがいなく最も異様で、最も衝撃的な死体だった。この光景を忘れることは決してあるまい。半透明の氷に包まれた青ざめた裸体、黒ずんだ唇、チアノーゼを示す青紫色の肌、大きく見開かれた目。クルミの殻のようにぱっくり割れた丸い腹。そして……。

ロリダンは何度も瞬きをした。いや、あり得ない……。自分は何を目にしているのか……。

職業柄、これまでにも驚くべき光景は何度も目にしてきた。だが、これは理解の範疇《はんちゅう》を超えていた。少なくとも自分の理解は……。押し広げられた腹の裂け目のなかには、伸びてたるんだ腹筋と内臓にまみれるようにして、プラスチック製の赤ん坊の人形が無理やり押しこまれていた。まるで、妊娠のばかばかしくおぞましいパロディのように。人形の水晶のような青い瞳が、薄氷越しにこちらを見つめている。

ロリダンはとっさに胸につけている無線機をはずすと、送信ボタンを押した。心臓が早鐘を打ち、手袋のなかの手はじっとりと湿っている。

「遭難者は死亡！」ロリダンは叫んだ。「こっちの仕事は終わりだ。ここに必要なのは、法医学者だ」

「それなら、夜が明けてから出直せばいいですね」パイロットが呑気《のんき》に応じた。

「今夜はマイナス十度を上回ることはなさそうだ。この寒さならクラッシュアイスに入れた魚よりも鮮度を保てますよ。どうぞ」

だが、今目にしたものを考えると、それがこの場にふさわしい冗談だとは思えなかった。ロリダンはもう一度ボタンを押した。

「いいか、これはカメルが自分でやったことじゃない！　そして、誰にしろこんなことをした野郎は、まともじゃない……。もう行こう。こんなところでぐずぐずしていたくないんだ！　どうぞ」

「先生、なんの話です？　どうぞ」

「これは殺人だよ。それも、とんでもないやつだ」

「どういうことです？」

「とにかくここから出たいんだ、急いでくれ！」

金曜日

1

「朝、起きてから、何分で最初の喫煙をしますか?」

「それは……どうだろう。わからない」

「五分以内? 六分から三十分のあいだ? 三十分から一時間? それとも、それ以上かしら?」

「多分……六分から三十分のあいだかな」

セルヴァズは、小児科医のレアに訊かれて答えた。息子のギュスターヴの診察のついでに、禁煙の相談をしているところだった。

「映画館や飛行機のなか、レストランなど、喫煙を禁止されている場所で禁煙するのは難しいですか?」

「いや」

「本当にそう?」

「ああ」

「一日の喫煙のうちで、一番やめにくいのは? 朝、最初の一本か、そのほかの時間帯か？」

「最初の一本」

「平均して、一日に何本吸っていますか？」

「十本から二十本くらい」

「一日のほかの時間帯に比べて、起床後から数時間のほうがより多く喫煙している？」

「ええと……そうだと思う」

「病気で寝込んでいるときでも喫煙しますか？」

セルヴァズは返事をためらった。

「いや」

レアは、素早く点数を数えた。ファガストローム煙草依存度テストというらしい。

「五点。ニコチン依存度は〈普通〉ね。ニコチンパッチとニコチンガムを処方するわ。パッチだけでは我慢できないと感じたら、ガムを嚙むようにして。でも、ガムのほうは、ほどほどにね」レアはそこまで説明すると、こちらを向いて尋ねた。「それにしても、どうして禁煙しようと思ったの？」

セルヴァズは前から繰り返し考えていた理由を列挙した。第一に、喉頭《こうとう》がんや肺がんで死ぬのはいやだから。そんなのはつらすぎる。第二に、気管支炎にかかることが増えてきたから。肺の早期老化が始まっている兆候だ。第三に、ギュスターヴのためにも、できるだけ長く健康でいたいから。それから第四に、煙草を吸わない人にとっては、喫煙者とキスをするのはあまり気持ちのいいものではないだろうから。セルヴァズはそう言って、レアに尋ねるような視線を投げた。

レアのほうも、それに応えてうなずいている。

「なるほどね。禁煙を始める心の準備はできてる？」

「ああ、大丈夫だ」

「それなら、始めましょうか。今からスタートよ」

レアはそう言ってにっこり笑うと、自分の太ももをぽんと叩いて立ちあがった。そして、手にしていた四色ボールペンをブラウスの胸ポケットに戻しながら、少し離れたところにいるギュスターヴのほうへ顔を向けた。ギュスターヴは、父親の携帯をいじって遊んでいる。

「あの子のことが心配なんだ」セルヴァズはレアの視線の先に気づいて言った。

「ええ、前にもそう言っていたわね」

「学校では、ますます授業に集中できなくなっているらしい。成績も下がる一方だ。家でも、何でもないことに気を取られて、私が話しかけても聞いていないことがよくある。それに、ときには攻撃的な反応を見せることもあるんだ」

レアは肩をすくめた。

「今はまだ、様子を見てあげて。そういった症状がこれからも六カ月以上続くようなら、注意欠如障害の診断を下すことになるかもしれない。多動性を伴うかどうかも含めてね。

その場合は、同僚の専門医を紹介するわ」

「じゃあ、それまではどうしたら？」

するとレアは、しばらくこちらをじっと見つめた。

「マルタン、心配なのはよくわかるわ。でも、一番大事なのはそこじゃない。ギュスターヴは今、健康な体を手に入れたの。移植がうまくいったのよ。それって素晴らしい勝利だわ。そのこと、ちゃんとわかってる？」

セルヴァズはうなずいた。

そう、レアの言うとおりだ。

息子のギュスターヴは、胆道閉鎖症を患《わずら》っていた。二万人の子どもに一人の割合で発症するという難病だ。胆汁を排出する胆管が狭くなるために、肝臓に胆汁が溜《た》まって取り返しのつかない損傷を引き起こす。そのままなんの手も打たなければ、死に至る病気だ。この病気にかかった子どもは、常に健康不安を抱えて生きなければならない。体はほかの子どもたちよりも小さく虚弱で、しょっちゅう腹痛や消化管出血に悩まされ、感染症にも人一倍かかりやすい。最初に行われる治療は、胆汁を排出する流れを正常に戻してやることだ。壊死した胆管を取り除き、代わりに小腸から取り出した腸管を肝臓とつなぎ合わせる手術で、この手術法を開発した医師の名前から、葛西《カサイ》手術と呼ばれている。だが、この手術は三回に一回の割合でしか成功しない。ギュスターヴの手術でも、うまくいかなかった。

そこで、生体肝移植を検討する必要があった。近親者の健康な肝臓を六十から七十パーセント移植するという手術だ。その手術を受ければ、ギュスターヴは助かると言われて、セルヴァズは自らドナーになることを志願した。手術はオーストリアの病院で行われた。とんでもない条件下で、完全に違法に……。セルヴァズは危うく命を落とすところだったのだ。

今思い返してみても、自分の人生で、あれほどシュールで恐ろしい経験はそうそうないだろう。セルヴァズは思った。それでも、あの手術のおかげで、ギュスターヴはこうして生きている。

セルヴァズは、レアを見つめた。レア・ドランブル。息子の担当医であり、同時に自分の恋人でもある。自分よりも背が高く、水泳で鍛えているため肩幅は広い。褐色の髪に、緑色の瞳。茶目っ気があって、はっと惹《ひ》きつけられるような目だ。くっきりとした顔立ちには、どこにも裏表がない。その性格をそのまま体現しているようだ。トゥールーズのピュルパン病院に勤務する小児科医で、専門は小児消化器病学、肝臓病学、栄養学。病院で病《やまい》に苦しむ子どもたちを癒す――これほど難しい職業があるだろうか。高度な専門知識と深い献身が要求される仕事だ。レアはギュスターヴのところへ行き、なにやら冗談を言った。そして、ギュスターヴの細いブロンドの髪をくしゃくしゃとなでながら、耳元で何かをささやいた。ギュスターヴはくすくすと笑っている。

レアは四十三歳。そして自分は、今度の十二月三十一日で、五十歳になる。

セルヴァズは二人の様子を眺めながら思った。ギュスターヴは、家にレアのような女性が来ることを受け入れてくれるだろうか。

そういうギュスターヴは、まったく出し抜けに、思いもよらない形で自分の人生に飛びこんできた。セルヴァズは一夜にして、この国に二十四万人いるというシングルファーザーたちの仲間入りをしたのだ。もちろん、一人親家庭はこの世界にごまんとある。とはいえ、託児所や学校へギュスターヴを迎えにいくたびに、セルヴァズは自分たちが人目を引いているのを感じずにはいられなかった。役所の福祉課や、店のメンバーズ・カードに〝ママ・クラブ〟的な名前がついているところでは、男女平等を期待してはいけないことも、身をもって学んだ。それから、子どもの友だちを家にお泊まりに誘うのは、相手が娘の女友だちでも、息子の仲良しの男友だちであっても、あきらめたほうがいい。親たちにとって、わが子がシングルファーザー家庭に招かれるというのは、どうやらデリケートな問題らしい。

自分はもう若くない。セルヴァズはそう感じていた。七歳の子どもを育てるには、歳《とし》をとりすぎている、と。朝、鏡に映る自分を見ても、歳をとったと感じる。一見すると年齢よりも若く見えそうだが、よくよく見れば、白髪がまじり、しわも深く刻まれつつある。歳を感じるのは、外見だけではない。自分の愛好する音楽や文学は、もはや誰も耳を傾けない世代の遺物に成り果てているようだ。

だが、その点に関しては、幸いなことにシャルレーヌがいてくれた。シャルレーヌは、自分の部下エスペランデューのひときわ美しい妻で、最近の子どもや若者の好みを誰よりもよく知っている。そして、ギュスターヴを可愛がってくれている。ギュスターヴのほうも、シャルレーヌになついていた。

いや、エスペランデューは、元部下だったな――セルヴァズは思った。四カ月前、二〇一八年二月に起きた事件で、自分は停職処分を受けている。拳銃も警察バッジも、自分のオフィスも取りあげられ、当然ながら部下もいない。今日はこれから一時間後に、警察労働組合の代表と会う約束がある。自分がどう料理されることになるのか、今後の処分の可能性について話を聞くことになっているのだ。

公式には、停職処分は制裁ではない。だが、その実体は似たようなものだった。たとえば、停職処分中の手当は、表向きには〝全額支給〟とされているが、蓋を開けてみれば、ボーナスはすべてカットされ、実質的には給料の三十パーセントカットと同じことになっている。また、同僚と連絡を取ることも禁じられている。といっても、こちらはたいした影響はなかった。それでなくとも、同僚たちの大半は、自分とはできるだけ距離を置いていたからだ。まるで伝染病を恐れるみたいに。

そんななかでも、ヴァンサンとサミラだけは例外だった。どちらもそれぞれのやり方で、停職中の自分に惜しみない友情とサポートを差しだしてくれていた。ただ、これも驚くことではなかった。ヴァンサン・エスペランデューとサミラ・チュンは、自分が最も頼れる警部補たちであり、かつてはこの自分が警官としての粘り強さや誠実さを教えたのだ。そして、今や二人は大切な友になっていた。

停職になって唯一、プラス面があるとすれば、それは四六時中ギュスターヴのそばにいてやれることだ。セルヴァズは息子のほうを見ながら思った。仕事がないおかげで、ギュスターヴのスケジュールや要求にも自由に合わせてやれる。シャルレーヌやベビーシッターに応援を頼む必要もない。父親としての役割にのめりこみすぎていることは、自分でもよくわかっていた。頭のなかは、いつもギュスターヴのことでいっぱいで、使える時間はすべてギュスターヴのために費やしている。だが、父親になれたのはこれが二度目なのだ。今回は、その機会をみすみす逃したくはなかった。

とそのとき、レオ・フェレの歌声が鳴り響いた。レアの携帯の着信音だ。

「すぐ行くわ」レアはそう言って通話を終えた。

それから、ギュスターヴの頰にそっとさよならのキスをすると、こちらへ戻ってきて言った。

「明日の夜は当直なの。日曜日に会える？」

2

「行政調査のほうは終わった」

警察労働組合の代表が切りだした。その口ぶりには、いい知らせを予感させるものは何もなかった。「これからあんたは、懲罰委員会にかけられることになる」

二〇一八年六月十五日。外はいい天気だった。初夏の陽射しが降りそそぎ、暑かった。セルヴァズは組合の代表とカフェのテラスで向かい合っていた。停職処分を受けたのは二月。規定では、停職期間は四カ月を超えてはならないと記されている。ただし、刑事手続の結論を待つ場合は、上層部はその期間を延長することができる。今回の事件では、有名なミステリー作家エリック・ラングと、その一ファンであるレミー・マンデルの二人が、マンデルの放火による火災で命を落とした。そして自分は、その火災現場に居合わせ、一部始終を目撃した。死亡した被疑者は不起訴処分だが、事件に関与した自分に対しては、裁判所の審理が始まっていた。

だが、どう関与したかという点については、曖昧模糊《あいまいもこ》としていた。もちろん捜査当局にとっては、という意味だが。セルヴァズは聴取で、拘束中だったラング――あの〝毒蛇マニアの男〟――を警察署から無理やり連れだしたことは話したが、ラングを銃で脅したことはあえて言わずにおいた。それから、ラングを救うために何もしなかったことも。あのとき自分は、息子を炎から救いだし、燃えあがる納屋から逃げるだけで必死だったのだ。

セルヴァズは隣に座るギュスターヴのほうをちらりと見た。ギュスターヴはコーンに載ったアイスクリームをぺろぺろと舐《な》めている。今日はストライキのために、学校は休校になっていた。事件から四カ月が経った今でも、あの夜の燃えさかる炎は、ことあるごとに脳裏に生々しくよみがえってくる。納屋の扉へ向かって走りながら、頬に感じたギュスターヴの激しい息づかいも耳元に聞こえてくるようだった。

セルヴァズは視線を通りに向けた。代表との待ち合わせは、この〈レ・カルム〉というカフェにしてもらった。警察署からできるだけ離れたところを選んだのだ。六月のトゥールーズの街は、熱気がみなぎっていた。どの窓も、どの金属も、夏のまばゆいばかりの光を反射して、こちらの目をくらませようとしているかのようだ。

「上の連中は、裁判所の結論を待つようだな」組合の代表は続けた。「そのうえで、懲罰委員会の審議の日程を決めるらしい」

条文には、〈公務員がその職務を遂行するうえで不正を行った場合、それが法律の定める罰則に当てはまらなくても、場合によっては懲戒処分の対象になる〉と規定されている。平たく言えば、公務員はたとえ裁判で潔白が証明されても、組織のトップから処罰を受ける可能性があるということだ。素晴らしき警察の世界へようこそ……。

「マルタン、あんたはつい一年ほど前に、懲罰委員会にかけられたばかりだろう」代表は説明を始めた。「そして、三カ月間の一時停職と、警部補への降格を言いわたされた……」

小柄な代表は、律法の書を携えた預言者モーセのごとく、行政措置上の真実を浴びせかけた。話を聞きながら、セルヴァズは代表の額の真ん中にほくろがあるのに気がついた。眼鏡のフレームの上で、まるで第三の目のように鎮座している。

「……今回とがめを受けている行為の重大性と、これが二回目の処分だという事実を考慮するとだな……十中八九、第四グループの制裁が待ち受けているってことになりそうだ」

第四グループの制裁──つまり懲戒免職、もしくは強制退職。〝懲戒〟がつかないだけで、実質的には同じことだが。セルヴァズは首筋に冷たいものが走るのを感じた。警官というのは、ひとたび不祥事を起こすと、刑事上のみならず、職業的にも断罪され、しかも同時に年金を受給する権利を失う可能性があるという稀少な職業だ。これほど厳しい制裁基準が設けられている仕事は、ほかにはまずないだろう。これと同じ基準がほかの職場でも適用されたら、それこそ膨大な数の人々が職を失い、路頭に迷うことになるはずだ。

「しかも懲罰委員会では、裁判所と違って、今回の停職処分に至った事実関係だけを問題にするわけじゃない。連中は、過去にさかのぼって、あんたのこれまでの仕事ぶりとか、私生活での行動なんかも取りあげて吟味《ぎんみ》する自由がある。つまり、あんたの人生が丸ごと篩《ふるい》にかけられるってことだ。わかるか、マルタン？」

セルヴァズは表情のないまなざしを投げた。だが、腹のなかは煮えくり返っていた。それに、怯《おび》えてもいた。人生の大半を捧《ささ》げてきた仕事を失うだけでなく、年金をもらう権利まで奪われることになったら、ギュスターヴと自分はいったいどうなってしまうのだろう。自分はもうすぐ五十歳になろうとしている。警官以外に、これからどんな仕事ができるというのか？

「だがまあ、救いがないわけじゃない」代表は続けた。「有利な面としては、あんたは自分の身上書類の記録内容すべてに目を通すことができる。おれもそうだ。労働組合の代表としてな。それから、弁護士がいるなら、同席してもらうことも可能だ。ただ、弁護士は単なるオブザーバー止まりで、審議中に介入したり弁論したりすることはできない。あんたを守れるのは、おれたち組合だけだ」

代表はそこまで説明すると、耳のなかに指を突っこんでぼりぼりと掻いた。耳には耳毛がふさふさと生えている。

「つまり、この件であんたは一人じゃないってことだ、マルタン。おれたちは闘うぞ。懲罰委員会でも審議の場でも、こっちはあんたの味方だ。警察トップの審議に至るまで、ことん介入するつもりだ。組合員を守ることより、組織の管理部門といい関係を維持するほうに腐心する組合もあるが、うちは違う。あんたも知ってるだろうが、おれたちの目的は、何よりもまず警察官を擁護することだ。個人としても、集団としても」

代表は、車のセールスマンのようにご高説をまくし立てた。

「それから、もう一つ言っておくことがあるんだが」代表はふいに声のトーンを落とし、いかにも深刻そうにつけ加えた。まるで、足を片方失ったばかりの人間に、もう片方の足も切り落とさなくてはならないと宣告しそうな雰囲気だ。「さっきも言ったが、連中は刑事手続の結論を待つあいだ、あんたの停職期間を延長するが、その間の手当は半分に減額するそうだ」

今度ばかりは、さすがにじっとしていられなかった。セルヴァズは代表をすさまじい剣幕でにらみつけた。もちろんこの男が自分の味方であることはよくわかっている。たとえそれがイデオロギーのためであろうと、単なるご都合主義であろうと、味方は味方だ。実際に組合の活動に使命感を持っているのかもしれない。それでもセルヴァズは、つい思わずにはいられなかった。古代の人々は、凶報をもたらす者を殺したのではなかったか？

「停職中は、ほかの仕事をすることも許されない」セルヴァズは吐きだした。「それなのに、収入を半分にカットされたら、どうやって毎月の請求書を払っていけばいいんだ？」

代表に別れを告げて店を出ると、セルヴァズはギュスターヴと家路についた。帰り道、壁に書かれた落書きが目に入った。自分と自分の同業者たちに宛てられたメッセージだ。

くたばれ警察《ニック・ラ・ポリス》

「パパ、ニックってなあに？」ギュスターヴが訊いてきた。

「ああ、〝大好き〟っていう意味だよ」

日曜日

3

夜の九時。六月の夜はゆっくりと更けていく。バラ色の街トゥールーズは、ニューヨークとまではいかないまでも、夏はあまり眠らない街になる。アルベール・カミュは、『ペスト』のなかでこう書いている。〝ある街を知るのに手頃な方法は、人々がそこでいかに働き、いかに愛しあい、いかに死ぬかを観察することである〟と。ここトゥールーズでは、すべてが騒々しい。人々は騒がしく働き、愛しあい、死んでいく。トゥールーズの人たちは、自分たちの行動が役人や規則、法律によって左右されることを決して許しはしない。彼らの心には怒りがあり、いつも声高に主張する。そのため、トゥールーズの街が完全に休息することは決してなかった。

まして、それがサッカー・ワールドカップの開催期間中ともなれば、普段に輪をかけて騒々しくなる。昨夜も街は、クラクションと歓声の嵐に包まれた。ニュースによると、フランスはオーストラリアを相手に二対一で勝利を収めたらしい。サッカーよりもラグビーの強さで定評のある国にわずか一点差で勝ったところで、個人的にはたいした快挙には思えないのだが、一部の人々にとっては、幸せを感じるにはそれで十分らしい。

そんなことを思いながら、セルヴァズは自宅のバルコニーから夏の空がサーモンピンクからアッシュグレーへと変わっていくさまを眺めた。つい二日前までの習慣で、一瞬、煙草を取り出したい誘惑に駆られたが、すぐに腕に貼っているニコチンパッチのことを思い出してこらえた。

「パパ！」

ギュスターヴの声がして、セルヴァズは振り返った。リビングを抜けて廊下へ向かい、ギュスターヴの部屋を覗《のぞ》く。

「歯みがきは終わったか？」セルヴァズは尋ねた。

ベッドの奥に座っているギュスターヴがうなずく。

「パパ、おはなし読んで」

セルヴァズはほほ笑むと、本棚のところへ行った。わずかながら子ども向けの本が並んでいる。去年の冬、ギュスターヴはタブレットが欲しいと言いだした。おそらく学校で耳にしてきたのだろう。ここ数年で、デジタル端末は子どもたちの寝室にまで入りこんできたようだ。セルヴァズは、クリスマスプレゼントにタブレットを買い与えるかどうかを迷い、その前に小児科医でもあるレアに相談してみた。するとレアは、タブレットが及ぼす子どもへの悪影響について、目を覆いたくなるような現実をずらりと並べ立てた。集中力の欠如、授業中の注意力散漫、実生活が疎《おろそ》かになる、睡眠障害……。

「もちろん、個人差はあるんだけど」レアはワンクッション置きながらも続けた。「言語能力や記憶力、集中力に関して行われた数々のテストでは、デジタル端末の使用時間と、睡眠や学業成績とのあいだに、明らかな関連性が示されているのは事実ね。考えなくてはいけない本当の問題は、あなたがギュスターヴに、タブレットを使ううえでの制限をきちんと守らせることができるかどうか、そこにあると思うわ」

レアはそう言いながら、こちらをじっと見つめた。それでセルヴァズは、もう少し様子を見ることに決めたのだ。

本棚から本を一冊取り出すと、セルヴァズは隅が折れているページを開きながら、ベッドの上にいるギュスターヴの隣に並んで座った。

「バリーが生まれたとき、この世界は広くて薄暗い洞窟のように見えました」セルヴァズは本を読みはじめた。狼犬バリーの物語だ。「バリーの母狼、ルーヴ・グリーズは目が見えないので……」

「どうして目が見えないの？」ギュスターヴが尋ねた。その顔はすでに眠そうで、目をしばたたいている。

五分後、ギュスターヴが寝入ったことを確かめると、セルヴァズはリビングに戻ってダイニングテーブルの上に二人分の食器をセットし、それからキッチンに向かった。今夜のメニューは、ウサギ肉の赤ワイン煮。そしてこの皿に合わせるのは、クローズ゠エルミタージュの赤ワインだ。料理のレシピは、初心者向けの料理本で見つけたが、料理とワインのペアリングについては、インターネットで調べた。最新テクノロジーが苦手なこの自分でさえも、進歩の恩恵に与《あずか》らずにはいられないということか。

と、そのとき、開け放しているフランス窓から、クラクションが二回鳴り響くのが聞こえた。

セルヴァズは窓から顔を出した。車のヘッドライトが素早く点滅する。セルヴァズは相手に手を振って、あがってくるように合図した。それからキャンドルを二本灯《とも》し、ステレオにマーラーではないCDをかけてから、玄関ドアへ向かった。

「こんばんは、コロンボさん」

エレベーターのドアが開き、出てきたレアが言った。

レアは、カップ付きの黒いタンクトップの上に赤いボレロを羽織り、黒いロングスカートをはいていた。春のあいだに日焼けした肌が、美しい蜂蜜色に輝いている。レアに会うたびに、セルヴァズはその鎖骨から首筋へと斜めに伸びる美しい筋肉——解剖学者なら、胸鎖乳突筋《きょうさにゅうとつきん》と呼ぶらしい——の輪郭を眺めずにはいられなかった。だが、今夜はじっくり見とれる暇はなかった。レアがさっとこちらに顔を寄せ、そのしなやかな指を蝶のように軽やかに首筋に添えながら、そっと唇を重ねてきたからだ。レアの虹彩に映る自分の姿が視界をみるみる覆いつくしていく。

「ギュスターヴは眠ってる？」唇を離すと、レアが尋ねた。

セルヴァズはうなずいた。レアは軽い足取りで自分の横をすり抜けて部屋のなかに入ると、ハンドバッグをリビングのソファの上に置いた。そして、美味《おい》しそうな匂いね、と言いながら、こちらを振り向いて尋ねた。

「どう、持ちこたえてる？」

セルヴァズは一瞬、ギュスターヴとの関係のことを訊かれているのかと思ったが、すぐに禁煙のことだと気がついた。

「ああ、金曜日から一本も吸ってない」

するとレアは近づいてきて、もう一度キスをしたかと思うと、人懐っこい子犬のようにこちらの首筋の匂いをくんくん嗅《か》ぎはじめた。

「ほんとね、煙草の匂いがまるでしないわ。あなたの匂いには、もう馴れかけていたんだけど」

その言葉に、セルヴァズは薄手のスカートの上からレアの丸みを帯びたヒップに両手をまわし、その体をぐっと引き寄せた。

「先生、そろそろ全身を検査してもらわないと」

「たった三日しか経っていないのに？」

「用心するに越したことはないだろう？」

「それより、先に食事にしましょ」レアはくすっと笑って言った。「今朝から何も口にしてないの。お腹《なか》がぺこぺこで死にそうよ」

グラスを傾けて乾杯すると、レアはさっそく食べはじめた。セルヴァズは、レアが料理を平らげていく様子を気持ちよく眺めながら、自分も肉にナイフを入れた。レアは料理の腕前をほめてくれたが、残念ながら今夜のウサギ肉は少し煮込みすぎたと思った。食事が進むにつれ、レアは病院の話を始めた。いつものことだが、レアの患者の痛ましい話を聞くたびに、セルヴァズは胸が締めつけられる思いがした。といっても、何もこの世にはびこる不公正を思ってやるせなくなるからではない。自分の愛する女性が、毎日のようにそういった理不尽な現実と向き合っているのかと思うとつらくなるのだ。手前勝手な感情だが、人間は自分に近しい人や出来事には敏感になるものだ。

レアは、小児科病棟で目の当たりにした出来事を次から次へと語って聞かせた。淡々と話しているように見えるが、レアはそうすることで自分を守り、心を強く保とうとしているのだとセルヴァズは気づいていた。実際、いたたまれなくなるような話ばかりだった。妊娠した十四歳の少女。両親は中絶を拒んでいるが、少女をそんな体にしたのは、ほかでもない実の父親ではないかとレアは疑っている。SNS上でいじめに遭い、三回目の自殺未遂をした十歳の少年。アッシャー症候群という遺伝性疾患に苦しむ四歳の幼児。これは先天性の難聴に加えて、視力が徐々に失われていく病気だという。この世に神が存在するのなら、神はなんと卑劣極まりないのだろうかと思いたくなる。また、同じく先天性の鎖肛に苦しむ新生児もいる。肛門が正常に存在せず、直腸に出口がないのだという。もちろん、もっとありふれた悲劇もある。陽射しの当たる駐車場で、母親に車中に置き去りにされた乳児。発見されたときには、重度の熱中症でぐったりしていた。幸い命は取りとめたものの、神経学的後遺症が懸念されるらしい。ほかにも、摂食障害や精神運動障害といった問題を抱える患者もいるという。

救いのない話が連なるにつれ、セルヴァズは気持ちが沈んでいくのを感じた。なぜなら、それが子どもたちの話だからだ。この地球上で子どもたちが耐え忍ばなくてはならない病気や不幸をこうして羅列されると、自分は否応なくギュスターヴとその病気のことを重ねあわせて苦しくなる。かといって、レアにそんな気持ちを打ち明けるのはためらわれた。レアはレアで、胸の内を自分と分かちあわずにはいられないのだろう。それなのに、もう子どもたちの病気の話はしないでくれと頼んだら、レアはどう思うだろうか。

だが、そんな重い話も愛を交わす支障にならないのは奇跡だった。レアも自分も、互いに仕事のことはいったん脇に追いやり、現在という濁流から逃れ、たどり着いた岸辺で求めあい愛しあった。そうやって互いのことを少しずつ知りながら、自分をさらけだしていった。営みのさなか、レアの表情が悦《よろこ》びに変わるのを目にするたび、セルヴァズは胃を甘嚙みされるような優しい感覚を覚えた。レアは高まる快楽の波にほとんど叫びそうになりながら、爪を自分の肩や腕やシーツに食いこませ、硬い恥骨を押しあててくる。何もかも忘れて、めくるめく感覚に身を任せて……。セルヴァズは、この瞬間を何よりも愛おしく味わった。自分は長いあいだ、この先の人生は一人きりで過ごすことになるだろうと思っていたのだ。

レアはそのまま眠りについた。開け放たれた窓からは、街のざわめきが聞こえてくる。セルヴァズはベッドの上で、レアとギュスターヴのことを思った。二人が自分の人生に現れたことで、自分はより強くなり、同時により脆《もろ》くなったと思った。

守るべき人がいる。これからは、何かあるたびに恐怖を感じるのは、自分のことだけではなくなったのだ。

ギュスターヴの様子を見にいくのはあとにして、セルヴァズは隣で横たわるレアの背中を眺めた。豊かな腰の広がりとその美しいラインに見惚《みほ》れながら、レアの穏やかな寝息に耳を傾ける。そうしていると、自分のなかで何かがほぐれ、小瓶から放たれる香水のように、ささやかな幸せが静かに心を満たしていくのを感じた。セルヴァズは腕を伸ばし、ナイトテーブルの上の携帯の画面に目をやった。あと数時間後には、眠っているレアを起こさなくてはならない。夜が明ける前に、何よりギュスターヴが目を覚ます前に、レアには泥棒のようにこっそり帰ってもらわなくてはならないからだ。まだ、レアと一緒にいるところを息子に見せたくなかった――少なくとも、今は。まだ早すぎる。ギュスターヴが母親のことを口にすることは少なくなっていたが、それでもふとした拍子に、会話のなかに出てくることがある。まるで、自分たちの人生につきまとい、自分もギュスターヴも、完全に追い払うことができずにいる幽霊のように。

ギュスターヴの母親――マリアンヌ・ボカノウスキーは、今からちょうど八年前、二〇一〇年六月のある日、連続殺人犯ジュリアン・ハルトマンに連れ去られ、行方不明になった。ギュスターヴを宿した体で……。マリアンヌを助けようと駆けつけたときの光景は、今でも昨日のことのように覚えている。もぬけの殻になった家。風に吹かれて舞いあがるカーテン。大音量で流れていたマーラーの音楽。金管楽器とバイオリンの音色が、交響曲第六番の最終楽章の旋律を響かせていた。音楽評論家のテオドール・アドルノに「終わりが悪ければすべてがだめになる」と評された曲だ。どこかへ連れ去られたマリアンヌは、その後、囚《とら》われの身のままでギュスターヴを出産した。しばらくして、ギュスターヴが重い病にかかっていることがわかったとき、ギュスターヴを自分に託したのは、ハルトマン本人だった。ハルトマンはオーストリアのクリニックでこちらに付き添い、生体肝移植の手術を受けさせたあと、同国の警察に逮捕された。その一連の出来事のあいだも、マリアンヌがその姿を見せることはなかった。ハルトマンは、マリアンヌが生きているのかどうかさえ、言おうとはしなかった。

そして、あのカードが送られてきた。約半年前、二〇一七年のクリスマスのことだ。カードには写真が添えられていた。マリアンヌの写真だった。最後に会ったときと同じチュニックワンピースを着て、二〇一七年九月二十六日付の新聞を読んでいた。鑑識に分析させたが、合成写真ではなかった。つまりあの写真の時点では、マリアンヌは確かに生きていたのだ。クリスマスカードには〝メリー・クリスマス、マルタン〟とだけ書かれ、ジュリアンと署名されていた。

それからは、何もなかった。マリアンヌの消息を伝えるものは何一つ……。ハルトマンは、オーストリアの〝五つ星刑務所〟ことレオーベンの監獄に収監された。最後にハルトマンが自分に手紙をよこしたのは、今年の二月のことだった。

それにしても――セルヴァズはふと我に返った。どうして今夜に限ってこんなことを思い出すのだろうか。セルヴァズはそっと身を起こし、ベッドの端に座り直した。レアがぐっすり眠っていることを確かめると、パジャマのズボンをはいてキッチンへ向かい、水を一杯飲んだ。穏やかで心地のよい夜だった。開いた窓から入ってきたそよ風が、目には見えない女性の手のように裸の上半身を優しくなでていく。いい気持ちだった。こんなふうに安らかに幸せを感じられるのは、本当にしばらくぶりだった。

そのとき、何かの音に思考をさえぎられた。音は繰り返し聞こえてくる。何秒かして、セルヴァズはようやく音の正体に気がついた。

自分の携帯だ。ベッド脇のナイトテーブルの上に置きっぱなしにしていたのだ。しまった。セルヴァズは急いで寝室へ戻った。着信音のせいで、レアは目を覚ましていた。ベッドのなかで寝返りを打ち、寝ぼけまなこでこちらを向いている。ナイトテーブルの上では、まるでお腹を空かせた子どものように、携帯が執拗に鳴りつづけている。

時刻は、午前一時半。

夜中に鳴る電話がいい知らせであることはめったにない。セルヴァズは嫌な予感を覚えた。鼓動が速まるのを感じながら携帯のそばへ寄り、画面に目を走らせる。表示されているのは、知らない番号だ。

「せめて、着信音は音楽にしておいてほしかったわ」レアが冗談を言った。髪が乱れ、顔は眠気でむくんでいる。レアはほほ笑みかけたが、その声にはかすかに緊張が走っていた。

セルヴァズはためらった。レアは眉根を寄せてこちらを見つめている。

「ねえ、電話に出るの？　出ないの？」

セルヴァズは緑色の応答ボタンに指を滑らせ、携帯を耳に当てた。

「マルタン？　マルタン、あなたなの？」

この声……。セルヴァズは身震いした。

レアがこちらを見つめていることも、もはや意識から消えていた。この声……。最後にこの声を聞いてから、八年が経っていた。にもかかわらず、それが誰なのかすぐにわかった。まるで、最後に話したのがつい昨日だったかのように。時が消え、年月は過ぎ去り、夜空を切り裂く彗星のように、過去が再び姿を現した。

セルヴァズは、ベッドの端に崩れるように腰をおろした。そして、目を閉じた。

まさか、あり得ない……。

月曜日

4

まさか、あり得ない……。

思いがけない電話に、セルヴァズは言葉がまるで出てこなかった。心臓がスネアドラムのように、ドクドクと脈打っている。

「マリアンヌ、なのか？」ようやく絞りだした声は、紙やすりのようにかすれていた。

「マルタン……マルタン、あなたなのね？」

マリアンヌは電話の向こうで、パニックを起こしているようだった。セルヴァズは、胸に質問の波が怒濤《どとう》のように押し寄せてくるのを感じた。

「どこにいるんだ？」

口にしたのはそれだけだったが、できることなら、そのまま一気に続けたかった――この八年間、いったいどこで暮らしていたんだ？　どうしてこの電話番号を知っている？誰の電話からかけているんだ？　どうしてこんな夜中に電話を？　どうして今のいままで連絡をくれなかったんだ？　連絡できない状況だったのか？　ハルトマンは刑務所にいる。それなら、いったい誰に囚われていたんだ？　今、どこにいる？

少なくとも一つは、返事を聞く前から答えがわかっていた。自分はこの八年間、携帯番号を変えていない。最新機器やＩＴ関係は何より苦手なのだ。エスペランデューに「ボスは生まれてくる時代をまちがえましたね」と言われたこともある。マリアンヌはきっと、この番号を覚えていたのだろう。

「マルタン、お願い。助けてほしいの！」

「どこにいるんだ？」セルヴァズは質問を繰り返した。

「そんなの、わからない！」マリアンヌはほとんどヒステリックに叫んだ。「森のなかよ！」

「森のなか？　どこの森なんだ？」

「トゥールーズからそう遠くはないはずよ。マルタン、これまでもわたし、それほど離れたことはなかったのよ……あなたは遠くへ行ったと思ってたかもしれないけ……」

と、そのとき雑音が入り、回線が一瞬途切れた。が、またすぐに声が聞こえた。

「……ピレネーの……わたし……山が……」

またしても雑音が入った。セルヴァズはふいに、このまま通話が切れてしまうのではないかと気が気ではなくなった。

「マルタン、わたし……わたし、逃げてきたの、よ！」

セルヴァズはごくりと唾を飲んだ。こめかみを打つ脈の音が激しすぎて、電話の声がかき消されてしまいそうだ。そのままへなへなと床にへたりこみ、ベッドに背中を預けた。

いつのまにか携帯電話を強く握りすぎて、指の関節が白くなっている。

「お願い、助けて！」マリアンヌは繰り返した。「ここは電波が悪いの……もう一時間もあなたの番号にかけようと……たのよ！　通話がいつ切れてもおかし……わ！」

と、またしても、ざあっとノイズが耳を襲ったかと思うと、ぴたりと止んで不気味な沈黙が広がった。

「マリアンヌ、きみは今、ピレネーのどこかにいる。そうなんだね？　山のなかにいて、でもどこの山かはわからない。そういうことなのか？」

「そうよ！」

セルヴァズは極度のストレスに呑《の》みこまれていくのを感じた。マリアンヌの声ににじむパニックがこちらにも乗り移ったかのようだ。

「マリアンヌ、周囲を見まわすんだ。そして、何が見えるか教えてくれ！」

少しのあいだ、沈黙があった。

「山の中腹にいるみたい。森のなかよ。山道があって、下のほうには谷が見え……」

マリアンヌは続けたが、その言葉は再び雑音でかき消された。

「何？　なんて言ったんだ？　何も聞こえない！」セルヴァズは叫んだ。

「今は聞こえる？」

「ああ、聞こえる！」

「一時間くらい前に、途中で教会のような建物を見かけたわ……中庭を囲む回廊があって……古い建物で……なんていうか、修……」

「修道院か？」

「そう、それよ！　マルタン、わたし……よ！」また雑音だ。

「修道院の前に、橋がなかったか？　すぐそばを川が流れていなかったか？」

「ええ、橋も川もあったわ！」

「谷を挟んだ向かいの山までは、どのくらいの距離がある？」

「とても近いみたい、迫っている感じよ」

「高い山か？」

「そうよ！」

その場所なら知っている。エグヴィヴにある大修道院だ。ピレネー山脈のなかでこの描写に当てはまりそうなところは、ほかには思いつかない。

「マリアンヌ」セルヴァズは意気込んで言った。「今すぐ憲兵隊に通報する。近くだから、すぐに助けに駆けつけてくれるはずだ！」

「だめ！」

悲鳴に近い声が電話の向こうから響いた。その声は苦悶《くもん》と恐怖に満ちていた。

「だめよ！　誰にも電話しな……！　あなたに来てほしいの！」

「マリアンヌ、いったいどうなってるんだ？」セルヴァズは思わず声を張りあげた。そして、すぐにしまったと思った　こんなに大きな声を出せば、そばにいるレアを怖がらせるだけでなく、ギュスターヴまで起こしてしまう。セルヴァズはうしろを振り返った。案の定、レアはベッドの上で身を起こし、目を大きく見開いて、ひどく怯えた表情でこちらを見つめている。セルヴァズは声を落として続けた。

「マリアンヌ、憲兵に知らせないと！」

「お願いだか……憲兵隊にも警察にも知らせないで！　絶対にやめて！　約束して、お願いよ……ちゃんと説明するから」

セルヴァズはためらった。どうすればいいのか、決心がつかなかった。どうしてマリアンヌは、憲兵隊に通報されることをこれほどひどく恐れるのか？

「それなら、今来た道を戻るんだ。修道院まで戻って、そこで匿《かくま》ってもらうんだ！」セルヴァズは強く言った。

「いやよ！」マリアンヌはすぐに拒否した。「元の道へは戻れないわ……あいつがきっと追い……あいつは……」

「なんだって？　誰がきみを追ってくるんだ？　マリアンヌ？」

沈黙が流れた。

「マリアンヌ、誰に追われているんだ？」

と、携帯から激しい雑音があふれだした。

「マリアンヌ？　マリアンヌ？」

そして誰かが、あるいは何かが、通話を切断した。

「マリアンヌ！」


「あの女《ひと》……だったの？」

電話が切れたあと、レアが尋ねた。といっても、答えを知りたくて訊いた質問ではないだろう。レアにはわかっているはずだからだ。それは、ふいに自分の手の届かないところへ行ってしまった恋人をなんとかつなぎ止めようとして口に出された質問だった。セルヴァズは黙ってうなずいたが、自分がどんな顔をしているのかと思うと気まずかった。マリアンヌのことは、レアには何もかも話していた。連続殺人犯に連れ去られたまま、この世で生きているのかどうかもしれなかったこと。ギュスターヴの母親であり、自分の若き日の大恋愛の相手だったこと。それから、マルサックの事件で、マリアンヌが自分を欺《あざむ》き、操っていたことも隠さず話した。ただ、あれはマリアンヌがもう一人の息子ユーゴ――ギュスターヴの異父兄弟――を守るためにしたことだったが。そのユーゴは今、刑務所で服役している。

「何があったの？」レアは知りたがった。

説明は二言、三言で事足りた。レアはこちらをさえぎることなく、身動きもせず耳を澄ましている。だが、話が進むにつれてそのまなざしは曇っていった。レアの不安は自分にも手に取るようにわかった。八年ものあいだ囚われの身だった昔の恋人が、命からがら逃げだして、ほかでもない自分に助けを求めてきたのだ。そんな状況に置かれたら、どれほど動転したっておかしくない、と……。

「電話をかけないと」

セルヴァズは携帯をつかんで、寝室を出た。子ども部屋を覗いてギュスターヴが眠っていることを確かめてから、リビングへ向かい、携帯の電話帳である番号を探した。こんな夜中に、いや、たとえ白昼であっても、自分からかけてはいけない相手だ。呼出音が鳴りはじめた。

「マルタン？　いったいどうしたんですか？」

ヴァンサン・エスペランデューの声が応答した。自分の元部下だ。電話をかけたものの、セルヴァズはどこから説明すればいいのかわからなかった。あまりにも不可解で、ありそうもないことが起きたところなのだ。

「電話があったんだ」

「誰から？」

セルヴァズは、さっきの電話の内容をざっと要約した。マリアンヌがひどくうろたえていたこと、今いそうな場所の説明、そして何より、マリアンヌが口にしたあの一言について。マリアンヌは、〝逃げてきた〟と言ったのだ。

電話の向こうで、一瞬沈黙がおりた。

「本当にマリアンヌだったんですか？」

その口ぶりには、はっきりと疑いのニュアンスがこもっていた。

「ああ、確かだ」

「なんてこった……こんなに時間が経って、今さらそんな……そんなの……」

そう、そんなのは、信じられない。考えられない。理解できない。思いがけない。突拍子もなくて、素晴らしくて、途方もなくて――これらの形容詞すべてが一挙に当てはまる状況だろう。確かに世の中には、そんな驚くべき事件が起こることもある。セルヴァズは、セーヌ＝サン＝ドニの事件を思い出した。自分の子どもをベビーシッターに預けたまま、四十年間も行方をくらましていた父親。それから、家族を残して忽然《こつぜん》と消えてしまったカナダ人の母親、ルーシー・アン・ジョンソンの事件。娘が生きている母親を発見したのは、失踪から五十年後のことだった。あるいは、クリーブランドの監禁事件。三人の女性たちが誘拐、監禁されていたが、そのうちの一人が十年経ってようやく助けを求めることに成功し、三人とも無事救出されている。

だからといって、この世はうまくまわっている、などと言う人間はどこにもいないだろうが。

「マルタン、これからどうするつもりなんですか?」エスペランデューが尋ねた。

「わからない」

「あの、マルタン」エスペランデューは少し間を置いてから、はっきりと言った。「信じがたいことが起きているのはよくわかります。でもこの件は、自分で警察に通報してもらわないと。ボスは今停職中なんですよ、僕がこの話を知っていたらおかしいんです。こうやって電話で話すのだって禁じられているのに。わかるでしょう?」

「ああ、わかってる。でも、助けがいるんだ。それも今すぐに」

セルヴァズはそう言いながら、さっきマリアンヌが言ったことを思い出した。マリアンヌは、憲兵隊にも警察にも知らせないで、と懇願したのだ。すると、電話の向こうからため息が聞こえた。

「それで」エスペランデューは言った。「僕に何をしてほしいんです?」

「マリアンヌがかけてきた番号を追跡して、どこの基地局を通っているかを調べてほしい」

エスペランデューはすぐには返事をしなかった。

「通信会社への調査要請もないのに、どうやって調べろっていうんですか?」

セルヴァズはためらった。大切な友人を面倒に巻きこみたくはなかった。だが今は、何をさしおいてもマリアンヌを見つけ出したかった。

「何かでっちあげてくれ。ほかの捜査のなかに放りこむんだ」

「そんなことをして、今の班長に見つかったら、僕も確実に懲罰委員会にかけられるってこと、わかってます?」エスペランデューは少し声を荒らげたが、一息おいてまた口を開いた。「まったくもう、わかりましたよ。なんとかやってみます。でも、明日まで待ってもらいますよ。こんな真夜中にみんなを叩き起こしたら、ますます怪しまれて、それこそ山ほど説明してまわらないといけなくなりますから。いいですね、それで？」

「すまない、ありがとう。それから、もう一つ頼みがある」

「どうぞ。言ってください」

「ギュスターヴを預かってもらえないか？　悪いが今すぐに。これからマリアンヌを探しにいこうと思っている」

「え、今夜ですか？」

「一刻もぐずぐずしてはいられないんだ」

セルヴァズはそう言いながら、廊下をやってくるレアの足音に気づいた。

「もちろん」エスペランデューはすぐに言った。「もちろんいいですよ、大丈夫です。ギュスターヴは、僕らの家族も同然ですから。シャルレーヌもギュスターヴのことを可愛がってます。それよりマルタン？」

「なんだ？」

「警察官としてのあなたのキャリアは、もはや風前のともし火なんです。くれぐれも、ばかな真似はしないでください」

「その女《ひと》のこと、今も……愛してるの？」

レアがリビングに入ってきて、背後から尋ねた。今の緊迫した状況からすると、かなり場違いで的外れな質問だ。だが同時に、ある意味では、必然的で避けては通れない質問でもある。

「いや」セルヴァズは答えた。

そしてうしろを振り返ると、レアの目を見つめた。レアはバルコニーにいる自分のそばまでやってきた。それから視線を落とし、自分の指のあいだに挟まれている煙草に気づいた。

「マルタン……あなた、ニコチンパッチを貼ってるのよ」

セルヴァズは手元に視線を落とし、苦しまぎれに言った。

「すまない。これが最後だ」

レアはうなずいたが、こちらの言葉をあまり信じていないのはわかった。レアのそういう反応を見たのは初めてだ。パートナーを完全には信頼しきれない女性の反応。レアと知り合ってから、ちょうど三カ月になる。二人のあいだに最初の小さな亀裂が入るまで三カ月もったのなら、それほど悪くもないだろう。

レアは一歩前へ進むと、こちらの火照った裸の胸にひんやりとした手を載せた。

セルヴァズは、心臓が激しく胸を叩いているのを感じた。レアもきっとその指先に、肌や筋肉から伝わるこの鼓動を感じているはずだ。レアは顔をあげ、こちらを見つめた。

「マルタン」その声は柔らかながらも毅然としていた。「やるべきことをやらなきゃ。その女性に危険が迫っているのなら、ぐずぐずしないで、今すぐ助けにいってあげて」

セルヴァズはレアを見つめた。そしてうなずいた。吸いかけの煙草を素早くバルコニーの手すりで押しつぶすと、腕時計に目を走らせる。まもなく午前二時になろうとしていた。「ギュスターヴを起こさないといけない。ヴァンサンとシャルレーヌの家に連れていかないと」セルヴァズは言った。

レアは、その言葉の意味を瞬時に理解したらしかった。ここに残っていてはいけない。ギュスターヴに見られる前に帰ってもらえないか、と。

知り合って三カ月、レアは自分との付き合いのなかでいろいろと気づかいを見せてくれていた。辛抱強く、物事を急がず、いつでも融通を利かせてくれる。自分がシングルファーザーでなければしなくてもいい我慢もしているのだろう。今もレアは一瞬、口を開きかけたが、結局何も言わなかった。そして背を向けると、自分のものを取りに寝室へ戻った。

セルヴァズは急いで机に向かい、引き出しを開けた。そして、なかにあった一通の封筒を手に取った。差出人の欄には、〝レオーベン刑務所、ドクトーア・ハンス・グロース・シュトラーセ九番地、八七〇〇、レオーベン、オーストリア〟と書かれている。二月一日に届いたものだ。セルヴァズは封筒のなかから、手紙を取り出して広げた。

親愛なるマルタン

きみが想像しているとおり、私は独房の片隅できみのことをよく考えている。ここの生活は実に快適だ。オーストリア人というのは、かつて野蛮を経験したがゆえに文明人になったようだ。きみたちフランスの刑務所と比べたら、ここの刑務所は林間学校のようなものだ。だがその分、考える時間が多すぎる。

ウィリアム・ブレイクは、詩にこう書いている。慈悲と残酷さは人間の心に宿り、憐憫《れんびん》と嫉妬は人間の顔に表れる。そして、愛と恐怖は人間の姿をした神であると。マルタン、きみはどちらの神の姿を味わっているのだろうか。愛か、恐怖か？　おそらく後者のほうだろうと確信しているよ……。それから、きみはどちらの人間の心を宿しているのかな。慈悲か、残酷さか？

私がきみのことを思うように、きみも私のことを考えてくれていることを願っている。

きみの友　ジュリアン

セルヴァズは手紙をたたんで封筒のなかに戻した。それから、そばにあるファイルを開いた。なかは新聞の切り抜きであふれている。セルヴァズは、集中して手早くその中身に目を通していった。そして、探していたものを見つけると、ファイルから取り出した。それは、一枚のクリスマスカードと、なかに添えられていたマリアンヌの写真だった。

5

夜空には、満天の星が輝いていた。星々は、一直線に延びる高速道路と暗闇に沈む田園地帯の上空を埋めつくし、まるで神が輝く砂を空いっぱいに放ったかのようにきらきらと瞬いている。セルヴァズはボルボのハンドルを握りしめ、夜の高速A64号線を疾走していた。マリアンヌを探すため、たった一人で、誰にも気づかれず、制限速度をはるかに超えるスピードで。

運転しながら、セルヴァズは過ぎゆく時間を分刻みで数えた。走行キロ数をメーターで確認し、通りすぎる高速の出口も数えていった。サン＝マルトリー、レステル、サン＝ゴーダンス……。それから、ブルートゥース接続のイヤフォンを使って、何度かマリアンヌがかけてきた番号に電話してみたが、いくら鳴らしても応答はなかった。その間も、走行距離はいらいらするほどゆっくりと延びていった。

間に合うだろうか。マリアンヌを見つけることができるだろうか。見つけたとして、どんな状態で？　それとも、自分より先に誰かが見つけるだろうか？

渦巻く不安。夜の闇。刻々と過ぎていく時間と進む距離。何度となく煙草に火をつけたくなったが、セルヴァズはそのたびにレアのまなざしを思い出し、代わりにニコチンガムを口に放りこんだ。

トゥールーズを出てから一時間が過ぎた頃、セルヴァズはランヌメザンで高速A64号線をおり、そこから県道929号線をまっすぐ南下していった。はるか前方にはピレネーの山々の鋭く切り立った山並みが黒い影となって浮かびあがっている。その姿は、まるで夜をむさぼる巨大な顎のように見えた。

アローまで来たところでセルヴァズは県道を外れ、そばを流れる川を渡り、すっかり寝静まった村を通り抜けながらエグヴィヴ方面へと向かった。エグヴィヴは、オート＝ガロンヌ県とオート＝ピレネー県の県境付近に位置する山間の村で、その奥に目指す大修道院がある。しばらくして、車は大きなモミの木が群生する山道に入った。モミの木は歩哨さながらに身を寄せあって粛々《しゅくしゅく》と立ち並び、山道に不穏な影を落としている。マリアンヌからはなんの音沙汰もなかった。セルヴァズは高まるストレスに内臓をむさぼられているような感覚を覚えた。

山中では、四方からピレネー山脈の支脈が迫っていた。そのうちに車は暗い森を抜け、渓流に沿って走る山道に入った。川の水面は月明かりを反射して銀色に輝いている。まるで何百匹もの川魚が水面でぴちぴちと戯《たわむ》れているかのようだ。やがて広い石橋を渡ると、村の入口を示す標識が見えてきた。

エグヴィヴへようこそ
人口　四千三百八十四人
温泉——大修道院——森の村

ようやくエグヴィヴに入った。そう、ここは温泉村でもある。ダッシュボードのデジタル時計は、午前三時四十五分を示していた。村は、ストーブのそばで丸くなってまどろむ猫のように深い眠りについている。昔であれば、こんな穏やかな夜には、民家の窓は大きく開け放たれていたことだろう。だが今は、どの家もスイスの銀行の金庫並みにしっかり施錠されているようだ。

セルヴァズは、車を止めることなく村を通り抜けていった。遠く前方へ目を向けると、奥に横たわる谷間の背後に、暗い山が壁のように立ちはだかっているのが見える。

夜更けのこの時間ともなると、山もひっそりと静まり返り、まるで生命体の存在しない惑星に降り立ったような気になってくる。カーブを曲がったところで、ふいに道が分かれているのに気がついて、セルヴァズは慌ててブレーキをかけた。よく見ると、道路脇に〈オーフロワ大修道院〉と書かれた矢印の看板が立っていたが、生い茂るハシバミの木の枝葉にすっかり隠れていて、危うく見落とすところだった。セルヴァズは、誰もいない山道でそのまま素早くバックすると、右にハンドルを切って森のなかの道へと入っていった。木々が所狭しと生い茂り、地面にはシダの葉の絨毯《じゅうたん》が広がって、車はさながら暗い緑のトンネルのなかを走っているようだった。

丘をのぼりきると、斜面の反対側に出た。セルヴァズはそこで車をいったん停めた。木々の合間から眼下を見おろすと、樹木の生い茂る谷の窪地に修道院が建っているのが見える。十二世紀に建てられたオーフロワ大修道院だ。ラテン十字形の設計に基づいて建設された典型的なシトー会修道院の建物で、塔があり、アーケードのある回廊《クロイスター》で囲まれた中庭がある。これに続く細長い棟は、おそらく食堂や共同寝室など修道士たちの居住区になっているのだろう。その厳《おごそ》かな建築様式は、冬の厳しさに耐えられるように、そして物見高い野次馬を遠ざけるために設計されたかのようだ。修道院全体がまるで洞窟のようで、人を寄せつけず、威風堂々としたたたずまいを見せている。建物のそばには、月明かりに照らされて渓流が流れていた。平らな谷底には流れに沿って芝生が生えているようだが、修道院を取り囲む山腹はすっぽりと森林で覆われている。

マリアンヌ……きみはあの森から、電話をかけてきたのか。

セルヴァズは再び車を出して坂を下り、小さな石造りのアーチ橋を渡って、修道院の敷地に入った。そして正門から数メートルほど離れたところに立っている大きなナラの木の下に車を駐《と》めた。樹齢は数百年はあろうかという大木だ。

エンジンを切って車を降りると、セルヴァズはあたりに満ちる静けさに胸を打たれた。時空からも世界からも切り離された手つかずの風景を、圧倒的な静寂が包みこんでいる。

セルヴァズは修道院の入口にあたる門番小屋へと急いだ。小屋には高さのある木製の扉があり、かたわらに置かれた石にラテン語の碑文が刻まれているのが目に入った。ウォルトム・デイ・クワィエレレ――《神の御顔を探し求めよ》と書いてある。石は月明かりに照らされて輝いていた。こうしていると、何世紀も前の時代にタイムスリップしたような気がしてくる。かつて修道士たちが森を開墾《かいこん》し、土地を耕して、木材を売っていた時代。あるいは、宗教戦争の初期、プロテスタント軍が南西部の修道院を襲撃し、そのほとんどを焼き払ってしまう直前の時代。もしくは、フランス革命によって聖職者たちが追放されてしまう前の時代に。

と、ふいにセルヴァズは身震いした。

静寂のなかで、歌声が聞こえてきたのだ。そのハーモニーの美しさに、セルヴァズは思わず動きを止めて耳を傾けた。どうやら修道院の建物の一つから聞こえてくるようだ。男声合唱だが、その歌声は子どもの声のように澄んでいて軽やかで、まるでムクドリの飛翔のように夜の谷間に響きわたっている。セルヴァズは時計を見た。四時十五分。まだ早朝だが、修道士たちにとっては、起床して最初の礼拝を始める時間なのだろう。聖ベネディクトの戒律を厳密に守るシトー会では、修道士たちはほとんど眠らないらしい。その戒律によれば、理論上は、日中の時間はすべて労働と祈りに捧げられ、夜の睡眠時間はごく短いのだという。

セルヴァズは門番小屋の扉を見あげた。紋章で飾られた大きな扉には、青銅でできたノッカーがついていたが、そのすぐ脇にはインターフォンもあった。セルヴァズはボタンを押してみた。森のなかでフクロウがホーホーと鳴いた。

気の遠くなるような二分間が過ぎた頃、ようやくインターフォンから声が聞こえた。

「はい？」

「司法警察トゥールーズ署のセルヴァズ警部補です。大修道院長にお話を伺いたいのですが」

セルヴァズはそう告げながら、修道士たちが怪しんで最寄りの憲兵隊へ通報しなければいいが、と願った。

「警部補の……どちら様とおっしゃいました？」

「セルヴァズです。司法警察の」

「今何時か、ご存知ですか？」

「ええ、こんな時間に申し訳ない。ですが、緊急を要する事件でして」

「どんな事件ですか？」

インターフォン越しの声は、警察官が夜明け前のこんな時間に訪ねてきたというのに、まったく動じていないようだった。世間から隔絶され、〝神にどこよりも近い〟場所で生活していると、平凡な日常のなかで起きる不測の出来事に対しても、いささか鈍感になるものなのだろうか。

「ですから、事件のことは、これから神父さまにご説明します」セルヴァズはきっぱりと言った。

「では、お待ちください」

セルヴァズは待った。たっぷり五分が過ぎても、誰も出てこない。焦りが募り、胃が蝕《むしば》まれていくような気がした。我慢できずにインターフォンのボタンをさらに三回押してみたが、応答はなかった。

やがて、それまで聞こえていた合唱の歌声が止まった。それから少しして、ようやく扉の片側が開き、大きな人影が現れた。出てきたのは自分よりも背が高い男性で、丈の長い白い修道服《チュニック》を着て腰紐を結び、その上に黒い肩衣《スカプラリオ》を身につけている。顔立ちはシャープながらたくましく、顎は少々張り出しているが、白髪のまじった顎ひげがあるおかげであまり目立たない。太い眉の下、メタルフレームの眼鏡の奥にある目は燃えるようなまなざしを放ち、老いた猛禽類《もうきん》のように厳しく誇り高い雰囲気を醸しだしていた。これは一筋縄ではいかなそうだ。

「院長のアドリエルです。警部補の方だと修道士から伺いましたが、そうなのですか？」

挨拶も、前置きもなく、アドリエル神父は単刀直入に用件に入った。声もその容貌に似て力強く、よく通るバリトンだった。年齢はおそらく七十歳くらいだろう。

「はい、私は……」

「身分を証明するものは何かお持ちですか？」

いつか訊かれるだろうと覚悟はしていたが、これほど早い段階でくるとは思わなかった。いいえ、身分証はありません、停職処分で取りあげられまして――セルヴァズは心でそうつぶやいた。扉の上には外灯が灯されているが、申し訳程度の黄色い明かりを投げているだけで、手元は薄暗い。セルヴァズは一か八かで、トゥールーズの公共交通機関のパスを出すと、手品師のように神父の目の前に素早くかざし、すぐにまた引き取った。

「すみません、よく見えなかったのですが」神父は納得しなかった。「もう少しきちんと拝見しても構いませんかな？」

なるほど、疑われているようだ……。確かにこの国では、毎日どこかで三つの教会が建造物損壊の被害に遭っている。それを思えば、警戒したくなるのも無理はない。

セルヴァズは上着のポケットから折りたたまれた新聞記事を取り出し、神父に手渡した。家を出るときに、机の引き出しにあるのを見つけて持ってきたのだ。二〇〇九年のラ・デペシュ紙。当時、自分はこの地方の山中で起きた首なし馬の事件を解決し、地方紙の一面を飾っていた。掲載されている写真に神父が気づいてくれるといいのだが。あれから九年の歳月が流れていることを思い、セルヴァズは祈るような気持ちで待った。アドリエル神父は、外灯の頼りない明かりにもかかわらず、記事にさっと目を通すと、顔をあげてこちらを見つめ、また紙面に視線を落とした。

「とんだ失礼をお許しください」神父は記事をこちらに返しながら言った。「少し前にこの教会で盗難や破壊行為がありましてな。それで、用心深くなっておるのです。こんな場所で暮らしていても、我々が願うほどには世俗から離れていられるわけではないようで」

そう言いながら、神父はこちらを観察しつづけている。

「率直に申しますが、我々はこの地域で起きた事件などにはほとんど通じておらんのです。あなたのようなその……ご高名な警察官が、こんな時間に山奥の大修道院を訪ねてこられるとは、いったい何があったのです？」

　神父の声に、皮肉の色は微塵《みじん》も含まれていなかった。

「説明するには、少々長い話になります」セルヴァズは言った。「ですが同時に、事態は極めて切迫しています。なかへ入れていただけませんか？」

　神父が躊躇《ちゅうちょ》しているのはわかった。この門番小屋の扉は、内と外とを隔てる境目であり、修道会の世界、つまり厳しい戒律のもとで暮らす修道士たちの世界と、俗世界とを隔てる境界線を示しているのだ。その昔、施しを求めてやってきた貧しい者も、大修道院への寄贈の品を持参した王族でさえも、この門より奥へは足を踏み入れなかったという。二十一世紀に至った現在も、修道院は閉ざされた空間でありつづけている。訪れる者は必ずしも歓迎されるわけではないのだろう。

「お入りなさい」

　やがて、神父は言った。

　修道院のなかは暗闇に沈んでいた。セルヴァズは神父を前に、マリアンヌに起きた出来事を要領よく説明していった。アドリエル神父は話をじっと聞いていたが、その顔は蠟《ろう》でできたデスマスクのように固まっている。まるで顔の皮膚が、骨ばった頬と少し曲がった太い鼻筋の上でピンと張られているかのようだ。薄い唇は、髭のなかで細かく震えているのが見える。話が一区切りつくと、神父は咳払いをしてから口を開いた。

「まったく、なんという恐ろしい話だ」神父の目は、暗闇のなかで燃えるように光っていた。「そんなに長きにわたって、それほどすさまじい苦しみを人に与えるとは……いったいどうすれば、そんなことができるのか？」

セルヴァズは腕時計に目を走らせた。時間は刻々と過ぎていく。

修道院の内部に案内されてから、セルヴァズは中世の装飾にも、半円形のアーチが連なる美しい回廊にもまるで目をくれなかった。普段なら、自分のように建築に関心がある人間にはさぞ魅力のある場所であるにちがいないが、今はそれどころではなかった。セルヴァズは焦燥感に駆り立てられ、神父への説明を急いだ。できるだけ簡潔に、かつ説得力を持たせようと、話のなかにはあえて「監禁された」「陵辱《りょうじょく》された」「逃げてきた」「危険にさらされている」というショッキングな言葉を並べて語り終えたところだった。

「そういうわけで、神父さま、今すぐ……」

「それほどの緊急事態なら、なぜあなたはたった一人でやってきたのです？」神父はこちらの言葉をさえぎって、慎重に尋ねた。「そこが理解できませんな。応援を連れてくることもできたのでは？」

セルヴァズは激しい苛立《いらだ》ちがこみあげてくるのを感じた。

「さっき申しあげたでしょう、時間がないんです！　夜中に同僚たちを起こして、全員を集めてから動いていたら、限られた時間があっという間に過ぎ去ってしまう。救えるものも救えなくなってしまうんです！」

「ですが、少なくともエグヴィヴの憲兵隊に連絡することはできたのではありませんか？　地元の憲兵隊なら、あなたよりはるかに早くここに到着していたはずだが」

神父の目はさすがに節穴ではなさそうだ……。頭のなかでさっきのマリアンヌの声が響いた――〝憲兵隊にも警察にも知らせないで！　約束して〟。突然、ある疑念が頭をよぎった。あのとき自分がすぐに憲兵隊に知らせなかったせいで、マリアンヌがさらに危険な目に遭っているとしたら？　セルヴァズは思わず打ちのめされそうになったが、すぐに恐ろしい想像を頭から追い払い、自分に言い聞かせた。夜の森には、身を隠す場所がごまんとあるはずだ。マリアンヌはきっといる。この森のどこかに。そして自分を待っているのだ。

「いいですか、説明している時間はないんです！」セルヴァズは叫んだ。「こちらの修道士たちのなかで、この森の地理に詳しい人はいますか？」

「ほとんど全員ですよ。薪《まき》は森から拾ってきますし、森のなかを歩いて瞑想をしていますから……」

神父はそう言い終えないうちに、体をぶるっと震わせた。呑気にしている場合ではないことをようやく悟ったかのように。

「修道士たちを呼んできましょう。森を捜索しなくては！　その女性の写真はお持ちですか？」

6

夜の森は真っ暗だった。その闇のなか、中世からそのまま飛びだしてきたかのような修道士たちが、懐中電灯を手に山の斜面を進んでいく。密生する木の幹やモミの尖《とが》った葉先に光を当てながら、ただ黙々と森の奥へと分けいっていく。そんな修道士たちとともに、セルヴァズも森へ入っていった。それは世にも奇妙な光景だった。夜明けを前に一段と濃くなった漆黒の夜のなかで、白い修道服は幽霊のように浮かびあがってみえた。まるで、悔悛した罪人が見る悪夢に出てきそうな亡霊の集団といったところだ。静かな森にいきなり現れた奇妙な集団に、森の小動物たちは一目散に逃げだした。恐れをなして飛びだしては別の茂みに避難していく。あちらこちらで懐中電灯が木々の幹を照らすたびに、地を這う根元のほうはいっそう黒い影に包まれた。森はまさしく緑の迷宮だった。枝葉はほうぼうに伸び、トゲのある植物が道なき道を妨げ、蜘蛛の巣はところかまわず張りめぐらされ、苔の絨毯が暗い地面を覆っている。一人の人間が姿を隠すには格好の場所だ――そう思うと、セルヴァズはほんの少し安心できる気がした。マリアンヌがこの森の奥へ入りこんだとすれば、追っ手がその足跡をたどるのはほとんど不可能だからだ。だが、その考えも、必然的に別の不安をかき立てた。いったいマリアンヌは誰に追われているのだろうか？ハルトマンはここから遠く離れたオーストリアの刑務所に入っている。ということは、ハルトマンは別の誰かに自分の役を引き継がせたということだ。あの男に匹敵するほどの悪人か、あるいは、金を払って雇った別の人間に。

セルヴァズは時計を見た。四時五十三分。マリアンヌの電話を受けてから、すでに三時間以上が経っている。あれからマリアンヌはどうしているのだろう？　どこかに隠れているのだろうか？　それとも別の場所へ逃げたのか？　いったい、どこにいるんだ？

「マリアンヌ！」セルヴァズは叫んだ。

森の向こうの見えない山から、山びこが返ってきた。セルヴァズは耳を澄ました。だが、自分の声に応えるこだま以外は何も聞こえない。谷間にのしかかる静寂、そして懐中電灯の光にちかちかと切り裂かれる闇夜のせいで、神経がおかしくなりそうだった。マリアンヌ、どこにいるんだ？　激しい不安で胸が苦しかった。まるで心が闇と森に囚われて、空っぽになるまで一切の思考をはぎ取られていくような気がした。マリアンヌはきっとすぐ近くにいる。ほんの数メートル先にいて、もしかすると意識を失って倒れていて、自分はそれに気づかず通りすぎようとしている、だから早く見つけないと——そんな考えだけが自分を支えていた。それ以外のことはなにも考えられなかった。時が経つにつれ、自分のなかのパニックはさらに膨らんでいった。マリアンヌをなんとしても見つけなくてはならない。今すぐに。二度も彼女を失うわけにはいかないのだ。

夜は果てしなく続くように思われた。これほどの苦悶を味わった夜がこれまでにあっただろうか。捜索に協力してくれている修道士たちまでもが、もはや現実とは思えなかった。白い僧衣が燐光のように青白く浮かびあがり、でたらめな群舞を踊るバレエダンサーのように見えてくる。それでもセルヴァズは、声を張りあげながら前へ進んだ。自分は今、呪いをかけられた要塞、あるいは邪悪な植物の宮殿に挑んでいる。そう思って自分を奮い立たせた。

夜の森では見るものすべてがおぞましい光景を想像させた。懐中電灯で照らした木々の枝からは生々しい絵の具のような鮮血が滴っているかに思われ、見あげれば、その枝からロープを首に巻かれたマリアンヌがぶら下がり、裸足の足が宙を蹴ってもがいている気がした。木立の影には、怪しげな男がナイフを手に潜んでいそうに思えた……。セルヴァズは脳裏に浮かんではつきまとうそんな恐ろしい幻想を、絶えず頭から振り払わなくてはならなかった。森を進むほどに頭はある種の熱に浮かされていき、マリアンヌを見つける希望は薄れていった。

森に入ってからどのくらい経っただろうか。しばらくすると、モミの梢《こずえ》のあいだから、空が明るみはじめているのが見てとれた。夜明けが近づくにつれ、初夏の生暖かい風があたりにそよぎ、森のイバラや樹脂の匂いを漂わせながら谷間を目覚めさせている。マリアンヌはどこなんだ？　セルヴァズは、またその名前を叫んだ。だが、返ってくるのはいつも、こちらを嘲笑《あざわら》うかのような自分の声のこだまだけだった。

と、そのとき、声があがった。

「来てください！　こっちです！」

セルヴァズはアドリエル神父と顔を見合わせ、すぐさま声のしたほうへ駆けつけた。叫んだのはひょろりと背が高く小さな頭をした修道士で、懐中電灯で足元の地面を照らしている。その先に目を向けた瞬間、セルヴァズは凍りついた。そこには携帯電話が落ちていた。足で踏みつけられたか、あるいは石をぶつけられたかして壊されている。とっさに懐中電灯で周囲のモミの木を照らしてみる。もちろん、これがマリアンヌのものではない可能性だってある。たとえそれが絹糸のようにかすかな可能性だとしても。

セルヴァズはその場にしゃがむと、ティッシュペーパーを使って携帯電話を拾いあげ、透明なビニール袋に入れた。

立ちあがろうとして、セルヴァズはこちらを見つめるアドリエル神父の視線にぶつかった。そのまなざしには暗い影が射していた。どんなに世俗から隔絶された生活を送っていても、神父はこの世の闇をはっきりと知っている。そう思わせるようなまなざしだった。

「続けましょう」セルヴァズは言った。

それからさらに一時間が過ぎた。ここまでくると現実を直視せざるを得なかった。数キロにわたって山中を捜索したが、壊れた携帯電話以外、マリアンヌの痕跡は見つからなかったのだ。捜索範囲を広げるために山のほうぼうに散らばっていた修道士たちも、二つの山道が交差する地点に集まりはじめた。修道士たちが黙ったままでいるので、セルヴァズはっと思い出した。彼らは沈黙の誓いなるものを立てていて、本当に必要な場合以外には、無駄に口を開いてはいけないことになっているのだ。重い沈黙のなかで聞こえてくるのは、修道服の衣《きぬ》ずれやサンダルの擦れる音だけだった。なぜだかわからないが、セルヴァズはハゲワシの群れを思い浮かべた。この山々に群れをなして生息し、互いの羽を擦りあいながら、獲物の腐肉をむさぼっている猛禽の群れを。だが、それだけでなく、セルヴァズはこのときになって、修道士たちの誰もが山中の捜索活動に必要な体力に恵まれているわけではないことに気がついた。なかには、ぜいぜいと荒い呼吸をする者、はあはあ喘《あえ》いだり、ひゅうひゅうと息切れしたりしている者がいる。まるでマラソンを走り終えたばかりのように、近くの岩の上にどさりと腰をおろしている者や、木の幹に寄りかかって喘ぎながら額の汗を拭い、水から出た魚のように口を開けて苦しげに呼吸をしている者もいる。

「ここからは私一人で行きます」

これ以上頼むのも忍びなく、セルヴァズはそう言って再び足を踏みだそうとした。そのとき、肩の上に骨ばった手が置かれるのを感じた。アドリエル神父の手だった。

「これ以上探しても無駄ですよ」神父は言った。「その女性がこの森のどこかにいるのなら、我々はとっくに見つけているはずです。少なくとも、こちらの呼びかけに応えているでしょう。残念だが、ここにはもういない」

セルヴァズはとっさに何か言おうとした。だがその瞬間、肩に置かれた手にぎゅっと力が入るのを感じた。神父の言いたいことはわかった。神父はこう言おうとしたのだ。マリアンヌがこの森のどこかにいて、生きているのなら、と。突然、一陣の風が吹いてモミの木のてっぺんを揺らした。

「もうすぐ夜明けだ。賛課に戻らないと」

別の修道士が横から口を開いた。セルヴァズはその声に聞き覚えがあった。インターフォンに応答した修道士だ。たしかこの修道院の副院長だと言っていた。修道院の運営に加えて、院長である神父を補佐する役どころだろう。赤ら顔に淡いブルーの目をして、でっぷりと太った体格がいかにも役僧といった風貌だ。その太鼓腹は白い修道服と肩衣《スカプラリオ》を持ちあげている。思えば森での捜索が始まったときから、この修道士は苛立ちを見せていた。何度となくこちらに恨みがましい視線を送ってくるので、この男は修道院の番犬だろうかといぶかったのだ。確かにどんな場所にも番犬は必要だ。

修道士の言葉に、院長のアドリエル神父もうなずいた。そしてこちらを向いて言った。

「憲兵隊に連絡なさったほうがいい」

「ええ、そうすることにします。ただその前に、もう一つお願いしたいことがあるのですが」セルヴァズは答えた。「修道院には、大工仕事などをする作業場はありますか？」

「ええ、もちろんありますが」

神父はそう答えながら、山の斜面を下りはじめた。羊飼いに続く羊のように、ほかの修道士たちも神父に続く。

「瞬間接着剤とプラスチックのケースをお借りできませんか。それと、調理場でガスコンロかレンジを使わせてもらいたいのですが」

「調理場って……何に使うんです？」

うしろから、また先ほどの修道士が口を挟んだ。どうやら沈黙の誓いに縛られてはいないらしい。

会話をさえぎられても、アドリエル神父のほうは、一切、苛立ちを表に出さなかった。

「いいんだ、アンセルム」神父は穏やかに諭した。「警視どのには、相応の理由がおありなのだから」

「警部補です」セルヴァズは訂正した。

修道士――アンセルムというらしい――は口をつぐんだが、セルヴァズはそのあとも、背中にアンセルムの視線が刺さるのをひしひしと感じた。

夜明けとともに、朝の光がモミの木々のあいだから金色の細い筋となって射しこみ、まるで金箔で飾られた時禱書《じとうしょ》のように森の下草を照らしていた。息を呑むような光景だった。この場所には、確かに人智を超えた魅力がある。こんな状況にありながらも、セルヴァズはそう感じずにはいられなかった。この谷間には、何か胸を突かれるような荘厳なものがあるのだ。ほとんど宗教的ともいえるものが。数世紀前の修道士たちが、この場所を選んで修道院を建てたのも不思議ではなかった。

山の傾斜はきつく、一歩一歩慎重におりなくてはならなかった。足の踏み場に気をつけないと、誤って蹴とばした石が斜面をごろごろと転がってしまう。ようやく森を出たところで、ふいに眼下に修道院の全景が広がった。教会堂と鐘楼、大きな回廊、修道士と助修士たちの居住する古くからの建物が見える。修道院全体を囲む外壁の内側には、果樹園や菜園、ハーブ園などがあり、外側には渓流が流れている。教会堂の裏手には小さな墓地があり、そこに向かいあうように〈死者の扉〉があるのも見えた。葬儀の最後に故人を教会堂から墓地へと運ぶための扉だ。視線をあげて右手を見渡せば、ここからたった三キロほどのところに、幾重にも連なる高い山々が迫っていた。霞《かすみ》がかった空は夜明けとともに明るさを増し、切り立った峰々が空を背景にその威容を誇っている。

そのとき、修道院から鐘の音が聞こえてきた。軽やかでどことなくはかない音だ。さっきアンセルムが言っていた賛課、つまり二回目の祈りの時刻を知らせているのだろう。時計を見ると、まだ朝の七時前だった。聖ベネディクトがこれほど厳しい戒律を定めたのは、修道士たちを毎日の労働と睡眠不足で疲弊させて、誘惑から遠ざけようとする狙いがあったのではないだろうか。いや、疲弊というなら、自分だって負けてはいないが。セルヴァズは思った。昨夜からずっと神経を張りつめどおしで、心も体も疲れ果てていた。

そう、自分はせっかく目の前に現れたチャンスをみすみす取り逃してしまったのだ……。マリアンヌは今、どこにいるのだろうか？　追っ手に捕まって、どこか遠くへ連れ去られてしまったのか？　そう考えると、背筋が震えた。八年にもわたって監禁されていたマリアンヌが、万に一つの機会をつかんで逃げてきたのだ。それなのに、またしても連れ戻されたのだとしたら……。そんな可能性には、とてもじゃないが耐えられない。

もはや何も考えられなかった。まともに呼吸することすらできなかった。胸が締めつけられると思った瞬間、目の前に突如、いくつも白い斑点が現れて、山を背景にちらちらと舞いはじめた。

「気分がすぐれないようですね?」アドリエル神父が尋ねた。

やはり神父は、何一つ見逃さないらしい。

「いえ、大丈夫です……」

だが、そう言うが早いか、セルヴァズは自分の足が宙を蹴り、体がふわりと浮くのを感じた。まるで誰かが足で風景画を蹴りとばしたかのように、山や森の景色がひっくり返る。

そして、意識はブラックホールのなかに沈んでいった。

7

「血圧の低下、迷走神経反射による失神ですね」医師が診断を下した。「おそらく、過度のストレス下に置かれていたせいでしょう。病院に運んで、もう少し詳しい検査をしましょう」

山をおりながら、自分は倒れてしまったらしい。気がついたときには、修道院の寝台に寝かされていた。

「いえ、結構です。そんな時間はありませんから」セルヴァズは狭い寝台の端に座ったまま言った。検査などしていられるわけがない。

「そうおっしゃるのでしたら、こちらの免責書類に署名をしていただかないと」

まわりでは、救急隊員たちがすでに機材を片づけはじめていた。マルチパラメーターモニターに救急救命用バッグ。胸部に装着されていた電極ははずされ、腕に巻かれていた血圧計も、人差し指に付けられていたパルスオキシメーターも、次々に取り払われていく。すべてが目を瞠《みは》るような迅速さだった。

「とにかく休息をとってください」医師は念を押した。

セルヴァズは首をたてに振ったが、あまり熱はこもっていなかった。それから三分ほどして救急隊員たちは帰っていった。一団を見送ると、アドリエル神父がこちらを振り向いた。セルヴァズは、重いまぶたの下に隠れたその目がきらりと光ったのに気がついた。

「この事件には、何か個人的なご事情がおありのようですな。違いますか?」

神父はこの質問をするのに、二人だけになるのを待っていたのだろう。セルヴァズは返事をためらった。顔をあげ、神父の鋭い視線をじっと受け止め、それからうなずいた。

「その女性を、あなたは以前からご存知だった」

今度は、質問ではなかった。

「ええ、昔の知り合いでした」セルヴァズは認めた。

神父の背後には、石灰で塗られた白壁の上に十字架がかけられていた。クリストゥス・ドレンス――《苦悩するキリスト》。十字架の上で一人苦しむキリスト像だ。神にも人間にも見放され、苦痛に顔をゆがませている。

「そしてその女性は、あなたにとって大切な人だったのですな」

神父は深みのある毅然とした声で話した。ここでもまた、それは質問ではなく断言だった。

「私の理解が正しければ」神父はそのまま続けた。「その女性は八年前に誘拐され、それ以来、行方が知れなかった。ところが今になっていきなり現れて、あなたに助けを求めてきたというのに、再び姿を消してしまった……。そしてどうやらその女性は、少なくとも一時期、ここからそう遠くないところで監禁されていたようだというのですね。おそらく、この修道院のすぐ近くで……」

　そう言いながら、アドリエル神父は考えに耽《ふけ》り、自分の殻にこもってしまったように見えた。その目には、まるで白内障でも患っているかのように薄いベールがおりている。

「だが、このあたりには、女性一人を隠しておけるような場所はそうはない。いや、まったくないと言ってもいいでしょう。この谷間にある建物といったら、我々の修道院くらいしかないのですよ」

　セルヴァズは顔をしかめたくなるのをこらえた。

「私に電話をしてくるまでに、何キロも歩いてきたのかもしれません」

　アドリエル神父は、肩をすくめてみせた。

「そうかもしれない……。この山中では、電話がつながる場所は限られている。この修道院のなかでさえ、電波の届かないところがあるのです。まあ、我々に関していえば、電波があろうがなかろうが、ほとんど問題にはなりませんが」

「この修道院の周辺で、よく見かける顔はありませんか？」

「私の知る限りでは、心当たりはありません。もちろん、ハイキングや山登りに来る人はいます。ここから少し先に駐車場があって、ハイカーたちはそこに車を駐めています。この渓谷のハイキングコースのほとんどは、その駐車場が出発点になっておりましてな。ときには好奇心の強い人たちが、もの珍しさにこの修道院まで足を伸ばしてやってくることもありますが、それくらいです」

「この修道院のなかに隠れることはできませんか？」セルヴァズは、この質問が意味することを承知しながら、慎重に尋ねてみた。

すると、神父のまぶたの下にある目がもう一度、鋭く光った。

「そんなことはあり得ません」案の定、神父はきっぱりと否定した。「ご覧のとおり、我々はごく小さな共同体です。私はもちろん、副院長のアンセルムにしても、この修道院のなかは隅から隅まで知りつくしている。私たちの目を盗んで誰かをここに隠すなど、できるわけがない。そんな思いつき自体がばかげていますよ」

セルヴァズは、身ぶりでよくわかったと示してみせた。

「ところで、先ほどお願いしたものは、ご用意いただけましたか？」

アドリエル神父は眉をあげると、顎ひげをなでながら言った。

「瞬間接着剤と、加熱するための器具でしたな？」

セルヴァズは自前で作った即席装置を眺めた。寄せ集めの材料だが、これで十分だ。少なくとも目的は果たせるだろう。目の前には、プラスチックケース――先ほど山中で拾った携帯電話が入っている――が水を張った流しに浮いていた。流しの横のコンロでは、水を入れた鍋が強火にかけられ、そのなかに缶が浮かんでいる。缶のなかにはあらかじめ瞬間接着剤が垂らしてあった。その缶と、携帯の入ったプラスチックケースは、細いチューブでつないである（チューブは缶に穴を開けて通していた）。もちろん、缶もプラスチックケースも厚い粘着テープで密封してある。

「これは、いわば指紋を燻蒸して検出する方法です」セルヴァズは湯が沸くのを待ちながら説明した。「接着剤に含まれるシアノアクリレートを加熱して蒸発させ、その蒸気をチューブに通してケースに送り、指紋の付着している検体を暴露させます。気化したシアノアクリレートは、指紋の皮脂分泌物に反応してポリマーを形成し、指紋を白く染めるので、肉眼でも見えるようになるのです。もちろん、指紋が残っていれば、の話ですが。指紋を検出したい検体は――ここではこの携帯ですが、湿度の高い密封容器に入れておかなくてはなりません。それで流しに水を張っているのです」

「いやはや、驚きましたな」アドリエル神父は感心しながら言った。

「この手法なら手軽に指紋を検出できますし、何よりコストがかかりませんからね」

そのうちに、鍋に沸かした湯が沸騰しはじめた。セルヴァズは、万一、シアノアクリレートの蒸気が漏れたときのために、調理場の窓を大きく開け放った。その間にも蒸気はゆっくりとチューブを通り、プラスチックケースのなかに入っていく。

「もうそろそろいいでしょう」

セルヴァズは頃合いを見計らってコンロの火を消し、何秒か待った。それからチューブをプラスチックケースからはずし、ケースを窓辺へと運んだ。そして窓の縁の上でケースを覆っていた粘着テープを剝がし、蓋を開けてみた。

「ほら、見てください」
神父がそばに来て、ケースのなかを覗きこんだ。携帯電話の黒い本体には、白い指紋が三つ、その美しい模様をくっきりと描いていた。

エグヴィヴの憲兵隊の施設は、典型的な山小屋《シャレー》がいくつか集まった集合体からなっていた。飾り彫刻のあるバルコニーやスレートぶきの屋根は素朴で美しいが、よく見れば建物のファサードは塗装が剝げかけているし、屋根や窓枠も交換が必要なほど傷《いた》んでいる。とはいえ、修繕が必要なのは憲兵隊に限ったことではない。この地域では、病院や大学もひどく老朽化が進んでいるのだ。経済協力開発機構《OECD》の発表したデータによれば、二〇一七年、フランスは加盟国のなかで最も税金を支払っている国らしいが、そのお金はいったいどこへ行ったのだろうか？

一番手前の山小屋には、〈憲兵隊山岳小隊〉と書かれていた。セルヴァズは、すぐ隣の〈憲兵隊〉とだけ書かれてある建物のほうへ向かった。

入ってすぐに小さなカウンターがあり、その向こうに三十歳にも届かない若い憲兵が待機していた。セルヴァズは、警察バッジなしでどうやって切り抜けようかと最後の最後まで迷っていたが、結局、権威を振りかざす作戦でいくことにした。

「トゥールーズ司法警察のセルヴァズ警部です。こちらの責任者と話がしたいのですが」
面会に応じたのは、エロワ・アンガール大尉だった。アンガールは挨拶を交わしながら、まじまじとこちらを見つめてきた。いうなれば、アマチュア写真家が、すでにこの世を去っているアンリ・カルティエ＝ブレッソンやリチャード・アヴェドンといった、昔の一流写真家を眺めるようなまなざしだった。確かに自分は、ここミディ＝ピレネー地方で最も名の知られた警察官ということになっているらしい。新聞に隅々まで目を通していれば、サン＝マルタン・ド・コマンジュで起きた首なし馬事件の捜査を指揮し、マルサックの殺人事件を解決し、連続殺人犯ジュリアン・ハルトマンを追跡した警部の名前はおのずと目にしているということだろう。だが一方で、前の事件で問題を起こしたこともメディアは取りあげたはずだ。アンガールはあくまで国家憲兵隊の大尉であり、厄介事を抱えている司法警察の警官を少し警戒してもいるようだ。

ただし、こちらが停職中であることまでは知らないらしい――そもそも知っていたらおかしい情報ではあるのだが。セルヴァズはマリアンヌの写真を差しだしながら、相手の様子をうかがった。アンガールは机に置かれた写真を手に取り、じっくり吟味しながらこちらの説明を待っている。その目には強い好奇心の光が宿っていた。セルヴァズは、思いきってその光に賭けてみることにして、事件の概要を説明した。

「いや、申し訳ないが、この女性は存じませんね。このあたりでも見かけたことはありません」アンガールは顔をあげながら言った。「今のお話だと、八年間行方がわからなかったこの女性から、いきなり電話がかかってきたってことですよね？　それも、電話はこの近くから発信されたと？」

アンガールは、髭の剃ってある顎を爪でかきながら尋ねた。もう髭が生えかけているようだ。

「ええ、そうです」セルヴァズは答えた。「夜中に電話があったのです」

「どうして夜のうちに通報されなかったんです？」

「とにかく真っ先に修道院へ向かったもので。修道士たちに頼んで森を一緒に捜索してもらいました。なにしろ、一刻を争う事態でしたから。それに、修道士たちは森の地理をよく知っていました」

「土地勘なら、うちの憲兵たちにもありますよ。通報してもらっていたら、五分で現場に着いていたはずです」アンガールは言った。「そうすれば、もっと多くの人手を使って捜索できたと思いますが」

アンガールの言葉に、セルヴァズはまたしても、憲兵隊や警察には知らせるなというマリアンヌの懇願を思い出した。

「ちょっとパニックを起こしていたのです」セルヴァズは嘘をついた。「でもおっしゃるとおりです。判断ミスだったかもしれません」

「それで、捜索の結果、見つかったのは、この携帯電話だけだったんですね？」

アンガールはそう言いながら、机の上に置かれた携帯を無表情に眺めた。黒い携帯には、白く乳頭状に隆起した指紋がついている。

「そうです。そういうわけで、この指紋を指紋自動識別《FAED》ファイルに入力して、マリアンヌ・ボカノウスキーの指紋と照合する必要があります。それから、この携帯本体のほうも、なかのデータを入手できるかどうか調べていただきたい」

「それでしたら、ポー憲兵隊の犯罪捜査部に連絡を取らないといけませんね」アンガールが言った。

憲兵隊の犯罪捜査部なら、そういった捜査をするための技術的なノウハウがある。セルヴァズは同意してうなずいてみせた。ただし、こうつけ加えることも忘れなかった。

「私の名前は伏せておいてもらえませんか。憲兵隊の捜査に、司法警察の警官が絡んだりしたら、面倒なことになるだけですから。この件は、憲兵隊にお任せします」

すると、アンガール大尉の顔に当惑が広がった。

「でも、この携帯電話の入手経路とか、なぜこの女性を探しているかを説明するのに、警部のお名前を出さないわけにはいきませんが」アンガールは驚きを隠さずに言った。

「でしたら、私の名前は出してもらって結構です。ですが、司法警察のほうにはわざわざ連絡する必要はありません。私はあくまで個人的な立場でここにいるのであって、公式な捜査は何も始まっていませんから」

アンガールは、どこにいたずらが仕掛けられているのかと探るように、しばらくこちらを見つめていたが、やがてうなずいた。

「わかりました」

セルヴァズは、アンガールを見ながら、なんとも人の良さそうな男だと思った。手が大きく、背は低くて樽のようにずんぐりした体形をしている。優しい目をして、頭頂部には髪がなく、赤みがかったブロンドの髪が王冠のように頭の周囲を覆っている。年齢は四十五歳くらいだろうか。セルヴァズは、部屋のなかへと視線を移した。窓の外には美しい山の景色が広がっているが、部屋のほうはどことなく雑然としていた。金属製のキャビネットには、数十個に及ぶスポーツ競技のトロフィーが所狭しと飾られ、壁には映画のポスターが何枚も貼られている。机の上の瓶のなかにも、ペンや蛍光ペンがあふれんばかりに詰めこまれていた。アンガールはこちらの視線に気がついたのか、気まずそうに言った。

「ええ、わかってます。物を捨てられないたちでして。自宅もこんな感じです」

セルヴァズはあえてコメントは控えておいた。

「それより、うちの憲兵たちは山を熟知してます」アンガールはそのまま続けた。「ひと回りしてくるように頼んでおきますよ」

セルヴァズはここでも黙っていた。そして、別のことで口を開いた。

「ところで、こちらのパソコンとプリンターをお借りしたいのですが」

「はあ、もちろん構いませんが」

「あと、どなたか同僚のなかで、フォトショップを使える方はいませんか？」

それから十分後、セルヴァズは、マリアンヌの写真を載せた捜索願のビラを手に憲兵隊をあとにした。探し人と書かれたA４サイズのビラには、迷い猫を探すビラのように自分の電話番号を載せてある。車に乗りこむと、セルヴァズは選挙期間中のポスター貼りさながらに、村中のありとあらゆる出口や大きな交差点に貼り紙をしていった。エグヴィヴの村は人で賑わっていた。夏がやってきたのだ。太陽はその絶頂にあり、強烈な暑さで人々を表へと誘いだしている。通りは陽気で、華やかで、活気に満ちていた。少し遠くを見渡せば、山の斜面の牧草地ではカウベルの鈴音が鳴り響き、ぎらぎらと輝く太陽が、紺碧《こんぺき》の大空にそびえ立つ山々の真上に君臨している。だが、賑やかな村も中心から一歩外へ出れば、どこにでもある廃《すた》れた光景が広がっていた。採石場の爪痕《つめあと》、セメント工場の砂塵《さじん》、倉庫や鉄塔、コンクリートに鋼鉄の屑。そういった産業の残骸が、朽《く》ちることのない大自然の美しさのなかに偏在しているのだ。

あちこちにマリアンヌのビラを貼りながら、セルヴァズは自分のなかに言い知れぬ不安が募っていくのを感じた。いや、不安というより、むしろ怒りだった。今自分がしている努力はすべて徒労に終わる、自分は無駄なことをしているという虚《むな》しい確信があった。それでも続けているのは、あとで良心の呵責《かしやく》を抱えずに済むため、できることはすべてやったと自分に言えるようにするためなのだと、自分でもよくわかっていた。

マリアンヌを連れ去った悪党は、この近くのどこかでうろついている。そいつだけが、マリアンヌの居場所を知っている。ここはその悪党のテリトリーであり、勝手知ったる我が家同然なのだろう。そいつはマリアンヌを再び捕まえたあと、どこか遠くへ連れ去ったのだろうか？　それとも、その土地勘を利用して、あえてこの地に隠しているのか？　いまだに救いだせずにいる歯がゆさに、セルヴァズは自分がマリアンヌを裏切ってしまったような気がした。マリアンヌの言葉を聞くべきではなかったのだ。電話のあと、すぐに憲兵隊に通報するべきだった。ギュスターヴはレアにあのまま任せて、いっときも無駄にせずにここへ急行するべきだったのだ……。かけがえのない時間を自分は無駄にしてしまった。最後のビラを貼りながら、セルヴァズは心のなかでマリアンヌに話しかけた――マリアンヌ、きみのことだから、うまく逃げだしたとき、どこかに何か犯人につながるような手がかりを残してきたんじゃないのか？ きみは賢く、抜け目のない女性だ。とはいえ、追いつめられてもいただろうし、長年監禁されていたせいで、少し気がおかしくなっているかもしれない。自分がきみの立場だったら、どんな手がかりを残そうとするだろうか。シャルル・ペローの童話『親指小僧』のように、小石でもなんでも、犯人を指し示すような証拠の品をあちこちに残しておこうとするのではないだろうか。

そういえば、なぜマリアンヌは、電話で犯人のことを何も言わなかったのだろう。一瞬、そんな疑問がよぎったが、すぐに通話が途中で切れたことを思い出した。切れたのは電波が届かなくなったからなのか、携帯の充電が切れたからなのか。あるいは、追っ手に捕まって、その手から携帯を奪いとられたからなのか……。山中で見つかった携帯は壊されていた。それが最後の仮説を裏づけているようで、セルヴァズは思わず身震いした。

車に戻ると、まず村のパン屋に寄って、ツナとマヨネーズのサンドイッチと水を買った。それから土産物店とスポーツショップに入り、フランス国立地理情報・森林情報院《IGN》の発行する縮尺二万五千分の一の地図と、ハイキング用のコンパスを見つけて購入した。買い物を済ませると、再び修道院へと車を走らせる。谷間へおりたところで、舗装のされていない駐車場が見えてきた。昨夜、夜中に修道院へ向かう途中で通りすぎた駐車場で、ハイキング用の山道がいくつかここから始まっている。アドリエル神父が話していたのはこの駐車場のことだろう。

　セルヴァズは車を駐めて外に出た。ドアを閉める音が渓谷の静寂のなかに響きわたる。耳に聞こえてくるのは川のせせらぎだけ。暑い日だった。温度計は三十五度を超えていた。駐車場を囲む背の高い草のまわりを蝶がひらひらと舞い、昆虫がその羽音を響かせている。山の斜面にある森は、淡い青空の下でこんもりと茂っていた。

　携帯を取り出して、電波の状態を確かめる。立っているアンテナは一本だけだが、かろうじて電波は届いているようだ。これほど人里離れた場所にまでテクノロジーが侵入していることに、セルヴァズは嫌悪感を覚えた。もちろん、こうした技術がなければ、マリアンヌは自分に助けを求めることもできなかったとわかってはいても。

　駐車場には誰もいなかった。セルヴァズは車のボンネットの上にさっき買った地図を広げ、今いる小さな駐車場の場所を探しだした。そしてフェルトペンを出すと、そこに〝R〟と印をつけた。それからさらに地図を調べ、ここから出発している三つの山道のうち、修道院の上を通っていそうな道を選んで歩いてみることにした。ここから直線距離にして二百メートルほどのところに、修道院の塔が見えている。

　セルヴァズはさっそく森のなかに足を踏みだした。聞こえてくるのは鳥の鳴く声だけだった。木々の天蓋にすっぽりと覆われた森のなかは、さえぎるもののない場所よりもさらに熱気がこもっている気がした。風はそよとも吹かず、谷間がまるで琥珀《こはく》色に固まっているかのようだ。

百メートル進むごとに、携帯画面を確認する。アンテナが一本……ゼロ……。一本以上にはなかなか増えなかった。そして毎回、地図上に印をつけた。アンテナが立っていて通信ネットワーク《réseau》が使えるところには〝R〟、電波のないところには〝×〟とマークしていくのだ。そうやって周辺地域の山道をすべてチェックしていくつもりだった。マリアンヌが通った道をあぶりだすためだ。

ここはさながら緑の大聖堂だった。深い森に囲まれ、生い茂る木々の葉のあいだからは、ステンドグラス越しに届く光のように木漏れ日が射しこんでいる。山道を登るうちに、セルヴァズは標高や方角、土壌によって、樹木の種類が変化していることに気がついた。シナノキ、カバノキ、カエデ、ナラ、ブナ、モミ、シダ……。早くも汗が噴きだしてきた。汗は背筋を伝って流れ落ち、頬に浮かんだ汗の粒も小川のように滴りおちている。重苦しい暑さがこの緑の世界を支配していた。人や動物の気配はなかったが、代わりに山道にはハエがブンブン飛びまわり、蚊やブヨの群れがこちらの血の匂いに誘われてまとわりついてきた。だから田舎は嫌いなんだ。セルヴァズはひとりごちた。

と、ふいにセルヴァズは固まった。背後で鋭い叫び声が聞こえたのだ。怒り、興奮、あるいは恐怖の叫びか？　なんの叫びかはわからないが、声は森のほうから槍のように飛んできた。次は自分の番か？　思わずうしろを振り返ったが、何も見えない。と、今度はさっきより近くの木立や茂みから、ひときわ大きな叫び声があがった。好戦的で、陽気で、野蛮な声だ。心臓の鼓動が速まるのを感じながら、うしろに続く緑のトンネルにじっと目を凝らした。すると、カーブを描いている山道の向こうから、なにやらぶんぶんとうなる音が聞こえてきた。音はあっという間に大きくなる。もしやヘリコプターか？　何かが起きている。だが、それが何なのかわからない。危険が迫っているのに、体が動かない。

と突然、カーブの向こうから三台の四輪《クアッド》バイクが現れた。まるで軽騎兵の突撃のようにこちらに襲いかかってくる。そして、耳をつんざくような轟音を立てて、猛スピードでそばを通りすぎた。森のなかに排気ガスをまき散らしながら。セルヴァズは唖然としたまま固まっていた。乗っていたのは十代の若者たちだった。バイクにまたがり、ばか笑いをしながら戦場の兵士のような奇声を発し、やがて森のなかへと消えていった。あとに残ったのは、排気ガスの悪臭だけだった。

心臓が落ち着きを取り戻すまで、セルヴァズはしばらくそのまま立ち尽くした。心には怒りも湧いていた。こんなところまで押しかけてくるとは、この世に心穏やかにいられる場所など、もうどこにもないというのか。

気を取り直して再び山道を進んでいくうちに、いつしか太陽が隠れてしまったことに気がついた。森の下草は暗い影に覆われ、遠くでは雷が鳴っている。上を見あげると、生い茂る枝葉のあいだから、空に灰色の雲が垂れこめているのが見えた。嵐が近づいているようだ。ひんやりした風が小道を吹き抜け、木々の葉を震わせた。やがて、最初の雨粒が葉むらをぶるっと震わせたかと思うと、たちまちバケツをひっくり返したような大雨になった。すぐさま全身がずぶ濡れになった。あたりを見まわすと、少し先に小さな白い建物があるのが見える。セルヴァズはひとまずそこまで走った。それは廃墟となった礼拝堂だった。今にも倒れそうなほど朽ちてはいるが、苔に覆われた屋根のおかげで雨をしのぐことはできそうだ。カビと小便の臭いの漂う堂内へ入ると、滝のように流れ落ちる雨のカーテンを眺めながら雨宿りをした。濡れた体を震わせながら、屋根を叩く雨音と、空に響く雷鳴に耳を澄ます。屋根には穴が開いていて、雨水が小川のように流れこんでいた。セルヴァズはふと、一服したいと思った。

そう思ったところで、我ながら驚いた。今の今まで煙草を吸いたいと思わなかったのだ。ニコチンパッチが効いているのかもしれない。あるいは、緊迫した状況のせいで、体が欲求を忘れていたのか。そう、自分は昨夜からずっと走りつづけてきたのだ……。セルヴァズはポケットからニコチンガムを取り出した。

ガムを嚙みながら、このあたりの平野に最後に雨が降ったのはいつだったのだろうと考えた。フランス南西部はこのところ、極度の乾燥に見舞われている。土はひび割れ、作物は立ち枯れし、水路の水は干上がって、灌漑用の貯水池の水も底をついている。

二十分ほどして、雨は止んだ。雨宿りの廃墟を出ると、森は雨に洗われて、爽やかな緑の香りを放っていた。駐車場へ引き返そうと足を踏みだしたところで、礼拝堂の外壁に落書きがあるのに気がついた。スプレー塗料で大雑把《おおざっぱ》に〝葉っぱ〟〝コーク〟と書かれ、その横には矢印がある。メッセージの意味は一目瞭然だ。〝マリファナとコカインはこっち〟。トゥールーズのベルフォンテーヌ地区や、同都市圏の西部にある界隈でも似たような落書きを目にしたことがある。セルヴァズは落書きの写真を撮り、憲兵隊に戻って聞いてみることにした。麻薬のディーラーや客の誰かが、マリアンヌにつながる何かを目撃しているかもしれないと考えたのだ。車に戻り、さっそくエグヴィヴ方面へ走りはじめたが、一キロも行かないうちに、別の考えを思いついた。急いでブレーキをかけ、ハンドルを切ってぐるりとUターンする。この森で麻薬の売買が行われているのなら、まずはこの森で暮らしている神父や修道士たちに聞いてみたらいいではないか。聖職者だからといって、麻薬のディーラーを知らないとは限らない。

修道院に戻ると、セルヴァズはさっそくアドリエル神父に落書きの写真を見せた。書斎で机に向かっていた神父は、こちらの質問に面食らっているようだった。

「森のなかでそれらしい若者を見かけたことはありますが、彼らとの接触はまるでありません。そういう人たちは、なんと申しますか、宗教や信仰にはまるで関心がなさそうですから」

アドリエル神父の書斎は小さな礼拝堂を思わせた。教会建築でよく見られる交差リブ・ヴォールト構造の丸天井に、堅牢な石造りの壁。オーク材の机は最後の晩餐《ばんさん》のテーブルさながらに大きく、石壁には色とりどりの小さなステンドグラスがはめこまれている。

「そうですか。ありがとうございます」

セルヴァズは水滴を滴らせながら礼を言った。というのも、修道院に着いてすぐにまた雨が降りだし、修道士が門を開けてくれるまで、またしても雨のなかで待たなければならなかったからだ。

セルヴァズはいとまを告げようと立ちあがった。外では、雷が空を震わせている。夏の雨は止むことなく、書斎の狭くて高い窓を叩いていた。神父が尋ねた。

「これからトゥールーズへお帰りになるのですか？　それとも、今夜はエグヴィヴでお泊まりに？」

「村でホテルを探します。明日、また捜索を再開しますから」

「それでしたら、ここでお休みになってはいかがです？　ここなら静かに過ごせますよ」

アドリエル神父はそう言いながら、手でまわりの壁を指し示すかのように大きな身ぶりをした。セルヴァズはそれにつられて部屋を見まわし、書棚にトマス・アクィナスの『神学大全』と『聖書神学用語集』が並んでいるのが目に留まった。書斎机の上には、ノートパソコンが置かれている。テンポラ・ムータントゥル――《時は移ろう》。神に仕える神父にとっても当てはまる真理のようだ。

「てっきり、訪問客はあまり歓迎されないのではないかと思っていましたが」セルヴァズは言った。

すると神父は、ふっとほほ笑みを浮かべた。

「それは誤解ですよ。我々には客人をもてなす伝統があります。ここには芸術家のほか、政治家までもがつかの間の静養を求めてやってくるのです。ほんの数日間であっても、この熾烈な時代から逃れる必要を感じるのでしょうな。まあ、ほかの修道院とは違って、我々は宿を提供する活動にはそれほど力を入れてはおりませんが。人々は世の中の喧騒から離れて、この地で心の安らぎを取り戻していかれるのです。あなたもどうぞ、お好きなだけ滞在なさい。歓迎いたしますよ」

思いがけない言葉に、セルヴァズは不意を突かれた。宿を提供してくれることはもちろん、そんな温かい言葉をかけてもらえるとは思ってもみなかったのだ。

「ご厚意をお受けしたい誘惑に駆られています」セルヴァズはほほ笑みながら言った。

すると、神父のまなざしにユーモアの色が浮かんだ。神父もほほ笑んで答えた。

「その誘惑でしたら、屈しても神はお許しになりますよ」

そして、神父は立ちあがった。「さあ、部屋にご案内しましょう。万一、なかなか寝つけないようであれば、薬剤師の修道士がよく眠れるように薬草を調合してくれますから、おっしゃってください。いずれにしても、ここでは心の平安を得られますよ。それはお約束します」

8

夜になっても、雨と雷鳴は止まなかった。高い寝台の硬いマットレスに横たわりながら、セルヴァズは暗い灰色の夜に響きわたる雨と雷の音に耳を澄ました。屋根に降りそそぎ、雨どいに勢いよく流れこむ雨。窓を叩きつける雨。遠くでは、雷鳴が轟《とどろ》いては空を揺るがし、稲妻の閃光がときおり部屋を照らしだしていた。

セルヴァズは眠気が訪れるのを待った。胸を締めつける不安が和らいでいくのを、そして神父が約束した心の平安が自分に降りてくるのを待った。いつもなら、自然の雨音は心を慰めてくれるはずだった。それに終課、つまり一日の最後の礼拝が終わってから、修道院のなかは圧倒的な静寂に包まれていた。あまりにも静まり返っているので、この広い建物のなかには自分一人しかいないのではないかと思うほどで、心を乱すような雑音は一切なかった。それでも、願った安らぎは一向にやってこなかった。

神父に案内されたのは、白壁で囲まれた九平方メートルほどの小さな部屋だった。分厚い壁には、小さな窓がはめこまれている。床には加工のされていない素朴な床板が張ってあり、狭くて高さのある寝台は壁のくぼみにこぢんまりと収まっている。また、学校の教室机のような机があり、その上には聖人の肖像画が飾られている。

机の横には電気のコンセントがあった。それで自分は、さっき携帯を充電しながら何本か電話を入れることができた。最初にかけたのは、エスペランデューだった。エスペランデューは、預けてきたギュスターヴの様子を話してくれた。どうやら息子は、自分と二人でいるときよりも、ヴァンサンやシャルレーヌたちと一緒にいるときのほうが、よほど社交的で気楽に過ごせているらしかった。

「聞きましたよ。夕食のメニューがかぶらないように、学校の食堂の献立を事前に問い合せてるそうですね」エスペランデューは面白がるように言った。「これぞ本物のスーパー・パパじゃないですか」

「同じことをしてる母親だっているだろう？　どうしてシングルファーザーが夕食のメニューを考えると、母親よりも英雄扱いされるんだ？」

「多分、この世界には、スーパーマンよりもスーパーウーマンのほうがたくさんいて、僕たちは長いあいだ、それに慣れきっていたからじゃないですかね」

それからエスペランデューは、頼んでいたとおり、マリアンヌの電話についての詳細な記録を調べてくれていた。マリアンヌからの通話は、明らかにプリペイド式の携帯電話から発信されたものだった。こちらの予想どおり、通話は修道院から数キロメートルの基地局を通っていたという。独立型の鉄塔で、エグヴィヴ周辺の半径五キロ圏内をカバーする三つの基地局の一つらしい。またこの携帯からは、自分宛に発信された通信以外は、通話の記録はなかったとのことだった。

「これからどうするつもりですか？」

エスペランデューは慎重な口ぶりで尋ねてきた。だが、それには返事をせず、セルヴァズは礼を言って電話を切った。

次に、レアに電話をかけた。レアは電話に出るなり尋ねてきた。

「あの女《ひと》、見つかったの？」

「いや」

沈黙がおりた。

「これからどうするの？」

「探しつづけるさ」

「それでも見つからなかったら？」

「いや、見つけるよ」

最後にレアに、いつまでそこにいるつもりかと訊かれて、明日には帰ると言ってしまった。だが、すぐにそんな約束をした自分を呪った。

夕食をとりに階下の食堂へおりたのは、夜の八時頃だった。食堂はがらんとしてひと気がなく、しんと静まり返っていた。天井は低く、その板張りの造りといい、薄暗がりといい、どことなく地下納骨堂を思わせた。実際、修道院はすっかり夜に呑みこまれていた。かつてのろうそくの代わりに、無数の小さなランプの光が闇に瞬く星のようにちかちかと灯されている。まるで闇と静寂が、人間はみな死にゆく運命にあることを、修道士たちに絶えず思い出させているかのように。夕食はマスの料理だったが、口のなかに苦い味が広がってとても味わって食べられず、ひたすら口に運んでは飲みこんだ。食事をしながら、自分は給仕をしてくれた修道士に尋ねてみた。

「ほかの皆さんはどちらに？」

老修道士は声を落とし、喘ぐようにして答えた。この建物の壁と同じくらい歳をとっていそうに見えた。

「修道士たちは、とうに夕食を済ましておりますよ。終禱の始まる前にね」

その言葉を裏づけるかのように、まもなくして教会堂のほうから歌声が聞こえてきた。ミサの初めに歌われる入祭の祈りだった。

そのあと、部屋へ戻って寝支度をしようとして、セルヴァズは睡眠薬を持ってこなかったことをつくづく悔やんだ。薬どころか、歯ブラシもパジャマもない。しかたなく顔だけでも洗おうと、静まり返った長い通路を進んでシャワー室へ行き、洗面台に並ぶ蛇口の一つをひねって顔に流水をぶっかけた。洗面台の上には鏡があったが、そこに映る自分の顔はあえて見ないようにした。そうやって避けたのは鏡だけではない。隙あらば闇のなかへと引きずりこもうとする悲観的な考えも、極力頭から追い払った。もはや心底疲れ切っていた。せめてこの極度の疲労が眠りへといざなってくれればいいがと願ったが、寝台はひどく硬くて快適からはほど遠く、入眠の助けにはならなかった。それに何より、マリアンヌのことが頭から離れなかった。

マリアンヌ、どこにいるんだ？

そう、自分は彼女を愛していた。多分、あとにも先にも、あれほど愛した女《ひと》はいないだろう……。マリアンヌと知り合った当時、二人はマルサック高校に通う学生だった。文科系のグランド・ゼコール準備学級、この地方の秀才が集まるエリート校だ。あの頃、マリアンヌと自分はすべてを分かち合っていた。世界観、世の中を変えたいという欲望、希望、怒り。そして情熱。マリアンヌのことは、我ながら驚くほど鮮明に思い出すことができる。輝きを放つ、澄んだ湖のような緑色の目。その笑い声、愛撫、そして愛の営み。だが、そのあと彼女は、この自分を捨てて、ほかの男のもとへ行ってしまった。しかも、別れたのはこちらのせいだということにして。それから二十年という歳月が流れたのちに、思いがけない再会が待っていた。マリアンヌは自分に助けを求めてきたのだ——今回と同じように。古代文明と古代語を教えていた女性教師が自宅のバスタブで縛られて溺死していたマルサックの事件で、当時二十歳だったマリアンヌの息子ユーゴが、茫然自失の状態で教師の家のプールサイドにいるところを発見されたのだ。マリアンヌは、ユーゴを助けてほしいと、自分に電話をかけてきた……。

昔の記憶に思いを馳せていると、ドアの向こうでふいに床板が軋む音がした。セルヴァズは我に返った。

足音は右のほうからやってきて、この部屋のドアの前で止まった。

セルヴァズは息を止め、耳を澄ました。

誰かがドアの向こうで、聞き耳を立てている。自分と同じように。それはまちがいない。

誰かが、こちらが眠っているかどうかを確かめようとしているのだ……。

そこまで考えて、セルヴァズは妄想に取り憑《つ》かれているのではないかと思いはじめた。だが、しばらくするとまた衣ずれの音がして、夢かと思うほどかすかな足音が回廊に通じる階段のほうへと去っていった。

セルヴァズはほとんどためらわなかった。廊下から聞こえた忍び足には、何かうしろ暗いものが隠れていた。こちらの好奇心をかき立て、疑いを呼び起こすような何かが。夜中にそんな歩きかたをするのは、人に見られたくないからだ。なぜ？

答えはすぐに浮かんできた。そうだ、ドアの向こうにいた人間はずいぶんと用心して、こちらが眠っていることを確かめようとした。それはつまり、その人間がこれから起こす行動は、当然こちらの気を引くような疚《やま》しいことだからにちがいない。

そう思った次の瞬間、セルヴァズはドアのほうへ向かっていた。

火曜日

9

幸い、部屋のドアは音を立てずに開いた。

素早く動いたおかげで、セルヴァズは、人影が階段をおりたところで左のほうへ消えていくのをドア口から確認できた。その先には中庭を囲む回廊があるはずだ。いったいどこへ行くつもりなんだ？　セルヴァズはいったん室内に戻って、慌ててジーンズに足を通し、スニーカーをひっつかむと、取って返して裸足のまま階段を一気に駆けおりた。石の床に素足でおり立ち、左へ進むと、その先に広がる回廊を見渡した。約三十メートル四方の正方形の中庭には芝生の庭園が四つあり、その中央には井戸があった。四隅には、ひょろりとしたイチイの木が陰鬱な様子で立っている。土砂降りの雨がほかの音をすべてかき消していた。左のほうへ顔を向けると、人影がアーケードの下に連なる半円アーチを次々と通りすぎながら遠ざかっていくのが見える。どうも修道士らしい。

セルヴァズはその修道士を追って駆けだした。足の裏が冷たい敷石の上をかすめていく。回廊の隅までくると、相手に見つかるリスクを冒してその先を覗き見た。修道士はちょうど通路の突きあたりにある扉からその先の暗闇へと飲みこまれていくところだった。セルヴァズはすかさずその扉まで疾走した。走りながら、ほんの一瞬、自分が今していることを知られたら、上層部にどう思われるだろうかという考えがよぎった。こんな真夜中に司法警察の警官が修道院のなかを駆けまわっていたとなれば、ただでさえ分厚い自分の身上書類がさらに厚みを増すことになるのはまちがいない。扉を開けると、暗い通路が続いていた。急ぎ足で通路を突き進むと、着いたところは修道院の果樹園への出入口だった。

修道士はすでに木々のあいだをすり抜けて進んでいた。フードをかぶって外壁のほうへ向かっているのが見える。稲妻の閃光が断続的に夜を切り裂き、そのたびに果樹園に降りかかる幾千もの雨粒が光にぱっと照らしだされた。激しい風が人形遣いのように林檎《りんご》の木を揺らしている。セルヴァズは急いでスニーカーを履いて、果樹園へと駆けだした。たちまち全身がずぶ濡れになった。雨は容赦なく頭を打ち据える。そのうちに木がまばらになって開《ひら》けた場所に出た。今、修道士が振り向いたら一巻の終わりだ。だが、どうやらその心配はなさそうだった。修道士は立ち止まることなく歩を進め、その足取りにためらいや迷いは一切感じられなかった。どうやら夜中の逃避行はこれが初めてではないらしい。

やがて修道士は、果樹園の隅にある低い扉に近づいた。扉には板が何枚か立てかけてあったが、修道士はそれらを脇に退《ど》けると、取っ手をまわして扉を開けた。そして、身をかがめて壁の外へ出ると、扉をまた閉めた。

セルヴァズはさっそく近づいてみた。扉の板材は腐って今にもばらけそうになっている。板の割れ目から外を覗いてみたが、見えるのは降りしきる雨と夜の闇だけだった。とそのとき、また稲光が閃き、その直後に夜空に雷鳴が轟いた。セルヴァズはそのタイミングを利用して素早くドアを開け、自分も外へ出た。

次の稲妻で、人影が修道院の裏手にある森の奥へと入っていくのが見えた。険しい山の斜面を登っていくようだ。

くそっ、こそこそといったい、どこへ行くつもりなんだ？

滴る雨に目をしょぼつかせながら、セルヴァズは必死で修道士のあとを追った。水は靴のなかにも入りこみ、ジーンズはバケツに浸かった雑巾のようになっている。木の幹から幹へと身を隠しつつ、次々と現れるイバラや木の枝をよけながら進むのはなかなか至難の業《わざ》だった。修道士は途中、二度も続けてうしろを振り返った。騒々しい雨音にもかかわらず、まるで何かの物音を聞きつけたかのように。セルヴァズはかろうじて木の幹の陰に隠れるだけでやっとだったが、その顔は盗み見ることができた。丸顔でかなり若そうな男だ。どうりで足が速く、すばしこいわけだ。稲妻が鳴りを潜めているあいだは、森のなかは真っ暗で何も見えなかった。手探りで登っていくうちに尾行対象に追いついて、鉢合わせするリスクもないわけではない。それでなくても、一歩進むごとに上半身にひっかき傷が増えている。と、また空が光った。こちらの心配をよそに、修道士はもうずいぶん先へ進んでいた。背を向けたまま黙々と登っている。まったく、こんな夜更けに森のなかでいったい何をしようというんだ？

それから二分ほど登ったところで、修道士は森のなかの空き地に入っていった。空き地の中央には、大きな錆《さ》びた十字架が、苔に覆われた台座に打ちこまれて立っていた。修道士はそのそばまで行くと、左のほうに顔を向けた。そこには空き地から別の小道が一本出ていて、森のなかのトンネルのようにまっすぐ下り坂になっているのが見える。と、セルヴァズはぎくりとした。

小道に誰かがいる。道を数メートルほど下ったところに、人の頭が見える。雨のなかを何もかぶらず、身動き一つしないで立っている。

セルヴァズは目を凝らした。その人影は背が高く、黒ずくめの格好をしていた。稲妻の閃光に、短く刈りこんだブロンドの髪が一瞬、輝きを放った。卵形の顔は青ざめているように見える。そして暗闇でも見てとれるほど、とても澄んだ目をしていた。

突然、ブロンドの男がこちらに顔を向けた。自分が隠れている茂みのほうをじっと目でうかがっている。しまった。見つかったのか？　セルヴァズは息を止め、動きを止めた。こめかみで血管がどくどくと脈打ち、アドレナリンが体中から噴きだしてくる。狩りの興奮。危険の匂い。だが、やがてブロンドの男は顔を背け、修道士のほうへゆっくり近づいていった。

10

セルヴァズは、ブロンドの男が修道士のほうへ歩いていくのをじっと見守った。そのものったいぶった動きには、どことなく芝居がかった雰囲気があった。そこには何かこちらを落ち着かなくさせるようなものが潜んでいる。それが何なのか、はっきり言えるわけではなかったが、まるで野獣かダンサーが歩いているようで、一歩足を踏みだすたびに危険な匂いを放っているのだ。一方、修道士のほうは錆びた十字架のそばに立ち、まるで主人を見守る犬のように、ゆっくりと近づいてくるブロンドの男をじっと見つめて待っている。

稲妻がぱっと閃光を放ち、あたりは一瞬、燦然《さんぜん》と輝いた。セルヴァズは息を殺した。ブロンドの男は、修道士の目の前で足を止めた。滴る雨粒がその髪を飾り、嵐のなかで光り輝いている。セルヴァズは一瞬、男が修道士をいきなり殴るのではないかと心配になった。いや、もっとひどいことをするのではないか、と。じっと観察していると、修道士はやがてうなずくような仕草をした。それから紙幣をブロンドの男の手に滑らせると、代わりに差しだされた袋を受け取った。なるほど、そういうことだったのか。二人は、麻薬の売人とその客だったのだ……。あの落書きは本当だった。麻薬はこんな谷底にまで忍びこみ、魂を堕落させているのだ。自分はここで介入するべきだろうか。セルヴァズは自問した。いや、余計なことはしないほうがいい。自分はいかなる指令も受けてはいない。今の自分には介入する権限はない。公式には、自分はもはや警官ではないのだ。停職中の自分が、権限を超えて麻薬の売人を捕まえたところで、懲罰委員会の面々はまず評価しないだろう。自分はここにいるべきではないのだ。

だいたい、こんなところにいるのを知られたら、即刻トゥールーズに戻れと言われるだろう。だが、それは問題外だった。

そのとき、目の前で思いがけないことが起こった。修道士がブロンドの男にぐっと顔を寄せたかと思うと、唇に口づけをしたのだ。初めはおずおずと、やがて大胆に。雨の降りしきるなかで、二人の男は長いあいだキスを続けた。深く官能的な接吻《せっぷん》だった。嵐はさらに激しさを増し、セルヴァズは雨が髪を伝い、背中へと流れていくのを感じた。やがて、ブロンドの男が身を離し、手に握っていた紙幣に視線を落とした。

「これじゃ足りない」

すると、修道士は一歩下がり、おどおどとうなずきながら、さらに二枚の紙幣を差しだした。そして、そのままブロンドの男の前にしゃがみこんだ。

雷鳴が轟いた。セルヴァズはそのタイミングに乗じて、修道院へ引き返すことにした。夜の闇と稲光に包まれる山の斜面をおりながら、考えをめぐらせる。若い修道士は、あの金をどうやって手に入れたのだろうか。あの二人の秘密の悪事は、麻薬の売買だけに限られているのだろうか。それとも、何かほかのことでも手を組んでいる可能性はあるだろうか。あの二人の男のことをもう少し調べる方法を見つけなくては。彼らは何者なのか？　どこから来たのか？　二人のどちらかでも、警察の犯罪記録ファイルに載せられた過去がないだろうか。

修道院の自分の部屋に戻ると、時刻は午前一時になっていた。全身が震えていた。六月とはいえ、山間部に降る雨は冷たく、体は芯まで冷えきっていた。セルヴァズは椅子の上に置いてあったかび臭いタオルを取ると、髪と顔を拭き、体を乾かした。そして、裸のまま震えながら寝台のなかに潜りこんだ。明日までに、服が乾いていることを願いながら。

11

修道院に朝がきて、セルヴァズは階下の食堂へおりていった。食堂は昨夜とは打って変わって、陽気で賑やかな雰囲気に満ちていた。ステンドグラスからは朝日が射しこみ、部屋全体が明るい光に包まれている。二十人ほどの修道士たちが木製の長テーブルを囲み、軽食や朝食をとりながら、どこかの社員食堂の社員たちのようにおしゃべりに笑い興じていた。どうやら沈黙の誓いは、今日の日課には入っていないようだ。

テーブルを囲む面々のなかから、セルヴァズは昨夜の修道士を探した。男はテーブルのなかほどに座っていた。ほかの修道士たちと違って、黙ったまま周囲の話に耳を傾けている。

セルヴァズは自分も椅子に腰をおろすと、大きなあくびをした。昨夜はあれから眠りにつくのに恐ろしく時間がかかった。しかも、ようやく寝入ったと思ったら、今度は朝方四時に最初の礼拝の鐘が鳴り、眠りから引きずりだされてしまった。そのあとはもう、どんなに頑張っても無駄だった。そのうちに窓からまぶしい朝の光が部屋に入りこみ、頭に枕をかぶってみたところで、なんの甲斐《かい》もなかった。

コーヒーを飲みながら、セルヴァズは昨夜起こったことについて考えてみた。そこにはいくつか留意するべき興味深い点があった。まず、修道士たちは修道院長や副院長の目を盗んで、夜中に修道院を出入りすることができるということ。もちろん、神父たちが見て見ぬふりをしているというなら話は別だが。第二に、修道士とはいえ、誰もが〝模範的〟であるとは限らないこと。見かけほど聖職者としての使命に身を捧げているわけではない者もいるということだ。第三に、昨夜の修道士は、マリアンヌが逃亡した夜に何かを目撃しているかもしれないこと。夜の森に通い慣れていそうだからだ。だが、その話を聞きだすためには、まずは当の修道士に、自分の過ちを認めさせなければならない。悪事が明るみに出れば、修道士は処罰を受けることになるのだろうか。おそらくそうなるだろう。どんな罰が待っているのか？　修道院からの追放だろうか？　とにかく、どうにかしてあの修道士と売人から話を聞く方法を見つけなければ……。だが、そこには別の問題もあった。尋問するといっても、自分にはなんの権限もないのだ。

考えに耽っていると、ふっと手元に影が落ちた。ステンドグラスから射す光がさえぎられ、長い影が自分のコーヒーカップのところまで伸びている。セルヴァズは顔をあげてはっとした。アドリエル神父が、ひどくこわばった顔をして立っていたのだ。その顔は死人のように青ざめ、難問を前にしているかのように、眉間に深いしわが寄っている。

「恐ろしいことが起きたようです」神父は低い声で言った。昨日よりもさらにしゃがれた声だった。「あなたの……ご友人が行方不明になっている件と関係があるかどうかはわかりませんが……とにかくおぞましいことが起きました。理解を絶することが……」

そう話す神父の顔には、修道院の壁にある十字架にかけられたイエス・キリスト像と同じ苦しみが刻まれていた。

「この世はおかしくなってしまったのでしょうか？」神父は続けた。「暴力……怒り……他者への果てしない憎しみ……」

神父は涙をこらえているように見える。セルヴァズは一気に不安がせりあがってくるのを感じた。

「人が殺されたのです。今朝、ここからほど近い別の渓谷で死体が見つかったそうです」

その言葉に、心臓が止まりそうになった。血が凍りついていく。セルヴァズはこわごわ尋ねた。

「女性……ですか？」

「いいえ、いいえ、若い男性ですよ」神父はすぐに否定した。「詳しいことは私も知りませんが、被害者の男性は世にも残忍な方法で殺されていたそうです……。修道院に来ている職人の一人が今朝、教えてくれました」

マリアンヌではなかった……。セルヴァズは思わず大きな安堵《あんど》のため息を漏らした。だが、すぐに別の疑問が湧いた。その殺人事件は、マリアンヌの事件と関係があるのだろうか？　常軌を逸した二つの事件が、ほんの一日足らずのあいだに、しかもこれほどのどかな山村で続けて起こったのだ。これは単なる偶然の一致だろうか？

セルヴァズはコーヒーの残りを飲み干すと、さっと立ちあがりながら尋ねた。「詳しい場所はわかりますか？」

「リス渓谷の奥だそうです。エグヴィヴ方面へ向かう途中で、県道へ入るのに左へ曲がる丁字路があったでしょう。そこを右に曲がって、三キロほど行ったところですよ。道は袋小路になっていて、その奥に滝があります。そこで遺体が発見されたそうです」

「わかりました。現場へ行ってみます」セルヴァズは言った。「何かわかったらお知らせします」

気がつくと、修道士たちはいつのまにかおしゃべりをやめていた。神父の沈痛な面持ちに気がついて、こちらの話に聞き耳を立てていたのだろう。アドリエル神父はうなずいた。すっかり打ちひしがれているようだった。

「悪は存在する」神父は陰鬱な声で言った。「悪魔は存在するのです。それは、単なる抽象概念などではない。悪とは、生きた人間だ。我々を神から遠ざけ、神と決別させようとする人間なのです」

アドリエル神父はそう言って、こちらに鋭く厳しいまなざしを投げた。

「《悪は現にそこにあるが、あってはならぬものである。そして、なぜそんなことになっているのかを語り得ぬものである》」セルヴァズは、哲学者ポール・リクールの言葉を引用して言った。

アドリエル神父は驚きを隠さなかった。警官が哲学を語るとは、思いもよらなかったのだろう。セルヴァズは神父の肩に手を載せ、ぎゅっと力を込めた。それから食堂を出た。

セルヴァズは、リス渓谷へ向かって車を走らせた。初夏の山の景色は光り輝いていた。道路には陽光が降りそそぎ、道の両脇にはゴルフコースのように青々とした芝生の斜面が段状に広がっている。芝生には白い花が咲き乱れていた。森の下草には木陰が伸び、青空にはそびえ立つ山々の峰が美しい稜線を描き、草原のくぼみや岩の転がる谷間には絵に描いたような泉がこんこんと湧きでている。これほど牧歌的で楽園のような場所で、残虐極まる犯罪が行われたのだとすれば、その罪はいっそう許しがたいものになる。

山の奥へ入るにつれ、道はどんどん狭くなっていった。車は急流に沿って急カーブを描きながら進んだ。開け放した窓からは、ほとばしる水の澄んだ音が聞こえてくる。木立を迂回する最後のヘアピンカーブを曲がったところで、セルヴァズは現場に到着したのだとわかった。ポー憲兵隊の犯罪捜査部の車両が見えてきたのだ。ブルーに白いラインの入ったフォード・レンジャーが一台と、プジョー・パートナーが二台。屋根が高くなっている移動ラボのバンもあった。現場付近は道がS字カーブを描いており、最初のカーブのところにこれらの車が駐まっている。

セルヴァズは車をバンのうしろに駐めると、少し先に張られている立入禁止の黄色いテープのところへ向かった。このあたりはもう舗装はされておらず、セルヴァズは砂利道の小石につまずいて危うく足首をひねるところだった。テープのそばにはすでに小さな人だかりができている。セルヴァズは、見張りに立つ若い憲兵のほうへ近づいた。

「アンガール大尉はどちらに？」

憲兵は怪しむような視線を投げた。

「失礼ですが、あなたは？」

「セルヴァズです。トゥールーズ司法警察の」

若い憲兵は踵《きびす》を返すと、渓流の上に傾いで生えているうっそうとした木立のほうへ駆けていった。木々や茂みの隙間から憲兵たちの姿が見え隠れしている。見あげれば、森の梢の先には大きな滝があった。緑に囲まれた灰色の岩壁に、ほとばしる激流が銀白の筋を引きながら垂直に流れ落ちている。岩壁に響く水の轟音が空気を震わせて耳まで届き、滝つぼにあがる霧状の水けむりも風に乗って運ばれてくるのを感じる。鳥はさえずり、太陽は輝いている。自然は人間たちのうごめきなどどこ吹く風だった――無関心で無邪気で、ゆえに残酷だ。自然を舞台にした殺人現場では、その事実がいっそう際立っている。

若い憲兵が戻ってきて、テープを持ちあげながら言った。

「どうぞ、お入りください」

テープをくぐったとき、背後でカメラのシャッターを切る音が聞こえた。セルヴァズはひやりとした。自分の顔がラ・デペシュ紙の一面に載らなければいいが。そう願いながら、セルヴァズは木立を迂回《うかい》し、滝のまわりに転がる大きな石の上を歩いていった。滝の水音がどんどん近づいてくる。

突如、地獄絵が目の前に現れた。それは世にもおぞましく、周到に用意された演出だった。そこには何一つとして偶然の産物はなかった。

被害者は滝の下にいた。岩壁を急降下する滝の水柱が岩の上で勢いよく砕け散り、跳ね返った水が第二の滝となって、温泉地のようにあちこちに小さな滝つぼを作っている。深さ数十センチほどの皿状のくぼみだ。そんなくぼみの一つに、被害者は膝をつき、滝をあおぎ見るかのように頭をぐっとうしろに反らされていた。頭部にはロープが何重にも巻きつけられ、後ろ手に縛られた両手首のロープと結ばれている。斜めうしろのこの位置からでも、被害者の口が大きく開かれているのがわかった。不自然な姿勢で、口の中にも何か細工がしてあるのかもしれない。死因はおそらく溺死だろう。というのも、滝の激流が被害者の喉に直接流れこんでいるからだ。頭と両手首を固定しているロープの先は、そのまま緑色の深い滝つぼのなかに沈んでいる。目を凝らすと、大きく平たい石に結ばれているのが見えた。これが重石《おもし》になっているらしい。重石といえば、被害者の膝や太ももの上、腰まわりにもたくさんの石が積みあげられている。身動きさせないためだろう。こうしてみると、まるで石の墓のなかに被害者が座っているようだ。

これまでにも芝居がかった殺害現場はいくらも見てきたが、これはまちがいなくトップ5に入りそうだ――セルヴァズは思った。被害者の髪は短く刈りあげられたブロンドで、水に濡れて後光を放っている。それを見ているうちに、セルヴァズは思わぬことに気がついた。あのブロンド……。そう、殺されたのは、昨夜、嵐の森で見かけた若者だったのだ。

滝の周囲では、鑑識班がさっそく仕事を始めていた。鑑識官たちは、頭部カバーのついた白いつなぎの防護服にシェル型マスク、ブルーのニトリル手袋のほかに、大きなゴム長靴を履いていた。鑑識用のアタッシェケースや作業に必要な器材を水際に並べ、滝つぼの中央に鎮座する被害者とのあいだを行き来しながら作業を進めている。

セルヴァズは、心臓の鼓動が速まるのを感じた。マリアンヌはこの森から助けを求める電話をかけてきた。その同じ森で、自分はブロンドの男を見かけた。そして今、その男が目の前で死体となっている。偶然と片づけるにはあまりにも出来すぎている。自分は偶然の一致など信じない。

この渓谷で、何かが起こっているのだ……。マリアンヌの逃亡から始まった何かが。あるいは、その何かが引き金になって、マリアンヌが逃げてきたのかもしれない。これまでの出来事はつながっている。そして、そのつながりを追っていけば、マリアンヌにたどり着ける。そんな気がしてならなかった。

セルヴァズは、滝つぼのほとりに集まっている捜査陣のほうへ視線を移した。アンガール大尉はすぐにわかった。樽のような体形と赤みがかったブロンドの髪に見覚えがあった。その隣には、ほかの人々よりも頭一つ飛び抜けている背の高い男がいた。背丈は二メートル近くあるだろう。長くがっしりとした首の上に四角い顔がのっかっていて、トーテムポールかイースター島のモアイ像を思わせる。セルヴァズはその顔を見て飛びあがった。検事のロラン・キャスタンだ。

そう、キャスタンにまちがいなかった。その耳は横に張り出し、突き出た眉弓の下のくぼみには黒い目が沈み、髪は軍人のように刈りあげている。キャスタンとは、マルサックの殺人事件の捜査で初めて出会った。当時、娘のマルゴが通っていたエリート校で、自分の母校でもあるマルサック高校の教師が殺された事件だ。キャスタンは当時、オーシュ地方検察局の検事だった。仕事上では、ときとして衝突することもあったが、最終的にキャスタンは、こちらの捜査手法が実を結んだことを認めてくれていた。

セルヴァズは川沿いに転がっている岩を慎重に踏み越えながら、滝つぼのそばで固まっている一団のほうへ近づいていった。

アンガール大尉とキャスタン、そしてもう一人の憲兵が、こちらに背を向けているブロンドの女性と話していた。女性は私服姿で、ジーンズに薄手の革ジャンを羽織っている。一見したところ、三十歳から四十歳くらいだろうか。だが、うしろ姿がいかに当てにならないかは経験済みだ。カウボーイ風に拳銃を腰にさげているところをみると、ほぼまちがいなくポー憲兵隊の犯罪捜査部の人間だろう。セルヴァズはまたしても、妙に馴染みのある感覚を覚えてぞくっとした。このうしろ姿、見覚えがある……。だが、そんなことがあり得るだろうか？

近づいていく自分に気がついて、話をしていた三人の男たちが全員、視線をこちらに向けた。女性もそれに気がついて話すのをやめると、ゆっくりとこちらを振り向いた。その瞬間、セルヴァズは全身に鳥肌が立つのを感じた。やっぱりそうだったのか……。光が躍りきらめく瞳、冷たくも強烈な印象を放つ、スカンジナビア的な美しさ。化粧をしていないおかげで、そのシャープな美しさは少し和らげられている。

最後に会ったのは、いつだっただろう。そう、二〇一〇年か。あれから八年も経っているのだ……。

あの頃からほとんど変わってない。セルヴァズは思った。少なくとも、一見した感じでは。いずれにせよ、こちらは気恥ずかしくて、まともに顔を見られずにいた。

昔と同じブロンドの髪。あいかわらず鋭く澄んだまなざし。左の鼻につけたシルバーのピアスも昔のままだった。ピアスは六月の陽射しを受けて光っている。

「マルタンなの？」

そう、そこにいたのは、イレーヌ・ジーグラーだった。

12

「久しぶりだね、イレーヌ」

ジーグラーは一瞬、固まっていた。驚いているのはまちがいないが、同時に、この人はこんなところで何をしているのかといぶかってもいるようだ。それにしても、マリアンヌに、キャスタン、そして今度はジーグラーとは……。まるで自分はタイムマシンに乗って旅をしているみたいだ。

「ああ、そういえば、あなた方もお知り合いでしたね」キャスタンが言った。「二〇一〇年のマルサック高校での事件……。あれはまあ、とんでもない事件でした。お元気でしたか、セルヴァズ警部?」

キャスタンは大きな手を差しだしながらそう言った。セルヴァズは自分の手がすっぽり包みこまれるのを感じながら、慎重に相手の手を握り返した。キャスタンがすさまじい握力の持ち主だったことを思い出したからだ。

「警部補です」セルヴァズはさりげなく訂正すると、ジーグラーのほうを向いた。八年ぶりの再会に、どういう態度でふるまえばいいのかわからなかった。みなの前で、旧友らしくしっかりとした抱擁を交わすべきか、あるいは、儀礼的な握手にとどめておくべきか。

「マルタン、久しぶりね」ジーグラーは、どちらの選択肢も選ばなかったようだ。「こんなところで、何をしてるの？」

セルヴァズは肩をすくめた。

「たまたまこのあたりに来ていたんだ。そしたら今朝、ここで起きた事件のことを耳にして、様子を見にきたんだよ。でも、まさかここできみに会えるとは思わなかった。もちろん、あなたにも」セルヴァズはそう言いながら、キャスタンのほうを向いた。

こんな説明で納得できるわけはないだろうが、ひとまずこの場では、少なくとも当面は、全員が信じるふりをしてくれたらしい。

「善意のご協力はどんなものでも歓迎しますよ」キャスタンが泰然として言った。「ですが、今回の事件は司法警察ではなく、ポー憲兵隊の犯罪捜査部に捜査を託しました。これから予審捜査を開始するところですから、ご承知おきを。それにしても、おかしなものですね。前にお会いしたのは、自宅のバスタブで溺死した文学教師の事件のときでした。そして、今回は滝の下の溺死体です。どうやら私たちを結びつけるのは、水という要素のようですね」

キャスタンの言葉に、セルヴァズは昨夜、土砂降りのなかで被害者の男を見かけたことを思い出した。だが、その話をするのはまだ早いだろう。セルヴァズはそう判断した。しかるべきときがきたら、ジーグラーに話そう。個人的に、誰もいないところで。なぜなら、その話をするには、そもそも自分がどうしてあの森にいたのかを説明しなければならないからだ。それにジーグラーは、八年前にマリアンヌの身に起きたことを知っている。こちらが打ち明ければ、あるいはマリアンヌの捜索に協力してくれるかもしれない。

「被害者の身元はわかったんですか？」セルヴァズは尋ねた。

「ええ。名前はティモテ・オジエ」アンガール大尉が答えた。「三十一歳。エグヴィヴ在住で独身。麻薬の売人で、以前は村役場に勤めていました」

「死因は？」

「溺死ですよ」今度はキャスタンが答えた。「あの腹を見てごらんなさい」

セルヴァズは、滝の下にいる被害者のほうに顔を向けた。積まれた石のあいだに目を凝らすと、若者の腹部がまるで水を入れた革袋のように膨らんでいるのが見える。

「最初の現場検証によれば、被害者はまず背後から殴られています」キャスタンが言葉を継いだ。「相当強烈な殴打だったようで、おそらく被害者はそれで意識を失ったのでしょう。その間《かん》に、犯人は被害者を裸にして縛りあげ、滝の真下に運んでいます。どの時点で被害者が意識を取り戻したのかはわかっていません。犯人はロープを使って、被害者の頭をうしろに反らせた姿勢で固定しています。頭と両手首を縛ったロープの先には重石がついていて、滝つぼの奥底に沈めてありました。また、被害者の体の上には、重さ数キロの石がいくつも載せられていています。手首と足、膝をきつく縛られていたうえに、体の半分は重石で覆われて、まず身動きは取れなかったでしょうね。それから、犯人は被害者の口のなかに棒を突っこんで、口を閉じられないように固定しています。被害者は激しく頭を振って抵抗したようです。口のなかから折れた歯が何本か見つかっていますし、舌や口蓋部分に深い切り傷が見られます。そのあとは、ご想像に難くないでしょう……。滝の真下に据えられた被害者の口のなかに、滝の激流がダイレクトに流れこみ、被害者の胃や消化器官、食道、肺があっという間に水でいっぱいになったのです。被害者は息ができなくなって酸欠を起こし、最後には溺れて、心拍停止で死亡、というわけです。まあ、以上の内容は、いずれ死体解剖で確認されるでしょうが」

朝早くからこんな忌まわしいことを口にするのがどんなに難儀かと言わんばかりに、キャスタンは陰鬱な口調で説明を終えた。それから、数メートルほど離れた水辺のそばを指さし、あれが被害者の身につけていた衣服ですよ、と言い添えた。そこには乱雑に積み重ねられた衣服の山があり、そのそばには証拠の位置を示す黄色いプラスチック製の番号札が置かれている。

「それから、水辺でおかしなものが見つかってる」

ジーグラーはこちらを向いてそう言うと、顎の先をわずかにあげて、自分についてくるようにと合図をした。セルヴァズはさっそくあとに続いた。ジーグラーは茂みをいくつか迂回しながら水際まで進み、地面を指で示すと身をかがめた。その顔には揺れる水面のきらめきが映って輝いている。足元は砂地になっていて、滝の渦が作りだす波型模様がついていた。

ジーグラーが示した先には、別の証拠物件を示す黄色い番号札が置かれていた。その横に、平らな小石が四つ、砂の上に置かれている。小石には赤いフェルトペンで、それぞれ印が描かれていた。○、△、□、×の四つのマークだ。

「なんのマークか、心当たりは？」セルヴァズは尋ねた。

ジーグラーは首を横に振った。

「なかなかのものでしょう？」キャスタンがうしろから、鑑定士のような口ぶりで言った。「我々は、これまた結構なクライアントを相手にしているようです。しかもこれだけの殺人を犯しておいて、どこにも足跡一つ残していないのですから」

セルヴァズは首筋の毛が逆立つのを感じた。確かにこれは、ありきたりの事件ではない。セルヴァズは顔をあげ、滝から下流へと流れる川を眺めた。下のほうには、野次馬が集まっている。

「犯人は足跡を残さないように、川を下って逃げたのかもしれない」セルヴァズは言った。「川岸を調べる必要がある」

「わたしもそう思う」ジーグラーが気難しい顔で言った。「ただ、そのためには、道路をもっと下流まで封鎖しておくべきだった。あれだけの野次馬が川岸や土手を踏み荒らしてしまっている以上、何か手がかりがあったとしても、もう使い物にはならないわ」

ジーグラーはそう言うと、アンガール大尉を鋭い目つきでにらみつけた。アンガールは亀のように、首をすくめている。

「とにかく、あそこにいる人たちを写真に撮っておきましょう」ジーグラーはつけ加えた。「今この現場にいる全員をね。もちろん悟られないように」

事件の捜査でよく使われる手法だ。といっても、刑事もののドラマシリーズの影響で、今は警官でなくても、誰でも知っていそうだが。セルヴァズは心でつぶやいた。

一人の鑑識官が水辺周辺の距離や滝つぼの水位などを測定し、もう一人がタブレットに数値を入力していた。現場の様子も撮影されている。記録係の警官は、現場の状況を細部にわたって記録し、証拠物件に一つ一つ封をしている。捜査の全過程を包括的に文書化する責任者として、これから予審判事に提出するための現場検証の調書の作成に取りかかるのだろう。ジーグラーは記録係のそばへ行って声をかけた。

「調書が仕上がったら、三回見直してからこちらにまわして。必要なだけ時間をかけてもらいたいの。弁護士に些細《ささい》なことで口を出されて、手続を台無しにしたくないから」

指示を出すと、ジーグラーはこちらへ戻ってきた。

「あっちにも、別の手がかりがあるのよ」

ジーグラーは一団から離れて先へ進んだ。そして、別の証拠物件の番号札のところまでくると、再び地面に身をかがめた。

「ここで誰かが煙草を吸っていたらしいの。全部で十本ほど吸い殻が見つかってる。これが犯人のものなら、犯人は長い時間ここに残って、被害者が悶《もだ》え死にするのを眺めていたか、あるいは犯人が複数いたか、ということになる。もちろん、吸い殻は犯人が来る前からあったものかもしれないけど、断定するのは難しいわ」

「死亡推定時刻はいつなんだ？」

「今朝の午前二時頃よ」

セルヴァズは、またしても昨夜の森での尾行劇を思い返した。あのあと自分が修道院へ戻ったのは午前一時だった。ということは、自分は未来の犠牲者を、まさかそれから二時間足らずのうちに殺されることになるとも知らずに、ほんの数メートルの距離から目撃していたことになる……。これほど重要な情報を、自分の胸だけにしまっておくわけにはいかない。それに、遅かれ早かれ、司法警察の上層部の耳にも入ることになるだろう。

ジーグラーはまだ地面に身をかがめていたので、その首に見覚えのある小さなタトゥーがちらりと見えた。彫られているのは中国の文字だ。なぜだかわからないが、セルヴァズはその懐かしい発見に胸を打たれた。ジーグラーと組んで仕事をして以来、自分たちのあいだにはパートナーとしての大きな信頼と確かな友情が生まれていた。だが、そのあと時間と地理的な隔たりが互いを遠ざけてしまった。そうこうしているうちに、数カ月前、ジーグラーが遠い異国での任務を終えてフランスに帰国したことを耳にして、自分は何度となく、ジーグラーに電話をしたい気持ちに駆られていたのだ。だが、いつも翌日へと先延ばしにしているうちに今日まできてしまった。ジーグラーのうしろ姿を見ながら、セルヴァズは思った。ジーグラーも自分と同じ衝動に駆られたことはあっただろうか。それとも、こちらのことなどすっかり忘れていただろうか。すると、まるでその考えを読んだかのように、ジーグラーは顔をあげてこちらを見つめた。

「フランスに戻ってから、何度もあなたに電話をしようと思ったのよ」ジーグラーは言った。おそらく、ほかの人間がそばにいないタイミングを待っていたのだろう。「でも、ほら、そのたびに明日にしようって先延ばしにしてしまって」

「こちらも同じだ」

セルヴァズはそう言って、滝の頂上を見あげた。木漏れ日が水しぶきにあたって、滝口に美しい虹を作っている。あたりには森の下草や花々のしっとりとした匂いが漂っていた。

「異色の事件に直面しているようだな」セルヴァズは言った。「稀《まれ》にみる犯罪だ。それに、ひどく気がかりでもある」

ジーグラーはうなずいた。

「上の連中は、きみたちに相当、圧力をかけてくるだろうな」セルヴァズはつけ加えた。

「ええ。せめて、この事件だけならよかったんだけど……」

「どういうことだ？」

ジーグラーはためらいを見せた。それから、少し離れたところにいる同僚たちをさっと見やると、声を落として言った。

「実は、数カ月前にも、ここから遠くないところで、似たような事件が起こってるの。マスコミには、奇跡的に事件の詳細を嗅ぎつけられずに済んだわ。山中の湖で男が殺されたんだけど、被害者を発見した救助隊員と数名の憲兵、医師、そして被害者の妻以外は、遺体がどういう状態だったか、誰も知らないのよ」

　セルヴァズは体がこわばるのを感じた。うしろの木立から、鳥たちのさえずりが聞こえてくる。いや、一羽だけの独唱のようだ。すぐ間近で、同じメロディを飽きもせずに繰り返している。

「どんな状態だったんだ？」

「被害者は、今回の被害者と同じくらいの若い男。冬にジャンダルムの岩山にある避難小屋の近くで発見されたわ。そっちの被害者も、最初に強烈な殴打を受けていた。後頭部ではなく額のほうだったけど。それから、ノワール湖の凍った湖面の上に裸で寝かされて、マイナス二十度の氷水を浴びせられていたらしい。発見されたときには、全身が完全に薄氷の膜に覆われていたの。最終的な死因は低体温症。ただ、まだ息があるうちに、被害者の腹は大きく切り裂かれていて、そのなかに……プラスチック製の赤ちゃん人形が押しこまれていたのよ」

　プラスチック製の赤ちゃん人形……。セルヴァズは背中に薄ら寒いものを感じた。なんともいえない不快感が押し寄せてくる。ここで起こっている殺人は、警察が日常的に直面する事件の枠を超えている。と、ふいに疑問が頭をよぎった。殺された男たちは、マリアンヌと接触があったのだろうか。マリアンヌの逃亡と、この二つの殺人事件には、なんらかのつながりがあるのだろうか。

「それで、その最初の事件だが、捜査のほうはどうなってる？」

すると、ジーグラーの顔が曇った。

「進展なしよ。まったく何も出てこないわ。証拠はゼロ、手がかりもゼロ、容疑者もゼロ。それでも、こちらはすぐに動いたのよ。使える人員はすべて注ぎこんで捜査にあたったんだけど」

つまり、ポー憲兵隊の犯罪捜査部を率いているのは、ジーグラーということだ。セルヴァズは、滝の下にあるブロンド男の死体を眺めた。鑑識はようやく、被害者を覆っている大小の石やロープを取り除く作業に入ったようだ。案外、腹のなかからも何か出てくるかもしれない。セルヴァズは思った。湖で殺された若者のように。派手に演出された二つの殺人。手がかりはなし。思わず身震いが出た。不快感は膨らむばかりだった。

「二つの殺人が別々の犯人による犯行だとは考えにくいな」セルヴァズは言った。

すると、ジーグラーが追いつめられたような鋭い視線を投げた。

「それどころか、その可能性はゼロだわ」

そして、四つの小石が置かれているほうを指さした。

「第一の殺人事件でも、湖のそばに二つの小石が置かれていたの。一つには×、もう一つには△の印が描かれていた」

13

「ちょっと話せないか？」セルヴァズは言った。

ジーグラーは少し驚いて、まわりにさっと視線を走らせた。

「それって、あなたとわたしだけで、ってこと？」

「そうだ」

ジーグラーは、飛んできた蜂を手でさっと払いのけた。

「いいわよ。聞かせて」

セルヴァズは、自分もさっとあたりを見渡した。誰も自分たちには注意を払っていないようだ。それに、滝の轟音で声がかき消されて、誰かに話を聞かれる心配もなさそうだった。

「昨夜、気になるものを見たんだ」

ジーグラーはじっとこちらを見つめている。

「どういうこと？」

「ここからそう遠くないところに、修道院があるだろう？」

「オーフロワ大修道院ね」ジーグラーはうなずいた。

「昨夜、その修道院の裏手にある森に入ったんだ。真夜中に近かった。そこで、あの若者を目撃した」セルヴァズはそう言いながら、ブロンド男のほうを指で示した。鑑識がちょうど水から引きあげているところだった。「あの被害者の若者は、森で修道士と落ち合っていた。麻薬を渡して、修道士から金を受け取っていたんだ」

ジーグラーは信じられないといった表情でこちらを見た。

「でも真夜中に森にいたって、そもそもあなたはそこで何をしてたわけ？」

「ちょっと複雑な話なんだが……。ある人を探している」

「誰を？」

「マリアンヌ・ボカノウスキーを覚えているか？」

ジーグラーは眉根を寄せた。

「もちろん」

「信じられない話に聞こえるだろうが、マリアンヌがまた現れたんだ……。二日前の晩に、マリアンヌから私の携帯に電話があった。助けてくれって。集めた情報から、マリアンヌがこの森から電話をかけてきたことまではわかっている。でも、そのあとの痕跡はふっつりと消えてしまった」

ジーグラーは無言のまま、しばらくこちらをまっすぐに見つめていた。その視線は、向こうの同僚たちに移り、またこちらに戻ってきた。ちょうどそのとき、救急車がサイレンを鳴らしながら近づいてきた。これから遺体を搬送するのだろう。セルヴァズは、ジーグラーの目に浮かぶ驚愕の光を目にした。

「そのこと、警察の誰かに話した？　マリアンヌのこと」

「ヴァンサンにだけ」

ジーグラーは、たった今、耳にした話をじっくり吟味しているようだ。それからようやく口を開いた。

「信じられない。あれから何年になる？」

「連れ去られてから、ってことなら……八年だ」

「なんてこと！　じゃあ、これから捜査を再開するのね？」

「いや、それが、私にはできないんだ。ほかの誰かに任せないと」

「どうして？」

「停職中だから」

その瞬間、ジーグラーは目を大きく見開いた。ショックを受けたらしい。

「なんですって？」

ジーグラーは見るからにたじろいでいた。セルヴァズは、自分の発言の重大さを少しでも軽くしようと、手で払う身ぶりをしてみせた。

「話せば長くなるんだが。もうすぐ懲罰委員会にかけられることになっている」

その瞬間、ジーグラーの顔がみるみる赤く染まっていった。どうやら怒っているらしい。

ジーグラーはすさまじい目つきでこちらをにらみつけた。

「ちょっとマルタン！　どういうことよ！　停職中のあなたが、ここでいったい何してるの？」

「その修道士に事情聴取をしないと」セルヴァズは構わず言った。

「あなたにここにいる権利はないわ。部外者が入りこんだせいで、こっちの捜査を台無しにされるのはごめんよ！」

「私はここにはいないってことにすれば……」

「馬鹿言わないで。キャスタンも、アンガールもあなたを見てるじゃない！　ほかの捜査員たちだってそう。写真にだって撮られてるかもしれないのよ、ったく！　こんなことが上に知れたら、この捜査まで取りあげられてしまうわ！」

それだけ言い放つと、ジーグラーは口をつぐんだ。沈黙がおりて、二人はつかの間、互いに腹を探りあった。

「なあ、イレーヌ、私はたまたまここを通りかかっただけ、ってことにしたらどうかな……」セルヴァズは口を開いた。「とにかくあの修道士を尋問しないと」

「尋問って、誰がするのよ？　こっちの捜査に加わるつもり？」

ジーグラーはため息をつきたいのをこらえているらしい。それから言った。「それで、あなたはその修道士を見ればわかるわけ？」

セルヴァズは、ジーグラーをまっすぐに見つめた。

「ああ。それは任せてくれ」

ジーグラーの背後では、キャスタンが憲兵や鑑識班の一団から離れて、ゆっくりとこちらに向かってくるのが見えた。朝の陽射しを浴びながら、滝つぼのほとりに沿って歩いてくる背の高いシルエットを見ながら、セルヴァズはユダヤの伝説に出てくるゴーレム――生命を与えられた泥人形を思い浮かべた。

「三時間後に、エグヴィヴ憲兵隊の捜査本部に来て」ジーグラーはさっと告げた。「それまでは、極力目立つことはしないで」

14

約束の時間にエグヴィヴ憲兵隊の建物の前に来てみると、ジーグラーは、ブルーに白いラインの大きなフォード・レンジャーの運転席に座って待っていた。つい先ほど、殺人事件現場に駐まっていた憲兵隊の車両だ。セルヴァズは、ジーグラーに初めて出会ったときのことを思い出した。事件現場の山頂へ向かうヘリコプター。操縦したのは、ほかでもないジーグラーだった。一方の自分は、高所恐怖症でめまいを起こし、機体を自在に操るジーグラーの手の内で、小さく無力に思えたものだった。

次に会ったとき、ジーグラーはバイクで現れた。黒いレザースーツに身を包み、鼻ピアスをつけ、タトゥーを入れ、ふるまいは勝ち気で自由奔放。ＩＴ技術を使いこなし、頭には警察組織を刷新するためのアイデアがあふれていた。そんな革新的なジーグラーと肩を並べていると、自分はがちがちの反動分子に見えたものだった。実際、樹皮と木の区別がつかない人たちや、世の中や人生を自分の凝り固まった視点でしか見ようとしない人たちの目には、自分はほぼまちがいなく、ただの保守人間に映っていたことだろう。

だがその後、セルヴァズは――たった一つの真実では満足しない人間の常として――ジーグラーのことをもっと深く知ろうとした。そして、その颯爽《さっそう》とした鎧の下にはもっと複雑な現実が隠れていることに気がついた。以来、自分たちは友になった。少なくとも、自分は当時、そう思っていた。

フォード・レンジャーの助手席に腰をおろすと、ジーグラーは何も言わずに車を出した。これから修道士に話を聞きにいくのだろう。一キロほど走って村を出たところで、ジーグラーはようやく口を開いた。

「これからのこと、はっきり取り決めておきましょう」ジーグラーは言った。「今後、誰かに訊かれるようなことがあったら、わたしはあなたが停職中だったことは知らなかったと答えることにするわ。あなたは別の用事でたまたまこの地に来ていて、偶然行き合わせた。憲兵隊の捜査には一切介入しないし、そばに控えて見ているだけで、いかなるときも捜査の一助を担ったりはしない。当然、調書にもあなたの名前は一切出てこない。それでいいわね？」

セルヴァズはジーグラーと視線を交わしてうなずいた。取引成立だ。

「じゃあ教えて。どうして停職になったのか」

セルヴァズは、修道院までの車中で、この冬に起きた出来事をできる限り簡潔に語って聞かせた。ジーグラーは黙って聞いていたが、こちらが文を区切るたびに、その目に驚きの色が広がっていくのがわかった。話を終えると、ジーグラーはほほ笑んだ。

「じゃあ、あなたは今、シングルファーザーなのね」

「ああ、そういうことだ。きみのほうは？」セルヴァズは尋ねた。「最後に会ったとき、きみはたしか……」

「そう、ズズカよ……。今もずっと一緒にいるわ」

ズズカというのは、ジーグラーの恋人の女性で、自分がジーグラーと知り合ったときには、二人はもう付き合っていた。ブロンドのジーグラーと褐色の髪をしたズズカ。ジーグラーと組んで、サン゠マルタン・ド・コマンジュの連続殺人事件を捜査していた当時、ズズカはたしか、〈ピンク・パラダイス〉か、〈ピンク・バナナ〉か、そんな名前のナイトクラブを経営していたはずだ。セルヴァズは話の続きを待ったが、ジーグラーは黙っていた。少なくとも、今ここで話すかどうか決めかねているようだった。それに、声にはある種の緊張が走っている気もした。セルヴァズは話題を変えようと別の質問をした。

「それで、仕事のほうは？」

「ええ、去年から、犯罪捜査部の指揮を執ることになったの。なかなかうまくいってる。仕事には満足してるわ。でも今回の事件では、相当な圧力をかけられることになるわね」

「圧力は、昔から好きだったじゃないか？」セルヴァズはからかって言った。「そこを右に曲がってくれ」

車は丘を登りながら、森の奥へと入っていく。

「今度の事件は、さすがに隠しきれないでしょうね」ジーグラーは言った。「最初の事件の詳細が外に漏れなかったこと自体、奇跡だったのよ。でも、今回の事件をきっかけに、きっとマスコミが第一の事件も嗅ぎつけて、二つの事件を結びつけるはず」

「二つの事件の被害者たちに、もう一つ共通点があることには気づいたか？」

「膨らんだ腹部のこと？　妊娠に見立てているみたいね」

「ああ」

　セルヴァズはふいに、昔に戻ったような懐かしい感覚を覚えた。自分とジーグラーは、最強のチームだった。互いを補いあうだけでなく、良い意味でのライバル意識をかき立てられて、いつも以上の力を発揮することができたのだ。セルヴァズは、隣で運転するジーグラーを見つめた。木の葉の影がスライドショーのようにその顔の上を流れ、日焼けした肌のブロンドのうぶ毛が木漏れ日を受けて艶やかに光っている。

「あのブロンドの若者、ティモテ・オジエだが、アンガール大尉は、麻薬の売人だったと言っていたね。ＴＡＪに記録があったのか？」

　犯罪記録処理ファイル《TAJ》――前科前歴を照会するためのシステムだ。

「ええ、それでわかったの。当然、被害者の過去は探るつもり。ティモテの両親にはすでに連絡してあるわ。両親はトゥールーズに住んでいて、父親は婦人科医だそうよ」

「婦人科医？」

　ジーグラーはこちらに意味ありげな視線を投げた。

「そう、言いたいことはわかるわ、わたしも関連を考えたから。でも、ただの偶然かもしれない。それから、凍った湖の上で殺されていた被害者のほうだけど、名前はカメル・アイサニ。二十九歳。仕事はセキュリティ関係。山歩きを愛するスポーツマンで、家族は妻と三歳の息子が一人。妻によれば、カメルはマリファナ、コカインの常用者で、エクスタシーもときどき使ってたみたい。カメルのディーラーもティモテだったのか、調べておかないと。そうそう、カメルの過去のほうはしっかり調べてあるわよ。たっぷり時間があったから」

「それで、何がわかったんだ？」

「かなり暴力的な男だったようね。妻は何度も病院の世話になってるわ。事情を聞かれるたびに、ドアに衝突したとか、壁にぶつけたとか、苦しい言い訳をしていたそうよ。近隣の住民はしょっちゅう声があがるのを耳にしていた。もちろん悲鳴のほうね。ほかにも暴行の立派な前科があったわ。バスの運転手を襲って有罪になってる。ただクラクションを鳴らされたという理由で、ぼこぼこにしたって話よ」

「セキュリティ関係っていうのは、どういう仕事なんだ？」

「個人宅に防犯カメラや警報を取りつけたりする仕事だそうよ。勤めていた警備会社の業務として、遠隔監視《リモート・モニタリング》もしていたらしい」

セルヴァズは驚いた。

「そんな仕事を、前科のある人間にさせてたってことか？　いくらなんでも雇う前にチェックしないのか？」

するとジーグラーは、まるでこちらが面白いことでも言ったみたいに、ふっとほほ笑んだ。笑ったのはこれで二度目だ。

「もちろんチェックはするわ。建前としてはね。この種の仕事をするには、民《C》間警備業《N》活《A》動《P》全国《S》協議会が発行するライセンスカードが必要なの。カードは五年間有効。通常、雇用主は、年に一度、従業員のカードが有効かどうかをチェックすることになっていて、それ専用のサイトもある。ただ、そのサイトはインターフェースが使いにくくて、正直げんなりするような代物なのよ。それで、カメルの会社のように何十人も従業員がいるところでは、たいてい年一回のチェックがおざなりにされているのが実情のようね。その結果、今回のカメルのように、ある時点で有罪判決を受けたとしても、カードの有効期限が切れるまで雇い主は知らずにいるってわけ」

ジーグラーはそう言って、こちらにウインクをしてみせた。

「おまけに、この話には続きがあるのよ。従業員がカードを更新する際の申請用紙には、ＣＮＡＰＳ側が自ら、こういう注意書きをしているの。『審査後の更新可否の決定は、申請者本人にのみ通知されます。雇用主へは通知されません』って。つまり、たとえ審査に落ちて資格を剝奪されたとしても、雇用主に伝えるかどうかは、本人次第ってこと！　傑作でしょ？」

ジーグラーはかなりスピードを出していた。カーブを曲がるには、ちょっと飛ばしすぎじゃないだろうか。セルヴァズはひやりとした。軋むタイヤが、道のくぼみに沈んでいた昨秋の落ち葉を巻きあげている。

「それで、あなたの事件のほうだけど」ジーグラーが言った。「マリアンヌから電話があってから、具体的には何があったの？」

セルヴァズは、あの電話に続く悪夢のような夜のことをざっと要約して聞かせた。

「森を捜索中に、修道士の一人が携帯電話が落ちているのを見つけたんだ。携帯についていた指紋はこちらで検出して、アンガール大尉に照合を依頼したところだ。携帯のメモリのほうも、併せて分析してもらうように頼んである」

「で、その依頼が、うちの犯罪捜査部にまわされてるってことね」

「そのとおり」

「殺人事件とマリアンヌの件、この二つは関係があると思う？」

セルヴァズはジーグラーと視線を交わした。

「その可能性も考えてみたが、今の時点で仮説を立てるのはまだ早すぎると思う」

やがて、眼下に修道院がその姿を現した。黄土色と桃色を帯びた色調、六角形の鐘楼に二連窓。青々とした緑の惑星に座礁した石の軍艦——そんなイメージが思い浮かぶ光景だった。この修道院は、厳しくも目には見えず、物言わぬ神への信仰の象徴だった。

「ずいぶん孤立した場所なのね」ジーグラーが修道院を見ながら言った。「どうやったら、こんなところで生きていけるのかしら？」

その言葉に、セルヴァズは思わずほほ笑んだ。ジーグラーは、夜遊びが好きだったことを思い出したのだ。

修道院に到着すると、セルヴァズはさっそくアドリエル神父に面会を求め、昨夜の出来事を説明した。アドリエル神父は、いぶかるような視線を自分たち二人に交互に向けてきたが、最後にこちらをじっと見据えた。沈黙はほんの数秒で破られた。神父が再び口を開いたとき、その声には抑えた怒りがこもっていた。

「つまりあなた方は、うちの修道士の一人が、昨夜森のなかで、今朝殺された男と一緒にいるところを目撃したというんですか？　その修道士が、お金を渡して……麻薬を受け取っているのを見たと？」

セルヴァズは何も言わずにうなずいた。密会の後半に目にしたキスのことは、ひとまず黙っていた。修道士がやたらと金を持っていたことも。この情報は、のちの尋問の切り札にとっておくつもりだった。

「それで、私にどうしろとおっしゃるのです？」アドリエル神父が尋ねた。

「修道士たちを集めてください」ジーグラーがきっぱりと言った。「昨夜の修道士を見つけて、質問をするためです」

再び、沈黙がおりた。

やがて神父は、沈痛な面持ちで首をたてに振った。たとえ今、宗教戦争が勃発したと言われても、これほど打ちのめされた顔はしなかっただろう。

アドリエル神父に召喚され、二十五名の修道士が集会室に集められた。一列に並んだ修道士たちは、白い修道服と黒い肩衣《スカプラリオ》を身にまとい、長い裾の下からはサンダルの先がかろうじて覗いている。背の高さも年齢もばらばらだが、若者よりも年配の修道士のほうが多かった。高齢化はどこの修道院でも進んでいるようだ。彼らの背後には回廊があり、そのアーチの向こうには内庭が見えた。陽の光を浴びて、花々が咲き乱れている。

アドリエル神父は両手を背中で組み、まるで軍隊を閲兵する将軍のように、修道士たちの前をゆっくりと歩いた。大修道院院長として、神父は一家の父なる存在でありつづけているのだろう。口やかましく、常に身内に目を光らせている厳格な父親。だが、その細心の警戒も甲斐なく裏切られ、その瞳は怒りの閃光を放っていた。修道士たちを一人ひとりしげしげと見つめるその姿は、いつにも増して、怒り狂った老鷲のように見えた。

ジーグラーとは、事前に尋問のやり方について打ち合わせていた。昨夜、森のなかで見かけた修道士をみなの前で名指しするのではなく、一人ひとり、全員から話を聞くことにしたのだ。アドリエル神父には、ひっそりと事情聴取ができる部屋を用意してもらうよう頼んでいた。そのとき神父は、不満げな様子でこう言った。

「その修道士が誰なのか、私には言わないおつもりですか？」

セルヴァズは迷った。修道院の長たる神父には、夜の森にこっそり抜けだした修道士の名前を明かすべきなのだろうか。

「時を改めて、神父さまがご自分で修道士たちにお尋ねになるのが一番ではないでしょうか」セルヴァズは結局、質問をはぐらかして答えた。「過ちを犯した修道士に自ら名乗り出る機会をお与えになるのです。それが、贖罪《しょくざい》への第一歩を踏みだすきっかけになるかもしれませんから」

「贖罪とはまた、仰々しい物言いですな」神父は辛辣な口調で言った。「そのような言葉は軽々しく使わないでいただきたい。今日では、人はそうした言葉を、あまりにも安易に口にし、濫用しているのです。贖罪、赦《ゆる》し、改悛、罪の悔悟、償い……。聞こえてくるのはそんな口先だけの言葉ばかりです。きっと指をパチンと鳴らすだけで、あるいはちょっとひざまずいて祈るだけで、罪は贖われて、神や人間に対する借りを返せるとでも思っているのでしょう。まあ、そうは言っても、あなたのおっしゃることにも一理あるかもしれませんな」

神父は今、集まった修道士たちを前に二歩うしろへ下がると、全員を見渡しながら口を開いた。

「ここにおられるのは、警察の方たちだ。もうすでに耳にしているだろうが、この近くの谷で恐ろしい事件が起きた。その関係で、おまえたちにいくつか質問があるそうだ。これから一人ずつ小部屋に入って、面談を受けてもらう。その際には、何も隠し立てはせず、できる限り率直に答えるようにしてほしい。日頃、私に対して話すときのように」

最後の一言には、皮肉が込められていたのだろうか。そうだとしても、神父の表情からは何一つ読み取れなかった。

神父からあてがわれたのは、むきだしの壁に木製の大きな十字架がかけられ、祈禱台が一つあるだけの小さな部屋だった。面談用に、テーブルと編み藁《わら》の張られた椅子三脚が運びこまれている。

最初に話を聞いたのは、褐色の巻き毛でひょろ長い体形をした、調理場担当のエティエンヌ、次いでラグビーの第三列並みにがっしりした巨体ながらファルセットの甲高い声を持つ、菜園と果樹園担当のエルヴェ、そして小柄で頭が禿げあがり、目がおどおどしている会計と注文担当のエリーの三人だった。セルヴァズは、三人が森の捜索に参加してくれていたことを覚えていた。三人とも、事件に関することは何も見聞きしていないとのことだった。

セルヴァズは煙草を吸いたくなり、ニコチンガムを一粒口に入れてから、四人目の修道士を迎え入れるためドアを開けた。外で待っているグループのなかから、太った修道士がこちらに近づいてくる。副院長のアンセルムだ。アンセルムはこちらを横目でにらみつけながら部屋に入った。ドアを閉めようとすると、アンセルムはぴしゃりと言い放った。

「ドアは開け放したままで結構だ。何も隠すことなどないし、話はすぐに終わる」

「それはこちらが決めることです」ジーグラーがすぐに言い返した。アンセルムがジーグラーをにらみつけている。セルヴァズは、そのガラスのようなブルーの目の瞳孔がみるみる開いていくのを目の当たりにした。

なるほど、すぐかっとなるタイプのようだ。セルヴァズは思った。

「お座りください」アンセルムがいつまでも立ったままでいるので、ジーグラーは有無を言わさず命令した。アンセルムはしぶしぶ腰をおろした。

「あなたは修道院の運営と、アドリエル神父の補佐を担当なさっているそうですね？」

「まあ、そうともとれますがね」アンセルムはいま一つ納得しきれない様子で言った。

「言ってみれば、アドリエル神父は精神面を担当して、私のほうは物質面を取り仕切っているというわけです。神父と私は、この修道院を支える二本の大黒柱なんですよ」

明らかにアンセルムは、修道院における自分の役割を相当高く見積もっているようだ。

「ということは、この修道院の内部で起きていることに誰よりも通じているのは、あなただということですね？」

「そのとおり」

「でしたら、修道院のなかで、規則違反やある種の不法行為が行われていることは何かご存知ですか？」

アンセルムの唇に、あざけるような笑みが広がった。

「不法行為とは、何に照らした不法ですかね？　うちの戒律違反なのか、それとも警察でいうところの法律違反なのか？」

「質問に答えてください」

アンセルムは両肩をすくめてみせた。

「今の時代、どんなに地理的に孤立していたって、この腐敗した世の中とまったく無縁でいられるわけじゃありませんからね。この修道院にも、何人か性根の腐った鼻つまみ者は存在しますよ」

「その鼻つまみ者のなかに、麻薬依存症の人間は?」

「今はもういません」

「じゃあ、昔はいたということですか?」

「そうです」

「もう少し詳しく話してもらえませんか?」

「修道士のシプリアンですよ。あいつは、薬物依存の問題を抱えていたんです。それで、薬を完全に断って依存から抜けだせるように、我々はあいつの手助けをしてやったんだ。今はあいつも、まともに暮らしてますよ。あなた方の言葉を借りれば、〝クリーン〟ってことです」

「麻薬の種類は?」

「コカインですよ、クラックコカイン」

「今も彼は監視下に?」

するとアンセルムはジーグラーをじろりとにらんだ。

「我々共同体の均衡は、それぞれの責任と信頼に基づいて成り立っているんですよ」アンセルムはきっぱり言った。「修道士たちは一人前の大人です。ガキじゃないんだ。警察みたいに、いちいち取り締まるためにここにいるわけじゃありませんよ」

「要するに、ご心配はされていないと？　夜も枕を高くして眠っていらっしゃるということですね？」

アンセルムは、ジーグラーをいぶかるようにじろじろ見た。

「まあ、確かに、いったん眠りに落ちたらなかなか起きませんがね」

セルヴァズはアンセルムの背後に立って話を聞きながら、その太い首を眺めた。襟足の部分は髪が短く刈りこまれていて、白髪まじりの細いうぶ毛に覆われた肉のたるみが、首のまわりをネックレスのように一周している。

「でも、なんだってそんな質問をするんです？」アンセルムは尋ねた。「誰かを疑ってるんですか？」

「我々は、修道士のなかのどなたかが夜中に森のなかを出歩いていないか、そして、その人物が何かを目撃していないかどうかを知りたいのです」

アンセルムは眉をひそめた。

「いったい全体《ディアーブル》、なんでまた、うちの修道士が真夜中に森のなかをほっつき歩かなきゃならんのです？　いや、口の悪いのは勘弁してもらいますよ。とにかくそんなのは、まったく馬鹿げてますよ」

「いや、そうとも限りませんよ」

セルヴァズはついうしろから口を出した。ジーグラーの尋問を邪魔することも、ただのオブザーバーという自分の領分をはみだすこともわかってはいたが。

アンセルムはこちらを振り向いた。

「それって警察お得意のあれですか？」一人が前から、もう一人がうしろから尋問する心理学的な戦術ってやつでしょう？〝良い警官と悪い警官〟でしたっけ？」

そんなことも知っているのか。セルヴァズは心のなかでつぶやいた。結局のところ、聖職者だって、世俗からそれほど切り離されているわけではなさそうだ。しかもアンセルムは、教会では忌まれる言葉まであっさり口にしている。修道士たちでも、ときには暴力的なテレビドラマや映画を観ることはあるのだろうか。実際、彼らがどこまで現実社会と距離を置いているのか、自分にはさっぱりわからなかった。

「あなた自身はいかがです？」ジーグラーが尋ねた。あえて鎌をかけてみたらしい。「あなたにも、なんらかの依存症はありませんか？　よく眠れなかったり、不安に苛《さいな》まれたりすることは？」

アンセルムは身をよじってジーグラーのほうへ向き直ったが、その動きには苛立ちが見てとれた。

「ありませんね」

即答だった。これでは、あります、と言っているようなものだ。

「さっきも申しあげましたがね、私は眠りは深いほうだ。修道院で生活していたら、のらくらしている暇なんかありませんよ」アンセルムはそう言うと、一気にまくし立てた。

「だいたい、怠惰は魂の敵ですからね。毎日の予定は、聖務日課と数々の労働でびっしり詰まっていて、休憩を取る時間なんてほとんどありません。夏は、朝課の最初の祈りのために、夜明け前の朝四時に起床するんです。それから七時十五分に賛課、九時十五分に三時課、正午前に六時課、十五時に九時課、十七時十五分には晩課、そして二十時には一日の終わりの終課。要するに、一日は朝晩の大きな祈りと、その合間の小時課の祈りで埋めつくされているんです。個人的な祈りだってある。それに加えて、日々の雑用とかメンテナンスの作業にも精を出さなきゃならない。これでおわかりでしょう。我々は、長時間祈っては働いて、へとへとの毎日を送ってるんですよ。ここはホリデーキャンプじゃありませんからね」アンセルムは、ひどくうぬぼれた言い方で話を終えた。

叩けば埃が出そうな男だ。セルヴァズは思った。アンセルムはたいして意味もない情報を大げさにまくし立てて、こちらを煙に巻こうとしたのだ。トゥールーズ署の塀のなかに引っ張られた小物のちんぴら連中がよく使う手だ。

「お話、ありがとうございます」ジーグラーは面談を終えた。「次の修道士の方をよこしてください」

アンセルムはその重い巨体を起こして立ちあがり、出口へ向かった。扉を開けると、外で待っているグループに手を振って合図をした。セルヴァズは扉に背を向けながら、ジーグラーと視線を交わした。ジーグラーは肩をすくめてみせている。

ドアに足音が近づき、セルヴァズは次の修道士を迎えようと振り向いた。そこには、窓から入る陽の光を浴びて、昨夜の修道士が立っていた。

15

まだ子どもじゃないか——部屋に入ってきた修道士を見て、セルヴァズはひとりごちた。まだ幼さの残る顔、栗色の長いまつ毛に縁どられた淡い色の大きな目、スグリの実のように小さくて赤い口。ふっくらとした頬は、二人の警官にまっすぐに見つめられてたちまち真っ赤に染まっている。身長は一メートル七十センチに届かないくらいで、顎には髭が申し訳程度に生えている。

修道士はジーグラーをおどおどと見つめた。どうやら、女性の存在に怖《お》じ気《け》づいているらしい。

「おかけください」ジーグラーが言った。

まだ体罰が普通に行われていた時代の学校教師のように乾いた口調だった。修道士は慌てて従い、椅子の上でもできるだけ場所を取らないようにと縮こまって座った。ハリー・ポッターじゃないが、もしここに透明人間になれるマントがあったら、この若者はすかさずマントを羽織って隠れようとするだろう。セルヴァズは、ギュスターヴに読み聞かせた場面を思い出して想像した。ギュスターヴには、ハリー・ポッターはまだちょっと難しかったようだが。

「お名前は？」ジーグラーが尋ねる。

「えっと、シプリアンです」

先ほどアンセルムの話に出てきた名前だ。アンセルムは〝クリーン〟だと言っていたが、目が節穴とはこのことだ。セルヴァズはシプリアンの背後に立ち、ジーグラーに合図を送った。昨夜の修道士はこの男だと。ジーグラーは合図の意味をすぐに了解すると、椅子の上で姿勢を正し、シプリアンの目をまっすぐ見据えた。冷ややかな視線に、修道士はたちまち下を向いた。この調子だと、口を割らせるのに五分とかからないだろう。

「あなたは不眠症ですか？」ジーグラーは前置き抜きで切りだした。

「え？」

「わたしに質問をすべて繰り返させるつもりですか？」

まったく容赦ない口調だった。シプリアンはいっそう小さくなっている。

「ときどき、よく眠れないことはあります……でも、僕たちにはあまり時間がなくて……」

「何をする時間？」

「その、休む時間が……」

「なるほど。それで、眠れないとき、あなたは何をしますか？」

「本を読んだり、音楽を聴いたり……あと、祈ったりします」最後の言葉が出てくるまでにはしばらく間があった。まるでたった今、自分が修道士であることを思い出したかのようだ。

「あなたはまだ若いわ。あなたのような若者にとっては、ここでの暮らしは決して楽ではないでしょうね」

「自分で選んだ道ですから……」

「どうしてこの道を選んだの？」

するとシプリアンは、目をきょろきょろさせながら、前後の二人を交互に見やった。

「あの、僕はその、何かを目撃したかどうかを訊かれるんだと思ってました」

「いつ？」ジーグラーが冷たく言った。

「えっと、それは、あの殺人事件のあった夜に……」

「どうしてそう思ったの？　あなたは何か見たんですか？」

「いえ、何も見てません、僕は寝てました」

「本当に？」

シプリアンは首をたてに振った。

「ティモテ・オジエ。この名前に聞き覚えは？」

セルヴァズは質問を挟んだ。

「いえ、ありません」

ジーグラーはとっさに驚いたような顔をした。

「聞き覚えがない？」

すると、シプリアンはためらうような仕草を見せた。

「あ、でも……」

「どっち？　知ってるの、知らないの？」

ジーグラーの声は、ますます辛辣になっている。

「知りません」

「あら、本当に？　でもおかしいわね。ティモテは殺される二時間前に、あなたと森のなかで会っているところを目撃されているんだけど」

シプリアンの目が大きく見開かれた。

「な、なんのことですか？」

すると、ジーグラーは立ちあがって椅子をつかみ、音の出るのも構わずゆっくりと椅子を引きずりながらテーブルのまわりをまわると、シプリアンの真うしろに椅子を置いた。そして、若者の耳元へ顔を寄せると、鼓膜に息を吹きこむようにささやいた。小さな声だが、どすが利いている。

「あと一言でも、ふざけたことを口にしたら、あんたを留置場にぶちこんでやる。売春婦のヒモとか娼婦とか、強姦魔たちがわんさかいるところよ。ああいう連中は、あんたみたいな若くてうぶな男と一夜をともにするのが大好きなのよ……」

セルヴァズは一瞬、シプリアンがその場でばらばらに崩れていくのではないかと思った。

唇がぶるぶる震えだし、その目は見る間に潤んでいる。息づかいは荒くなり、ヒューヒューと音を立てている。

「さあ、正直に話して」ジーグラーは耳元で続けた。ほとんど母性的な辛抱強さで促している。「ここで聞いたことは、どこにも漏れないわ。約束する」

沈黙がおりた。

やがて、シプリアンが口を開いた。

「ティモテは僕に麻薬を売ってくれてたんです……。僕はその……ポーで学生だったときに、ドラッグに手を出してしまって。でも、前よりはずっと減ってます、それは本当です。神が僕を悪魔の手から救ってくれました。もちろん少しずつですけど。一日で生まれ変わるわけにはいかなくて……」

セルヴァズは、シプリアンのもう片方の耳元に顔を寄せてささやいた。

「きみがティモテにキスをするところも見かけたが」

ほのかにバラ色だったシプリアンの頬は、みるみるうちに真っ赤になった。

「僕は殺してません……」シプリアンはもごもごと言った。「僕じゃない！」

セルヴァズはシプリアンの顔を観察した。噴きだす汗で、文字どおり光っている。シプリアンは額に浮きでる汗の粒を袖の裏で拭った。

ジーグラーは立ちあがると、椅子を持って再びシプリアンの正面に戻った。

「ティモテ・オジエのことを聞かせて。どうやって知り合ったの？」

シプリアンは言葉を探した。

「エグヴィヴに来てすぐに、自分でディーラーを探したんです。マリファナもコカインもなかったら、すぐに耐えられなくなるって自分でもわかっていたから……」

「アンセルムは、あなたが麻薬を完全に絶って、今は〝クリーン〟だって言ってたけど、あれは全部でたらめだったってことね」

ジーグラーにじっと見つめられ、シプリアンは目をそらした。

「でたらめじゃありません。いったんはやめて、一時期は本当にクリーンだったんです。でも、そのあとまた始めてしまって」

「なるほど。でもティモテとは、麻薬だけのつながりじゃなさそうね？」ジーグラーは、キスのことをほのめかした。

シプリアンはためらった。

「それは……もっとあとになってからのことです。ティモテは、まるでこっちの考えを読めるみたいでした。まるで、僕のなかの欲望の一つ一つを見抜いていたみたいで……」

「もっと詳しく話してみて」

セルヴァズはシプリアンの目が不安で曇っていくのに気づいた。瞳は心配そうに揺れている。

「ティモテはなんというか、善人ではありませんでした。まるでモラルがなかったんです。ティモテにとって、悪事を働くのは第二の天性みたいなものでした。嘘をつく、騙す、盗む、脅す、欺く……。あいつはそういうのが大好きでした。自分のなかにある一番破壊的で、病的な衝動にしか耳を傾けなかった。あいつなら悪の限りを尽くして、行きつくところまで行っていたかもしれない。ときどき、心底ぞっとさせられましたから」

セルヴァズは、真夜中の森でティモテが放っていた危険な匂いを思い出した。

「でも、その一方で、僕はどうしても……あいつに惹かれずにはいられなくて……」

「ティモテが麻薬を売っていたほかの客に心当たりは？」ジーグラーが尋ねた。「付き合っていた仲間とか？」

「わかりません、すみません」

「ティモテは何か危険を感じていたのかしら？　何かを恐れたり、誰かに怯えたりしていなかった？」

シプリアンは首を横に振った。

「協力したいのは山々なんですけど」シプリアンはぐずぐずと言い訳じみたことを言った。

「僕は知らないんです。本当です。あいつは僕にそういうことは一切話さなかったから」

「じゃあ、何を話したの？　あなたに何か打ち明けたことはあった？」

「はい、たまに」

「何を打ち明けたの？」

シプリアンは少し考えこんだ。

「たとえば、ティモテは、ある強迫観念に取り憑かれていました」

ジーグラーはそのまま続きを待っている。

「あいつは宗教とか神聖なものに、異常なほど目がなかったんです。教会の儀式や、そこにある祭具、彫像、絵画、教典や聖書……。そういったものについて知りつくしていました。取り憑かれたみたいに。宗教に絡んだ話をするのも好きでした。地獄は存在するのかってよく考えてました。それに、僕に自分の魂を救済する手助けをしてくれ、とも言ってました。過去に、とてつもなく恐ろしいことをしたんだって……」

セルヴァズはジーグラーが反応するのを見た。

「何をしたって言ってたの？」

シプリアンの視線は、こちらの顔を交互に行き来したあと、ジーグラーの上に落ち着いた。

「ティモテはこう言ってました。十六歳のとき、妹を殺したって。それで、精神科医のところに通っているって」

ジーグラーは唖然とした表情で、シプリアンをじっと見つめている。

「それで、あなたはその話を信じたの？　ティモテはあなたに本当のことを言ったと思うの？」

「僕も気になって、そのあとネットで調べてみたんです。そして、その事件の記事を見つけました。当時ティモテは未成年だったので、名前は伏せてありましたけど、そのほかの情報は、ティモテが話してたことと一致したんです。年齢も、状況も、父親が婦人科医だってことも」

「ティモテがかかっていた精神科医のことだけど、名前は言ってなかった？」

「いいえ、聞いてません」

ジーグラーはこちらに視線を送ってきた。

「ティモテのことで、ほかにも何か知っていることはある？」

「あいつは、父親のことを憎んでました」

シプリアンは、当然だと言わんばかりに言い放った。それがティモテとの共通点だったのかもしれない。セルヴァズは思った。シプリアンも自分の父親を憎んでいるのではないだろうか。

「麻薬を買うお金はどこで手に入れたの？」ジーグラーが尋ねた。

「あれは自分のお金です……その、父親が毎月仕送りをしてくれるので。修道院に必要なお金だと言ってあるから」

「昨夜、森でティモテに会ったあとは、何をしてたの？」ジーグラーが続けた。

すると、シプリアンは再び顔を赤らめた。

「それは……もう知ってるんじゃないですか？　あそこで僕を見張ってたのなら……。それだったら、僕があれをしたあと、修道院へ戻って寝たこともご存知のはずですよね？」

セルヴァズは、その行為の一部始終を見ていたわけではなかったが、それを伝えるのはやめておいた。

16

あたりは夏の盛りだった。太陽は真上でぎらぎらと輝いているというのに、セルヴァズはふいに、闇がこの大地を覆いつくしているような印象を抱いた。

「気に入らないわ、この事件」ジーグラーが車へ戻りながら言った。修道士たちとの面談を終えて、修道院を出たところだった。「まったく気に入らない」

セルヴァズは何も言わなかったが、多かれ少なかれ、同じように感じていた。この事件の背後には不気味な現実が横たわっている。それなのに、今はまだ、表面に現れたごく一部を垣間見ることしかできない。セルヴァズは、殺されたブロンドの若者を思い出した。滝の下でひざまずき、口を大きく開いて、流れこむ水で腹を膨らませていた男。これからもっと恐ろしいことが起きる。そんな気がした。自分たちは、なにやら計り知れないものを前にしているのだ。

憲兵隊本部へ戻る道中、ジーグラーは何本か電話を入れた。被害者ティモテ・オジエの過去の事件を確認し、その精神鑑定書を入手するよう指示を与えている。また、ティモテがかかっていたという精神科医の名前も突き止めておくよう念を押した。電話を終えると、ジーグラーが言った。

「できるだけ早くティモテの両親から話を聞かないと。今頃、こっちへ向かってるはずよ。両親の到着を待つあいだ、わたしたちはティモテの住んでいた家へ行きましょう。憲兵たちはもう先に向かってる」

車はいったんエグヴィヴまで戻ったあと、今度は村を見おろす丘を目指して、亀裂やくぼみだらけのでこぼこ道を登っていった。目的地へ着くと、ジーグラーは路肩に停めてある鑑識のバンのうしろに駐車した。そこから数メートルほど先に、レンガ造りの平屋があるのが見える。ティモテの家だ。家は、アカシアの木々や雑草が生い茂る荒れ果てた庭のなかに建っていた。

車を降りると、二人はひび割れた舗石の敷かれた小道を進んでいった。庭には古いキャンピングカーがコンクリートブロックの上に置かれているほか、フロントガラスのないフォルクスワーゲンの残骸や、珊瑚礁《さんごしょう》に埋もれた難破船のように錆に腐食された自転車、イラクサが生えている空き缶の数々と、さまざまながらくたが転がっていた。二人は家の左手からステップのない玄関口へ向かった。セルヴァズは窓からなかを覗こうとしたが、茶色いカーテンが引かれていて見えなかった。玄関先でニトリルの手袋をはめ、靴カバーをつけて家のなかに入ると、とたんに悪臭が鼻を突いた。ゴミや食べ物の腐敗臭だ。あまりに強烈な匂いに、空気までもが粘り気を帯びている気がする。室内にはハエがブンブン飛びまわり、ところかまわずたかっている。

つなぎの作業服を着た鑑識の面々が、鼻をしっかりマスクで保護して、室内を行き来していた。ここで採取された指紋やＤＮＡの痕跡、繊維は、殺人現場で採取されたものと比較照合され、調書に記録されることになる。

「くそ、鼻がもげそうだ」セルヴァズは鼻をつまんだ。

家のなかは、足の踏み場もないほど散らかっていた。宝物とがらくたを一緒くたに放りこんだアリババの洞窟といったところか。空いたスペースは一ミリたりともなかった。古新聞や古雑誌の山、ありとあらゆる雑貨類、得体の知れないものが詰まったビニール袋の山が部屋を覆いつくしている。

ディオゲネス症候群か――セルヴァズは思った。物やゴミを溜めこんでしまう障害で、ゴミ屋敷症候群とも呼ばれる。

リビングにあるローテーブルの上には、吸い殻であふれた灰皿がいくつも重ねられ、さらに汚れたグラス、空き缶に空き瓶、アルミホイルや小皿、止血帯まで載っている。だが、ジーグラーの目を引いたのは、アメリカンスタイルのキッチンカウンターの上に置かれたパソコンだった。表面に指紋採取用の粉末がついている。ジーグラーがそばにいた鑑識官に尋ねるように合図を送ると、鑑識官はうなずいてみせた。ジーグラーはさっそくパソコンを開いてキーボードを叩いたが、またすぐに閉じた。

「パスワードが要るわ」

ジーグラーが探しているものの見当はついた。麻薬ディーラーだったティモテが、客のリストや電話番号をパソコンに残していないかと思ったのだろう。そのとき、ジーグラーの携帯が鳴った。犯罪捜査部からだと言って、ジーグラーはスピーカーをオンにした。セルヴァズはそばで耳を澄ました。

「修道士の話は本当でした」電話の声が言った。「ティモテ・オジエは二〇〇二年に、当時十二歳だった妹ジュディスを殺害し、その後、特別施設で計八年過ごしています。この事件で、ティモテの精神鑑定を行った精神科医二名は、ティモテに責任能力はなかったと結論づけ、そういった施設に収容したそうです。ティモテは最初の施設で六年間過ごしたあと、別の施設に移り、そこで二年間収容されたのちに釈放されています。どうやらその時点で、ティモテの精神状態は正常に戻ったと判断されたようです。釈放後、ティモテはエグヴィヴの村役場の職員の仕事につきましたが、その後、麻薬捜査局の捜査対象にされたため、村長が停職処分にしています」

「どうしてティモテは途中で施設を移ったのかしら」ジーグラーが尋ねた。「問題を起こしたの？　暴力的な兆候を見せたとか？　ＵＭＤに送られたの？」

ＵＭＤ——処遇困難な患者のための病棟は、精神疾患を抱え、自傷したり、他人に危害を加えたりするおそれのある患者を専門とする特別施設だ。

「いえ、原因は本人にあったわけではなくて、最初に収容された施設が火災で燃えたからです」電話の声が答えた。「収容者は全員、フランス全土に散らばる特別施設に振り分けなくてはならなかったそうです。なにしろこの施設にいたのは、かなり特殊な人物像《プロファイル》を持つ危険な患者ばかりだったそうで」

　セルヴァズはジーグラーと神経質な視線を交わした。緊張が一気に高まる。セルヴァズは胃がひっくり返りそうな気がした。

「ティモテが最初に収容されていたのは、どこの施設だったの？」ジーグラーは答えを聞くのを恐れるかのように重々しい声で尋ねた。

「ヴァルニエ研究所です。場所は……」

「そこなら知ってるわ」ジーグラーは相手をさえぎって言った。

　そして一瞬、沈黙したあと、こちらに視線をよこした。

「釈放後、ティモテがかかっていた精神科医については確認が取れてる？　精神科医の名前は？」

「はい。名前は、ガブリエラ・ドラゴマン。精神科医、および児童精神科医です。ルーマニア出身で、十歳のときにフランスに移住しています。ドラゴマンというのも、ルーマニアの名前のようです。エグヴィヴで開業して個人のクリニックがあるほか、この地域の病院でも働いています。自宅の住所をお伝えしましょうか？」

「ええ、お願い」

　聞いた住所を控えてから、ジーグラーは礼を言って電話を切った。それから顔をあげると、こちらをじっと見つめた。セルヴァズは宙を自由落下していく感覚に襲われた。ヴァルニエ研究所――また一つ、過去が再び姿を現したのだ。誰一人会いたがらない客、パーティーを台無しにするとわかっている招かれざる客が、招待客を装って自分たちのテーブルにやってきたかのように……。二〇〇八年から九年にかけての冬。サン＝マルタン・ド・コマンジュの事件。雪に覆われ、外界から孤立した場所、谷間の高みにそびえ立つ研究所。二十世紀初めに山岳地帯に建てられた石造りの堅牢な建物。その内部には、極めて危険で、裁判で責任無能力を宣告された犯罪者たちが収監されていた。しばらくのあいだ、セルヴァズはジーグラーと互いを見つめあった。

「あなたが何を考えているか、わかるわ」やがて、ジーグラーが口を開いた。「でも、単なる偶然かもしれない」

「それにしたって、偶然が多すぎやしないか？」

そう、十代だったティモテ・オジエが収容されていたヴァルニエ研究所には、この施設で最も悪名高い患者が収監されていた。ジュネーブの元検事で、連続殺人犯。そして、マリアンヌを連れ去った男。ジュリアン・ハルトマンが……。

マリアンヌと二つの殺人事件につながりはあったのだ。蜘蛛の糸ほどのか細いつながり、間接的で、ほとんど察知できないほどのつながりではある。それでも、つながっていることに変わりはない。

「その精神科医に会いにいこう」セルヴァズは言った。

17

「話はわたしがするから、あなたはうしろで控えていて」ジーグラーがもう一度、釘を刺した。「約束したとおり、口は出さないこと。オブザーバーに徹して観察するだけよ」

セルヴァズは、黙ったままうなずくと、車窓の外の景色を眺めた。

車はエグヴィヴの村外れの家々を通りすぎ、草原の真ん中に延びる坂道を登っていた。村の屋根を見おろすほどの急勾配で、はるか先まで続いている。そこに、一軒の家が姿を現した。下から見あげると、まるで宙に吊るされているように見える。精神科医ガブリエラ・ドラゴマンの家だ。

超近代的なコンクリート製トーチカ――そんなイメージが浮かんだ。ガラス窓は太陽の光を受けて、きらきらと輝いている。洗練されたライン、不思議な角度、スロープのような傾斜板。たとえるなら、『サウンド・オブ・ミュージック』の麗《うるわ》しい風景のなかに現れたコンクリートの軍艦といったところだろうか。

コンクリートといえば、世界のコンクリート年間総生産量は、住民一人につき一立法メートルに当たるのだという。いや、自分でもよくわかっていた。こんなどうでもいいことを考えるのは、別の恐ろしい考えから気をそらそうとするためなのだと。なんといっても、自分は二つの殺人事件とマリアンヌとのつながりを見つけたところなのだ。とはいえ、ふいに浮上したこのつながりをどう解釈すればいいのかは、まるで見当がつかなかった。ティモテ・オジエは、かつてヴァルニエ研究所に収容されていた。その期間に、やはり同施設にいたジュリアン・ハルトマンと出会ったのだろうか。だが、当時ハルトマンは、ほかの六名の患者たちと同じく、ヴァルニエ研究所で最も危険な収監者がいるA区の独居房に隔離され、そこから出たことは一度もなかったはずだ。通常であれば、ティモテのような収監者がA区にいたハルトマンと接触することなどあり得ないだろう。とはいえ、当時のヴァルニエ研究所における通常とは、どういう状態だったのだろうか？

ジーグラーは、コンクリートの大豪邸の足元にある三台分の駐車スペースの一つにフォード・レンジャーを駐めた。隣には、レンジローバーの新車が駐まっている。セルヴァズはその高級ＳＵＶを眺め、前にそびえる邸宅を見あげた。ガブリエラ・ドラゴマンは、精神科医のほかに、何か別の収入源があるのだろうか。株式投資に長《た》けているとか？　あるいは、精神科医だけに、〝ネガティブな感情を解き放ち、自分の深い本質と調和して生きるための最良の方法〟などと謳《うた》ったベストセラー本を何冊も書いている？　いずれにせよ、金の出どころについては確かめておいたほうがいいだろう。

　そんなことを考えながら、セルヴァズはジーグラーに続き、広いテラスへと続くコンクリートの通路をのぼって玄関にたどり着いた。ここからの山並みと渓谷の眺めは、息を呑むほど美しかった。玄関の呼び鈴を押すと、チャイムではなく、チベットの銅羅《どら》のような音が響いた。

　白いドアが開き、一人の女性が姿を見せた。精神科医のガブリエラ・ドラゴマンだろう。ひと目見て、セルヴァズは拒食症の一歩手前ではないかと思った。それほどすらりと痩せていたのだ。さらに、ドラゴマンが何度も美容整形を受けているらしいことにも気がついた。唇は異様にふっくらとして、鼻筋は定規を通したようにまっすぐで、肌も不自然に張りすぎている。ブロンドの髪はベリーショートで、うなじのあたりを刈りあげている。黒く太い眉と褪《あ》せたグレーの瞳の上にはきれいに流した前髪がかかっている。歳は四十五歳くらいだろうか。

「ポー憲兵隊、犯罪捜査部のイレーヌ・ジーグラー大尉です」隣に立っていたジーグラーが身分証を取り出した。「ドラゴマンさんですね。あなたの患者だったティモテ・オジエの件でお邪魔しました。ティモテは昨夜……」

「ええ、聞きました」ドラゴマンはすぐにさえぎり、唇を嚙んだ。「恐ろしいことです」

「その件で、少しお話を伺いたいのですが」

　ドラゴマンは、品定めでもするように二人をじろじろと眺めた。

「ええ、もちろんですわ。ご事情はわかります。ただ、わたしには医療上の守秘義務があることもご存知かと思いますが……」

「犯罪捜査ではその限りではありません」ジーグラーがすぐさま言葉を返した。「それに、すでに亡くなっている患者に対して、守秘義務が適用されるとは思えませんが。とにかく、捜査のためには一刻も時間を無駄にしたくないのです。それはおわかりいただけますね。特に、被害者の担当医だったあなたのご意見は、捜査のうえで非常に貴重なものとなりますので」

セルヴァズは、ドラゴマンの唇にうっすらと皮肉めいたほほ笑みが浮かぶのを見た。あえて通訳するなら、そんなへつらいの言葉に騙されるほど馬鹿じゃないわよ、といったところか。それでもドラゴマンは脇へよけ、自分たちを室内へ招き入れた。リビングに入ると、ドラゴマンは言った。

「申し訳ありませんが、お話を伺う前に、終わらせなくてはならないことがありますので、少しお待ちください」

住居の一階部分は、柱と間仕切り壁でところどころアクセントのつけられた、ほとんど一つの大きな空間になっていた。広い部屋の中央には、階段と背の高い暖炉がある。陽光が燦々《さんさん》と降りそそぐ大きな窓からは、心安らぐ絶景を堪能することができた。四方の窓から悠然とたたずむピレネーの連峰が見渡せるのだ。ところが、窓から室内へ目を向けたとたん、その安らぎは過激なインテリアによって打ち消されてしまった。

壁の大半は、鋭く尖った無数のとげがデザインされた銀色の金属パネルで覆われていた。鋭いとげを見ながら、セルヴァズは思った。患者のなかには、このギザギザの壁にドラゴマン医師を押しつけてやろうと考えた者はいなかったのだろうか。残りの壁は真っ黒に塗られ、その上に血管のような赤い筋が描かれている。さらに、金箔《きんぱく》の額縁に入れられた超写実主義の巨大な絵画が、画廊さながらにいくつも飾られていた。描かれているモチーフはどれもだいたい同じで、キリストの磔刑図《たっけいず》だった。ただし、十字架にかけられているのはキリストではない。栗毛色の髪の女性、シェパード、馬やコウモリなどが、大きな木の十字架に代わりに磔《はりつけ》にされているのだ。女性は別として、絵のなかの動物はいずれも雄のようで、その体も十字架も、黄金の夕陽に照らされているかのように赤々と輝いている。それとは対照的に、背後の空には暗雲が逆巻き、嵐が吹き荒れている。セルヴァズは背筋に冷たいものが走るのを感じた。こんなものに囲まれてどうやって暮らせるのだろう。何より、心の病で苦しむ患者をこんな部屋に迎え入れるとは、いったいどういう神経をしているのか。ここにあるのは、精神科医の診療室というより、SMプレイ用の地下室にこそ似つかわしいものばかりだ。もちろん、こうした刺激的な絵画やオブジェを配置することで、電気ショック的な効果を狙っているというなら話は別だが。

それにしても――セルヴァズは思った。ここでもまた、宗教が絡んでくるとは……。

落ち着かない気持ちで絵を眺めていると、ふいに日が翳《かげ》り、広々とした室内が一気に暗くなった。影に包まれた部屋は、いっそう不穏な雰囲気を醸しだし、セルヴァズははらわたをぎゅっとつかまれるような恐怖を覚えた。

セルヴァズは絵から目を離し、二人の女性たちのほうを見た。ドラゴマンはガラス製のデスクに向かい、来客などいないかのようにパソコン画面を見つめていた。故意に仕事に没頭する姿を見せて、こちらを完全に締めだしている。ジーグラーは、ドラゴマンの前に立って待っていたが、その目からじりじりと苛立ちが募っているのが見てとれた。

セルヴァズは、ドラゴマンをじっくりと観察した。身につけている黒いワンピースは、身ごろは喉元まで覆っている代わりに、袖はノースリーブで肩がむきだしになっている。指はジーグラーの神経をあえて逆なでするかのように、キーボードをカタカタと忙しく叩いている。しばらくすると、ようやくドラゴマンは、ポリカーボネート製の透明なデザインチェアーをうしろへ引いて立ちあがった。そして、ハイヒールの踵《かかと》をカツカツと響かせて部屋の奥のほうへ向かいながら言った。

「こちらへどうぞ」

ガブリエラ・ドラゴマンは、黒い革張りのソファに先に腰をおろすと、向かいに置かれたソファをどうぞと指し示した。ローテーブルの上にはアート関連の本が積みあげられて、一種の城壁を作っている。ドラゴマンは日焼けした足を組むと、いかにも精神科医が患者を見定めるときのように、向かいに座るこちらの目を交互にまっすぐ見据えた。

「お話を伺う前に、はっきり申しあげておきますわ。あなた方の質問にはもちろん喜んでお答えするつもりです。ですが、お話しするべきことと、そうでないことの判断は、このわたしがします。それから、捜査令状がない限り、あなた方はわたしの患者のファイルにも、わたしの書き留めたメモにもアクセスはできないはずです。いいですね？」

「ええ、仰せのままに」ジーグラーは一言でやり返した。

「では、伺いましょう」

「先ほど申しあげたように、我々はティモテ・オジエ殺害事件を捜査しています」ジーグラーは事情聴取を始めた。「ティモテはあなたの患者だったそうですね」

ドラゴマンは首をたてに振った。「とても興味深い患者でした……」

「どういう意味ですか？」

するとドラゴマンは、質問には答えないまま、目の前の金色のケースへ手を伸ばし、そのなかから煙草と金のライターを取り出した。

「煙草を吸っても構いませんか？」

この精神科医は、自分は吸っても、来客に煙草を勧める気も、コーヒーを淹《い》れるつもりもないらしい。精神科医ふうに言うなら、こちらが〝感情のバランスを保てるかどうか〟を試して楽しんでいるようだ。だが、なんのためにそんなことをするのだろう。セルヴァズは思った。警察を試す目的がわからない。ドラゴマンはライターをカチリと鳴らして火をつけた。すぐに煙草の匂いが鼻孔に届き、セルヴァズはみぞおちのあたりが痙攣《けいれん》するのを感じた。とっさにポケットからニコチンガムを出しそうになったが、そんな行動も、目の前の精神科医に〝解釈〟されてしまうだろうと考えて、かろうじて思いとどまった。

「もうご存知でしょうが」ドラゴマンはようやく説明を始めた。「ティモテは十六歳のとき、妹を殺しています」

ジーグラーは辛抱強くうなずいた。ドラゴマンは煙草を吸いこむと、煙をゆっくりと吐きだした。

「フランスにはおよそ一万三千人の精神科医がいますが」ドラゴマンは続けた。「精神疾患が急増している人口六千万人の国にしては、この数は少ないんです。すでにご想像されているとおり、わたしの患者の大半は、この谷の外から通ってくる人たちです。ちなみに、この谷の人たちは、まず精神科医にかかろうとはしません。この谷は地理的に孤立していて、生活環境は厳しく、山村での仕事も過酷ですから、精神的な病に陥る危険因子はいくらでもあるのですが、医者に診てもらう習慣はないようです。わたしはこのクリニックのほかに、ランヌメザンの精神科病棟でも、週二回患者を診ています。ティモテとは、そこで出会ったのです」

ドラゴマンはもう一度、煙草を吸いこんだ。背筋はまっすぐに伸ばし、軽く前のめりになっている。さっきまで組まれていた膝は、今ではしっかり閉じられている。

「ティモテは施設から釈放され、市民生活に戻ったところでした。ただし、裁判所命令で、外来治療を続ける義務があり、わたしが担当することになったんです。面談を始めてすぐ、わたしは彼の秘めた〝可能性〟に気がつきました」

「可能性、ですか？」ジーグラーが尋ねた。

「そうです。ティモテは非常に特異なケースでした。とにかく好奇心をそそられる患者だったんです。いつか時期がきたら、彼についての本を書こうと思っているくらいです。タイトルは、『患者X』」

セルヴァズは、ジーグラーのほうにちらりと目をやった。ジーグラーは無表情のままだったが、その腹のなかは煮えくり返っているのが想像できた。

「ティモテには、境界性パーソナリティ障害の症状がありました。つまり、極めて衝動的で、自己イメージや情緒が不安定、薬物の濫用や危険な性行動に走りやすい傾向があり、癇癪を起こしやすく、自分の衝動を抑えるのが困難でした。また、物を片づけられないディオゲネス症候群やさまざまな性的倒錯《パラフィリア》にも苦しんでいました」

「パラフィリア？」

ドラゴマンは優越のほほ笑みを浮かべて、ジーグラーを見つめた。

「ええ、性的倒錯《パラフィリア》というのは、社会規範から逸脱した性的嗜好《しこう》のことです。性的興奮を引き起こす異常な空想や、常軌を逸した性的衝動、性行動などの症状を指します。たとえば小児性愛もその一つです」

「ティモテは小児性愛者だったんですか？」

「いいえ。ティモテの場合、その性的妄想《ファンタズム》は別の領域に向かっていました」

「どの領域ですか？」

「異性装フェティシズムとか、呪物崇拝、そして聖依性愛《ヒエロフィリア》といったところかしら」

ジーグラーが眉をあげた。

「聖依性愛《ヒエロフィリア》というのは、宗教や聖書に関連するものに対する性的嗜好です」ドラゴマンが解説を加えた。「その内容は、祭具を使った自慰行為から、宗教的儀式の悪用まで多岐にわたります。教会のろうそくで修道女の肛門を犯したとして告発されたサドや、修道院の出口で若い修道女を誘惑したカサノヴァもこれに当たります。聖依性愛《ヒエロフィリア》は、結局のところ、キリスト教が絨毯の下にひた隠しにしてきた疑問、つまり、神はなぜペニスやクリトリスや膣《ちつ》を造ったのか、という疑問を露呈しているわけです」

ドラゴマンはそう言うと、ふっと笑った。セルヴァズは、壁に飾られている絵画の一つに視線を滑らせた。今の話を聞く限り、ティモテ・オジエにとっては、この部屋はさぞ居心地がよかったのにちがいない。そういう自分はどうなんだ？　セルヴァズは自問した。自分の性的倒錯《パラフィリア》はいったい何だろうか？

「ティモテはほかにも、ピグマリオニズムという、彫像や人形などに性的興奮を覚える症状に苦しんでいました。彼の場合は、宗教的な像や修道女に対する性的嗜好ですが」

「治療は受けていたのですか？」

「ええ。認知行動療法と、抗アンドロゲン剤による治療を行っていました。加えて、衝動性を抑えるために、抗うつ剤のSSRIをベースにした別の薬も処方していました」

「処方箋のコピーをいただけますか」ジーグラーが尋ねた。

「それがティモテの殺害と、どう関係があるんです？」

「我々はどんな些細なことも見逃しませんので」ジーグラーは落ち着き払って答えた。

セルヴァズは、ドラゴマンがジーグラーに警戒するようなまなざしを向けたのを目にした。

「ティモテとは頻繁に会われていましたか？」ジーグラーは質問を続けた。

「週に一回。面談はいつも夜でした」

「なぜ夜に？」

　ドラゴマンは再び笑みを見せた。

「ティモテがそう望んだからです。夜遅く来ることを好みました。彼は、この部屋の内装や控えめな照明、ここにある絵画が気に入ったようでした。日が暮れて暗くなってからのほうが、容易に心を開いてくれましたわ。夜行性の花みたいなものです。夏場は日が落ちるのが遅くて、面談のためにあえてブラインドを閉めなくてはならなかったほどです」

「ティモテが麻薬のディーラーだったことはご存知ですか？」

　セルヴァズは横から尋ねた。ドラゴマンは、そのグレーの瞳をこちらに向けた。

「ええ、もちろんです。ティモテ自身、売り物のドラッグを大量に消費していたことも知っています。ですから、治療薬を処方するのも一苦労でした。おわかりでしょう？　とにかく、ティモテはわたしに対しては、一切隠しごとはありませんでした」

　セルヴァズは、二人の面談の様子を思い浮かべた。夜の闇、黒い壁。ＳＭプレイ用の地下室を思わせるトーチカの静寂のなかで、磔刑を描いた巨大な絵画と金属のトゲのオブジェに囲まれて向かい合う精神科医とその患者……。

「それでしたら、ティモテはほかの誰にも打ち明けないようなことも、あなたに話してい

たのではありませんか？　ティモテの殺害に関係ありそうなことを何かお聞きになってい

ませんか？」ジーグラーは促した。「敵がいたのか、何か、あるいは誰かを恐れていたの

か。なんらかの危険を感じていたのか、とか？」

だが、ドラゴマンは煙草の煙を吐きだしながら、首を横に振った。

「わたしの知る限り、そういうことはありませんでした。でも、確かにあなたのおっしゃ

るとおりだわ。そういうことがあったのなら、わたしに話していたはずです」

「ところで先生」セルヴァズはいきなり口を挟んだ。「実に素晴らしい家をお持ちですね。

室内にも、美しいオブジェが山ほど飾られている。外に駐めてある車も拝見しました。精

神科医というのは、それほど実入りのいい仕事なんですか？」

ドラゴマンは、まずお目にかかったことのないような冷たい軽蔑のまなざしを向けてき

た。セルヴァズは怒りがこみあげてくるのを感じた。

「わたしの亡くなった夫は、言ってみれば、大成功を収めた実業家でした。夫は亡くなる

までの数十年間、フランスでも指折りの農産物加工業の会社を経営していたんです。当時

は、人々に毒を盛って金儲けをするのを邪魔だてする規制は皆無でしたからね。仮に、が

んが大量破壊兵器として分類されていたら、夫はほぼまちがいなく、人道に対する罪で裁

かれていたでしょう。ですが、まあ、正義はめぐりめぐってくるようで、夫自身も喉頭が

んで亡くなりました。といっても、自分の会社が売りこんでいた発がん性のある食品を食

べていたわけではありません。夫はヘビースモーカーでした。一日に平均六十本吸ってい

ました。ウィスキーも十杯はくだらなかったわ。ちなみに、結婚したのは、わたしが二十八歳で、夫が五十歳のときでした。それから七年後に夫は亡くなりました。子どもはいません。そういうわけで、わたしには生涯、困らないだけの財産が遺されたということです。これでご満足ですか？」

ジーグラーが反応する前に、セルヴァズは素早く一枚の写真をローテーブルの上に滑らせた。マリアンヌの写真だ。

「この女性はご存知ですか？」

ドラゴマンは、テーブルの上に前かがみになり、たいして関心もなさそうに写真を一瞥《いちべつ》した。そして首を横に振った。

「知りません」

「確かですか？　本当に会ったことはありませんか？」

「ええ、確かよ。誰なんですか？」

「ありがとうございます」

セルヴァズは質問には答えずに、写真をさっとポケットに戻した。横からジーグラーの鋭い視線が刺さるのをひしひしと感じる。

「何かほかに、こちらの捜査に役立ちそうなことはありませんか？」ジーグラーが質問を続けた。

「先ほども申しましたが、ティモテは、性的行動においても、日常生活全般においても、衝動的な性質を持っていました。すぐかっとなるタイプで、殴り合いの喧嘩《けんか》に巻きこまれたことも何度もあります。つまり、そうやって自らを危険にさらすような悪《あ》しき傾向があったということです。どこかで邪《よこしま》な人間に出会って、ことがこじれたのかもしれません。ティモテは、このあたりのゲイバーによく出入りしていました。その方面からあたってみたらいいのでは?」

　すると、ジーグラーがいきなり改まった口調で言った。

「そのことですが、ドラゴマンさん、今から口にすることは、どこにも漏らさないでいただけますか?」

　ドラゴマンは、ふいにその目に強烈な好奇心をたたえてうなずいた。

「ティモテは、非常に手の込んだ演出を施されて殺害されました。つまり、計画的殺人の線が濃いということです。しかもこの地域では、同様の手口の殺人がすでに一件起きています。ですから、酒場での不幸な出会いが招いた偶発的な殺人だとは思えないのです」

　ドラゴマンは、淡いグレーの目を細めた。その長い茶色のまつ毛のあいだから、好奇の光がぎらぎらと光っている。

「ティモテは、よく通っていた店の名前を言っていましたか?」ジーグラーが尋ねた。

「トゥールーズにある、〈ル・ボーイ&ボーイ〉という店が行きつけだったはずです」

　ジーグラーは店の名前を書き留めると、別の質問をした。

「ところで、ティモテの妹さんの件ですが……。ティモテは妹を殺害したということでしたね。具体的には、いったい何があったんです？」

　ドラゴマンは、記憶をたぐり寄せるように考えこんだ。

「ティモテはある日、高校から帰宅すると、まっすぐ妹の部屋へ向かい、いきなり首を絞めたそうです。なんの理由もなく、ただそうしたのだと。ティモテの頭のなかでいったい何が起こっていたのかはわかっていません。精神科医たちは、ティモテの症状を、フランスの疫病学分類で呼ぶところの急性譫妄《せんもう》発作だと結論づけました。いわゆる急性の錯乱状態です。アメリカ精神医学会が発行する『精神疾患の診断・統計マニュアル第5版《DSM-5》』のほうは、この症状を一過性精神病性障害として説明しています。いずれにせよ、この譫妄発作は、概して精神疾患の既往暦のない青少年や若者に見られます。始まりは唐突です。よく〝麗《うら》らかな空にいきなり轟く雷鳴〟のようだとたとえられますが、文字どおり、ある日突然、出現するんです。まさに青天の霹靂《へきれき》で、そうなったらもう、以前の状態とは別人になります。しかもこの発作は、ストレスや気分の落ちこみといったきっかけが何もなくても起こりうるのです。要するに、問題を起こしたことのない普通の若者が急変するわけです。そう考えると、恐ろしいですよね。そう思いませんか？」

　ドラゴマンはそう言って、煙草の煙をこちらに向かって吐きかけた。セルヴァズは思わず息を止めた。

「薬物が原因でもありませんでした。当時、ティモテの血液からは、薬やアルコール、麻薬などの痕跡は一切見つかりませんでした。前歴もなし。発症を予感させるような前兆もなし。原因になりそうなものは何一つなかったのです」

　ドラゴマンは、煙草入れのケースと同じ、金色の灰皿に煙草の灰を落とした。

「ティモテは、この譫妄発作にいきなり襲われたのです。本人も言っていました。『急に妹を殺したくなった』と。妹のことは好きだったけど、人を殺したらどうなるかを試してみたかった、自分のまわりで一番簡単に殺せるのが、妹だった、と」

　セルヴァズは森のなかで見かけたブロンドの若者の姿を思い浮かべて、身震いした。少なくともあの晩は、〝問題を起こしたことのない普通の若者〟には到底見えなかったが。

「それからティモテは、自分に話しかけてくる声が聞こえたとか、妹の部屋で嫌な臭いがしたという供述もしていました。精神病性譫妄というのは、たいがい支離滅裂ですが、その内容は実に多彩です。音や匂い、感覚など幻覚のメカニズムが多種多様に組み合わされて、複合的に作用します。自分を取り巻く世界がすっぽり幻覚に包まれてしまうんです。そうなったらもう理性の入る余地はありません」

　ドラゴマンはそう言って、こちらを交互に見つめた。

「神経科学がなんと言おうと、人間の脳というのは、いまだにその大部分がブラックボックスのように謎に包まれています。宇宙全体で考えても、これほど複雑なネットワークはほかにないでしょうね。たった千五百グラムの脳のなかに、一千億のニューロンが一京《けい》（10の16乗）ものコネクションでつながっているのですから。わたしたちの記憶は、脳内にそのまま保管されているわけではありません。脳は、いったん忘れ去られた記憶を絶えず作り直しているのです。公衆衛生の観点からみると、現実問題として、脳の機能不全はがんや心臓血管の疾病よりもはるかに高くつく障害ですよ」

ドラゴマンは、こちらを交互に眺めた。どこまでも平然としたその態度に、セルヴァズはまたしても背筋に震えが走るのを感じた。この女性はどうも、爬虫《はちゅう》類やサメといった冷血動物を思わせる。だが同時に、どことなく心をそそられずにはいられない魅力があるのも確かだった。ジーグラーは、メモをとっていたノートを閉じると立ちあがった。

「今後、またお尋ねしたいことが出てきたときは、電話しても構いませんか？」

ドラゴマンは気乗りしない様子でうなずいてみせた。それからおもむろにこちらを向くと、ほほ笑みを浮かべて言った。

「煙草、お吸いにならなくて本当にいいんですか？」

ドラゴマンは、こちらが禁煙していることを見抜いていたらしい。

面談を終え、玄関へ向かいながら、セルヴァズはもう一度、壁の絵画の前を通った。足を止めて、絵を眺める。この画家の筆の正確さと、ディテールを描くセンスは、恐ろしく写実的だった。

「見事でしょう？」背後にいたドラゴマンが言った。「キュロス・クリストフォロスは天才だわ。でも、この画家の作品は法外に高くて」

セルヴァズは何も言わなかった。現代美術にはそれほど通じていないのだ。それに、こういった病的な絵を前にすると、どうにも胸がざわついてしまう。

「何なのよ、あれは！」

コンクリートの階段をおりながら、ジーグラーが雷を落とした。

「捜査には介入しないでって頼んだわよね？　それなのに、あんな写真を見せるなんて！　何を考えてるのよ、マルタン！」

「どう思った？」セルヴァズは、ジーグラーの叱責は無視して尋ねた。

頭上を見あげると、空には雲が垂れこめていた。遠くから雷鳴も聞こえる。

「ティモテのこと？　それとも彼女のこと？」ジーグラーが言った。「ドラゴマンは、頭がよくて、自分に自信があって、高慢で、計算高い女性……それに、ちょっとどこかおかしいわね。警察も被害者もどうでもいいみたい。歯牙《しが》にもかけていない」

「同感だ」セルヴァズは車のドアを開けながら言った。

「それに、何かを隠してるわ」ジーグラーは言い足した。

だが、セルヴァズはもう聞いていなかった。マリアンヌのことを考えていたのだ。いったいきみはどこにいるんだ？

18

マルシアル・オジエは、ポー病院の大きなガラス窓の前で煙草を吸っていた。妻のアデルは駐車場に駐めた車のなかで待っている。殺された息子ティモテの遺体確認のために呼ばれたのだ。夫婦はかれこれ五十分も待っていた。いつまで待たされるのかと痺《しび》れを切らした頃、ようやく看護師が現れ、ついてくるようにと招かれた。

ポー病院の法医学病棟。長いガラス張りの廊下に両開きの扉、あちこちで病院特有の物音が聞こえ、消毒薬や洗剤の匂いが漂っている。ティモテの両親は、窓のない小さな診察室に案内され、医師が二人を出迎えた。

医師は、夫婦の疲れきった表情を見ながら、この法医学病棟に待合室がないことをまたしても恨めしく思った。ただでさえ辛い状況にある近親者を、長時間外で待たせるような羽目になったからだ。ちなみに、ここに欠けているのは待合室だけではない。この病院には専任の監察医もいなかった。五月末以降、法医学者不足のために、部門の業務は滞りがちになっている。暴行や傷害事件が起きても、なかには被害者が法医学者による検査を受けるまでに三週間も待たなければならないケースもあった。それも、当の外傷や血腫がまだ治らずに残っていればの話だ。もっと深刻なのは、性犯罪事件の場合だ。レイプ被害に遭った場合、当然ながら証拠保全のために一刻も早く生物学的証拠を採取しなければならない。ところが、この病院では対応できないために、被害者は、被害に遭った直後にトゥールーズの大学病院まで、車で四時間の道を行かなくてはならないのだ。その道中の心理状態は想像するに余りある。

病院側はこの嘆かわしい状況についてこう説明した。法医学部門は医学全体のなかでも冷遇されており、その名にふさわしい医療サービスを提供することができないのだと。一方、検察側は、法医学部門だけでも七十万ユーロもの補助金が支給されていると応酬し、補助金に見合う費用対効果を得られていないと病院側の運営を非難している。責任のなすりつけ合いで、結局、割りを食うのはほかならぬ一般市民だった。そんなわけで、ティモテ・オジエの両親は、息子を殺された悲しみには到底ふさわしからぬお粗末な状態で迎えられたのだった。

医師は霊安室へ夫婦を案内した。金属製の台の上に横たえられたティモテの遺体は、腐りかけたガチョウのように白かったが、目立った外傷はなかった。せめてもの救いだと医師は思った。両親には、ティモテがどれほど苦しんだかは言わずにおいた。自分がここで言わなくても、別の誰かが代わりに伝えてくれるだろう。いずれにしろ、検死はまだ行われていないのだ。検死を始めるには、トゥールーズの監察医の到着を待たなければならないが、その監察医は、明日にならなければ来られないことになっていた。

それから一時間後、ティモテの両親は病院をあとにして、高速A64号線をトゥールーズ方面へ向けてひた走った。二人の網膜には、死んだ息子の姿が焼きついていた。ランヌメザンで高速をおりると、車はピレネーの山々を目指してまっすぐ南下した。そして夕方、エグヴィヴ憲兵隊の施設に到着した。

エグヴィヴ憲兵隊では、今度の殺人事件で誰もが臨戦態勢にあった。セルヴァズは憲兵たちの沸き立っている様子を横目で見ながら、マリアンヌのことを考えた。一刻も早く憲兵隊の捜査手段を駆使して捜索に乗りだしたかったが、どのタイミングで言いだせばいいのか、どうやってジーグラーを説得して協力を仰げばいいのか、見極めるのは難しかった。こうしているあいだにもマリアンヌは、と考えると、焦燥感に心が責めさいなまれた。

「お悔やみ申しあげます」ティモテの両親を迎え、ジーグラーは開口一番に告げた。「ポー憲兵隊、犯罪捜査部のイレーヌ・ジーグラー大尉です。本件の捜査を指揮しています」

セルヴァズはティモテの父親の険しいまなざしに気がついた。ジーグラーの鼻についているシルバーの小さなピアスを憎々しげににらみつけている。

「ポーの病院で、息子の……遺体に会ってきました」ティモテの母親が言った。「ティモテは、あの子は苦しんだのでしょうか？」

ティモテの母親アデルは、六十代の女性だった。染めた髪は、艶がなくパサパサしている。顔立ちはやつれ果てて醜く、目は赤く腫れていた。

「残念ながら、そのようです」ジーグラーが答えた。

セルヴァズは、母親ががくんと肩を落とすのを目の当たりにした。体の重心が低くどっしりしていて、父親マルシアルのほうは、小柄でずんぐりした男だった。ブルドッグのように大きくひしゃげた顔をして、目はいつも何かを警戒していそうだ。茶色の上着を羽織り、チェックのシャツと安物のズボンをはいている。その表情やふるまいを見る限り、猜疑《さいぎ》心と敵意に凝り固まった人物といったところか。セルヴァズは察しをつけた。

「誰があんなことをしたのか、もう目星はついてるんですか？」マルシアルが尋ねた。

「現時点では、まだなんとも言えません」ジーグラーは父親のほうを向いて言った。「事件現場からは、多くの手がかりを採取しました。息子さんと付き合いのあった人物に話を聞き、目撃者も探しています。また、息子さんの過去についてもヒントがないか、捜査を進めているところです」

ジーグラーは一瞬、言葉を続けるのをためらった。

「その過程でわかったことですが、息子さんは……過去に自分の妹を殺害したそうですね？」

その瞬間、母親のアデルが声をあげて泣き崩れた。マルシアルは、ジーグラーに敵意のこもった視線を投げた。

「それは昔の話です。あいつはまだ、十六歳だったんですよ。それが今回の事件とどう関係するっていうんだ？」

ジーグラーは、嗚咽《おえつ》を漏らしている母親をちらりと見た。それから、再びマルシアルに向き直って言った。

「息子さんは、ディーラーだったことをご存知でしたか？」

「息子がなんと？」

「息子さんは、麻薬の売人をしていたんです」

マルシアルの大きな顔に、初めて悲しみの色が浮かんだ。

「息子とは、親子の縁はほとんど切れてましてね。息子はもう、私どもと話さなくなってましたよ。電話をかけてくることもなかったし、こちらの電話にも一切出ませんでした。あいつには、かれこれ一年以上、会っておらんのです。まだ顔を合わせていたときにしたって、息子はまったく無礼で挑発的で、攻撃的でした。私だけでなく、母親に対してもそうだったんです。あいつは、親を嫌っておったんですよ。先ほどの質問ですがね、あいつが麻薬をやっていたのは知ってました。だが、麻薬を売っていたとは知らなかった……。もちろん、すべては親の我々の責任です。今の若い世代ってのは、責任逃れをしようとする連中ばかりですよ。私らはそんな社会に生きてるんです。いつだって、悪いのはほかの連中なんだ、とね。ティモテは、まさしくそういう人間でした。自分にはまったく責任はない、自分でやらかした失敗でさえ、自分のせいじゃないって思ってましたよ」

「つまり、こんなことをした犯人には、まったく心当たりがないということですね？」

ジーグラーは、マルシアルが並べた御託にはさも無関心なふうに尋ねている。

実際、若い世代ばかりを批判するマルシアルの言い分には、納得しかねるものがあった。おそらくジーグラーに言わせれば、次世代の不利益を顧みず、自分たちの地位や年金、特権にしがみついている前世代の人間のほうがよほど多いのでは、というところだろう。

ジーグラーの質問に、母親はうなずいて答えた。父親のマルシアルのほうは、いっとき黙っていたが、やがて口を開いた。刃物のように鋭い口調だった。

「心当たりなんかない！　息子とは縁が切れてると言ったのが聞こえなかったのか？」

「わかりました。ありがとうございます。またお尋ねしたいことが出てきたら、ご連絡します」

「ところで、あいつの犬は」マルシアルがふいに尋ねた。「あの犬はどうしてます？」

ジーグラーは顔をあげ、いぶかるようなまなざしを投げた。

「犬ですか？　どの犬のことです？」

「ティモテは番犬を飼っていたんですよ。黒いロットワイラーで、とても可愛がっていた。あいつのことを本当に好いていたのは、あの犬ぐらいだったと思いますよ」

ジーグラーは、マルシアルをじっと見つめた。

「息子さんの自宅は捜索しましたが、犬は見つかっていません」

19

午後九時半。夜の帳《とばり》がおり、暗闇が山の斜面に広がっていく。空に夕焼けの赤みを残しながら、闇はモミの木や家々のあいだをじわじわと流れていく。谷底は山々の影にすっかり覆われて、そんな闇に呑まれまいと、谷間に暮らす人々は家に明かりを点《つ》ける。やがて集落に、クリスマスのイルミネーションのように幾千もの明かりが灯る。こうして人々は毎晩のように、闇との戦いを再開するのだ。彼らはいわば人類の縮小モデルだ。そしてその戦いは、人類が生まれるはるか昔から存在する大自然——壮大な山々の頂《いただき》、暗い森、満天の星空——に対する人間たちの日々の挑戦だった。

だが、マルシアル・オジエは、山のことなど眼中になかった。マルシアルは街が好きだった。街の騒音や汚れた空気、通りに響くクラクション、そして、街に広がる無限の可能性。そういうもののほうに、よほど気をそそられた。まあ、だからといって、この山に別荘を持つ妨げにはならないが。マルシアルは別荘のドアの鍵をまわしながら、そんなことを考えた。

そう、マルシアルはエグヴィヴに自分の別荘を所有していた。木立に囲まれた美しい邸宅。村でも特にシックな界隈の高台に建ち、眼下にこぢんまりと寄り集まっている家々の屋根を見おろすことができる。

それにしても――。

マルシアルは怒っていた。憲兵隊は、殺された息子の捜査を、よりによって女にさせているとは。

それもただの女じゃない。鼻にピアスをして、首にはタトゥーまで入れている、やけに若い女だ。まったくふざけてやがる。この世はいったいどこへ向かってるんだ。おまけに、あの女刑事の横にいた男ときたら……。一言も口をきかず、始終おとなしくしていた。またしても、女に骨抜きにされた男。これじゃ世も末だ。マルシアルは鼻息を荒くした。自分は婦人科医だが、そのうちに男の婦人科医などいなくなるだろう。マルシアルは女が嫌いだった。もうかれこれ三十年間、自分は女どもの股を広げてきたが、自分はそもそも女を憎み、軽蔑していた。

マルシアルは、別荘のドアを開けた。うしろでは、妻のアデルがあいかわらずめそめそと泣いている。

「いい加減に泣き止んだらどうだ？」マルシアルは冷たく言い放った。

マルシアルは怒っていたが、同時に、恐怖を覚えてもいた。あの女があんなことをほのめかしたせいだ。ティモテは苦しんだ、と。それが何を意味するのか、自分にはわかっていた。どういう形にせよ、息子はなぶり殺しにされたということだ。そう考えただけで、全身に鳥肌が立つ。誰がやったんだ？　どんな理由で？　もしや、あのことと関係があるのか？　マルシアルは、そんなことを考えながら、玄関の脇にある照明のスイッチを押した。何も起こらない。くそっ、電気が切れている。マルシアルは舌打ちした。またしても、ブレーカーが落ちたらしい。

マルシアルはうしろを振り返り、空に轟く雷鳴に耳を澄ました。夜の空はますます暗さを増し、激しい風が木々の梢を揺らしている。あたりには、まもなく落ちる雷を予感させるピリピリした空気が漂っていた。ブレーカーが落ちたのは、おそらくこの嵐のせいだろう。

「あなた、何をしてるの？」うしろからアデルが口を出した。

「電気だよ。点かないんだ」

マルシアルは暗闇のなか、広い玄関ホールへ進んだ。右手のリビングのほうから、ぼんやりと灰色の薄明かりが射している。ローラーブラインドの隙間から漏れているらしい。かろうじて家具の形を見分けられるほどのかすかな光だったが、マルシアルはひとまず手探りでそちらのほうへ二歩進み、リビングのなかへ足を入れた。

その瞬間、マルシアルは思わず飛びあがった。その拍子にしゃっくりが出た。

暗がりのなかに何かがあった。リビングの真ん中で何かが光っているのだ。よく見ると、それは光る文字だった。こう書いてある。

暗闇のなかで、マルシアルは目を見開いたまま固まった。恐怖がアッパーカットのように襲ってくる。呼吸が速くなる。マルシアルは口を開けた。空気が足りない。リビングをぐるりと見まわし、それから再び光る文字を見つめた。文字はまるで宙に浮いているように見えた。床とのあいだに数センチほど隙間がある。しかも、動いている。そう、確かに動いているのだ。それに、平らな面に書かれているわけでもない。文字はかすかに揺れている……。上がったり、下がったり、かなり速いペースで上下している。

「何なの、これ……」背中でアデルが声をあげた。

「黙ってろ……」

恐怖に胸を締めつけられながらも、マルシアルは足を一歩前へ踏みだした。さらに、もう一歩。文字のほうへ向かって。文字はぴくぴくと動いていた。まるで生きているかのように。近づくにつれ、文字はかなり乱暴に書かれているのがわかった。液垂れしているところを見ると、おそらく何か特別な塗料が使われているのだろう。だが、わからないのは、文字が何の上に書かれているかということだった。リビングはあいかわらず闇に包まれている。マルシアルは引き返そうかと迷った。このまま立ち去るべきか、それとも、こいつの正体をはっきりと突き止めるべきか。そうだ、やはり確かめなくては。

「ねえ、もう行きましょう、ここから出ましょうよ」アデルがうしろから懇願した。「警察を呼ばなくちゃ」

「うるさい！」

ちくしょう、何なんだ？　これはいったいなんだっていうんだ？　マルシアルは小便をしたくなった。このところ、いつも尿意に悩まされている。だめになった前立腺のせいだ。マルシアルは、おそるおそるしゃがみこんだ。闇のなかで目を凝らすと、リビングの絨毯の上に黒くて細長い何かが横たわっているのが見える。黒くて生きているもの。いや、黒くて死にかけているものが。マルシアルは匂いに気がついた。麝香《じゃこう》のような強烈な匂い、ストレスを受けている犬の匂いだ。これは……レイガル――息子のティモテが飼っていたロットワイラーだ……。マルシアルは震えあがった。レイガルの熱い脇腹にそっと手を載せると、かすかに痙攣しているのがわかった。どうやら瀕死の状態にあるらしい。そのまま太い首まわりの短く柔らかな毛並みをなでようとして、マルシアルは、わっとのけぞった。指先がどろっとした液体に触れたのだ。

「うわっ、ちくしょう！」

思わずよろけて、マルシアルは絨毯の上に尻もちをついた。心臓は時速百キロの速さで鼓動し、胸はレイガルに負けず劣らず激しく上下している。闇のなかでレイガルが息もたえだえに喘いでいるのが聞こえた。息づかいは短く、ひゅうひゅうと音がする。その腐ったような呼気の匂いが、熱気のこもった山小屋の空気を伝って自分の鼻まで届いている。

「何が起こってるの？」うしろでアデルがヒステリックな声でうめくように言った。アデルにもこれが息子の犬だとわかったらしい。「あなた、これはどういうことなの？」

マルシアルは起きあがって、うしろに二歩下がると、もう一度、レイガルがいるあたりを見つめた。背中を氷のような汗が伝い、心臓は胸のなかでトンネルを掘っているみたいにがんがん跳ねている。

「俺にもわからん」

「警察に言わないと……警察に」

「だめだ！」マルシアルは怒鳴って、アデルを黙らせた。

そして、さらに言葉を続けようとした、そのときだった。

空気が揺らぎ、窓がびりびりと震えた。ドーンという巨大な爆音が山小屋を根底から揺るがした。すぐに低周波の地鳴りがして、しばらく腹の底に響いた。まるで地震だ……。マルシアルは激しい恐怖に囚われ、体中に有毒植物が枝分かれして広がっていくような気がした。ちくしょう、いったいここで何が起こってる？　今の衝撃は、外からきたものだった。マルシアルは、身をすくませて動けずにいる妻を尻目に、玄関へと走った。

「今のはなに？」

ジーグラーは調べていた地図から、はっと目をあげた。

「さあ」アンガールが答えた。「何か爆発したみたいですが」

「近いな」セルヴァズもそう言った。

次の瞬間、三人は玄関へ向かって駆けだした。ほかの憲兵たちも続いた。谷の北側からとてつもない轟音が迫りあがってきたかと思うと、近隣の山々にピンボールのように跳ね返り、ますます大音響で響きわたっている。一同は憲兵隊本部前の広場へ飛びだした。

「うわっ、なんだあれ！」アンガールが叫んだ。

全員が爆音のするほうを向いた。北の空には、巨大な土埃の雲がもくもくと舞いあがり、夕焼けに照らされて真っ赤に染まっていた。


その夜、憲兵隊本部から一キロ半離れたエグヴィヴ村役場の窓も激しく揺れた。

村役場の村議会室では、村長のイザベル・トレスが、〈村の中心部における迷惑行為に反対する会〉を組織する村民たちを相手に会合を開いているところだった。そもそもの発端は、未成年の若者グループが夜中に村の中心部を車やバイクで暴走し、すさまじい爆音を放ったことだった。騒音にたまりかねて注意してきた沿道の住民に向かって、若者たちはたっぷり暴言を吐いて侮辱した。それでこうして議論の場がもたれることになったのだ。

トレスは村民を前に説明した。自分は村の保安官ではない、だいたい星形のバッジも持っていない、未成年の若者たちに夜間外出禁止令を発布するつもりはない、と。だが、妥協案として、村は憲兵隊と連携して、解決策を見つけるべく尽力するつもりであると言い添えた。とたんに群衆からはざわめきが起きた。村民たちは、村長の政策と村議会のイニシアチブをここぞとばかりに非難した。それでもトレスは、感情を表に出すことなく、村民たちの訴えに耳を傾けた。トレスは現在、村長の三期目を務めている。二十八歳のときに初当選して以来、有力な対抗馬がないまま、十五年にわたって村政を担ってきた。その年月のうちには、こうして非難の的にされることなど山の数ほどあった。

議論の場には、村会議員からも二十四名の議員たちが出席していた。議決を行う定足数には十分な人数だ。いずれも村議会の多数派党の議員か、あるいは前回の選挙で、反対派のなかで唯一、五パーセント以上の票を集めた野党に所属している議員たちだ。議員たちも、騒音、侮辱、唾を吐かれた、脅迫を受けた等々、村民が被《こうむ》った迷惑行為の数々が連ねられていくのを辛抱強く聞いている。議論は白熱し、話はあちこちに飛んだ。ある者は、村が〝安全に暮らせない雰囲気〟になっていると言い、トレスはため息をつきたいのをこらえた。またある者は、若者がエネルギーを発散できる活動や娯楽を提供しないで、批判ばかりしているのは遺憾なことだと言い、トレスは天井を見あげた。野次が飛び、ざわめきが広がった。トレスはタイミングを見計らい、さっと身ぶりで静粛を促した。村議会室に再び静けさが戻った。

「皆さんの要望は、憲兵隊がもれなく考慮に入れて対応します」トレスは毅然として言った。「迷惑行為についての捜査は現在、進行中です。ですが、村としても、手をこまねいてい……」

トレスは、最後まで言い終えることができなかった。すさまじい爆音がしたかと思うと、議会室の窓とシャンデリアが大きく揺れた。トレスは驚きに目を見開いて、とっさに窓の外を見た。椅子をぱっと押しのけると、フランス窓へ駆け寄り、バルコニーへ出る。夕暮れのしっとりした空気のなかに、低くくぐもったうなるような轟きが響いている。議員たちも次々と窓辺に集まってきた。村民たちもこれに続いた。ただ一人、発言を始めた村人が、もはや誰かに聞いてもらえるとは期待もせずに、声を嗄《か》らして訴えている。おそらく時間をかけて準備してきたスピーチなのだろう。だが、人々の意識は完全に外へ向かっていた。屋根の上に立ちのぼる巨大な土埃の雲に目を凝らしながら。

「今日はこれで閉会します」

室内へ戻りながら、トレスは宣言した。そして、どよめく人々の波をかき分け、ドアへと突進した。

「見にいきましょう」

ジーグラーがそう言って、フォード・レンジャーのほうへ向かった。

セルヴァズもあとに続いた。アンガールはプジョー・パートナーに乗りこんでいる。ほかの憲兵たちも各自の車両に乗り、憲兵隊の車列は土埃のあがる村の出口のほうへ向かって出発した。ロータリーを一つ、また一つと抜け、村の外れにある家々を通りすぎ、川の流れに沿った大きなカーブを曲がったところで、急停車した。

「嘘でしょ……」ジーグラーがそう漏らして、エンジンを切った。

セルヴァズは車を飛びだした。ジーグラーもそばに駆け寄ってきた。ほかの車両も次々と到着している。セルヴァズは、そばで固まる小さな群衆のほうへ顔を向けた。人だかりは分刻みで膨らんでいる。様子を見にきた車のドアが次々にバタンと閉まる音がする。叫び声や驚きの声があがり、誰もが不安げに声をかけ合っている。

セルヴァズは、道路のほうへ視線を向けた。いや、少し前までは道路だったところだ。二車線道路は、今や大量の土砂に埋もれて見えなくなっていた。村と外部とをつなぐ唯一の道だ。上を見ると、山の斜面一帯が地滑りを起こしていた。崩れた土砂は車道の幅いっぱいに広がり、さらにその先の土手を越えて、川にまでなだれこんでいる。セルヴァズは鼻をひくつかせた。ただの印象なのか、黄昏《たそがれ》のせいなのかはわからないが、崩れ落ちた石や泥の匂いにまじって、ペンスリットの匂いが漂っている気がするのだ。爆弾に使われる高性能爆薬の一つだ。

「なんてこった」アンガールが言った。「山の一部がごっそり崩れてる。この土砂を取り除くには、何日もかかりますよ」

ジーグラーは、こちらを向いて言った。

「どうやらわたしたち、この村に閉じこめられてしまったみたいね」

六月十九日、火曜日、夜九時四十七分のことだった。

彼らが見える。

怯える羊の群れのように、誰もがパニックに陥ってどよめいている。

自分には見える。人々が、これは始まりにすぎない、もっと悪いことが起きる、と考えているのが。その予感がどれほど的を射《い》ているか、どこまでひどいことが起きるのか、彼らが知ったらどうなるだろう。

それを知ったら、彼らは恐れおののくはずだ。今以上に。

彼らを怖がらせるのは簡単だ。怖がらせるのも、傷つけるのも。順応主義、善良な感情、偽善――そんなものがあるから、彼らは脆《もろ》く、傷つきやすく、過敏になったのだ。

彼らはまるでイーロイ人のようだ。H・G・ウェルズの小説『タイム・マシン』に出てくる退廃した人類の末裔《まつえい》。イーロイ人と同じく、彼らも臆病者でありながら、他人の苦しみには残酷なほど無関心だ。

我が身に火の粉が降りかかってこない限り、他人の痛みには見向きもしない。

それこそが、ルソー思想（人間は生まれながらにして善であるが社会がこれを堕落させるという考え）を信奉するデリケートな社会が生みだした人間たちだ。片や、安直で臆病で、何かにつけて付和雷同する群衆。片や、それをつけ狙う捕食者たち——この自分のように。

だが、結局のところ、それが自然界の摂理ではないか。

野牛《ヌー》は危険を逃れ、のんびりと草を食《は》む平和な生活を望んでいるが、遅かれ早かれ、豹《ひょう》に捕まるものなのだ。

ただし、人間たちはその内部に敵なる蛇を育ててしまった。毒蛇を。彼らはそれを知っている。だが、知らないふりをし、自覚のないふりを装う。よって、責任も感じていない。自身が毒蛇に嚙まれない限り、見て見ぬふりをしているのだ。

自分は違う。目をそらしはしない。

もう二度と。

あんな目に遭わされた以上、もう二度と見逃すつもりはない。

そして、誰もが報いを受ける。無実の人間などいない。いるのは、罪を犯した者と、その罪から目を背けてきた偽善者だけだ。

そうだ、一人残らず報いを受けるがいい。その時が来た。報いの時が。

誰もが当事者なのだ。

20

「閉じこめられたのは、私たちだけじゃなさそうだ」セルヴァズは言った。

ジーグラーはこちらがほのめかした言外の意味を瞬時に察したらしい。この山崩れの原因が何であれ、村の外へ出る唯一の道がふさがれたことで、谷に暮らす人々は全員、ここに閉じこめられてしまったのだ。ジーグラーは、崩れ落ちた土砂の山から目を離し、その場に居合わせた人々のほうをざっと見渡している。セルヴァズはその群衆のなかに、登山家のように顔を日焼けした、ひときわ目を引く女性がいるのに気がついた。ショートヘアの小柄な女性は、ジーンズと黒いTシャツの上に、赤褐色の薄手のジャケットを羽織っている。女性は憲兵隊の一団に目を留めると、決然とした足取りでこちらへ向かってきた。そして、アンガールの前で立ち止まり、さっと手を握った。どうやら知り合いらしい。

「何が起きたんです？」

アンガールは首を横に振った。

「どうやら地滑りのようです。ご覧のとおり、道路が寸断されました」

「通れるようになるまで、どのくらいかかるかしら？」女性は焦りを隠せない様子で尋ねた。

アンガールは居心地悪そうに肩をすくめている。現時点では、何を言っても推測の域を出ないからだろう。まずやるべきは、県間道路局《DIRSO》の南西部支部に連絡を取ることだった。

「数日か、あるいはもっとかかるかもしれません。土砂の撤去作業に入る前に、まずは、再び地滑りが起こる危険がないかどうかを確かめる必要がありますし、撤去後も、山の保全を確認して初めて、通行止めを解除できるので」

女性の顔に、苛立ちの表情がわかりやすく広がっていった。

「誰もが山の爆破音を聞いてるわ」女性は言った。「わたしの知る限り、この山の治山工事は予定されていなかったはずだけど」

「マスコミの方ですか？」ジーグラーが横から尋ねた。

その瞬間、女性は見るからにいきり立ち、ジーグラーにすぱっと割れた雲母の原石のように鋭い一瞥を投げた。

「イザベル・トレス。エグヴィヴの村長です。で、そういうあなたは？」

質問は弾丸のように跳ね返ってきた。そこから数メートル先では、憲兵たちがさっそく現場への立入りを禁止するバリケードや警告の入った看板を設置しはじめている。

「こちらは、ポー憲兵隊犯罪捜査部のジーグラー大尉です」アンガールが、ジーグラーが答えるより先に紹介した。「ジーグラー大尉は、例のティモテの殺人事件の捜査を指揮されています」

　すると村長のトレスは、無遠慮にジーグラーを見つめた。ほんの一瞬、二人の女性は互いを値踏みしあっているように見えた。両者の沈黙を邪魔するのは川のせせらぎだけ。セルヴァズは二人の様子を見守った。トレスは今耳にしたことについて考えをめぐらせているようだったが、やがて口を開いた。

「うちの村は、何をするにもこの道が頼りなの。必需品の供給も、救急医療も、山のような行政手続も。谷の外へ働きに出ている住民のことは言うまでもないわ。相当数の人が、毎日この道を通って、ランヌメザンやポー、タルブへ通勤しているんです。この道路が何日も通行止めになる場合、今後どういったことが想定されるかしら？」

「そうですね……まず、スーパーや商店には多少の蓄えはあるでしょうし」アンガールは考えながら言った。「診療所や温泉施設のほうも同様でしょう。蓄えがそれぞれいつまでもつかを見積もってもらって、不足しそうな物資のリストを作成しないといけませんね。優先的に仕入れが必要な物資の搬入とか、救急医療については、ヘリコプターで対応することになるでしょう。それ以外の解決案は思いつきません」

「ヘリコプターの利用は、必要不可欠なものに限られますね。ヘリはそれほど多くのローテーションをこなすことはできませんから」ジーグラーは説明を加えた。「つまり、優先順位をきっちり決める必要が出てくるってことです。谷の外へ通勤されている方たちですが、当然ながら、朝晩ヘリコプターで送り迎えというわけにはいきません。それぞれの職場で、事故か災害による休業補償を適用してもらうしかありません」

トレスはジーグラーに、山の急流にも劣らぬひんやりした視線を浴びせた。

「それにしても、うちの役場の元職員がその……殺人事件に遭ったばかりなのに、今度はこの騒ぎ。この村でいったい何が起きているのか、わかっていることはあるの?」

トレスは、殺人という言葉で言い淀んだ。さすがにこの言葉は、村長の語彙《ごい》には入っていないらしい。

「村長、何が起こったのか、ご存知ですか?」

ふいに、聞き覚えのない声が割りこんできて、一同は一斉に振り向いた。カメラを手にした男がこちらに近づいてくる。セルヴァズは、その男に見覚えがあった。白髪まじりのぼさぼさの髪に、四日ほど剃っていなさそうな無精髭。たしか、滝の周囲に張られた立入禁止テープのそばで見かけたのだ。新聞記者だろう。マスコミも一緒に谷に閉じこめられたということか。これはあまりいい知らせとはいえなかった。

いつしか夜は更けていた。道沿いに並ぶ街灯が、溶けたバターのような色の光を舗道に落としている。光のまわりには、今や村の住民の半分は集まっていそうだった。村人たちの顔に不安げな表情が浮かんでいなければ、村祭りの準備でもしているのかと思うところだ。子どもたちのほうは、屈託なく笑いながら大人たちのあいだを駆けまわってはしゃいでいる。子供心に何か特別な出来事が起きているのを感じて、気分が高揚しているのだろう。それでなくても、夏休みを間近に控えているのだからなおさらだ。

そこへ村の代表だと自称する人々が、村長のまわりに集まってきた。そして、ほどなく質問が飛び交いはじめた。

「道路はいつまで閉鎖されるんですか？」

「まだなんとも言えません」村長のトレスが答えた。

「何が起こったか、わかってることは？」

「爆発音がしましたけど、何かの事故だったんですか？」

「道をふさがれたら、どうやって仕事に行けばいいんです？　明日には通れるようになりますか？」

「明日は、病院に化学療法に行かないといけないのよ」女性の声があがった。「こればっかりは待てないわ！」

「わかってるわ、ソランジュ」トレスが答えた。「明日から、緊急の場合には、憲兵隊の協力を得てヘリコプターで対応してもらいます。そのための優先順位のリストも作成します。必要とあれば、一晩中かかっても仕上げましょう。ただし、全員が利用できるわけではありません」トレスは声を張りあげた。「こういう事態になった以上、皆さんにも多少の不便は辛抱してもらわないと」

そのとたん、群衆から抗議の声があがった。矢継ぎ早に質問が飛んでくる。矢面に立っているトレスをあとにして、セルヴァズはジーグラーとともに、群衆をかき分けながらフォード・レンジャーのところへ戻った。

「どこか泊まるところを探さないと」運転席に座ると、ジーグラーが言った。「ここにしばらく足止めされることになるから」

セルヴァズはギュスターヴのことを思った。レアのこと、そして、懲罰委員会のことも……。だが、口には出さなかった。ニコチンガムをそっと口に入れると、窓から遠くの山を眺めた。山々は村の明かりを見おろしながら、夜に沈んでいる。

山も何かを待っている――セルヴァズはそんな気がした。自分たちと同じように。問題は、何を待っているのか、ということだった。

21

　レストランのなかは、厳かなほど静まり返っていた。静かなのはこの部屋だけではない。ホテル全体が静寂に包まれていた。ときおり、隅のほうに見えるドアの向こうから話し声が聞こえてくる。おそらく奥は厨房《ちゅうぼう》だろう。声はつかの間響いては、またふっと消えていく。そしてまた、静寂が訪れる。

　セルヴァズは、ジーグラーとともに遅い夕食を注文したところだった。ジーグラーは今夜から当面、このホテルで寝泊まりするという。

「山を爆破したのは、ティモテ・オジエとカメル・アイサニを殺したのと同じ人物だと思う？」ジーグラーが尋ねた。「だとしたら、その人物は相当な策士ね」

「ああ。それに、爆薬にもアクセスできる人物ということになる。ここに来る途中で、採石場があるのを見かけたよ」

　ジーグラーは眉をひそめた。

「爆薬の取扱いには、それなりに経験が必要なはずよね」

「そうだな」

「じゃあ、すべてが同一犯の仕業《しわざ》だとすると、犯人はこの冬にカメルを殺害し、次にティモテを殺し、そのうえ、今度は山を爆破して、わたしたち全員を村に閉じこめた、ってこと？　意味がわからないわ」

セルヴァズは、手にしたフォークを宙に浮かせたまま考えこんだ。

「仮に、犯人はこの谷の人間だとしよう。そいつは、この土地を完璧に知りつくしている。自分の庭みたいなものだ」セルヴァズはそう言いながら、またしてもマリアンヌを連れ去った悪党のことを思った。「ここでは犯人は、どうやって標的を狙えばいいか、いかにして奇襲をかければいいかをすっかり心得ている。第一の被害者のカメルは、この村に住んでいた。犯人はただ、カメルが山に入って一人きりになるところを静かに待ち伏せていればよかった。リスクは冒さなかったんだ」

そう言ってから、セルヴァズはあたりをぐるりと見まわして、自分たちの話が誰にも聞かれていないことを確かめた。この宿——山頂ホテル《オテル・デ・シーム》のレストランには、昔ながらの山小屋ふうな装飾がなされていた。むきだしの梁《はり》に暖炉。黄金色をした板張りの壁には、ピレネーシャモア（あるいは別種のシャモアか？）と猪の頭部の剝製が飾られている。

「仔牛とキノコのリゾットはどっちですか？」

その声に振り向いて、セルヴァズは驚いた。料理を運んできたのは、まだ十三歳にも届かなそうな男の子だったのだ。この国では児童労働は禁じられている。おそらくこの子はホテルの経営者夫婦の息子なのだろう。学校のあとで両親を手伝っては、大人の真似をして給仕をするのを楽しんでいるのかもしれない。

「リゾットはこっちだ」セルヴァズは言った。「きみの名前は？」

「マチス」

「マチス、きみは何歳かな？」

「十二歳」

「このホテルは、ご両親がやってるのかい？」

少年はこちらをまっすぐ見つめてうなずいた。褐色の髪にか細い体つき。額には分厚い前髪の束がかかっている。少年は、鱈《たら》のボルドレーズの皿をジーグラーの前に置いた。

「どうぞ召《ボナペテイ》しあがれ」

マチスはそう言ったが、立ち去らなかった。そのままテーブルの脇に立ちつくしている。

そして、こちらを順ぐりに眺めている。何も言わずに。注意深く。

「何か訊きたいことでもあるの、マチス？」ジーグラーがほほ笑みながら尋ねた。

マチスは力いっぱい頭を振ってうなずいた。

「お客さんたち、あの殺人事件のためにきた警察の人でしょう？」

「どこでそんな話を聞いたの？」ジーグラーが尋ねた。

「学校で」

「あなたくらいの歳《とし》の子どもたちに聞かせていい話じゃないのよ」

「殺人事件はテレビでいっぱい見たことがあるけど」

間じゃないの？」

「これはテレビのなかの話じゃないの」

「刑事さんなんでしょう？　違うの？」

「そうよ」ジーグラーは答えた。「さあ、もうご両親のところへ行きなさい。もう寝る時間じゃないの？」

「ぼく、寝るのは遅いんだ」

マチスはそう言ってテーブルから遠ざかった。

セルヴァズはジーグラーとにっこり視線を交わすと、さっそく二人して目の前の料理に取りかかった。空腹なのはお互いさまだったようだ。遅い時間にもかかわらず、このホテルのオーナーは食事を出すのを了承してくれた。その理由は最初の一口でわかった。ジーグラーが、口をもぐもぐさせながら、有名な冷凍食品メーカーの名前をつぶやいている。

「で、さっきの話だけど」少年の姿が見えなくなったのを確認してから、ジーグラーが言った。「犯人がこの谷の人間だとして、ティモテはどうして今になって殺されたわけ？ティモテだって、カメルと同じく、この村に住んでいたわ。二つの事件がつながっているのなら、最初の犯行から次の犯行まで、どうしてこんなに時間を置いたのかしら？」

「わからない。ただ、ティモテは麻薬のディーラーだった。おそらく妄想症《パラノイア》を患い、極端に用心深いタイプだったはずだ。犯人は、ティモテが隙を見せるまで辛抱強く待たなくてはならなかったんじゃないかな。それで時間がかかったのかもしれない」

「あの晩、ティモテは修道士と別れたあと、殺される一時間ほど前には、たった一人であの森にいたのよね？」

「そのとおり」

　ジーグラーは背筋を伸ばした。

「修道士のシプリアンは、おとりとして利用されていたと思う？」

　セルヴァズは肩をすくめた。

「さあ、どうかな」

「じゃあ、あの山の爆破はなんのため？」

「あれは明らかに、誰かを閉じこめるためだろう。誰かをこの谷から外へ出られないようにしたんじゃないかな。それが一人なのか、複数なのかはわからないが」

「それってつまり、その誰かが、次のターゲットかもしれないってこと？　その誰かは、ティモテ殺害の裏にある理由や犯人にも心当たりがあって、次は自分が狙われるって怯えてるってこと？」

「そうは考えられないか？」

　ジーグラーはうなずいている。

「そうね……」

「でなければ……」

「でなければ？」

「でなければ、犯人は、その誰かをこの谷におびき寄せておいて、それから罠にかけた、ということも……」

ジーグラーはふいに鋭い目になった。

「そうだとしたら、どうやって、その誰かを谷におびき寄せたのかしら？」

セルヴァズは考えた。この事件の概略をイメージし、その筋書きをたどってみる。まだ漠然としていて、正確さや一貫性には欠けているものの、思考のもやのなかから徐々に輪郭が浮かびあがってきた。

「今日、谷にやってきて、我々同様にここに閉じこめられた人間はいるだろうか？　山が爆破される直前に谷に到着したのは？」

セルヴァズは、ジーグラーの瞳に光が宿るのを見た。

「ティモテの両親がそうだわ」

一瞬の沈黙のあと、ジーグラーはいかにも半信半疑な口ぶりで言った。

「それが何を意味するか、わかってる？　犯人は、ティモテの両親を谷におびき寄せるためだけに、ティモテを殺したってことになるのよ？」

「いや、そうとは限らない。犯人は、息子と両親を同時に狙っていたのかもしれない」

「ということは、ティモテと両親のあいだにある、親子関係以外のつながりを探さなくてはならないってことね？」

「そういうことだ。もちろん、カメルとティモテ、つまり被害者二人を結ぶ接点を探るのが先決だが。ティモテの両親とカメルとのあいだのつながりについても、調べる必要があも疑ってみる必要がある。ときにはその奥に、より深い真実が隠れていることもあるからね」

「ああ、麻薬だ。だが、きみだって百も承知だろうが、見かけは当てにならない。いつも

「カメルとティモテの共通点なら、一つは一目瞭然ね」

るかもしれない」

沈黙がおり、二人はしばらく黙ったまま、料理を食べ終えた。

「デザートは？」セルヴァズは訊いた。「食後のコーヒーは頼むかい？」

「やめておくわ。今夜はぐっすり眠りたいから」

その言葉に、修道院のイメージが浮かんだ。硬い寝台に冷たいシーツ、朝の四時に響きわたる修道士たちの歌声が今夜も自分を待っている。そう思うと、胃がぎゅっとこわばった。セルヴァズはそんなイメージを振り払うように頭を振って、ジーグラーのほうを見た。

「ところで昼間、車のなかで最近どうだって訊いたとき、あまり話したくなさそうに見えたんだが？」

ジーグラーは目をあげた。

「あまりうまくいっていないからかもね」

「その話はやめておこうか？」

ジーグラーはためらっている。

「ちょっと複雑なのよ」

「そうか、わかるよ。無理に話さなくてもいい……」

「ズズカのことよ」ジーグラーはこちらをさえぎって言った。

セルヴァズは続きを待った。

「ズズカは病気なの」ジーグラーはそう言うと、次の言葉を探した。「それも、難しい病気。筋萎縮性側索硬化症っていう進行性の難病よ。病名と同じで症状もとても難しいの」

筋萎縮性側索硬化症――別名、シャルコー病。セルヴァズは、背筋にかすかに震えが走るのを感じた。

「最初は何でもないことに思えたの。右手にちょっとした違和感を感じて、力が入らなかったり、一時的に痙攣が起きたりしただけ。二人とも、手根管《しゅこんかん》に問題があるのかもしれないって思ってたわ。あるいは、マグネシウムが足りないのかもって。ズズカもたいして気に留めてはいなかった。症状は現れたり、消えたりしていたし……」

ジーグラーはそこで息を深く吸いこんだ。

「でもそれから、今度は左手がそんなふうになって、続いて別の筋肉にも力が入らなくなった。そしてある朝、ズズカは唾を飲みこめなくて目を覚ましたの。それ以来、症状は悪化の一途をたどってる。舌の麻痺、発音障害、呼吸障害。協調運動にも障害が出て、歩いたり物をつかんだりすることも難しくなって……」

ジーグラーは空になった皿を見つめ、また目をあげた。その瞳は霞《かすみ》がかかったように揺れている。セルヴァズは、そこに強烈な悲しみを読み取った。

「もちろん、その段階に至る頃には、病名もわかっていた。患者の五十パーセントが三年以内に死に至るっていう、卑劣な神経変性疾患。原因は不明。しかも、治療法はゼロ。信じられる？　二十一世紀だっていうのに？　遠い銀河にロケット飛ばして、映画産業やらスポーツやらに何千億ドルも費やしてるくせに、このいまいましい病気一つ治せないわけ？　自然はよくできている、なんて言ったバカはどこのどいつよ？」

　ジーグラーの口調はいつしか喧嘩腰になっていた。セルヴァズは、ギュスターヴのことを考えずにはいられなかった。そして、ピュルパン病院の小児科病棟でレアが治療している子どもたちのことも。

「今、ズズカは、歩くことも、自分で食べることもできなくなってる」ジーグラーは続けた。「車椅子生活で、もうほとんど話さない。すっかり衰弱して、見る影もないほど痩せてるわ。訪問介護のヘルパーさんがつきっきりで看病してくれてる状態よ……。だから、わかるでしょう？　この谷で足止めをくらうのが、どれほどきついか」

　セルヴァズは、インターネット上でよく見かける〈死は生まれながらにしてかかる病気だ〉といったくだらないフレーズを思い出した。あるいは、スリで取り調べを受けていた少女のTシャツに書かれていたこんなフレーズも――〈人生がひどいやつ《ビッチ》なら、あたしはもっとひどいビッチ〉。

「どうしてこんな目に遭わないといけないの？」ジーグラーは言った。「どうして人生は、わたしたちから大切なものを奪っていくの？　なぜ喜びのあとにはいつも、痛みや悲しみが待っているの?」

「わからない」セルヴァズは喉が締めつけられるのを感じた。言葉が詰まって出てこなかった。「答えられたらいいんだが」

ジーグラーの目に、涙があふれているのが見えた。

「ごめんなさい」ジーグラーは言った。「わたし、どうしちゃったんだろう?」


「いつになったら通れるようになるの?」

電話の向こうのレアの声にはストレスがにじんでいた。

「なんとも言えない。数日後かもしれないし、もっとかかるかもしれない」

「それで、それまでどこに泊まるの?」

セルヴァズは、自分のいる修道院の小部屋をちらっと見まわした。

「山のなかの修道院だ。きみはなんの心配もいらないよ。ここから数キロ四方に女性の影はまったくないからね」セルヴァズは冗談を言った。

「面白くないわ、マルタン」

「すまない」

気まずい沈黙が流れた。少し長すぎる。

「あの女《ひと》……あの女《ひと》、まだ生きていると思う?」

セルヴァズは唾を呑みこんだ。

「わからない。それだけが望みだ」

「なんてことなの……」レアは息を吐いた。

「……」

「マルタン？」

「なんだい？」

「あなたに知っていてほしいの。わたしの心はあなたと一緒よ。彼女が無事に見つかるように、心の底から願ってる。あなたにとって、これがどれほど大事なことかわかるから……。あなたが今、どんな思いで過ごしているかと思うと、たまらない気持ちよ」

セルヴァズは、病院の小児病棟で初めてレアに出会ったときのことを思い出した。自分は、レアの思いやりの深さと、その共感力に驚かされたものだった。レアは、ふりではなく、本当に他人の立場に立って考えられるという類《たぐい》まれな能力を持ち合わせているのだ。

「ありがとう」セルヴァズは言った。「今夜はこれで切るよ。ギュスターヴの様子も聞かないといけないから」

「ええ、もちろん。愛してるわ」

「私もだ。愛してる」

「何があったか、聞きましたよ」

電話に出るなり、エスペランデューは言った。「で、ボスはその厄介な谷で立ち往生してるってわけですね」

「ああ。ギュスターヴはどうしてる？」

「心配いりませんよ。ギュスターヴは元気にしてます。今は眠ってますよ」

「あの子はその……私がどうしてるか、訊いてきたか？」

沈黙がおりた。

「マルタン」一秒おいて、エスペランデューが答えた。「まだたった二泊しかしてませんからね。それに、うちの子どもたちやシャルレーヌがずっと一緒に遊んであげていて、ギュスターヴはきっとまだ、父親の不在を感じていないんですよ。でも、それも今のうちだけです。あと何日かするうちに寂しくなって、ボスのことを恋しがるようになるはずです」

〈死の舞踏〉か――セルヴァズは思った。

教会堂の内陣の側廊にかけられているこの絵画は、縦二メートル、横八メートルにわたる三枚のパネルから構成されていた。描かれているのは、擬人化された〝死〟。鎌を振りかざし、襤褸《ぼろ》をまとった数体の骸骨たちが人間のまわりで踊り、その耳元に話しかけながら苦しめている。そこには、あらゆる社会階層の人物が体現されていた。王、司祭、騎士、貧乏人と金持ち、若者と老人、そして狂人……。誰もが〝死〟に見逃してくれと懇願している。だが〝死〟はまるで意に介さず、生者にはない平等主義でもって、性別も年齢も身分も関係なく、すべての者を死の舞踏へと引きずりこんでいる。

「十五世紀に描かれたものですよ」背後で声がした。アドリエル神父の声だ。「当時はこうした絵が広く描かれていたようです」

セルヴァズは、絵から目を離すことなくうなずいた。修道院のなかは、暗闇に包まれていた。奥の暗がりに、かろうじて数本のろうそくが炎を揺らし、蠟の匂いを放っているのが見える。セルヴァズは頭上を見た。その荘厳さにめまいを起こしそうな石柱の波を目で追っていくと、身廊の丸天井は闇のなかに吸いこまれて見えなくなっている。人間からは遠く、神に近いヴォールト天井は、神がそこに存在することを証明しようとしているかのようだ。果たしてできるのだろうか？　いずれにせよ、この暗闇と静けさのなかにあっては、誰もが自身を顧みて、その内的生活や孤独へと立ち戻らされる。この静寂の永遠性のなかでは、人間は誰もがただの原子であり、一瞬、燃え上がってはたちまち消え去る、ちっぽけな存在にすぎないのだと思い知らされる。

ジーグラーと別れて修道院へ戻ったものの、セルヴァズはどうしても眠れなかった。それで、レアとエスペランデューに電話をしたあと、これまでじっくり鑑賞できずにいた修道院の内部を見てまわろうと決めたのだった。

「〈死の舞踏〉ですが」アドリエル神父が続けた。「これらの絵画は、権力者に対する警告として、そして貧しい者へは希望の源として描かれたもので、そこには、おのおのが責任を持ち敬虔《けいけん》に生きよ、という教えが込められていたのです。それから、死を恐れるという意味では、〝我は死にゆく《ヴァド・モリ》〟というラテン語詩もありますな。これも、当時の人々が、まもなく自らに訪れる死を嘆いている詩です。ときに、年老いた往年のスターたちがテレビに登場して、その目や発言のなかに忍び寄る死への恐れが見え隠れしているのを見ると、私はいつも、この〝我は死にゆく《ヴァド・モリ》〟を思い出すのですよ」

なるほど。アドリエル神父も、テレビを持っているようだ。

「ところで、うちの薬剤師の修道士がブレンドしたハーブティーはいかがかな？」神父が言った。「一緒においでなさい。私の書斎にみな揃っておりますから」

セルヴァズは誘われるままに神父のあとについていった。神父は教会堂を出て、中庭を囲む回廊の一つを進み、踊り場を途中に挟んで階段を二つのぼった。続いて、月に照らされた八角形の大きな塔を横目で眺めながら、中庭を見おろす別の回廊に沿って進んでいく。やがて神父は、薄明かりのなか、一つの扉を押しひらくと、明かりを点けてこちらを招き入れた。前にも訪れたことのある、礼拝堂に似た神父の書斎だった。

オーク材の机の上では、すでに磁器のティーカップに入ったハーブティーが湯気を立てていた。どうやら神父は、こちらが招待を断る可能性は考えていなかったようだ。

「リンデンのハーブティーに、オレンジとラベンダーをブレンドしてあります」アドリエル神父が言った。「うちの修道士の秘伝のレシピですよ」

「ありがとうございます」セルヴァズはそう言って、背もたれの高い椅子にぎこちなく腰をおろした。それから、ティーカップを口元へ運び、一口飲んでみる。意外にいける味だった。

「実は、つい先ほど、友人の恋人が不治の病にかかっていることを知りました」なんの脈絡もなく、セルヴァズはいきなり切りだした。「今朝は今朝で、むごたらしく殺されたあの若者の遺体を目にしてきました。病院の小児科病棟で、つらい難病に苦しむ幼い子どもたちを診ている医師の友人もいます。神父さま、あなたのお考えでは、神はこの世のこうした悲惨な現実を、どのように正当化されるのでしょうか？」

セルヴァズは、アドリエル神父が一瞬、アブに刺されたような反応を示したのを見逃さなかった。神父はすぐにその表情を押し殺したが、どうやらこの質問をあまり歓迎してはいないようだ。もてなしを受ける客でありながらそんな質問を口にするとは、さぞ恩知らずに映っているのだろう。

「あなたは教養のあるお方のようにお見受けしますが」神父は口を開いた。「神義論というのも、当然お聞きになったことがあるでしょうな？」

セルヴァズは首をたてに振った。

「はい。ライプニッツの提唱した言葉で、この世に存在するあらゆる悪にもかかわらず、神の善性を正当化しようとした試みのことですね」セルヴァズは答えた。

アドリエル神父は、こちらをしげしげと見つめた。警察官らしからぬ知識を備えているが、いったいこの男はどういう警官なのか、といぶかっているようだ。

「そのとおり」神父は言った。「神義論とは、神の存在と悪の存在とのあいだに横たわる一見したところの矛盾を弁証しようとした試みのことです。神は全能であり、善であるという。ならば、なぜこの世に悪が存在するのか？」

セルヴァズは、アドリエル神父の目が輝くのを見た。その黒い瞳が机の上に置かれたランプの光を受けて、一瞬きらりと反射した。

「議論はいくつかあります」神父は続けた。「たとえば悪魔論《サタン》です。神は人類に善を望んでいる。だが、悪魔が反逆して、この世に悪を持ちこんだのだ、というものです」

「そして、その説に異議を唱える人たちは、神が万物の創造主であるのなら、悪魔だって神が創造したものだと言って反論した」

神父は手で払うような仕草をしてみせた。

「この議論に深入りするつもりはありません。ただ、何世紀にもわたってこの悪魔論を支持してきた人たちは、神は悪魔を創ってはいない、〝光を掲げる者〟を意味する天使ルシファーが、自ら堕天使、つまり悪魔になったのだと主張してきました。愛の権化である神が、ルシファーに思うままにふるまえる自由をお与えになったからだと。議論はほかにもあります。隠された調和論とか、存在論、自由意志論など……」

「いずれの議論も論破できるものです」セルヴァズは言った。「神父さま、ここ数年、インターネットでは、児童レイプのライブ動画配信が爆発的に増えていることをご存知でしょうか。小児性愛者たちは金を払って、子どもが凌辱されている生の映像をインターネットで視聴しているんです。あなたの神は、これをどう正当化なさるのでしょう？」

アドリエル神父の顔が曇った。

「私たちは罪の意味を見失ってしまったのです」神父は強く言い放った。「善と悪の概念を失ってしまった。罪が見えず、認識もできない。何が罪で、何が罪でないのかがわからなくなっているのです。たとえ罪を見咎められても、人々はとかく〝罪悪感から解放〟されて、〝責任から逃れる〟ことばかりを望み、そのために医学的、社会的な言い訳を探すのです。良心の呵責を軽くし、あっさりと赦しを与え、悪を名指しするのを拒むことによって、私たちは魂を悪の支配に委ねてしまっているのです」

セルヴァズは先刻、マルシアル・オジエが息子のティモテについて並べた御託を思い出した。

夜の静寂のなかで、神父の言葉は、荒涼とした風景に舞い降りる雪のように、静かに降りてきた。この世は戦場だ。セルヴァズは思った。善の勢力と闇の勢力のあいだで、日々繰り広げられる戦いの場なのだ。

「その一方で、あなたは信者ではないにもかかわらず、こうしたことに関心を持っていらっしゃる」神父は言った。「私は、我々の魂の奥底に潜み、目覚めを待っている怪物の存在を信じております。光を封じこめようとする闇の存在も。だが同時に、悪に対する解毒剤としての言葉と愛の力も信じております。警部補どの、あなたは何を信じておられますかな？」

セルヴァズは神父をじっと見つめた。

「私は自由意志と、個人の責任の力を信じています」セルヴァズは思うところを言った。

「そして、名誉と尊厳を信じます」

「この山の地滑りですが」しばしの沈黙のあと、アドリエル神父が再び口を開いた。「山が崩れる直前に、爆発があったと聞いております。まるで、誰かが故意に引き起こしたようだと。非常に気がかりです。とりわけ、あの……殺人事件が起きたあとだけに。そう思いませんか？　この二つの事件には、なんらかの関係があるとお思いですか？」

「神父さまは、どうお考えになりますか？」セルヴァズは質問をそのまま返しながら思った。この谷では、情報は瞬く間に駆けめぐるらしい。それに、アドリエル神父には、即座に二つの事件をつなげて考えるだけの見識がある。

アドリエル神父は、鋭い視線を返した。猛禽類の目を思わせるその輝く瞳には、黒い光が浮かびあがっていた。

「ここには、自分を神とみなして、神のようにふるまっている人間がいる。私はそう考えております」

水曜日

22

朝、目を開けると、部屋には陽の光が燦々《さんさん》と射しこんでいた。超新星はさもあらんと思うほどのまぶしさだ。セルヴァズは携帯の画面を見て、軽く悪態をついた。くそ、もう八時か。朝方四時には、修道士たちを呼ぶ最初の礼拝の鐘で少し目を覚ましたが、そのあとすぐにまた眠りに落ちた。よほど疲れていたらしい。

セルヴァズは、通路の奥へ行って手早くシャワーを浴び、急いで荷物をまとめると、アドリエル神父を探しにいった。

「では、もうお決めになったのですな、ここを出られると？」

神父はそう言いながら、心から残念そうな顔をした。

「ええ、村の中心部にいたほうが何かと都合がいいもので」セルヴァズは言った。「捜査のために」

「もちろんそうでしょうな」神父はさらりと応じたが、こちらの言葉を真に受けてはいないようだ。「また会いにきてくれますね？」

セルヴァズは神父と心のこもった握手を交わし、礼を言った。

「ええ、必ず。おもてなしに感謝します、神父さま。そして、お時間をいただいたことにも」

エグヴィヴまで車を走らせると、セルヴァズは村の中心にある商店街のそばに車を停め、いくつか日用品の買い物をした。着替え用の下着とTシャツ、ジーンズ、冷えこむ夜に備えてウールのセーター、シャツを二枚。そして何より、歯ブラシと歯磨き粉。修道院では仕方なく石鹸をつけて歯をゆすいでいた。歯みがき代わりのチューインガムももう残っていない。買い物を終えると、ジーグラーが泊まっている山頂ホテル《オテル・デ・シーム》へと向かった。

「屋根下の部屋なら一つ残ってますけど」宿を経営する中年女性がくたびれた声で言った。自分のホテルを満室にするのがどれほど大変なことか、とでも言わんばかりの口ぶりだった。「昨夜あんなことが起きたんで、ほかの部屋はみんな埋まってるんですよ。いつもだったら、屋根下の部屋はお貸ししないんですけど、状況が状況ですからね。その部屋でよければ、空気を入れ替えて、掃除しておくように手配しときます。一時間ほどでご用意できますよ」

「こんにちは」そばで声がした。

セルヴァズは振り向いて、視線をおとした。そこには昨夜の華奢《きゃしゃ》な少年が立っていた。

「やあ、マチス。学校へは行かないのかい?」

「算数の先生がこの山崩れのせいで来られなくなっちゃったんだ」マチスが言った。「学校は今、代わりの先生を探してる」

「この谷に住む先生たちに代講を頼んでるらしいですよ」宿の女性が言い足した。これがマチスの母親だろう。「でも、いろいろ段取りがあるみたいでねえ」

「ぼくはちっとも急いでないけどね」マチスはタブレットをいじりながら言った。

部屋の準備が整うのを待つあいだ、セルヴァズは憲兵隊の本部へ向かうことにした。到着してすぐにアンガールをつかまえたが、さっそく悪いニュースを知らされた。県間道路局が被害状況を調べたところ、復旧までには、数週間から一カ月はかかる見込みだというのだ。

「そんなにかかるのか?」セルヴァズは仰天した。

「はい。道路局の最初の見積もりによるとですね、まず崩れ落ちた土砂の量は、およそ一万立方メートル、トラック五百台分に相当するそうです。土砂を撤去したあとも、今度は山の保全作業が必要になります。嵐でも来たら、また何千立方メートルもの岩石が道路へ落下してくる危険がありますから。過去にアンドラへ通じる道路が寸断されたときは、復旧に二週間かかったそうです。作業には少なくとも四台のパワーショベルと、二十人以上の人員を投入したらしいですよ。しかも、そこは一日に四千台が通行する、うちよりずっと主要な道路だったそうですからね。うちにはそこまで割り当ててもらえるかどうか……。それから、もう一つわかったことが……」

アンガールはそう言いながら、心配そうな顔を見せた。

セルヴァズは、その顔をまじまじと見つめた。

「山の上で、爆破の痕跡が見つかりました。つまり、これは犯罪行為です」

それか。セルヴァズは少し拍子抜けした。今さら驚くことでもないだろうに。いずれにせよ、ここから遠くないどこかに、陰で糸を引く人物がうろついている。そしてさしあたり、自分たちはその人物が操る操り人形のように踊らされている。少なくとも、犯人に一歩先を越されているのだ。それに、この谷を知りつくしている犯人は、こちらの動きも手に取るように把握しているのにちがいない。

とそのとき、外から、空気をかきまわすヘリコプターのローター音が聞こえてきた。窓のほうへ顔を向けると、プレキシガラスのバブルウィンドウ越しにパイロットの姿が見える。

「定期運行が始まったんですよ」アンガールが説明した。「閉じこめられたとたんに、急に誰もが谷を出る用事ができたって訴えてくるんですから困りものです。でも、運行は一日四回までに制限しています」

そのとき、ガラスの引き戸が開いた。

「あら、ここにいたのね」入ってきたのは、ジーグラーだった。さっと腕時計に目をやっている。「五分後に、ビデオ通話で検死の結果を聞かせてもらうことになってるの。どこに準備する？」

ジーグラーたちはアンガールの机を選ぶと、そのパソコンでビデオ通話ソフトを立ちあげた。画面には、医療用の緑衣を着た二人の人物が映しだされている。セルヴァズはそのうちの一人とは面識があった。背が高くすらりとした、茶色い髪の女性。ファティハ・ジエラリ――トゥールーズの法医学研究所を率いる法医学者だ。検死をジェラリが担当するというのは、よい知らせだった。ジェラリは有能であり、その仕事ぶりは誠実だった。ジェラリは画面を通してこちらに気がつくと、その髪と同じく茶色い瞳に驚きの色を浮かべた。

「マルタン？　ここであなたをお見かけするとは思っていませんでした。この捜査は憲兵隊の管轄では……？」

その行間からは、こう言っているのが聞こえる。あら、あなたは停職中では……？

「ええ、自分はただの通りすがりで、捜査とはなんの関係もありません」セルヴァズは言った。「あなたのおっしゃるとおり、この事件の捜査は、ジーグラー大尉が率いるポー憲兵隊の犯罪捜査部が担当しています。ただ、ジーグラー大尉とは、昔一緒に仕事をしたことがあって、その関係で事件のあらましにちょっと目を通すように、その……頼まれただけのことなんです」

セルヴァズはジーグラーの怪訝《けげん》そうな視線を受け止めつつ、ジェラリがアンガールの前で、停職の件を持ちださないでくれるように祈った。

「わかりました。そういうことなら始めましょうか」ジェラリは畳みかけるように言った。「ぐずぐずしている時間はありませんから。こちらは、ポー病院の呼吸器学専門のクラウス先生です。わたしの補佐をお願いしています」

クラウスは羊のような巻き毛の男で、身なりはだらしなく疲れた表情をしていた。これでは患者の信頼を得るのは難しいだろう。まあ、金属製の作業台の上に横たわっている患者なら、苦情を訴えてくることもないだろうが。セルヴァズは思った。

ティモテ・オジエの遺体は、まるで瞑想しているように見えた。膨らんでいた腹部は、今ではすっかりしぼんでいる。体は目を瞠るほど痩せていた。青みがかった皮膚には、肋骨がくっきり浮き出ており、黒っぽい血管が網目状に走っている。ブロンドの髪は剃り落とされて、頭蓋骨がぱっくりと開いていた。無影灯のライトの下で、そのなかにある灰色の物体が、仔牛の肝臓のように輝いているのが画面越しにもはっきり見える。セルヴァズは隣にいるアンガールが蒼白《そうはく》になっているのに気がついた。法医学者の作業台に寝かされた遺体を見ることなど、めったにないのだろう。

二人の法医学者たちは、プラスチック製のエプロンと手袋、マスクを身につけ、保護眼鏡をかけている。

「被害者の皮膚は青みを帯び、静脈が浮き出て鬱血しています。溺死体の典型的な現象です」ジェラリはさっそく説明を始めた。「被害者が酸欠を起こし、必死で呼吸をしようとしてできたものです。ご存知のように、被害者が水に浸かる前にすでに死亡していた場合は、その遺体は白いままで、このように青く変色することはありません。さらに、呼吸器官のいたるところに珪藻《けいそう》が見つかっています。検出して調べれば、おそらく体内のほかの組織や臓器にも見つかるでしょう。したがって、わたしとしては、死因は溺死でまちがいないと思います」

ジェラリはそう言うと、クラウス医師のほうを見た。クラウスは同意のしるしにぎこちなくうなずいている。クラウスは、ジェラリが美術品を鑑定する競売人さながらに、遺体のまわりを動き回っている様子をそわそわと眺めていた。この背の高く美しい女性に目を奪われているようにも、茫然として身動きできなくなっているようにも見える。

「なお、肺から見つかった珪藻は、これから分析にかけ、滝から採取したものと比較します。別の場所で溺死したうえで滝の下に運びこまれたわけではないことを確認するためです」

被害者の上にあれだけの数の重石が載せられ、ロープであちこち縛られていたことを思えば、遺体が動かされた可能性はほぼないだろう。セルヴァズは思った。

「それから、被害者の脳と頭蓋骨も調べました。被害者は後頭部に二カ所、強烈な殴打を受けています。致命傷ではありませんでしたが、おそらくその打撃によって意識を失ったものと思われます」

「二カ所、ですか？」

「ええ。それ自体はそれほど意外なことではありません。人一人の意識を失わせるのは、たやすいことではありませんから。映画みたいにあっさり一発でうまくいくことはまずありません。ただ、この二つの打撲痕には、興味深い点があります。二つの殴打はとても異なっているのです。一つ目の殴打は威力が弱く、後頭骨に当たっています。これに対して二つ目のほうは一つ目よりもはるかに強く、頭頂骨を直撃しています。つまり、一つ目の殴打から数センチほど上部に当たっているということです。ちなみに、便宜上一つ目、二つ目と言いましたが、殴打の順序がそうだったと言っているわけではありません」

「その違いは何からきているとお考えですか？」ジーグラーが尋ねた。その声は突如として、緊迫感を帯びていた。

「ええ、これからご説明します。力と高さの異なる二つの打撲痕から、加害者は二人いたと考えられます。一人は被害者よりも背が低く、もう一人は被害者と同じくらいか、それ以上の身長があった。そして一人目よりもはるかに力が強かったということです」

「加害者が二人？」ジーグラーが繰り返した。

「一人は被害者より背が低く、もう一人は同じくらいか、それ以上の身長があって、はるかに力が強い……」セルヴァズも聞いた言葉を繰り返しながら考えた。「それはたとえば、男と女、ということですか？」

「わたしは遺体から読み取った事実を提示しているだけです」ジェラリが言った。「その事実をどう解釈するかは、皆さんにお任せします。ですが、そうですね。それも一つの仮説になりますね。ほかにも可能性はありますが」

23

「加害者が二人……」

ジーグラーが繰り返した。自分の考えに没頭しているようだ。セルヴァズは、ジーグラーのまなざしにぱっと光が宿ったかと思うと、すぐに消え去る瞬間を目にした。きっとなんらかの仮説が脳裏をよぎったものの、それを言葉にするのをためらっているのだろう。

ジェラリによる検死報告が終わり、アンガールは部屋を出ていった。

「何を考えているんだ？」セルヴァズは尋ねた。

ジーグラーは、こちらに尋ねるような視線を投げた。

「もしかして……犯人はティモテの両親だっていう可能性はあると思う？」

思い切った仮説に、セルヴァズは一瞬、言葉が出てこなかった。

「両親が実の息子を殺した……？」セルヴァズはしばらく考えたあと、ようやく口にした。

「だとしたら、動機は何だ？」

「麻薬が引き金になった、とか。ティモテは麻薬欲しさに、これまで親から散々お金を搾り取ってきたのかもしれない。生活は生き地獄と化し、両親はそんな息子にたまりかねて殺したとか……。もしかすると両親は、ティモテが妹を殺したことを、今も許していないのかもしれないわ。些細なきっかけで娘を殺された恨みが再燃して、両親のどちらか、たとえば母親のほうが、とっさにティモテに手をかけてしまった。そして、その後始末を父親がしたとか……」

　セルヴァズは、納得しかねて口を尖らせた。

「それで、両親は自分たちから疑いをそらすために、あんな手の込んだ演出をしたというのか？　その前に、カメルが殺されたことを忘れてないか？」

「カメルは、ティモテにディーラーをさせていた張本人かもしれない。麻薬をまわしていたのもカメルだったのかも。ティモテの両親は、カメルを殺せば息子は足を洗うかもしれないと考えた。でも、カメルが死んだあとも、ティモテはやめなかった……」

「でも実際、ティモテの両親が二人を殺すところを想像できるか？　一人は凍った湖の上で凍死させて、実の息子のほうは滝の下に縛りつけてむごたらしく殺したんだ。それに、小石に描かれたマークはなんのためだったんだ？　きみだって、あの両親を見ただろう？年取った定年夫婦。あの母親……。父親は息子より背が低かったから、犯人像には当てはまらない。それに、ティモテはそもそもディーラーとして金を儲けていた。親に金をせびる必要なんてなかったはずだ。山を爆破して村を封鎖したことだって、まるで筋が通らない」

「そうね、あなたの言うとおりだわ。考えが足りなかった」

「いや、そんなことはないよ」セルヴァズは言った。「どんな可能性だって掘り下げてみる必要がある。はなからあり得ないって決めつけてはいけない」

そこへ、アンガールが戻ってきた。

「会議の準備ができました」


セルヴァズは会議室に入った。部屋にはホワイトボードがあり、パワーポイントが準備されていた。上は低い吊り天井、モジュラーテーブルの上には、すでにiPadやノートパソコンが並んでいて、どこかの中堅企業の会議室にいると言われても違和感はなかった。ジーグラーは会議室に入るなり、まっすぐ窓辺へ向かってブラインドをおろしている。どこかのカメラマンに、窓の外から捜査会議の様子を撮影されないようにするためだろう。

「悪いけど、パワーポイントは片づけてもらえる?」ジーグラーが、ホワイトボードに映っているロゴを指しながら言った。「誰かが『パワーポイントを使うとバカになる』って言ってたけど（米海兵隊大将、第二十六代米国防長官ジェームズ・N・マティスの発言）、パワーポイントでシンプルに図式化したり、概要をまとめたりしているうちに、自分たちの思考が単純化に陥ってしまうのを避けたいの。それに、情報に人為的な優劣がつけられて、いつのまにか大事なものを見落としたり、判断を誤ってまちがった方向に誘導されたりってことになりたくないのよ」

捜査会議のテーブルには、自分を除いて六人のメンバーが集まっていた。ジーグラーとアンガールのほかに、カメル・アイサニの事件を捜査し、先ほどヘリコプターで到着したポー憲兵隊犯罪捜査部の憲兵が二名、ティモテの事件で近隣捜査を担当したエグヴィヴ憲兵隊の憲兵二名が加わっている。ちなみに近隣捜査では、なんの収穫も得られなかったようだ。現場付近の住宅は、滝から一番近くても一キロは離れており、そこの住人はティモテが殺された夜、ぐっすり眠っていて何も耳にしなかったらしい。セルヴァズは会議には同席しつつ、自己紹介はせず、テーブルの端に控えめに腰をおろした。とにかく目立ってはいけないと心に決めていた。ジーグラーもあえて皆に紹介しなかった。自分はそもそもここにいてはいけないのだから当然だ。

「パワーポイントといえば」ジーグラーは続けた。「ティモテのパソコンから何か出てきた？」

「ティモテが麻薬を売っていた客のリストが見つかりました」憲兵の一人が言った。「それぞれの客に売った量や受け取った金額まで、ご丁寧に控えてあります。マリファナ二十五グラムで八十ユーロ、コカイン一グラムにつき五十ユーロ受け取っていたようです。五十人近い客と取引していたらしくて、ちょっとしたビジネスですよ。ただ一つ問題なのは、客の名前が全員、ニックネームで書かれていることです」

「たとえばどんな？」

「たとえば、こういう感じです」そう言って、憲兵はメモを見ながら読みあげた。「Tinderland、elcolombiano57、swagg4life、lunealphane、ubik53、harmony31……」

「それって、スナップチャットのハンドルネームじゃないですか」誰かが指摘した。

その言葉に、ジーグラーが早くもあきらめたように肩を落とした。麻薬ディーラーがSNSを利用するのは別に目新しいことではないが、スナップチャットは特に曲者だった。このアプリには、ディーラーにとって好都合な数々の特徴があるのだ。メッセージは暗号化され、メッセージ付きの写真や動画は、閲覧開始から数秒後には自動的に消滅させることができる。受信者にいったん閲覧されれば、メッセージはサーバーから削除され、メッセージが開封されなかった場合でも、二十四時間後には同様に内容が削除される。トゥールーズでは、麻薬の取引は白昼堂々と行われていた。メンバーズカードや顧客特典を提供する屋外市場のような売り場や、ファーストフード店さながらに、自分の注文した〝メニュー〟を受け取ることができるドライブイン式の〝店〟まである。具体的な手順はというと、クライアントはまずスナップチャット上で、売人からの指示画像を受けとる。グーグルアースのスクリーンショットに、地下鉄の出口とその日のメニュー、ルートが記されたものだ。そして、示された場所に着くと、壁に矢印が落書きされていて、取引場所までの道筋をご親切に教えてくれるのだ。ドラッグをこれほど簡単に入手できたことはかつてなかった。といっても、それほど驚くことではない。フランスは今や、欧州最大の大麻消費国であり、コロンビアの麻薬密売組織の元締めたちには、コカイン市場における次なる理想郷《エルドラド》と見込まれているのだ。

「じゃあ、そのハンドルネーム全員の身元の割り出しを頼むわ」ジーグラーが指示した。

「そして一人ひとり、しらみ潰しに当たっていきましょう」

セルヴァズは話を聞きながら、トゥールーズの麻薬売買をめぐる動向について思いを馳せた。

　トゥールーズの集合住宅地区では、過去二年のあいだに麻薬取引が激増し、近隣住民は数々の被害を被《こうむ》って、生活に重大な支障をきたしてきた。器物破損、暴力、玄関ホールの占拠等々。ひどいケースでは、売人が建物の階段室を金属の柵でふさいだために、そこに住む住民が自分の家に帰れなくなったことすらある。

　そこに現れたのが、チェチェン人たちだった。

　アンパロからミライユ、セット・デルニエからトロワ・コキュ、プラス・デ・フォンからレヌリー。トゥールーズ市内のこうした地区には、街の主要な公営住宅の貸主らに雇われた新しいタイプの警備員が配置されるようになった。強靭で恐れを知らず、催涙ガスも伸縮式の警棒も持たないが、銃撃を受ければ、逃げるどころか銃撃者に立ち向かっていく――それがチェチェン人の警備員たちだ。彼らは、ほぼ全員がチェチェン紛争におけるグロズヌイの戦いを経験しており、戦闘慣れしていない地元のギャングなど、当然ながら物ともしない。チェチェン人たちの登場は、蟻塚に蹴りを入れるような効果をもたらした。つまり、犯罪対策班《BAC》による作戦ですでにぐらついていた闇社会の系譜が、いわゆる食物連鎖の古き良き法則に則って淘汰されたのだ。シマウマや野牛《ヌー》が肉食動物の餌食《えじき》になることに変わりはないが、ハイエナやジャッカルは、王道のライオンや豹にその地位を譲らざるを得なくなった。一番タフな捕食者が法の側についたことで、なかには、街のこの新しいボディガードたちが実は密売人と裏でつながっているのではないか、と疑う者も出てきた。滅びたローマ帝国のように――セルヴァズは思った。西ローマ帝国は滅亡する直前、最も辺鄙《へんぴ》な地域の治安を傭兵に頼っていた。そして結果的に、その傭兵隊長だったオドアケルに国を滅ぼされている。

「捜査に必要なときは、いつでもヘリを使っていいから」ジーグラーは指示を続けていた。

「山のハイキングコースをたどってもいいですけどね」誰かが冗談めかして言った。「いい運動になりますよ」

部屋には小さな笑いが起こった。だが、その場の緊張を吹き飛ばすほどではなかった。憲兵たちは、この捜査の重要性をはっきり意識していた。これからは、すべての視線が自分たちの一挙一動に注がれることになるということを。ただでさえおぞましい殺人事件が起きた谷間の村。その村が、山の爆破で外部から隔絶され、しかもそのなかには、殺人犯がまだ潜んでいるかもしれないというのだ。これほどドラマティックな状況はないだろう。数週間にわたってメディアや世間の関心をかき立てるだけのシナリオの材料が、ここにすべて揃っているのだ。

「被害者の人格からいって、まず考えられるのは、麻薬ディーラー同士の抗争劇という線ね。ただそれだと、あの殺害現場の派手な演出の説明がつかない。ちんぴら同士の喧嘩にしては、あまりにも凝りすぎている。それにこの仮説だと、カメル・アイサニが殺された第一の事件との類似性も説明できない。しっくりこない点はあるけれど、現段階では、どの可能性も早急に退けてしまわないほうがいいと思う。とにかくこの線については、麻薬捜査局やたれこみ屋にあたって、何かめぼしい情報がないか確認することにしましょう」

次にジーグラーは、ティモテの精神科医ドラゴマンから聞いた医学的見解をざっと説明したうえで、こう続けた。

「ティモテの車は、殺害された滝から百メートルほど離れた道路脇で見つかった。つまりティモテは、そこで誰かと会う約束をしていたということになるわ。なんの用もないのに、夜中の二時に人里離れた谷底へ偶然やってきたとは思えない」

もちろん、その前に会っていた修道士のシプリアンとは別の誰かということだろう。セルヴァズは心でつぶやいた。

一同は、その仮説について考えをめぐらせている。

「車周辺の痕跡は？」

ティモテの車を担当した憲兵が、小さく肩をすくめた。

「はあ。それが……車は、立入禁止の封鎖エリアの圏外に駐めてあったんです」憲兵は言いにくそうに説明した。「事件発覚後、一般の車がその付近に駐車したり、見にきた野次馬が周辺を踏み荒らしたりで、もし何か痕跡があったとしても、もう消えてしまっているかと……」

ジーグラーは憲兵を、じろりとにらみつけた。

「ですが、車自体は、あの土砂崩れで道路が寸断される前にラボへ送られてます」憲兵はばつが悪そうに急いで言葉を継いだ。「現在、分析してもらってるところです」

ジーグラーは不機嫌な顔でうなずいている。現場保存の不手際で証拠採取ができなくなったのはこれが二度目なのだ。怒りたくなるのも無理はない。

「ほかにティモテについてわかったことは？」

ジーグラーは、別の憲兵のほうを向いて尋ねた。そばかすだらけの若い女性だ。

「村役場で一緒に働いていたティモテの元同僚によると、ティモテにはほとんど友達がいなくて、孤独なタイプだったそうです。口数も少なく、まわりともあまりうまくいっていなかったみたいで。同僚のほとんどは、ティモテを嫌っていたか、軽蔑していたと言っていました」

「そのなかでもとりわけ嫌っていた人はいたのかしら？　その方向で掘り下げてみて」

「我々のほうは、もしかすると手がかりになるものを見つけたかもしれません」テーブルの端に座っているアンガールが言った。

「聞かせて」

アンガールは咳払いをしてから話しはじめた。

「半年ほど前に、ティモテ・オジエは暴行の被害に遭っていました。ひどく殴られて、病院へ運ばれています。もちろん本人は警察に訴えたりはしていませんが、病院側から通報があったそうです。ただし、本人からの告訴がないので、公式な捜査は行われていません。ティモテは周囲には、自分をぶちのめしたのは、ジルダス・ドゥラエという男だと漏らしていたそうです。エグヴィヴの中学校で、フランス語の教師をしている男性です」

ジーグラーはアンガールを見つめた。

「そのドゥラエ、という教師だけど……どうしてティモテにそんな暴力を振るったのかしら？」

「それがどうやら、ドゥラエの息子が麻薬依存症で、ティモテの上客の一人だったようです。それで、ティモテを恨んでいたのではないかと。今、その息子は、解毒治療を受けています。ただし、繰り返しますが、この件の公式な捜査は行われていません」

セルヴァズは、ジーグラーがこちらに視線を投げるのを見た。

「よく調べたわね」ジーグラーは言った。「その教師にさっそく話を聞きにいきましょう。ほかには何かある？」

「あの、どうして初めの死体のそばには、マークの描かれた小石が二つしかなかったのに、二人目の死体のそばには四つあったんでしょう？」いきなり大きな声があがった。濃い髭をきれいに剃って整えている、もう一人の若い憲兵だった。「犯人は何を伝えようとしているんでしょうか？　あの小石のマークは、警察や憲兵隊へ宛てた暗号化されたメッセージなのか、もしかすると、挑戦状かもしれませんよね？　あのゾディアック事件の暗号文みたいに」

ゾディアック事件――アメリカで起きた伝説の未解決連続殺人事件だ。犯人は暗号文による犯行声明を警察やマスコミに送りつけていた。セルヴァズはすぐにその憲兵から、野心的な若い狼のにおいを感じ取った。認められたい、栄光を得たいと渇望する狼。出世の階段を駆けあがることを夢見るあまり、警察官という仕事のなかの最も目立たず、報いるところの少ない側面にはあまり関心を持てずにいる狼のにおいを。

「これはまた、ゾディアックの暗号文とはね」ジーグラーは、ヒップスターふうのその若い憲兵に冷たいまなざしを向けながら、皮肉まじりに繰り返した。「それを言うなら、切り裂きジャックでもいいんじゃないの？」

テーブルのまわりでは、何人かがくすくす笑っている。セルヴァズは、憲兵が青ざめるのを目にした。

「でも、着眼点は悪くない。犯人はあの小石で、わたしたちにいったい何を伝えようとしたのか？　赤いマーカーで描かれた○、△、□、×……。四つのマークは何を意味するのか？　頭を働かせるのよ。仮説をとことん突きつめてみて。どんな些細なこともないがしろにしないように。みんな、もうわかってると思うけど、これは極めて異例な事件よ。こんな捜査に挑むのは、憲兵の全キャリアを通しても、一度あるかないかのこと。一生ものの捜査になるはずよ。定年退職したあとまでも、ずっと記憶に残る事件になる。あなたたちもいつの日か、事件のことを孫や友人たちに話して聞かせては、自分がいかに情熱的な仕事をしていたかを誇ることになる。だから、今は踏ん張りどきよ。とにかく全力を尽くしましょう。知恵を絞るの。心に浮かんだ最初の答えに飛びついて満足していてはいけない。ベートーヴェンが言ったように『苦悩を突き抜けて歓喜に至れ』。あるいは、スポーツのコーチがよく言うように、『痛みなくして《ノーペイン》、得るものなし《ノーゲイン》』」

　セルヴァズは、テーブルを囲む一握りの男女にゆっくりと視線をめぐらせた。誰もがジーグラーの話に一心に聞き入っている。彼らの能力をマリアンヌの捜索にも使わせてもらわなくては。その方法をなんとしても見つけなければならない。あの森に戻りたくて、セルヴァズはじりじりしていた。マリアンヌはどこへ行ったのか？　土砂崩れが起きる前に谷を離れる時間はあったのか？　それとも、自分たちと同じように、マリアンヌもこの谷のどこかで閉じこめられているのだろうか？

　マリアンヌはそばにいる。すぐ近くのどこかに。だが、自分には見えない。聞こえない。マリアンヌは死んでしまったのか？　生きているのか？　誰かに囚われているのか？

　疑問が次々と心に渦巻き、セルヴァズは一瞬たりとも心穏やかではいられなかった。またしても、追いつめられているような感覚を覚えた。一刻も早く行動しなければならないという確信。時間がないという焦り。だが、いったいどうやって動けばいいのか？　どこから手をつけたらいいのか？　セルヴァズは途方に暮れていた。

24

セルヴァズは一人で森へ戻っていた。

直射日光にさらされた駐車場に車を駐め、森の奥へと入った。今回は、やり方を変えてみることにした。地図には、前に自分が記した〝R〟の印があちこちに散らばっている。通信ネットワークが使えるところだ。まず、駐車場から一番近いところにある〝R〟の地点へ向かった。百メートルほどの距離だ。時間は真夜中、なんの目印もない森の山道を歩いているところをイメージしながら。〝R〟の地点に着くと、今度はそこから、森で迷ったつもりになって当てずっぽうに歩いてみた。どこかに布の切れ端や血痕がないかと、山道の隅々に目を光らせながら。

そうして一つ目の〝R〟の付近を一時間ほど歩きまわった。だが、手がかりは一つも見つからなかった。六月の暑さで全身が汗びっしょりになっていた。セルヴァズは地図を広げ、二つ目の〝R〟を目指した……。

「はい？」

ジルダス・ドゥラエはそう言って、玄関ドアを開けた。

ジーグラーは、アンガールとともに、ティモテ・オジエに暴行を加えたというフランス語教師の家に来ていた。ドゥラエは、背が高くひょろっとした五十代の男性だった。骨ばった鼻に角縁の眼鏡をかけ、白髪まじりの髪は少し長めに伸びている。どことなく、体の羽が抜け落ちて、頭の羽毛だけが風で煽られて逆立っているサギかフラミンゴを思わせた。

「ポー憲兵隊、犯罪捜査部のイレーヌ・ジーグラー大尉です。ドゥラエさん、なかに入れていただけますか」

ドゥラエの家は、迷路のように入り組んだ路地のなかにあった。両脇を隣家の外壁に挟まれて縮こまるようにして建ち、目の前には小さな広場がある。その広場を囲むようにしてエグヴィヴの教会が建っていた。レンガ造りの壁、ステンドグラスがあり、鐘塔のまわりをアマツバメが飛びまわっているのが見える。

ドゥラエは脇へよけて自分たちを通した。ジーグラーは身をかがめて玄関の横木の下をくぐり、暗く静かな室内へと入った。奥行きのある長い廊下は洞窟のようで、古い家具や額縁で埋めつくされている。通りよりも低い位置にあるせいか、廊下は閉め切った部屋の匂いがした。いや、それだけではない。孤独、閉じこもった生活、自分の殻に引きこもった人間の匂いだ。ジーグラーは先へ進みながら、壁にかかった額縁に視線を這わせた。どの額にも同じ顔が写っている。被写体はどれもこれも、人生のそれぞれの年齢に差しかかった一人のブロンド女性だった。写真はあらゆる角度から撮影されていた。遠くから、近くから、日常の一コマが切り取られている。まるでこの写真を撮ったカメラマンは、この女性が地上で生きた歩みを時が消し去ってしまわないようにと願いながらシャッターを切っていたかのようだ。ジーグラーは、女性が写真に撮られているのを知っていることにも気がついた。ときどき、レンズのほうに視線を向けている写真がまじっているからだ。だが、女性が笑っている写真は一枚もなかった。

「こちらへどうぞ」ジルダス・ドゥラエが右手のドアを示しながら言った。

そこは狭苦しいリビングで、廊下と同じくらい薄暗かった。窓の鎧戸《よろいど》はおろされたままで、壁の本棚には何百冊もの本がぎっしりと並んでいる。本棚だけでは収まりきらず、本はローテーブルや肘かけ椅子、ソファの上にも積みあげられていた。ドゥラエは、へたったソファの上の本を脇に押しやり、二人が座れるスペースを作った。六月も中旬だというのに、ドゥラエは茶色のウールのカーディガンを羽織っている。部屋のなかには汗の匂いが漂い、空気の入れ替えが必要だった。

「お時間を取らせるつもりはありません」ジーグラーは腰をおろしながら切りだした。「月曜日から火曜日にかけての晩、あなたはどちらにいましたか？」

「私の時間など、さして貴重なものではありませんよ」ドゥラエは言った。「学校で教えているとき以外は、たいてい本を読んだり、散歩をしたり、生徒の宿題を採点したりしています。哲学者のベルクソンは、時間は二通りの方法で捉えることができると言っています。すなわち、時計で計られる機械的な時間と、意識のなかにある時間の二つです。私は男やもめです。この歳で、しかも一人で暮らしていますと、主観的な意識の時間のほうが、時計で計られる時間よりもずっと重要でしてね。ところで、いったいどんな奇妙な推論でもって、私を容疑者だとお考えになったのか、お伺いしても構いませんかな？」

　言葉遣いこそ、ある種の優雅さをたたえているものの、ドゥラエの上品さはそこ止まりだった。灰色にくすんだ肌に充血した目。そして何より、酒臭いすえたような息は、ドゥラエがいかに不摂生な生活を送っているかを物語っている。

「ドゥラエさん、あなたは容疑者ではありません。我々はただ、あの事件の夜の状況を、可能な限り完全な形で再現しようとしているだけなのです」

「なるほど。多くの人物が登場する絵画のようですね。ピーテル・ブリューゲル、パオロ・ヴェロネーゼ……。絵画のなかのどの人物も、それぞれ自分の定位置を見つけなければならない。そういうことですか？」

「ええ、まあ、だいたいそんなところです。ドゥラエさん、あなたの息子さんが麻薬依存症であることは知っています。事件のことは、あなたも当然耳にされていることと思いますが、殺された被害者は、息子さんに麻薬を売っていたディーラーでした。その意味で、あなたもこの絵のなかに占めるべき場所があるということです。息子さんと同じように」

「息子は二週間前から、ユッセ城で解毒治療を受けております」ドゥラエは言った。「今は、禁断治療後のアフターケアと症状の安定化の観察段階に入っています。つまり、息子は現在、麻薬を断っているということです」

ジーグラーはうなずいた。モントーバン近辺で、六ヘクタールの庭園を持つ城の内部にそうしたリハビリとアフターケアの施設があるのは聞いたことがあった。この地域には、薬物依存症患者の治療と支援を行うリハビリテーションセンターが二十以上あるのだ。言い換えれば――ジーグラーは心でつぶやいた。そういった施設を必要とするほど、社会はますます依存症の餌食になっているということだ。

「息子さんにはいずれお話を伺います。ですが、あなたはまだ質問に答えていません。月曜から火曜にかけての晩、あなたは何をしていたんですか？」

するとドゥラエは、赤く充血した目でこちらをじっと見据えてきた。

「その晩、私はここにいました。本を読んでいたか、あるいは眠っていたか。お尋ねの時刻にもよりますが……」

ジーグラーはしばらく黙っていた。そして、再び口を開いた。

「ドゥラエさん、あなたはティモテ・オジエに、病院送りにするほど激しい暴行を加えたことはありますか？」

その瞬間、ドゥラエは身震いし、それからため息をついた。

「なるほど、またその質問ですか。その質問には、とうの昔にちゃんと答えているのですが。答えはノーです。殴ったことなどありません。たちの悪い噂《うわさ》ですよ。男やもめの中学教師で、しかも息子が麻薬依存症になっていたりすると、そういういやな噂があっという間に出まわるものです」

そう言うと、ドゥラエは立ちあがり、本に囲まれている暖炉のそばへ向かった。その背の高い陰気なシルエットは、教会の薄暗がりに浮かびあがる聖人像のように、低い天井の下でくっきり際立って見えた。ドゥラエは立ったまま続けた。

「私のような男が、本当に人を殴ったり、殺したりできるとお思いですか？　見てください、この私を。私ほどおとなしい人間はおりませんよ、大尉さん。どんな小さな暴力だって振るえないんですから。できるとしたら、自分に向けた暴力くらいでしょう……。あなた方はこうして、私に尋問をしにこられた。それは単に、噂を耳にされたからです。根も葉もない噂を。そして、私のプライベートにずかずかと入りこんできた。私がどんな人間かも、どんなことを耐え忍んできたかもまるで知らないで。あなた方はただ答えが欲しいだけ。そのためなら、どんな手段にも訴えるつもりなんだ。そして、犯人さえひっ捕まえてしまえば、それが誰であれ、自分たちがひっかきまわしたものなど顧みずに、そのままにして立ち去るんです。残された我々のほうは、あなた方が残した瓦礫《がれき》の野原で生きていかなくてはならない。あなた方がかき立てた疑惑や、目覚めさせた恨みを背負って生きていかなくちゃならないんです。ですから、あなた方のなさっている尋問が、それに見合うだけの価値があることを願います」

そう話すドゥラエには、名状しがたい悲しみが宿っていた。どうにも太刀《たち》打ちできないほどの深い悲哀が。ドゥラエは、暖炉の上に飾られている額に入った写真を手に取ると、こちらに手渡した。

「亡くなった妻です。この写真は、いっときもここを離れたことがありません。この写真は私に、かつて自分が妻を愛したことも、自分が妻に愛されていたことも思い出させてくれるのです。息子のほうは、私を憎んでますよ。母親が死んだのは、私のせいだと思っているのです。そういう私だって、自分に責任があるんじゃないかと思ってしまいそうになります。あの子が麻薬依存症になってしまったのも私のせいです。息子は、母親が亡くなってすぐに麻薬に手を出しはじめました。大麻、コカイン、そしてヘロインまで……」

ドゥラエは、写真につらそうなまなざしを向けた。ジーグラーも写真に目をやった。廊下に飾られているのと同じブロンド女性、決して笑わない女性の写真に。

「おかしくなったのは息子だけではありません。私のほうも、妻の死後は眠れなくなり、仕事にも喜びを感じられなくなりました。よく夢を見ます。夢のなかに妻が出てくるのです。生きている妻、優しい妻が……。目覚めたときの絶望感といったら……。先のことは何一つ考えられず、毎日がその日暮らしです。もう四年もこんな生活が続いています」

「奥さまはどうしてお亡くなりになったんですか？」ジーグラーはそっと尋ねた。

「妻は四年前、突然、非定型うつ病にかかったのです。何に対しても意欲が湧かなくなり、自殺めいたことまで考えるようになりました。精神科医に片っ端からかかりましたよ。そのなかの一人が、妻にＭＲＩ検査を受けさせたところ、脳の右の側頭葉に悪性度の高い腫瘍があることがわかったのです」

ドゥラエは、目の前の二人を交互に見やった。家の奥のどこかで、時計の秒針がカチカチと時を刻んでいる。まるでロザリオの数珠《じゅず》をつまぐるように。

「それから一カ月後、妻は救急外来に運ばれました。腫瘍が大きくなって脳を圧迫し、脳出血を起こしたのです。結局、その週のうちに亡くなりました」

ドゥラエは写真を暖炉の上に戻すと、ソファに再び腰をおろした。またしても病気か……。ジーグラーは身を震わせた。自分は病に取り囲まれているような気がした。今すぐ立ちあがって、この場から走って逃げだしたかった。

「つらくて、どうしようもなくて、息子の面倒を見るのもままなりませんでした。ちゃんとケアしてやるべきだったのに……。なんとか立ち直ろうと思って、私はまず心理療法を受けました。〝悲しみを表現し、故人にまつわるポジティブな記憶を思い起こせるようになる〟と謳ったセラピーでしたが、私には役に立ちませんでした。そのあと、大修道院のアドリエル神父に出会ったのです。神父さまは私を助けてくださいました。神父さまのおかげで、私は神を見出したのです。《神よ、わたしの内に清い心を創造し、新しく確かな霊を授けてください》詩篇五十一篇十二節です」

「心理療法を受けたときのセラピストは誰でしたか?」アンガールが尋ねた。

ドゥラエは、アンガールのほうへ目を向けて答えた。

「精神科医のドラゴマン先生です」

またもや現れた偶然の一致。ジーグラーは鳥肌が立った。アドリエル神父に、ドラゴマン……。この事件では、いつも同じ顔ぶれにぶち当たるようだ。ドゥラエは前に身をかがめ、こちらに潤んだ視線を向けた。薄暗い部屋のなかで、その瞳は貝殻の真珠層のように光沢を帯びている。

「あなた方は、息子も尋問なさるおつもりですか？　先ほども申しましたが、息子は薬物こそ断ちましたが、まだ不安定な状態です。社会復帰の準備をしてはいますが、今のところは、この世の猛威や危険から守られた環境で過ごしております。そんなときに憲兵隊のあなた方が現れて、尋問などなさったら、息子の回復にとっては壊滅的な結果を招きかねません。ですから、どうかお願いです。わずかなりとも人間味が残っているのなら、どうかあの子をいたわってやってもらえませんか」

「我々は、あなたがおっしゃるような人でなしではありませんが」ジーグラーは即座に返した。

「あの子は……シリルは、父親の私に似て、おとなしい子です」ドゥラエはこちらの言葉には構わず続けた。「ちょっとした暴力さえ振るえないような人間です。他人に危害を与えるくらいなら、自分を傷つけるほうを選ぶでしょう。今の時代、それを弱さだとみなす人がいます。あらゆるところで力の強さや残虐さが称賛を浴びているじゃありませんか。国家元首しかり、一般市民しかり、ＳＮＳも、警察も……。要するに、誰が一番大きな声で叫び、嚙みつき、強く殴ったかっていう話ですよ」

　と、そのとき、通りでスクーターの爆音がした。音は、長い廊下の先にある玄関の向こうから響いてくる。スクーターはこちらへ近づきながら次第に減速し、家の近くで一瞬止まった。そしてまた、走り去った。このわずかな間に、ジーグラーは、ドゥラエの瞳孔に混じり気のない恐怖の色が燃えあがるのを目の当たりにした。

「ドゥラエさん、どうされたんです？　急に怯えていらっしゃるようですが」

「いえ、そんなことは……」

「何を怖がっているんです？」

「おかしなことをおっしゃらないでください」

　すると、またしてもエンジンのうなる音が聞こえた。音はさっきより遠かったが、しつこいハエのように耳障りだった。ドゥラエは体をこわばらせていた。まるで追いつめられた動物のようだ。

「ドゥラエさん、何があるんです？」ジーグラーは身を乗りだして迫った。

　ドゥラエは、ますます神経質になっている。

「もしかして、あなたはこの事件の殺人犯を知っている、あるいは、誰かを疑っているのではありませんか？」

　この質問にドゥラエはびくっと反応した。すぐさまこちらを見あげた。

「まさか！　どうしてそんなことを？　ばかげてますよ！」

　ドゥラエは目をしばたたいた。今では完全に怯えきっている。

「でしたら、何をそんなに恐れているのです？」

　ドゥラエは唾を呑みこんだ。

「何もありません、恐れてなどいませんよ！」

「嘘ですね」

ドゥラエは顔をしかめた。

「私を放っておいてください。巻きこまれるのはごめんだ！」

「何に巻きこまれるんですか？」ジーグラーはあくまで粘った。

「何もかもですよ。あの殺人も、山の爆破も……」

ジーグラーはドゥラエに鋭い視線を注いだ。

「なぜ、その二つの事件には関係があると思うんです？」

ドゥラエは、まるで目に見えない敵を相手に悪戦苦闘しているかのように、必死で手を振った。顔はすっかり青ざめている。

「そんなの知りませんよ。ただちょっと言ってみただけです……。私のことは放っておいてくれ、頼むから！」

「何を隠しているんです？」

「何も隠してない！」

ドゥラエの叫び声が響いた。明らかに激しすぎる反応だった。

「わかりました。では、ジルダス・ドゥラエ、本日、六月二十日水曜日、十七時三十三分をもって、あなたを……」

「電話があったんだ」ドゥラエは突然叫んだ。こちらが「拘束します」と言い終える前に。

「電話がかかってきたんですよ」

　ジーグラーは一瞬、神経に電気が走ったような感覚を覚えた。眉をひそめ、思わず前のめりになる。アンガールも横で身を乗りだしている。

「電話ですか？」

「そうです。夜、無言電話が……。電話に出ても、相手は何も言わないんです」ドゥラエはそこで顔に手を当てた。灰のように血の気が失せている。「それから、こんなものが……」

　ドゥラエは立ちあがり、本棚の下のほうについている引き出しを開け、半分に折られたＡ４の紙を一枚取り出した。そしてソファに戻ると、その紙をこちらに手渡した。

「朝、起きたら、こんなものが郵便受けに入っていたんです。あの土砂崩れが起きる前でした」ドゥラエは説明した。

　ジーグラーはその紙を広げてみた。そこには手書きの文章が数行並んでいた。一見すると、詩のように見える。いったい何なの、これは？　ジーグラーは読みはじめた。

かくて崩れた土砂の山　アディジェ川を襲いたり
地震か　あるいは支えを失って
崩れ落ちた岩の縁には　汚辱の証がひれ伏している
わたしには見える　大河と崖のあいだに列をなし

矢をつがえて駆けている　半身半馬の怪人《ケンタウロス》の大群が
地上と同じ　彼らは狩りに行くのだ　亡者を追って
ここは無慈悲な罪びとが　我が身を嘆く地獄の谷

ジーグラーは唖然としながら、読み終えた紙をアンガールに渡した。ドゥラエがこちらを見つめて言った。

「この詩の引用元はすぐにわかりました。これは、ダンテの『神曲』地獄篇からの抜粋です。第十二歌の第七圏谷、第一の円環で、〝隣人に対して暴力を振るった亡者たち〟が、〝煮えたぎる血の河に〟漬けられて罰せられる場面です。この手紙を書いた人物は、ダンテの文章の断片を、あちこちから好きなように拾ってきては継ぎ合わせたようです」

「誰がこんなものを書いたのか、心当たりはありますか？　それから、夜中に電話をかけてきた人物も？」

ドゥラエは首を横に振った。

「でも、さっきはスクーターの音に、あれほど取り乱していたじゃありませんか」

「あれは、エグヴィヴの不良どもですよ。私が教えていた劣等生たちで、これとはなんの関係もありません。学校時代、授業中にしごかれたことを恨んで、ああして仕返しに嫌がらせをしにくるんです。昼となく夜となくやってきては、私を侮辱し、郵便受けにがらくたやらゴミやらを放りこんでいくんです。イエスさまなら、こうおっしゃるのでしょうか。

《父よ、彼らをお赦しください。彼らは何をしているのか、自分でもわからないのです》と。スクーターの音で神経が過敏になってしまうのはそういうわけです。おわかりいただけるでしょう。でも、これは別です」ドゥラエはそう言って、アンガールがまだ手にしている紙を身ぶりで示した。「この手紙は、ガキどものいたずらとはわけが違う。こんなものを書くのは、精神を病んだ頭のおかしい人間です」

「これはお預かりしてもいいですか？」ジーグラーは紙を指しながら尋ねた。

ドゥラエはうなずきながら、木の葉のようにぶるぶると震えていた。


日が暮れかけて、セルヴァズは憲兵隊の本部に戻ることにした。鳥のさえずりと墓場のような静けさに包まれながら、自分はあいかわらず森にあざけられ、森から出ていけと言われているような気がした。マリアンヌ、いったいどこにいるんだ？　苦悶に胃がよじれる思いだった。手がかりは何もなかった。またしても、森の捜索は無駄に終わったのだ。エグヴィヴへの帰り道も、焦りと苛立ちからついスピードを出しすぎてしまう。山小屋の集まる憲兵隊の敷地に到着して、ようやくブレーキを踏んだ。建物の隣にある広い草地では、ヘリコプターが次のローテーションを待っていた。その回転翼は、鳥の剥製のようにじっと動かず止まっている。パイロットは操縦席に座り、自分の携帯の画面に見入っていた。セルヴァズはさっとあたりを見まわして、ジーグラーがいつも乗っている憲兵隊のフォード・レンジャーを探した。だが、見当たらなかった。一瞬迷って、すぐに決心した。

そして、ヘリの機体のほうへずんずん歩いていった。

「どうも。私が誰かわかりますか?」セルヴァズはパイロットに声をかけた。

パイロットはうなずいた。

「はい。ジーグラー大尉とエロワ、いやアンガール大尉と一緒に、この事件の捜査をされてるんですよね。前にお見かけしましたから」

「今は、誰かを待っているのかい?」

「いいえ、指令を待っているだけです。煙草でも吸いにいこうかと思ってたところで」

煙草という言葉に神経が逆立つのを感じながら、セルヴァズは言った。

「それなら吸ってきてくれ。そのあと出発だ。大修道院付近の森と山の上空を飛んでもらえないか」

夕暮れの金色の輝きが、深い森や影に沈んだモミ林の上にまばゆいばかりにあふれていた。黄金色に染まる緑の海は大きく波打っている。その上空を、自分を乗せたヘリコプターの機体が針葉樹の高い梢をかすめながら飛んでいく。黄昏の空は今や真っ赤に燃えあがり、暖かな色合いとまぶしい光が山の峰々を背景に競演を繰り広げていた。

眼下には、巨大なモミの木々が針の柱のように、空に向かってまっすぐにそびえ立っていた。下から見あげれば目もくらむような高さだろう。その木々の隙間に目を凝らすと、山の底の薄暗がりに沈む山道がかろうじて見分けられた。あたかも大聖堂の支柱のあいだを縫う通路のようだ。ヘリコプターは大修道院を右後方に残して通りすぎながら、木々の頂上すれすれを飛んでいた。だが、限界まで寄ってみても、あまりたいしたものは見えなかった。

セルヴァズはめまいがするのを必死でこらえながら、窓の下に目を凝らした。自分は高所恐怖症なのだ。真下に広がる景色にはらわたがぎゅっと縮みあがる。と、ふいに視界に何かが映った。

「あれ」セルヴァズは言った。「あれは何かな？」

「さあ、何でしょうね」

ヘリコプターは別の谷へ向けて、大きく方向転換したところだった。視界が変わったとたんに、遠くの山の斜面にある建物が一つ目に入ったのだ。灰色のコンクリートでできた細長い平屋根の建物で、木々に囲まれたひらけた空き地にぽつんと建っている。ぐんぐん近づくにつれ、壊れた窓ガラスや壁の落書きが見えてきた。どうやら今は使われていない工業用の建物のようだ。

「降りられるか？」セルヴァズは尋ねた。

パイロットは速度を落とすと、空き地の状態を見極めるため機体を半回転させた。空き地の上部は傾斜していたが、下のほうはほぼ平坦に見える。長さは数百メートルにわたっていて、着陸できる広さはありそうだった。

「はい、大丈夫だと思います」

パイロットは、左にあるハンドブレーキのようなレバーを操作してゆっくりと機体を降下させた。そして、地上五メートルの高さにきたところで停止飛行《ホバリング》を開始した。続いて、右や左のペダルを使って機体の向きを変えていく。何度も乗るうちに、セルヴァズは操縦手順がなんとなくわかるようになっていた。だからといって、ヘリが苦手なことには変わりなかったが。最後にパイロットがレバーを操作すると、スキッドが無事に接地した。

タービンエンジンの騒音が収まってきたところで、セルヴァズはドアを開け、ヘリの強風でなぎ倒されている背の高い草のなかに飛び降りた。

セルヴァズは、建物に向かって斜面を登っていった。人里離れた山奥に誰がこんなものを建てたのだろうか。それになんの目的で？　斜面に生える雑草は膝の高さまで伸びている。近づくにつれ、その建物はますます廃墟の様相を帯びてきた。太陽はすでに山の向こう側に傾き、森の空き地はすっぽり影に呑みこまれていたが、木々の上空には、蒸気を含んだきらきらした空気がそのままとどまっているように見えた。足元の下草からは、トゲや樹脂から出る糖蜜のように濃厚な匂いが立ちのぼっている。

建物にはドアはなく、代わりにトラックが通れるくらいの大きな開口部があった。建物の内部は、壁に並ぶ割れたガラス窓から漏れる光でかすかに照らされている。

どうやら大きな工場だったらしい。おそらく木材を扱う製材工場だったのだろう。そうでなければ、あらゆる交通網からこれほど遠く離れた森のなかにわざわざ工場を建てた理由がわからない。セルヴァズはなかへ入った。床面はコンクリートで固められていそうなものだが、その痕跡はあまり残っていなかった。土がところどころむきだしになっていて、石膏《せっこう》や瓦礫、虫に食われた板があちこちに転がっている。

ヘリコプターの音は完全に止み、セルヴァズは、あたりを包む静寂に胸を打たれた。いわば墓場の静寂だ。まるで、それまでの活動が前日に停止されたばかりで、何もかも宙ぶらりんになっているような雰囲気だった。とはいえ、かつてこの空間を騒音や作業者で満たしていたはずの機械類の痕跡はどこにもなかった。マリアンヌがこういった場所で監禁されていた可能性はあるだろうか。外壁に落書きがあるところを見ると、ここはエグヴィヴの若者がたむろする場所の一つなのだろう。がらんとした空間には、身を隠せそうな場所はなかったが、暗がりのなかで一定の間隔をおいて立っている角柱の向こうには、壁に沿ってドアがいくつか並んでいるのが見えた。工場ならば、どこかに事務所や更衣室があってもおかしくはない。

セルヴァズはドアのほうへ進んでいった。湿った冷気を肌に感じて、思わず身震いが出る。窓の上部の割れていないガラスからは、今にも消え入りそうな夕暮れの弱々しい光が入りこんでいる。歩きながら、セルヴァズは足元を観察した。土埃の上には、大きさの異なる無数の足跡が残っていた。外壁にスプレーで落書きをした連中のものかもしれない。こんなところでキャンプファイアでもしたらしく、丸く寄せ集められた灰や燃え残りの焚き木もあった。

自分はいったい何を探しているのだろうか。セルヴァズは歩きながら考えた。文字か、記号か、何かの兆しか？　滅びた文明の痕跡を探す考古学者にでもなった気分だった。だが、期待するようなものは何もなかった。こうなったら、あの壁の落書きも調べてみるべきかもしれない。もはや藁《わら》にもすがる思いだった。時間も、信念も、希望も、砂のように指のあいだからすり抜けていく。と、そのときだった。

あそこに何かがある……。

思わず息を止めた。これは目の錯覚だろうか。

ほかの影にまじって、なにやらおかしな影が落ちている。

そうだ、あのむきだしの地面の上に……。

セルヴァズは、地面に見える模様のようなものを注視しながら、その方向へ歩いていった。と、突然、大きな物音がして、セルヴァズは飛びあがった。心臓が胸のなかで跳ねあがる。だが、その音――まるで布が激しくヒステリックに擦られるような音――はすぐに収まった。隠れ家に入ってきた邪魔者に驚いて、一羽の鳥が飛び去ったのだ。

鳥が森のかなたへ羽ばたいていく音を耳にしながら、セルヴァズは心臓の鼓動が静まるのを待った。そしてまた足を踏みだした。

そうだ、やはりまちがいない。あそこに何かある。

幾何学的な模様の連なりのような……。

さらに近づいてみると、それは一つの影ではなく、いくつかの影の集まりであることがわかった。影は割れていないガラス窓から、空中に漂う埃のなかをまっすぐ斜めに落ちて、一連の逆さ文字を形作っていた。

MARTIN

25

MARTIN

セルヴァズは影の筋を下から上へとたどり、高い窓ガラスへ目をあげた。そして、息を呑んだ。

そこには、自分の名前が書かれていたのだ。ペンキで〝マルタン〟と……。

首筋で血管が激しく脈打っていた。心臓が二倍に膨れあがった気がした。

これもまた、単なる偶然なのだろうか？　ここに書かれた〝マルタン〟は、自分ではない別の誰かを指しているのだろうか。

あるいは、自分のことを知っている誰かがこの場所へ来て、こちらになんらかのメッセージを残したのだろうか？　いったいなんの目的で？　もしや、マリアンヌ本人が？　だが、真夜中に逃走中のマリアンヌがわざわざペンキで名前を書きに来たというのは、どうも想像しにくかった。それとも、マリアンヌはあの電話とは別のときにここへ来たのだろうか？　だが、そもそも監禁されていたのなら、こんなところへ来られるはずがないのでは？　かといって、これがマリアンヌではないとしたら、いったい誰がこんなことをするというのか？

いずれにせよ、この森のなかにただ一つしかない建物の内部に、自分の名前がペンキで書かれていたのだ。やはりこれは偶然ではない。名前を書いた人間は、自分がこの森を捜索していることを知っていた。だからこそこの場所に名前を書いて、自分にこのメッセージが届くようにしたのだ。

この谷で、自分宛にメッセージを送るほどこちらのことを知っている人間などいるだろうか？　それに、いったい何を伝えようとしているのか。

さっぱり、わけがわからなかった。

もしやその人物は、自分をこの谷におびき寄せたのだろうか？　山を爆破して、ほかの人々と一緒にここに閉じこめるために。

セルヴァズは数々の疑問をいったん脇において、この巨大な建物の内部を順番に調べていった。奥にあるドアを片っ端から開き、懐中電灯で照らしながら、瓦礫や廃材に埋もれている薄暗い部屋のなかを探った。ひととおり調べると、ヘリコプターへ戻った。山はすっかり夕闇に包まれていた。空き地の空気もひんやりしている。機体はやがて、木々の上空へと上昇していった。マリアンヌはこんな場所――時のなかで動きを止めた孤独な廃墟――で何年も過ごしてきたのかもしれない。そう思うと、思わず体が震えた。ヘリコプターは森の上空へ抜け、連なる谷や山の斜面、渓流や道路の上空を飛びながら、エグヴィヴへと戻った。

ヘリが着陸するやいなや、憲兵隊の建物からジーグラーが飛びだしてきた。草地を横切ってこちらに向かってくる。

「ヘリコプターを使っていいって、いったい誰が許可したわけ？」ジーグラーはそばにパイロットがいるのも構わず、いきなり怒声を浴びせた。「このヘリは、緊急時と捜査のために取ってあるの！　まったく、何様のつもり？」

「すまない。でも、あるものを見つけたんだ」セルヴァズは言った。

ジーグラーは怒りに駆られながらも、こちらにいぶかるような視線を投げた。セルヴァズは、携帯の画面を出して写真を見せた。汚れた窓ガラスにペンキで書かれた〝マルタン〟という文字が写った写真だ。

「どこでこの写真を？」

「昔、工場だった廃墟のなかで見つけた。大修道院から四キロほど離れた山のなかだ」

「これが何を意味するのか、思い当たることは？」

ジーグラーの声には、あいかわらず苛立ちがにじんでいる。

「いや、まるでわからない。あえて言うなら、誰かがこちらの注意を引こうとしているのかもしれない」

「別のマルタンのことかもしれないわ」

「そうは思わない」

「どんな理由であなたの名前を書くっていうの？　マリアンヌだと思うの？」

「わからない。ただ、マリアンヌがそんなことをできたとは思えないんだが」

ジーグラーは一瞬、口をつぐんだ。

「とにかく、もう二度とヘリコプターは使わないで」ジーグラーはぴしゃりと言った。

「それから、憲兵たちもよ。あなたのちっぽけな個人的捜査のために、うちの人材や機材を勝手に使わないで。わかったわね？　でも、その件はもう少し詳しく調べる必要があるわね。部下をその場所へ行かせるわ。あと、こっちも発見があったのよ」

セルヴァズはジーグラーと一緒に憲兵隊の建物に入り、廊下を通ってアンガールの部屋に入った。ジーグラーは証拠物件として封印されているビニール袋をこちらに手渡した。なかには、紙が一枚入っている。

「ジルダス・ドゥラエが、自宅の郵便受けに入っていたと言って出してきたわ。山が爆破される前だそうよ。それから、ドゥラエはティモテを殴ったことは否定してる」

セルヴァズは、その紙に書かれた文章を読んでいったが、ある一文で目が止まった。

ここは無慈悲な罪びとが　我が身を嘆く地獄の谷

「ドゥラエは、これを送りつけた人物に見当がついているのか？」

ジーグラーは首を横に振った。

「きみはどう思う？」セルヴァズは尋ねた。

「今朝の会議で、あのヒップスター気取りの小生意気な新人が言ってたことは、まんざら的外れじゃないのかもしれない。犯人は、単独にしろ複数にしろ、こっちを挑発してるわ。憲兵隊がいずれドゥラエを尋問することを見越して、この詩をドゥラエに送りつけたんじゃないかしら。だとすれば、これはドゥラエにというより、わたしたち憲兵隊に宛てられたメッセージということになる」

セルヴァズは思わず笑みを浮かべた。

「ヒップスター気取りの小生意気な新人でも、名案を思いつくことがあるってことだな」

だが、その笑みもすぐに消えた。犯人が警察との駆け引きを楽しむような人間だとすれば、犯人は遅かれ早かれ、再び事件を起こして目立とうとするだろう。それに、次はメディアに直接、犯行声明を送りつけないとも限らない。

「ちょっとこれを見てください」

いきなりアンガールが声をあげた。パソコン画面を前に座っている。

セルヴァズは机をまわって、アンガールのうしろから画面を覗いた。

「何なの、これは？」ジーグラーが言った。

それは、フェイスブックのページだった。ページの上部にあるプロフィール写真には、フードを被った仮面の写真があった。上を向いた口髭、大きく見開いた目。画家サルバドール・ダリを模したマスク。自分はまるで知らなかったが、ジーグラーによると、これはスペインのテレビドラマシリーズ『ペーパー・ハウス』のなかで、主人公の強盗団がかぶっている仮面なのだという。いわゆる現代版ロビン・フッド、警察と国家の権威を疑問視するアナーキストのギャングたち。つまり、いまふうのメッセージということらしい。それで思い出したが、これは一昔前に登場したフランスのマンガ《バンド・デシネ》『Vフォー・ヴェンデッタ』のスーパーヒーローが被るマスクの変形バージョンでもある。この特徴的な仮面は、過去数十年を通して、〝ウォール街を占拠せよ〟、〝アノニマス〟、〝アラブの春〟の若者たちなど、社会的な抗議運動の象徴として、世界中で何度となく取り入れられてきた。ソーシャル・ネットワークがあれば、革命派や無政府主義者《アナーキスト》たちのスローガンや怒り、最も風刺的な社会分析と一緒に、そのシンボルマークもたちまち世界に広まるものなのだ。

目の前のフェイスブックのページには、〈エグヴィヴ谷の自警団〉という標題が付されていた。

「無政府状態《アナーキー》を呼びかけているわけではなさそう」ジーグラーがつぶやいている。「むしろ、新しい秩序の確立を求めてるってところかしら」

載せられている投稿を何本か読んでみる。たとえばこんな感じだ。

> 憲兵隊も警察も、私たちを守ってはくれない。
> 道路が閉鎖され、私たちは窮地に立たされている。
> 村は何もしてくれない。

なぜなら村は、国民を顧みない政権や権力者の支配下にあるからだ。
誰が子どもたちを守ってくれるのか？　誰が私たちを守ってくれる？
答えは簡単だ。自分たちで守るのだ。

ほかにも、こんな投稿があった。

あなたも〈エグヴィヴ谷の自警団《MAVA》〉へ！
自らの手で正義を行い、子どもたちの安全を確保しよう。
誰にも我々の邪魔だてはできない。
国家が機能しないのなら、我々人民が権力を握るしかない。
ぜひ仲間になろう！

セルヴァズは、この投稿にすでに五千以上もの「いいね！」がついているのに気がついた。この谷の住民を上回る数だ。しかもこの投稿は、わずか三時間ほど前にアップされたばかりなのだ。

言い換えれば、谷の外部の人々が、この投稿に書かれていること以外には状況を何一つ知らないまま、自分たちには関係のないこの発案にあっさりと賛同し、支援を表明したということになる。

「嫌な動きね」ジーグラーが言った。「そのうち、厄介な問題を抱えることになる」

ジーグラーは、背筋を伸ばした。

「司法調査・文書技術サービス《STRJD》（現在の中央犯罪情報サービス（SCRC））のサイバー部門に電話して。誰がこんなものをネットにアップしたのか、発信元を知っておきたい。この動きが手に負えないほど膨れあがる前に」

セルヴァズは、そこに自分のよく知るジーグラーの姿を見出した。信念を曲げることなく、無味乾燥な建前論でお茶を濁すことなく、人間の愚かさが引き起こす無数の出来事に常に立ち向かう用意ができている。ジーグラーは、鼻につけたピアスを神経質にいじりながら続けた。

「一刻も早く殺人犯を見つけないと、大きな暴動に発展しかねないわ。配置可能な人員の数を具体的に検討して、機動隊にもここで起きていることを知らせておかないと……」

アンガールはすぐに電話をつかんだ。ジーグラーがこちらを見つめた。

「ちょっと外に出ましょう。気分を変えたいの。村の人たちの動向も探っておきたいし」

セルヴァズはジーグラーと連れ立って憲兵隊の本部を出て、徒歩で村の中心部へ向かった。一戸建て住宅が立ち並ぶ通りを歩いていくと、だんだん低層の建物が現れはじめ、やがて最初の商店のショーウィンドウが見えてきた。午後九時。夜はまだ暑かった。薬局の上の気温表示板には、二十九度と示されている。バイクが爆音を響かせて通りすぎた。ジーグラーは、ドゥラエがスクーターの音に怯えていたと言って、事情聴取の一部始終を話してきかせた。セルヴァズは、話を聞きながらエグヴィヴの村の様子を眺めた。感じのよい村にはちがいない。だが、ピレネー山脈のこちら側、つまりフランス側にあるほかの小さな町や村と同じく、市街地にはどことなくくたびれて色褪せた雰囲気が漂っていた。でこぼこの舗道、無人の建物、荒れ果てた外壁。これが、ピレネーの向こうのスペイン側となると、まるで事情は異なっている。村々は小粋で、どこもよく手入れされている。この違いはどこから来るのだろうか？　開け放たれた窓から、サッカーの試合中継が聞こえてきた。解説者はやけに落ち着いて話している。おそらく今夜の試合には、フランスチームは出ていないのだろう。

「あれを見ろ」セルヴァズはとっさに言った。

建物の外壁に、スプレーで〝エグヴィヴ谷の自警団《MAVA》に入れ〟と書かれた落書きがあった。そこからさらに二百メートルほど進むと、また別の落書きが〝民衆の正義〟と訴えていた。前からここにあったものか、それとも書かれたばかりなのかはわからない。広場に到着すると、さらに別の落書きが見つかった。

権力を取り戻せ

「まずいことになりそうね」ジーグラーが言った。

マルシアル・オジエは尿意に急かされ、トイレへ駆けこんだ。だが、便器の前で足を開いていざ用を足そうとすると、尿はなかなか出てこない。やっと出てきたと思ったら、ほんの少しちょろちょろと出ただけで止まってしまった。まったくいまいましい前立腺め。マルシアルは腹を立てながら、腹に力を入れてみた。少しは出てきたものの、膀胱《ぼうこう》をすっかり空にすることはできなかった。いきんだ弾みで、尿が便座に飛び散っている。仕方ない。どっちにしろ、便座を掃除するのは自分じゃない。マルシアルはズボンの前ボタンを留めながらリビングへ戻った。心には始終、強烈な不安がつきまとい、煮えきらない迷いに胸をえぐられるような気がしていた。いても立ってもいられず、リビングの窓のそばを行ったり来たりしては、ときどき窓から暗がりにそびえ立つ山々を見あげたり、明かりが灯る眼下の村のほうに目をやったりした。

「何もかも、あなたのせいだわ」突然、うしろから声がした。

マルシアルは振り向いた。妻のアデルがリビングの真ん中に立っている。その目は、これまでに見たことのない光を宿していた。いつものどんよりしたあきらめの色ではなく、そこには憎しみの光が浮かんでいたのだ。マルシアルは思わずほっとしそうになった。ようやく本物の反応にお目にかかれたのだから。

「今、起きていることも、あの子に起きたことも……何もかもみんなあなたの責任よ」

その言葉は、弾丸のように飛んできた。こちらを切り裂き、傷つけ、小さな金属片のように鋭く刺さる。

「わたしが何も知らないとでも思ってるの？」アデルは吐き捨てるように言った。「あなたのクリニックに来てたあの……娼婦たちのことよ。中絶手術とか、汚らしい性病の治療を受けにきていた娘たち。あなたが裏口からこそこそと入らせてたのも知ってるわ。いったい誰があの娘たちを送りこんできたの？　どうせたんまり金をもらってたんでしょ？　それとも、あの娘たちに体で支払わせてたわけ？　このいやらしい卑劣漢が！」

マルシアルは、妻の痩せて打ちひしがれた顔をじっと眺めた。目の下には黒い隈ができていて、そのまなざしはうつろだった。

「あなたはそのエゴで、わたしたちの人生を破壊したのよ」アデルは続けた。「ティモテの人生も、わたしの人生も。いつだって、自分、自分。あなたは自分のことしか考えてなかった。ティモテは本当は、優しくて賢くて、無垢な子だった。そして、妹のジュディスは……」アデルはそこで一瞬、嗚咽に息を詰まらせた。「あなたはあの子を……ジュディスを、誰よりもめちゃくちゃにしたのよ。だから、ティモテはジュディスを殺したんだわ。妹を救うために。あなたの支配から解き放つために。あなたがあの子に与えたおぞましい地獄の苦しみから救いだすために……。ティモテはおかしくなってなんかいなかった。少なくともその前までは」

「知っていたのなら、なぜおまえは何もしなかったんだ？」マルシアルはすぐさま言い返した。挑発的な、かつ苛立ちを込めた声で。そこには、悔恨など微塵もなかった。

すると、アデルの表情はみるみる変わり、苦しげにゆがんだ。砂漠の真ん中に現れた奇跡の泉のように、干からびた頰の上に涙があふれた。

「それは、わたしが弱かったから……あなたに殴られるのが怖かったからよ。あんなことはあるわけがない、自分の頭のなかの妄想にすぎないって、自分に嘘をついてやり過ごしていたから……。これほど卑劣で軽蔑すべき男と人生の大半を過ごしてきたなんて、認めたくなかったから……」

アデルはさっと目をあげ、鋭く敵意のこもったまなざしをこちらに据えた。その瞳孔には、激しい憎悪が燃えあがっている。

「あなたが憎い。あなたがむごたらしい死に方をするのを心から願うわ。あなたのせいで子どもたちが味わった苦しみよりも、はるかに悶え苦しんで死ねばいい」

ふいに、病院で台の上に横たわっていたティモテの姿が脳裏に浮かんだ。マルシアルは背筋に冷たい恐怖の波が走るのを感じた。

「黙れ」マルシアルは命令した。

「あなたは犬死にするのよ。誰が裏で糸を引いているのかは知らないわ。ティモテを殺して、あの子の犬を殺したのが誰なのか。でも、わたしが知ってるのは、あなたが怖じ気づいてるってことよ。その黒幕に見つかったら、自分も同じことをされるんじゃないかって。あなたは恐怖に怯えてる。そうなればいい！　それこそわたしが望んでることだわ！」

「うるさい！」

26

「ギュスターヴはもう寝てるか?」セルヴァズは話を聞き終えて、エスペランデューに尋ねた。

ニーチェが提言した〝価値の転倒〟を地で行っているじゃないか――セルヴァズは思った。ルサンチマン。ゆがめられた恨み。悪が称えられ、善は辱《はずかし》められている。もう歯止めはきかない。憎しみがいたるところに充満している。子どもたちでさえ、憎しみを免れられないとは……。

「いいえ、気持ちが昂《たかぶ》って眠れないみたいで。今は、シャルレーヌと子どもたちと一緒に映画を観てます」

「代わってくれないか。私からも話すよ」

エスペランデューは、学校で起きたある出来事について話してくれたところだった。ギュスターヴが巻きこまれた出来事だ。どうやらギュスターヴは、父親が〝おまわり〟だからという理由でほかの子どもたちにいじめられ、教師が仲裁に入らなくてはならなかったらしい。シャルレーヌが迎えにいったときには、ギュスターヴは泣いていて、もう授業には戻りたがらなかったという。

「わかりました、待っててください」ビデオ通話の向こうでエスペランデューが言った。

「今、呼んできますから」

フランスで自分の職業を隠そうとするのは、警察官くらいなものだろう。セルヴァズは思った。警官の子どもたちが、授業中に先生に訊かれても、親の仕事を秘密にしなければならない国――そんな国のことを、警官の自分はいったいどう考えたらいいのだろうか。子どもたちは、パパやママは「公務員です」「スポーツのインストラクターです」「コックさんです」とは言っても、「警察官です」とは言わないほうがいいのだ。おまわりさんです、デカです、サツです、ポリ公です、とは……。それにしても、父親が警官だという理由だけでギュスターヴをいじめた子どもたちの親は、いったい警察の何を子どもに話して聞かせているのだろうか？　どれほどゆがんで倒錯した社会像を子どもたちに植えつけているのだろう。警察に対するそうした憎悪の背景にはいったい何があるのだろうか。この国では、毎週のようにどこかで警官が自ら命を絶っている。これは、農業従事者と教師を除く、ほかの職業における自殺率の二倍だ。また、警察側のなんらかの失態や逸脱行為がSNS上で拡散されると、それが事実であろうがなかろうが、警察に対する憎悪のメッセージが怒濤《どとう》のように押し寄せる。〈とっとと自殺しろ〉〈寝取られ《コキュ》が最も多い職業〉〈トゥールーズでは、いい警官は死んだ警官〉〈こいつの女を犯せ〉。ときには、警官の名前や住所までさらすものもある。セルヴァズは、いつかこの仕事を誰もやりたがらなくなる日が来るのではないかと将来を悲観した。警察が憎まれるようになったのは、身から出た錆《さび》なのだろうか？　もちろん、警察のなかには、明らかにそうだと言える人間もいる。警官としてのこれまでのキャリアのなかでも、骨の髄まで堕落した警官や人種差別主義者、あるいは暴力的な警官をこの目で見てきた。だが、そういった腐った警官の数は、世間で思われているほど多くはない。この国に十四万四千人いる警官のなかのごく一部にすぎないのだ。それに、ろくでもない人間というのはどの世界にもいる。警察に限ったことではない。どんな職場にも、どんな職業のどんな階層のなかにも――ブルジョア、労働者階級、金持ち、貧乏人、インテリ、学のない者、若者、老人――どこを見渡しても、そういう輩《やから》は存在するのだ。

画面に映った息子の姿を見て、セルヴァズは胸が締めつけられた。ギュスターヴは大きすぎるパジャマを着ていた。二人で一緒に買ってきたパジャマだ。ギュスターヴは胆道閉鎖症のために、ほかの同級生よりも体が小さくひ弱だが、本人はどうしても自分の年齢用のパジャマを欲しがったのだ。うつむいたギュスターヴの目元には、ブロンドの前髪がカーテンのように垂れ下がっている。セルヴァズは、学校での出来事については、自分からは訊かないことにした。

「もう大丈夫か？」セルヴァズは尋ねた。

ギュスターヴは黙ったまま、首をたてに振った。こちらを見ようとせず、目を伏せたままだ。

「なあ、ギュスターヴ。聞いてると思うが、パパはほんの少しのあいだ、ここから出られなくなっているんだ」セルヴァズは言った。「それで考えていたんだが、パパが家に帰れるようになったら、一緒に本屋さんに行こう。そして、おまえが好きなバンド・デシネをいっぱい買おう。数えきれないくらい、たくさん買うんだ」

「パパ？　学校でみんなに言われたんだ。おまえの父さんの仕事を恥ずかしく思えって。本当なの？」

セルヴァズは怒りがこみあげてくるのを感じた。が、必死で追い払った。

「いや、それは違う。その子たちの言うことには耳を貸すな。その子たちはただ、自分の親が言っていることを真似しているだけだ」

「でも、じゃあどうして、その子たちの親はそんなことを言うの？　パパやママは、子どもには本当のことを言うべきじゃないの？」

「いいか、ギュスターヴ。パパのお仕事をしている人のなかには、いろいろな人がいる。変わったことをする人たちもいるし、なかにはたまに、とても悪いことをする人たちもいる。どんなお仕事をしていたって、そういう人はいるものなんだ。ただ、同じ悪いことでも、警察官がそれをすると、みんな許せないって思うんだ。おまえの学校の先生だってそうだよ。もし担任の先生やほかの先生が何か悪いことをしたら、子どもたちの両親はみんな怒るだろう？　先生なのにって。たとえ自分は同じくらい悪いことや、もっとひどいことをしているとしてもね。わかるかい？」

「ううん、わからない」

セルヴァズは、もう少し単純に、一般化して話すことにした。結局のところ、警察を批判する連中がしているのもそういうことなのだから。

「警察官っていうのは、誰かが泥棒したり、スピードを出しすぎたり、ほかの人たちを危険な目に遭わせたり、物を壊したりするのをやめさせる仕事なんだ。悪いことをした人を刑務所へ送りこんだりもする。そうなると、実際にスピードを出しすぎたり、泥棒をしたり、物を壊したりした人は、パパのような警察官を憎むようになるんだよ」

「じゃあ、ほかの子たちのパパやママは、泥棒したり、スピードを出しすぎたってこと？」

「うーん、いや、そういうわけじゃないんだが……」

ギュスターヴは眉をひそめて理解しようとしているが、どうも難しいらしい。

「なあ、バンド・デシネを買いにいこう。数えきれないくらい、たくさん買うんだ。どう思う？」セルヴァズは話題を変えようとさっきの話を繰り返した。

反応はない。

「あと、それから……うーん、そうだな、タブレットはどうだ？」

すると今度は、ギュスターヴはぱっと顔をあげた。

その顔には、満面の笑みが広がっていた。まるで、雲間から太陽がいきなり顔を出し、ほんの少し前までは殺伐《さつばつ》としていた景色にまばゆいばかりの光明をあふれさせているかのように。

「ほんと？」ギュスターヴは、それでも声にかすかな不信感をにじませながら尋ねた。

「ああ、本当だ。約束する」

　セルヴァズは、息子の表情ががらっと変わるのを目にした。今日学校であった出来事の翳《かげ》りは消え、とてつもない宝物をもらえるという見通しにすっかり心を奪われてしまったようだ。ギュスターヴの屈託のない笑顔を見た瞬間、セルヴァズは深い安堵が胸に広がるのを感じて、我ながら驚いた。

「メガンとフラヴィアンとは仲良くやってるか？」

　メガンとフラヴィアンは、ヴァンサン・エスペランデューとシャルレーヌの子どもたちで、それぞれ十五歳と九歳になっていた。自分はフラヴィアンの名づけ親でもある。シャルレーヌがフラヴィアンを身ごもっていた頃のことはよく覚えている。二〇〇八年から九年にかけての冬、自分とエスペランデューがサン＝マルタン・ド・コマンジュの連続殺人犯を追っていた頃だ。

「うん、今、みんなで『パディントン』を観てたとこだよ」ギュスターヴは答えた。

「パディントン？」

　きょとんとしていると、ギュスターヴはまるで火星人でも見るかのようにこちらをしげしげと見つめた。

「熊だよ、熊のパディントン」

「ああ、パディントンって、熊のことか？」

「パパ！　パディントンは熊に決まってるでしょ！　ジャムが大好きな熊だよ。ブラウンさんの家族のおうちに引き取られて暮らしてるんだ。ジュディとジョナサンもいるよ。でも、パディントンは外国から来てて、ひとりぼっちだから、自分のおうちと自分の家族を探しにいくんだよ」

なんだかおまえみたいじゃないか、ギュスターヴ――セルヴァズはふいに胸が熱くなった。この自分に託されたとき、ギュスターヴも二つの家族を探していた。二人の父親を……。初めの頃は、〝もう一人の父親〟だったあの男――ハルトマンに会いたいと泣き叫んでいたのだ……。くそ、自分はどうなってるんだ？　セルヴァズは目をしばたたいた。大きく深呼吸をした。目が涙で曇ってくる。胸がつかえて、無性に泣きだしたくなった。どうかしてるぞ、ばかみたいじゃないか。セルヴァズは恥ずかしくなった。

「ちゃんと歯を磨いたか？」セルヴァズはこみあげる感情から気をそらそうとして尋ねたが、喉が詰まって、急にかすれ声になってしまった。

ギュスターヴはカメラに近づき、口を大きく開けてみせた。そして唇をめくりあげて、小さく並んだ歯を超クローズアップで披露した。ちょうどそのとき、リビングのほうで叫び声や笑い声が湧き起こり、ギュスターヴはとっさにドアのほうへ顔を向けた。まるで転がる毛糸玉を見つけた猫のように。

「ね、もう行ってもいい？」ギュスターヴは、早く戻りたい気持ちを隠そうともせず、嬉々として尋ねた。

「ああ、行っておいで！」

セルヴァズは通話を終えた。ウィンドウを閉じたとき、レアがワッツアップ上で、オンラインになっているのに気がついた。セルヴァズは大きく息を吸いこんだ。

レアには、ギュスターヴとの話で自分がどれほど悲しみを覚えているかを見せたくなかった。どれほど心配しているかも。ギュスターヴのことはもちろん、この谷に暮らす人たちのことも。

なぜなら、恐怖はそこにあるからだ。恐怖はこっそりと自分のなかに忍びこみ、いつしかここに居座ってしまった。まるで、空き家を見つけて、そこに居着こうと決めた泥棒のように。

そして、自分は今日一日のうちに確信していた。これはほんの始まりにすぎないのだと。

木曜日

27

夏至。今日も快晴で、暑い一日が始まる。平野の農業従事者を意気消沈させるこの天気も、この谷にそびえ立つ山々には陽気な表情を与えていた。谷を襲ったばかりの出来事を思えば、それもうわべだけの明るさにすぎないのだが。

セルヴァズは屋根下の客室で窓辺に肘をつき、狼を恐れる羊の群れのように寄り集まっているエグヴィヴの屋根屋根を眺めた。淡いブルーの空の下、屋根は朝の陽射しを受けて燃えるように輝きながら、その下には影を作って路地を守っている。

セルヴァズは身を起こしてコーヒーを飲み干した。コーヒーといっても、部屋のチェストの上に湯沸かしポットとカップと併せて用意されていたネスカフェのインスタントコーヒーだ。食堂へおりてほかの宿泊客と一緒に朝食をとる気にはなれなかったのだ。それからニコチンガムを口に放りこむ。寝起きに、煙草を吸いたくてたまらなくなっていた。

ジーグラーは、朝のジョギングから戻った。ショートパンツにタンクトップ姿で、頭にはこの村の店でようやく見つけたキャップをかぶっている。朝とはいえ、陽射しは容赦なく照りつけ、背中は汗だくになっていた。走りながらイヤホンで聴いていたのは、デペッシュ・モードの『ア・クエスチョン・オブ・タイム』。〝時間の問題《ア・クエスチョン・オブ・タイム》〟とは、自分もまったく同感だった。

シャワーを浴びながら、ジーグラーは思いをめぐらせた。自分は、まもなく全国紙の一面を飾ることになる事件の捜査責任者なのだと。これもまた、〝時間の問題〟だった。すべての視線が自分と自分のチームに注がれる。ほんのわずかでもしくじろうものなら、あるいは捜査が遅々として進まなければ、批判の矢が雨あられと降りそそぎ、ＳＮＳやニュースチャンネルの自称専門家たちは、ここぞとばかりに自分たちをこき下ろすことだろう。ちなみに、そうした自称専門家の意見は、こちら以上にまちがっていることが多いのだが、彼らはそんなことにはお構いなく、世間の人々にうんちくを垂れつづけるのだからたまったものではない。

ジーグラーはフェイスブック上で見つけた〈エグヴィヴ谷の自警団〉のことを考えた。まったく自警団とは……。自分なら、そんな愚にもつかない素晴らしいアイデアを思いついた人間に保安官の星形バッジでも与えて、そいつにいったい何ができるのか、見せられるものなら見せてみろと迫ってやるところだけど――ジーグラーは体を拭きながら、一人悪態をついた。とやかく言ってくる人間にはうんざりだった。

自分はほんの数カ月前まで、異国で暮らしていた。中央アジアの国から帰国したばかりだった。その国では、社会支出がフランスの五十分の一しかなく（この点に関していえば、フランスはまさしく世界一気前のいい国だと言える）、子どもたちはごく幼い頃から働かされ、警察官は群衆に向けて実弾を発砲し、警察署内では容疑者を殴打し（それもたまに起きる職権濫用ではなく、常に殴っている）、陵辱された女性は身内から締めだされ、人々はいまだに飢餓で亡くなり、毎年、数百もの人々がテロの犠牲になって命を落としていた。もちろん、多くの点で魅力的で愛すべき場所ではあったし、国民は悲惨な状況とは逆を行く楽観主義で、あけっぴろげに生きる喜びを表していた。それでも自分は、ときにひどいホームシックに襲われたものだった。フランスが恋しくて、ベッドの上でひびの入った天井を眺めながら、はらはらと涙を流したこともある。日当たりのいいカフェのテラスや、焼きたてのパンの匂いが漂うパン屋、内容もタイトルも素晴らしく自由な本がずらりと並んだ本屋、トップレスで日光浴ができるビーチ、それに何より、ピレネー山脈の雄大な山々に思いを馳せながら……。

フランスに戻って、飛行機を降りたときは、思わずその場でひざまずいて滑走路のアスファルトにキスをしたくなった。世界中の政治亡命者が、毎日のように夢見て、幻想を抱き、空想を膨らませてきた祖国の大地を、四十年ぶりに踏みしめたときのように。そして、亡命者たちと同じく、自分もまた早々に、祖国フランスがこの年月とともに変わってしまったことに気がついた。フランスは厳しく不寛容になり、かつての呑気さはすっかり影を潜めてしまった。他人への憎しみ、侮辱、非妥協性、派閥主義、そして暴力といったものが著しく助長されていることに衝撃を受けた。自分が残してきたフランスは、いったいどこへ行ってしまったのか。

ジーグラーは身支度を終えて憲兵隊の施設に向かった。なかに入ってすぐ、全員がすでに臨戦態勢に入っていることに気がついた。電話がひっきりなしに鳴っている。情報提供の電話だ。耳寄りな情報を持っているのはどこの誰だとか、誰それが殺人の起きた時間に外出するのを見たとか、なにやら死体らしいものを運んでいたとか、そういう類のものだ。ここにいる憲兵たちは、そうした情報を一件一件控えて、登録して、確認する。細かくて骨の折れる仕事だが、ジーグラーは、そこから具体的な進展へとつながる可能性は、残念ながら千に一つもあるかないかだということを知っていた。

真実は別にある――一九九〇年代の有名なテレビドラマシリーズのなかで謳われていた台詞のように。ジーグラーは、鼻ピアスをいじりながらセルヴァズを探したが、部屋には見当たらなかった。昨日見せてくれた写真の工場跡に一緒に行くつもりだった。セルヴァズには〝ちっぽけな個人的捜査〟などとひどいことを口走ってしまったが、あれからよく考えてみたのだ。マリアンヌの逃亡とティモテ・オジエの殺人とのあいだに、なんらかの関連がないとは限らない。二つの事件が併発しているという事実は気がかりだった。自分はセルヴァズにいろいろと借りがある。それに何より、万一、セルヴァズの言っていることが正しかったとしたら？　誘拐犯の意のままにされている女性をこのまま放っておくことなど到底できない。

もうマルタン、いったい、どこへ行ってるのよ？

携帯が震えたとき、セルヴァズは、宿の主人の息子マチスに本を手渡しているところだった。『ハリー・ポッターと賢者の石』だ。部屋の引き出しに誰かが忘れていったのを見つけたのだ。

「この本、きみに持ってきたんだ」セルヴァズは食堂でマチスを見かけて声をかけた。

「もう読んだかい？」

「読書は好きじゃないんだ」マチスは言った。

「それは、きみがまだいい本に出会っていないからだよ。読んでごらん」

「映画でもう観たけど」

マチスはタブレットを脇に置き、しぶしぶ本を手に取った。それでも、顔にはほほ笑みが浮かんだ。

「ありがとう」

「今日も学校はないのか？」

マチスの笑みは広がった。

「そう、まだ休みだよ」

ポケットの奥でまた携帯が振動した。取り出してみると、画面に出ているのは、電話帳に登録されていない番号だった。ひとまず電話に出た。

「はい」

「あの、通りに貼ってあったチラシの件で電話したんですが。行方不明になってる女性の件です」男性の声だった。

セルヴァズは身を固くした。マチスはこちらをじっと見つめている。興味津々のまなざしだ。セルヴァズは少し離れたところへ移動しながらこう答えた。

「お話を伺います」

「その女性を見たんですよ。ここで。エグヴィヴで」

28

セルヴァズは心臓が喉の奥で大きく跳ねあがるのを感じた。急激に加速した脈拍に合わせて、首やこめかみ、胸のあらゆる血管がドクドクと脈打っている。

「それはいつですか？　どこで？」

「何カ月か前のことです。近隣の家に入っていくところでした」

セルヴァズは心でため息をついた。またしても偽情報か。そう思いながら、電話の相手の年齢を推し測る。若い声ではなかった。六十代か。もしかすると、それより上かもしれない。男性の声は落ち着いていた。特に興奮している様子はなく、大げさに作り話をするタイプの口調や声でもなかった。セルヴァズは、静まった脈がまた少しあがっていくのを感じた。

「あなたのお名前は？」

「モーグルニエです」男性は答えた。「ジャン゠ポール・モーグルニエ。袋小路のローズ通り五十一番地に住んでいます。その女性が入っていった家は、五十四番地です。その家の持ち主の名前は、マルシャソン。フランソワ・マルシャソンです」

いのだろうか。

事実を淡々と述べている。余分な枝葉がない。この男性は真実を話していると思ってい
「では、そのときのことをお話しください。女性は一人でしたか。それとも誰かと一緒でしたか？　どういう状況だったんでしょう？」

「同伴者がいました。車から降りてきたんです」

「いつ頃のことだったか、覚えていませんか？」

「さっきも言いましたが、数カ月前のことです。その時点では、若い女性が近所のマルシャソンを訪ねてくるとは珍しいこともあるもんだ、と思ったくらいで、たいして気にも留めていなかったもので。あえて言うなら、そうですな、十一月か、十二月頃だったのではないでしょうか。午後のことでした」

「今は、ご自宅に？」

「ええ、そうですが」

「家にいてください。今すぐそちらに向かいます。ぜひ、直接お話を伺いたいので」


玄関のドアが開くと、モーグルニエがもったいぶった様子でこちらを迎えた。あたかもこれから投資を提案しようとする銀行家といった風情だ。どうやらドアを開ける前に、アフターシェーブローションをたっぷりつけたらしい。頭の白髪と首のたるんだ皮膚から察するに、モーグルニエは六十から七十歳くらいだろう。自分の見立てはまちがっていなか

ったようだ。喉元のネクタイは、少々きつく締めすぎている。セルヴァズはどこかの記事で、ネクタイが雑菌の巣窟であることや、ネクタイを締めると頸動脈を圧迫するため、結果的に脳への血流が悪くなることを読んだ覚えがあった。

セルヴァズは、通りをざっと眺めた。みすぼらしい一軒家が並ぶ袋小路は、燃えるような陽射しの下でも、どことなく陰鬱な雰囲気を帯びていた。ローズ通りという名前に反して、バラはどこにも見当たらない。雷に打たれたらしい老木がフェンスのそばに立っていて、その根が歩道を持ちあげている。道路は工事中だった。アスファルト舗装用の機械が黒いタールを路面一帯に敷きつめている。あたりに充満する炭化水素の匂いに、セルヴァズは思わず鼻孔をつまんだ。顔をあげると、黄色いつなぎを着た作業員の一人と目が合って思わずぎくりとした。頬に切り裂いたような傷跡があるその男が、こちらをじっとにらみつけてきたのだ。敵意もあらわなその目つきに、セルヴァズはたじろいだ。

だが一瞬ののち、男は煙をあげるタールのほうへ身をかがめ、再び仕事に戻っていった。

セルヴァズはモーグルニエに案内されて、家のなかに入った。七〇年代に建てられたような小さな一軒家だ。なかに入ると女性が出迎えたが、挨拶だけしてさっと姿を消した。モーグルニエはリビングに入り、座るように椅子を勧めた。お世辞にも美しいとは言えない部屋だったが、一筋の陽光のおかげで陽気な雰囲気が漂っていた。

「サッカーはご覧になりますかな？」モーグルニエが尋ねた。

「え、何ですか？」

「ワールドカップですよ。試合はご覧になりますか？」

「どの試合ですか？」

モーグルニエは、別の惑星からやってきた異星人でも見るように、こちらをしげしげと眺めた。

「今日はこのあと、フランスの試合があるんですよ。ペルー戦です。この試合で勝てば、決勝トーナメント進出が決まります。グリーズマンは初戦でいい仕事をしましたからな。それに、カンテやエムバペも頼りになる」

セルヴァズは、ローテーブルの上に、マリアンヌの写真を滑らせた。

「この女性を見かけたとのことでしたが。本当にまちがいありませんか？」

モーグルニエはうなずいた。

「ええ、確かですよ。あのときも、こんな上品な女性がマルシャソンみたいなくそ野郎の家に何をしにきたんだろう、っていぶかったくらいですから。でも、その写真よりは、少し痩せていたような気がしますね。それに、あまり健康そうには見えなかった」

セルヴァズは相手を見つめた。血管が一気に凍りつくのを感じた。

「では、そのときのことを話してください」セルヴァズは言った。「具体的にはどんなことがあったんですか？」

モーグルニエが口を開こうとしたとき、携帯の着信音が鳴った。さっと画面に目を走らせると、電話はジーグラーからだった。セルヴァズはあとでかけ直すことにした。

「すみません、どうぞお話しください」セルヴァズははやる気持ちを隠せないまま、前のめりになって言った。相手はあいかわらず、穏やかで冷静なまなざしを向けている。期待が膨らんでいたとはいえ、疑いが頭をもたげないわけではなかった。マリアンヌが白昼堂々、まるで何事もなかったかのように個人の家に入っていくなど、どう考えてもあり得ないことに思えてくる。

「まあ、でも」モーグルニエは眉をひそめながら話しはじめた。「今になって思うと、なんとなく違和感はありましたね……」

セルヴァズは目を細めた。

「どういうことです？」

モーグルニエは、時間をかけて記憶をたぐり寄せている。

「女性は、男に腕を取られていました。さっきも言いましたが、女性はひどく疲れているように見えました。病気だったのか……いや、もしかすると、薬漬けになっていたんじゃないかな。そう、改めて考えてみると、確かにあの女性は、麻薬依存症みたいに見えましたよ。ドラッグで朦朧としていた感じで」

セルヴァズは唾を呑みこんだ。

「今、あなたがおっしゃっていることは、どれも極めて重要なことです。それは、もちろんおわかりですね？」セルヴァズはゆっくりと念を押した。

「私はバカじゃありませんよ」モーグルニエは、むっとして言い返した。

そう、この男はバカではない。セルヴァズは心でつぶやいた。そして、窓から覗き見をするのが好きだった。この男の存在は、自分にとって、降って湧いた幸運だった。

「女性の腕をつかんでいた男というのは、その近所の人ですか？」

「いいえ、別の若い男でした。そういえば、その男もどうも虫が好かない野郎だと思ったのを覚えてますよ。なぜって言われるとわかりませんがね。マルシャソンのほうは、玄関先で二人を待ってました。今、こうやって思い出せば思い出すほど、あの女性はバンから降りるときも、ちょっとよろめいていたような気がします。いずれにしても、足元がおぼつかない感じでしたね」

「バンですか？」セルヴァズはとっさに反応した。

「はい。黒いバンでした。窓はスモークガラスで、外からは何も見えないようになってましたよ」

なんてことだ……。セルヴァズは思わず窓のほうを向いた。カーテンの隙間から通りが見える。頬に傷のある道路作業員は、タールを広げる作業をやめていた。シャベルに肘をついて、この家のほうをじっと見ている。

「ひょっとして、車のナンバーを控えていたりはしませんか？」

モーグルニエは、怪訝そうにこちらを見つめた。

「どうしてそんなことをしなきゃならんのです？」

確かに。そう思うのも無理はない。

「でも、あの車がプジョーだったことは覚えています。艶があって、きれいな状態でした。もしかすると新車だったのかもしれないな」

「マルシャソンというのは、どんな方ですか？」

するとモーグルニエのまなざしが険しくなった。

「まったくいやな野郎ですよ。去年のことですが、あいつは半年以上かけて、家の改装工事をしてたんですよ。あれだけがんがん騒音を出して、散々迷惑をかけたんだから、謝罪の一言でも言いにくるかと思うでしょう？　とんでもない。あいつは、ただの一度も来ませんでしたよ」

セルヴァズは、またしても焦る気持ちがせりあがってくるのを感じた。

「工事は、この写真の女性を見かける前ですか、それとも見たあとですか？」

「前でした」

セルヴァズは突如として、みぞおちに穴が広がっていくような感覚を覚えた。膝に置いた手のひらはじっとりと湿っている。

「その女性ですが、その後、見かけたことはありますか？」

「いいえ」モーグルニエは慎重に答えた。そして、少しためらったあと、さらに言葉を継いだ。「そういえば、今思い出しました。あの若い男は、女性を連れてきたあと、自分だけバンに乗ってまたどこかへ行ってしまいました」

これほど単純なことだったとは……。セルヴァズは心臓の鼓動を感じながら思った。モーグルニエのような詮索好きな隣人がそばにいながら、一人の人間を公然と消し去ることは可能なのだ。ただし、これが本当にあった話なのかという恐ろしい疑念は依然として残っていた。自分は騙されかけているのだろうか？　一見、良識のありそうな男の、退屈しのぎの作り話を聞かされているだけということはないだろうか？

「その家はどこにありますか？」

モーグルニエは立ちあがると、窓に近づいた。

「あの家ですよ」

セルヴァズも窓辺へ寄った。さっきの道路作業員が、ガラス越しにこちらをじっとにらんでいる。その視線を感じながら、セルヴァズはモーグルニエが指さす方向を見た。袋小路の一番奥に、ほかの家々よりも大きく威圧感のある建物が森を背にして建っている。ここから二十メートルほど先の斜向《はす》かいにある家だ。二階建ての荒れ果てた家を見ながら、セルヴァズは背筋に震えが走るのを感じた。角ばった小塔、セメントの欄干《らんかん》、ごてごてと装飾されたバルコニー。その家は、どことなくジュール・ヴェルヌの小説に出てくるカルパチアの城を思わせた。ピレネー山脈の周辺には、この種のバロック様式の別荘がいたるところに見られる。そのほとんどは前世紀初頭に建てられたものだ。マルシャソンの家は袋小路の通り全体に、不気味な存在感を放っていた。だが、もしかするとそれは、自分の想像がそう思わせているだけかもしれない。カーテンのかかった窓は、『サイコ』に出てくるノーマン・ベイツの家を思わせたし、裏手の森は、ヘンゼルとグレーテルが迷いこむ森を彷彿とさせたからだ。

セルヴァズは、モーグルニエに向き直った。

「マルシャソンは、今、家にいるでしょうか？」

「やつは死にましたよ」

セルヴァズは飛びあがった。

「え、死んだ？　いつのことです？」

「五カ月ほど前のことです。階段から落ちて、首の骨を折ったんです。一人暮らしでしたからね。家政婦の女性が死んでいるのを見つけたそうです」

頭のなかをある考えがよぎった。

「あの家の鍵は、誰が持っているかご存知ですか？」

モーグルニエは首を横に振った。

セルヴァズは、また焦りに呑みこまれていくのを感じた。

「ご協力に感謝します。この件は、誰にも口外しないでください」

「これから何かするつもりなんですか？」モーグルニエが尋ねたが、その口ぶりは明らかに懐疑的だった。

この国の多くの人々と同様に、モーグルニエも、警察や司法機構が果たして有効に機能しているのかと疑問を抱いているのだろう。法的保護措置による縛り、人手や財源不足、ますます凶悪化する犯罪を前にしての士気の低下のせいで、手も足も出せなくなっている警察や司法に何ができるのかといぶかっているのかもしれない。

モーグルニエにいとまを告げ、セルヴァズは家を出た。とたんにタールの強烈な匂いが鼻をつく。急ぎ足で車へ向かっていると、煙の立ちこめる車道から、先ほどの目つきの悪い道路作業員が声をかけてきた。

「いつになったら、道路を通れるようにしてくれるんだよ？」

セルヴァズははっとして振り向くと、歩道で立ち止まった。作業員はこちらが警官であることを知っていたのだ。この谷では、あっという間に噂が広まるらしい。もちろんこの男が、単に自分が村長と一緒にいたところや、憲兵隊の建物から出てくるところを見ていて、当たりをつけただけというのなら話は別だが。

「さあ、わからない。どうしてですか？」

「ランヌメザンの病院に、娘が入院してるんだよ」作業員は大声で言った。「虫垂炎の手術を受けたんだ。昨日、娘に会いにいくのにヘリコプターに乗せてくれって頼んだら、あいつら、それは緊急じゃないって断ってきやがった」

「娘さんのそばには、誰か付き添いの人は？」

「祖母がいる」男はしぶしぶ答えた。

敵意に満ちた、攻撃的な口調だった。

「お名前は？　何かこちらでできることがあるかもしれませんから」

作業員は、肩をすくめた。道端にいる人々がこちらを見ている。

「もういいよ。どうせそんなの口だけで、何もしてくれねえのはわかってるから」

「いや、ですが……」

「いつだってそうなんだ」男はこちらをさえぎって言った。「俺たちみたいな小市民のことなんか、誰も気にも留めない。俺たちは透明人間みたいなもんさ。もし俺が、政治屋だったり、金を持ってたりすりゃ、とっくにあんたらのヘリに乗って病院に行けてるはずなんだよ」

男はそう言って、憎々しげな目つきでこちらをにらんだ。

「だがな、特権とか優遇とか、そういうのはみんな終わりだ。物事は変わろうとしてるんだ。今に見てろ。暴動が起きたら、あんたら警察には、最前列の特等席が用意されてるってことさ。くそったれのおまわりが！」

セルヴァズは男の侮辱に反応すべきかどうか迷った。だが結局、放っておくことにした。自分にはほかにやるべきもっと大事な仕事がある。それに、あの男の立場だったら、自分だってきっと同じように反応しただろう。セルヴァズはそう思いながら、その場を去った。

29

「ええ、覚えてます」アンガールが言った。「マルシャソン。もちろん覚えてますよ。自宅の階段の下で、首の骨を折って死んでいるのが見つかったんです。法医学者は特に何も指摘しなかったので、単なる転落事故として処理されました」

セルヴァズは、アンガールの目をじっと覗きこんだ。

「それで、あの家の家宅捜索はしたのか？」

アンガールの顔に、当惑の色が広がった。

「なんのために？　あれはただの事故だったんで……」

セルヴァズはジーグラーのほうを向いた。ジーグラーは黙って鼻のピアスをいじりながら、こちらの話を一言も漏らさず聞いている。

「マルシャソンの家を調べないと」セルヴァズは言った。「マリアンヌ・ボカノウスキーはあの家に監禁されていた。まちがいない」

「年金生活で暇を持て余して、さらにその近所の男を憎んでいた男性の話を信用するのならね。それにエロワの話だと、そのモーグルニエっていう人は、些細なことですぐ憲兵隊に電話してくるような人みたいだし」ジーグラーはそう言うと、アンガールに尋ねた。

「マルシャソンの家は空き家になってるの？」

「はい。売りに出されてます。ときどき、公証人が家を見にきた人たちを案内しているようです。もし家のなかに誰かがいたのなら、そうと気づいたはずですが」

「じゃあ、公証人が鍵を持っているのね。とにかく行ってみましょう」ジーグラーはそう言うと、革のジャケットを取った。

「でも、捜査令状がありませんけど」アンガールが指摘した。

「売り家を訪ねるのに、いつから令状が必要になったの？」ジーグラーが返した。


公証人はマルシャソンの大きな邸宅の前でこちらを待っていた。ジーグラーは鍵を受け取ると、公証人にもう事務所へ帰ってもいいと告げた。公証人は驚きを隠さなかった。

「では、物件の内見申込書にサインだけはお願いできますか？」

まるで、こちらがこの曰《いわ》く付きの家を買おうとしているかのようだ。ジーグラーがため息をつきつつも、書類にサインをしている。

セルヴァズは家を眺めた。灰色の外壁に覆われた、重厚で不気味な家。その家は、あたかもこちらを待ち伏せているかのように見えた。沼地に潜むワニのように。門を押し開けると、錆びついた蝶番《ちょうつがい》が軋む音を立てた。小道を進み、玄関前のステップをのぼりながら、ジーグラーに渡されていたニトリルの手袋をはめ、靴カバーをつける。玄関のドアには、複雑な錬鉄製の模様で守られた楕円形の小窓が二つついていた。

ジーグラーが鍵をまわしてドアを押し開けた。なかに入ると、ゴミ箱を開けたときのようなこもった匂いがした。暗がりに目が慣れるまで、一同はしばらく玄関ホールでじっとしていた。一階は暗闇に包まれ、閉め切った鎧戸の隙間から、かろうじて細い光の筋が射しこんでいる。自分たちが何を探すつもりなのかはわかっていた。公証人が先ほど、この家にはワンルームに改造された地下室があると説明してくれたのだ。その情報は、すぐにこちらの注意を引いた。実際、それを聞いた瞬間、セルヴァズはいてもたってもいられず、すぐに室内に駆けこみたくなるのをこらえるのがやっとだった。

目の前には、上階へとあがる狭い階段があった。右手のドアは開け放してあり、その先に中二階に位置する部屋が見える。左手には、暖炉や本棚、電気ストーブがある書斎コーナーがあり、その先のリビングに続いている。

「そこだ」

セルヴァズはそう言って、アンガールとジーグラーに、すぐ右手にある低いドアを指さした。中二階の部屋が見えたドアの手前にあるもう一つ別のドアだ。ドアの先には三メートルもない短い廊下があり、突きあたりにさらに別のドアがある。セルヴァズは廊下を進んでそのドアを仔細に調べた。ドアの縁には、小さな長方形を描くように四つの小さな穴があいていて、ドア枠にもぴったり同じ高さに四つの穴が開いている。つまりここには、差し錠がつけられていたということだ。外側から……。セルヴァズはドアを引き開けた。

そのとたん、冷蔵庫を開けたときのような冷気が顔をなでた。床に目をやると、コンクリートの急な階段が地下へとおりているのが見える。電気のスイッチを見つけて押すと、すぐに蛍光灯がパチパチと点滅し、光があふれて空間を照らした。

セルヴァズは、階段の上で凝然と立ちすくんだ。

ここだったのか……。

身動きできないまま、セルヴァズは地下にさっと目を走らせた。心には、ありとあらゆるおぞましい考えが押し寄せてくる。

「なんてこと……」ジーグラーがそばに立って、つぶやいた。

セルヴァズは、急な階段をおりていった。凍てつくような冷たい痙攣が全身を駆けめぐる。長年抱えてきたあらゆる恐怖、あらゆる悪夢が、今ここにはっきりと具体的な形をとって現れたのだ。マリアンヌは、ここにいた……。どのくらいいたのだろうか？　近所に住むモーグルニエによれば、マリアンヌは十一月か十二月頃にこの家にやってきたという。今から六、七カ月ほど前だ。スモークガラスの入った黒いバンから降ろされて……。ここに来る前は、どこに囚われていたのだろう？　なぜ監禁場所を変えたのだろうか？

一番下までおりると、セルヴァズは地下室全体を見まわした。床をコンクリートで打たれたがらんと広い部屋。小さなキッチンがあり、片隅には、ビニールで覆われた擦り切れた布団と、染みのついた汚らしい毛布が置かれている。コンクリートブロックの壁に装飾の類は一切なかった。セルヴァズは、地下室の二つの換気窓がコルク板でふさがれているのを見てすぐにピンときた。防音のためだ……。方角を確認しようと向きを変え、この地下室が森に面した家の裏手にあると結論づけた。マリアンヌがいくら叫んでも、声は誰にも届かなかったはずだ……。

キッチンのそばにある簡易テーブルや椅子を除けば、ほかに家具はなかった。ガスヒーターは冷たくなっている。キッチンには流しはあるが、電気コンロはない。冷蔵庫は空だった。引き出しは一つだけ。セルヴァズは引き出しを開けて、ジーグラーに見せた。なかには、プラスチック製のナイフやフォークと紙皿が入っていた。

蛇口をひねったが、水は止められていた。セルヴァズはしゃがんでシンク下の戸棚を覗きこんだ。S字型の排水管を取り外して立ちあがり、蛍光灯の強烈な光にかざしてなかを調べる。氷のような恐怖が心臓をぎゅっと鷲づかみにした。排水管の奥にブロンドの毛髪が三本、貼りついていたのだ……。

「これで信じてもらえるか？」セルヴァズは言った。

ジーグラーは沈んだ面持ちでうなずいた。手袋をはめた指を排水管に入れ、取り出した毛髪を透明なビニール袋に入れると、顔をあげてこちらを見つめた。まるでこちらの悲しみと狼狽《ろうばい》を読み取るかのように。

「ごめんなさい」ジーグラーは謝った。「あなたの言うことをちゃんと聞くべきだった。あなたをもっと信用するべきだった。わたしがまちがってたわ……。ポーの検事局に連絡します。マリアンヌの失踪に関する捜査を再開してもらうように。それから、マルシャソンの死についても調べる必要があるわね。この地下室も徹底的に調べないと」ジーグラーはそう言うと、アンガールのほうを向いた。「この地域のプジョーの販売店に片っ端から電話してちょうだい。マリアンヌが乗せられていた黒いバンを突き止めて。車両登録システムを検索して、この地域で同型のバンを持つ所有者のリストを作ってほしいの。もう、やることだらけよ。これじゃまるで、今まで仕事が足りなかったみたいじゃない」

セルヴァズは、心臓の鼓動が徐々に落ち着きを取り戻していくのを感じた。

「みんな、つながっていると思う？」ジーグラーが尋ねた。「二つの殺人、マリアンヌの逃亡、山の爆破……」

「わからない」セルヴァズはそう言って、もう一度地下室を見まわした。

マリアンヌはどこにいるんだ？　どうしてあれから何も言ってこない？　なぜ生きている気配を見せないんだ？　そこでセルヴァズははっとした。なんてことだ……。時が流れていく。砂時計の砂はこぼれ落ち、時計の針は時を刻んでいく……。セルヴァズは祈った。どうか、次に出てくる死体がマリアンヌのものではありませんように。どうか、マリアンヌがどこかで無事に生きていてくれますように。どうか、手がかりがマリアンヌの足取りを教えてくれますように。それは、祈りと呼べるほどのものではなかった。特定の誰かに向けたものではなかったから。

いや、実はそうだったのかもしれない。自分はいつしか、神に祈っていたのかもしれない。

30

まるで巨大な動物の牙で引きちぎられたように、山の斜面が削られていた。大空の下でむきだしにされた生々しい傷跡。採石場が自然の景観を損なっているのは、誰の目にも明らかだった。

セルヴァズは山の爆破の件で話を聞くため、ジーグラーとアンガールについて、エグヴィヴの採石場にやってきた。菱形のネットフェンスを抜け、〈工事中につき関係者以外立入禁止〉と書かれた立て看板を通りすぎ、さらに先にある採石場の上に張り出すように建っているプレハブの建物のところまで車を乗り入れる。ここが現場の仮設事務所らしい。建物の前には、レンジローバーとミニ・カントリーマン、黄土色の土にまみれたブルドーザーが駐まっている。

車を降りると、地獄のような騒音が下のほうから這いあがってきた。あたりの木々や茂みには一面、薄い灰色の膜がかかっている。セルヴァズはほかの二人とプレハブの事務所まで歩き、木のステップを二段のぼってなかに入った。

事務所のなかは、外よりさらに暑かった。入って右手のカウンターに若い女性が座っていた。ごく薄い生地のブラウスにもかかわらず、脇の下には丸い汗染みができている。二十歳に届くかどうかのとても若い女性で、化粧がかなり濃かった。

「ジョンスさん、あの、憲兵隊の方が……その、お話があるそうで……」

こちらが用件を告げると、若い女性はインターフォンのボタンを押し、かろうじて聞き取れるほどの小さな声でたどたどしく相手を呼んだ。名前はルシーユというらしい。ブラウスに留められたバッジにそう書かれている。

すると、インターフォンから悪態の言葉が飛びだしてきた。数秒後には、うしろのドアが開いた。よほどがっしりした男が出てくるかと思いきや、現れたのは、背の低い痩せた男だった。肌は日に焼けて、頭は禿げあがり、近眼用の眼鏡をかけている。チェック柄のシャツは袖がまくりあげられ、そこから出ている腕は滑稽なほど細かった。

「ご用件は?」ジョンスはそう言って、こちらをじろじろ眺めている。

ジーグラーが訪問の理由を告げた。するとジョンスは、今にも神経発作を起こしそうな表情を見せた。貴重な時間が奪われると言わんばかりだ。

「じゃあ、こっちへ。ルシーユ、誰にも邪魔させるんじゃないぞ」

ジョンスは高飛車に命令した。まるで、こんな辺鄙な場所に、ほかにも訪ねてくる客の当てがあるかのような口ぶりだ。常日頃から、従業員に暴言を吐いては憂《う》さを晴らしている横暴な小ボスといったところだろう。ルシーユは肩をすくめている。

通されたのは、小さな事務室だった。そこにはかなり大きなエアコンが据えられていた。

棚には、スポーツのトロフィーが並んでいるほか、カービン銃を構えて照準器を覗きこんでいるジョンスの写真がいくつか飾られている。この採石場経営者は、射撃を趣味にしているらしい。そのジョンスが単刀直入に言った。

「先に言っときますがね、あまり時間がないんですよ。作業員の半分は、サッカーの試合を観るってんで出払っちまって、全部自分でしなきゃならんのです。で、何をお知りになりたいんです？」

「こちらの採石場では、爆薬を使用されますか？」ジーグラーが切りだした。

ジョンスは眼鏡越しに、こちらをじっと見つめている。

「ええ。巨大な岩石の採石場ですからね。確かに、石の採掘には爆薬を使用しますよ」

「だとすると、爆薬を扱う専門家が必要でしょうね？」

「もちろんです。計画的な爆破を実施することができるのは、資格を持った専門家だけですし」ジョンスはそこでひと呼吸置いた。「あのエグヴィヴの道路の件のことをおっしゃってるのなら、あの山の爆破はまぎれもなく、爆薬のことをよく知っているやつの仕業ですよ」

ジョンスは立ちあがると、金属製のキャビネットのほうへ向かった。

「あんなことがあったからには、おそらくあんた方がうちに来るだろうと思って、これを用意しておきました」

ジョンスはそう言って、厚紙のファイルを手渡した。

「そのなかには、うちで使用する爆薬と起爆装置のリストが入っています。それぞれの特性はみんな書いてありますし、ほかにも登録番号、使用分量、在庫の出入りがまとめて記載してあります。すべて私がチェック済みです。うちの在庫からの盗難はありませんでした。そちらは、現場でとっくに爆発の痕跡を見つけてらっしゃると思いますがね、このファイルがあれば、その痕跡と比較して爆薬を絞りこむこともできるはずです。それから、うちの作業員のリストも添付しておきました。それぞれの資格と役職も書いてあります。憲兵隊のデータで照会してもらってもいいし、なんなら直接、本人たちに質問してもらったって構わない。隠すことは何もありませんから」

ジョンスの説明を聞きながら、ジーグラーのほうはバイヨンヌから四十キロほどのところにあるランド゠ピレネーの地雷除去センターのことを考えていた。そこでは、今この瞬間にも、地雷撤去作業員たちが崩落した岩の転がる山中に入り、地雷除去ロボットを駆使して除去作業に励んでいる。作業用アームと地雷挟み、カメラ数台、放水砲を装備したロボットが探すのは、地雷そのものというより、不発の起爆装置なのだという。一般に想像されるのとは違って、地雷撤去作業で何より危険なのは、一グラムほどの炸薬が詰められた小さな起爆装置だからだ。ジーグラーは質問を続けた。

「それは助かります。爆薬の取扱資格のある作業員は何人いらっしゃいます？」

「七人です」

「あなたもこのリストのなかに入っていますか？」

この質問に、ジョンスはショックを受けたらしい。その目に怒りの閃光が走ったのが見えた。一瞬、法医学者のジェラリが言っていたことが脳裏をよぎった——加害者は二人いて、一人は大きく、一人は小さい。

「いいや、私は入っちゃいませんよ」ジョンスは言った。「ですがね、調べたかったら、そのファイルのなかに、爆破のあった当日とその前の数日間の私のスケジュールが入っていますから、勝手にどうぞ。それじゃ、そろそろお引き取り願えますかね。仕事があるんで」

まったくこの男は、どこまでも自分を大物に見せたがるタイプらしい。

「さっそく作業員のリストの名前をデータファイルに入力して、照会を頼むわ」ジーグラーは車へ戻りながらアンガールに指示を出した。「使えるファイルは全部使ってチェックして。犯罪記録処理ファイル《TAJ》、指紋自動識別ファイル《FAED》、遺伝子自動識別ファイル《FNAEG》、性犯罪または暴行加害者自動識別ファイル《FIJAIS》……。できるだけ早く。それからもちろん、あの経営者のジョンスもリストに入れるのを忘れないで」

ジーグラーはジョンスから受け取ったファイルから作業員のリストを取り出した。そして、車に乗りこむなり、視線を這わせた。

ヴィンチェンツォ・ベネッティ

グレゴリー・ボッシャー
ナーダー・オスマニ
フレデリック・ロズラン
アントニオ・ソウザ・アントゥネス
マヌエル・ティシェイラ・マルティンス
アブデルカデル・ゼルキ

31

二十時四十五分。二十六度。

ダッシュボードに表示された数字だ。マルシアルは車のエンジンをかけた。深く息を吸いこむ。いつもなら、ボルボXC90の新車の匂いと、この静かなエンジン音が、ある種の幸福感と安らぎで胸を満たしてくれるはずだった。だが、今は違った。疑念と不安に苛まれ、皮膚の下を何千匹もの蟻が這いずり回っているようなおぞましい感覚を味わっていた。

車道に出ながら、マルシアルは自分の別荘のほうを見やった。アデルがリビングの窓のそばに立っているのが見える。車のなかからでも、蔑むような目でこちらの動きを追っているのがわかる。今ではアデルは、顔を合わせるたびに軽蔑の視線を向けてくる。ちくしょう、あれだけいろいろしてやったのに……。マルシアルは腹が立ってきた。アデルが明日の心配をすることなく、これまで快適に暮らしてこられたのは、自分のおかげだというのに。モルディブやセーシェルのリゾート地でバカンスを過ごせたのも、カリブ海のヨット・クルージングや、南アフリカのサファリツアーに行けたのも、みんな自分が金を出してやったからだ。テニスやゴルフを楽しんだり、ミシュランの星付きレストラン〈ミシュエル・サラン〉で友だちと食事したり、トゥールーズ一のスパやエステでちやほやされたりしたのだって、みんなこっちが稼いできた金のおかげじゃないか。それなのに、あいつは今になって、やれ娼婦だの、愛人だの、嘘つきだのと言って嘲罵《ちょうば》を浴びせてきやがった。じゃあ、なんで今まで黙ってたんだ？　愛想を尽かせば、失うものが多すぎたからに決まってる。この生活を捨てるのが惜しかっただけだ。それが今、事態が悪化したとわかったら、とたんに手のひらを返しやがった。ネズミは沈む船を見捨てるとは、まさにこのことだ。

エグヴィヴの村を通り抜けながら、マルシアルは怒りに任せてハンドルを叩いた。村の野外音楽堂では、ロック・グループのバンドが演奏をしていた。三十人ほどの若者たちの前でエレキギターが派手なパフォーマンスを繰り広げている。それで思い出した。今夜はサッカー・ワールドカップに加えて、音楽祭の夜でもあったのだ。ダッシュボードについているGPSには、目的地までのルートが示されている。あと十二分で着くらしい。

電話を受けたのは、一時間前のことだった。かけてきた相手は、ティモテを殺した犯人を知っていると言ってきた。直接会って話がしたいが、一緒にいるところを見られたくないと言うので、村から六キロほど離れたところにある古い水車小屋のそばで会うことになったのだ。その水車小屋は昔、キノコ狩りをしたときに一度通ったことがあった。そこへ続く山道は、今ではイバラの茂みに覆いつくされ、ほとんど誰も通らなくなっていたはずだ。電話の相手が待ち合わせにそんな場所を指定してきたのは少し意外だったが、それ以上に驚いたのはその話とやらの内容だった。相手は電話でこう言ったのだ――ティモテを殺した犯人がわかったと思う。会って話さないといけない。そっちは知らないかもしれないが、自分も例の件に関与していた。知ればきっと驚くだろうが、あの件は、実に多方面に枝分かれしているのだ――と。

マルシアルは実際、驚いていた。まさかこの人物が、例の件に関係しているとは思ってもみなかったのだ。もしかして罠なのか？　マルシアルはいぶかった。自分はうぶな世間知らずではない。闇社会の手練手管はすべて心得ているはずだ。だが、この話は寝耳に水だった。いくら何でもばかげている。どんな人間が絡んでいるにしても、この人物だけは思いもよらなかった。そういうタイプじゃないのだ……。とはいえ、電話の声は、まさしく本人のものだった。

車は山道の轍《わだち》に揺られ、道の真ん中に生える草の帯に激しく車体を打たれながら、緩やかな坂の上に到着した。マルシアルはブレーキを踏み、エンジンを切った。夕陽が森を貫いていた。葉むらや低木の茂みに光の槍が刺さっているように見える。森は赤く染まり、不穏な影があたり一帯に漂っていた。

マルシアルは車を降りた。頸動脈が激しく波打っているのを感じる。このときになって、ふと疑問が浮かんだ。そもそも自分はこんな薄暗い夕方に、こういう場所に来るべきだったのだろうか、と。電話の相手の車はすでに来ているものと見込んでいたが、付近の小道にあるのは、自分のボルボだけだった。

「おーい、もう来てますか？」

返事はなかった。ふいにマルシアルは、車に戻ってここから立ち去りたいという衝動に駆られた。だが、ちょうどそのとき、携帯にＳＭＳが入った。〈水車のうしろにいる。大声を出さないように〉。マルシアルはふっと鼻で笑った。まるで、誰かに聞かれるリスクでもあるみたいじゃないか、こんな山奥にいるっていうのに。マルシアルはこらえきれない尿意を覚え、相手に会う前に小便をしておこうと思った。木の幹に向かって放尿を始めたものの、尿はいつものようにちょろちょろと断続的に出ただけで、すぐに風に飛ばされていった。マルシアルは仕方なくズボンの前ボタンを留めると、坂の上に生い茂る背の高い草やイバラを押しのけながら小道を歩きはじめた。目をあげると、前方の茂みが途切れたところに、水車の廃墟が影絵のように浮かびあがっている。左手には小川の急流があり、激しい水音を響かせている。

いつもなら、この風景を美しいと思ったことだろう。小川のせせらぎだけが耳に届く、静寂に包まれたこの安らぎを愛したことだろう。思えば、自分にはいくつもの顔があった。エグヴィヴの山歩きを楽しみ、キノコのことなら誰よりもよく知っている純朴な男。女性たちの股を広げる尊敬すべき婦人科医。フリーメイソンの支部《ロッジ》で最上位の階級を授与されている会員でもある。その一方で、自分には、トゥールーズのいかがわしい売春宿に出入りし、娼婦たちの胸のあいだにコカインを載せて吸引する男という裏の顔もあった。誰一人として、自分の多面性を知る者はいなかった。誰一人として、散らばったパズルのピースを組み合わせたことはなかったし、誰一人として、寛容なほほ笑みと穏やかな話しぶりの裏に隠れた闇と嘘の深さを探りあてた者はいなかったのだ。これまで自分は世の中をたっぷり見てまわってきた。そのどん底までおりてみて、この世の本質がいかに醜悪であるかを目の当たりにした。だが、自分の目を魅了したのは、まさにその醜悪さだった。なぜなら、自分は下劣な欲望と純粋な悪意を備えた男だからだ。そして自分はあえてそれを受け入れ、そんな自分にうぬぼれてさえいた。ただ一人だけ、自分の本性をいともあっさりと見抜いた男がいた。自分と同類の男。いや、同じではない。邪悪は邪悪でも、自分よりもはるかに手強く、恐ろしい男。その男は最初に会ったときから、ひと目でこちらがどういう人間なのかを理解していた。

マルシアルは最後の高い草を越え、ようやく水車のそばまでやってきた。水辺の緑の暗がりには半分崩れかけた石の土台が残っていた。その上には苔がはびこり、さらにそれをつる植物のようにねじれた木の根がすっかり覆いつくしている。今はもうまわらない水車の歯車の上には小川の急流がほとばしり、冷たく不吉な歌を奏でている。

「出てきてくださいよ！」マルシアルは叫んだ。「大丈夫です、ほかに誰もいませんから！」

応答はなかった。

「なあちょっと、そこにいるんだろ？」

返事はない。と、いきなり葉むらがガサガサと震えたかと思うと、一羽の鳥が空へ舞いあがった。マルシアルは思わず悪態をついた。くそっ！　内心では、これほど怯えている自分を恥じていた。自分は残酷な男であるだけでなく、傲慢な人間でもあった。

マルシアルは、夕陽に照らされた木々の黒い幹や灌木《かんぼく》の茂みを見まわした。

今や、全身が激しい不安に飲みこまれている。

次第にマルシアルは、約束の相手が来ないのではないかと思いはじめた。ここにはいないのではないかと。だが、それならどうしてあんなSMSを送ってきたんだ？　マルシアルははっとして首をまわした。あそこだ……。何かが動いた。影のようなものが。二本の木のあいだにいた。動物か？　何かが視界で動いたのだ。あるいは、誰かが……。

視界の端で捉えたかすかな動きではあったが、まぼろしではなかった。マルシアルは身をこわばらせた。耳を澄ましたくても、小川の急流の轟音が邪魔をして何も聞こえない。

そのとき、別の動きが目に入った。さっきとは反対の方向だ。ぱっと振り返ると、今度ははっきりと見た。葉むらを揺らして逃げていく影を。あれは、まぎれもなく人間だった……。

「おい、あんた！」

二つの影……。一人の人間がわずかな時間差で姿を現すには、二つの地点は離れすぎている。つまり、ここには少なくともあと二人の人間がいるということだ。マルシアルは熱に浮かされるようにあたりを見まわした。パニックになりかけていた。息子のティモテのことを思った。カメル・アイサニのことも。どちらも散々いたぶられ、地獄の苦しみを味わいながら死んでいったのだろう……。そう思うと、首筋の体毛が逆立った。

　マルシアルはかつて自分のクリニックで、とても若い女を診察したことを思い出した。女は妊娠十三週目で、泣きじゃくっていた。腹の子どもを望んではおらず、母親になるのをとてつもなく恐れていた。マルシアルは女に向かってにっこりほほ笑みながら説明した。フランスでは人工妊娠中絶手術は、十二週目の終わりまでは認められていること、十二週を一週でも過ぎると不可能であることを。つまり、この女の場合は、遅すぎたのだ。わずか一週間だけ。もちろん、胎児に重度の先天性疾患がある場合は別ですけどね――自分は悪意をもってそう言った。この女には当てはまらないと知っていたからだ。

「運が悪かったですな」自分は女の耳元で、さも優しげにささやいた。「あなたがオランダ人かスウェーデン人だったら、今でもまだ中絶できたんですがね。ええ、そうです、オランダでは二十四週まで堕胎ができるんですよ。まったくオランダ人ってのは、とんでもない民族ですな。残念ながら、あなたはフランス人だ。ですから、あなたはお腹のなかの子どもをこの世に産み落とさなくてはならないのです。あなたがそれを望むと望まざるとにかかわらず。これは、神の正義ですよ」

　マルシアルは神など信じてはいなかったが、目の前の若い女が、〝神の正義〟という言葉にいっそう泣きじゃくるのを見てひそかに楽しんでいた。ツェダカ、ディカイオスネ、ユースティティア……（それぞれヘブライ語、ギリシャ語、ラテン語で「正義」の意味）。今、ここで起きているのは、そういうことなのか？　自分に正義が下されようとしているのか？　マルシアルは激しい心臓の鼓動を落ち着かせようとしたが、無駄な努力だった。

「出てこい！」マルシアルは挑むように叫んだ。だが、返ってきたのは不気味な沈黙だけだった。「おい、くそったれ！　さっさと出てきやがれ！」

マルシアルはもっと続けたかった。怖がってなどいない、と示したかった。これもまた嘘だったが。これまでの人生で吐きつづけてきた無数の嘘の一つだ。そのとき、後頭部に強烈な衝撃が走った。脳の接続が途切れ、あらゆる思考がパチンと消えた。

そして、意識は遮断された。


セルヴァズはジーグラーとともに、廃墟となった大きな工場跡地に立ち、自分の名前が描いてある例の高い窓を見あげていた。夕陽は山の向こうに姿を消し、前に一人で来たときと同じ影が森の空き地を呑みこんでいた。あのときと同じひんやりとした空気と湿気が体を震わせ、あのときと同じ大聖堂のような静寂があたりを包みこんでいた。

ジーグラーは鑑識官を二人連れてきていた。鑑識官たちはさっそく懐中電灯を手に、この広大な空間を念入りに調べながら、手がかりになりそうなものを片端から採取している。それから、ポーの共和国検事のロラン・キャスタンも来ていた。巡回するヘリコプターで現場へ同行してほしいと、ジーグラーが頼んでいたのだ。そのキャスタンは今、ステンドグラスを眺めるように、窓に描かれたペンキの文字を見つめている。セルヴァズはつい先ほど、事件の経緯をざっと説明したところだった。キャスタンはマリアンヌ・ボカノウスキーのことをよく覚えていた。それも当然だろう。二〇一〇年、高校教師の殺害にマリアンヌの息子が関与していたとき、事件の捜査を自分に託したのは、ほかでもないキャスタンだったのだから。

「マリアンヌ・ボカノウスキー失踪事件の捜査を再開してほしいということですね」キャスタンは言った。「だが、捜査をあなたに託すことはできない。あなたは停職中の身ですから。一方でポー憲兵隊の犯罪捜査部は、ご存知のとおり、すでに手一杯です。だが、この件に対応しなくてはならないのは百も承知です。しかも迅速に。もっと早くに相談してくれるべきでした。誰に捜査を託したらよいか、思い当たる人はいますか？」

セルヴァズは、とっさにエスペランデューとサミラを思い浮かべた。だが、停職中の自分が、同僚である二人と接触することは禁じられている。それに何より、自分はこの事件の捜査になんとしても関わっていたかった。蚊帳の外に置かれたくはなかった。

「いいえ、いません」セルヴァズは答えた。

キャスタンは二メートル近い高さから、じっとこちらを見おろしている。

「私の見解では、この不幸な女性の捜索にあなたほどふさわしい人物はいません。しかしながら検察官の代表としては、規則を破ってあなたに捜査を任せるわけにはいきません。新たな指令があるまでは、あなたは公式には警察官ではないのですから。もちろん、異例の状況にあることはよくわかっています……。しかも時間はない。なんとしても解決策を見つけなければいけません」

キャスタンは足元を見つめながら、靴の先でそばに転がっている瓦礫をしきりに押しのけている。エナメル靴は廃墟の埃で汚れていた。誰もが押し黙り、ひとしきり沈黙が続いた。ジーグラーがこちらを、続いてキャスタンを見た。

「この追加の捜査も、わたしの部署で引き受けられると思いますが」ジーグラーはそう言うと、またこちらに視線をよこした。

キャスタンもこちらにさっと視線を走らせると、ジーグラーのほうへ向き直った。

「追加の捜査が加わっても、もう一つの捜査の支障にはならないということですか?」

「はい、そうならないように全力を尽くします。それに、この二つの事件がつながっている可能性も否定できません。どちらも同じ村で、時を同じくして起きています。この偶然の一致は引っかかります」

「なるほど。で、当然ながらセルヴァズ警部、いや失礼、警部補は、いずれの捜査にも介入しないということですね?」

「はい、当然です」

「仮に、セルヴァズ警部補が、たまたまこの地域にとどまって、個人的に捜査をしていたとしても」キャスタンはそう言って続けた。「その責任は……その、ご本人だけに帰するのであって……」

「我々のあずかり知るところではない」ジーグラーが言葉を補った。

「そう、あなた方のあずかり知るところではない」キャスタンはうなずきながら、思いをめぐらせている。「ええ、そう、もちろんそういうことです。現に今、こうして……セルヴァズ警部補が私たちと居合わせているのも、単なる偶然ということですね」

「偶然というよりは」ジーグラーはキャスタンの事務的な口調をまねて引き継いだ。「セルヴァズ警部補は警官としてではなく、あくまで一市民として、自分が見つけたものを憲兵に知らせるべきだと判断した。それで我々は一証人への事情聴取を行っている、ということになるかと」

「そして今後も単なる証人のままであると」キャスタンはうなずいた。

「そういうことです」

「それ以外の何者でもない」

「おっしゃるとおりです」

「一方で、我々は一市民が個人の責任において単独で捜査をしたり、あれこれ嗅ぎまわったりするのを邪魔だてすることはできませんね。本人の自由ですから」キャスタンはもう一度、こちらに意味深長な視線を投げながら続けた。「もちろん、法に触れない限りにおいてということになりますが」

「もちろんです」ジーグラーも合いの手を入れた。

「よろしい」キャスタンは満足げに手を叩いて言った。「これで一件落着です。さっそく仕事にかかりましょう。今この場で話したことは、一切外に漏らさないようにしてください。あなた方が今お聞きになったことも、私は口にしていません。よろしいですね？」

一匹の犬が、建物の入口に現れた。軍用犬部隊のお出ましだった。

マルシアルは後頭部の耐えがたい痛みで目を覚ました。まるで誰かが頭蓋骨にドリルで穴を開けて遊んでいるような感覚だった。空気を吸いこもうとして口を開けたが、すぐに温かい液体が舌に触れ、鉄の味がした。血だ……。頭を殴られたときに、舌を嚙んだらしい。

マルシアルは腕を引こうとして気がついた。体が縛られている。地面にじかに寝かされて、両手両足が広げられている。

視界に映るのは、夕陽に照らされて赤く染まった木々の葉だけだった。マルシアルは自分の体を見ようと頭を持ちあげ、顎を胸にくっつけるようにして下を見た。手足はX字形になるように広げられ、足首と手首はそれぞれ、そばに打ちこんである金属の杭にロープで縛られていた。聖アンデレ十字のようだ。キリストの十二使徒の一人、聖アンデレの処刑に使われたという十字架を模した斜め十字。

耳には、急流のほとばしる轟音が響いていた。首の下の大きな石が頸椎《けいつい》のあいだにくさびのように刺さってひどく痛む。左頰には、さっきからイラクサの葉が当たってひりひりしている。マルシアルは痛みに耐えかね、頭をあげたままにしようとしたが、すぐに首が疲れてしまった。

ふもとのエグヴィヴでは、人々はありふれた夜を過ごしているのだろう。もちろん、道を封鎖されている状況を考えれば、いつもとまったく同じではないが、それでも平穏な夜には違いあるまい。だが、世間から遠く離れたこの森では、今や地獄が火を噴こうとしていた。マルシアルは自分の死が間近に迫っているのをひしひしと感じた。今にもとどめの一撃が加えられることになるのを。それにしても……。

今、自分が目にしているものが解せなかった。

こんなことがあり得るのか？　たとえ殺されるにしたって、まさかこんな、こんなのにやられることになるとは……。マルシアルは、けたたましく笑いだした。猛獣の咆哮《ほうこう》とも、馬のいななきともとれるような雄叫《おたけ》びだった。

「ちくしょう、こんなの信じねえ！」

すぐさま脇腹に蹴りが入り、鋭い痛みが上半身を切り裂いた。今ので肋骨の一本か二本は折れただろう。マルシアルは叫んだ。罵《ののし》った。まだ何かを言おうとしたが、いきなり熱くて臭い液体が顔や髪に降ってきた。思わずむせこんで息を詰まらせる。降ってきたのは、尿だった。ちくしょう、小便をかけやがった！　マルシアルは息を鋭く吸い込んで、唾を吐き、頭の上に開いて立っている二本の足を見あげた。それからはっとして、自分の股のほうへ視線を落とした。熱を帯びた手が、自分のベルトのバックルをはずし、ズボンの前ボタンをはずしているからだ。

「おい、何してやがる？　くそっ、頭おかしいぞ！　やめてくれ！　何やってるんだ！」

短くせわしない呼吸が、胸を激しく上下させていた。心臓が暴れだしておかしくなりそうだった。顔は汗と小便にまみれている。次の瞬間、マルシアルは、目をかっと見開いた。大きな鉗子が自分の腹の上に近づいてくるのが見えたのだ。何をする気だ！　涙があふれてくる。そして膀胱からは、久方ぶりに尿が一気に噴きだした。

村では、森からあがったすさまじい絶叫を耳にした者は誰もいなかった。聞いていたのは、その場にいた人間だけ。なぜなら、ほとんどの人は（少なくとも、テレビでスポーツを観るのが好きな人々は）、テレビの前でサッカーの試合後の解説に耳を傾けていたからだ。

セルヴァズはテレビを観てはいなかった。スポーツ観戦は好きではなかった。いや、端的に言えば、スポーツ全般に興味がないのだ。ホテルに戻ってから、ウィスキーを三杯呷《あお》り、それだけでほとんど酔ってしまった。酒にはそれほど強くない。部屋のベッドの上で靴だけ脱いで、服を着たまま横になっていると、さまざまな思いが心をよぎっていく。まるで無防備に開け放たれて、あらゆる風が吹き抜ける家のなかに招かれざる泥棒までもが忍びこんでくるように……。思いはどれも、マリアンヌに向かっていた。

マリアンヌ、今何をしているんだ？　どこにいる？　どこに隠れているんだ？

黙っているのは、やつに見つかるのが怖いからなのか？　でも、〝やつ〟っていったい誰なんだ？　それとも、きみはもうその誰かに見つかって、捕らえられて、どこか遠くへ連れ去られたのか？

いや違う。きみはそこにいる。すぐそばに。そう感じるんだ……。

例の黒いバンから降りたとき、きみはどこからやってきたんだ？　きみは明らかに、薬漬けにされていた。されるがままになっていて、逃げようともしなかった……。きみを連れてきて、腕を抱えていた若い男は誰なんだ？　マルシャソンも死んだという。階段から落ちて……。単なる偶然の事故とは思えない。犯人はきっと、マルシャソンを始末したのだ。口封じのためだったのか？　黒幕が誰かを言わせないためだったのだろうか？

犯人は単独か、複数か？　少なくとも二人の人間が絡んでいたのはわかっている。黒いバンの若い男とマルシャソンだ。マルシャソンが死んだ今、きみを監禁しているのは、若い男なのか？　あの晩、きみはその若い男から逃げていたのか？

マルシャソンの家の地下室には紙皿があった。陶器やガラスではなく。テーブルの角も丸く削られていた。きみが自分を傷つけないようにするためだろう。それでもきみは、プラスチックのナイフで手首の静脈を切りつけたり、コルク板を引きちぎったりしてみたんじゃないのか……。それとも、きみは鎖でつながれていたのか？

そうやって自殺を図らなかったのだとしたら、それは、死にたくなかったからなのか。何か別の理由があったのか？　これほど長い年月のあいだには、自暴自棄になる瞬間が幾度となくあったことだろうに。違うかい？

それとも、マルシャソンが見張っていたから、できなかったのか？　きみは監視されていたのか？　やつは一瞬たりとも目を離さずにいたのか？

ジーグラーは最初の呼び出し音で電話に出た。自分と同じだな。セルヴァズは思った。ジーグラーもあまり眠っていないようだ。

「あの地下室だが、隠しカメラがなかったかどうか、調べたほうがいい」

「カメラ?」

「ああ、監視カメラだ。マルシャソンはマリアンヌを常に監視していたと思うんだ。みすみす逃すわけにはいかなかったはずだから。それから目撃者のモーグルニエに若い男のモンタージュを作成してもらうよう頼まないと。黒いバンからマリアンヌを降ろした男だ」

「でも、モーグルニエが男の顔を見てから、もう半年ほども経っているのよ。どこまで確かな似顔絵ができるか怪しいものだけど」

「それでもやってみる価値はある。モーグルニエはほかにすることがなくて、四六時中窓から外を覗いては、あの通りで起きる出来事を見ていたんだ。自分の子どもの誕生日は忘れることもあるだろうが、窓から見かけた怪しい男の顔は記憶に刻まれているかもしれない」

「わかった。さっそく明日、誰かに行かせるわ。それよりマルタン、少しでも寝ておかないと」

ジーグラーは電話を切った。セルヴァズにはああ言ったが、そういう自分も眠れそうになかった。もちろん、捜査で神経が昂っているせいでもある。手がかりを見つけては、仮説を立てるのを止められない捜査官の性《さが》のせいだ。だが、眠れない理由はほかにもあった。一時間前、ジーグラーはスカイプでズズカと話したところだった。そして今、自分は叫びだしたくてたまらなかった。叫んで、壊して、壁に頭を打ちつけて、泣きたかった。

思いは、数年前のサントリーニ島へ舞い戻っていた。ズズカはホテル・デルフィーニのテラスで、日向ぼっこをする猫のように伸びをしていた。水平線を境に上下対称を描く、どこまでも青い空と海。断崖に段状に並ぶ家々のまばゆいばかりの白い壁。黒い火山岩。火山に負けないほど熱く激しく絡みあった二人の体。ズズカと自分はあの島で踊って、お酒を飲んで、愛しあった。ズズカは、これまでの人生で出会ったなかで誰よりも美しい女性だった。島の男たちは、誰もがズズカを振り返った。そして、その手の届かない美しさに身悶えしては、自分には勝算がないことをひそかに悔しがっていた。

こんなふうに思うのは極めて不当だとはわかっている。でも、つい思わずにはいられない。この難病がよりによってズズカのような女性を襲うなんて間違っている、この世の非常識、宇宙規模のジョークだ、と。なぜなら、もしこの世に神が存在するのなら、ズズカは神の創った最も美しい被造物だからだ。だが結局のところ、神はいまいましい工房のくそったれな日曜大工だったのだ。自ら創ったものをまたしても台無しにして、この世から奪っていくのだから。

ジーグラーは時計を見た。零時十分。エグヴィヴの村は眠っていた——あるいは、眠ったふりをしているだけかもしれない。

というのも、住民たちは不安を抱えているはずだからだ。今この瞬間にも、どれだけの人々が谷で起きた事件のことを話したり、考えたりしているのだろう。どれだけの人が、ひっそりと身内だけで、近所の〝あの人〟や〝あの人〟を怪しんでいるのだろう。あるいは、どれだけの人が、警察は頼りになるのかと疑っているのだろうか。

ジーグラーは立ちあがると、窓辺へ向かい、村の明かりと暗い山々を眺めた。

その頃、二つの人影がどこからともなく現れて、ジーグラーのいるホテル付近の路地に忍びこんだ。覆面をかぶり、黒いトレーニングウェアを着て、手にはスプレー缶を持っている。やがて人影は、建物のファサードに落書きをすると、再び夜の闇へと消えていった。

落書きはこう言っていた。

警察は殺人犯をかばっている

金曜日

32

セルヴァズは携帯の震える音で目を覚ました。

夢を見ていた。レアの夢だ。夢のなかで、自分はレアがほかの男と踊っているのを眺めていた。いや、ただ踊っているだけではない。レアはその男と馴れ馴れしく戯《たわむ》れていた。そのパーティーは、自分の知らない顔ぶればかりだった。なぜ自分とレアがそんな場所にいたのかはわからない。フロアには、ボサノバに、エルヴィス・プレスリーとクイーン(昔エスペランデューが〝王様《キング》と女王様《クイーン》〟だと言って聴かせてくれた)が入り混じったへんてこな合成曲《マッシュアップ》が流れている。レアが一緒に踊っているのは、二十歳ほども年下の若い男だった。男は体にぴったりしたドレスを着たレアを、食欲をそそる赤い果実のようにねっとりと見つめている。

男のそんなあからさまな視線も、レアはまんざらでもなさそうだった。それどころか、男に色目で返している。

自分は嫉妬していたのだろうか。まあ、多少はそうだったのだろう……。

夢のなかで、自分はとっさにダンスフロアを横切り、レアの腕をつかんで言った。「もう十分だろう」するとレアは、笑いながら自分の手をかわし、若い男の腕のなかにいっそう激しく身を委ねた。その瞬間、携帯の振動で夢から覚めた。

世の男性というのは、普段、どんな悪夢を見るものなのだろうか？　セルヴァズは夢うつつのまま考えた。妻に浮気をされる夢？　子どもに殺される夢？　それとも、金を奪われる夢だろうか。失業する夢、上司にいびられる夢。そういう自分は、いかにも警官らしい夢によくうなされた。たとえば、銃で心臓を撃たれる夢。頭にビニール袋を被せられる夢。目の前で二人の男が抱きあって、生きたまま焼かれる夢。肝臓の手術を受けた直後に、雪のなかを裸足で歩く夢。雪崩《なだれ》に巻きこまれる夢。自殺願望のある学生の運転する車に乗って高速道路を逆走する夢……。いや、これらは純粋な夢ではない。夢のなかに現実の記憶がまじりあったものを見ていたにすぎない。オーケストラのなかにまじった調子外れの音のように。どれも捜査中に、実際に自分が経験したことだからだ。だが、今の夢は違う。今自分は、レアの夢を見ていたのだ……。

「マルタン？　イレーヌよ」電話はジーグラーからだった。

今は何時だろうか？　いずれにしても、夜はすっかり明けているようだ。

「今すぐ来てもらいたいの」

「何があったんだ？」

ジーグラーは一瞬黙った。

「マルシアル・オジエの遺体が見つかった。オジエの妻から、昨夜、夫が帰宅しなかったって一時間ほど前に電話があったの。オジエの携帯を追跡して、本人の居場所を突き止めたところよ」

セルヴァズはその先を聞くのをためらった。

「それで?」

「これまでと同じ……ひどいものよ。とにかく急いで来て。自分の目で確かめるといいわ。あなたの携帯にGPSの位置情報をつけたメッセージを送っておいたから」

「で、私はそれをどうすればいいんだ?」セルヴァズは尋ねた。こちらが生粋のアナログ人間であることを忘れていたらしい。ジーグラーは場所の確認の仕方を説明してくれた。

「わかった。今から行く」

通話を終えながら、セルヴァズは自分がへたったマットレスのベッドの上で、服を着たまま眠っていたことに気がついた。ベッドは高くて幅が広く、屋根下の小さな客室のスペースの大半を占めている。セルヴァズはさっとシャワーを浴び、歯を磨きながら、さっき見た夢のことを考えていた。あの夢がどこからきたのか、心当たりがないわけではなかった。二週間前、自分はふと思いたって、レアの病院に約束もせずに寄ってみたのだが、そのときの印象が夢になって出てきたのだろう。あの日、廊下を歩いていくと、レアが同僚の医師となにやら話しこんでいるのが見えた。相手は三十代の若い医師で、髪は茶色の短髪、魅力的なスポーツマンタイプ、身長はレアよりもわずかに低かった。自分と同じように。

若い医師は見るからにスマートで、自信に満ちて見えた。だが、それ以上に自分を動揺させたのは、レアの態度だった。レアは同僚の男の目をまっすぐに見つめ、顔も体もやけに親密に寄りそっているように見えたのだ。二人のほうへ歩いていきながら、自分は酸欠を起こしそうな気分になった。そして、レアがこちらに気がついたときの居心地の悪さといったら……。自分が二人の時間を邪魔しているような、二人のあいだには秘密の示し合わせがあって、自分はそこから締めだされているような嫌な感覚を覚えたのだ。自分は機械的に医師のバッジに目をやり、その名前を記憶にとどめた。医師は、ジェローム・ゴードリーといった。

セルヴァズは体を乾かして部屋に戻り、携帯を手に取った。レアから着信が入っていた。シャワーを浴びているあいだにかかってきたらしい。昨夜はいつのまにか眠ってしまって、誰にも電話をかけなかったのだ。だが、レアにかけ直すのはあきらめた。今は時間がない。

エレベーターをおりてホールに出ると、マチスが椅子に座っているのが目に入った。タブレットの代わりに、ハリー・ポッターの本を開いている。セルヴァズはとたんに嬉しくなった。だが同時に、この子が心から幸せそうに見えたことはない気がした。ほほ笑んだときですら、その目の奥には悲しみが横たわっているように見えて、胸が締めつけられる。ふいにマチスにギュスターヴの姿が重なり、セルヴァズは昨夜、息子に電話をしなかった自分に腹が立った。少しでも時間ができたら、ギュスターヴに電話をしようと心に決めていたのに。

「どうだ、面白いか?」セルヴァズは、マチスの前を通りながら声をかけた。

マチスは本から顔をあげると、こちらにほほ笑んだ。

「うん、映画より面白いよ!」

「な、そう言っただろ?」セルヴァズは得意な気持ちになった。

「マチス、そんなところで何してるのさ?」突然、フロントのうしろから母親の声があがった。「いつもうろうろして! おまえは父さんよりタチが悪いよ。こっちへ来なさい! ぐずぐずしてんじゃないよ!」

その声には、優しさのかけらもなかった。マチスは肩をすくめて立ちあがると、こちらにすまなそうなまなざしをよこした。

ジーグラーの言ったとおりだ――マルシアル・オジエの惨死体を前にして、セルヴァズは思った。父親の死と息子の死。むごたらしさでいえば、どちらが上を行くだろうか。汚れたズボンと下着は足首までおろされ、むきだしの下腹部には血だらけの生々しい傷跡があった。セルヴァズはその部分にはちらりと視線を這わせるだけにして、それよりもマルシアルの手首と足首をくくりつけているロープのほうに注目した。頑丈そうなブルーの編みロープで、地面に打ちこまれた四つの錆びた杭にそれぞれ巻きつけられている。

「ダイナミックロープ製のビレイ用ランヤードよ」ジーグラーがこちらの視線の先に気づいて言った。「体を安全確実につなぎ止めるために作られてる」

「え、今なんて？」セルヴァズはさっぱりわからないという顔をした。

「登山とか激流下り用に作られた専用のロープってこと」ジーグラーが答えた。

セルヴァズは、かつて山岳ガイドから、〝登山〟と〝ピレネー登山〟との違いについて聞いた話を思い出した。登山はほとんどスポーツとしての意味合いしか持たないが、ピレネー登山には、肉体的、文化的、美的なアプローチが暗に含まれているのだという。登山が単なるスポーツなら、ピレネー登山は哲学だということだ。

「さぞ絶叫したことだろうな」セルヴァズは、両太もものあいだにぽっかりと開いた傷口に身震いしながら言った。

切り取られていたのは、性器だけではなかった。乳首も切り落とされていた。切り口はぎざぎざで、まわりに黒くなったかさぶたが散らばっている。おそらくハサミか切れ味の鈍ったナイフ、または尖った金属片でも使って、不器用に無理やり切り落としたのだろう。マルシアルの顔には、身の毛もよだつ恐怖の色が浮かんでいた。大きく見開かれた目は、死が訪れた瞬間を映したまま固まっている。

「ここから一番近い家でも、五キロは離れてる。それに、このあたりはもう誰も足を踏み入れなくなっているようね。来るのはキノコ狩りに訪れる人くらいだけど、今はその季節でもないし、叫び声を聞いた人は誰もいなかったんじゃないかしら」

セルヴァズはかたわらを流れる水の音に耳を傾けた。少し先に、乱雑に放りだされたシャツや上着が見える。

「それに、ティモテのときと同じで、川の急流がほかの音をみなかき消しただろう。それにしても、どうしてマルシアルは、みすみす相手の罠にかかるような無謀な真似をしたんだろう？　息子が似たような状況で殺されたばかりだというのに」

するとジーグラーは、現場の記録係から証拠物件の入ったビニール袋を借りてきて、こちらに見せた。なかには小さな携帯電話が入っている。

「マルシアルは家を出る一時間前に電話を受けていたらしい。その電話で呼び出されてここに来たことを考えると、相手はマルシアルがそれなりに信頼していた人物だったと考えられる」

「つまりマルシアルは自分を殺した犯人を以前から知っていたと？」

「そうだと思う」

「そしてそれは、マルシアルに不信感を抱かせない人物だった」

「そのとおり。この現場に着いてからもマルシアルはＳＭＳを一件受け取っているわ。その通信を追跡して、マルシアルの妻にも事情を聞きにいかなくちゃ。この谷でマルシアルと交流があったのは誰なのか、このタイミングで呼び出されて、一人でこんな場所に会いにこようと思うほど信頼していた人物は誰なのかを調べないと」

信頼が仇《あだ》になったわけか。セルヴァズは手足をＸ字形に広げられた死体を眺めながらひとりごちた。死体のそばにかがみこむと、ツンとした臭いに思わず鼻にしわを寄せた。

「小便を漏らしたのか？」

「ええ、でも自分のだけじゃないわ。顔にも尿がかけられてる。犯人はよほどマルシアルを辱めたかったみたいね」

「尿ではDNAの採取はできないだろうな」

「ええ。でも、可能性はゼロじゃない。念のため、かろうじて残っていた分は採取してあるわ」

「仮に何か出てきたとしても、その人物が犯罪者リストに載っていなければお手上げだが」セルヴァズは、マルシアルが死ぬ間際まで受けていたはずの虐待のイメージが頭に浮かんでくるのを必死で追い払いながら尋ねた。「犯人の痕跡は？」

「足跡はご丁寧にも消されていた。手口もこれまでの被害者と同じ。マルシアルも最初に激しい殴打を受けて、意識を失ったところで縛られたようね。それからもう一つ」

ジーグラーはそう言って、少し先の背の高い草が生えているところへ案内した。そこには、よく見ると二つの小石が置かれていた。△と×……。

セルヴァズは気になっていたことを尋ねた。

「で……切り取られた性器はどこに？」

「なくなってる。もしかすると、何かの動物が咥《くわ》えていって、三時のおやつにでもしたんじゃないかしら？」

セルヴァズは思わずジーグラーの顔を見た。だがジーグラーは、しごく真面目な顔で言っている。この凄惨な光景にも、傍目にはそれほど影響を受けているようには見えない。

だが、自分にはわかっていた。冷静に見えるのはうわべだけのことだと。誰であろうと、あのような光景を目にしてまったく何も感じずにいられるはずはない。

「あなたがいるところには、いつも事件が起きるようですね」

うしろから声がした。振り向くと、検事のロラン・キャスタンが頭一つ高いところからこちらを見おろしている。

「それはお互いさまじゃありませんか?」

セルヴァズは冗談まじりに返したが、キャスタンは神経質なまなざしをさっと投げただけだった。冗談を言う気分ではないらしい。

「これで被害者は三人になりました」

キャスタンはそう言うと、靴の先で小石をころころと動かした。山奥の廃墟の工場で、途方に暮れて瓦礫を押しのけていたときのように。これもある種のチックだろう。おそらく自分では気づいていないだろうが。

「捜査を前進させなくては。今すぐさらなる人員を投入してください」

「数だけ増やしても足手まといになるだけです。我々の戦力を無駄に分散させてしまうことになると思いますが」ジーグラーが反論した。「新しい人員を振り分けて、現状を説明し、こちらのやり方に慣れさせるだけで、貴重な時間を相当失ってしまいます。それに、今のチームの結束まで危うくしかねません」

キャスタンは、暗いまなざしを投げた。

「やるべきことをやっていないと糾弾されたくないのです。近頃のメディアがどんなものか、あなた方もよくご存知でしょう。些細なミスを探しだすのに時間を費やしては、したり顔で〝ああすりゃよかった〟〝こうすりゃよかった〟と説教を垂れてくるのですから。SNSだってそうです。人々は、小さな情報の端くれに飛びついては、大げさなニュースに仕立てて一日中垂れ流すニュースチャンネル。そんな連中にみすみす格好のネタを提供するようなことはしたくないのです」

「でも、捜査はまだ始まったばかりですが」ジーグラーが言い返した。

「そうですね。そして、すでに二件の殺人が起きました。カメル・アイサニの件も数えれば、三件ですよ。ところで、昨日の試合を観た人はいますか？」キャスタンはいきなり話題を変えた。まるで、この件はこれ以上、問答無用だと言わんばかりだった。

キャスタンの言葉に、ジーグラーは思いをめぐらせた。キャスタンは言いだしたらあとには引かない男だ。これもある意味、保身のためなのだろう。ジーグラーは怒りがこみあげてくるのを感じた。これからは、どこでもこうなっていくのだ。批判を受けないように予防線を張り、あらゆる意見を考慮に入れ、いかなるグループや少数派の機嫌も損ねないように気を配り、否定的なコメントを極力避けようとする。そうやってがんじがらめになるあまり、いつしかこの国では、誰も指一本動かそうとしなくなる。

「どうぞご自由に」ジーグラーは答えながら思った。ときには、頭脳はなくてもタマのある男のほうが、タマなしの頭でっかちよりも役に立つことがある。

こんな発想が浮かんだのは、ほぼまちがいなく、マルシアル・オジエの遺体を見たからにちがいなかった。

33

「懲罰委員会の審議の日程は、あいかわらず未定だ」電話の向こうで、警察労働組合の代表が言った。「裁判所が刑事上の判決を下すまでは、まず決まらんだろう」

道路が閉鎖されている限り、何も急ぐことはない。セルヴァズは思ったが、あえて何も言わずにおいた。

セルヴァズは殺されたマルシアル・オジエの別荘の前を行ったり来たりしながら、相手の声に耳を傾けていた。ジーグラーとアンガールは、別荘のなかでマルシアルの妻に事情聴取を始めているが、自分は組合の代表からの電話を受けて、急遽席を立ったところだった。別荘周辺には、奇跡的にマスコミ連中の姿は見当たらなかった。結局のところ、山崩れで道がふさがれたのがかえって幸いしているようだ。この谷に閉じこめられた唯一のジャーナリストも、すべての戦線に出没できるわけではないらしい。とはいえ、今回の殺人事件で、ほかのメディアも追っつけやってくるに決まっている。自力で手段を見つけて谷の外から飛んでくることだろう。

「何かわかったら、すぐに知らせるよ」組合の代表はそうつけ加えた。「心の準備をしておいてくれ」

セルヴァズは、自分の居場所を明かすべきかどうか迷った。

「とにかく、おれたちは最善を尽くすからな」代表はこちらのためらいなど気づく由もなく、話を締めくくった。その言い方には、楽観的なニュアンスはまるで感じられなかった。

代表に礼を言って、セルヴァズは電話を切った。自分でも重々承知していた。今年の二月、作家エリック・ラングの事件で起きたことを考えれば、除名処分を免れる可能性などまずないのだと……。セルヴァズはニコチンガムを口に入れた。煙草を吸いたい欲求は日に日に膨らんでいた。

「夫は、善人ではありませんでした」

別荘のなかに戻ると、マルシアルの妻アデルがそう話しているところだった。

「どういうことです？」ジーグラーが尋ねている。

アデルの視線は、ジーグラーからアンガールへと移り、それから腰をおろしかけている自分のほうに注がれた。初めて憲兵隊を訪れたときのアデルの不安げだった声は、今や決意を秘めた断固とした声音に変わっていた。夫の体が冷えきらぬうちに、アデルはすっかり気力を取り戻したように見える。目の前にいるのは、まるで別人だった。

セルヴァズは、前にもこういうタイプの変身を目の当たりにしたことがあった。夫の陰に隠れて生きてきた妻たちが、夫の死をきっかけに重荷から解放され、本来の自分をさらけだすところを。妻たちは突如として、思いのままにふるまってもいいのだと気がつく。

自分の直観を信じ、長いあいだ抑圧されてきた欲望に耳を傾け、けなされたり馬鹿にされたりするのを恐れることなく、自分の意見を自由に表明してもいいのだと。

「夫は、卑劣な男だったんです」アデルは演説をぶつように切りだした。

ジーグラーがアデルに尋ねるような視線を向ける。

「夫は……未成年の売春婦たちに、違法の中絶手術を行っていました。少女たちがどうやって夫のところにたどり着いたのかは訊かないでください。わたしは何一つ知りません。ただ、夜遅くに電話がかかってくることがありました。そういう電話のときは、夫は電話に出る前にこそこそと部屋を出ていきました。たいていその電話の相手が、売春婦たちを送りこんでいたのでしょう。わたしが知っているのは、そうした女たちがいつもクリニックの裏口から出入りしていたということだけです。ときには、かなり年若い少女もいました」

売春仲介人、いわゆるポン引きか。セルヴァズは思った。夜分にマルシアルに電話をしてきたのは、〝ろうそく〟の世話を頼んできた売春仲介人だろう。〝ろうそく〟というのは、警官が街頭で客をとる女たちにつけたあだ名だ。現在、トゥールーズで街娼が立つ地域は、ミニームからバリエール・ド・パリ周辺の北部、ポン＝ジュモー地区、およびミディ運河沿いに集中している。自治体の条例《アレテ》と警察に追いだされて、娼婦たちは街の中心部から姿を消した。だが、目につかなくなったからといって、問題が消えたわけではない。街は北へ北へと押しやられるにつれ、娼婦たちを取り巻く状況はより不安定で、より憂慮すべきものとなっている。また、客と娼婦の駆け引きに絶えず悩まされている運河沿いの住民たちの苛立ちは言うまでもない。

「夫は、夜も頻繁に出かけてました。わたしだって馬鹿じゃありません。夫が特定の闇社会に出入りしていることには気づいていました。夫は違法な手術を引き受けては、金を受け取っていたはずです。でも、それだけじゃありません。自分も娼婦たちの体を食いものにしていたのです。夫は、ポルノも女性も大量消費するいやらしい男でした。そして、その下劣な性本能を満足させることができたのは、妻のわたしではなかったということです」

ジーグラーはアデルに強烈な視線を注いだ。

「これだけのことを、あなたはどうやって知ったのです？」

アデルは肩をすくめた。

「一人の人間と長年一緒にいれば、相手の隠された本性や、小さな秘密を知るようになります。相手がずっと隠そうとしてきた秘密も見えてくるものです……」

セルヴァズは、アデルがそう言いながら記憶をたぐり寄せているのがわかった。

「出会った当初、マルシアルは学業を終えたばかりの若者でした。野心があって、魅力たっぷりで、心をそそられる愉快な人でした。まさか仮面をかぶっているとは思いもしなかった。わたしも当時は、若くて世間知らずでしたし、夫に出会う前は、たった一人、自分と同い年のうぶな男の子と付き合ったことがあるだけでしたから。マルシアルは年上で、大人に見えました。わたしは男がどういうものかを知らなかったのです。動物……おぞましい豚……。あの男は少しずつ、自分の本性をさらけだしていきました。ますます淫《みだ》らで陰湿になり、そのうちにとんでもないことまでやりたがるようになって。わたしは拒絶しました。もうぞっとしました。すると夫は、わたしを軽蔑し、侮辱しはじめました。性欲のはけ口を求めて外へ出ていくようになりました。そして、先ほども申しましたが、いつしか娼婦の少女たちが出入りするようになったのです」

「ご主人のしていることを、もっと知りたいとは思わなかったのですか？　ご主人のあとを尾《つ》けてみたことはないんですか？　問いつめてみたことは？」ジーグラーは驚きをあらわにしながら尋ねた。

アデルは首を横に振った。

「怖かったんです。何を見つけることになるのかと思うと……」アデルはぎこちなく答えた。「夫には、邪悪なところがありました。何か病的で、ぞっとさせるところが。それに夫は横暴な男でした。ときには暴力的になることもありましたし」

セルヴァズは、アデルの言い放つ言葉の端々から、夫への憎しみを感じ取った。

「暴力的というのは、肉体的に？　それとも精神的に？」

「両方です」

「それであなたは、警察に通報しようと思ったことはなかったんですか？」

ジーグラーがいきなり直球を投げた。アデルは目をしばたたいたが、黙ったままでいる。

「その少女たちには助けが必要かもしれない、若い少女たちをポン引きの魔の手から救いだしてやらなくては、と考えたことは一度もなかったんですか？　売春婦たちがどうやって仕込まれるかご存知ですか？　そうした売春組織の裏にどんな人間がいるかを？」

ジーグラーはアデルから目を離さなかった。

「トゥールーズで少女たちを取り仕切っているのは、東欧、アルバニア、中央アフリカのマフィアたちです。極めて暴力的な連中です。アルバニア人は特に」

ジーグラーは淡々と語っているが、その声は氷のように冷ややかだった。

「連中は、まだ思春期も抜けきらない少女たちを家族から引き離すんです。連れ去って監禁し、鎖につないで男どもにレイプさせ、殴りつけ、それから西ヨーロッパへ送りこむのです。自分が十六歳の少女になったところを想像してみてください。いきなり親兄弟からもペットからも引き離されて、わけもわからず家から遠いところへ連れていかれるんです。たった一人でさもしい豚どもに囲まれて、不潔な場所に監禁されて、毎日のように下劣な男どもに殴られ、陵辱され、怒鳴られるんです。無防備な少女がサディスティックな変態野郎のために、殴打と怒声の雨を浴びせられながら、ありとあらゆるおぞましいことをさせられるんですよ。煙草で胸を焼かれたり、家畜同然に体にマフィアのボスの名前を入れ墨されたりするところを考えてみてください。これは、実際に起きたことです。昨年トゥールーズで解体されたアルバニア系マフィアの手中に落ちた少女たちは、現実にそういう目に遭っていたんです。アルバニア出身のマフィアの大半は、いわゆる同族ビジネスなんですよ。この卑劣な連中はレ・ゼタジュニ通り沿いの歩道一キロにわたって娼婦たちを牛耳っていました。一斉検挙で組織が解体されて、連中もおとなしく引き下がったと思いますか？　トゥールーズの街から少女たちが一夜にして姿を消したと思いますか？　とんでもない。黒幕連中は、獄中から闇のネットワークを支配しつづけているんです。そんなことができるのは、塀の外に共犯者たちがいるからです。そして、あなたのような人たちがいるからです」

アデルは今や、震えていた。

「個人的には、ああいう連中は、投獄する前に睾丸を切り取ってやりたいところです」ジーグラーはきっぱりと言った。「でも、連中は実に運がいい。この国には法律がある。裁判があり、弁護士がいる。それから、警察に通報するのは悪いことだと思っている人たちがいる。あなたのように。ああいう卑劣なクズどもにとっては、ここは夢の国ってことですよ」

ジーグラーの口ぶりは辛辣だった。セルヴァズは、アデルが激しく動揺しているのに気がついた。

「わ、わたしのせいじゃない」アデルは唇を震わせながら、たどたどしく言った。

「あなたは悪事の兆しを目にした。未成年の少女たちが、自分の夫のクリニックに出入りするのを見ていたわけです」ジーグラーは容赦なく続けた。「それなのに、あなたは何もしなかった。何も言わなかった。あなたは、目をつぶることを選んだのです」

「わたしのせいじゃない……」アデルは、まぶたの端からこぼれ落ちる涙を拭いながら、同じ言葉を繰り返した。

「もしかすると、あなたは密告するのはよくないと教えられてきたのかもしれない。かつての軍事独裁や共産主義の〝不吉な時代〟を思い出させるとか言われて。実にくだらない言い分だわ」ジーグラーは吐き捨てるように言った。「告げ口はよくない？　結構。でも、その美しい原則に則って沈黙していたらどうなるか、考えたことはありますか？　はるかに重大な犯罪に気づきながら見て見ぬふりをするのは、それに加担するのと同じことです。黙っていたら、蛮行は調子に乗って増殖するんです。自分の利益のためだけに正道を踏み外そうとする野蛮な連中を目の当たりにして、それでも沈黙を貫くべきだって言うんですか？　ご主人を殺した犯人にわずかでも心当たりがあるのなら、この事件の背後に誰がいるのか思い当たることがあるのなら、今すぐここで話してください」ジーグラーは締めくくった。「あなたの不甲斐なさゆえのこれまでの過ちを償うなら、今がそのときです。犯人はご主人だけでなく、息子さんも殺していることをお忘れにならないように」

アデルの顔はわなわなと震えていた。やがて口を開いて叫んだとき、その声は怒りと痛みに揺れていた。

「そんなこと、言われなくても、自分でよくわかってます！」

ジーグラーは身じろぎもせず、そのまま待った。沈黙が続いた。

やがてアデルが口を開いた。

「ティモテが殺されたあと、夫と一緒にこの別荘に入ったとき、あの子の犬がリビングに置かれていました。ひどい怪我をして死にかけていました。犬の体の上には、蛍光塗料のようなもので〝ようこそ〟と書かれていました。そして、その直後にあの山の爆破が起こったんです。誰かがわたしたちを罠にかけようと待ち構えていたとしか思えません」

「息子さんの犬はどちらに？」

「夫が庭の奥に埋めました」

ジーグラーがアンガールのほうを向いて合図をした。アンガールはすぐに立ちあがって部屋を出ていった。

「ご主人は殺害された晩、電話を受けています」ジーグラーは続けた。「おそらくご主人は、その電話で誰かに呼び出されて、山の奥へと入ったのでしょう」ジーグラーはそう言いながら、じっとアデルの目を覗きこんでいる。「誰からの電話だったのか。よく考えてください。電話の相手は、ご主人がそれなりに信頼していた人物のはずです。息子さんがあんなことになった直後だというのに、呼び出されてすぐに一人で森のなかへ入っていったのですから、少なくとも、相手のことを疑ってはいなかったということです」

アデルは首を横に振った。

「夫は、誰一人、信用してはいませんでした」アデルは少しためらった。「でも、夫はこのところ、何かを怖がっていました」

「怖がっていた？」

「そうです。トゥールーズの話じゃありません。夫が怯えていたのは、エグヴィヴに来てからのことです」

「この犬の遺体からDNAのサンプルを採取してちょうだい。犬の体に塗られた塗料も分析して、この地域で同様の蛍光塗料を入手できる店を洗いだして。それから、マルシアルの別荘も隅々まで調べましょう。犬を置き去りにした人間の痕跡が何か残っているかもしれない」

ジーグラーがティモテの犬の遺体を眺めながら言った。鑑識官の二人が、庭の奥に埋められていた犬の遺体をようやく掘りだしたところだった。黒い体毛がじっとりと湿って赤土で汚れている。ニトリルの手袋をはめた手が滑って、抱きあげるのも一苦労のようだ。犬は目を閉じ、体はだらりと伸びていた。まるで眠っているようだな。セルヴァズは思った。

ジーグラーがこちらを振り向いて言った。

「違法の中絶手術に、妊婦に見立てられた二人の被害者。そして三人目は去勢されていた。一連の事件を結ぶ糸が見えてきたようね？」

セルヴァズはうなずきながら思案した。ある考えがふっと脳裏に浮かんだのだ。だが、それを突きつめるのは時期尚早だった。それに、その考えは希望と恐怖の両方をもたらすものだった。そのとき、ジーグラーの携帯が鳴った。ジーグラーはいくつか言葉を交わすと電話を切った。

「マルシャソンの地下室でカメラが見つかったわ」ジーグラーは携帯をポケットに戻しながら言った。「赤外線LEDと広角レンズが装備された小型のカメラで、自動的に動きを察知して、携帯にアラートを送るタイプのものだそうよ。キッチンの食器棚の上に隠されていて地下室の空間全体を映していた。それから、超高感度のマイクもいくつか発見されてる。マリアンヌが動くとすぐに、マルシャソンに通知がいくようになっていたみたいね」

セルヴァズはかつての捜査で、このタイプの隠しカメラにすでにお目にかかったことがあった。一本の指ほどの大きさしかない小型のカメラで、今ではインターネットで五十ユーロも出せば、誰でも手に入れることができる。

またしても頭のなかには、疑問が浮かんでいた。近所のモーグルニエの証言を信じるなら、マリアンヌがマルシャソンの地下室に監禁されていたのはほんの一時期にすぎない。そこへ連れてこられる前はいったいどこにいたのだろうか。こんなにも長い年月のあいだ、きみはどこにいたんだ？

レア・ドランブルは、バルコニーに背を向けるとリビングに戻った。時計を見る。病院へ向かうまでにまだ三十分ほど時間があった。レアはキッチンカウンターのうしろへまわり、コーヒーをもう一杯淹れた。セミオートマチックのコーヒーマシンで、豆を挽《ひ》くグラインダーとフォームドミルクを作るスチームノズルがついている。アパルトマンは、プロムナード・ド・バザクル通りに面していた。トゥールーズでも指折りの美しい眺めを堪能できる通りだ。自分のいる五階のリビングからは、左手にバザクルの水車跡やサン・ピエール閘門《こうもん》、ノートルダム・ド・ラ・ドラード大聖堂、右前方にはサン・ジョセフ・ド・ラ・グラーヴ礼拝堂のドームを眺めることができる。そしてまっすぐ前方には、ガロンヌ川とそれに架かる橋の景色が広がっている。

今朝は、ガロンヌ川の上にかかる霧にはなかなか日が射さなかった。それでも、霧の向こうでは朝日が顔を出し、赤々とした陽がくすぶっているのが感じられる。ターナーの絵画のように。

だが、この牧歌的な風景はまやかしの姿にすぎないのだとレアは思った。いわば、街の傷を覆い隠している絆創膏のようなものだ。暴力、犯罪、麻薬密売、暴動——近年、トゥールーズの街は、その無邪気さと生きる喜びの一部を失いかけていた。次第に暴力的になる社会的混乱に見舞われ、トゥールーズは今や、緊張と分裂の劇場と化している。

レアはその影響が病院にまで及んでいるのを感じていた。自分が治療する子どもたちの両親との関係は、日に日に緊張を強いられるものになっている。インターネットで記事を三本読んだだけで、医者よりも多くのことを知っていると思いこんでいる人たち。宗教上の観念から、女医と握手しようとはしない人たち。医者はみんなブルジョワ階級に決まっている、したがって自分の階級の敵だとみなして、医師を目の敵《かたき》にする人たち。まるで、世界全体がばらばらになってしまったみたいだ。レアはニュースチャンネルがついていたテレビを消した。そのチャンネルでは、民権擁護の演説家が、仰々しくも中身のない言葉や断定的なフレーズを口にしながら口角泡を飛ばしていた。分断された国、燃えさかる炎。その炎を、こうした煽動家が連日のように煽っては、さらに炎上させている。イデオロギーでしか社会の腐敗や怠慢に対抗できない限り、この国が窮地から抜けだすことはないだろう。

レアはキッチンカウンターの上に置いてある携帯電話を手に取った。

心はまだ迷っていた。

自分がこれからしようとしていることを知ったら、あの人はどう思うだろうか。おそらく自分のことをひどく憎むだろう。こちらがしたことに傷つき、怒り狂うにちがいない。そう、マルタンはあまりにまっすぐで、清廉潔白で、自分にも他人にも厳しい人間だ。わたしがこれからしようとすることなど、決して理解できないだろう。

マルタンは、この行為を裏切りと受け取るはずだ。でも、これは裏切りじゃない。レアは自分に言い聞かせた。自分はバランスを取り戻そうとしているだけ。物事をあるべき場所に戻そうとしているだけ。

レアは決心した。ある番号を押す。

「もしもし」レアは言った。「わたしよ、レア」

34

「ほかの二つの殺人と同じ手口ですね」法医学者のファティハ・ジェラリが画面越しに説明した。「まず、被害者は後頭骨に一撃、強烈な殴打を受けています。今回はこの一回の打撃で意識を失ったようです。その後、縛られた状態で目を覚まし、相当激しくもがいたとみられます。縛られていた手首や足首に深い裂傷があります」

マルシアルの別荘を出て二時間後、早々に検死が行われていた。今回はほとんど待たされなかった。さらなる殺人事件が起きたことで、捜査に関するあらゆる手続が加速されることになったのだろう。セルヴァズは説明に耳を傾けながら、ジェラリが珍しくイヤリングをしていることに気がついた。それに、化粧も先日よりほんの少し濃くなっている気がする（化粧といっても、ペンシルで引かれた黒のアイライナーとチークくらいだが）。セルヴァズはその瞬間、ジェラリをきれいだと思った。レアに出会う前、自分は何度となく、ジェラリを夕食に誘おうと思ったことがある。自分がジェラリと顔を合わせるのは、ほぼ決まって死体解剖に立ち会うときだった。つまり、ジェラリが無影灯のライトの下で、冷たく光るメスや開創器《レトラクター》といった金属器具を使って死体を切り開くのを見ているときだ。そんなときのジェラリは死者の国の女神——日本神話の女神イザナミや、北欧神話の女神ヘル——の化身を思わせた。そして、解剖が終わる頃には、結局、誘いそびれてしまうのだった。

「死因は、ペニスと睾丸の切除による大量出血ですね」ジェラリは、遺体の股周辺に大きく開いた生々しい傷口を見せながら、淡々とした口調で言った。そのときセルヴァズは、なぜ自分がジェラリを誘うのに尻込みしたかが腑に落ちた。ベッドの上でメスを手にしたジェラリの姿を想像して、思わず腰が引けてしまったのだ。

それから一時間後、ジーグラーが憲兵隊の小さな会議室に捜査チームを集めた。どの顔にも疲労の色が浮かび、目は充血している。このなかには、捜査を率いるジーグラーの手腕を疑問視している者もいることだろう——セルヴァズは会議室の隅からチームの面々を眺めながら思った。四十歳を過ぎてタトゥーやピアスを公然と見せびらかし、懲戒処分で遠い異国へ飛ばされて、ほんの数カ月前に本国へ戻ってきたばかりの女憲兵に、この事件を解決に導くだけの能力や冷静さが備わっているのかと。また、今はさすがに稀になってきたとはいえ、そもそも女性が捜査チームを率いるべきではないという考えの男性もいるかもしれない。

前回の捜査会議に出ていたとき、セルヴァズはテーブルを囲んでいた少なくとも四人については、それぞれの人物像《プロファイル》を自分なりに作りあげていた。まずは、そばかすだらけの若い女性憲兵――内気タイプ。自信に欠ける。選択肢を用意して回答を限定するタイプの質問をしたほうがいい。ヒップスターふうの憲兵――反逆者タイプ。常に反対意見を表明し、何かと対立を求める。また、学校を出たばかりの〝知ったかぶり〟タイプでもある。古いやり方の時代はもう終わったと信じて疑わない。だが、発想はいいものを持っている。このタイプには提案をさせ、ただの反論ではなく、建設的な批判をさせるように仕向けるといい。アンガール――こだわりタイプ。完璧主義者で、細部にこだわるあまり、全体像を俯瞰する力に欠ける。だが、情報を記憶にとどめることには長けている。最後に、自分のすぐ目の前にいる、絶えず隣の同僚の耳元に話しかけているこの大柄な憲兵――おしゃべりタイプ。このタイプには、できるだけ発言の機会を与えないほうがいい。そうしないと、しょっちゅう話が脱線してみんなの頭がこんがらがってしまう。

「何かわかったことは？」ジーグラーが直ちに切りだした。

「あの……セルヴァズ警部補から託された携帯電話ですが」アンガールがためらいながら口を開いた。「警部補が先日、森のなかで見つけた携帯の分析の結果が出ました。付着していた指紋は、やはりまちがいなくマリアンヌ・ボカノウスキーのものだったそうです。また、この携帯はセルヴァズ警部補への発信に使われただけで、そのほかの利用履歴はありませんでした。マルシャヤソンの地下室の排水管から見つかった毛髪については、分析結果を待っているところです」

ジーグラーはこちらに視線を投げた。セルヴァズは黙ったままうなずいた。

「ありがとう。じゃあ、ティモテとマルシアル・オジエ殺害のほうに戻りましょう。家宅捜索のほうはどうなってる？」

ジーグラーは、トゥールーズ憲兵隊の犯罪捜査部に、同市にあるマルシアルのクリニックと自宅の家宅捜索を依頼していた。

「現在、進行中です」

「マルシアルのほうは、掘り下げる点は山ほどあるわ。まずは、銀行口座を仔細に調べること。公証人がいるのなら突き止めてほしい。税務署に連絡して、マルシアルの所有する不動産すべてのリストを作成するように。それから、近所への聞きこみをして、クリニックに出入りしていた少女たちやそのほかの訪問者の目撃者がいないかあたってみて。マルシアルの携帯電話は、通信会社に問い合わせて、通信記録をすべて追跡すること。妻によると、マルシアルは夜間、頻繁に外出していたらしいわ。トゥールーズの犯罪捜査部に夜の歓楽街へ繰りだしてもらって、マルシアルがどこに出没していたか、洗いだしを頼むわ。あとは、マルシアルが違法に手にした金をどうしたか、エコフィに問い合わせて」

エコフィというのは、犯罪捜査部の金融班《ECOFI》のことだ。

「ほかには、何かあるかしら？」ジーグラーが続けて尋ねた。「殺害現場に残されたＤＮＡからは何か見つかった？　煙草の吸い殻や尿は？」

「犯罪者リストには、残念ながら一致する人物はいませんでした」誰かが答えた。

次に別の憲兵が、パソコン画面を全員に見えるようにくるりとまわした。モンタージュ写真だ。三十から五十歳の男性。よくある顔立ち。短髪、普通の口、普通の鼻、両目の間隔も平均的。つまり、まったく使い物にならない出来映えということだ。

「マリアンヌ・ボカノウスキーを連れてきた黒いバンの男のモンタージュです。目撃者のモーグルニエの協力で作成しました。モーグルニエは男をほんの一瞬、しかも斜めうしろから見かけただけだったそうで」憲兵は情けなさそうな口調で説明した。

「これじゃ役には立たないわね」ジーグラーはばっさり切り捨てた。「使わないでおきましょう。これがあると、逆にほかの顔を思い出す邪魔になってしまうかもしれないから。ほかには何か？」

「ジルダス・ドゥラエの郵便受けに入っていた手紙は、現在、筆跡鑑定を依頼中です」

「依頼中？　そんなに時間がかかるものなの？」

「それが、ポー大審裁判所の嘱託の専門家がバカンス中でして……」

ジーグラーは信じられないというように目を見開いた。

「で、ほかに手の空いている鑑定士はいないわけ？」

一口に筆跡鑑定といっても、専門的な筆跡鑑定と〝筆跡診断〟なるものがあるが、両者のあいだには大きな開きがある。セルヴァズは頭のなかでおさらいした。筆跡鑑定のほうは、厳密な理論や技術に則って筆跡を分析し、その特徴から本人の筆跡であることを証明したり、偽物をはじきだしたり、といった真偽の判定を行うが、筆跡診断のほうは、ある筆跡を分析して、書いた人の性格や心理的傾向を読み取ると謳っているらしい。映画や文学のなかで紹介されてにわかに注目を集めたようだが、自分の感覚からすると、どうもこちらは眉唾ものに思えてならなかった。

「専門家がつかまらないのなら、計量文体学《スタイロメトリー》を利用したらいいんじゃないですか？　オープンソースになってるんで」〝ヒップスター〟が口を挟んで提案した。ジーグラーが前にこっぴどくやりこめた若い憲兵だ。

「スタ……何？」ジーグラーが聞き返した。

「計量文体学《スタイロメトリー》です。これを使うと、文章のなかで使われている語彙《ごい》から書き手を特定することができるんです」ヒップスターが説明した。「たとえば、仮想通貨《ビットコイン》を考案したって言われている謎の人物〝サトシ・ナカモト〟ですが、ジャーナリストやビットコイン・コミュニティのメンバーたちは、もうかれこれ何年もこの偽名の裏に隠れている伝説の人物の正体を突き止めようと躍起になってました。で、アメリカ国家安全保障局《NSA》は、まさにこの計量文体学のおかげで、この人物の特定に成功したとさえ言われてるんです。ツールのいくつかは、オープンソースとして誰でも利用可能ですよ」

部屋にいた憲兵たちは全員、まるで外国語を聞いているような目でヒップスターを見た。

ジーグラーはひと呼吸おくと、ヒップスターの提言には触れずに次へと移った。

「プジョーのバンの所有者と、販売店のリストはできてる？」

そばかすの若い憲兵が、ここにあります、と言いながら、リストの紙をひらひらと掲げた。ジーグラーは彼女ともう一人の憲兵に、バンの所有者と販売店への聞きこみを指示した。

「それから、フェイスブックのほうはどうなってる?」ジーグラーは、〈エグヴィヴ谷の自警団〉と題されたページのことを指して尋ねた。谷の住民らに、自らの手で正義を行おうと呼びかけている不穏な動きだ。「司法調査・文書技術サービス《STRJD》には連絡がついてる? この騒動の黒幕は誰だかわかった?」

「フェイスブックに調査要請を送ったそうです」ヒップスターが答えた。「まだ返事待ちです」

続いてヒップスターは、フェイスブックのプライバシーポリシーを印刷したものを配った。セルヴァズはさっそく目を通した。〈国際的事案の場合、法令により求められると弊社が善意でもって判断する場合、弊社は法的要請に応じるために利用者の個人情報を司法当局と共有します。また、当該法域の法律によって要求され、国際的に認められる基準に沿っていると弊社が善意でもって判断する場合も、同様に法的要請に対応します〉――。

このいかにも耳に心地よい言葉を言い換えるなら、フェイスブック側は、こちらの完璧に合法的な要請に対して〝善意でもって〟拒否する権利を勝手にわがものにしているということだ。フェイスブックが存在するいかなる国のいかなる法律よりも、さらには国際協定よりも、自分たちの決めごとのほうが優先ということらしい。関係する各国の司法当局は、これをどう考えているのだろうか。セルヴァズは啞然としながら思った。なんといっても、この問題は二十五億人という途方もない数の人々に関係してくる話なのだが。

ジーグラーはフェイスブックのプライバシーポリシーを読み終えると、顔をあげて目の前の小さな集団を見渡した。今のところ、捜査のとっかかりはなく、彼らの情熱をかき立てるものは何もない。とはいえ、捜査はまだ始まったばかりなのだ。このスケールの犯罪捜査は、いわばウルトラトレイル・デュ・モンブラン――アルプスの山岳地帯を走るトレイルランニングみたいなものだ。初日は比較的余裕がある。エネルギーは蓄えがあるし、事件の謎を解きたいという欲求をかき立てられ、アドレナリンも申し分ない。だがそれもつかの間で、すぐに睡眠不足、疑念、叱責、上層部からの圧力が待ち受けている。よほど早々に重要な手がかりを発見するか、犯人が無能ぶりをさらけだしてこちらの仕事を楽にしてくれれば話は別だが、今回は期待薄だろう。単独犯か複数犯かはわからないが、いずれにせよ自分たちは〝頂点捕食者《プレデター》〟を相手にしているのだ。天敵を持たず、生態ピラミッドの最上位に位置する捕食者。一度捕まえた獲物には、一切、生き残るチャンスを与えない。シャチ、ホホジロザメ、ナイルワニ、スピノサウルスのごとく……。

「みんなが何を感じているかはわかるわ」ジーグラーは声を張りあげた。「手がかりがほとんどないなかで、また別の殺人が起きてしまった。気勢を削がれるのも無理はない。でも、解決への道はこのなかに隠れてるはずよ」ジーグラーはそう言いながら、証拠物件を入れた袋を一つ掲げてみせた。「わたしたちがすでに入手しているこの膨大な情報のなかに！　このなかに、わたしたちが見逃している情報があり、すべてに光を当ててくれるような小さなディテールが隠れているはず。落胆するのはまだ早いわ。マスコミも上層部も、圧力をかけてくるでしょう。でも、捜査をするのはわたしたちであって、マスコミじゃない。捜査にかける時間はわたしたちのもの。マスコミ連中の時間の感覚で口出しされたらたまらないわ。それに、わたしたちがついに犯人を逮捕した暁には、誰もが捜査にかかった時間なんて忘れてしまうはずよ」

「また別の死体が出たら、そうもいかないんじゃないですか」ヒップスターが口を挟んだ。

テーブルのまわりは、重苦しい沈黙に包まれた。ヒップスターは、公然と自分の上司に楯突いたのだ。ジーグラーは、テーブルの端からセルヴァズの鋭い視線が向けられるのを感じた。こちらが手厳しい応酬をするのを待ち構えているのだろう。だが自分は、豊かな髭をきれいに整えている、この長身の若い憲兵を冷ややかに見つめるだけにしておいた。罵倒も嫌味も飛ばすつもりはなかった。もうその段階は超えていた。

「報告書は抜かりなく作るように」ジーグラーは会議を締めくくった。

セルヴァズはジーグラーとともに憲兵隊の建物を出て、村役場のほうへ向かった。今日はこれから、村役場と国家憲兵隊による合同説明会が開かれることになっている。歩道を歩きながら、セルヴァズはこの谷が変わってしまったと感じた。空気や静けさの質までもがどことなく違っている気がするのだ。ここはもはや、初めて到着したときに見出した村ではなくなっていた。これからは、三件の残虐な殺人事件が起きた村という刻印を押されてしまうのだろう。いつの日かそのイメージを払拭し、再び立ちあがることができるかどうかは定かではない。村の名前でも変えれば話は別かもしれないが——未解決の少女殺人事件の舞台となったブリュエ＝アン＝アルトワのように（別のコミューンと合併し、現在はブリュエ＝ラ＝ビュイシエール）。

村役場に着くと、村長のトレスら一同が自分たちを待っていた。会場になっているのは村議会室よりもさらに広い部屋で、集まったエグヴィヴの村人二百人がすっぽり入るだけの余裕がある。

会場に一歩入った瞬間、セルヴァズは、部屋に苛立ちと興奮が立ちこめているのを肌で感じた。部屋全体がひそやかな会話でざわついていたが、こちらがなんらかの答えを示さなければ、その慎みもすぐに破られることだろう。並んだ椅子の列のあいだにも緊迫した空気が漂っている。セルヴァズはジーグラーに続いて中央の通路を進み、演壇のあるほうへ向かった。壇上には、村長のイザベル・トレスが数人の役場職員に囲まれ、長テーブルの向こうに威厳たっぷりに鎮座している。天井にさがったクリスタルのシャンデリアが、輝かしくも過ぎ去った時代を思い起こさせていた。

トレスは、いかにもアウトドアスポーツをしていそうな体格をしていた。上半身と臀部にハーネスをくくりつけ、カラビナや確保器、下降器を操りながら険しい山肌に向かう姿のほうが、くすんだ金箔装飾に飾られたフランス共和国の宮殿——政治権力の象徴——に出入りするよりもよほど似合っていそうだ。セルヴァズはひとりごちた。小柄ながら頼れる女性。自分が好感を持つタイプの女性だ。エグヴィヴのような村がよりどころにできる頑丈な岩、信頼のおける羊飼い。

長テーブルには、トレスの隣にジーグラーの席が一つとマイクが用意されていたが、停職中の警部補のための席はなかった。自分はここにいるはずのない存在なのだから当然だ。最前列はすべて埋まっていたので、セルヴァズは五列目の空席に腰をおろした。

ジーグラーは壇上の長テーブルをまわり、誰にも挨拶をすることなく自分の席についた。二百人の人々の視線にさらされているせいだろう、頬が火照って赤くなっている。トレスが自分のマイクを叩いて静粛を促すと、会場のざわめきが消えた。

「こんばんは」トレスが口を開いた。

「何も聞こえねえぞ！」とたんに部屋の奥から誰かが怒鳴った。

マイクの調子が悪いらしい。よく見れば、トレスも疲れた表情をして、目が充血している。トレスは、ジーグラーの前に置かれたマイクに手を伸ばし、自分のほうへ引き寄せた。

「皆さん、こんばんは」トレスは繰り返した。今度の声は力強く、マイクを通してはっきり聞こえた。と、ちょうどその瞬間を選んだように、トレスの上部にあるシャンデリアの電球が一つ、チカチカと明滅した。トレスは天井を見あげた。

「あら、これも役場の技術課に報告しないといけないわね」トレスは冗談を言った。

トレスの機知に、ぎこちないながらもいくらか笑いが起こった。だが、村民たちはトレスが暗に込めた気持ちを察したことだろう。村長として常にあらゆることに対処しなければならないが、どれだけ頑張っても、次から次へと似たり寄ったりの苦情が押し寄せてくる――そこには、そんな倦怠感がにじみでていた。

「犯人の手がかりは見つかったのか？」

いきなり叫び声があがった。明らかに村長のユーモアのセンスを解さない老人らしい。

「これからその話をするのよ、ロジェ」トレスはうんざりした口調で言った。「わたしの左にいるのは、ポー憲兵隊犯罪捜査部のジーグラー大尉です。今夜は、事件の現状をご説明いただくためにわざわざお越しいただきました。ただし、当然ながら、捜査の鍵となる特定の事項については、ここでは開示できないこともありますので、ご理解ください」

「みんながもう知ってることを聞かされるだけなら、なんのためにこんなに大騒ぎして集まってるんですか？」居丈高《いたけだか》な女性の声が飛んできた。インドのニューエイジふうに白髪の髪を長く伸ばし、蛍光色のフレームの大きな眼鏡をかけている女性だ。

賛同する声がいくらかあがった。トレスは険しい顔つきで、ジーグラーに話を始めるよう合図を送った。

それから一時間後、会合は幕を閉じ、セルヴァズはジーグラーとともに、トレスに案内されて村長室へ向かっていた。

「申し訳ありません」ジーグラーが謝った。「ひどい出来でした」

「まあ、人それぞれ得手不得手はありますから」トレスはジーグラーの言葉を否定はしなかった。狭い廊下をしっかりとした足取りで歩いていく。

やがてトレスは村長室のドアを開けると、なかへ入るように案内しながら続けた。

「でも確かに、あなたのためらいがちな発言は、村民たちには逆効果だったわね」

セルヴァズは、ジーグラーが青ざめていくのを目にした。今の外交的な返答を率直に言い直すなら、「そうね、あれは確かにひどかった。まるでダメ」ということになるだろう。確かにジーグラーの説明はややしどろもどろではあったし、矢継ぎ早に飛んでくる質問の嵐に対して、どことなくよそよそしい態度で臨んだのもプラスには働かなかった。会合はたちまち大荒れとなり、怒号に罵倒、抗議の叫びが飛び交うなか、大混乱のうちにフィナーレを迎えた。

ドアが閉まると、トレスはこちらに向き直った。

「わたしも改めて、最初の質問を繰り返すわ。犯人の手がかりは見つかったの？　どうかいい知らせを聞かせて」

「残念ながら、まだ何も」ジーグラーは答えた。「念のために伺いますが、ここで情報を開示したとして、この部屋の外に漏れることはありませんね？」

トレスの目に苛立ちの光が走った。

「当然です」

ジーグラーはトレスに、これまでに入手している情報と、結果待ちの事柄について概要を説明した。トレスはうなずきながら聞いている。

「捜査が始まったばかりなのはわかっているわ。それでも、収穫がそれだけとなると、やはり心許ないわね」トレスは暗い面持ちで言った。

「ええ、一筋縄ではいかないと思います」ジーグラーも認めた。「我々が相手にしているのは用意周到で、知的で、理路整然として、決断力があり、かつ慎重な人物です。多くのミスを犯すことは期待できないでしょう。それでも犯人は、遅かれ早かれぼろを出すはずです。いつだってそうなるものですから」

トレスは、ジーグラーに鋭い視線を送った。その強烈なまなざしに、セルヴァズはひそかに驚いた。ジーグラーもトレスを見つめている。セルヴァズは知らなかったが、ジーグラーはその一瞬、背筋がぞくりとする感覚を味わっていた。それは嫌な感覚ではなかった。

トレスはフランス窓を開けると、バルコニーへ出た。自分たちもあとに続き、外の景色を眺める。ピレネーの最高峰を背景に、森林に覆われた山の斜面が盆地をつくり、そのくぼみのなかにエグヴィヴの家々の屋根が並んでいる。耳元には市街地からのざわめきが届いていた。といっても、トゥールーズの騒音とは比べ物にならなかった。車が数台行き来する音、村の静寂を破って走り去るバイクの爆音、遠くで低音が響くラップ・ミュージック。

バルコニーの錬鉄製の手すりに肘をついたまま、トレスはこちらを向いて言った。

「ずっと考えていたのよ。この谷であんな悪事を働くことができるのは誰なのか、って」

セルヴァズは一気に集中力が高まるのを感じた。

「それで？」ジーグラーも同じらしい。さっそくトレスと同じ姿勢をとりながら尋ねた。

「うちの村に、あんなことができる人間がいるとは思えないのよ。犯人はこの谷の人間ではなく、外部から来た人間だっていう可能性は考えてみたことある？」

　ジーグラーは眉をひそめた。

「つまり、犯人は自ら進んでわたしたちと一緒にこの谷に閉じこめられているけれど、もともとこの谷に住んではいない人物だとおっしゃるんですか？　最近、この谷に来たばかりの人間かもしれないと？」

トレスはうなずいた。羊の群れのなかにひっそりと忍びこんできた狼か。セルヴァズは頭にそんなイメージを浮かべた。と、どこかで音がした。かなり遠くだ。おそらく雷鳴がかすかに聞こえたのだろう。

「それも一理あるかもしれません」ジーグラーは認めた。「ですが、こういう犯罪を犯すのは、二面性のある人間だということを忘れないでください。隠しごとをして、嘘をつき、仮面をかぶることに長けている人間です。いくら村の人たちが善良に見えても、そのなかの誰かが本性を隠しているだけかもしれないんです。もしかすると、犯人はあなたが思っているよりもずっと身近な人かもしれません。あなたの知り合いかもしれないし、以前から村の人全員をよく知っている人かもしれない。そして何より、まさかと思うような人物です。そうでなければ、マルシアル・オジエはその人物との待ち合わせに、一人でのこのこと出かけていったりしなかったでしょうから」

ジーグラーはそこまで言うと、家々の屋根に視線をおろした。そして、また続けた。

「わたしはどちらかと言うと、犯人は村の外部の人間ではなく、群衆のなかに影のように紛れこんでいる人間のような気がします。村民の一員であり、仲間であり、毎日のようにすれ違い、その顔には誰もが馴染んでいる。そして、誰しも疑いを抱きそうにない人物ではないかと」

ジーグラーはいつもより低い声で話していた。セルヴァズは、その声がトレスに影響を及ぼしているのを目の当たりにした。トレスはジーグラーの話に鳥肌が立っているように見える。そのとき、今度ははっきりと雷鳴が聞こえた。くぐもってはいるが、はっきりと雷鳴だとわかる轟きだった。

「今日、県間道路局と話したんだけど」トレスは声を落として言った。「見通しはかなり悲観的なようね。工事は予想以上に長引くだろうと言われたわ。閉ざされた村に、犠牲者が三人。逃亡中の殺人犯。村の人たちは神経質になりかけているわ。一刻も早く犯人を見つけないといけない。さもないと、事態は悪化して手に負えなくなる」

「どういう意味です？」

トレスはポケットから一枚の紙を取り出し、ジーグラーに手渡した。ジーグラーはフランス窓のそばへ寄って、室内から漏れる明かりで紙に目を通した。セルヴァズも横からざっと読んでみた。それは、ＳＮＳ上のメッセージの数々をプリントアウトしたものだった。

どうして殺人犯をかばうんだ?
おまえの仲間か?
無能なトレス　とっとと辞めろ
辞めないのなら、こっちがおまえを引きずりおろしてやる
犯人はブルジョアに決まってる
この国に正義はない　だがそれも今に変わる
トレスのバカ女　能無しのあばずれめ

セルヴァズはまたしても、少女殺人事件のあった街、ブリュエ＝アン＝アルトワのことを思った。一九七二年、炭鉱の閉鎖と失業に見舞われた北部の街で、質素な家庭の十六歳の少女が、公証人の家のそばの空き地で絞殺されているのが見つかった。公証人は大資産家《ブルジョア》で、無愛想で、地元ロータリークラブの会員であり、売春宿に出入りしていたことも手伝って、たちまち理想的な犯人に仕立てあげられた。小市民たちは正義を求め、判事はほぼ党派的に公証人の有罪を訴え、ジャン＝ポール・サルトルが支持する地元委員会はこれを擁護し、さらにマスコミはこの事件をメロドラマふうの階級闘争の象徴に仕立てあげた。こうして事件はあっという間に噂になり、この街は数カ月にわたって、もっぱら世間の注目を浴びつづけた。エグヴィヴを待ち受けているのはこれと同じ運命なのだ。一刻も早く犯人を見つけない限り……。

「わたしたちは火薬樽の上に座っているみたいね。いつ爆発してもおかしくない」トレスが言った。

ありふれたイメージだが、言い得て妙だ――セルヴァズは思った。これはエグヴィヴに限ったことではない。今や、この国全体にも当てはまることだった。

と、いきなり近くで雷が轟き、暗い空を揺るがした。ふいに生暖かい突風が吹いて、三人の髪が舞いあがった。

35

村役場を出たところで携帯の着信音が鳴った。ジーグラーの携帯だ。

「はい、ジーグラー」

ジーグラーは電話に出ながら、車のロックを解除して運転席のドアを開けると、立ったまま通話を始めた。セルヴァズは特に意味もなくジーグラーをまね、自分も助手席のドアのそばに立って待つことにした。ふと視線を感じて目をあげると、十メートルほど離れたところで、十代の若者がスクーターにまたがって、こちらをじっと観察しているのが目に入った。若者はスウェットのフードを額まですっぽりかぶっている。セルヴァズは、ジーグラーへ視線を移した。と、空がまた雷鳴に揺れた。

「わかった、ありがとう。今から向かうわ」ジーグラーはそう言って電話を切り、フォード・レンジャーの運転席に乗りこんだ。

「採石場の作業員のリストを覚えてる？」ジーグラーは、こちらが助手席に座るのを待ってから言った。「一人、犯罪者リストでヒットしたの。グレゴリー・ボッシャー。前科がある男よ。それも長い罪状リスト付き」

ジーグラーはエンジンをかけて車を出した。セルヴァズはバックミラーを見やった。スクーターのヘッドライトがついてくるのが見える。だが、やがてスクーターは進路を変え、脇道へとそれていった。車は村を離れ、山のほうへ向かった。目指すは丘の斜面に灰色の大きな傷跡を作っている採石場だ。二キロほど走って、最後のヘアピンカーブを登っていると、急に雷雨が襲ってきた。土砂降りの雨がフロントガラスを激しく叩きはじめる。

採石場のフェンスを越え、〈工事中につき関係者以外立入禁止〉の立て看板を通りすぎる頃には、嵐はさらに激しさを増していた。左右に激しく躍るワイパーにもかかわらず、視界はすぐにさえぎられる。ようやく着いた仮設事務所の前には、先日のレンジローバーとミニ・カントリーマンが駐まっていた。セルヴァズは腕時計に目をやった。夜の八時十二分。どうやら採石場の一日はまだ終わっていないようだ。雨のなか、ジーグラーに続いて車を降りて駆けだしながら、セルヴァズは上着を持ってこなかったことを後悔した。シャツはたちまちずぶ濡れになってしまった。事務所のステップをのぼると、受付のルシーユを飛ばしてまっすぐ奥の事務室へ駆けこんだ。

「ちょっと、あんたら何しに……?」こちらがいきなり闖入《ちんにゅう》してきたのを見て、ジョンスが声をあげた。

「グレゴリー・ボッシャーはどこです?」ジーグラーが一枚の紙切れを掲げながら尋ねた。セルヴァズは、それが捜査共助の依頼書ではないのを知っていたが、ジョンスのいる位置からは遠すぎて中身までは見えないはずだった。

「あいつにどんな用……」

「どこにいるんです？」ジーグラーは相手を即座にさえぎった。

ジョンスは首を肩のあいだにすくめた。食物連鎖における自分の立ち位置をすぐにわきまえたらしい。

「発破作業の真っ最中ですよ。今夜はグレゴリーが〝火付け役〟なんでね。発破の責任者ってことです。危険ですから、待っててもらわないと」

「発破？」ジーグラーが尋ねた。

「爆薬を仕掛けて岩盤を破砕する作業ですよ。粉砕する岩石の量に応じて、非常に精密なパラメータに従って岩に穴を開けて、その穴の奥に電気雷管を設置して起爆するんですがね、それだって、いつでも好きなときにバンバン爆破するわけじゃない。地震記録計を使って振動をモニタリングしながら、環境への影響を最小限に抑えるタイミングを調整するんです。あと数分で起爆する予定ですよ」

「その作業場所はどこなんですか？」ジーグラーはもう一度聞いた。

ジョンスは曖昧な身ぶりをした。これでは埒《らち》が明かない。セルヴァズはルシーユの前を通りすぎて嵐のなかを外へ飛びだし、ジーグラーとともに崖のふちへと近づいた。

崖の下が見えてくるにつれ、セルヴァズは耳鳴りを感じた。自分は高いところが苦手なのだ。ヒッチコック監督『めまい』のジェームズ・スチュアートほどではないだろうが……いや、似たようなものかもしれない。いわゆる高所恐怖症だ。雷の青白い光がちらつく黒い空の下で、足元には採石場の岩場の裂け目が広がっていた。セルヴァズは湿った空気を吸いこんでしばらく目を閉じ、それからまた目を開けた。

降りしきる雨が顔を叩き、セルヴァズは目を細めた。眼下には、広大な野外の円形闘技場のような空間が広がっていた。岩を削られた断崖、巨大なタイヤをつけたダンプカーが行き来する斜面。荷台に満載された岩石。その岩石を砕石機まで運ぶ長いベルトコンベア。これらすべてが、ダンテ『神曲』の石や金属の転がる漏斗《ろうと》状の地獄の図を思い起こさせた。さらにそこには、地獄とはさもあらんと思わせるようなすさまじい騒音が響いていた。砕石機の騒音、岩石の塊がダンプカーの荷台に落とされるときの金属的な衝撃音、岩を運搬するベルトコンベアの振動、鋭く物悲しげなトラックのバックブザーの音。おまけに、地獄ショーのフィナーレを飾るように雷の轟きまでが加わっている。こんな晩には、爆破作業はいったん中止して、嵐が止むのを待つべきなのではないだろうか。決定するのは誰なのか？　おそらくジョンスだろう。とはいえ、このような作業は、厳格な基準に沿って指導されているはずだが。

足元で地面が揺れたような気がして、セルヴァズは一歩うしろへ下がった。大きくえぐれた地形の向こう側の岩壁から、土埃と岩の破片がまじった雲がまるで大砲の煙のように立ちのぼっている。今のが、先ほどジョンスが言っていた発破だったのだろう。

セルヴァズは唾を飲みこんだ。雨が首を伝って滴りおち、シャツの襟を濡らしている。セルヴァズは、ジーグラーのほうを見た。

「行きましょう」ジーグラーは言った。くそ。セルヴァズはめまいを覚えながら、ジーグラーのあとに続いた。ジーグラーはえぐれた崖のまわりをまわって、少し先にある坂道のほうへ向かっていく。その坂道を下った先の中間層に爆破作業員らしきチームの姿が見えたからだ。ヘルメットをかぶり、つなぎの作業服を着た三人の男たち。あのなかにグレゴリー・ボッシャーがいるにちがいない。稲妻が断続的に閃光を放ち、目に映る景色は絶えずその様相を変えていた。採石場の上部は暗闇に包まれ、雨が下草を激しく打っているが、底辺部は機械に取りつけられた強力な人工照明が煌々《こうこう》と現場を照らしている。そのとき、格別まぶしい稲光が夜空を切り裂き、数秒間、網膜に残像を漂わせた。

崖の上から見えていた坂道にたどり着き、セルヴァズはジーグラーとともに、採石場の上層から中間層へと通じる斜面をおりはじめた。セルヴァズはジーグラーとともに、広大な地下の洞窟へとおりていく洞窟学者になったような気がした。底辺の層では、作業員の何人かがこちらの存在に気がつき、上方を見あげている。このときになってセルヴァズは、ここでヘルメットをかぶっていないのは、自分とジーグラーだけだと気がついた。

中間層にある平らな帯状の土地では、三人の爆破作業員たちが三脚に取りつけられた装置を調べていた。おそらくあれが地震記録計だろう。先ほどの発破であがった土埃の雲は、今では雨で飽和している空気のなかに散り散りになっている。三人のうちの一人がこちらを振り向き、ヘルメットのシールドの下で目を細めた。

「おい、あんたら！　そこで何をしてるんだ？　ここは立入禁止区域だ。ヘルメットはどうした？」

「グレゴリー・ボッシャーさんですか？」ジーグラーが叫んだ。

相手はこちらをじっと見据えた。セルヴァズはその目の色が変わるのを見た。どす黒い色がみるみる瞳を覆っていく。警察で何度となく出くわす目つきだ。

「ああ、そうだが」男はしわがれ声で答えた。

次の瞬間、男はいきなり背を向けて逃げだした。銃声を聞いた兎のような素早さだった。

「しまった！」ジーグラーは叫んで、すぐに男――ボッシャーのあとを追って駆けだした。セルヴァズもこれに続いた。ボッシャーは採石場の底へ向かって坂道をどんどんおりていく。だが、強烈なライトに照らされた現場では、逃げる場所など限られているだろう。そう思った矢先、ボッシャーは急に進路を変え、大きな穴に飲みこまれるように視界から消えた。急いで坂道の縁へ近づいてみると、走るというより半分よろめきながら、ボッシャーが砂利だらけの別の急斜面を逃げていくのが見えた。その斜面をおりきったところには、巨大な砕石機《クラッシャー》と岩石運搬用のベルトコンベアがあるのが見える。ジーグラーはこっちへ行くと言って、引き続き同じ坂道を三倍速で駆けおりはじめた。セルヴァズは回り道はせずにボッシャーを直に追いかけようと、坂道を外れて急斜面へと飛びだした。とそのとき、照明が一斉に消えた。あたりはいきなり真っ暗になった。

「くそっ！」セルヴァズは思わず悪態をついた。驚いた拍子に足を取られ、セルヴァズはそのまま斜面を転がった。鋭利な砂利にまみれて、背中や腕はたちまち傷だらけになった。それでもなんとか起きあがると、セルヴァズは暗闇のなか、斜面を再び下りはじめた。足元が見えないまま砂利の急斜面を歩くのは不安定極まりなく、何度も危うくバランスを崩しそうになった。崩れた岩が上からごろごろと音を立て、自分を追い越していく。ボッシャーはどこへ行ったんだ？　ときおり、稲妻の閃光がぱっとあたりを照らしだした。そのたびに、セルヴァズはめまいに襲われ、足がすくんだ。斜面は思っていたよりずっと急だった。あまりに急なので、まるで自分が絶壁の斜面に宙吊りになっているように見えるのだ。

ふと、セルヴァズは足を止めた。誰かがいる。すぐそばに。暗闇のなかで、誰かが自分を待ち伏せている。右側だ……。稲妻が再び閃光を放ち、セルヴァズは見た。ボッシャーがヘルメットのシールドの下でかっと目を見開き、こちらをにらんでいた。そのぎらぎらした目には、純粋な怒りが燃えていた。ボッシャーはこちらに襲いかかってきた。シャツの襟首をつかむと、下の斜面のほうへとぐいぐい押してくる。このままでは急斜面を転げ落ちてしまう。セルヴァズは、ボッシャーの手から逃れようともがいた。だが、相手は自分よりも大きく強かった。

恐怖の波が体中をめぐった。こいつは自分を斜面に投げ落とそうとしている！　セルヴァズは相手を道連れにしようと、ボッシャーの体を必死でつかんだ。二人は悲鳴をあげながら、急斜面を転げ落ちていった。

転落が止まった瞬間、セルヴァズは背中に何か尖ったものがあちこち食いこむのを感じた。鋭い岩や石が背中や肩や尻に刺さってひどく痛い。しかも岩は小刻みに震えている。地面全体がまるでエスカレーターのように揺れながら動いているのだ。こちらを運びながら……。そうか、自分は岩を運ぶベルトコンベアの上に落ちたらしい。だが、それ以上考えている暇はなかった。一緒に落ちたボッシャーが自分の上に馬乗りになり、脇腹をぶん殴ってきたからだ。セルヴァズは一瞬息ができなくなった。上半身は燃えるように熱く、肋間神経に鋭い痛みが走る。両手足を必死でばたつかせるも、ボッシャーの重い体は容赦なくのしかかってくる。燃えるような息づかいやその口臭、筋肉質の巨体から発せられる汗の匂いが鼻を襲う。と、次の瞬間、ボッシャーはヘルメットを被った頭をうしろへ反らせたかと思うと、こちらの顔面に振りおろしてきた。硬いヘルメットが鼻を一撃し、熱くて塩からい鼻血があふれ出る。つかの間、目の前に白い斑点しか見えなくなったが、セルヴァズはなんとか気を取り直し、口に溜まった鼻血を吐きだした。降りしきる雨が顔を洗っていく。反撃しようにも、ボッシャーに真上から押しつぶされて、手足の自由はほとんど利かない。雨は顔を打ち、口のなかにも流れこむ。疲労が体の隅々まで染みわたっていた。セルヴァズは自分の心臓の鼓動を感じた。疲れきった心臓、訓練の足りない心臓が恐ろしい速さで胸を叩いている。自分はこのまま心臓発作を起こすのではないだろうか。セルヴァズは急に怖くなった。目を開けると、ボッシャーの顔が暗闇のなかでぎらついていた。荒々しい息づかいの合間に、ベルトコンベアの轟音とベルトの上で振動してぶつかりあう岩の音が聞こえる。セルヴァズはちらりと下を見て、パニックになった。ベルトコンベアの先には、金属製の巨大な円錐形の砕石機《クラッシャー》がぽっかりと大きな口を開けて待っているのだ。このままだと、自分たちは粉々に粉砕されてしまう！

「ボッシャー！」セルヴァズは叫んだ。「早くここからおりるんだ！　くそっ、このままじゃ二人とも死ぬぞ！」

ボッシャーは顔をあげ、状況を察して白目をむいた。セルヴァズはその瞬間を狙って、右手に握っていた石を相手の鼻と口をめがけて激しくぶつけた。腕の自由が利かないながらも渾身の力で殴りつける。ボッシャーの鼻と歯が折れた音がはっきりと聞こえた。目には目をだ。セルヴァズは思った。自分が野生に戻った気がした。恐怖と痛みは消え去り、強烈な怒りとアドレナリンが沸々《ふつふつ》と沸き立っている。

だが、ボッシャーはそんなことでは怯《ひる》まなかった。それどころか、歯を数本折られたことでさらにいきり立ち、獣のような咆哮《ほうこう》をあげて、再び拳の雨を降らせた。牛のように汗を滴らせながら、脇腹をいやというほど殴りつづけてくる。これじゃ、リング上でロープに絡まったまま殴りあう二人のボクサーだ。このバカ野郎は砕石機で押しつぶされようがどうでもいいらしい！　ただ自分が優位に立ちたい、ただ試合に勝ちたいだけなのだ。そこまでバカなのか？　それともまさか、砕石機に飲みこまれる直前に、自分だけベルトコンベアから飛びおりて助かるつもりなのか？

「ボッシャー！」セルヴァズは息を切らしながら絶叫した。「やめろ！　くそっ、やめてくれ！　このままじゃ死……」

その瞬間、まぶしさに目がくらんだ。

一瞬、何が起きているのか、理解できなかった。体の下の振動が止まった。そして、光が戻っていた。光はそこらじゅうにあふれていた。白い光がシャワーのように降りそそいでいる。ボッシャーも驚いて動きを止めると、首を伸ばして、あたりをきょろきょろと見まわした。セルヴァズはそのとき、銃を手にしたジーグラーがこちらへ駆けてくるのに気づいた。

「そこからおりなさい、このくそったれ！」ジーグラーはそう怒鳴ると、ボッシャーに銃を向けた。「そこからおりて地面に伏せなさい！　さもないと、あんたのヘルメットごと、穴だらけにしてやるわよ！」

「なんだと？」ボッシャーは銃を向けられても慌てることなく、血だらけの口を袖の裏で拭いながら言った。「ライオンでも食ったような顔しやがって、この雌どりが。てめえはな……」

ジーグラーは、ボッシャーが身を起こすのを待っていた。そして、ベルトコンベアからおりようと片足を宙に浮かした瞬間を狙って、相手の唯一の急所を銃床で強烈に突いた。ボッシャーは断末魔の喘ぎのような甲高いうめき声をあげながら、両手を下腹部に当て、そのままベルトコンベアの脇の地面に倒れこんだ。

「くそっ、このあばずれがぁ……」ボッシャーは膝をつき、額を地面につけて長々とうめいている。

ジーグラーは最後の悪態の言葉への返礼のように、ブーツの先で脇腹を蹴りあげた。ボッシャーは痛みに叫び声をあげて転がった。

「ちくしょう、訴えてやる、この売女《ばいた》め！」

「へえ、やれるものならやってみなさいよ」ジーグラーはそう言うと、ベルトコンベアのそばへ来てこちらに手を貸した。

セルヴァズはやっとのことで立ちあがり、泥だらけの手をジーンズで拭った。頭を振って雨を振り払った。サイレンの物悲しげな音が聞こえてくる。見あげれば、花崗岩の絶壁のはるか向こうに回転灯が点滅しているのが見えた。回転灯が放つ光は、雲の膨らみに跳ね返りながら夜空に広がっている。いつしか雨は小止みになっていた。いつ弱まったのか、まるで覚えがなかった。それもそのはずだ。自分は今の今まで暴力の渦に巻きこまれ、一切の時間の感覚を失っていたのだから。足はまだ震えていた。全身が痛みでこわばっている。ずぶ濡れになり、泥まみれになり、服は破れていた。出血は止まっていた。あるいは、雨が流れる血を洗い流しただけなのだろうか？

これだけの目に遭いながらも、気分は良かった。陶酔と言ってもいい。爽快だった。自分たちは手がかりをつかんだ。容疑者を捕まえたのだ。ようやく。

「やつにはアリバイがあったわ」ジーグラーが部屋に入りながら言った。

セルヴァズは憲兵隊本部にある小部屋で応急手当てを受けているところだった。ヘリコプターで街の病院に搬送されるのを断ったため、代わりに外から医師が呼ばれていた。医師は一通り診察し、体のあちこちに触れては「ここは痛みますか？」と尋ねたあと（触れるたびに、痛みが走った）、上半身と頸部のレントゲンを撮ることを強く勧めた。あれだけ大量の鼻血が出たにもかかわらず、鼻の骨は奇跡的に折れていなかった。鼻の孔にはガーゼを丸めたものが二本突っこまれて、背中にできた無数の傷にも消毒が施された。

「なんだって？」セルヴァズは思わず訊き返した。ジーグラーは、やつにはアリバイがあると言ったのだ。

青白い蛍光灯の明かりの下で、セルヴァズはテーブルの端に座っていた。看護師が六センチ幅の包帯を青あざだらけの上半身と傷だらけの脇腹にぐるぐると巻いている。セルヴァズはこの光景に既視感《デジャビュ》を覚えた。少し前にも似たような経験をしたばかりではなかったか。ちょっと癖になってきているのかもしれない。

「あのバカには、アリバイがあったのよ。おそらく何か別の犯罪を犯していて、それでわたしたちが捕まえにきたと思いこんだようね。札付きの累犯者で、仮釈放中。だからあいつはこっちを見るなり、とっさに逃げだしたのよ。でも、マルシアル・オジエ殺害については白だった。ボッシャーはあの夜、女と一緒に過ごしていたそうよ」

「その女性は認めたのか？」セルヴァズは尋ねた。包帯と看護師の指が傷だらけの皮膚に触れるたびに、痛みで震えあがった。

「ええ」

セルヴァズは天井に黒っぽい染みが広がっているのに気づいた。雨漏りしているようだ。水滴が落ちる場所にはすでにバケツが置かれている。雨が降るといつも漏るのだと、アンガールが前に話していた。修理のできる職人を探したが、お役所関係は報酬は安いし、支払いがいつも遅れると言って断られたらしい。そういえば、会議室の吊り天井も、一枚プレートがなくなっていた。セルヴァズは以前、介入作戦の際に同行した犯罪対策班《BAC》の警官が、穴だらけの防弾チョッキを着ていたことを思い出した。これじゃ意味がないだろうと言うと、その警官は「自分の身を守るためじゃないんですよ」と言った。「妻とガキどものためです。自分が作戦中に撃たれて、このチョッキを着ていなかったら、義務の不履行ってことで、妻と子どもたちは遺族年金をもらえなくなってしまいますからね」

「その証言は信頼できるのか？」セルヴァズは尋ねた。ボッシャーの女なら、かばうために嘘くらいはつくかもしれない。

ジーグラーは返事をためらっている。

「ええ、信頼できる証言だと思うわ」そして、そばに立っているアンガールに振った。

「エロワ、あなたはどう思う？」

話を振られたアンガールも、決まりが悪そうにしている。

「はあ、彼女の誠意を疑う理由はありません」アンガールは見るからにばつが悪そうだ。

セルヴァズは眉根を寄せた。

「ええ、まあ……。ボッシャーが会っていたのは、うちの隊の憲兵の女性だったもので」

「知り合いなのか？」

ジーグラーは全員に聞こえるようなため息をついた。

「とりあえず、ボッシャーを尋問するわ。採石場のほかの同僚たちについて何か口を割るかもしれないし。どっちみち刑務所へ戻ることはわかってるんだから、ボッシャーも協力的な態度を見せておいたほうが身のためよね」

ジーグラーはそう言ったが、落胆の色は隠せないようだった。

土曜日

36

その晩、ボッシャーは何も言わなかった。だんまりを決めこんだらしい。セルヴァズはジーグラーと一緒に手早く夕食を済ませたあと、ホテルの部屋に戻った。医師は鎮痛剤を処方してくれていた。コデイン三十ミリグラムとパラセタモール五百ミリグラムの合剤を一日六錠。医師は、痛みが引いたらすぐに服用を中止するよう忠告した。また、服用すると眠気を催すリスクがあるとも言われたが、今のところ、あらゆる痛みはあっても、眠気だけは感じなかった。

それにしても、かつてこれほど異様な状況に直面したことはあっただろうか。セルヴァズは思った。村の全住民が谷に閉じこめられ、しかもそのなかに、殺人犯が紛れこんでいるのだ。ボッシャーはアリバイのおかげで犯人のリストからは外れたが、爆発物を取り扱う人間のなかに容疑者がいることはほぼまちがいないだろう。残る六人の名前は、手元にあった。

ヴィンチェンツォ・ベネッティ

グレゴリー・ボッシャー
ナーダー・オスマニ
フレデリック・ロズラン
アントニオ・ソウザ・アントゥネス
マヌエル・ティシェイラ・マルティンス
アブデルカデル・ゼルキ

ジーグラーは明日、この六名を一人ずつ尋問すると言っていた。セルヴァズはこのなかの誰かが真実を漏らしてくれることを願った。表情や仕草、まなざしで心の内を見せてくれることを。ジーグラーが正面から尋問するあいだ、自分は死角に立ち、彼らをじっくり観察するつもりだった。連中が口慣れた嘘を繰りだしても、自分は言葉によらないコミュニケーションやボディランゲージが露呈する真実を見極める。小さな嘘から大きな嘘まで、見逃すつもりはなかった。

だが、それよりも頭にあるのは、やはりマリアンヌのことだった。どこかにマリアンヌへと続く扉があるはずだった。まだ開かれていない扉が。マルシャソンは死んだ。階段から落ちたというが、突き落とされたのだろうか。その可能性はある。ほかには何があるだろうか。工場跡の窓に描かれたメッセージ。いったい誰が書いたのだろうか。なんのために？　セルヴァズはベッドのヘッドボードにもたれて座っていたが、ふと立ちあがり、窓のほうへ向かった。顔がひどく腫れているのを感じた。頬骨のまわりの皮膚は引きつれ、鼻の孔にはガーゼを丸めたものが詰められている。煙草を吸いたかった。だが、レアのことを思い、ニコチンガムを嚙んだ。村の明かりを見つめながら思いを馳せた。マリアンヌ……マリアンヌはそこにいる。あのなかのどこかに。

そのうちに、鎮痛剤が効いてくるだろう。セルヴァズは携帯を手に取ると、ギュスターヴとレアに電話をすることにした。薬が効いて朦朧《もうろう》としはじめる前に。

女は目を開けた。

夜中に眠りから覚めたのだ。じっと耳を澄ます。夜のなかを、嵐は激しく吹き荒れているようだ。雷鳴が山々の上空で轟いている。まるで一斉砲撃のように。いや、戦争がどんなものかは知らないが、戦いの音とはこんな感じなのだろう。女は思った。隣で寝ている夫ならよく知っているのだろうが。夫は元軍人だった。カラシニコフ銃で足を撃たれ、数カ月前にマリ北部から帰還したばかりだった。かの地のイスラム過激派《ジハーディスト》に対抗するフランスの軍事作戦に参加していたのだ。

空は雷鳴に揺れ、激しい雨が山小屋の雨戸を叩いている。風がスレートぶきの軒下をひゅうひゅうと吹き抜けていく。だが、怖くはなかった。自分は安全だと感じた。その意味で、嵐は好きだった。外ではどんなに自然が猛威を振るっていても、自分はこの暖かい家のなかで、堅固な壁と雨漏りのしない屋根に守られ、夜の波間に浮かぶ救命ボートのように心地よいベッドで休んでいられるのだから。

女はすぐ横で眠っている夫の規則的な寝息に耳を澄ました。いびきではない。深い呼吸の音だ。ふと、自分はリビングの雨戸を全部閉めただろうかと思った。そして、そんなことを思いついた自分をつくづく恨んだ。出かけるときと同じだ。車に乗りこむ前に、家の玄関に鍵をかけたかを確認しに三度目に戻ってくるときみたいに……。鍵がかかっていることは重々わかっていながら、確かめずにはいられない。この衝動は自分では抑えられないのだ。

この症状には名前がついていた。強迫性障害。誰もが知っている障害だ。だが、知っていることと、治すことはまた別の話だ。

自分でもわかっていた。雨戸はちゃんと閉めたのだ。百パーセントまちがいない。毎晩、寝る前には、必ず家中の窓を確認してまわるのだから。雷が落ちる音がした。それほど遠くないところだ。風がうなり、雨が降りそそいでいる。女は目を閉じた。もう一度眠りにつこうと試みた。また目を開く。やっぱりだめだ。リビングのあの雨戸……もしかしたら、閉め忘れたかもしれない。いったん芽生えた疑いは、心に取り憑いて離れなかった。忘れたはずはないとわかっていても。

仕方ない。女は布団を押しのけた。たいしたことじゃない。女は自分に言い聞かせた。さっと見てまわるだけだ。家中の窓と雨戸が全部しまっているかを確認したら、またさっとベッドに潜りこめばいい。目が完全に覚めてしまう前に。そして、今度こそ朝までぐっすり眠るのだ。

　隣でぐっすり眠っている夫のほうは、夜中にこの種の不安に襲われる心配はなさそうだった。睡眠薬を飲んでいるからだ。だが、夫が別のタイプの問題に悩まされているのを自分は知っている。夫は毎晩のように、悪夢にうなされていた。戦地での経験を夢で繰り返しているのだろう。キャンプを襲うジハーディスト、頭に巻かれた布からのぞくうつろなまなざし、悲鳴、銃声、爆発、パニック、火薬の匂い、汗と恐怖。そして、自分の足に命中した銃弾……。負傷した軍人の八割は、負傷から数週間にわたって急性ストレスに苦しみ、そのうちの三分の一は、その後も慢性ストレスに苦しみつづけるという。陸軍の〈家族支援チーム〉の担当者がそう説明してくれた。ほかの兵士たちと同様に、夫も帰還前の数日間を、軍がキプロスに設置した休養施設で過ごし、フランスに帰国すると、精神科医の治療を受けはじめた。

　夫の症状なら、自分はすっかり心得ていた。夫は些細なことですさまじい癇癪を起こす。家を守ろうとするあまり、なかに入ろうとする者を拒む——ときには自分の家族でさえも。砂漠に築いた陣地を守っているつもりなのだろう。それから夫は、妻や子どもに涙を見せまいと、しょっちゅう隠れて泣いている。小さな物音にもびくっとして飛びあがる。たとえそれが音楽であっても……。それでも自分は、夫の症状に如才なく向き合い、優しさを発揮して、夫の言うことに耳を傾けながら、少しずつ夫の抱えるストレスを和らげていくことに成功した。だが、軍の精神科医には油断は禁物だと言われた。心的外傷後ストレス障害《PTSD》というのは、何カ月も〝ひっそりと〟潜伏していたかと思うと、いきなり再発して、以前よりも激しい症状を見せることもあるのだという。

女はふいに廊下を駆けだしたい衝動に駆られた。雨戸がばたばた揺れていないか、窓が開いていないかを今すぐ確かめたかった。だが、なんとか自分を抑えると、できるだけゆっくりと起きあがり、そっと廊下に出た。忍び足で歩きながら女は思った。これじゃ、どっちのほうが病んでいるのかわからないわね……。女は暗いリビングに入り、照明をつけ、三つの窓を一つ一つ確かめていった。風が激しくうなりをあげ、雨戸をガタガタ揺らしていた。雨が向こう側を殴りつけているのも聞こえる。わかっていたことだが、雨戸はすべて閉まっていた。少しずつ不安は薄らぎ、ストレスは和らいでいく。まったく、似たり寄ったりの夫婦だわ。女はひとりごちながら廊下に戻ると、寝室へ戻る前に、息子のテオの部屋を覗くことにした。これであとはベッドに潜って、朝まで赤ん坊のように眠れると思いながら。

ドアを開けたとたん、頰に冷たい空気が流れてきた。しかも湿っている。女は目を見開いた。体が動かない。心臓の鼓動が一気に加速する。

部屋はほかの部屋のように真っ暗ではなかった。窓は開け放たれ、断続的に光る稲妻の閃光が室内を照らしていた。格子柄のカーテンは窓から吹きこむ突風に揺れ、斜めに降りこむ雨が床を濡らしている。女は恐ろしさに息を鋭く吸いこんだ。自分の慣れ親しんだ世界がみるみる崩壊し、ばらばらになっていくような気がした。自分を取り巻くすべてが悪夢のようで、現実とは思えない。そして、テオのベッドに目を向けた瞬間、喉がふさがった。

ベッドはもぬけの殻だった。

次の瞬間、女は叫んだ。


夫が子ども部屋に駆けつけた。やせ細った上半身は裸のままで、顔は青ざめている。手には、拳銃が握られていた。

軍から持ち帰った拳銃ではない。夫が自分で武器販売業者から買ったものだ。グロック19、九ミリのパラベラム弾。夫自身の言葉を借りれば、〝自分と自分が愛する者たちの人生を託すことができる〟銃なのだという。夫はこの武器の信頼性を説明しながら、このモデルは国家憲兵隊治安介入部隊《GIGN》や特別介入部隊《RAID》を含む、世界中の治安維持部隊、特殊部隊で使用されているのだと言った。そう言われても、自分にとっては、家のなかに銃があると思うと心穏やかではいられなかった。本人は否定しているが、夫がときどき、自殺を考えていることは知っている。だから、いつか夫がその銃口を自身に向けるのではないかと不安だった。あるいは、自分や息子に向けるのではないかと。

だが今は、そんなことを考えている場合ではない。

「テオが……いなくなったの」女は息も切れ切れに言った。喉が詰まって、か細い声しか出てこない。

「家のなかは探したのか？」

「窓が開いてたのよ……」

「家のなかを探せ。俺は外を探してくる」

女は、銃を持つ夫の手を見た。銃口は床を向いている。

「あなた、銃は置いていって」女は頼んだ。「テオを探すのに、銃なんて要らないわ。まちがって撃ってしまったらどうするの？　ウォルター、あの子はまだ十一歳よ。テロリストじゃない」

「安全装置がついてる」夫は言い返した。

女は夫の顔を眺めた。頬はこけ、目はくぼんでいた。長い鼻、赤い唇、まばらに生えたぼさぼさの髭。まるでイエス・キリストみたいだわ――女は思った。銃を持ったキリスト。あるいは、背を高くし、ハンサムにしたチャールズ・マンソンといったところか。いや、マンソンには自殺するだけの度胸はなかっただろう。女は思った。ヒッピーを率いていたマンソンは、自分では手を下すことなく、他人を送りこんでは人を殺させていただけなのだから。

「テオを見つけてきて」女は懇願した。

夫はこちらを見つめた。だが、そのまなざしはうつろだった。

「心配するな。そう遠くへは行ってないはずだ。見つけ出してくる」

夫はそう言って、裏口へ向かって駆けだした。絨毯の上を裸足のままで、前かがみになりながら。まるでゲリラ兵のように……。その瞬間、女は悟った。戦争で、夫は永久に壊れてしまったのだと。

夫——ウォルターは外へ駆けだした。パジャマのズボンがやせ細った腰からずり落ちそうになるのも構わず、家のまわりを探しまわった。あいかわらずゲリラ兵のように上半身を前にかがめながら。足の指は一歩進むごとに、水浸しの草のなかにはまりこんでいる。

「テオ！」ウォルターは叫んだ。「テオ！」

夜は敵意に満ち、とてつもなく危険に見えた。ウォルターは走った。銃をぎゅっと握りしめながら。そしていつしか戦場に戻っていた。敵に囲まれ、偽りの友に囲まれ、夜な夜な陰謀を企てる裏切り者に囲まれていた。自分たちの、つまり西欧の生き方を憎み、その文明や豊かさ、自由を憎む者たちがいた。ウォルターは雨のなかを進みながら待ち構えた。頭に黒い布を巻き、ＡＫ－47の自動小銃をぶっ放して家々に銃弾の雨を降らせては、「神は偉大なり」と叫ぶ野郎が現れるのを。ウォルターは道路に出て、冠水した車道を進みながら息子の名前を呼んだ。それから、家のなかへ戻って声を張りあげた。

「なかにもいなかったか？」

「いないわ！」女は答えた。「警察に連絡する！」

女は吐き気を覚えながら、電話器に飛びかかった。

「子どもが行方不明になりました」アンガールが電話口で言った。

「なんですって？」

ジーグラーはまだ眠りから覚めない重い頭で、アンガールの説明を聞いた。見ていた夢の断片がまだあちこちに残っている。ジーグラーは、ダンスフロアでズズカを愛撫する夢を見ていた。キスをしながら、自分はズズカのスカートのなかに手を伸ばし、太もものあいだに指を入れていた。スワッピング・クラブに居合わせた客たち——男も女も——のうっとりとむさぼるような視線にさらされながら。ズズカは息を切らし、エンジンのように体を震わせては喘ぎ声をあげた。自分は指先でズズカが濡れているのを感じ、その熱を感じていた……。ジーグラーは急いでその夢のイメージを頭から追い払った。ズズカはもう踊れないのだ。でも、まだ愛することはできる。

「殺人事件と関係があると思う？」

「さあ、わかりません」

「今すぐ行くわ」

ジーグラーは通話を切った。一瞬ためらったが、セルヴァズへも電話した。セルヴァズは最初の呼び出し音で電話に出た。その口調も声も、まだ眠っていなかったことを語っていた。ジーグラーは時計を見た。

午前二時だった。

37

近隣の住民は、憲兵隊車両の回転灯に起こされたようだ。雨のなか、すでに野次馬の小さなグループができている。着替えている者もいれば、パジャマの上にガウンを羽織り、スリッパを引っかけただけの者もいた。そして誰もが、雨粒の滴る暗い傘の花を咲かせていた。

通報してきた夫婦の山小屋は、憲兵隊のほか、救援に駆けつけた友人や近所の人々でごった返していた。手がかりよ、こんにちは……。ジーグラーは一人毒づきながら、集まった人たちの不安げなまなざしを眺めた。行方不明になっているテオの両親と同じ、三十代の夫婦。もしかすると、テオと同じ年頃の子どもがいるのかもしれない。それから何もできずにおろおろしている地元憲兵の代表者もいる。家中の明かりが点いていた。さながら失敗に終わった誕生日会のような雰囲気だった。ジーグラーは廊下へ出ると、テオの子ども部屋を覗いた。セルヴァズはこの部屋にいた。開かれた窓を前に、こちらに背に向けて立っている。セルヴァズは窓の外を眺めていた。

ジーグラーは部屋をぐるりと見渡した。いかにも十一歳の男の子らしい部屋だった。壁にはマーベル・コミックのスーパーヒーローたちのポスターが貼ってある。アイアンマン、マイティ・ソー、スパイダーマン、ウルヴァリン。全仏オープンで何回目かの優勝カップを掲げているラファエル・ナダルのポスターもある。床には、ケースに入ったテニスラケットがあり、ブルーの絨毯の上にはトランスフォーマーの人形が散らばっていた。隅には低いベッドが置かれていた。リビングからは、トランシーバー越しの声とざあざあという雑音が聞こえてくる。

「ここは人が多すぎるわね」ジーグラーは言った。

「殺人とはなんの関係もないかもしれないな」セルヴァズが窓の外を向いたまま言った。家の裏にある草地と暗い森のほうを眺めているようだ。

「十一歳の子どもが、自ら家出をしたと思うの？」ジーグラーは半信半疑の色を隠さずに言った。

「あり得ないことでもないだろう？」

ジーグラーはしばらく押し黙ったまま、その仮定に考えをめぐらせた。

「あの父親には気づいたか？」セルヴァズが訊いた。「どう思った？」

ジーグラーは言葉を探した。「心ここに在らず、って感じだったわ」

セルヴァズはようやく振り返ってこちらを見た。両手をズボンのポケットに突っこんだシルエットが、開け放たれた窓を背景にくっきりと浮かびあがっている。窓の向こうでは、バケツをひっくり返したような雨が降っていた。雨音はさながら催眠術のように耳に響いてくる。セルヴァズはこちらへ向かってきた。天井のランプの黄色い光に照らされて、腫れた鼻や頬のまわりに茶色がかった紫色のあざができているのが見える。顔のまだら模様は、まるで仮面舞踏会の狼のようだ。頬も、美容整形外科医がヒアルロン酸を注入したかのように腫れあがっている。

「アンガールとさっき話したんだ」セルヴァズは言った。「テオの父親は元軍人だそうだ。マリで負傷して帰還。心的外傷後ストレス障害《PTSD》を患い、精神科医にかかっている。近所の人たちは、先ほど父親がパジャマ姿で裸足のままで、手に銃を持って家のまわりを走っているところを目撃したそうだ。アンガールによれば、銃の所持許可証は持っているらしい。どこにあるか探さないといけないだろうが」

「でも、今回の事件では、銃で殺された被害者はいないわ」ジーグラーは言った。「何を考えているの？」

「現時点では、まったく何も。ただ、この父親はおそらく戦地で、想像を絶する暴力を目の当たりにしてきたはずだ。心に傷を負っている。悪夢も見ることだろう。もしかすると、暴力や復讐の幻想を抱いて、それを膨らませてきたかもしれない。いずれも無視できない要素だ」

「犯人像には当てはまらないようだけど。子どもの失踪も」

「ああ、わかってる」

そのとき、アンガールがトランシーバーを手に部屋に駆けこんできた。二人は一斉に振り向いた。

「子どもが見つかりました！」

「どこにいたんだ？」

「森のなかです。ここから三百メートルほどのところで」

「怪我は？」

「どうやら無事のようです。でも、それ以上のことはまだ……」


セルヴァズは二人とともに廊下を急ぎ、人々がざわめいているリビングを通り抜けた。植物の鉢が所狭しと並んでいる小さなベランダを乗り越えると、雨の降りつのるなか、山小屋の裏手に広がる草地へ向かって階段を一気に駆けおりた。向こうの森に光がぼんやり浮かんでいるのが見える。雨でぬかるんだ草地には、森のほうまで無数の足跡がついていた。手がかりの採取はあきらめたほうがいいだろう。ジーグラーも足元を見て気づいたのか、顔をしかめている。森のほうから声が響いてきた。やがて、二人の憲兵に連れられて、男の子が姿を現した。歩くたびに懐中電灯の円錐形の光が揺れて、森の空き地があちこち照らしだされている。二人の大人に挟まれた一人の子ども。森のなかから現れた三人。セルヴァズはその光景に、グリム童話やペローの童話を思い浮かべた。テオの母親はすぐさま走りだし、息子をひしとかき抱いた。

セルヴァズは、そばに立っているテオの父親を観察した。父親は放心しているように見えた。まるで、目の前で起きていることすべてが自分には無関係であるかのように。降りしきる雨のなか、父親はその場で微動だにせず、次第に近づいてくる男の子を誰か他人の息子であるかのように眺めている。セルヴァズは、この父親にどことなく見覚えがあるような気がして、記憶をたどった。このキリスト的な風貌……。そう、この男は、映画『奇跡の丘』でキリストを演じた素人俳優のエンリケ・イラソキに似ているのだ。映画史上、最も偉大なキリストを演じた俳優。反フランコ主義の活動家で、神ではなくマルクスを信じていた若いスペイン人。

　父親はあの俳優と同じまなざしをしていた。燃えるようでありながら、優しさをたたえている。年齢は三十代、上半身裸のままで雨に打たれている。パジャマのズボンはずぶ濡れで、股間の陰毛が見えそうなほどずり下がっていたが、本人はまったく気にしていないか、気づいていない様子だった。セルヴァズは、軍隊でほかにもこういう男を見かけたことがあるのを思い出した。

　息子が母親の腕に肩を抱かれながらこちらへたどり着いたとき、父親はその髪をかろうじてなでただけだった。愛情からというより、どこか機械的な仕草だった。テオのほうは父親にはまるで見向きもしなかった。あたかもそこには存在しないかのように、父親の前を通りすぎていく。セルヴァズは父親の様子をうかがった。息子の態度に動揺したり、悲しんだりしているふうには見えなかった。父親の心はどこかよそにあるのだ。もしかすると、今もマリの戦地にいるのかもしれない。セルヴァズは子どものほうを振り返った。テオはゆったりとしたパジャマのズボンの上に上着を羽織っていた。どちらもびしょ濡れだ。髪がその怯えた顔に張りついている。まるでたった今、夢遊病の発作から目が覚めたかのようだ。だが、テオは靴を履いていた。泥だらけで、靴底には大きな泥土の塊がくっついている。

一同は黙ったまま、家のなかに入った。

「息子さんにいくつか質問をしなくてはなりません」ジーグラーは母親に言った。母親はタオルで息子の体を拭いて乾かし、着替えをさせたところだった。

ジーグラーは、テオを連れてきた憲兵たちのほうを向いて尋ねた。

「どこで見つけたの？」

「森の山道です」憲兵の一人が答えた。「森の中ほどまで入ったところでした。少年は最初、こちらの懐中電灯の光に気づいて怯えるような表情を見せたんですが、すぐに落ち着きました。というか、すっかり静かになってしまって」

「どういうこと？」

「あそこで何をしてたのかって訊いたんです。何があったのかって。でもあの子は何も答えませんでした。一言も口をきかないんです」

セルヴァズは、テオを見つめた。歳は十一歳だというが、九歳くらいにしか見えなかった。平均よりも小さく、見るからにひ弱で、セルヴァズはギュスターヴのことを思い浮かべずにはいられなかった。母親がドライヤーで髪を乾かすあいだ、テオはただまっすぐ前を見つめていた。ぱっと見た感じでは、今夜のことで特に心に傷を受けているようには見えなかった。不安げな様子もない。ただ……無関心に見えた。

父親が日頃からうわの空でいるのを見ているうちに、息子のほうも同じように無関心な態度を身につけたのかもしれない。セルヴァズは思った。子どもは親をまねるものだから……。あるいは、薬物を飲まされているという可能性もある。

「医者に診てもらう必要があるわね」ジーグラーが、まるでこちらの考えを読んだかのように言った。「待機中の医師はいる？」

アンガールはうなずいた。

「すぐに叩き起こして、こっちへ来てもらって」

ジーグラーはそう言うと、こちらを向いた。

「あの子に話を聞かないといけないけど、わたしは子どもを尋問する専門家ではないの。あなたはどう？」

セルヴァズは思いついたことがあった。

「精神科医のガブリエラ・ドラゴマンは？」セルヴァズは言った。「ドラゴマンの名刺には、精神科医のほかに、児童精神科医とも書かれていた。尋問の場に同席してもらうよう頼んでみたらどうだろう？」

ジーグラーはいぶかしげな視線を投げた。

「それ、本当にいい考えだと思う？」

と、そのとき、アンガールのトランシーバーからざあっと音がした。

「不審なものを見つけました」憲兵の声が言った。

「何を見つけたんだ？　どうぞ」アンガールが発信ボタンを押して尋ねている。

「子どもの足跡のそばに、別の足跡がありました。大人の足跡です。どうぞ」

セルヴァズは、ほかの二人と顔を見合わせた。

「行きましょう」ジーグラーが言った。


ジーグラーは足跡を眺めた。靴のサイズは、41から42（約二十六センチ）。靴底がぎざぎざになっている男ものの靴らしい。足跡は暗い森の奥深くへと続く山道で見つかっていた。夜中の暗い森は、子どもが一人で入りたがるような場所ではない。だが、連れがいたのなら話はわかる。大人の足跡は、明らかにテオの足跡のそばに並んでいた。あっちへ行ったり、こっちへ行ったりして、まるで二人でおしゃべりをしながら森のなかを散歩していたかのようだ。そしてある時点で、大人の足跡は森のほうへ遠ざかり、テオだけがその地点に残った。足跡はまだ新しかった。そうでなければ、とっくに雨で消されていただろう。

「この足跡の追跡は誰かしてくれてる？」ジーグラーは、大人の足跡のほうを指しながらアンガールに尋ねた。

「はい」アンガールが答えた。

「まさかとは思うけど、あなたたち憲兵の誰かの足跡っていうことはないわよね？」

「いいえ、それはありません」足跡を発見した憲兵が請け合った。「子どもを発見した憲兵二人以外は、誰もこの場所まで来ていませんし、この足跡は憲兵のものではありません。憲兵たちの足跡はあっちです」そう言って、憲兵は近くにあったほかの足跡を示した。

「よかった。でも念のため、家のなかにいる人たちに、わたしたちが駆けつける前に誰もここには来てないかどうか確認しておいて」

ジーグラーはもう一度、足跡を見おろした。土砂降りの雨と山道を流れる泥のせいで、すでに少しずつ形が消えかかっている。サンプルを採取する時間はないだろう。せっかく証拠が残ってるときに限ってこの雨だ。もう、やってらんない！

「誰か、定規を持ってきて！」ジーグラーは家のほうにいる取り巻き連に向かって叫んだ。「子ども部屋のどこかにあるはずよ！　大至急！」それから、鑑識のカメラマンを呼んで」定規を待つあいだ、ジーグラーは足跡のそばにしゃがみこみ、携帯を取り出した。そして、足跡の大きさがわかるように自分の手をそばに並べると、もう片方の手で携帯を持ちながら撮影ボタンを押した。カメラのフラッシュが光った。


「どうだった？」それから五分後、セルヴァズは尋ねた。ジーグラーが精神科医のドラゴマンにテオの尋問を電話で依頼したところだった。

「夜中に叩き起こされて、控えめに言っても、かなり不機嫌だったわね」ジーグラーは携帯を戻しながら言った。「せっかくエロティックな夢を見てたのに、無理やり引きずりだされたって言うのよ。なんでもめくるめくような夢で、〝オニ〟に抱かれていたとかなんとか……。たしか、そういう言葉だった。でも、テオのことを話したら、とたんに目が覚めたみたいで、すぐに来ることを承諾したわ。自分が行くまでは、尋問するのは待つようにとも助言された。テオは自分の部屋とか、どこか安心していられる場所で休ませて、家のなかにいる人たちからは遠ざけておくようにって。待っているあいだは、不安にならないように、母親にしばらくそばについていてもらうといいって。でも、ほかの誰とも話をさせないようにって言われたわ。ところで、〝オニ〟ってなんのこと？」

「日本の怪物のことだろう」セルヴァズは答えた。「虎の皮のふんどしを締めて、肌は赤くて、頭には角を生やして、巨大な図体をしているっていう想像上の怪物だよ」

「要は、日本版の悪魔ってことね。興味深い夢だこと」ジーグラーが皮肉を言った。

「きみのことをからかってるんだ」

「そうみたいね。電話でこういうふざけたことを言ってきたのが男だったら、自分はどういう反応をしたかしらって思うわ」

38

ガブリエラ・ドラゴマンはショート丈のダブルトレンチコートを脱ぐと、まるで洒落《しゃれ》たレストランのクローク係にでも預けるように、雨の滴るそのコートを憲兵の一人に手渡した。コートの下には、胸元がカシュクールになった暗い赤紫色《ローズウッド》のオールインワンを身につけている。こちらもショート丈で、日焼けした脚はもちろん、むきだしの肩やシリコン製のバストを一挙にふんだんに見せつけることができるデザインだった。さらに、ゴールドの時計とハイヒールがこのスタイルを完成させている。

リビングにひしめいていた憲兵たちは、ドラゴマンが通ると次々に振り向いて視線を浴びせている。セルヴァズは、それがジーグラーを苛立たせているのに気がついた。ジーグラーからすれば、この状況で精神科医が身につける服装としてはどうなのよ、と言いたいところなのだろう。

だが服装はともかく、口を開けば、ドラゴマンはたちまちプロの顔を見せた。その口調は前回会ったときと同様に、専門家然として傲慢で、冷たかった。

「その子はどこに？」

「子ども部屋です」ジーグラーが答えた。

ドラゴマンは家のなかをざっと見渡した。憲兵たちはドラゴマンの姿をあからさまにじろじろと見ている。

「ここは人が多すぎるわね。医師の診察は済んでます？」

ジーグラーは医師の名前を告げた。ドラゴマンも知っているようだった。

「怪我はなし、目立った外傷なし、性的暴行の跡もありません。ただし、森のなかに少年と一緒にいたらしい大人の足跡が見つかっています」

ドラゴマンは目を細めた。事件の概要については、すでに電話で伝えてある。

「母親は、付き添っていますか？」

「はい」

「父親は？　少年は父親のところへは行きましたか？」

ジーグラーは首を横に振った。

「テオは父親を無視していました。父親は心的外傷後ストレス障害《PTSD》に苦しんでいます。戦闘で負傷した元軍人で、軍の精神科医のもとで治療を受けています」

「その話は聞いたことがあるわ」ドラゴマンは言った。

それからドラゴマンは、ブロンドの前髪の下にある黒いくっきりとした眉をひそめた。

「子どもの患者と初めて会うときには、わたしはいつも、その家族の形態にとりわけ注意を払うことにしています。テオくらいの年齢であれば、母親にくっついていること自体はごく一般的なことで、とりたてて引き出せるような情報はありません。ただ、テオのように、子どもが母親にだけなついている場合、母親は子どもの世界において絶対的な権力を持つものです。そして、面談などにおいても、母親は臨床医を――今の場合は警察ですが――自分の支配下におこうとします。意識的にせよ、無意識にせよ、子どもとほかの大人とのコミュニケーションをゆがめようとするのです。ですから、テオと話す際には、母親には部屋から出てもらわなくてはなりません。テオはもう安心を取り戻しているでしょうから、母親抜きで質問に答えてもらいます。それから、テオから確実に情報を引き出したいのであれば、相手がこちらに心を許して友好的にやり取りできるコミュニケーションを確立する必要があります。テオの心にずかずかと入っていくような質問は避けるべきです。相手に拒絶されては元も子もありませんから。とにかく、会話の誘導はわたしに任せてください。では、行きましょう」

ドラゴマンはそう言って、板張りの廊下を進んでいった。ジーグラーに続いてセルヴァズもあとについていく。どの部屋も同じ板張りになっているようだ。子ども部屋を覗くと、テオは床に置かれたクッションの上に座っていた。宿の主人の息子マチスのように、タブレットで遊んでいる。そばに母親がいた。

「こんばんは、テオ」ドラゴマンが声をかけた。

その声は、温かく親しげでありながら、同時に有無を言わせぬ空気を含んでいた。セルヴァズは、テオがドラゴマンを興味津々で見つめていることに気がついた。ドラゴマンはどうやら子どもの注意を引くことに成功したらしい。ジーグラーにはできなかったことだ。

「座ってもいいかしら？」

ドラゴマンはテオの返事を待つことなく、別のクッションを手に取り、テオから五十センチの距離に置いた。パーソナルスペースにおける密接距離と個体距離のちょうど境界上、つまり、それ以上近づかれると不快に感じるぎりぎりの位置ということだ。セルヴァズはそこまで考えて、ふと思った。ソーシャルディスタンスや人との距離感というのは、子どもも大人と同じなのだろうか。

ドラゴマンは、最初の五分をたっぷり使って、テオにおもちゃのことを質問した。傍《はた》から見ると、ドラゴマンがその話題に夢中になっているように見える。ドラゴマンは明るく、いかにも楽しそうに笑った。これが先日と同じ人物なのだろうか。セルヴァズは軽い驚きを覚えた。奇妙な絵画が飾られた超近代的なトーチカの自宅で、よそよそしく傲慢な態度で自分たちを迎えた女性の面影は、ここにはなかった。

やがて、ドラゴマンは母親に言った。

「お母様はしばらく席をはずしていただけますか」

「わたし……」

「お願いします」

それはお願いではなかった。命令だ。冷淡で絶対的な命令。母親は青ざめて立ちあがった。ドラゴマンはそれからテオのほうを向くと、秘密の相棒のようなほほ笑みを投げた。

「テオ」母親が部屋を出るのを確かめてから、ドラゴマンは言った。「これからここで話すことは、あなたのパパにもママにも内緒よ。わたしからはご両親には何も言わない。でもあなたは、話したくなったら自由に話していいのよ。あなたが自分で決めていいの。わかった？」

テオはゆっくりと首をたてに振った。

「今から話すことは、わたしたちだけの小さな秘密。わかった？」

テオは再びうなずいた。

「よかった。じゃあ、教えてくれる？　さっき憲兵隊の人たちがあなたを見つけたとき、あなたは森のなかにいたわね。森のなかでなにをしていたの？」

「なに？」

「森のなかでなにをしていたの？」

「話したくない」テオは答えた。

「どうして話したくないの、テオ？」

「だって」

「テオ、さっきも言ったでしょ。あなたから聞いたことは、パパにもママにも言わないわ。二人だけの秘密よ」

「これ、メガトロンっていうんだ」テオがトランスフォーマーのフィギュアを一つ見せながら言った。「ディセプティコンのボスなんだよ」

「テオ、森のなかでなにがあったのか、話したくないの？」

「うん」

「どうして？」

「話したくないったら、話したくない！」テオはいきなり大声を張りあげて叫んだ。「いやだ！　あっちへ行け！」

「じゃあ、これは？　これはなんていうの？」ドラゴマンは慌てて別のフィギュアをつかんで尋ねた。

テオは、急に静かになり、ため息をついた。

「それはコンボイ！　もう！」

テオは、そんなことも知らないの、と言わんばかりにがっかりしている。

「テオ、絵を描くのは好き？」

するとテオは顔をあげ、ドラゴマンをじっと見つめた。そしてうなずいた。

「じゃあ、わたしに絵を描いてくれないかしら？」

テオは自分の小さな勉強机に向かい、一枚の紙と色鉛筆を持ってきた。

「さっき、森のなかにいたときのあなたの絵を描いてみない？」

セルヴァズは思わず息を止めた。テオは考えている。やがて、色鉛筆を取り出すと、絵を描きはじめた。ドラゴマンはそっと立ちあがり、部屋の隅で見守っていたジーグラーと自分のところへやってきた。

「子どもの場合ですが」ドラゴマンは小声で説明を始めた。「七歳から十一歳頃までは、こういった調査の際のコミュニケーション手段の一つとして、絵を描く作業が推奨されています。まずは遊戯から入って打ち解けながら、絵を描いてもらい、そのあと、専門用語で言うところの〈大人タイプの対話〉に入るのです」

同じ精神科治療でも、子どもの患者と、種々の性的倒錯《パラフィリア》に苦しむ大人の患者とでは、ドラゴマンが治療に用いる実践テクニックにも大きな開きがあるのだろう。セルヴァズは思った。とはいえ、現代社会はますます幼児化し、成人男性の多くが、子ども時代と決別したがらないでいる。治療のメソッドも、そのうちに大人と子どもの区別が要らなくなったりするのだろうか。

「できたよ！」テオがうしろで叫んだ。

ドラゴマンがさっそくテオのほうへ戻った。そして前にかがむと、マニキュアの塗られた指で絵の描かれた紙を受け取った。

「見せてもらってもいい、テオ？」

テオは大きくうなずいた。上手く描けたようで、見るからに得意げだ。セルヴァズはジーグラーとともにドラゴマンのそばへ寄った。そしてテオの絵を見た。森の木々が黒い色鉛筆で大雑把に描かれ、雨がブルーの短い線で筋状に走り、木々の真ん中には奥へと続く山道が茶色で描かれていた。そしてそこには、並んで歩く二人の人影があった。一人は大きく、一人は小さい。

子どもと大人の人影だった……。

「テオ、これは誰かしら？」

ドラゴマンが子どもの横に描かれた大人の人影を指して尋ねた。セルヴァズは思わず身震いした。ざっと描き殴られたこの絵には、どことなく心をざわつかせるものがあった。何かこちらを不安にさせるようなものが……。絵を眺めているうちに、セルヴァズは得体の知れない恐怖を感じた。まるで絵にいきなり命が吹きこまれ、この人影が紙から逃げていきそうな、そんな気がしたのだ。セルヴァズは絵から目をそらし、テオのほうに視線を戻した。テオは再び黙りこみ、自分の沈黙の殻に閉じこもっている。

「これが誰なのか、言いたくないの？」

ドラゴマンの声は、あいかわらず柔らかで穏やかだった。その声音は、本能をつかさどる爬虫類脳をマッサージするように優しく響き、傍らで聞いている自分でさえも無感覚ではいられなかった。だが、テオは首を横に振った。

「どうして？」

返事はない。

「テオ、わたしはあなたのお友だちよね。そうでしょ？」

テオは黙ったままうなずいた。

「じゃあ、どうして言いたくないの？」

返事はない。

「どうして靴を履いたの？　どうしてこんな夜遅くに、森のなかへ行ったのかな？」

返事はない。

「誰かと約束をしていたの？」

返事はない。

「その話はしちゃいけないことになってるのね、そうでしょ？」

セルヴァズは、テオがドラゴマンのほうを見ることなく、うなずくのを見た。テオはまっすぐ目の前の一点をじっと見つめている。

「この絵はもらってもいいかしら？　わたしに描いてくれたの？」

もう一度、テオはうなずいた。ドラゴマンは絵を手にして立ちあがりながら、ずりあがっていたオールインワンの裾を引っ張った。セルヴァズはつかの間、その日焼けした脚に見とれた。

「今夜はこれ以上訊いても、何も言わないでしょう」ドラゴマンはテオから離れて言った。「こちらの人数が多すぎるし、この年頃の子どもにはプレッシャーをかけすぎだと思うわ。この時間で疲れてもいるでしょうし。それに、誰かに口止めされているのだとすれば、今の段階で口を割らせようとするのは時期尚早です。何回か面談を重ねないと。でも、いずれは話してくれるはずです」

「でも、我々には時間がないんです」ジーグラーは指摘した。

するとドラゴマンは、相手を見下すような敵意のこもった視線を投げた。

「もっといい方法をご存知なら、いくらでも聞かせていただくわ」

セルヴァズは、ジーグラーの顔がみるみる怒りで赤く染まっていくのを見た。

テオの部屋を出ると、廊下で待っていた母親がテオのもとへ駆けこんでいった。リビングは今や、もぬけの殻になっていた。残っていたのは父親一人だけで、肘かけ椅子にぐったりと座りこみ、頭をうしろに反らし、足をローテーブルの上に載せて、天井をじっと見つめている。その様子はまるで、十字架に磔にされたまま、地面に横たえられているキリストのようだった。

ジーグラーは父親に近づき、静かな声で話しかけた。おそらく明日、憲兵隊本部に来るようにと頼んでいるのだろう。父親は天井を見つめたまま、ぼんやりと聞いている。

夜の雨のなかへと足を踏みだしながら、セルヴァズは、先ほどテオの絵を見たときに感じた言いようのない恐怖がいまだに消えずに残っているのを感じた。それどころか、不安は高まる一方だった。この谷で起きていることは、単なる一連の犯罪というレベルを超えている。その一つ一つがおぞましいだけではない。全体が常軌を逸している。八年の時を経て助けを求める電話、マリアンヌ、むごたらしい死にざまを示す複数の死体、山崩れに爆薬。そして今度は、夜の森で大人が子どもを連れまわし、しかも子どもはそのことを話そうとしないのだ。まるでわけがわからない。

「何か自分たちの理解を超えたことが起きている気がするんだ」セルヴァズは車に乗りこ

みながら言った。「こちらが想像するよりも、何かもっと、ずっと恐ろしいことが……」

雨が車の屋根を叩いていた。

「裸で凍死させられて、腹にプラスチック製の赤ちゃん人形を押しこまれるよりも恐ろしいこと？」ジーグラーはエンジンをかけながら、いぶかしげに言った。「滝の下で全身を縛られて、口を開いたまま溺死させられるよりも怖いことだっていうの？」

「これまでに、きみと私が直面してきたどんなものよりも恐ろしいことだ、イレーヌ」

ジーグラーはワイパーを作動させた。雨がフロントガラスの上で踊っている。

「二〇〇八年から九年の冬のことを忘れてる。サン＝マルタン・ド・コマンジュの事件を」

「いや、何一つ忘れてはいないよ。だが、今ここで起きている事件の裏にいる連中、我々が相手にしている敵は、もしかするとあのジュリアン・ハルトマン以上に狡猾《こうかつ》で、陰湿な人間かもしれない。毎日、職場や通りで顔を合わせている人たちは、相手が悪魔の化身だとは気づいていない。どれほど相手が危険なのか、まるで気づいていないんだ。そしてここでは、誰も連中から逃れることはできない」

「もう、おかしなこと言わないでよ」

口ではそう言ったが、ジーグラーは経験上、セルヴァズの直観は無視できないことを十分わかっていた。そして今夜はもう、眠れそうにないことも。

39

気がつくのが遅すぎた――セルヴァズは思った。

テオの家を出て、ホテルまであと一歩のところで、玄関前に五十人ほどの群衆がうごめいているのが目に入ったのだ。なにやらスローガンを声高に叫んでいる。このホテルに寝泊まりしている憲兵たちを叩き起こそうというのだろう。夜の闇に包まれたこの時間、通りにはその訴えをぶつける相手などほかには誰もいないからだ。

「まいったわね」ジーグラーがこぼした。

案の定、憲兵隊のフォード・レンジャーが通りに差しかかるのを見つけるやいなや、群衆はこちらに殺到し、たちまち車を取り囲んだ。ガラス窓の向こうには、怒り狂った顔や単に好奇の目を向ける顔が重なりあっているのが見える。急ごしらえで作られたらしいプラカードが一、二枚、警察や村は何もしないと糾弾していた。そのうちの一つには、〈子どもたちを守れ！〉と書かれている。拳で車体を叩く音も聞こえてきた。もう引き返すわけにもいかない。こんな時間にもかかわらず、どうやらテオの事件がＳＮＳや携帯電話によって瞬く間に広まったらしい。そして誰かが、この群衆をベッドから引っ張りだして抗議にいこう、という名案を思いついたのだろう。

「まったく、何なのよ」ジーグラーがぶつぶつ言いながら運転席のドアを開けた。

その瞬間、口笛と野次が湧き起こった。ジーグラーが群衆をなだめるように両手をあげる。セルヴァズも助手席から降りた。

「落ち着いてください！ ここを通してください。ご存知のように、捜査は現在進行中です。捜査は……進展しています！」

だが、ジーグラーの発言にはお構いなく、叫び声と口笛はいっそう激しさを増している。

「誰か、皆さんの代表として話せる人はいますか？」ジーグラーは叫んだ。

セルヴァズは、群衆のなかに一瞬、逡巡するような動揺が走ったのを感じた。やがてなかから、髭面のたくましい大男が名乗りをあげ、一歩前に進み出た。肩幅が広く、筋骨たくましい男で、一般的に体力と持久力を必要とする肉体労働に従事していそうな体格をしている。精悍《せいかん》な顔つきに突出した眉弓、太い眉の下にある目は、厳しく冷たい輝きを放っていた。ただ、この熱狂的な群衆の代表として出てきたにしては、少なくともぱっと見た感じでは、男に過激な活動家らしいところはどこにもなかった。むしろ男は、自分が正当だと納得できる限りにおいては権威を受け入れ、自分のモラル的に良しとする法律にのみ服従するといった、いわゆる自由人に見えた。年齢はおそらく五十代だろう。

「おれが話そう」

「お名前は？」

「こっちの名前を知ってどうするつもりだ？　逮捕でもするのか？」大男は群衆を味方につけて、挑戦的ではあるが、とりたててむきになることもなく言い返した。

口笛と罵声があがった。セルヴァズはとっさに背後を見張った。夜中に警官二人を襲うのは簡単だと考える熱狂者が、いきなり襲いかかってくるかもしれないと恐れたのだ。だが、恐れるようなことは起きなかった。結局のところ、ここにいるのは一連の事件で怒りや不安を抱いている善良な村民ばかりなのだ。それにこの状況下では、その不安も大いに理解できることだった。

「逮捕ね、今はしないわ」ジーグラーはほほ笑んで言った。「便宜上、下の名前だけ教えてもらえないかしら？」

「ウィリアムだ」大男はひどく慎重に言った。まるで、この一回きりの譲歩でも、警察を相手に権利の放棄につながりはしないかといぶかるように。

「では、ウィリアム、あなた方は、具体的に何を望んでいるんですか？」

セルヴァズは、大男の厚い唇に愉快そうなほほ笑みが浮かぶのを目にした。虚栄の瞬間を味わっているようだ。だが、大男はすぐに真剣な表情に戻った。

「おれたちが何を望んでるかだって？」ウィリアムはジーグラーの言葉を繰り返し、わざとらしく驚いてみせながら群衆のほうを振り返った。「真実だよ。あんたらの捜査がどうなっているのか、本当のところを知りたいんだ。今夜、十一歳の少年が大人に連れだされて森のなかにいるのが発見された。俺たちは、あんたら憲兵隊が子どもたちや村の人たちを守るために何をするつもりなのかを聞かせてもらいたい」

「今の段階で捜査のことはお話しできないのは、皆さんもよくご存知でしょう」ジーグラーは、取り巻く人々にも聞こえるように声を張りあげた。「捜査は前進しています。時期がくれば、もっとはっきりしたことをお知らせします」

「いつ？」ウィリアムが尋ねた。

「嘘はつきたくありません。それはわたしにもわかりません」ジーグラーはきっぱりと言った。

ウィリアムはジーグラーよりも背が高かったが、ジーグラーは怯むことなく相手の目を見据えた。ウィリアムはその態度が気に入ったらしい。髭をなでている。

「あんたらは、本当はもう手がかりをつかんでるはずだと我々はにらんでいる。容疑者もな」ウィリアムは言った。「だが、それがどっかの有力者だったんで、その容疑に確信が持てるまで、あるいは別の容疑者が出てくるまで、あんたらはそれをひた隠しにしようとしてるんだ。それがおれたちみたいな一介の市民だったら、とっくに新聞にさらされてるはずだからな」

ウィリアムはそう言って群衆のほうを見やった。一斉に賛同の声があがった。

「なるほど、そういうことね」ジーグラーは言った。「エリート対庶民、っていう古き良き時代の階級闘争に仕立てたいわけね。確かに、その切り口はパンチが利いてて、うまくいくものだけど」

「それから、道路がいつ開通するのかも知りたい」ウィリアムは続けた。「村長に伝えてくれ。おれたちは働かなきゃならないんだって。ヘリに誰を乗せるのか、いったい誰が決めてるんだ？　おれたちは自分らで決めたいんだ。この谷には、今にも職を失いそうな連中がいる。ただでさえ溺れそうになっているのに、仕事に行けない日が一日増えるごとに、ますます水中に沈められてるんだ。病院で治療が必要な者もいれば、郡庁で大事な書類を書かなきゃならん者もいる」

だが、ジーグラーは断固とした態度を崩さなかった。

「ヘリコプターのローテーションは、救急医療と緊急の不足事態に応じて決められています。もちろん、あなた方の苦情は村長に伝えます」

「それだけじゃ足りない」ウィリアムが言い返した。

ジーグラーは相手を見つめた。

「それなら、どうしろというんです？」

「村長に伝えてくれ。これからは、おれたち抜きでは何もさせない。おれたちの意に反することもさせない。さもなければ……」

「そもそも〝おれたち〟って、誰のことです？」ジーグラーは自分たちを取り巻く小さな群衆をぐるりと見渡した。「さもなければ、何だっていうんですか？」

ジーグラーはそう言うと、ウィリアムの脇を抜け、人波を押しのけながら毅然とした態度で歩きだした。沸き立つ抗議の声や口笛を物ともせずに、ホテルの玄関へ向かっていく。

セルヴァズもジーグラーのあとを追った。背中に罵声が飛び交うなかを階段へと急ぎながら、セルヴァズは以前、出席した会議で心理学者が言っていたことを思い出した。群衆はシンプルな答えを好むのだという。「正義」や「自由」のような言葉。スローガン。群衆は現実よりも非現実を好み、事実よりも信念を好み、権威よりも不服従を、理性よりも怒りを、複雑なものよりも単純なものを好むらしい。また、心理学者はこうも説明した。群衆の要求は、必ずしも理不尽なわけではなく、むしろ正当な訴えである可能性があるし、実際にそうであることも多い。だが、ル・ボン、フロイト、フェスティンガー、ジンバルドーなどによる集団心理学についての研究によると、群衆のなかのほとんどの個人は、一人でいるときには分別があり、理性的であっても、集団のなかに埋没したとたん、抑制が利かなくなるだけでなく、常識や独立心、さらには個人的価値観までも失ってしまうことが明らかになっている。こうした現象を社会心理学では〝集団における没個性化〟と呼ぶらしい。セルヴァズはその表現に膝を打ったものだ。心理学者は蝶ネクタイの上に満面の笑みを浮かべてこう続けた。「その結果、群衆は血を好むようになったのです。ギロチン、放火、投石、リンチ、破壊行為、スケープゴート……」うしろのスクリーンには、インド、パキスタン、中央アフリカにおける暴動の映像が流されていたが、そこには、フランスのパリ郊外のコミューン、ガルジュ＝レ＝ゴネスの映像もまじっていた。

現代の場合は、ことはさらに厄介だ。セルヴァズは思った。SNSの登場で、人々は自分がつながっているグループが垂れ流す、事実と妄想が入り混じった情報のプールのなかに四六時中浸っているのだから。そのせいで、少し前までは自律的で自意識のあった個人までもが、絶え間ない〝没個性化〟に陥っている。

「まったく」ジーグラーはホテルのなかに入りながら悪態をついた。「何なのよ、あの騒ぎは！　冗談じゃないわ！」

「一杯やらないか？」セルヴァズは提案した。

ジーグラーが振り向いた。

「本気なの？　朝の四時なんだけど」

「そう、朝の四時だっていうのに、もう村中が目を覚ましてるんだ。一杯やらなきゃ、やってられないじゃないか」

表の叫び声は少し収まったようだった。いずれにせよ、民衆は今夜、当局との最初の接触を果たした。これからも根気よく試みることだろう。セルヴァズは、先ほどのウィリアムのことを考えた。あの大男は、ただの無分別な男には見えなかった。物事を変えなくてはいけないという真摯な懸念に突き動かされているのにちがいない。とはいえ、この国では人々と当局との信頼関係はとうの昔に崩壊している。セルヴァズはホテル内のバーに入り、警察要請という口実でラフロイグのボトルを手に取ると、ウィスキーをグラスに注いだ。

「状況はだんだん手に負えなくなってきてる」ジーグラーが自分のグラスを差しだしながら言った。「そのうちに連中は、自分たちで犯人探しを始めるわ。誰でもいいから犯人に仕立てることだってしかねない」

「マルタン？　どうしたの？　こんな時間に……」

「すまない、ドクター」セルヴァズは電話口で言った。「ちょっと話したかったんだ」

一瞬、静かになった。セルヴァズはレアがベッドで一人でいるところを想像した。

「どう、あなたの捜査ははかどってる？」レアは眠そうな声で尋ねた。

「私の捜査じゃないよ」セルヴァズは言った。「はかどっているような、いないような。よくわからない」

「ふうん」そう言ってレアはあくびをした。「手を貸してほしい？」

セルヴァズはほほ笑んだ。

「大丈夫だ、シャーロック」

「お好きなように、ワトソンくん。それより、新聞を読んだわ」レアが急に真面目になって言った。「ひどい事件ね。どうやったら、あんなふうに人を殺せるのかしら？」

「まあ、あんなふうでも、こんなふうでも殺しは殺しなんだが」セルヴァズはさりげなく言った。

「もう、そういう意味で言ったんじゃないわ」

レアがベッドのなかで寝返りを打つのが聞こえた。

「もう寝たいか？」

「大丈夫よ、マルタン。わたしが夜中に何度も目が覚めるのは知ってるでしょ？　何か手がかりは見つかったの？」

「今のところは、何も決め手になるようなものは出ていない」セルヴァズは答えた。「そっちは？　どんな一日だった？」

　口にしてみて、セルヴァズは我ながら取って付けたような質問だと思った。それに、レアがまた病気の子どもの話を始めるのではないかと不安になった。だが、レアはその代わりに、まったく別の話を始めた。

「昨日、同僚とやりあったの。あいつったら、みんなの前でわたしの出した診断にけちをつけて、わたしに恥をかかせようとしたのよ。自分は何でもかんでも、誰よりもよく知っているって思いこんでる男。それに、看護師たち全員を足元にはべらせて、どんな女も自分の魅力には抗えないと思ってる。そういうタイプよ、想像がつくでしょ？　もう、腹が立つ！　あいつには我慢ならないわ」

　ふいにセルヴァズは、一抹の疑いを覚えた。

「そいつはなんて名前なんだ？」

「ゴードリーよ。ジェローム・ゴードリー。あなたは知らないはず」

　レアはそう言って、くすっと笑った。だが、その声には苦い思いがまじっていそうだった。セルヴァズは急に胃が痙攣するのを感じた。レアが職場の同僚のことでこんなふうに感情をあらわにすることはめったになかった。レアは相手に激怒しながら、同時に傷ついているようにも聞こえた。それはもしかすると、レアがゴードリー医師とある時期、仕事以上の関係にあったからだろうか？

「それはきつかったな」セルヴァズは言った。

「あんなやつのせいで、なんでこんなにカリカリするのか、自分でもわけがわからない」

「その同僚と仕事をするようになって長いのか？」

「二年になるわ」

二年か。親密になって、それから別れるには十分な時間だ。セルヴァズは思ったが、すぐにそんなことを考えた自分を罵った。こんなのはフェアじゃない。

「あなたに会いたい」ふいにレアが言った。

「私もだ」

「すごく」

セルヴァズは何も言わなかった。二週間前、病院の廊下で、レアがゴードリー医師と顔を寄せるようにして話していたところを思い出していたからだ。あのときは、レアが相手をそれほど嫌っているようには見えなかったが。

「マルタン、何かあるの？」

「いや、いや、別に何もないよ」

「マルタン、あなたのことならよくわかってる。今、何を考えてたの？」

「何もないよ、本当だ」

「仕事のことだよ」セルヴァズは嘘をついた。「この谷のことを考えていたんだ。殺人犯と一緒に閉じこめられた村のことを」セルヴァズは思わず〝殺人犯たち〟と言いそうになった。殺人犯が一人でも十分恐ろしいというのに。「また次の殺人が起きるのだろうかって……。捜査は空回りしているし。それに今夜は、おかしなことが起きたんだ」

「マルタン？」

「どんなこと？」

「一時間ほど前、ホテルに戻ってきたら、玄関前で小さな群衆につかまったんだ。連中はこちらを取り囲んで、今にもつかみかかってきそうだった。あれはかなり、怖かったよ」

　電話の向こうで、一瞬沈黙がおりた。

「一時間前って言った？」

「ああ。どうして？」

　また沈黙。

「じゃあ、それから今まで、何をしてたの？」

「バーで一杯、やってたんだ」

「誰と？　こんな時間にバーなんて、閉まってるんじゃないの？」

「あんなことがあったんで、自分たちでホテルのバーに入って、勝手にやらせてもらったんだ。ジーグラーと」

「そうなの？　じゃあ、彼女と二人っきりだったってこと？」

セルヴァズは思わずほほ笑んだ。

「嘘だろ、嫉妬しているのか？」

「嫉妬しなくちゃいけない理由でもあるの？」

「私を信用してないのか？」

「もちろんしてるわ、マルタン。でもわたし、ネットでちょっと調べてみたのよ。とてもきれいな人ね、イレーヌ・ジーグラーって」

「え、何だって？」

電話の向こうで小さな笑い声が聞こえた。

「冗談よ。でも、なぜだかわからないけど、あなたの話し方を聞いていると感じるの。あなたのイレーヌさんは、きっときれいな人にちがいないって」

「彼女はレズビアンだよ、レア。それに〝私のイレーヌ〟じゃない」

「あなたがそう思ってるだけかも。もしかしたら、バイセクシャルかもしれない」

「きみはどうなんだ？　バイなのか？　ほかの女性を意識したことはある？」

「その話は前にしたでしょ」レアは少しハスキーな声を出して言った。

どうやらレアは、冗談めかしたこの会話が気に入ったらしい。こう尋ねてきたからだ。

「ね、自分でしたい？」

「きみが自分で触れているのを聞きたい」

沈黙が流れた。

「朝早く起きなくちゃいけないのよ、マルタン。わからない……。わたしにしてほしいの？　本当に？」

　レアの声はさらに一オクターブ、低くなった。

「ああ」セルヴァズは答えた。

「本当の本当に？」

「しつこく懇願するつもりはないけど」

「懇願なんてしなくていいの、ハンサムさん。あなたが本当にそうしてほしいんだったら……」

40

霧が出ていた。

灰色の綿の壁が立ちはだかっている。

綿雲の手が村を包みこんでいる。

朝の八時。

セルヴァズはあれから三時間ほど眠った。パジャマ姿で窓の前に立ち、濃い霧に包まれた村の家々の屋根を眺める。それから小さなバスルームへと急ぎ、パラセタモールとコデインの入った錠剤を二錠、水で流しこんだ。全身が痛みを訴えていた。実際、自分は痛みで目を覚ましたのだ。口のなかは嫌な味がしていた。

「犯人、見つかった？」朝食におりた食堂で、マチスが訊いてきた。

セルヴァズはマチスの髪をくしゃくしゃとなでた。

「あとちょっとだ」セルヴァズは嘘をついた。「きみは？　本は読み終えたのかい？」

「あとちょっと」マチスはそう言ってウインクした。

だが、セルヴァズはマチスの手元を見て、思わずがっかりしてしまった。マチスの手にはタブレットが戻っていた。本はどこかへ置き忘れられているらしい。セルヴァズはマチスの顔を見つめた。そこには、小さな大人のような、早く成熟しすぎた子どものような、どこか深刻で悲しげな表情が浮かんでいる。セルヴァズはギュスターヴのことを思った。

「大人になったら、何になりたいんだ、マチス？」

マチスは眉根を寄せて、考えている。

「わからない。まあ、警官には絶対ならないけど」

セルヴァズはその返事に不意を突かれた。

「どうして？」

「だって、うちの父ちゃんは警察を嫌ってるから。みんなが警察を嫌ってる」

あとで宿の主人と話をしなければ。蓋をしていた怒りがよみがえってくる。

「私は警察官だ」セルヴァズは言った。「きみは私のことが嫌いなのか？」

「おじさんは別だよ」マチスが言った。

「そうなのか？　どうして？」

「だって、おじさんはほかの警察官とは違うから。ぼくに本をくれるから。おじさんはいい人だからね」

セルヴァズは、複雑な思いにむしゃくしゃしながらホテルを出た。車まで深い霧のなかを歩いていくと、まるでトルコ式蒸し風呂《ハンマーム》のなかを進んでいるような気がする。霧はひとところにとどまっているわけではなかった。通りへと漂いながら、建物の壁を舐めるように動いている。突然、セルヴァズは首のうしろがこわばるのを感じた。とっさに振り向く。ほんの一瞬、誰かに見られているような気がしたのだ。誰かが自分をじっと観察しているような……。だが、そこには誰もいなかった。

憲兵隊本部に到着し、アンガールの部屋に誰もいないのを見て、セルヴァズは会議室へ向かった。今朝からの不機嫌はまだ胸のなかでくすぶっていた。会議室は朝から蛍光灯が灯されている。憲兵たちはすでに戦闘態勢にあった。テーブルを囲んで、ピリピリと電気が走っているのを感じる。

「大人の犠牲者が三名出たところで、今度は十一歳の少年の事件が発生したわ。少年は真夜中に家を出て、ある大人に森のなかへ連れていかれたらしい」ジーグラーがすでに会議を始めていた。「その大人は、連続殺人の犯人と同一人物なのか？　犯人は少年を殺すつもりで森へ連れだし、最後の最後に実行をあきらめたのか？　それとも、この森の事件は殺人とは無関係なのか？」

ジーグラーはそう言って、ホワイトボードを定規で二回軽く叩いた。ボードには、事件の概略がフェルトペンで描かれている。

「オジエ父子の場合、息子のほうが父親より先に殺されている。今回の件も、父と子が絡む事件なのかもしれないわ。まずは少年テオの両親の経歴を調べてみましょう。父親はマリから帰還した元軍人で、心的外傷後ストレス障害《PTSD》に苦しんでいる。父親についてさらに詳しく洗ってみて。いずれにしても、昨夜、森のなかにいた人物が、カメル・アイサニ、ティモテとマルシアル父子を殺害した犯人でもあると仮定して、この人物のプロファイルを作成するように依頼したところよ」

「でも、その仮定を裏づけるものは何もないですよね？」ヒップスターが声をあげて反論した。「その仮定に引っ張られたら、捜査が前進するどころか、逆に誤った方向に進んでしまうことになりませんか。それよりも、この二つの事件は分けて考えるべきではないですかね？」

セルヴァズは、ジーグラーの鼻がいきり立った馬の鼻孔のようにピクピクと動くのを目にした。ジーグラーはヒップスターにとげとげしい視線を投げている。だが、若いヒップスターの反論は的を射ている。セルヴァズは思った。それは認めざるを得ないだろう。

「それじゃあ、何？」ジーグラーは意地の悪い口調で言った。「代わりに何を提案してくれるわけ？　犯罪捜査部としては昨夜の件はうっちゃって、地元の憲兵隊に任せろっていうの？」

「いいえ、そういうことを言ったんじゃありません」ヒップスターは、ほかの面々を味方につけようと即刻言い返した。「ただ、なんの関係もないかもしれない二つの事件を、無理やり結びつけようとしないほうがいいんじゃないかって思ったんです」

「じゃあ、昨夜、森のなかで少年と一緒にいたのは誰なの？」

「そんなの、僕にわかるわけないじゃないですか！」ヒップスターはお手あげだと言わんばかりに両手を広げてみせた。「もしかしたら、そんな大人はいなかったのかもしれませんよ。みんなあの子の作り話だったたっていう可能性もあるかもしれないし」

ジーグラーは、ここぞとばかりに皮肉で攻撃した。

「そう、それじゃあの子が、サイズ42の靴を履いてたってわけ？」

テーブルの周囲に笑いが起きた。セルヴァズは、ヒップスターの表情が悲しげに変わるのを見た。そろそろ介入する頃合いだろう。セルヴァズは決心した。

「私は彼の意見に賛成だ。森の少年の事件と殺人事件とを、何がなんでも結びつけようとはしないほうがいいと思う。そうするにはまだ時期尚早だ。少年と両親の周辺を洗いだす担当を決めて、そのほかのメンバーはこの件には引きずられないようにしたほうがいい。少なくとも現時点では」

ジーグラーの目に、にわかに鋭い苛立ちの光が宿った。

「マルタン、あなたはここにはいないはずよね」ジーグラーは息巻いている。「それに、この捜査チームの一員でもないわ」

「じゃあ、天からの声が聞こえたってことにしてくれ」

また笑いが起きた。さっきよりも大きな笑いだった。憲兵隊の憲兵たちでも、この部屋に伝説の警官がいることを知らない者はいないようだ。セルヴァズは、ヒップスターがこちらに感謝するようなまなざしを向けるのを見た。ジーグラーのほうは、かんかんに怒っているらしい。

「じゃあ、次」ジーグラーは続けた。「採石場の作業員についてだけど、ボッシャーにはアリバイがあった。というわけで、残りの六名をこれから一人ずつ尋問しなくてはならない。今日が土曜日なのはわかってるけど、それぞれつかまえて、ここに連れてくるように。ほかにも何か別の話や噂がないか探ってみて。山を爆破した犯人がこのリストのなかにいる可能性は高いから」

ジーグラーはそこで少し間を置いた。定規をまたホワイトボードに向けている。セルヴァズは定規の当てられた先を読んだ。**犯人は二人**。

「最後に、法医学者の話では、ティモテ・オジエは、二人の加害者に襲われた可能性があるっていうことだったわ。でも父親のマルシアルのほうは、一度しか殴られていない。これをどう考えるべきか。犯人は二人いるのか。それとも、ティモテのときは一時的に共犯者がいただけで、主犯は一人なのか？」

「それ、ラ・デペシュ紙に載ってます」ちょうど部屋に入ってきた憲兵が声をあげた。「今の疑問について、独自の見解があるようです」

憲兵はそう告げながら、新聞をテーブルの上にばさりと載せた。全員が前のめりになる。記事の見出しが目に飛びこんできた。

エグヴィヴには殺人犯が何人いるのか？
精神科医ドヴェルニ博士による仮説〔六～七ページ〕

ジーグラーは新聞をひったくり、見出しの記事を探してページをめくった。

精神科医ドゥヴェルニ博士は、エグヴィヴ谷連続殺人事件の被害者の一人、ティモテ・オジエをよく知る人物だ。ティモテが少年時代、妹を殺害した罪に問われた際に、博士はティモテの精神鑑定を担当し、もう一人の精神科医とともに、ティモテに刑事責任能力はなかったと結論づけている。ティモテは十六歳のとき、学校から帰宅後、両親の留守中に妹を殺害した。この事件から十五年以上が経った今、今度はティモテ本人が殺される事件が起きた。エグヴィヴ近郊の滝の下で、縛られた状態で殺害されているのを発見されたのだ。エグヴィヴは、オート＝ガロンヌ県とオート＝ピレネー県の県境にある人口四千人の村である。

犯人の殺害動機は、この若者の過去と関係があるのだろうか。奇妙なことに、被害者の父親でトゥールーズの婦人科医であるマルシアル・オジエも、同じ谷で殺害されているのが見つかった。つまり、この一家に恐ろしい苦難が降りかかったのは、娘、息子に続いて、これで三度目ということになる。今や、一家のなかで生き残っているのは母親のアデル・オジエだけだ……。

ところで、信頼できる筋からの情報によると、ティモテ・オジエを殺害した犯人は一人ではなく、二人いる可能性があるという。つまり、ピレネー山脈の人里離れたこの谷には、二人の殺人犯、いわば、人殺しコンビがのさばっているということになる。このコンビには、実はもう一件、余罪があることが判明した。今年二月に亡くなったカメル・アイサニは、同一犯によって殺害されていたことが明らかになったのだ。当時は司法当局によって故意に伏せられていたため、単なる山岳事故とみなされていた。

エグヴィヴでいったい何が起こっているのか？　犯人は誰なのか？　動機は？

そして何より、この人殺しコンビは、再びその牙をむきだしてくるのだろうか。奇しくもこのタイミングで発生した山崩れによって、エグヴィヴは外部へ通じる唯一の道路が寸断され、住民は谷に閉じこめられているのだ。県間道路局の南西部支部によれば、通行止めが解除されるまでには数日間から数週間かかる見通しだという。村の住民がどれほど不安な日々を過ごしているかは想像に難くない。我々の取材に対し、エグヴィヴの村長イザベル・トレスはこう答えている。「谷の住民の安全を確保するために、憲兵隊と協力し、あらゆる手段を講じている」。だが、それもいつまで持ちこたえられるのだろうか？


「人殺しコンビですって？」ジーグラーが叫んだ。「なんてこと！　情報を漏らした馬鹿は誰なの？」

ジーグラーは目の前のチームを見渡した。誰もが目を伏せてテーブルを見つめている。

「まあ十中八九、法医学部門から漏れたんでしょう」ジーグラーはあとから言い添えた。おそらく、目の前のチームを責めているようには聞こえないようにするためだろう。

「ジェラリは問題外だ」セルヴァズは異議を唱えた。「彼女は信頼できる。プロに徹した素晴らしい法医学者だから」

「それなら、ポー病院の誰かってことになるわね……。まったく！　殺人犯が複数いるなんて知ったら、村の人たちはそれこそパニックになるわ。ただでさえ、ぴりぴりしているっていうのに！　何なのよ、もう！」

とふいに、ジーグラーの瞳が光を放った。

「この記事にある精神科医のドヴェルニ博士に話を聞きたいわ。それから、ティモテの精神鑑定を行ったたっていうもう一人の精神科医にも。なんとかして、連絡する方法を見つけて。ラ・デペシュ紙の見解が正しいのかどうか確かめましょう。ティモテ・オジエの過去のなかに、この事件に光を当てるヒントがあるのかどうか……」

「ああいう真似は、もう二度としないで！」

二人になったところで、ジーグラーが突っかかってきた。

「なんの話だ？」

「昨夜の少年の失踪事件とほかの殺人事件は、切り離すべきだって口を挟んだでしょう？あの小生意気な若造をかばったりして」

「悪かった」セルヴァズは反省しているようなそぶりを見せた。

目の前では自動販売機にカップがセットされ、コーヒーが注がれていく。

「あなたは、わたしの権威を貶《おとし》めたのよ」

「だが、あの若造の言うことには筋が通っていた」セルヴァズは取りなした。

「筋なんか通ってないわよ！　あれは単なる男同士の連帯ってやつだったんでしょ。あの若造が女ごときに恥をかかされてるのを見かねて、助け舟を出したんだわ」

「なんだって？」

セルヴァズはまっすぐ顔をあげた。コーヒーがいっぱいになったカップに指をかけたまま、ジーグラーを茫然と見つめた。

「本気でそう思ってるのか？」

「もちろん本気よ」ジーグラーは頑なに言い返した。

セルヴァズはため息をついた。

「男同士の連帯だって？」セルヴァズは信じられない思いで、今耳にした言葉を繰り返した。「イレーヌ……」

「いつだってそうよ。組織の責任者に女性が任命されると、男性陣は決まって、その女性を批判したり、仕事ができないって決めつけたりするんだから」

セルヴァズは唖然としたまま、ジーグラーをじっと見つめた。

「嘘だろ？　イレーヌ、私はただ……」

「あなたが納得しようとしまいと、世の中はそういうふうにまわってるのよ、マルタン。男性が圧倒的に多い職業で女性が成功すると、その女性は男性たちの十倍も批判の的にされるわ。特定の界隈や道を歩くと、女性は嫌がらせや侮辱を受けたり、襲われたりするものだけど、男性はそんな目に遭うことはない。いつの時代も女性は軽んじられ、蔑まれ、あざけられ、非難され、レイプされてきたの。女性を抑圧してきた風潮は今、ようやく変わりはじめたけれど、あなたのような男性たちは、それをなかなか受け入れられずにいるんだわ」

「冗談じゃない」セルヴァズはカチンときた。「くそっ、私を何だと思っているんだ？」

「ほらね。その言葉、その語彙一つとってもわかる。だって……」

ジーグラーは続けたが、セルヴァズはもう聞いていなかった。もちろんジーグラーの言い分がもっともであることはわかっていた。女性と男性についての一般的な考察はジーグラーの言うとおりだろう。セルヴァズは、ジーグラー自身もレイプの被害者だったことを思い出した。二〇〇八年十二月のある夜、ジーグラーはすべてを話してくれた。苦悶の体験、陥った罠、待ち受けていた捕食者たちのことを……。だが一方で、セルヴァズは思った。ジーグラーは自分という人間を誤解している。自分はジーグラーが糾弾したようなことは何もしていない。男の連帯のためにヒップスターを擁護したのではない。ヒップスターの発言がただ純粋に正しかったからだ。それに第一、自分はほかの男連中に肩入れする必要などないのだから。

セルヴァズは、社会の構造がいたるところで破綻し、あちこちに亀裂が広がっていると思った。この国は、内側から崩壊しつつあるのだ。今の議論にしたって、確かにジーグラーの言うとおりかもしれないが、自分たちがこれほど正面から衝突したのはこれまでなかったことだ。今日では、誰もが敵を探しているかのようだ。

「カール・ロジャーズ」セルヴァズはいきなり言った。

「え、何？」

「カール・ロジャーズ。二十世紀で最も偉大な心理学者の一人だよ」

ジーグラーは眉をひそめている。

「なんの話をしてるの？」

「カール・ロジャーズによると、我々の大半は、聞くことを知らない。相手の言うことを聞くのはリスクがありすぎて、それよりも相手を評価したり批判したりしなくてはならないと感じてしまうんだ。それでロジャーズは、意見が真っ向から衝突して和解しあえない人たちのために、あるメソッドを提案した。議論をいったん中断して、次のようなルールを設けるというものだ。発言したければ、まずは相手が表明した考えや感情を自分の言葉で正しく表現しなおす。相手もその表現が自分の言いたかったことと一致すると思ったら、初めて発言することができる。カール・ロジャーズのメソッド、私たちも試してみないか？　どう思う？」

セルヴァズは、ジーグラーの瞳に、極度の苛立ちと驚きが入り混じった感情を読み取った。

と、そのとき、誰かが近くで咳払いをした。

「精神科医のドヴェルニ博士と連絡が取れました」アンガールが言った。「今すぐなら、ビデオ通話でお話を伺えるそうです。ティモテについて、何か明らかにしたいことがあるとおっしゃってます。それから、当時、精神鑑定でティモテに刑事責任はないと結論づけたもう一人の精神科医についてもお話があるそうです。その精神科医ですが、名前がわかりました。ガブリエラ・ドラゴマンです」

41

磔刑の図。胸をあらわにした女性。犬。馬。コウモリ。いずれも聖なる十字架に釘で打ちつけられている。ここへ来るたびに、アドリエル神父は自問した。この画家は、何を表現したかったのだろうかと。

神への冒瀆趣味——インスピレーションが湧かない芸術家たちの最後の手段——なのだろうか。それとももっと深い意味が込められているのだろうか。この画家に才能やテクニックが欠けているわけではない。それは認めざるを得ない。いずれにせよ、投機的な現代アート市場では、こういった絵画に目が飛びでるほどの高値がつけられるのはほぼまちがいないだろう。ジェフ・クーンズの馬鹿げたステンレス製のウサギが、九千百万ドルという高額で落札されるような世界なのだ。こちらは修道院を改築する資金も見つけられずにいるというのに。

この画家には、上半身が裸の女性の代わりに、ベールを被った女性を十字架の上に描くだけの度胸はあっただろうか。アドリエルは思った。おそらくなかったことだろう。

「この絵に魅せられていらっしゃるようですね、神父さま?」ガブリエラ・ドラゴマンが背後で言った。

「いや、好奇心をそそられておりましてな」アドリエルは訂正しながら振り向いた。「画家はこの絵で、いったい何を言いたいのだろうかと考えておったのです。どう思われますかな？　精神科医としてのお考えは？」

「この絵は、うちの壁にぴったりだって思いますわ」ドラゴマンは質問をかわしながらほほ笑んだ。

それから、リビングの隅にある黒いソファのほうを示した。

「どうぞあちらへ。座りましょう」

アドリエルはソファの一つに腰をおろした。ドラゴマンはもう一つのほうに座っている。大きな窓の向こうでは、霧が山々を覆い隠し、景色をさえぎり、コンクリートの軍艦のようなこの家を包みこんでいる。この場所には、イマジネーションや妄想《ファンタスム》をかき立て、親密さをいっそう強める雰囲気があった。

人々が教会へ懺悔にやってくるように、アドリエルはときおり、ドラゴマンの元へ通っていた。要するに、精神科医が自分にとっての聴罪司祭ということだ。ドラゴマンも自分と同じく、守秘義務を課されている。とはいえ、何もかも打ち明けるわけではなかった。たとえば、夜、修道院の硬いベッドの上で自分が見る夢――磔刑の絵に囲まれたこの部屋で、ドラゴマンが黒い壁を背にして裸になり、十字架にかけてくれと神父である自分に懇願してくる夢を見ることがあっても、決して告白したりはしなかった。

「我ながらいつも妙な気持ちがしますな」アドリエルは言った。「私は自分の宗教の枠内ではなく、あなたのところへ心を開きにくるのですから。ほかの司祭に告解することもできるのに」

「それはもしかすると、ここならあまり、裁かれていると感じずに済むからではありませんか？」ドラゴマンはこちらをまっすぐに見つめて言った。その声はいつも中立的で、プロフェッショナルだった。「あるいは、なんと言えばいいかしら……そう、神のまなざしから少し遠ざかるからでは？　神父さま、しばらくお越しになりませんでしたね。もうおやめになったのかと思っておりましたわ」

「ええ、もう大丈夫だと思っていたのです。つい最近までは……」

「つまり、この殺人事件が起きるまでは、ということですか？」

アドリエルは白髪まじりの髭をなで、それからうなずいた。

「この事件で、何をお感じになっていますか？」

「激しい恐怖、不可解、そして、疑念……」

ドラゴマンはこちらを注意深く観察している。

「どのような疑念ですか？　神の存在を疑っていらっしゃるのでしょうか？」

アドリエルは思わず目を見開いて、背筋を伸ばした。

「いいえ、神の存在を疑っているのではありません。神の勝利を疑っておるのです」

「いつからですか？」

「ずいぶん前からですよ」

アドリエルは暗澹《あんたん》たる思いに顔をしかめた。髭の下にある襟カラーと首のあいだに指を入れて隙間を作ると、再び口を開いた。

「教会をめぐるあらゆるスキャンダルのことは耳にされているでしょう。ヴァチカンでも、小教区でも……。枢機卿も司教たちも、人々に神の教えを説教しながら、裏ではその正反対のことをしているのです。聖なる父からわずか数メートルしか離れていないようなところで、放蕩《ほうとう》三昧の生活を送っては贅沢と罪にまみれているのです。それに、小児性愛者の神父たちも……。ほんの一握りというのならまだしも、悪に染まった聖職者は掃いて捨てるほど出てくるではありませんか。教会には悪徳がはびこってしまった。信仰、節制、強い道徳心、正義。これらはいったいどこへ行ってしまったのか？」

「《わたしの名はレギオン。なぜなら大勢いるからだ》」ドラゴマンは、マルコによる福音書の一節を暗誦《あんしょう》した。

アドリエルは慄然としながら、ドラゴマンに問いかけるようなまなざしを投げた。そして続けた。

「そこへきて今度は、この殺人事件です。ここエグヴィヴで……。この名もない恐怖がすぐそばで我々を取り巻いている。私たちはこの世の喧騒を免れていると信じていました。この人里離れた山奥に避難していれば、悪から逃れられると思っていたのです」

「私たち、というのは神父さまと修道士たち、ということですか？」

「そうです」

「つまり悪は、修道院にも忍びこんでいるということでしょうか？」

アドリエルは目を伏せ、骨ばった大きな両の手のひらをこすり合わせた。その皮膚には、太い血管が埋め損なった管のように浮き上がっている。

「もちろんです」アドリエルは言った。「神の家であっても免れることはできません。悪はどこにでも入りこむのです」

「それはもしかしたら、神は存在しないからでは？」ドラゴマンが指摘した。

アドリエルは顔をあげた。ドラゴマンは、こちらを冷ややかなまなざしで見つめている。足を組み、胸を張った姿勢で。厳格で公正な女神のように。

「何をおっしゃりたいのです？」

「科学の台頭で、神はあらゆるところで後退しています。バートランド・ラッセルは前世紀の時点で、傑出した科学者の大多数はキリスト教を信じていないと言っています。もちろんキリスト教だけでなく、ほかのどの宗教もですが。キリスト教の護教論者が、ノーベル賞受賞者のなかにもキリスト教信者がいることをどれほど証明しようとしても、見つかるのはせいぜい数百人中六人ほどでしょう。さらにさかのぼって十八世紀のベンジャミン・フランクリンも、灯台は教会よりも役に立つ、と言っていたくらいです。神父さま、リチャード・ドーキンスはご存知ですか？」

アドリエル神父は首を横に振った。

「いえ」

「ドーキンスは進化生物学者であり、無神論者であり、英国王立協会のフェローです。ドーキンスは、ジョン・レノンが想像したような宗教のない世界は、すなわち醜い争いのない世界だと言っています。この世界に宗教がなければ、自爆テロも、9・11事件も、十字軍も、インド・パキスタン分離独立も、北アイルランドの虐殺もない。テレビ伝道師が騙されやすい人たちから金を巻きあげることも、タリバンがバーミヤン大仏像をダイナマイトで爆破することも、フランス人教師が首を切り落とされて殺されることも、肌の一部を見せたからといって女たちが鞭で打たれることもないのです」

ドラゴマンは話しながら前のめりになり、真珠のように艶やかな爪が輝く手指を日焼けした脛《すね》のほうへ伸ばしている。アドリエルはその指先につい視線を這わせずにはいられなかった。だが、このままドラゴマンの言い分に呑まれたままでいるつもりはなかった。アドリエルは背筋を伸ばした。

「ばかばかしい」アドリエルは反論した。「あなたのおっしゃるドーキンスは、愚か者ですよ。それを言うなら、ヒロシマはどうなるんです？　二つの世界大戦は？　ナチス・ドイツは？　強制収容所《グラーグ》は？　カンボジアのクメール・ルージュは？　第二次コンゴ戦争は？　中国の文化大革命は？　これらの残虐性は、どれひとつとして宗教に由来するものではない。それどころか、そのほとんどは、宗教に取って代わったイデオロギーが引き起こしたものだ！」

「これは一本取られましたわ、神父さま」ドラゴマンは抜け目なくほほ笑んだ。「ハンナ・アーレントは、イデオロギーは精神病性の妄想のようなものだと言っていませんでしたか？　妄想と同じで、イデオロギーも現実が見えていないと……。人間というのは、絶えず新しい信仰や信念を作りだしては、その名のもとに殺し合い、破壊せずにはいられない生き物のようですね。そうお思いになりませんか？」ドラゴマンはそこで一瞬、間を置いてから続けた。「煙草を吸っても構いませんか？」

アドリエルは苛立ちを覚えつつも、寛容な手振りをしてみせた。

「神父さま、キリストもソクラテスも、ブッダも、何も書き残していないのはおかしなことだとお思いになりませんか？　わたしたちが知っている彼らの言葉は、どれもほかの人々によって伝えられたものばかり。弟子のプラトンがソクラテスの言葉として伝えている教えは、本当にソクラテスが口にしたことだという証拠はあるのでしょうか？　伝道師たちが触れ回っている言葉は、実際にキリストが発した言葉なのでしょうか？　もちろん、キリストが存在するという前提での話ですが」

アドリエルは何も答えなかった。つかの間、自分は老いて傷ついた猪にでもなったような気がした。

「この谷で人を殺《あや》めている殺人犯だってそうです」ドラゴマンは続けた。「犯人は何も語らない。何も言わない。犯人の代わりにあれこれと騒いでいるのは、警察やメディアのような第三者です。わたしたちは、他人の言葉を通してしか犯人のことを知りえない。犯人の生の声は、わたしたちには届いてこないのです」

アドリエルは鋭い視線を投げた。

「まるで犯人に会うことを夢見ていらっしゃるような言い方ですな。この席には私ではなく、犯人を迎えたいようだ」アドリエルは指摘した。

ドラゴマンは煙草を吸いこむと、危険なほほ笑みを浮かべた。

「ええ、個人的には確かにエキサイティングな挑戦になると思いますわ。つまり、犯人の心《プシュケー》のなかに入りこむという意味で。精神科医として、犯行に及んだ動機やその狂気を耳にするのは大いに刺激的でしょうね」

アドリエルは身を乗りだした。空気がふいに密度を増したようだ。

「あるいは、もうすでにそうなさったことがあるかもしれませんな？」

「どういうことです？」

「実を言えば、私は自分のことを話すためだけに、お邪魔したわけではないのです」アドリエルは続けた。

ドラゴマンは、そのふっくらとした唇から煙を吐きだした。その瞳の奥には、それまでとは別の好奇心が燃えているのが見える。

「あら、そうでしたの？」

アドリエルは、ドラゴマンの目をじっと見据えた。

「ええ。あなたと私には共通点があります。あなたはこうおっしゃった。私たちは人々の告解を聞くのだと。私のところへは、自分の罪や身を苛む苦悩を告白する人々が訪れる。あなたのところへは、自分のノイローゼや心の病を打ち明ける人々がやってくるのです。そして、あなたも私も守秘義務を負っている」

「何をおっしゃろうとしているのかわかりませんわ、神父さま」

「あなたがご存知のことを警察へ通報するまで、何人の死者が出るのを待つおつもりですか？」

「ますます理解できません」

「考えたことがないとは言わせませんよ」

「何を考えるというのです？」

「犯人はもしかすると、あなたの患者カルテに入っている誰かかもしれない、ということですよ」

アドリエルはそう言って、精神科医ドラゴマンの自宅兼クリニックになっている部屋をぐるりと指し示した。

「たとえそうだとしても、先ほどおっしゃいましたわ。わたしたちは守秘義務を負っていると。神父さまもわたしも」ドラゴマンは目を細め、顔の前で煙草の煙をくゆらせながら言葉を返した。

「人の命が危険にさらされているというのに何もしないというのですか？　この怪物がまたしても罪を犯し、新たな犠牲者を出す危険があるというのに？　ガブリエラ、あなたは良心に誓って、その責任を引き受ける覚悟があるのですか?」

ドラゴマンはほほ笑んだ。

「下の名前でわたしをお呼びになったのは、これが初めてですね、神父さま」

ドラゴマンはそのまま考えをめぐらし、ためらっているように見えた。組んでいる足の先からパンプスがカーペットの上に滑り落ちたが、そのままにしている。アドリエルは繊細な模様がデザインされたその艶やかな爪先にしばし見とれた。

「それで?」

「もちろん、それは考えました」ドラゴマンは認めた。

「犯人ではないかと思われる人物は確かにいます」

アドリエルは、自分の老いて疲れた心臓が激しく鼓動するのを感じた。喉ぼとけが落ち着きなく上下している。

「誰です?」

「そのときが来たら、警察に伝えます」

「そのときが来たら?」アドリエルはため息を漏らした。「ガブリエラ、ことは差し迫っておるのですよ。犯人は今にも始めるかもしれない。今、この瞬間にも、次の犯行の準備をしているかもしれないんだ。考えてみなさい!」

ドラゴマンは肩をすくめた。

「確信もないのに、人を人殺しだと告発することはできませんわ。そうじゃありませんこと?」

静寂が二人を閉ざした。アドリエルはこみあげる感情と疑念で息が詰まり、顔から血の気が失せていくような気がした。やがて、頭を垂れながら言った。

「そう……。怪物を野放しにしておくのか、無実の人間を告発するのか、どちらを選ぶべきか。これは永遠の問いですな。いずれにせよ、お気をつけになったほうがいい。あなたに正体を見破られたと勘づいたら、犯人は通報される前にあなたを殺そうとする可能性だってある」

ドラゴマンは、再びほほ笑んだ。

「まさか。そうは思いませんけど、こればかりはわかりませんわね」

ドラゴマンはソファから立ちあがり、スカートの裾を引っ張った。光沢のある肌の下で、足の筋肉がケーブルのように美しく張っているのがわかる。

「今日はここまでにしましょう、神父さま。いつものように、料金は結構です。神父さまとお話しするのはいつも刺激的ですから。その代わり、わたしも近いうちに、神父さまに告解を聴いていただくことになるかもしれません。きっとわたしの罪を……興味深くお感じになるはずだわ」

ドラゴマンはそう言うと、パンプスの踵を鳴らしながら玄関のドアのほうへ向かった。

「ガブリエラ、お願いだ。今話したことをどうか考えてみてほしい」

「うんざりすることをおっしゃいますのね、神父さま」

ドラゴマンは鋼板で補強された分厚い玄関ドアを開け、意味深長な笑みを浮かべてこちらを向いた。ドアの向こうには霧のベールが漂っているのが見える。

「先ほどのご質問ですが、神父さまにも、思い当たる人物がいらっしゃるのではありませんか？　それでしたら、神父さまもご注意なさったほうがいいわ」

アドリエル神父は霧のなかを運転した。霧はまるで白い壁のように厚くぎゅっとコンパクトになっているかと思えば、まやかしの煙になって道路脇の木々の形をゆがませたり、風景を飲みこんではその先に復元させたりしていた。

　時代遅れのシトロエンDSのハンドルを握りながら、アドリエルはかつてないほどの不安を覚えていた。ドラゴマンの言葉がよみがえってくる——神父さまもご注意なさったほうがいいわ——。とはいえ、我が身に降りかかる危険を恐れる気持ちはそれほどなかった。自分は役務を全うした。あとは、あの世に自分の居場所があることを願うだけの人生だ。たとえときにそれを疑うことはあっても。自分が今、恐れているのは、何よりほかの人々のためだった。

　森に囲まれた丘をのぼりきると、斜面の向こう側へ下って渓流を渡った。やがて霧のなかから、暗く厳かな大修道院の建物が姿を現し、アドリエルはクラクションを鳴らした。まもなく副院長のアンセルムが出てきて、門を開けてくれた。

アンセルムはむっつりとした表情でこちらを迎えた。さながら許可をもらって外出してきた囚人を迎える刑務所の看守のようだ。このところ、アンセルムとの関係はぎくしゃくしていた。アンセルムの野望を知らないわけではない。アンセルムは修道院長としての自分の座を狙っている。

二分後、アドリエルは小さな礼拝堂を思わせる自分の書斎に入った。灯されたキャンドルが蠟の匂いを漂わせている。アドリエルは書棚へ向かい、『トマス・アクィナス『神学大全』研究』を取り出すと、「各種の法」と題されたページを開いた。〈我々に関わりうる、そして現に関わりのある法にはさまざまな種類があるのだろうか。（回答）はい。我々に関わりうる、そして現に関わる法はいくつかの種類がある。どのような種類があるのだろうか。（回答）それは、永久法、自然法、人定法、そして神定法である〉。

そのページには、一切れの紙が挟まれていた。

アドリエルはその紙を手に取って開いた。我ながら手が震えている。それは人の名前が書かれたリストだった。

そのなかの最初の二つの名前を、アドリエルは線を引いて消していた。

~~カメル・アイサキ~~

~~ヤルシアル・オジキ~~

これは偶然だろうか。アドリエルは、その下に続くほかの名前を見つめた。そして、自分にこのリストを託した人物のことを思った。あの晩、教会堂の身廊に広がる静寂のなかで、告解に訪れたその人物の思いもよらぬ言葉に自分は戦慄を覚えた。格子の向こう側で、オスレ（羊の小骨を使ったサイコロのような遊び道具）をカラコロ転がすような陰鬱な笑い声が響き、自分は心底震えあがったのだ。

「神父さま」その声は言った。「わたしは何一つ、悔いてはおりません。わたしはあなたの神の顔に唾を吐きました。それをあなたに告白しておきたかったのです」

アドリエルは、トマス・アクィナスの『神学大全』に記されたある問いのことを思った。

〈傲慢《プライド》は、すべての罪における最大の罪か？（回答）そのとおり。傲慢は、すべての罪における最大の罪である。なぜなら、傲慢を伴わない、あるいは傲慢を前提としない罪は存在し得ないからである〉

アドリエルは石の床に膝をつき、祈りはじめた。

42

「先にお断りしておきますが、時間があまりないのです」精神科医のドヴェルニ博士が言った。「土曜日も診察をしているもので。ですが、お話は伺います」

ビデオ通話の画面越しにこちらを見つめるドヴェルニは、精神科医と聞いて思い浮かべるイメージどおりの男だった。太くしなやかなグレーの髪は念入りに手入れされ、馬のような面長の顔は、共感をたたえながらも批評精神を覗かせている。ピンクのシャツに、ウインザーノットで結ばれたマリンブルーのネクタイは、結び目の膨らみまでもが完璧だ。あまりに典型的すぎる。ちょっと型にはまりすぎじゃないだろうか。セルヴァズは思った。

同じ精神科医でも、自分は総じて、ドラゴマンと、その逸脱した性表現に特化したコンクリートの聖域のほうが好みだが――。

ドラゴマンのことが頭をよぎって、セルヴァズは自分のなかの何かがかき立てられるのを感じた。実際、ドラゴマンに惹かれていることは否定できなかった。初めて面会したとき、ドラゴマンはやたらと攻撃的で挑発的な態度を見せたが、その攻撃性の裏には、何か別のものもある気がした。駆け引きや逆説的な誘惑といったものだ。精神科医と患者の関係には、認知的、感情的、かつ無意識的なプロセスが伴うものであることは自分も知っている。それは、ほかの人には置き換えられない当事者間だけの関係だということも。自分が独り身の患者だったら、ドラゴマンとどこまでその特殊な関係を深めたいと思うのだろうか。セルヴァズはそんなことを考え、それからレアのことを思った。法医学者のファティハ・ジェラリのことも。自分はもしや、一種の性的倒錯《パラフィリア》に陥っているのではないだろうか。医療の専門家に対する性的嗜好というパラフィリアに。

「ドヴェルニ先生」ジーグラーが画面に向かって言った。「ティモテ・オジエが妹を殺害したあと、ティモテの精神鑑定をなさったのは先生だったそうですね？」

「ええ、私と精神科医のガブリエラ・ドラゴマン医師です」

「ドラゴマン先生は、捜査が始まっても、我々には何もおっしゃいませんでしたが」

「この件はもともと、私が担当だったからかもしれません。当時、ガブリエラはランヌメザンのクリニックに勤めていました。ティモテを初めて患者として迎えたのもそのクリニックで、エグヴィヴに移ったのはそのあとです。とにかくその頃、ガブリエラはまだ駆けだしでしたが、私は彼女の推論の進め方や問題の考察の仕方に一目置いていました。それで、ティモテの精神鑑定を引き受けるにあたって、その意見を参考にしたいと思い、ガブリエラにも鑑定に補佐として関わってくれるように頼んだのです」

セルヴァズは、ドヴェルニの声や顔の表情に、どことなく憂鬱なニュアンスが漂っていることに気がついた。

「ガブリエラは、数多くのテーマについて、非常にはっきりとした意見を持つことができる女性でした」ドゥヴェルニは続けた。「優秀な人だったのです。ですがその分、自分を疑わない人でもあった。まわりはその考えを変えさせることができないのです。そういった確信に満ちた人々に囲まれていると、私はいつも息が詰まる思いがしました」

カミュだ。セルヴァズは心でつぶやいた。今のフレーズは、アルベール・カミュの言葉を拝借したものだろう。ドゥヴェルニは知ってか知らずか、その豊かな髪に手をやっている。

「この件で、お話ししておかなくてはならないことがあります。彼女に会ったことがある人ならお分かりでしょうが、あの当時、ガブリエラは若くて、強くて、魅力的で、心を奪われるような女性でした。そして本人も、意図的にそう演じていたのです。ティモテの精神鑑定を進めていく過程で、私とガブリエラは……その、愛人関係に陥ってしまいました」

ドゥヴェルニの目に、ふいにベールがかかった。まるで、自分の内側に向かって、記憶を探っているかのように。

「この関係は、私にとっては簡単ではありませんでした。自分は若くして結婚しており、五カ月の息子がいて、妻を愛していました。ですが、ガブリエラの魅力には到底抗えなかった。それに彼女は、自分が欲しいものが何かをはっきりと知っていました。その頃、彼女が手に入れたかったのは私だったのです。といっても、長続きはしませんでしたよ。ガブリエラは、欲しいものを手に入れてしまうと、たちまち飽きてしまうのです」

セルヴァズは、ドヴェルニのまなざしにほんの一瞬、悲しみの影が宿るのを見た。

「そんな関係になってしまったがために、すべてがややこしくなりました。ティモテの精神鑑定では、私たちは意見が食い違いました。私は、ティモテには完全に責任能力があると考えましたが、ガブリエラは真逆の意見でした。ガブリエラは、必死に私を説得しようとしました。というより、自分の見解を押し通そうとしたというほうが正しいでしょう。それがガブリエラという女です。いつだって、正しいのは自分です。頑固で、譲歩することを知りません。議論の余地は一ミリもありません。どんな代償を払っても、相手を自分の意見に同調させないと気が済まないのです。彼女の頭には、選択肢などありませんでした。正しいのはいつも自分。以上。しかも彼女は、決して考え直そうとはしませんでした。ガブリエラのような人間といると、心底ぐったりするものです」

ドヴェルニが最後に言い足した言葉に、セルヴァズは同調して思わずうなずきそうになった。元妻のアレクサンドラを思い出したからだ。

「ですが、あなたは最終的に、ティモテに責任能力はなかったと結論づけていますね？」

ジーグラーが指摘した。

「はい。鑑定では、ティモテは急性譫妄《せんもう》発作、アメリカ精神医学会が呼ぶところの一過性精神病性障害を起こしたという結論を出しました。これは、精神疾患の発症を予感させる前兆が一切ない青少年や若者に突発する病気です」

「でも、それはあなたご自身の診断ではなかった」ジーグラーが示唆した。

ドヴェルニは、いたずらをして見つかった子どものように見える。

「はい、そういうことです」

「彼女の診断が通ったわけですね。何があったんです？」

「ガブリエラが私を納得させたのです。というより、私を操ったというべきでしょう。ときどき、ガブリエラは自分の目的を果たすためだけに私と寝たのではないかと思うことがあります。ガブリエラは欲しいものを手に入れるためなら、あるいは、自分が正しいと信じるもののためなら、どんなことでもやってのける女性です。これほど自分を曲げない人には出会ったことがありません。誰よりも強情で、冷酷な人間です。あの頑なさは、患者にとってはときに危険ではないかと思うことがあります。私の意見を言わせてもらえば、この女性は精神科医の仕事をするべきではないのです」

ドヴェルニはどこまで客観的な意見を述べているのだろうか。セルヴァズはいぶかった。恋に破れて傷つき、いまだ完全には心が癒えていない男の話として、一歩引いて聞くべきかもしれない。

「ティモテの鑑定を提出してまもなく、実に都合よく、私たちの関係も終わりを告げました」ドヴェルニは続けた。「もちろん、別れを切りだしたのはガブリエラのほうです」

それはそうだろう。セルヴァズは思った。惚れている側から別れを切りだすはずがない。あなたは炎に魅せられた蛾だったのだから。

「それから、もう一つ、お話ししておきたいことが」

ドヴェルニはそう言って、咳払いをした。ふいに声を落とし、いっそう気づまりな表情を見せている。セルヴァズはジーグラーと視線を交わした。何かがありそうだ。

「ガブリエラは、男性に対して激しい憎悪を抱いていました。過去に知り合った男性たちのことを、本物の憎しみを込めて話すことに気がついたのです。憎しみ、という言葉以上にふさわしい言葉は見つかりません。彼らのことを話すとき、ガブリエラは、男たちを貶めては罵倒し、言葉の限りを尽くして侮辱し、聞くに堪えないほど辛辣で残酷な言葉で相手をこき下ろしました。そのすさまじさには、聞いていて背筋が寒くなったほどです。それも一度や二度ではありません。私は思いました。ああ、彼らの立場には立ちたくない、いや、いつか自分も同じ目に遭うかもしれないと。ガブリエラの目には、誰一人として好意的に映る男はいませんでした。ガブリエラの言葉を信じるなら、男どもはみな腑抜けで、卑劣漢で、愚かな豚野郎だというのです。それほど熾烈な怒りがあれば、ガブリエラは実際に相手をなんらかの形で傷つけることもできたのではと思ったほどです」

セルヴァズは息を呑んだ。ジーグラーも隣で身じろぎもせずにいる。ドヴェルニの額には不安げなしわが寄っている。

「ドラゴマン先生があなたとの関係を終わらせたあと、あなたが恐れていたようなことは起きましたか？」

ドヴェルニは、画面越しに追いつめられたようなまなざしを向けた。そして目をこすった。

「ええ。別れてから数カ月が経った頃、真夜中に電話が鳴るようになりました。着信音がしばらく続いてから切れるんです。そのせいで、私も妻も眠れなくなりました。毎晩、同じ時刻に電話が鳴り、出ても電話の先には誰もいない。それがどれほど恐ろしいものか、わかりますか？」

ジーグラーがこちらを横目で見たのがわかった。ジーグラーも、ジルダス・ドゥラエが夜中に受けていたという無言電話のことを考えていたのだろう。

「やがてある日のこと、妻が郵便受けに包みが入っているのを見つけました。なかには、レースの女性用下着が入っていました。使用済みの汚れた下着です。〈あなたの夫は、一度あなたを裏切った。また同じことをするだろう〉と書かれたメモも一緒に」

セルヴァズは、がんで亡くなったというドラゴマンの夫のことを思い出した。夫の死によって、ドラゴマンは裕福な未亡人になっている。ドラゴマンは夫についてもずいぶん辛辣な物言いをしていた。

「奥さんはどう反応しましたか？」ジーグラーが尋ねた。

「私は妻に、患者の仕業にちがいないと説明しました。精神医学における感情転移の話をして、患者が精神科医にゆがんだ恋愛感情を抱くのは、昔からよくあることなのだと言って安心させました」

「奥さんはそれを信じましたか？」

ドヴェルニは、手元の机に視線をおろした。

「私たちはまだ若い夫婦でした。幼い子どももいました。本当に信じたかどうかはともかく、妻は私を信じることを選びました」

「あなたはすぐにドラゴマン先生の仕業だと疑われたことでしょうね。先生とはその件について、話しましたか?」

ドヴェルニは顔をあげた。その目には、底知れぬ恐怖の色が浮かんでいた。

「はい。私はガブリエラに電話をして、責め立てました。我を忘れて、怒り狂っていたのです。ガブリエラははじめ、鼻で笑いました。そして、私の非難は馬鹿げている、愚かしいと言いました。それから彼女は私を侮辱し、辱めました。私はベッドでは役立たずだった、一度だって絶頂に達したことはない、精神科医のくせに女一人の欲望も満たすことができないと、そういう類のことを並べ立てたのです。性行為をするときは、自分はほかの男のことを考えていたとも言いました。ほんの数時間前まで抱かれていた男、彼女の表現を借りれば、〝本物のタマがあった男〟のことを。それから、二度と電話をかけてくるな、かけてきたら、性暴力で訴えてやる、弱い立場の人間への虐待とか、ハラスメントで訴えてやる、と脅しました。プライベートだけでなく、私のキャリアもぶっ潰してやると……。今でも、あの電話口の彼女の声を憶えています。なにも怒声をあげたわけではありません。低くつぶやくような声でした。でも、あとにも先にも、あれほど身の毛のよだつささやき声を聞いたことはありません……」

これだけの年月を経ても、ドヴェルニは激しく動揺していた。いまだに恐れ慄《おのの》いているようだった。

「それから、ドラゴマン先生とは話したことは？」

「いいえ、あれ以来、一度も接触はありません。先ほども申しましたが、ガブリエラは、自分に必要がなくなったら、まずは相手をこき下ろし、それから汚れた雑巾みたいに自分の人生から放りだして、次に移るのです」

「ドヴェルニ先生」ジーグラーがふいに改まって切りだした。「先生は、我々が捜査している事件のことはご存知ですね。仮に、我々がこれからドラゴマン先生に殺人犯のプロファイルを作るよう依頼した場合、それをあなたにもお送りして、ご意見を伺うことは可能でしょうか？」

沈黙がおりた。ドヴェルニは困ったような顔をしている。

「同業医師の仕事を批判したり、密告したりするのはあまり気が進みません」ドヴェルニは口ごもりながら言った。「もちろん、今ここでお話ししたことを踏まえているのはわかりますが……。とりわけ、そういった公式な形ではどうも……」

なるほど、ドヴェルニは保身の方法を探っているというわけか。セルヴァズは思った。何年経っても、ドラゴマンはドヴェルニを怯えさせている。ジーグラーはこちらに目配せした。

「これは一切、公式なものではありません。この件を知っているのは、ここにいる同僚とわたしだけです。書面で痕跡を残すのが不都合でしたら、口頭でご意見を聞かせていただくだけでも構いません」

ドヴェルニは逡巡しているようだったが、とうとう口を開いた。

「わかりました。ですが、はっきり約束してください。決してガブリエラの耳には入れないようにすると」


「どうやらわたしたちは、人の心を操る異常な精神の持ち主を相手にしているようね」ドヴェルニとのビデオ通話が切れたところで、ジーグラーが言った。「こちらに嘘をつき、何かを隠している女性。初めて会ったときに感じたとおりだった。ドラゴマンは、少なくとも被害者の一人とつながっていた。そして、ドヴェルニの言葉によれば、男性に対する正真正銘の怒りを抱いている。ドヴェルニはかわいそうに、縮みあがっていたわね」

「だが、それが動機にはならないだろう」セルヴァズは言った。「どうしてドラゴマンは、男をそこまで目の敵《かたき》にするんだ？」

「それはこれからわたしたちが調べることよ。とにかく、それが動機になるかどうかはともかく、ドラゴマンを容疑者にはできるわ。これから訪ねてみようと思うんだけど」

「おそらく守秘義務を隠れ蓑《みの》にしてかわされるだろう。それにしても、さっきのは良かった。精神科医の分析を通して精神科医本人を評価するとはいいアイデアだな。脱帽だ」

ジーグラーは照れたように肩をすくめた。

「ありがとう。そうね、ドラゴマンに協力を要請しましょう。彼女の思いあがった自尊心に訴えるのよ。ドヴェルニの話を信じるなら、そのプライドは相当なものよ」

「だが、ドヴェルニは愛人に捨てられた男だ」セルヴァズは反論した。「それに、こちらも相当の臆病者だ。客観的な証人とはいえないんじゃないか？」

セルヴァズは、ジーグラーが笑みを浮かべるのを見た。

「何かおかしなことを言ったか？」

「いいえ、そのセリフを女のわたしが言ったら、あなたはきっとフェミニスト的な発想だって思うんだろうなって思って」

今度は、こちらがほほ笑む番だった。ジーグラーは携帯で番号を探しながら言った。

「まあ、客観的であろうとなかろうと、ドヴェルニの証言があれば、こっちとしては少なくとも、家宅捜索の許可を入手できるわね」

43

セルヴァズはジーグラーと二人で、さっそくドラゴマンの自宅へ向かった。その道中、二つ目のロータリーが近づいてきたところで、霧のなかに人影がくっきりと浮かびあがってくるのが見えた。アンガールがジーグラーには知らせずに、検問でも配置したのだろうか。セルヴァズは思った。だが、いったいなんのために？　ロータリーの手前には別の車がすでに一台止まっていたが、深い霧のせいで赤いテールランプは小さな点にしか見えなかった。ジーグラーがぎりぎりのところで気がついて急ブレーキをかけたからよかったものの、この濃霧のなかで検問をするのは、さすがに名案とは言いがたかった。

さらに、そこに立つ人影を見てセルヴァズは驚いた。今朝ほど、ホテル前でやりあった大男のウィリアムだったのだ。ウィリアムは前の車に身をかがめ、運転席の女性になにやら言葉をかけると、顔をあげてそばにいる仲間に車を通すように合図をした。合図を受けた人々は、道をふさいでいる金属製のバリアを除けている。見渡せば、周辺には十二人ほどの人が待機していた。

「何なの、この騒ぎは？」ジーグラーがつぶやいた。

やがて、前に進むように合図があった。ウィリアムが運転席に座るジーグラーのほうへ向かってくる。ジーグラーはすでに窓をおろしていた。車内に湿った霧が入ってくる。

「何をしてるんです？」ジーグラーが尋ねた。

「この谷を通る車を検問しているんですよ」ウィリアムはそう答えてから、ジーグラーに気がついて髭をなでた。「ああ、あなたでしたか」

「検問って、何を調べようっていうの？」

ジーグラーの声は、不審を通り越してほとんどヒステリックになっている。

「今すぐ、そのバリアを全部どかしなさい！」ジーグラーは声を張りあげた。

「どけなかったら、どうなるんです？」

セルヴァズは、ジーグラーの目がたちまち黒い怒りに染まっていくのを見た。

「この際だから、言っておくが」ウィリアムは車のドアに身をかがめて続けた。「この谷では、あんたらにはもうなんの権限もない。なぜなら、あんたらにはこの谷の住民の安全を確保する能力がないからだ。なぜなら、今日の警察はエリート連中を保護して、民衆を鎮圧することにしか関心がないからだ。そして、我々の目から見て、国家はもはや信用できないからだ。だからおれたちは、自分らで同胞の安全を確保して、この谷の法と秩序を守ると決めたんだ」

ウィリアムは本気で言っている。セルヴァズは思った。だが、大胆なことを宣言しながらも、そこには妙に落ち着きが感じられた。まるで、自らの行為がどういう結果を引き起こすかを理解し、それを受け入れたうえでの決断であるというように。

「あなたは自ら法を外れる行為をしているんです。あなた方がしていることは、犯罪ですよ、ウィリアム。重罪にだってなりかねないわ」

「信用を失墜した国の法律など、もうおれたちの法律じゃない」ウィリアムは挑発するように言い返した。いかにも用意してきたような言い回しだ。ジーグラーが主張するその法とやらを、遵守させられるものならやってみろと言わんばかりの口ぶりだった。

ジーグラーはいきなり運転席のドアを開けた。ウィリアムがとっさに一歩うしろへ下がっていなければ、その腹部にぶつかっていただろう。不穏な空気を察して、ほかの仲間たちも霧のなかをこちらへ集まってくるのが見える。セルヴァズは神経が張りつめるのを感じた。

「この谷では、おれたちが法だ」ウィリアムはジーグラーをじっと見据えながら続けた。

「あなたたちは、重大な過ちを犯しているわ」ジーグラーは近づいてくるほかの連中に目を光らせながら、抑えた声で言った。

「あんたら、ここからどこへ行くつもりだ?」ウィリアムが尋ねた。

「それがあなたになんの関係があるの?」

セルヴァズは、自分も車から降りた。再び頬に霧の湿り気を感じた。この場の緊張は刻一刻と高まっている。

「こんなことをして、これから何が起きるかわかってる?」ジーグラーは、はっきりと聞こえるようにため息をついてから切りだした。「せっかくだから教えてあげるわ。あと数日もすれば、谷の道路が復旧して通れるようになる。そうしたら、外から警察の大群が押し寄せてきて、あなたたちを逮捕するわ。当局に対する反逆行為、および法の番人に対する脅迫といった罪で裁判にかけられることになるのよ。まあ、あなたのお仲間は、十中八九釈放されるでしょう。でもね」ジーグラーはさらに大男に近づき、その耳元で声を落としてささやくように言った。「ウィリアム、あなたはこの自警団の首謀者として、即刻ムショにぶちこまれることになるのよ。塀のなかには入ったことはあるの？」

「そんな脅しで俺が怖がると思うのか？」ウィリアムは言い返した。

それでも、ウィリアムが考えをめぐらせているのがわかった。あるいは、ジーグラーの言葉を半信半疑に受けとめているのかもしれない。今の時代、もっと過激なことをしたってつかまらない野郎は山ほどいるじゃないか、と。酸の入った瓶を警官に投げつけたり、警察車両に火をつけたり、警官を集団リンチしたり、警官の妻や子どもをＳＮＳで侮辱したりしておきながら、静かに家に帰って、テレビで自分たちの起こした暴動の映像を見ることができるじゃないか、と。

「あなたは理性を備えた人に見える」ジーグラーが断言した。「ただの夢想家とか狂信者には見えない。もちろんこの谷の状況下では、あなたの心配や怒りも理解できるわ。でも……」

「こっちを手なずけようったって、そうはいかない」

「ウィリアム、よく考えて。行動を起こすにしても、必ず何かほかの手段があるはずよ。それに、あなたは刑務所のなかより、外にいたほうがずっと役に立つ人だわ。あなたは愚か者じゃない。わたしにはわかる」

「へえ、そうかい？　どうしてそんなことが言えるんだ？」

「オーケー。わかってもらえないのなら、もういいわ」ジーグラーは鼻息を荒くした。

「あんたの名前は？」ウィリアムがいきなり質問を投げた。

ジーグラーはためらっている。

「ジーグラーよ。ジーグラー大尉。あなたは？　あなたの名字は？」

「ゲランだ。ウィリアム・ゲラン。山の上で製材所をやってる。あんたが気に入ったよ、ジーグラー大尉。警官がみんな、あんたみたいな人だったら、物事は違ってくるんだが」

ウィリアムはそう言うと、ほかのメンバーのほうを向いた。

「通してやれ！」

「何だって？　でも……」

「ファブリス、バリアを開けてくれないか？」

セルヴァズは、ファブリスと呼ばれた男が金属製のバリアをどかしながら、ぶつぶつ言っているのを耳にした。ほかのメンバー同士がなにやら視線を交わしているのも見える。ウィリアムにボスを気取られるのが気に入らないのだろう。そのうちに仲間割れが始まるのは目に見えている。だがそれまでは、この連中はこの谷を無法地帯にするつもりだ。セルヴァズは、昔、警察学校の教官が言っていたことを思い出した。法とは捻《ね》じ曲げられるためにできている——。ちなみに、自分たちに非の打ちどころのない報告書の書き方を教えてくれたのもその教官だった。

「この通行止めのバリアも撤去しておいて、ウィリアム」ジーグラーは運転席に戻りながら言った。「あとで戻ってきたときにまだ残っていたら、わたしはあなたに手錠をかけなくてはならなくなる。そんなことはしたくないのよ」

　車が発進すると、うしろから口笛の野次が飛んでくるのが聞こえた。通りがかりに車体を蹴った者までいた。〝汚い売女〟とか〝コラボ〟（対独協力者の意）という言葉も聞こえてくる。驚いたことに、最初の言葉を吐いたのは女性だった。

「おい、やめろ！」バックミラーを覗くと、ウィリアムがほかのメンバーを諭しているのが見えた。仲間からは抗議の声があがっている。

「ねえ、わたしが歳をとったのかしら。それとも、この世の中がおかしくなったの？」

　ジーグラーがそう言いながら、アクセルを踏みこんだ。

44

「どうぞ」ガブリエラ・ドラゴマンが言った。

ドアを開けたドラゴマンは、黒いナイロン製のスポーツ用ブラトップ姿で出てきた。平らで引き締まった腹、ほっそりと無駄のない腕、同じく筋肉質の肩をこれでもかと見せつけている。ブラトップに合うレギンスも、鍛えられた美しいヒップや太もものラインを際立たせていた。

こちらを室内へ案内すると、ドラゴマンはゴム製のヨガマットの上に戻ってポーズを取りはじめた。今までヨガをしていたらしい。前腕と肘と頭頂部を床につけ、両手で頭を包み、尻を真上に持ち上げて、足も浮かせて爪先を天井へ向ける。まるで逆立ちをするように、全身が一直線に立っている。

ジーグラーは呆気にとられてドラゴマンをしばし凝視すると、こちらに視線を投げてきた。セルヴァズは肩をすくめてみせた。その姿勢で二十回ほど呼吸をしたあと、ドラゴマンはようやく足をおろして立ちあがった。

「これは、シルシャーサナという頭立ちのポーズです。ナディというエネルギーの循環にとてもいいの。多くの血液が脳に流れこむことによって、脳のエネルギーが浄化されて血流が良くなります。その結果、生命力のエネルギーを強化してくれるんです」

ジーグラーは疑わしげにうなずいている。

「ところで、今日はどんなご用件ですか？」ドラゴマンはタオルで汗を拭きながら尋ねた。

「あなたのことです」ジーグラーが答えた。「ティモテが妹を殺害したとき、精神鑑定をしたのはあなただったそうじゃないですか。あなたは、ティモテに刑事責任能力はないと結論づけた精神科医の一人だった。それなのに、あなたはそれを黙っていた」

「単なる言い落としですわ。些細な罪です」ドラゴマンは言った。

「裁判官の目にはそうは映らないと思いますが。どうして言わなかったんです？　なぜわたしたちに隠していたのですか？」

ドラゴマンはブラトップを着たあらわな肩をあげてみせた。

「そちらの捜査とはなんの関係もないからです。それに、昔の記憶を掘り返したくなかったからよ。もう過ぎ去ったことですから。当時のわたしは、若くて独断的で、狂信的だったんです。年配者は何もわかってない、時代遅れで陳腐だって思っていました。単に若いというだけで、自分は何もかも正しいのだと信じこんでいたのです。きっと、ジャックから何かお聞きになったことでしょうね？」

ジャックというのは、もう一人の精神科医ドヴェルニの名前だ。

「哀れなジャック。彼を操るのはいかにたやすいことだったか。わたしをベッドに連れこむためなら、自分の親でさえ殺しそうな勢いでした。そのくせ、いつも心は罪悪感に蝕まれているんですから。ジャックはとても頭が固くて……というか、まあいろいろと信条を持った人でした。ジャックは、わたしみたいな女には会ったことがないと言いました。わたしのように妖艶な女には。これはジャックが使った言葉です。それから、放蕩で淫らで、背徳的な女だとも」セルヴァズは、ドラゴマンがそう言いながらこちらに意味深長な視線を投げたのに気がついた。「あのかわいそうなジャックは、ベッドの上のテクニックやイマジネーションはともかく、語彙だけは豊富に持ち合わせていたみたいね。それより、わたしにどうしろというのです？」

「あなたのクライアントのカルテを調べさせてもらいます」ジーグラーが言った。

ドラゴマンは、たちまちその黒い眉毛を吊りあげた。

「ご冗談でしょう？」

ジーグラーは上着の内ポケットから捜査令状を取り出し、ドラゴマンに手渡した。

「医療上の守秘義務という理由だけでは、よほど正当な理由がない限り、司法当局の要請を拒否することはできません」ジーグラーが言った。「要請に応じない場合は、刑法によって罰せられます」

セルヴァズは、ドラゴマンが口元に氷のような微笑を浮かべるのを見た。

「いいえ、それは医師の裁量に任せるべきことですわ」ドラゴマンは反論した。「医師には、要請された文書を提出する権利はあっても、義務はありません。刑事訴訟法五十六条第一項から三項にそう書いてあります」

　ドラゴマンは無造作に手を払うような身ぶりをしてみせた。

「それに、たとえそちらの要請に好意的に応じることを検討するにしても、カルテの閲覧は、医師会の会員の立ち会いのもとでのみ行うことが強く推奨されていますわ」

「なるほど、法律をよく勉強されているようですね」ジーグラーが嫌味を言った。

「ええ」

　ドラゴマンはグレーの瞳でジーグラーに挑んでいた。セルヴァズは思った。どっちが遠くまで小便を飛ばせるかという張り合いは、男だけの専売特許ではないらしい。

「こちらは、あなたの身柄を即刻、拘束する権限もありますが」ジーグラーは冷たく言い放った。「このことが知られたら、あなたのクライアントにはどんな影響が及ぶでしょうね。あなたもよくご存知でしょうが、昨今、マスコミに情報が漏れることなど日常茶飯事ですから。〈エグヴィヴ連続殺人事件の捜査の一環として、精神科医が身柄を拘束された〉なんて記事が出たら、たとえあなたの名前は伏せられていても、人々は真っ先に誰を思い浮かべると思いますか？」

　ジーグラーはそう言うと、とどめを刺すように残酷な笑みを放った。

「しかもあなたは、児童精神科医でもある。そんな記事を目にしたら、あなたが治療をしている子どもたちの保護者はどう思うことでしょうね？」

「さあ、どうかしら」ドラゴマンはこの期に及んでも、まだ最後の虚勢を張ろうとしているらしい。「もしかしたらそれをきっかけに、新しいタイプのクライアントが増えるかもしれないわ。もっと興味深いタイプの……」

「あなた次第ですよ、ガブリエラ」ジーグラーはドラゴマンをあえて名前で呼び、肩をすくめてみせた。

セルヴァズは、ドラゴマンの目に単なる怒り以上のものを読み取った。自分たち警察が象徴するものすべてに対する根深い憎しみ、強烈な蔑みといったものを。セルヴァズはドヴェルニの話を思い出していた。だが、その怒りは、浮かんだときと同じく一瞬で消え去り、ドラゴマンの唇にはほほ笑みが浮かんだ。

「こちらへどうぞ」

ドラゴマンは踵を返すと、大きな絵の前を通りすぎて広い室内の奥へと進み、ドアを押し開けた。そこはむきだしの灰色のコンクリート壁に囲まれた小さな部屋だった。窓はなく、蛍光灯で照らされている。そして、金属製の棚の上には、ラベルの貼られた書類用の整理箱が数十箱にわたって並んでいた。

「クライアントの資料はここにあります」

ジーグラーはずらりと並んだ箱を見渡した。

「どこから始めたら？」

ドラゴマンは先ほどの劣勢から立ち直り、すでに傲慢な態度を取り戻していた。ほとんど陽気ともいえるほほ笑みをジーグラーに投げながら言った。

「それはあなた方次第だわ。わたしにはさっぱり。何をお探しになっているかによるんじゃありません？」

「しらを切るのはやめてください」ジーグラーは苛立ちを見せた。「探しているのは、あなたが料金をとって話を聞いている患者の一人ですよ。被害者の腹を切り開いたり、睾丸をえぐりだしたりするようないかれた人間です。ざらにお目にかかれるような人間じゃありません」

セルヴァズはドラゴマンが再び真剣な表情に変わったのに気がついた。瞳孔が収縮している。ドラゴマンは整理箱のそばへ近づき、そのうちの一つを引き寄せて開いた。そしてなかから、厚紙の表紙で綴じられた書類ファイルを数冊取り出して、ジーグラーへ手渡した。

ジーグラーはファイルを受け取りながらなにやら考えているようだった。ドラゴマンのことをひたと見つめている。

「あなたの意見では」ジーグラーはドラゴマンからいっときも目を離さずに尋ねた。「犯人は男性を憎んでいる人物だと思いますか？」

セルヴァズはドラゴマンの反応を固唾を飲んで見守った。ドヴェルニの話が頭に浮かぶ。ドラゴマンは、男性に対して激しい憎悪を抱いていたという。

「つまり、女性だとおっしゃりたいの、ジーグラー大尉？　男を憎んでいる女だと？」

ドラゴマンはそこで一瞬、口をつぐんだ。その目はより強烈な光を放っている。

「でも、この殺人鬼がしたような荒業をやり遂げるには、かなりの力やエネルギーが要るはずです。女性にあんなことができるとは思えませんが」

「犯人が二人いれば、話は別です」ジーグラーがあえて言った。

沈黙がおりた。

「女と男、ということですね……。なるほど、わかります」ドラゴマンが慎重な口ぶりで言った。

セルヴァズは、法医学者のジェラリが検死で出した結論を覚えていた。殺害されたティモテの後頭部には、高さが異なる打撃が二つ加えられていたこと、加害者は二人いて、一方はもう一方よりも背が低いと考えられること。この結論から、自分は男と女ではないかと仮説を立てたのだ。先ほどジーグラーがほのめかしたのもそれと同じだ。ジェラリも、それが一つの仮説として成り立つことを認めている。もちろん可能性はほかにもあるが……。とそのとき、ふと別の考えが脳裏をよぎった。それは嫌な思いつきだった。犯人は、二人以上いるという可能性はあるのだろうか？

最初に沈黙を破ったのは、ドラゴマンだった。

「今お渡ししたファイルから始めてみてください。なかを見ていただければわかりますが、わたしの書き留めたメモのほかに、音声記録があります。面談はすべて録音されてハードディスクに保存されているのです。お聞きになるなら、わたしのパソコンをお使いいただいて構いません。わたしはシャワーを浴びてきます。ご質問があれば、ご遠慮なくどうぞ。

すぐ隣の部屋にいますし、午後はクライアントの予約はありませんから。わたしもあなた方と同じです。あんな恐ろしいことをする犯人は捕まってほしいと願っています」

ドラゴマンは突如として態度を豹変させ、協力的になった。セルヴァズはその真意をいぶかった。自分たちを別の形で操ろうとしているのだろうか？　おそらくそうなのだろう。ドラゴマンにとって、自分は常に正しいという確信からくる優越感は、どんな形であろうと手放せないはずだからだ。

ドラゴマンが立ち去るのを見送りながら、セルヴァズはおやと思った。口を固く結んだその顔には、別の表情が浮かんでいたのだ。それは怯えるような表情だった。あのドラゴマンも恐怖を覚えている。この谷に閉じこめられたほとんどすべての村人たちと同じように……。

45

セルヴァズはジーグラーとともに、ドラゴマンに渡されたファイルを頼りに、ハードディスクに記録されている面談の音声を再生しはじめた。初めに聞いたのは、ティモテとの面談だった。

ドラゴマン：それから？

ティモテ：それから、父親だよ。あの腐ったゲス野郎。俺、よくあいつを殺すところを想像するんだ。寝ているところを襲って、目を覚ましたところでナイフを突き立ててやるんだ。あいつは恐怖に目を見開く。俺はあいつの膝の上にまたがって、ひたすら胸と性器にナイフを刺しまくる。ぎらぎら光った刃先があいつの肉体に出《で》入《はい》りして、紙みたいに薄い皮膚を切り裂いていくのさ。柄《え》のところまで深く突き立ててからナイフを引き抜くと、やつの体から真っ赤な血が噴きだすんだ。温泉が噴きだすみたいに、ごぼごぼとあふれ出てくる。あいつの体は痙攣を起こして、ベッドの上でびくんと跳ねる。あの野郎、絶叫しまくるだろうな。シーツも枕も、あいつの首も、俺の腕も、手も、そこらじゅう血だらけだ……。
ドラゴマン：それほど激しい怒りを抱くのはなぜなの、ティモテ？
ティモテ　：あいつが女たちにひどいことをしているせいだと思う。
ドラゴマン：女たちって誰のこと？
ティモテ　：あいつが出くわしたあらゆる女たちだよ。あのクズ野郎は、女を嫌ってるんだ。
ドラゴマン：でも、お父さんは婦人科医だったわね？
ティモテ　：ああ。あいつが女のことをどう思っているかが人に知れたら、あいつのクリニックには、患者なんか一人も来なくなるさ。あいつが女たちにしてることを知ったら、なおさらだ……。
ドラゴマン：どういうこと？　もう少し詳しく話して。
ティモテ　：あいつは、若い娘たちに堕胎させてるんだ。東欧のマフィアの息のかかった売春婦たちだよ。マフィアの連中は、そういう女たちの中絶手術を親父にさせて、その見返りに、ときどきそういう女を親父に充《あ》てがうんだ。あの腐った豚野郎に。
ドラゴマン：そんなことまで、あなたはどうやって知ったの？
ティモテ　：知ってるから知ってる。それだけだ。
ドラゴマン：ティモテ、あなた自身には妄想《ファンタスム》はあるのかしら？　あなたのことを話してみて。

ティモテ：　俺は宗教的なものに目がない。
ドラゴマン：　宗教的なもの？
ティモテ：　ああ。教会の彫像とか、ろうそく、磔刑の絵、キリスト降架、聖母マリア像、儀式で焚かれる香、修道女、修道士……。宗教画のことなら、なんだって答えられる。ピエロ・デラ・フランチェスカ、ジョット、マサッチオ、ロレンツェッティ、ティントレット、エル・グレコ、レンブラント……。ああいう宗教的なものを見ると興奮するんだ。
ドラゴマン：　性的に、ということ？
ティモテ：　おい、なんの話をしてんだよ？
ドラゴマン：　わかったわ……。じゃあ、ほかには？

驚いたことに、次の録音はアドリエル神父のものだった。

アドリエル神父：　夢を見ましてな。だだっ広い場所に、空まで届きそうなほど高くて幅の広い巨大な四角い塔があって、自分はその前に立っているのです。その塔には、大きな金属のドアがついたエレベーターが一基だけついていて、広場には群衆がひしめいている。それはもうおびただしい数の人が集まっているのです。私も修道士たちと一緒に、その群衆にまみれておりましてな。みんな、エレベーターが下へおりてくるのを待っているのですよ。
ようやくエレベーターがおりてきて、ドアが開きました。群衆は我先になかへ入ろうと押し寄せます。私も押されたり、突き飛ばされたりするのですが、先ほどまでそばにいた修道士たちの姿がどこにも見当たらない。私は振り返って、押し合いへし合いする群衆のなかに修道士たちがいないかと目で探しましたが、どうしても見つからない。とうとうエレベーターはドアが閉まり、私を乗せずにあがっていきました。いくら大きなエレベーターとはいえ、一回に運ぶのは、群衆全体から見ればほんの一握りの人間たちだけ。しかも広場の群衆は増えていくばかりです。
ドラゴマン：　そのあと、何があったんです？
アドリエル神父：　私は修道士たちをそこらじゅう探しまわって、ようやく広場の反対側にいるのを見つけました。修道士たちは言いました。「エレベーターには乗れない、絶対無理だ」と。私はまわりを見渡しました。確かに、群衆はどんどん膨らんでいるのに、エレベーターは毎回、ごく一部の人間しか運ばないのです。
ドラゴマン：　神父さま、この夢が象徴していることははっきりしていますわ。きっと神父さまも意識なさっているのではありませんか。このエレベーターは、天国への道を表しています。神父さまも修道士たちも、天国へ行きたいと望んでいるのに、結局は地上にとどまったまま。そして、夢のなかの群衆は死者たちでしょう。ユングが提唱したもっとも重要な概念の一つに、元型論というのがあります。わたしたちの意識の根底にある集合的無意識に刻まれている普遍的なイメージのことです。神のイメージである神の像《イマーゴ・デイ》もその一つですし、神父さまが夢でご覧になったような魂の昇天もそうです。この元型《アーキタイプ》は、わたしたち一人ひとりの基本的な精神構造のなかに存在し、夢などにイメージとして現れてくるのです。

ドラゴマンの患者のカルテが詰まった整理箱には、下の名前だけが書かれた箱もあった。リュカ、エンゾ、ヴァランタン、クロエ、オセアン、バンジャマン……。ジーグラーがそのなかの一つを引き寄せ、なかから書類ファイルを一冊取り出した。表紙には、〈ヴァランタン十五歳〉と書かれている。パソコンのところへ戻ってファイルを開くと、ＣＤが一枚入っていた。

ドラゴマン：気分はどう、ヴァランタン？　始めましょうか？
ヴァランタン：ああ。
ドラゴマン：あなたのお父さんのことを話して。
ヴァランタン：あのゲス野郎、くそったれ。あいつ、また母さんを殴りやがった。
ドラゴマン：そのとき、あなたはどうしたの？
ヴァランタン：（沈黙）
ドラゴマン：あなたはどう反応したの、ヴァランタン？

ヴァランタン：　何も言わなかった。
ドラゴマン：　怖かったの？
ヴァランタン：　（沈黙）

セルヴァズは別のファイルを開いた。こちらには〈バンジャマン　十四歳〉と書かれている。ほかのファイルでもそうしているように、セルヴァズはジーグラーと録音を聴く前に、まずファイルのページを繰ってざっと中身に目を通し、そこに付されている要約を読んだ。バンジャマンのファイルにはこう書かれていた。

症候学的分析
・既存の規則違反（家出、学校をサボってふらつく）
・他人への攻撃的行動
・頻繁に癇癪を起こす、短気
・大人への反発
・反抗挑戦性障害
・合併症：薬物使用（大麻）
家族歴
・アルコール依存症

・父親の人格：反社会的
・家庭内紛争、ＤＶ歴あり
学校、および社会的困難
・学業不振
・社会離脱
・非行

「この調子だと、何日もかかりそうね」しばらくして、ジーグラーが言った。

蛍光灯に照らされた小部屋で、セルヴァズは整理箱の山を前に途方に暮れていた。ジーグラーとともにカルテを読んでは、面談の音声を聞く作業を始めてから、すでに四時間が過ぎていた。手当たり次第にファイルを引っ張りだしてくるせいで、あちこちから埃が舞いあがり、くしゃみが出る。ドラゴマンの患者は、男性、女性、子ども、十代の若者と幅広く、それぞれが抱える障害や苦しみのほうも、負けず劣らず多岐にわたっていた。

「こんなやり方だと時間ばかりかかって、埒が明かないわ。何か方針を立てないと」ジーグラーが続けた。「どの患者から当たるべきか、まずはある程度、ドラゴマンに絞りこんでもらったほうがいいかもしれない」

「これを見てくれ」セルヴァズはふいに言った。

ジーグラーが身をかがめた。箱から取り出した書類ファイルには、こう書かれていた。

フランソワ・マルシャソン

マリアンヌを監禁していた男だ。自宅の階段から落ちて即死した男。セルヴァズはジーグラーと視線を交わした。パソコンに戻ると、さっそく音声ファイルを再生した。

マルシャソン：　ちっとも眠れねえ、くそっ！　ほとんど毎晩、同じ夢を見るんだ。そのせいで目が覚めちまう。睡眠薬かなにか出してくれよ、先生。
ドラゴマン　：　まずはその夢のことを話してみて。
マルシャソン：　煙草もらえねえか？　吸いたくてたまんねえんだ。
ドラゴマン　：　夢の話が先よ。
マルシャソン：　泣きわめく声が聞こえるんだよ、壁を蹴る音も。うちの地下室から響いてくるんだ。ちくしょう、あんな叫び声を聞いてたら、頭がおかしくなりそうだ。近所のやつらに聞かれる心配がねえのは、もっけの幸いだがな。

「なんてこと……」ジーグラーが漏らした。
続いて、ドラゴマンの穏やかながら毅然とした声が聞こえた。

ドラゴマン：あなたの夢のなかでは、地下室に誰かが閉じこめられているの？
マルシャソン：まあ……そうだ。
ドラゴマン：それは誰？
マルシャソン：……女だ。
ドラゴマン：あなたがその女性を閉じこめたの？
マルシャソン：ただの夢だよ、先生。そんなこと俺は知らねえ。
ドラゴマン：そうね。それで、その女性はいったい誰なの？
マルシャソン：知らねえよ、どっかの誰かだよ。誰だっていいじゃねえか。とにかく、その女は毎晩、叫びやがるんだ、くそっ。地下室は防音されてるってのに、それでも聞こえてくるんだよ。
ドラゴマン：でも、これは夢なのよね。現実の話じゃない。だとしたら、睡眠薬が必要なのは、夢のなかのあなただということだわ。
マルシャソン：でも、睡眠薬があれば、この悪夢も見ずに済むはずだろ。毎晩、毎晩、目が覚めることもなくなるんだよ、先生。
ドラゴマン：この夢はだいぶん前から見ているの？
マルシャソン：いや。
ドラゴマン：もう少し正確に教えて。いつ頃から見はじめたの？
マルシャソン：言いたくねえ。

マルシャソン：その話はもうしたくねえって言ってんだよ、くそったれが！
ドラゴマン：この夢の話をもう少し掘り下げてみたいんだけど。どうかしら？
マルシャソン：話題を変えねえか？
ドラゴマン：とても興味深い夢だと思うわ。

録音を聴き終えると、セルヴァズはジーグラーと、ドラゴマンのところへ向かった。

「マルシャソンですが」ジーグラーがドラゴマンに尋ねた。「あなたの患者になってから長かったんですか？」

ドラゴマンは考えこんだ。

「そうですね、二年くらいかしら」

「初めてのとき、どうしてマルシャソンが精神科を受診しにきたか、覚えてますか？」

ドラゴマンは、目の前の二人を順ぐりに眺めながら、煙草の煙を吐きだした。

「ええ。治療命令のためでした」ドラゴマンは即答した。「裁判所命令です。マルシャソンは、強姦罪で有罪判決を受けていました。刑期は終えましたが、自由の身になってからも、再犯防止を目的とした社会司法上の監督措置の一環として、精神科での治療を受けることになっていたんです。性犯罪者に関する法律で定められていますから。そして、わたしがマルシャソンの社会復帰の調整医に任命されたのです」

セルヴァズはうなずいた。そのあたりの仕組みは自分も知っている。調整医は司法当局と医療サービス間の仲介役を果たす医師で、前科簿第二号票、いわゆる前科調書に記載のない精神科医のリストのなかから、刑の執行裁判官によって選ばれる。

「性犯罪者にはよく見られることですが、マルシャソンは都合の悪いことから逃げようとする回避的な人間でした」ドラゴマンは煙草を吸いながら言った。「心理的メカニズムでいうところの分裂や否認といった典型的な防衛機制の兆候を見せていました。マルシャソンは、三人の子どものいる五十歳の既婚女性を強姦したんです。キャンプ場で、夫と子どもたちがビーチへ出かけているあいだに、モービルハウスで昼寝をしていた女性を襲ったのです。ですがマルシャソンは、セラピーを開始した当初から、あれはレイプじゃない、大人同士の合意の上の関係だったと言い逃れようとしました。もちろんこれが初犯ではありません。マルシャソンは未熟で、自己中心的で、心配性の人間でした。性犯罪者の典型的なプロファイルです」

ドラゴマンは着替えていた。ジーンズの上に、ドレープの胸元が広く開いた七分丈のTシャツを身につけ、足元にはストラップサンダルを履いている。ジーグラーは、ドラゴマンにじっと視線を注いでいる。

「性犯罪者の患者を自宅のクリニックにたった一人で迎えるのは、怖くないんですか？」

ドラゴマンはしたり顔でほほ笑んだ。

「あなた方が危険な犯罪者を、いつかは出所するのを知りつつ投獄するときの怖さと似たようなものですよ。彼らの扱い方は心得ています。それがわたしの仕事ですから。それに、彼らのほうも、自分たちが自由でいられるかどうかは、わたし次第だということをわかっているんです。どんな女性を狙うとしても、わたしにだけは手を出せないはずです。彼らにとって、わたしはいわゆる神聖不可侵の人間ですよ」

ジーグラーは険しいまなざしを向けた。そして続けた。

「去年の冬頃、マルシャソンは、何か変わった様子を見せませんでしたか？　態度が変わったように感じたことは？」

ひとしきり沈黙が続いた。やがてドラゴマンは、首をたてに振った。

「マルシャソンはちょうどその頃から、夢の話をしはじめました」

ジーグラーは眉をひそめた。

「地下室の夢……ですか？」

「ええ」

ジーグラーはこちらに目配せした。

「その夢の話で、何を感じましたか？」ジーグラーは低い声で尋ねた。

ドラゴマンは一瞬、黙っていた。その目は、尖ったナイフの先のようにぎらぎらした光を放っている。

「ある時点で、これは夢の話ではないのでは、という考えがよぎりました。マルシャソンの地下室には、実際に誰かがいるのではないかと」

「どうしてそう思われたのです？」

ドラゴマンは返事をためらっている。

「夢の話をしたあと、マルシャソンはまた逃避や回避の傾向を見せるようになったからです。治療を始めた当初、自分が犯した強姦罪の話をされたときと同じように。マルシャソンは、ただ睡眠薬が欲しくてあの夢の話をしたのでしょう。それなのに、わたしがその夢に興味を示し、その話に戻ろうとするので、マルシャソンは逆上して、怒りをあらわにしましたから」

「それでもあなたは、警察に通報しようとは一瞬たりとも思わなかったようですね?」ジーグラーが辛辣に言った。

「なぜそんなことを?」

ドラゴマンはこちらを探るようにじろじろと見た。そして口を開いた。

「つまり、あれは夢ではなかった、そういうことですか? マルシャソンの地下室には、本当に誰かがいた……。地下室で何かを見つけたんですね? まさか……。これと今の捜査とは関係があるんですか? 一連の殺人事件と? マルシャソンもこの事件に絡んでいるんですか? でもマルシャソンは、ティモテが殺される前に死亡しているわ……」

ドラゴマンは、珍しく動揺しているように見えた。

「お話ししようかと思ったことはあるんです」ドラゴマンは言い訳を始めた。「ただ……」

「ただ、あなたのような人たちは、警察にも、憲兵隊にも、裁判官にさえ不信感を抱いているから、そうしなかった」ジーグラーが口を挟んだ。「警察や司法は、自分たちを罰して、殴って、投獄するためだけに存在すると思っているから。それに、犯罪者はみな、セカンドチャンスを得る権利があると思ってる。二度目どころか、三度目、十度目、二十度目のチャンスだってあるってね。そして、あなた方のくだらない〝イデオロギー〟の名のもとで、まったく罪のない誰かがそういう犯罪者の餌食になって犠牲になったとしても、それは仕方ないって思ってるからです」

　ジーグラーの声は、背筋を伝っていく氷水のように冷たかった。セルヴァズは、ドラゴマンが、あたかも拍車をかけられたサラブレッドのようにいきり立つのを見た。

「まるでこの国の警察には、偏見も人種差別も、誤ったイデオロギーもないかのようなおっしゃり方ですね」ドラゴマンはせせら笑った。「あなたはそんなことを言える立場にはは……」

「マルシャソンの録音をすべて揃えてください」セルヴァズは二人の応酬をさえぎった。今はそんなことを言い合っている場合ではない。「あなたが面談中にとったメモもすべて。マルシャソンが面談のなかで口にした人物の名前、知り合いや出会った人間、場所があるのなら、もれなく教えてください。それも今すぐに！」

「さしあたり、記憶にはありません」ドラゴマンが答えた。「でも、とにかく記録を見てみます。その間に、もう一人、ぜひ録音をお聞きいただきたい人物がいます」

「誰です？」ジーグラーが尋ねた。

「ジルダス・ドゥラエです。フランス語教師の」

46

ドラゴマン：その子たちのこと、そんなに怖いんですか、ジルダス？

ドゥラエ：ええ、そうです。（確かに、ジルダス・ドゥラエの声だった。断言しながらも怯えている）

ドラゴマン：でも、所詮はまだ子どもでしょう？　スクーターを乗りまわしている十代の少年にすぎないのに？

（沈黙）

ドゥラエ：連中はろくでなしです。非行少年、犯罪者予備軍ですよ。あいつらがどんな人間かは、授業中に見ていますからね。捕まらないとわかってたら、盗みだって、殺しだって平気でやるような連中だ。野蛮人も同然ですよ。

ドラゴマン：その少年たちと話してみましたか？

ドゥラエ：なんのために？　話したって無駄ですよ。

ドラゴマン：せめて、その両親とは？

ドゥラエ　：　そうですね……おっしゃるとおりだ。責任があるのは、あいつらの親なんだ。自分の子どももろくにしつけず、きちんと育てなかったくせに、それを社会とか、国の教育とか、学校教師のせいにして言いがかりをつけてくるんだ。元はといえば、あいつらの親が無能だからだ、悪いのは親たちなんだ。親だけじゃない。ああいう子どもらに暴力を賛美するような文化を刷りこんで、裏で金儲けをしている大人たちのせいだ。音楽にラップ、暴力映画……。

ドラゴマン：　恨んでいるんですか？

ドゥラエ　：　恨むどころか、憎んでますよ。

ドラゴマン：　子どもたちの親を？

ドゥラエ　：　そうですよ、さっきから親の話をしてるでしょう。

ドラゴマン：　でも、憎んでる、ってかなり強い言葉だわ。

ドゥラエ　：　だから何だっていうんです？　私が連中の親をつかまえて、殴ってやりたいと思ったことがないとでも思いますか？　その首を絞めてやりたいって思ったことが一度もないとでも？　ああいう親たちは出来損ないの息子の言動など棚にあげて、どうしてうちの息子に悪い成績をつけた、なんで教室から追いだしたんだ、って私のところへ怒鳴りこんでくるわけですよ。まったく、子どもが子どもなら、親も親ですよ。

ドラゴマン：　あなたは暴力的な人ですか、ジルダス？

ドゥラエ　：　まさか。私はハエ一匹殺せないような人間です。

ドゥラエは前にも同じようなことを言っていたはずだ。セルヴァズは、ジーグラーたちが家を訪ねたときの話を思い出した。〝私ほどおとなしい人間はおりませんよ、大尉さん。どんな小さな暴力だって振るえないんですから〟

ドラゴマン：　暴力的と言ったのは、必ずしも身体的な暴力のことではありません。あなたの内面には、暴力的な側面がありますか？
ドゥラエ：　ええ、私の内には、暴力も怒りも煮えたぎっていますよ。酸みたいに私を蝕んでいるんです。ときどき、誰かをぶちのめしたくなりますよ。誰でもいいから、最初に出くわした人間を。
ドラゴマン：　あの少年たちの一人を？
ドゥラエ：　そうです。あるいは、その親たちの誰かを。
ドラゴマン：　誰かをぶちのめすって、いったい何をしたいの、ジルダス？
ドゥラエ：　それは、相手を……その……痛めつけてやるんです。
ドラゴマン：　誰かを殺したくなったことはありますか？
ドゥラエ：　そりゃあ、みんなと同じようにね。でも、それはただの欲望です。妄想《ファンタスム》ってやつです。現実にやろうと思ってるわけじゃない。
ドラゴマン：　そういうことをよく考えますか？

ドゥラエ　：　まあ、ときどき。
ドラゴマン：　かなり前からですか？
ドゥラエ　：　妻が……妻が死んでからです。
ドラゴマン：　じゃあ、その怒りについて、一緒に取り組んでいきましょう、ジルダス。その怒りを手放せるように。
ドゥラエ　：　怒りを手放す方法なんて、たった一つしかありませんよ。あいつらが嫌がらせを止めない以上、無理な話だ。

「ジルダス・ドゥラエがティモテ・オジエを暴行したっていう噂は、本当なのかしら？」

コンクリートのトーチカをあとにしながら、ジーグラーが言った。ドラゴマンの自宅には、結局六時間はこもっていたことになる。「なんだかややこしくなってきたわね。ここにきて、容疑者が見事に雁首《がんくび》そろえちゃって」

「いや、逆にシンプルになったのかもしれない」

セルヴァズは、遠く山々の上にかかる斜陽と谷に横たわる山の影を眺めながら言った。さっきまでの霧は晴れあがり、夏というより秋のような宵が訪れている。ここ数日の蒸すような暑さのあとでは、その涼しさが心地よかった。

「どういう意味？」

「犯人、あるいは犯人たちは、ほぼまちがいなく、ドラゴマンの患者のなかにいるってことだ」

ジーグラーも視線を遠くへ投げ、眼下で瞬く村の明かりを眺めた。真剣な顔つきになっている。

「そうね。しかもこの谷には、わたしたちの代わりに憲兵隊や警察の真似ごとを始めた人たちもいる」ジーグラーはふさいだ声で言った。ここへ来る道中で出くわした自警団のことを思い出したのだろう。「勝手に検問なんかされたらたまらないわ。アンガールにパトロールを強化するように頼むつもりよ。ここの憲兵たちも、もう手一杯なのはわかってるけど、これぱっかりはしかたがない。あとでたっぷり寝てもらうわ。それから、外部の応援も要請するつもり。この谷に無法地帯を許すわけにはいかない」

ジーグラーはゆっくりと夜の闇に沈んでいく村の家々の屋根を眺めている。また夜が来て、朝が来る。そのあとはどうなるのだろうか?

「今夜は土曜日の晩ね。これから遊びに出かけようとする女性たちが、捕食者《プレデター》とか頭のおかしな人間が通りにどれだけうろついているかを知ったら、とてもじゃないけど、怖くて外出なんかできなくなるわね。厳重に戸締りをして、家に閉じこもってしまうわ」

セルヴァズは、ジーグラーのほうへ向き直った。

「でも、今のところ、犠牲者はみな男性のようじゃないか」セルヴァズは言った。「ということは、エグヴィヴでむしろ危険を感じるべきなのは、体毛が濃くて、声が低くて、肩幅が骨盤よりも広くて、機能的な乳腺が発達していない人間のほうだと思うが」

「まあね、今回はたまたまそうなってるけど。それより、あなたって面白いのね、その気になれば」ジーグラーはにんまりと笑いながら言った。

トゥールーズ・ブラニャック空港。レアはレストランのテラス席でイベリコ豚の生ハムを何切れか頬張りながら、フライト案内の画面に映しだされるゲートの番号をチェックした。保安検査を通過した先のスペースに新しくできたレストランエリアで、一般客も利用できるように開放されている。フランス政府がこの空港の国有株を中国人投資家に売却したことと関係があるのかどうかはわからないが、目新しい店舗の数々は、かつてこの場所で乗客を迎えていた、窮屈でいつも混み合っていたお粗末なカウンターとはまるで異なる様相を見せていた。

レアは小さな旅行かばんを手に取った。パリには一泊だけして、翌日の便でトゥールーズへ戻るつもりだった。搭乗口へ向かいながら思った。これはつかの間の逃避行、取るに足らないエスケープだと。でも、もしマルタンに見つかったら、どうなるだろう。自分が隠れて何をしていたかをあの人が知ったら？

そう思ったら、心臓が急に早鐘を打ちはじめた。搭乗口に到着し、乗客の列に身を滑らせる。このことを知ったら、マルタンは決して自分を許さないだろう。こちらがしたことにひどく傷つくことだろう。レアはセルヴァズのことをよく知りはじめていた。セルヴァズには、これだけは決して譲れないという信条がいくつもあった。誠実さもその一つだ。

とはいえ、あの谷のなかに閉じこめられている限り、マルタンがこちらのすることを知る術はないはずだ。レアは自分にそう言い聞かせた。そう、知らずにいる限り、苦しむこともない。

レアは、同僚のジェロームが自分に言ったことを思い出した。職場でやりあって腹を立てる前のことだ。ジェロームはこう言った。「完璧な人間なんていないよ、レア。彼も、きみも。でもたまには、自分の主義主張は脇において、直感に身を委ねることも必要だよ」と。

だがレアは、機内へ通じるボーディングブリッジを進みながら、本当にこれでよかったのだろうかと考えた。自分はもしや、取り返しのつかない過ちを犯そうとしているのではないだろうか。ついに機内に足を踏み入れたとき、その足取りは突如として頼りなげになった。

47

ホテルに戻ってエレベーターを待っていると、携帯が震えた。ジーグラーは携帯を取り出して画面を見た。ＳＭＳが入っている。これから部屋へ戻ろうというタイミングだった。

〈村役場へ寄ってもらえる？　よろしく〉

村長のトレスからのメッセージだった。ジーグラーは時計を見た。夜の十一時三十分。思わずため息をついた。ドラゴマンの家を出たあと、憲兵隊へ戻って現状確認を済ませ、あとは宿に戻って数時間だけでも眠りたいと思っていたのだ。ジーグラーはしかたなくまわれ右をして、村役場へと車を走らせた。体は極度の疲労を訴えていた。頭も空っぽで、休息が必要だった。神経の高ぶりを感じながら、ジーグラーは二階の村長室へと続く狭い廊下をつかつかと歩いていった。これからどうやって捜査の進展状況を説明しようかと考えながら。

「入って！」ドアをノックすると、トレスの声が響いた。

こちらを見るとトレスは立ちあがり、コート掛けにかけてあったハンドバッグを手に取った。半袖の赤いシャツの下には、お尻と太ももにぴったりフィットしたローウエストのストレートジーンズを履いている。うしろの両ポケットに翼のモチーフが刺繍《ししゅう》されているのが目に入り、ジーグラーは思わず目をそらした。

「どこへ行くんです？」ジーグラーは慎重に尋ねた。

「一杯やって、少しくつろいだほうがいいと思ったのよ。この一連の事件で、みんなもう爆発寸前でしょ。ガス抜きしないと。いい店を知ってるから」

思わぬ誘いに、ジーグラーは意表を突かれた。トレスは、こちらの意向を尋ねもしなかった。ジーグラーは一瞬、これはやはり酒の席を装った仕事上の打合せなんじゃないだろうかと不安になった。もう事件の話はうんざりだ。

「心配しないで」トレスはドアのほうへ向かいながら言った。「今夜は仕事の話はしないから」

「じゃあ、なんの話をするんですか？」ジーグラーはトレスに続きながら尋ねた。

「力を抜いて、大尉」トレスは踵をコッコッと鳴らしながら言った。「今夜はわたしたち、非番なんだから。今夜は酔っ払うわよ」


セルヴァズは、真夜中の少し前に電話を受けた。ドラゴマンからだった。電話口の声は心なしか緊張していて、不安げでもあった。

「お邪魔をしてごめんなさい。ただ……外に、外に誰かがいる気がするんです」

セルヴァズはベッドの上で身を起こした。

「お宅の家の外に、っていうことですか？」

「ええ、窓のそばを人影が通るのを見たんです。それに、物音も聞こえました。誰かがいるんです……。この家のまわりをうろついているんだわ。きっと犯人が……」

ドラゴマンの声から、電話に口を押しつけるようにして話しているのが感じられた。呼吸が速く、激しい息づかいが聞こえてくる。パニックを起こしているらしい。

「ドアと窓は施錠しましたか？」

「ええ、全部鍵がかかってます」

「窓には、防犯対策が取られていますか？」

「ええ、簡単には侵入できないようになっているはずです。仮に、その人物がなかに入ろうとしたとしても……」

ドラゴマンは、この最後の言葉を言いながら声を潜めた。まるで、その怪しい人物に聞かれたら、本当に侵入されてしまうのではないかと恐れるように。もちろん、実際にそんな人物がいればの話だが。だが、ドラゴマンは理由もなく怯えるようなタイプではなさそうだった。

「そこから動かないでください。外には出ないように。今すぐ行きます」

セルヴァズはさっと上着をつかんで靴を履き、靴紐を結ぶと、急いで部屋を出た。まだ服を着たままだったので時間はかからなかった。小走りに進みながら、ジーグラーにも知らせるべきだろうかと考えた。自分は銃を持っていないが、ジーグラーは持っている。だが、ドラゴマンが見たというその人影は、おそらくなんでもないという気がしていた。夜の闇が見せた目の錯覚。不安が生み出した幻覚にすぎないだろうと。

超近代的なトーチカふうの建物が見えてきた。ドラゴマンは広いテラスに出てこちらを待っている。セルヴァズは家の前に車を停めた。

「外に出ないようにと言ったはずですが」

ドラゴマンは肩をすくめ、鳥肌の立っていそうな腕をさすった。

「あなたの車の音がしたから出てみたんです」

「どこでその人影を見たんですか？」

「お見せしますわ。こちらです」

ドラゴマンは先に立って家のなかへ案内した。この家に限ってはもう驚くことでもなかったが、夜のこの時間、室内の広い空間は劇場のような雰囲気を醸しだしていた。念入りに配置された壁灯やスポットライト、ランプに照らされ、それぞれの明かりが織りなす光と影が交互に現れて、セルヴァズはまるで闇のプールに灯された光の輪のなかを進んでいくような感覚を覚えた。

ドラゴマンは大きなガラス戸の前で立ち止まり、ここから人影を見たのだと言った。セルヴァズは反射するガラスを眺めた。そこにはドラゴマンの横に立つ自分の姿が半分透けるようにして映っている。セルヴァズはガラス戸を開けて外へ出た。そして、夜気に当たりながら芝生におりた。

六月の涼しい夜だった。そよ風が頬を優しくなでていく。セルヴァズは何歩か進んで、あたりを見渡した。

左手には巨大な山々の暗い塊が連なり、そのふもとに村外れの家々の明かりがかろうじてぽつぽつと灯っているのが見えた。右手には坂道が延び、その先にはエグヴィヴの村とその無数の街灯が小さく光っているのが見える。真夜中を過ぎれば、じきに消灯されることだろう。

セルヴァズはそのまま周囲を注意深く眺めた。少し離れたところには、小さな長方形状に敷かれた敷石の上にガーデンファニチャーが置かれていた。そのすぐうしろには竹林があり、きれいに刈りこまれた低木の植えこみもある。芝生の上には、家全体を囲むようにして小道が延びていた。

「誰もいないようですが」セルヴァズは振り向いて言った。

ドラゴマンは震えているように見える。

「でも、さっきは確かに誰かがいたんです」

セルヴァズは、今度は建物の周囲をゆっくりとまわりながら、影になっているところをじっくり調べていった。ふと、コオロギの鳴き声が耳に入った。まだコオロギがいるのか――そう思いながら、セルヴァズは少し先の茂みのほうへ向かって闇のなかを進んだ。闇は深く、自分からたった数メートルの距離でさえ視界がきかない。セルヴァズはその場で家のほうを振り返ってみた。ここは実際、理想的な監視場所だった。ここなら誰にも気づかれずに身を隠しながら、家のなかの動きもひそかに観察することができる。

十中八九、ドラゴマンは実際に誰かを見たのではなく、人の気配を感じたと思っただけだろう。とはいえ、はっきりそうだと断言できるわけではなかった。もしかすると、本当に誰かがここにいたのかもしれない。

その誰かは、こちらの——つまり捜査陣の動きを追っている人物かもしれない。セルヴァズはさらに考えをめぐらせた。先ほど、自分とジーグラーがこの家に来て、数時間かけて捜査していたのを見ていた人物。事件解決の鍵がドラゴマンの患者ファイルのなかにあることを知っている人物。いっそのこと、この家に火を放ちたいという誘惑に駆られているであろう人物。あるいは、精神科医のドラゴマン——つまり患者たちの素性を知りすぎているたった一人の人間の口を一刻も早く封じたいと切に願っている人物……。セルヴァズは来た道を引き返し、家の反対側へ戻った。ドラゴマンは先ほどのガラス戸のそばでそのまま待っていた。

「どうやら逃げられたようだ」セルヴァズは言った。「とにかくなかに入りましょう」

ドラゴマンはガラス窓を閉めると、こちらを追い越しながらリビングの隅にあるバーカウンターのところへ案内した。

「警報装置は設置されていますか?」セルヴァズは尋ねた。「きちんと作動していますか?」

ドラゴマンは警備会社の名前を告げ、どういう仕組みで作動するかを詳しく説明した。あれば話を聞く限り、ずば抜けて高性能な防犯システムというわけではなさそうだった。あれば安心でき、万一、侵入者があった場合には、非常ベルが鳴るという類のものだ。

「せっかく来ていただいたんですから、何かお飲みになりません？」

セルヴァズはドラゴマンを見た。返事はノーだ。もちろんノーに決まっている。時刻はもう真夜中近くで、あと数時間もすれば、また長い一日が待っている。それに、あの精神科医ドヴェルニのドラゴマンにまつわる話を聞いたあとなら、なおさらだ。

「お願いです」こちらのためらいを察したのか、ドラゴマンはしつこく粘った。「またすぐに一人になりたくないんです。それに、もしまだ誰かがうろついているのなら、あなたがここにいてくれたら、あきらめて帰っていくわ。ほんの少しでいいから残って」

ドラゴマンは、ほとんど懇願していた。だが自分には、断る理由がもれなく揃っていた。自分は勤務中ではない。いや、それどころか停職中だ。人を操る危険な女と二人きりになるべきではない。危険どころか、今やドラゴマンは容疑者の一人になっている。それに、自分にはレアがいる。レア――夢のなかでほかの男と戯れていたレア、やけに親密そうに話していた同僚のゴードリー医師……。セルヴァズは、壁にかかった磔刑の絵に視線を投げ、それからドラゴマンを見た。

ここに着いたときから気がついていたことだが、ドラゴマンはいつでもベッドに入れるような格好をしていた。細いストラップのついたカナリア色のキャミソールとお揃いのミニショーツ。ごく薄手のコットンの生地の下はどうやらノーブラらしい。リビングのスポットライトの光を受けて、その小麦色の腕や肩はさらに妖艶に輝いている。

「まさかわたしが怖いなんておっしゃいませんよね」ドラゴマンはそうささやいた。

ドラゴマンはさらに自分のほうへ身を寄せてきた。香水の匂いが漂ってくる。スパイシーな香りは、ドラゴマンのイメージにぴったりだった。いや、そんなふうに思うのは、あるいは、自分の男性脳が麻痺してきたせいかもしれない……。

「わかりました。一杯だけ」セルヴァズはそう返事をしていた。「飲んだらすぐ帰ります」


トレスに連れていかれたのは、〈コロヴァ・ミルクバー〉という店だった。名前に反してメニューにミルクがほとんどないという点を除けば、ジーグラーはこの店はなかなかいいと思った。シンプルで気取りがない。山小屋風の板張りの壁。ネオンサイン。壁には映画のポスターが何枚か貼ってある。『時計じかけのオレンジ』『二〇〇一年宇宙の旅』『シャイニング』『博士の異常な愛情』。そして何よりいい音楽――少なくとも、自分の好みからするといい音楽が流れている。こちらもシンプルで気取りがない選曲だった。ザ・ホワイト・ストライプス、ライヴァル・サンズ、フォンテインズD.C.。

客層の年齢は、二十代から四十代くらいだろうか。洒落た若者の集まる地元スポットであるのは明らかだった。ほかにいい店がないからというのもあるのだろう。血気盛んな若者たちが、気に入った相手の気を引こうとあの手この手で駆け引きを楽しんでいる光景がほほ笑ましい。なにせ人類が数千年前から営んできた行動なのだ。ジーグラーはそんなことを思いながら、トレスに感謝の意味を込めてほほ笑んだ。

「いいですね、ここ」

「店が？　それとも音楽が？」

「どちらも」

「よかった。じゃあ、あなたたちの捜査に乾杯」トレスがこちらを見つめながら、黒ビールのグラスを持ちあげた。

「仕事の話はしないはずじゃありません？」

トレスはほほ笑んだ。

「あら、ごめんなさい。思わず出ちゃったのよ」

「仕事中毒ですね」

トレスはビールを口元へ運んだ。

「あなたもわたしと同類だと思うけど。それとも、わたしの思い違いかしら？」

「いいえ」

ジーグラーはそう答えると、キューバ・リブレのグラスに顔を近づけながらいぶかった。トレスは、自分と同類だと言ったが、それは仕事中毒のことを言ったのだろうか。それとも、ほかのことをほのめかしたのだろうか？　トレスの瞳は笑っていた。その目の光は、村長の顔をしているときの厳しいまなざしとは対照的だった。じっと見つめられると、そのまなざしの奥深くにひそやかに潜む何かが、自分の肌を疼かせる気がした。

「楽な仕事じゃないでしょうね、村長って」ジーグラーは平静を装って尋ねた。

「今の時代、マゾでもなけりゃ、村長になりたいなんて誰も思わないわ」トレスは、誰にも聞かれていないか確かめるかのように、バーを見渡した。「何をしたって悪者にされるわけ。障害者用のスペースは占領しないでくださいって頼んだら、おまえが出ていけって言ってくるような連中に、一日中、文句ばっかり言われるんだから。それでなくても予算は減らされる一方で、批判は増える一方よ……。まあ、そんなことより、今日はどんな一日だったの？」

ジーグラーは、ドラゴマンの家を訪ねたことには触れずに、〈自警団〉による検問に出くわした話をした。トレスの顔がたちまち険しくなるのがわかった。

「そのリーダーの男なら知ってるわ。ウィリアム・ゲラン。山で製材所をやってる。賢い男よ。それに、わたしの椅子を狙ってる」

「相当数の人たちを味方に引き入れるだけの話術も持ち合わせているみたいですね」ジーグラーは言った。

バーのスピーカーからは、ザ・スナッツの『オール・ユア・フレンズ』が流れている。

「この国の貧困と社会的排除を取り巻く状況は深刻なの」トレスが言った。「エグヴィヴでも、ほかの地域でも。本当にひどい状況よ。毎日、月末までの金の工面に奔走しなくてはならない人たちもいれば、社会扶助を受けるためにややこしい行政手続の迷路にはまり込む人々もいる。逆に、扶助を受けたら受けたで、制度を悪用して金を不正に受け取っているんじゃないかって疑われて後ろ指をさされたり、さらには汚名を着せられて、まわりの不信感に苦しんだりする人だっている。シングルマザーとしてたった一人で三人の子どもを苦心して育てながら、そんな毎日と格闘する生活を想像してみて。あるいは引退後の農業従事者の厳しい生活を。引退後、彼らが月々受け取れるのは、農業従事者向け老齢年金が二百八十九ユーロ九十サンチームと、老齢最低保障手当としての割増給付の五百七十八ユーロ三十サンチーム。たったそれだけを受け取るために、誰よりも汗水垂らして生涯働いてきたのかって思うじゃない。だいたいこの金額の端数だって、人をバカにしてるわ。ご丁寧に三十サンチームを投げ銭する代わりに、誰も四捨五入しようとは思わなかったのかっていう話よ。受け取る側の身になったら、この三十サンチームがどんなに侮辱的かわかるはずなのに。とにかく、この国はどこかがおかしい。中流、上流階級は世界のどの国よりもはるかに多くの税金を納めているっていうのに、日々生き延びるだけで精一杯の貧困層の割合がどんどん増えているなんて普通じゃないわ」

トレスはビールを飲み終えて、テーブルの上に置いた。

「だからって、ウィリアム・ゲランのような人間が出てきたところで問題が解決するわけじゃない。ああいう手合いは、貧困との戦いに水を差して、人々の信頼感を失わせるだけだわ。社会のシステムのことなんて何も知らないくせに、ただ自分が話題になって脚光を浴びて、テレビや新聞に取りあげられたいだけ。いつだって同じことよ。自分が重要人物になったつもりで酔いしれたいだけなのよ」

ジーグラーは違和感を覚えた。ウィリアムはそういうタイプには見えなかったからだ。どちらかというと、社会を変えようという誠実な熱意を持った男という印象だった。

「いずれにしても、エグヴィヴの村民は、村長のあなたのことを評価しているようですよね」ジーグラーは雰囲気を和らげるために言った。「再選を重ねているんですから」

するとトレスは顔をしかめた。

「それだって、もう前と同じようにはいかないわね。あまりいい雰囲気じゃないの。二人に一人の市町村長が二〇二〇年の再選には立候補するのをやめようと思ってる。これからは、個々人が自分でなんとかしていくしかない時代なのよ。わたしに言わせれば、そんな社会はいずれ壁にぶち当たるわ」

トレスはそう言って、口角に苦いしわを寄せた。

「とにかく、タオルを投げる市長たちが増えてるってこと」トレスが続けた。「住民はますます気難しく攻撃的になってるでしょう。そういう人たちに不満ばかりぶちまけられて、減る一方の地方交付金でなんとかやりくりして、横柄な国の関係機関と渡り合わなくてはいけないの。もう限界よ。本当に……」

トレスは頭を振った。こっちの身にもなってみてよ、ってところか――ジーグラーは心でつぶやいた。デペッシュ・モードの『ウォーキング・イン・マイ・シューズ』でもそんなようなことを歌っていたっけ。

「ゲランとその自警団とやらだけど、どうするつもりなの？」トレスがいきなり話を振った。

「とにかく一度、訪ねてみるつもりです。でも、それって明日まで待てますよね？」ジーグラーはそう言ってほほ笑んだ。

トレスの瞳に笑みが戻ってきた。まるで砂糖を溶かしたカラメルのように熱くとろけそうなブラウンの瞳がこちらを見つめている。スピーカーでは、ザ・ルミニアーズが『オフィーリア』を歌っている。

「仕事の話はしないはずだったのにね」

「まあ、わたしたちにつける薬はないってことですよね」ジーグラーはふざけて言った。

その瞬間、二人は一斉に声をあげて笑った。ジーグラーは笑いながら、自分の使ったわたしたちという言葉には、単に仕事上の関係を示すだけでなく、二人のあいだに親密さを生みだす効果があることを意識していた。ジーグラーは一瞬、ズズカのことを思った。そして、急に恥ずかしさがこみあげてくるのを感じた。ザ・ルミニアーズの曲が耳に響いてくる。

ジーグラーは時計を見た。

「もう帰らないと」トレスに言った。「これを飲み終えたら帰ります」

するとトレスは、熱く乾いたその手をこちらの手の上に載せた。

「ねえ、もう少し、一緒にいてほしいわ」

48

「あなたの捜査に乾杯」ドラゴマンがグラスを持ちあげて言った。その目は、こちらを熱っぽく見つめている。

セルヴァズもグラスを合わせて乾杯した。ドラゴマンはソファに背中を預けると、ワインを一口飲んだ。足を組んで座り、裸足の足を前に突きだして揺らしている。セルヴァズはその太ももの引き締まった筋肉のラインに思わず見惚れた。顔をあげると、ドラゴマンがこちらを見ている。自分の足が賛美されていることに満足しているらしい。突然、セルヴァズは帰りたくなった。

「あなたの同僚の刑事さんは、わたしのことをあまり好きではないみたいね」ドラゴマンはこちらを見つめながら、やけにしおらしく言った。

いつもの気取った傲慢な態度をすっかり引っこめているようだ。それどころか、こちらに取り入ろうとしているようにも見える。今夜はよほど怖い思いをしたせいだろうか。

「まあ、あなたはこちらの仕事に協力的ではありませんでしたから」セルヴァズは答えた。

ワインは素晴らしく美味かった。ローヌ地方の銘酒コート・ロティだ。ドラゴマンは、弾けるように笑った。

「そうね。わたしってときどき、高飛車な態度をとってしまうから。亡くなった夫にも、しょっちゅうそう言われました。ねえ、警部さん、あなたはどうお思いになる？　わたしみたいな女を愛するのって、やっぱり難しいかしら？」

セルヴァズはその質問に不意を突かれた。その言葉選びにも面食らった。ドラゴマンはこちらに言い寄ろうとしているのだろうか。そのグレーの瞳はスポットライトの光を浴びて、いっそう明るく強く輝いている。その強烈さも執拗さも、計算ずくのまなざしだった。

「精神科医はあなただ。私は一介の警官にすぎない」

「ご謙遜が過ぎるようね。インターネットで拝見したわ。素晴らしい功績をお持ちなんですね」

ドラゴマンはそう言うと、身をかがめて手を脛へ伸ばした。そして裸足の足をマッサージしながら、足の親指をくねらせている。

「今夜、あなたがここで一晩過ごしてくれたら安心だわ」ドラゴマンが言った。

「心配なら、家の前に警備の車を配置させますよ。犯人もまだ見つかっていないことですし」

「ということは、いつかは捕まえるおつもりってことね」

セルヴァズは、その声に含まれた皮肉を聞き逃さなかった。

「さっきご自分でおっしゃったじゃないですか。私には相当の実績があると」セルヴァズはそう言ってわざと笑みを投げた。

会話の流れは気に入らなかった。またしても、ドヴェルニが言っていたことが脳裏によみがえってくる。ドラゴマンは本当に頭がいかれているのだろうか。それとも単に人を操ろうとする狡猾な人間で、男たちに及ぼす自分の魅力や影響力に圧倒的な自信を持っているだけなのだろうか。セルヴァズは、急いでワインを飲み干した。

「もう一杯いかが？」

「いや、結構だ。私はおいとましますが、今夜は見張りの車を手配しましょう」

「それなら、今ここで電話して。帰るのは、その車が来てからにしてください。犯人がまだそのへんをうろついているのなら、一人になりたくないわ」

セルヴァズはためらった。窓の外に広がる夜の闇に目をやり、それから、広くがらんとした室内を見渡した。暗い壁は、中世の拷問具〝鉄の処女〟さながらに、鋭く尖った無数のとげで覆われている。ドラゴマンは、よそよそしさと好奇心の入り混じったようなまなざしをこちらに向けている。

「わかりました」セルヴァズは携帯を取り出した。

と突然、ドラゴマンが身をこわばらせた。

「今の、聞こえました？」

ドラゴマンは突如として警戒心をあらわにした。

「聞こえたって、何が？」

ドラゴマンは視線を天井のほうに向けた。

「物音が……あそこから」

セルヴァズも、スポットライトがちりばめられている天井を見あげながら耳を澄ました。

「私は何も聞こえなかったが。どんな音だったんです？」

「わかりません……何か重たいものを落としたような、そんな感じの音だったわ」

「上には何がありますか？」

「寝室がいくつかとバスルーム、ドレッシングルームがあるわ」

セルヴァズはもう一度耳を澄ました。聞こえてくるのは、バーカウンターのうしろにある冷蔵庫のかすかなノイズだけだった。

「やっぱり何も聞こえませんが」セルヴァズは言った。

「でも、確かに物音がしたんです」ドラゴマンは譲らなかった。

セルヴァズはふと、マルシアルとティモテ・オジエ父子の遺体を思い出した。その瞬間、銃を持ってこなかったことを悔やんだ。

「わかりました。じゃあ、見にいきましょう」

ソファから立ちあがると、ドラゴマンは階段を示し、先に行くように合図した。セルヴァズは耳をそばだてて警戒しながら、小さな階段を一段ずつあがった。階段には二段ごとにフットライトがついていて、床すれすれのところに小さな円錐形のＬＥＤの光を放っている。そのうちに目線の高さにカーペットが敷かれた二階の床が見えてきた。セルヴァズはそのまま二階まで進んで、もう一度耳を澄ました。あたりは静まり返っている。廊下の突きあたりには、明かりのついた部屋があった。開いたままのドアからベッドが見える。セルヴァズは二階のドアを一つずつ開けていった。バスルームに入り、なかを調べてから廊下に戻る。そうやって部屋を順に調べながら進み、一番奥にある広い寝室へたどり着いた。部屋には大きなベッドが置かれていた。ピンク色の羽毛布団は片側だけが乱れている。左手には、もう一つのバスルームへ通じるドアがあり、右手には窓がある。ベッドのヘッドボードを兼ねる壁は仕切り壁になっていて、両側から奥へと部屋が続いている。おそらくドレッシングルームになっているのだろう。セルヴァズは室内を隅から隅まで念入りに調べていった。

「誰もいませんね」

セルヴァズはドラゴマンを振り返った。ドラゴマンはワイングラスを手にしたまま、煙草に火をつけていた。こちらがじっくり部屋のなかを調べているあいだ、その動きを逐一目で追っていたらしい。ドラゴマンはもはや怯えているようには見えなかった。そのときになって、セルヴァズはベッドシーツから立ちのぼるほのかな香りに気がついた。オードトワレと石鹼、デイクリームのまじったような官能的な香りが部屋全体に漂っている。だが、それ以上に鼻を刺激したのは煙草の匂いだった。セルヴァズは腹の底に深淵が広がっていくような気がした。ドラゴマンは煙草を深く吸いこむと、煙をゆっくりと吐きだした。セルヴァズはそのふっくらとした珊瑚色の唇から目が離せなくなった。そこから立ちのぼる青白い煙からも……。

「見張りの車を呼びます」セルヴァズは言った。

ドラゴマンはこちらにぐっと接近した。煙草も一緒に。近い。近すぎる……。ドラゴマンは煙草を持った手でグラスを持ち、もう一方の手の指をグラスに残っている深い暗紫色のワインに浸した。そして、まるで洗礼を施すかのように、その指でこちらの唇をゆっくりと濡らした。ドラゴマンの指は煙草の匂いがした。ドラゴマンは、その中指をこちらの口のなかに滑りこませると、ゆっくりと出し入れを始めた。指は端から端までワインと煙草の味がする。セルヴァズは思わずその指にしゃぶりついた。目はドラゴマンの瞳に釘付けだった。煙草。指。唇。まなざし。頭は真っ白で、もう何も考えられない。と次の瞬間、ドラゴマンは指を引き抜き、唇をこちらの口に押しつけると、煙草の煙を口移しするように、口のなかに一気に吐きだした。ニコチンが脳に直行する。まるでプロボウラーが投げたボールのように、ドラゴマンはニコチン依存ゾーンにストライクを決め、こちらが禁煙のためにしてきたあらゆる努力を一瞬で吹き飛ばしてしまった。耐えがたい快感の波、途方もないトリップの感覚。セルヴァズは全身に鳥肌が立つのを感じた。

ドラゴマンはグラスをナイトテーブルの上に置くと、笑みを浮かべながら煙草をこちらの唇に咥えさせた。セルヴァズはジャンキーが麻薬をむさぼるように煙草を吸いこんだ。その間にドラゴマンは、こちらのシャツのボタンをはずしながら、首筋にキスをして耳たぶに嚙みついてきた。

シャツを開くと、ドラゴマンは上半身に幾重にも巻かれた包帯に目をぎらつかせ、その上を爪でたどっていった。だが、何も尋ねはしなかった。そのまま体を絡ませながら、手を下半身に伸ばし、股間にあるものをなではじめた。ズボンの下ですでに膨れあがって硬くなっている形に沿うように指先でさすっている。そのうちにベルトのバックルも、ズボンのボタンもはずされて、セルヴァズは指の先がなかに滑りこんでくるのを感じた。その指は熱く、手慣れていた。

ドラゴマンはもう一方の手でこちらの口から煙草を奪うと、ペニスを撫でまわしながらベッドの端に腰をおろし、やがて自分の口にペニスを含んだ。そのまま口で愛撫を続けながら、ドラゴマンは腕を伸ばしてさっき奪った煙草をまたこちらに差しだしてくる。セルヴァズは身をかがめて煙草を咥えると、長々と甘美な一服を吸いこんだ。快楽の波に身を委ねながら、セルヴァズは上と下とどちらの感覚がより強烈なのだろうと思った。

寝食も忘れてコカインに溺れる実験用ネズミのように、脳はニコチンと欲望に支配されていた。セルヴァズは思った。ドラゴマンは他人の弱点につけこんで食い物にすることにかけては天才的だと。ドラゴマンは、自分の弱みをひと目で見抜いていた。だが、今この瞬間に限っては、そんなことはどうでもよかった。ただ欲しくてたまらなかった。ニコチンも、セックスも。放蕩も、裏切りも……。そう、自分は今、裏切り行為をしているのだ。それは自分でもわかっていた。自分はレアを裏切っている。自分の信条を裏切り、仕事を裏切っているのだと。

セルヴァズは煙草を吸いこんだ。頭のなかはきらきらとしたまぶしい光であふれていた。責任の放棄。エゴイスト。ニコチンに囚われた気分だ。暑くてたまらなかった。こめかみがぶんぶんとうなっている。唇は砂漠の砂のように乾いていた。煙草は短くなっていた。セルヴァズは最後にもう一度吸いこむと、ナイトテーブルの上の灰皿でもみ消した。ドラゴマンは足を床につけて座ったまま、上半身をベッドの上に倒し、太ももを広げた。その強烈なまなざしと威圧的な無言の要求はかえってうるさいほどだった。こちらの動きを待ちながら、ドラゴマンは指を下着のなかに入れ、自分で性器を愛撫しはじめた。

セルヴァズは前のめりになると、ドラゴマンの指をはずして、代わりに自分の指を滑りこませた。ドラゴマンはうめき声をあげた。なかはぐっしょりと濡れている。脳のなかのニコチン効果は弱まっていた。ドラゴマンの強い視線は自分をつかまえて放さない。こちらが貫くのを待っているのだ。

「コンドームはナイトテーブルにあるから」

その声は冷静で、冷淡で、理性的だった。それはお願いではなく、命令だった。セルヴァズはドラゴマンのなかに指を入れたまま愛撫を続けた。自分のものは硬く、挿入の準備はできていた。だが、そのとき、この姿勢で横たわっているレアの姿が脳裏をよぎった。若い同僚医師にこうやって愛撫されているレア、自分ではない別の男に貫かれたいと欲しているレア、あのジェローム・ゴードリーに身を捧げようとしているレアの姿が頭に浮かんできたのだ……。セルヴァズは一瞬にして興奮から冷めた。

セルヴァズは指を引き抜いて、シーツで拭った。

「何してるの？」ドラゴマンが尋ねた。

セルヴァズは目を閉じて、深く息を吸いこんだ。それから拳を握りしめると、ドラゴマンの上に身をかがめ、その顔を挟むように、ピンと伸ばした両腕をベッドの上に突き立てた。

「マルタン？」

セルヴァズは何も言わずに身を起こし、シャツのボタンを留めてズボンのなかに入れた。

「ちょっと、何してるのよ！」

「見張りの車を呼ぶ」セルヴァズは言った。「五分で駆けつけるはずだ」

「やめて、そんなこと！」

ドラゴマンは激昂していた。その目は怒りの閃光を放っている。セルヴァズは頭を振った。

「こんなことはよくないよ、ガブリエラ……すまない。こんなことはしてはいけない」

ドラゴマンはぱっと身を起こすと、一息に立ちあがった。

「今さら何を言ってるの？　何様のつもり？　わたしをその気にさせて、挑発して、その汚い指をわたしのアソコに突っこんどいて、途中で放りだすつもりなの？」

「私は挑発などしていないよ、ガブリエラ。誘いをかけてきたのはきみのほうだ。私に煙草の煙を吸わせて、口のなかに指を入れてきたのは……」

ドラゴマンは目の前に立ちはだかると、再びこちらのベルトをはずしはじめた。口元は神経質に笑っている。

「この卑怯者！　お楽しみの最中にずらかるんじゃないわよ！　何考えてんのよ！　こんなふうに逃げるつもり？　最後までやりなさいよ、くそったれ！」

セルヴァズはドラゴマンの手首をつかみ、ほとんどひねるほどに強く握った。激しい怒りに駆られていた。

「できないって言ってるんだ！」

「今さらやめる権利なんかないわ、わかってる？　あんたはやめちゃいけないの！」

ドラゴマンは金切り声をあげていた。手首を振りほどくと、今度は両手でこちらのズボンをおろそうとする。セルヴァズはドラゴマンを押しのけた。

「やめろ！」

ドラゴマンから手を離した瞬間、平手打ちが飛んできた。ドラゴマンはありったけの力を込めて殴ってきた。頬が火傷を負ったみたいにひりひりする。あまりの衝撃に、口のなかで歯がぐらついた気がしたほどだ。

「最低男！」ドラゴマンはわめいた。「ろくでなし！　くそったれ！」

セルヴァズはドラゴマンをにらみつけた。ほんの一瞬、自分も殴り返したい衝動に駆られた。だが、自分にはできないとわかっていた。そんなことはしてはいけない。そんなのは自分ではない。自分は女性を殴ったりはしない。たとえどれほど怒りに駆られ、傷ついたとしても。たとえどれほど猛《たけ》り狂った悪女に襲われたのだとしても。

セルヴァズは、寝室についているバスルームへ行き、明かりをつけて鏡に顔を映した。頰には平手打ちの指の跡がくっきりと残っている。

セルヴァズはタオルを取り、水に濡らして頰をこすった。それから寝室へ戻った。ドラゴマンはベッドの枕元に座って煙草を吸っている。その態度は、再び冷たくよそよそしくなっていた。

「あなたって救いようのない馬鹿ね」ドラゴマンは、口元に冷ややかな笑みを浮かべながらこちらをじろじろと眺めた。

ひとを小馬鹿にした声、軽蔑、悪意。ドラゴマンはいつもの態度を取り戻していた。どんな男にも辱められることは許さない。男たちを辱めるのは自分のほうでなくてはならないのだろう。ドヴェルニの言っていたことは本当だった。ドラゴマンは今この瞬間、憎悪と軽蔑の化身以外の何者でもなかった。

ドラゴマンは煙草の煙をこちらに向かって吐きだした。

「自分が失ったものが何か、見当もつかないんでしょうね。本当に哀れな男」

ドラゴマンは、ベッドの上に足を載せて膝を曲げ、フットネイルの塗られた爪先を眺めながら足を動かしている。

「出ていって」

ドラゴマンはこちらを見もせずに言った。

「ガブリエラ……」

「出ていきなさいよ！」

セルヴァズは、怒りがまたこみあげてくるのを感じた。

「きみはいかれてる。自分でわかってるのか？」

相手を気づかう気持ちなど、とうに消え去っていた。それどころか、この女に屈辱を与えて、徹底的に追いつめてやりたかった。だが、ドラゴマンは鉄のように手強い女だった。

「さっさと出ていけ！　負け犬のくそ野郎！」

セルヴァズは車に戻ると、暗闇のなかで運転席に座ったまま、グローブボックスを見つめた。家のなかの明かりはすべて消されていた。ドラゴマンはあの家のどこかから、こちらの様子をうかがっているのだろうか。だが、そんなことはもうどうでもよかった。セルヴァズはレアのことを考えていた。レアのことだけを……。レアは今、どこにいるのだろう？　なにをしているのだろうか？

グローブボックスに手を伸ばせば、敗北になるとわかっていた。レアにはきっと、意志の弱い情けない男だと思われるだろう。自分でもそう思うはずだ。これまでに数えきれないほど自分にそうつぶやいてきたように。

くそ……。

セルヴァズはグローブボックスを開けた。なかには煙草の箱が一箱入っていた。新品だ。

まだセロファンに包まれたままの箱。その横にはライターもある……。セルヴァズは腕を伸ばした。手が震えている。箱を手に取り、セロファンの外装を破り、箱の上をトントンと叩いた。出てきた煙草を二本の指でつかんだ。

ちょうどそのとき、見張りのパトカーが到着する音が聞こえた。サイドミラーにヘッドライトが映っている。

火をつけた煙草を吸いこみながら、セルヴァズは思った。この世で敗北の味ほどうまいものはない。これほど甘美で、残酷で、人間らしい味はないと。

トレスの舌はビールのホップの味がした。かすかにミントのチューインガムの味もまじっている――ジーグラーはキスをしながら思った。車内の暗闇のなかでトレスの舌が自分の舌と絡み合ってから、もうゆうに十秒は経っている。そのうちに、トレスはこちらのジーンズのボタンをはずし、下着のなかに手を入れてきた。ジーグラーは下腹部に熱い波が襲ってくるのを感じた。

暗い森が二人の密会を見守っていた。トレスの指に貫かれ、ジーグラーは思わず喘ぎ声をあげトレスにしがみついた。息を荒くしながら目を閉じる。太ももの筋肉が硬直し、震えるのを感じた。自分は濡れていた。もはや自分のなかには、口のなかを這う舌と下腹部のめくるめくような感覚しか存在しなかった。

車内では、さっきまでかかっていた曲がフェードアウトして、いきなり少しハスキーで中性的で柔らかな声が聞こえてきた。シガレッツ・アフター・セックスの『ナッシングズ・ゴナ・ハート・ユー・ベイビー』。もうきみを傷つけるものは何もない《ナッシング・ゴナ・ハート・ユー》——ズズカのお気に入りの曲の一つだ。

　ふいに体が固まった。ジーグラーはトレスの手首をつかんだ。

「だめ」ジーグラーは言った。

　トレスは尋ねるような視線を向けてきた。

「ごめんなさい、だめなの。わたしにはできない」

「え？」

「わたしにはできないの」ジーグラーは繰り返した。

　トレスはこちらを怪訝そうに見つめた。手はすでに引っこめている。ジーグラーは目がみるみる潤んで、まぶたの端から涙があふれ出すのを感じた。

「何が起こってるのか、話してくれる？」

　ジーグラーはためらった。

「この歌……」ジーグラーは言葉を探した。「ある人を思い出してしまって。その人、ひどい病気で苦しんでいるの。わたしが愛している人なの……ごめんなさい」

　ひとしきり沈黙が続いた。

「わかった」やがてトレスはそう言った。

　そして、うなずくように頭を振った。一回、二回。

「よくわかったわ」トレスはこちらの頬とブロンドの髪をそっとなでた。「送っていく」

ジーグラーは頬の涙を拭った。トレスは手早く車の向きを変えると、森をあとにした。

ジーグラーはその目に宿った黒い怒りに気づかなかった。


ドラゴマンは、鏡に映る自分の顔を見つめた。あの警官とは違って、自分の顔には平手打ちの跡も、争った跡も一切ない。だが、自分にはわかっていた。告訴でもすれば、人々が信じるのは自分のほうだと。セルヴァズは男だからだ。捕食者かつ加害者となるのは、いつだって男。実際にその人物が何をしようと、いや、何をしなかったとしても。

一瞬、ドラゴマンは、ガラス窓に頭を思い切りぶつけようかと思った。血を流して、それから憲兵隊に通報しようかと。とにかく何か手を打たなければ。あのまま無傷で逃すつもりなどさらさらなかった。

目には涙がこみあげてきた。怒り、そして苛立ちの涙だ。涙で化粧が流れていく。ドラゴマンはメイク落とし用のティッシュを手に取り、怒りに任せて顔を拭いはじめた。だと、背後の物陰から人影が現れた。ドラゴマンは鏡の隅に映るその姿に気がついた。だが、振り向きはしなかった。そのままメイクを落としつづけた。まるで何事もなかったかのように。背後から声がした。

「心配いらない。あの男は、報いを受けることになるから。今夜のことも、ほかのこともすべて……」

日曜日

49

自分にも責任の一端はあったのだろうか。セルヴァズは昨夜のことを考えていた。それとも、あれは完全に相手のせいなのか。ドラゴマンが自分を操ってベッドに無理やり連れこんだのか。いや、そうではない。誰に強制されたわけでもなかった。自分はいい大人なのだ。拒否することはできたはずだ。いつでも言えたはずなのだ。やめろ、と。

自分がばかな真似をしたことはわかっていた。たとえ、最後の最後で踏みとどまって、自分の過ちを挽回しようとしたとはいえ、自分は信条に背いてしまったのだ。危うくレアを裏切るところだった。いや、自分はやはりレアを裏切ったことになるだろう……。指をドラゴマンのなかに入れ、相手も自分のものを口に含んだのだから。くそ……。だがあれは、一言で要約できるほど単純なことではなかった。物事は決してシンプルではないのだ。

シンプルな真実に飢えている群衆、単純化と誇張を売り物にする政治家、空論を掲げては自らの嘘を信じている思想家とは違って、裁判官や弁護士、警官は、どの状況も一つとして同じものはないのを知っている。そして、そうした状況を生きる人々も、それぞれに異なる事情を抱えていることを……。

朝八時。日曜日だった。セルヴァズは上半身に巻かれていた包帯をはずすと、シャワールームにある薄汚れた小さな鏡を見ながら、どうにかこうにか体の傷を調べていった。浅い傷はほとんどふさがっていたが、青あざのほうは毒々しいマスタードイエローに変色している。シャワーを終えて着替えていると、ナイトテーブルの上の携帯が振動しはじめた。

セルヴァズは画面を見た。

ジーグラーだった。一瞬、セルヴァズは怖くなった。ドラゴマンか。あのあとドラゴマンが何かしたのかもしれない。こちらを陥れるようなことを……。セルヴァズはジーンズに片方だけ足を通した格好で、携帯を手に取って電話に出た。ジーンズのもう片方の足はトカゲの抜け殻のように引きずったままで。

「はい」

「今どこにいる?」

「ホテルの部屋だ。今着替えていたところだ。なぜ?」

「テオの家で何かあったらしいの。あの森の少年」

セルヴァズは息を大きく吸った。

「何があったんだ?」

「もしかしたら意味のないことかもしれないけど、テオの両親があの子の部屋で何かを見つけたらしいわ」

セルヴァズは「何を見つけたんだ?」と訊こうとしたが、その前に通話は切れた。

あの男も見える。

あの男も、ほかの人々となんら変わりはしない。

あの男は、自分はほかの人々より正しく、清廉潔白で、ほかの人々ほど腐敗してはいないと思っている。自分はほかより善い人間だと。そして、物事に疑念を挟んだり、問題を提起したりすることが、自分の実直さや人間らしさの何よりの証明だと信じている。

自分を心から、本気で、人間的だと信じている。

だが、それはまちがっている。

あの男もやはり、ほかの者たちと同じだ。弱く、無節操で、許しを得るに値しない。そして、ほかの者たちと同じく、罰から逃れることはできない。その善良な感情も、個人的な道徳観も、善人であろうとする試みも、あの男を救うことはできない。努力するだけでは十分ではないのだ。

なぜあの男だけ、報いを免れなければならないのか？

あの男は自分で思っている以上に、群衆に似ているのだ。

心の底では誰もがみな、自分は良い人間だと信じ、正しいふるまいをしていると思っている。誰もが尊厳のある人生、敬意を払われるべき、まっとうな人生を歩んでいると思い込んでいる。他人を侮辱したり、嘘をついたり、騙したり、裏切ったりしておきながら、そんなのは赦されるべき小罪だとみなしている。それほどひどいことじゃない、取り返しのつかないことなど何もない、と。

殺しをしたわけじゃない、盗みを働いたわけじゃない、と。

彼らはまたしても、とがめられることなく切り抜けられると思っている。だが、そんな時代はもう終わった。これからはそうはいかない。

まるで何事もなかったかのように、それぞれの活動にいそしみ、自分たちがあとに残した苦悩や苦難、不幸から顔を背けてやり過ごしていられる時代は過ぎ去ったのだ。

連中を押しつぶすときがきた。蛇のように、ブーツの踵で踏みつぶしてやるのだ。言い逃れはもうたくさんだ。先延ばしも、ご立派な演説も、善良な感情もいらない。来るべき蛮行を称えよう。混沌、そして恐怖を迎えよう。

善良な民どもよ、震えるがいい。狼はそこにいる。家のなかまでおまえたちを探しにいく。ベッドから引きずりおろし、配偶者や子どもたちにも襲いかかる。一人残らず全員に。

それは、おまえたちが支払うべき代償だ。

無実の者などいない。誰もが報いを受けるのだ。

まずはあの男から……。

50

「憲兵隊の郵便受けにこんなものも入ってたわ」

捜査チームに合流するなり、ジーグラーに声をかけられた。

セルヴァズはジーグラーから証拠物件を入れる透明のビニール袋を受け取った。なかには、印刷されたA4用紙が一枚入っている。

これからは、目には目をだ。こっちは、おまえたちがどこに住んでいるかを知っている。げす野郎どもめ。ACAB。

ACABとは、〝All Cops Are Bastards〟、つまり〝すべての警官はくそったれ〟の頭文字をとったもので、一九八四年、イギリスの炭鉱労働組合が起こしたストライキの際に広まったスローガンだ。この凄惨な労働争議抗争は一年間続いた。当時の首相、マーガレット・サッチャーは一歩も引かず、その結果〝鉄の女〟の異名を手に入れている。一方、炭鉱員たちのほうは何一つ得ることなく、全面的な敗北で終わった。抗争中には数々の負傷者が出たほか、三名が命を落とした。ストライキの参加者二名と、スト反対派の鉱夫をタクシーに乗せたという理由でスト参加者に殺されたタクシー運転手一名。このストライキは、イギリスの労働組合の衰退を象徴する出来事となった。

「なんとも素敵なメッセージだ」セルヴァズは皮肉を言った。

「それに、村長のイザベル・トレスも別のメッセージを受け取ってる」

「どんな？」

「何もしないのなら、村役場を燃やしてやるって」

「まったく驚くべき時代に生きているようだな。それより、テオの両親が息子の部屋で見つけたものって何だったんだ？　何か重大なものだったようだが？」

「とにかく行ってみましょう。車のなかで説明するわ」


それは、ウェブサイトのページだった。テオのタブレットに開かれていたページだ。母親がノックをせずにいきなり部屋に入ったところ、テオはひどく慌ててタブレットを布団の下に隠そうとしたらしい。不審に思った母親は、すぐに布団をめくりあげ、テオがそのページを閉じる前にタブレットを取りあげた。

母親は、そのサイトに映し出された画像に引っかかるものを感じ、ひどく胸騒ぎを覚えたのだと説明した。セルヴァズはジーグラーと実際にそのサイトを眺めながら、その理由がわかる気がした。

画像は活発に動いていた。ＧＩＦアニメーションのように一定の動きを繰り返している。画面には、暗い小道を歩いている人のうしろ姿があった。小道は月明かりに照らされた空き地へと続いている。神話の森に出てくるような高い木々が空き地のまわりを取り囲み、その黒い輪郭が星空を背景に影絵のように浮かびあがっている。なぜかはわからないが、この光景にはどことなく異様なもの、不健全なものが感じられた。何度も繰り返される一連の動きを見つめているうちに、セルヴァズは、あっと思った。口だ……。そう、森のなかにごく小さな口がひそやかに、ほとんどサブリミナル的に現れては、残酷なほほ笑みを浮かべたり、無言の叫び声をあげたりしながら、また一瞬にして消えていくのだ。現れるのは口だけではない。空き地の草むらからは、何十個もの人間の小さな頭蓋骨が、まるで雨上がりのキノコのように飛びだしてきては、せせら笑いながら、あっという間に消えていく。

画像はほんの数秒続くだけだった。だが、二度、三度と見るうちに、しつこい不安感を植えつけるにはそれで十分だった。この種の陰鬱なアニメーションは、インターネット上では格別珍しいものではない。だが、たった十一歳の少年が、こういった不気味な画像を夜な夜な眺めているのかと思うと、セルヴァズは心底、薄ら寒いものを覚えた。

しばらくすると、動く画像は黒いスクリーンに取って代わられた。どこまでも深く暗い沼のような黒さを背景に、炎を象った文字が現れた。

ようこそ
親の寝ているあいだに

そのすぐあとには、〈パスワードを入力して、きみも仲間になろう〉という勧誘文が続いている。

ジーグラーも画面をじっと見つめていた。その顔は青ざめている。ジーグラーは目をあげると、部屋の隅でむくれているテオのほうを見た。

「テオ、これは何？」

「ゲームだよ」

「ゲーム？」

「そう」

「パスワードは知ってる？」

ためらいがあった。

「知らない」

テオは明らかに嘘をついている。セルヴァズは画面をひたと見つめながらいぶかった。これはいったいどういう悪夢なのだろうか。そして何より、自分たちをどこへ導いていくつもりなのだろう。〈親の寝ているあいだに〉とは……。親が寝ているあいだに何が起きるというのか。このウェブサイトは、一連の殺人事件と関係があるのだろうか。さすがにそれはないだろう――セルヴァズは思った。あまりに馬鹿げていて突拍子もない。とはいえ、少なくともこのサイトは、テオが森で一緒にいた謎の男とつながっている可能性はある。テオはもしかすると、このサイトを通してその男と連絡を取り合っていたのかもしれない。このサイトには、メッセージをやり取りできるシステムがあるのだろうか。ふと、テオが描いた絵のなかの大人の人影が思い浮かんだ。あの絵の人物はいったい誰だったのだろうか？　セルヴァズは再び、この谷で具体化しはじめた自分自身の恐怖、長年抱えてきた悪夢に胸を締めつけられる気がした。そもそも自分は、何をしにこの谷にやってきたのか。そう、すべてはあの晩、真夜中にかかってきた一本の電話から始まったのだ。マリアンヌの電話から……。

「ドラゴマンに電話しないと」ジーグラーが、テオのタブレットを見ながら提案した。

セルヴァズは震えあがった。

「いや、それはやめておこう」

そして、そのままテオのほうを向いた。

「テオ？」セルヴァズは優しく尋ねた。「どうやってこのサイトを見つけたんだい？　誰が教えてくれたのかな？」

テオがためらっているのがわかった。爪を嚙んでは、パジャマの襟をよじっている。

「友だち」

「その友だちはなんていう名前？」

また返事をためらっている。やがてテオは口を開いた。

「言っちゃいけないんだ」

セルヴァズはジーグラーと視線を交わした。

「どうしてだい、テオ？」

「だって、そう決まってるから」

「その友だちが、言っちゃダメだって言ったのかい？」

テオはうなずいている。突然、セルヴァズはあることを思いついた。

「テオ、きみの友だちは、大人なのか？」

だが、驚いたことに、テオはかぶりを振って否定した。おかしい——セルヴァズはいぶかった。そんなはずはないのだが。テオは森のなかで大人と一緒にいたのだ。もしくは、テオが嘘をついているということか。

「大人じゃないんだね？　じゃあ、きみと同じくらいの歳の友だちかな？」

テオは黙っている。違うようだ。

「じゃあ、きみよりもっと年上かい？」

今度はテオは、そうだというようにうなずいた。

「きみの友だちは、一人だけかな？　それとも何人かいるのかい？」

テオはためらっていた。まるで、この質問に答える権利があるのかどうかと迷っているようだ。

「何人かいる」

セルヴァズは、小さなグループを思い浮かべた。仲間内だけの暗号があり、秘密があり、お決まりのルールがある少年団のようなグループを。

「なるほど。でも、そのお友だちの名前は言っちゃいけないことになってる。そういうことかい？」

テオはまたうなずいた。

「どうしてかな？」

「言ったら、殺されるから」

「なんだって？」

「しゃべったら、あいつらはぼくを殺すんだ」

セルヴァズは背筋に長い震えが走るのを感じた。いや、真に受けないほうがいい。セルヴァズは自分に言い聞かせるように心でつぶやいた。きっと子どもが考えもなく口にするただの脅しにちがいない。

「その仲間のことが怖いのか？」

テオは顔をこわばらせ、やがてうなずいた。

「テオ、森のなかで一緒にいたのは誰だい？　なんていう名前かな？」

返事はない。

「その人の名前はなんていうんだ、テオ？　言ってごらん」

セルヴァズは待った。だが、返事はない。

「テオ、森で一緒にいたのは、大人の人だったのか？」

すると、テオはうなずいた。

「その人とは、どうやって知り合ったんだい？」

テオは黙ったままでいる。

「テオ、その人の名前は？　なんていう人なのか、言わなくちゃいけないよ。きみが教えてくれない限り、ここから出ていかないよ」

返事はない。

「テオ、言ってごらん？」

反応はない。

「テオ、教えてくれないと、刑務所に行くことになるぞ」

「マルタン」ジーグラーが横からそっと取りなした。

テオは顔をあげ、こちらを見た。その目には涙が溜まっている。

「テオ、刑務所に行きたいかい？」

「マルタン」ジーグラーがさえぎろうとした。

テオは頭を横に振った。

「本当に刑務所に行くことになってもいいのか、テオ？」

テオはもう一度、頭をぶんぶんと左右に振った。あまり激しく振ったので、目からあふれた涙がカーペットの上にぽとりと落ちた。

「じゃあ、その人の名前を教えてくれないか？」

「ちょっと、マルタン」ジーグラーがそばで息を呑んだ。

「……ドゥラエ先生」


「まさか、ドゥラエなんて……。本当だと思う？」

「わからない」

セルヴァズはジーグラーとともにテオの部屋を出ると、閉めたドアの前で言葉を交わした。テオは部屋に残っている。

「〈親の寝ているあいだに〉とはね」ジーグラーが言った。「なんてこと……。たった十一歳の男の子が、あんな怪しげなサイトにアクセスしてるなんて」

「ああ。それに、アクセスしている以上、テオは当然、パスワードを知っているはずだ」

セルヴァズはそう言いながら、残忍そうな小さな口が森で無言で叫んでいる画像を思い浮かべて慄然とした。

「このサイトを作った人間を突き止めないとね。サーバーを管理しているホスティングサービス会社に連絡をとって、パスワードを入手する必要があるわ」

「憲兵隊の犯罪捜査部に、そのあたりに詳しい技術畑の人間はいるのか？」

「ええ、いるわ。とにかくこのタブレットは押収しましょう」ジーグラーはタブレットを振りかざしながら言った。「そして今から、ドゥラエの家へ直行するわよ」

二人で板張りの廊下を進んだ。リビングでは、テオの両親が待っていた。

「なんのサイトか、あの子は話しましたか？」母親が心配そうに尋ねてきた。

「ゲームだそうです」

「ゲーム？」

「ええ。でも、あまり心配しないでください」不安そうな顔の母親を前に、ジーグラーは嘘を言って安心させた。

父親のほうは何も言わなかった。ただ夢見るようにこちらをじっと眺めている。セルヴァズは心のなかでひとりごちた。この父親——エグヴィヴのキリスト——はいつの日か、マリの戦場をあとにするのだろうか。いつかはこちらの世界に戻ってくるのだろうか。きっと、時間が経てばそんな日も来るだろう……。父親はゆったりとした白いトーブを着て、素足でリビングを歩いている。セルヴァズは、床にダンベルとハンドグリップが置かれているのに気がついた。ドア枠には懸垂バーも設置されている。

そう、この男は、いつでも準備ができているのだ。

だが実のところ、なんの準備なのだろうか。

51

ジルダス・ドゥラエの家は静まり返っていた。玄関の呼び鈴を三回鳴らしてみたが、まるで動きがない。応答がないのを見て、ジーグラーはそばで控えていた錠前屋に合図を送った。本人不在で家宅捜索を行うしかない。鍵が開けられ、捜査陣は次々となかに入り、通りよりも低い位置にある長い廊下を進んでいった。そのうしろには、近所の人が二人、おどおどした様子でついてくる。家宅捜索の規定に則り、二人には立会人として来てもらっていた。

「さあ、始めましょう」ジーグラーは憲兵たちに指示をした。「とことん調べて」

ジーグラーは廊下を進みながら、壁にかけられている額縁に目をやった。どれもこれも、決して笑わない女性の写真だ。それから小さなリビングへ入った。前にドゥラエに話を聞いたときの部屋だ。そこにはあいかわらず、閉め切られた部屋の匂い、衛生に無頓着な孤独な男の匂いがこもっていた。

セルヴァズは、憲兵たちにまじってリビングに入ると、本棚に並べられた古書の装丁に視線を走らせた。まずは『人間喜劇』やスタンダールの旧版が目に入った。だが、その先を見ていくうちに、セルヴァズは眉をひそめた。バレス、モーラス、レオン・ドーデ、モンテルラン、ドリュ＝ラ＝ロシェル、ジュアンドー、シャルドンヌ——反ユダヤ主義、反近代主義、女性蔑視、極右、対独協力者の作家たちがずらりと並んでいる。ドゥラエの文学的嗜好は、どうやらその政治的思想と共鳴しているようだ。このぼろ屋と同じ、きな臭い匂いを放つ思想と……。セルヴァズはさらに、ドリュが編集長を務めていた頃の『新フランス評論《NRF》』の雑誌や、『アクション・フランセーズ』の機関紙が数号あるのを見つけた。ドゥラエは、ある特定のジャンルのコレクターのようだ。

本棚を見ながら、セルヴァズはドゥラエという男がどういう人間なのかを理解しはじめた。ドゥラエは、過去と憎しみのなかに生きる男なのだ。もちろん、一夜にしてそうなったわけではないのだろうが、おそらく妻の死と息子の薬物依存が、その傾向に拍車をかけたことはまちがいないだろう。若者への憎悪、生徒の親たちへの憎悪、そして、現代的な生活様式への憎悪。かといって、それらの憎悪だけで、人を殺せるものだろうか？　あの晩、ドゥラエはテオと一緒に何をしていたのだろうか？　なぜ十一歳の少年と一緒に、夜中に森のなかをうろついていたのか？　セルヴァズはその姿を想像して、思わず肌が粟《あわ》立った。この家はどことなく、ダンテ『神曲』の地獄の円環を思わせる。同心円をなす世界、円のなかにまた別の円が渦巻く地獄の谷。それを言うなら、エグヴィヴの村も地獄の円環に見立てられなくもない。連なる山々と谷に囲まれ、閉じこめられているのだから。そして自分たちはここから出られずにいる。ここは、煮えたぎる憎悪や復讐の妄想が、まるで培養基のなかの微生物のように繁殖する地獄のミニチュアなのだ。

地獄の円環のイメージが浮かんで、セルヴァズはふと、ドゥラエが郵便受けのなかで見つけたという紙片のことを思い出した。ダンテの『神曲』地獄篇からの抜粋をつなぎ合わせた詩が書かれていたものだ。もしやドゥラエは、あれを自分で書いたのだろうか？

セルヴァズはリビングを出て、廊下の真ん中に突っ立っておろおろしている隣人たちの前を通りすぎた。自分が何を探しているかはおおよそわかっていた。秘密、鍵のかかった引き出し、衣装ダンスの裏にある隠し場所、新聞の切り抜きや写真。そういったものだ。ドゥラエのようなタイプ——おそらく警察や司法を見下し、自分は優位に立っていると思い込んでいる人間は往々にして、自分の戦利品をとっておかずにはいられないはずだからだ。

憲兵たちのほうは、選り好みせず徹底的に進めているようだった。家中のものをすべて取り外し、すべて開けては、すべてひっくり返している。階上からも慌ただしく動きまわっては床板を踏み鳴らす音が響いている。

家のなかは、本とほこり、古びて汚らしいオブジェであふれていた。古いものといっても、骨董屋のようにセンスを感じられるものがあるわけではない。こうして見る限り、ドゥラエはただ物を溜めこむタイプのようだった。

セルヴァズは書斎に入ってみた。こぢんまりとした部屋で、暗い色をした木製の作業机が置かれている。机の上には書類が散乱し、タワー型の大きなデスクトップパソコンとモニター、そしてキーボードが置かれている。

どうもしっくりこない。セルヴァズは思った。ドゥラエのイメージは時代遅れで〈親の寝ているあいだに〉のサイトにログインしている姿がどうしても思い浮かばないのだ。

そもそもこの家には、現代的な雰囲気を示すものはほとんどなかった。あるとすれば、テレビとルーター、パソコンくらいのものだ。セルヴァズは、またさっきの疑問がよみがえってくるのを感じた。テオはなぜ、真夜中に教師のドゥラエと会うことを承知したのだろうか。見たところ、テオはとりたてて勇敢な少年というわけではなさそうだ。だとすれば、暗い森へ入るのはかなり怖かったのではないだろうか。にもかかわらず森へ行ったということは、待ち合わせをした相手のことをよく知っていたからにちがいない。森のなかで二人は何を話したのだろうか。何よりドゥラエは、どうやってテオを真夜中の森に出てくるように説得したのだろうか。

ただ一つ確かなのは、森には二人の人間がいたということだ。子どもが一人と大人が一人。

そして、テオの言葉を信じるなら、その大人というのは、ジルダス・ドゥラエだという。

セルヴァズは、ニトリルの手袋を取り出してはめた。それからドアのほうをちらりと見やった。本当はこんなことをしてはいけないのはわかっていた。自分はただのオブザーバーなのだから。それでもセルヴァズは、こっそりと机の上のパソコンの電源を入れてみた。

起動すると、パスワードは必要なく、ダイレクトになかのデータにアクセスできた。ひと目見て、このパソコンには調べる価値のあるようなものはないと直感した。それでも念のため、ネットの検索履歴を開いてみる。ドゥラエは履歴を削除すらしていなかった。自分の直感はまちがいなさそうだ。もちろんドゥラエがもっと狡猾な人間で、いかがわしい検索だけをすべて削除しているのでなければの話だが。あるいは、デリケートなサイトへのアクセスはシークレットモードで接続していたという可能性もないわけではない。

次にセルヴァズは、机の上を調べた。乱雑に載せられているのは、生徒たちの答案やノート、授業で使う教科書といったものばかりだった。机の引き出しにも、求める答えは何もない。セルヴァズは書斎を出た。廊下を見渡すと、奥にもう一つドアがあるのが見える。ドアは閉まっていた。そのままそのドアの前まで進み、ドアノブに手をかける。ノブをまわした。

ドアを押し開ける。窓にはブラインドがおろされていて、室内には、灰白色のぼんやりとした光がかろうじて射しているだけだった。セルヴァズはなかへ一歩、足を踏み入れた。と、たちまち脈があがりはじめた。ほんの一瞬、自分は幻覚を見ているのかと思った。

目の前には、十数頭の動物たちがずらりと並んでいたのだ。今にも飛びかからんばかりにこちらを見据えている。セルヴァズは唾を呑んだ。

そこにあるのは動物の剝製だった。部屋の中央にある木のテーブルの上に集められているため、動物たちはちょうど人の背丈の高さになっていた。暗く光沢のある毛並み、刷毛のような剛毛、鋭い歯が見えるように唇をめくりあげられた顔、硬い筋肉の張った足、滑らかな羽毛。そして何より、動物たちのまなざし。獰猛《どうもう》な目つきもあれば、恐怖で大きく見開かれた目もある。キツネやカササギ、テン、アナグマ。さらには子鹿までいた。

動物たちの生気のない目がこちらをじっと見つめていた。ぴくりとも動かない瞳、亡霊の一団。この動物たちも、かつては生きていたのだ。草原を駆け、空を飛び、狩りをして、食べていた。今、彼らは死んでいる。だが、まるで生きているかのように、念入りに演出を施されている。人殺しコンビの被害者たちのように。

セルヴァズはふいに気分が悪くなるのを感じた。体が火照り、めまいがする。足に力が入らない。壁がまわりはじめた。倒れないように、とっさにテーブルにしがみつく。

セルヴァズは目を閉じ、それからまた目を開けた。大きく深呼吸をする。

なんてことだ、いったい何が起こったんだ？　セルヴァズはざわめく心が鎮まるのをゆっくり待った。体がかろうじてバランスを取り戻すのを待った。

先日の採石場での追跡劇の影響が今になって出てきたのだろうか。あるいは、精神的なストレスだろうか。自分は無意識のうちに、間近に迫った懲罰委員会と解職の予感に大きな不安を覚えているのかもしれない。極力考えないようにしてはいても、脳の一部がいつもその奥で、自分を待ち構えているその期限を意識しているのは自分でもわかっていた。あるいは、ストレスの原因はギュスターヴのことかもしれない。学校でギュスターヴの身に起きた出来事が、胸の内でまだ尾を引いているのかもしれない。

ようやく落ち着きを取り戻すと、セルヴァズは急いでその部屋を出た。廊下へ出ると、ジーグラーと出くわした。

「ちょっと、大丈夫？　顔が真っ青よ」

「いや、大丈夫だ」

「そうは見えないけど。この部屋に何かあったの？」

「特に何も。動物の剥製がある以外は」

ジーグラーは眉をあげ、こちらに好奇のまなざしを投げた。セルヴァズはドアをもう一度開けてみせた。

ジーグラーは目を見開くと、しばらく戸口から動物たちを眺めていた。やがて言った。

「舞台の演出が好きな人物っていう意味では、犯人像に一致すると思わない？」

セルヴァズはうなずいた。

「私もそう考えたところだ」

「とはいえ、ドゥラエの線は薄いわね。めぼしいものは何も出てこないわ」

「どこかに、別の隠し場所があるのかもしれない」

「それにしても、肝心の本人はどこに行ったのかしら？　電話にも出ないし。この谷から脱出していたりして」

二人でそのまま玄関へ向かった。セルヴァズは外の空気を吸いたかった。そして何より煙草を吸いたかった。外へ出て、目の前の広場を眺める。かすかに良心の呵責を感じながらも、セルヴァズは煙草に火をつけた。ニコチンガムはもう終わり。これでまた、肺がんへの第一歩に逆戻りしてしまった。

「この谷から出るのは、実はそれほど難しくないのかもしれない」こちらの葛藤を知ってか知らずか、ジーグラーが言った。「隣の谷へ続く山道さえ知っていれば、案外抜けられるのかも。道がなくても、森のなかをひたすら歩いていけばいいんだから」

「ドゥラエはそうやって逃げたと思うのか？」

「わたしたちがテオの家に駆けつけたのを見て、怖くなったのかもしれない」

「いや、やつは逃げていないよ」セルヴァズはふいにきっぱりと言った。「犯人は今も谷にいる。迷路のような路地のなかにひっそりと立つ教会と小さな広場を見つめながら。この事件は稀にみる殺人ショーだ。犯人は、長らく温めてきた演出を披露する瞬間をずっと待っていたはずだ。それを見届けずに谷を去るはずがない。犯人にとって、この谷は猟場なんだ。ここにいる限り、自分は全能だと感じているはずだ。私たちを呼び寄せたのだって、犯人の計画の一部だったのだろう。この谷では、犯人は舞台裏からこちらの動きに目を光らせ、こちらをコントロールしている。私たちよりも一歩先んじているんだ。犯人はここにいる。決して谷を離れたりはしない」

ジーグラーは体をこわばらせて、こちらを見た。

「あなたの言う犯人って、つまり、犯人たち、ってことよね？　人殺しコンビのこと、覚えてる？」

セルヴァズは教会から目を離さないまま答えた。

「ああ。犯人たちは、今もこの地にいる。だが、二人のうちの一人は、おそらくただの手下にすぎない。単なる追従者だ。主犯格の人間に服従して、命令に従っているだけだ。どちらか一方が支配力、権力を持っているはずだ。そしてその人物こそが、自分を神とみなして、神のようにふるまっている人間なんだ」

52

「このサイトは、ほぼまちがいなく、オフショアホスティングを利用してますね」おたく《ギーク》タイプの技術者が言った。

その若い技術者は、ヘリコプターで到着したところだった。テオの見ていたサイトを解析するために、谷の外から急遽呼び寄せたのだ。赤毛の三十代の男性で、『スター・ウォーズ』のTシャツを、まるで制服のようにこれみよがしに身につけている。技術者は手始めに、テオのタブレットはもちろん、この谷におけるネットワークの状態やデータ転送量を調べようとしていた。

「オフショアホスティングっていうのは」当惑ぎみの面々を前に、技術者は説明を続けた。「パナマとかバミューダ諸島、バハマ、ロシアなど、自国の当局の法規制が届かないところにあるサーバーにアクセスできるようにするホスティングサービスのことです」

技術者はそう言って、一同の顔を順に見渡した。

「あるウェブサイトを二十四時間、三百六十五日、利用できるようにするためには、インターネットに常時接続されたサーバーでホスティングされる必要があります。もちろん技術的には、十分なアップロード速度があれば、自分のサイトを自前のサーバーで運用することも可能です。ネット上のウェブサイトでは、訪問者は基本的にウェブページをダウンロードしますけど、その結果、サーバー側は主にページを逆方向にアップロードすることになるわけで、その速度が必要になるってことです」

セルヴァズは、今の話がまるでちんぷんかんぷんだったが、ジーグラーとアンガールの二人は、どうやらちゃんとついていけているようだ。

「そうはいっても、一般的には、ホスティングサービスを利用することが推奨されています。で、このサイトですけど、おそらく匿名のオフショアホスティングを使っていそうですね。匿名というだけあって、そういうサービスを使うと、ユーザーの身元を明かすことなく、VPNとかトーアを介して登録することができるんですよ」

技術者はパソコン画面のほうを向いた。

「とにかく、まずはこのサイトの中身を掌握しないと。パスワードがわかり次第お知らせします。どういうふうにコード化されているのかも見てみますね。相手にしているのが本物のプロなのか、あるいはアマチュアなのか」

そう言うと、技術者はさっそくキーボードをカタカタとタイプしはじめた。作業がしやすいようにと誰かがブラインドをおろしていたので、部屋は薄暗かった。その部屋の中央で、パソコン画面が不気味に輝いている。技術者を残して、セルヴァズはほかの二人と隣のアンガールの部屋へ移動した。

「テオにもう一度、パスワードを訊いてみたらどう？　そのほうが手っ取り早いと思うけど」部屋に入るなり、ジーグラーが尋ねた。

「いや、あの子は何も言わないだろう」セルヴァズは言った。「怖くて言えないはずだ」

「でも、怖いって何が？　誰を恐れてるの？　あなたが問いつめたとき、ドゥラエの名前は白状したじゃない？」

「そう、それはつまり、テオが恐れているのは、ドゥラエではないってことだ」

ジーグラーは、漠とした不安に満ちたまなざしを投げた。セルヴァズは窓から外を見た。まだ真昼間だというのに、空には黒雲が垂れこめ、宵の口のように暗かった。あいかわらず重苦しい空気が漂っている。セルヴァズは、ますます不安に蝕まれていくのを感じた。今にも何かが起こる。そんな気がしてならなかった。人殺しコンビが、このままおとなしくしているはずはない。

それに、マリアンヌは？　セルヴァズは愕然とした。間断なく起こる出来事に翻弄されて、マリアンヌの捜索を急がなくてはならないのをほとんど忘れそうになっていたのだ。だが、どうやって探せばいいんだ？

胃のなかで、激しい苦悩が握りしめた拳のようにうごめいている。

「何かしないと」セルヴァズはつぶやいた。「ただ座って待っているわけにはいかない。なんとかしないと……」

「新情報です！」憲兵がふいに部屋に飛びこんできた。ヒップスターだ。「ドゥラエは、趣味で洞窟探検《ケイビング》をやってました。家宅捜索中に、ハーネスとかヘルメットとか、必要な道具類が見つかったんです。それで、コマンジュのケイビング・クラブに問い合わせてみたところ——」

三人は一斉にヒップスターのほうを振り向いた。

「クラブのメンバーによると、この近くにドゥラエのお気に入りの洞窟があって、特に好んで訪れていたようです。その洞窟の入口はここから十キロほどのところで、なんでもフランス最大の洞窟網に通じているとか」

ジーグラーが眉をあげた。

「トロンブ洞窟網っていうそうです。この地方出身の有名な洞窟学者、フェリックス・トロンブにちなんで名付けられた洞窟らしくて」ヒップスターが、メモを見ながら説明を続けた。「全長百十七キロ、洞窟の入口は全部で五十七以上にものぼります。この地下の洞窟群を通っていけば、谷から逃げることも十分可能だということです。逃げようと思えば、山道を通ることもできますが、ドゥラエは人目につくのを恐れて、リスクの低い洞窟に入ったのかもしれません」

ヒップスターは机の上にこの地方の地図を広げ、ペンで洞窟の位置を示した。セルヴァズは思わずジーグラーと顔を見合わせた。

「そんな洞窟がここにあるのか？」セルヴァズは驚いた。「このコマンジュ地方に？」

その洞窟のことは、これまで聞いたことがなかった。小さい頃は、両親とこの付近の山にもよく来ていたのだが。

「でも、ドゥラエの家にケイビングの道具が残されてたってことは、その洞窟には出かけてはいないってことにならない？」ジーグラーが言った。

「僕も最初、そう思いました」ヒップスターが答えた。「それで、ケイビング・クラブの会長さんに質問してみたんです。会長によると、ドゥラエは家にあるもの以外にも、道具を複数揃えていた可能性は十分にあるってことでした」

ジーグラーはうなずいた。

「よくやったわね」

セルヴァズは、ヒップスターがかすかに笑みを浮かべるのを見た。

ジーグラーは地図を手に取り、さっそく出口へ向かった。セルヴァズもアンガールとジーグラーに続いた。建物を出たところで、セルヴァズはひと波乱ありそうな不穏な空を見あげた。大きな黒い雲の塊が、エグヴィヴの家々の屋根の上でくっついたり離れたりしながら渦巻いていた。


トレスは、巨大な木柱の頂を見あげた。民家からは離れた村外れの空き地に設置された柱で、高さは十二メートル、幹の周囲は六十センチある。黒い雨雲の広がる空に向かってまっすぐに伸びるトーテムポールのような柱を見ながら、トレスは雨が降らなければいいがと気を揉んだ。

というのも、今夜はピレネー地方に古くから伝わる伝統の夏祭り、聖ヨハネの火祭りが行われることになっているからだ。夏至を祝う多くの祭りと同様に、その起源はおそらく収穫を祝う古くからの儀式、さらにはシュメール神話の神タンムーズの死と復活を祝うシュメール人の祭りにまでさかのぼると言われている。その後、キリスト教徒が登場すると、それらの儀式はクリスチャンの好みにアレンジされ——その際には、ハリウッドが史実を映画化するときに払う敬意とだいたい同じくらいの敬意が払われて——今の形になったようだ。

今夜の主役となるこの背の高い柱には、上から下まであちこちに縦に切れこみが入っていた。それぞれの切れこみには木のくさびが打ちこまれ、その溝に村の職員らがせっせと藁《わら》やおが屑を詰めている。柱をいっそう燃えやすくするためだ。柱の根元にも枝や柴の束が積み重ねられ、巨大な火の祭壇ができている。今夜二十一時四十五分ちょうど、火祭りの火蓋を切るべく、トレスは村長としてこの祭壇を燃やすことになっていた。それだけに、村の職員たちも雲に覆われた空を心配そうに見あげている。

だが、気がかりなのは、怪しい空模様だけではなかった。

昨日、トレスは村議会を招集し、今夜の火祭りを開催すべきかどうかを議論した。現在、村が陥っている状況を鑑《かんが》みて、祭りの実施が果たして賢明な判断かどうか、その是非を問うたのだ。

そして、決断は下された。

火祭りは、決行することになった。

それでも、トレスは考えずにはいられなかった。万一、殺人犯が偶然を装い、この祭りのタイミングを狙って襲ってきたらいったいどうなるのだろうか。祭りを中止していれば非難してきたはずの人々でさえ、中止にしなかったことを批判してくるだろう。責任を負うのは自分だった。そして、村議会で自分と一緒に祭りの決行を決断し、承認した人たちは、目立たないようにそっとこちらの陰に隠れるに決まっている。コンゴに生息するボノボの猿たちと同じ。集団のなかの社会的対立は、スケープゴートを立ててそれを標的にすることで解決されていくのだ。

そう、もしも今夜、また殺人が起きたら、この村の人たちはどう反応するのだろう。トレスはまたしてもそんなことを思い、それから用心深く周囲を見渡した。自分の考えが誰かに読み取られるのではないかと恐れるように。それから再び、高い柱を見あげた。祭りを邪魔だてしてくるのは、何も殺人犯だけではない。たとえば、ウィリアム・ゲランとその自警団の動きも無視できなかった。憲兵たちは殺人犯を追うのに手一杯のはずだが、アンガールは、今夜の火祭りの安全確保のために、憲兵班の半分を警備にまわすと約束してくれていた。とはいえ、班の半分では正直、心許なかった。炎上するおそれがあるのは、この火祭りの柱だけではないのだから。

静寂があたりを包みこんでいた。

雑木林のなかにぱっくりと開いた洞窟の入口は、マンホールの蓋よりかろうじて大きいくらいの穴でしかなかった。

穴のまわりでは、木の葉が躍っている。洞窟から温かい空気が流れてくるらしい。

セルヴァズは暗い雲にすっかり覆われた灰色の空を見あげた。嵐が近づいている。こんなときに危険を冒して洞窟のなかに入るべきではない。セルヴァズは思った。

いや、嵐が来ようが来まいが、こんなところには絶対に入りたくなかった。自分は閉所恐怖症なのだ。エレベーターに乗るのでさえ、びくびくしているというのに、地下四百メートルの地中に広がるトンネルと洞窟のネットワークなど――いやいや、ご冗談を。

思えば、ここに来る途中、自分たちはすでに一度、トレーラーにぺしゃんこにされそうになっている。木材を運ぶ運材用トレーラーが急な坂道を猛スピードでおりてきて、カーブを危うく曲がり損ねるところだったのだ。どれほどひやりとしたことか。目的地に着くと、今度は長靴を履いて、山道を外れたかなりの急斜面を必死でよじ登り、山のふもとにあるこの洞窟の入口へとようやくたどり着いたところだった。これ以上、肝を冷やすのはこりごりだった。

洞窟というので、セルヴァズは映画『人類創世』に出てくる洞窟とか、ピレネー地方にあるマス゠ダジル洞窟のような大きく口を開いた穴を想像していた。ところがいざ着いてみれば、巣穴に潜るウサギのごとく、四つん這いになって滑りこむしかないような小さな穴があるだけだった。こんなところはやっぱりごめんだ。セルヴァズは内心でかぶりを振った。周囲を見渡すと、穴のそばの茂みにコーラの缶や煙草の吸い殻が落ちているのが目に入った。菓子の包み紙まである。つまり、ここにはよく人が来ているということだ。

「どうする？」ジーグラーが尋ねた。


「このリストは、どうやって手に入れたのです？」アドリエルは尋ねた。

薄暗がりに沈む告解室の飾り格子の向こうで、ひとしきり沈黙が流れた。教会の身廊の奥には、お香と湿った石の匂いが漂っている。

「それは大事なことですか、神父さま？」

「あなたが私にこのリストを託してから、ここに載っている二人の男性が殺されているのですよ。もしや、まだ増えるのですか？」

格子の向こうにいる人物は、返事をしなかった。

アドリエルは先ほど、この人物を教会堂の裏口からなかへ入れたところだった。小さな墓地と森に面している扉で、昔から〈死者の扉〉と呼ばれている。

「警察に知らせるつもりです」アドリエルは言った。

「神父さまは、告解の守秘義務を負っていらっしゃるのではありませんか？」相手は抑えた声で言った。あまりに小さいので、耳をそばだてなくてはならなかった。

「人の命がかかっているというのに、守秘義務を守れと？」

「人の命だなんて、だいたい誰がそんなことを言ったのです？」

「私は初めから、あの警官にすべてを話しておくべきでした」

「あの警官だって、ほかの連中と何も変わりません」

「ほかの連中というのはつまり、殺された被害者たちのことを言っているのですか？　殺されて当然だとでも言うのですか？　だから殺されたとでも？　あなたは何を知っているのです？　ここで打ち明けなさい！」

すると、相手はいきなり声をあげて笑いはじめた。その不気味な笑い声は、告解室の狭い空間のなかでスカッシュボールのように跳ね返っては響いている。アドリエルは、胸が圧迫され、息苦しさを覚えた。

「まあ、まあ、神父さま、物事にはそれぞれにふさわしい時があるものです。それに神父さまは、わたしの告解をもうお聞きになっていらっしゃるじゃありませんか」

「あなたの告解は、穴だらけだ。言われていないことが多すぎる」アドリエルは言った。

「その穴も、いずれは埋まりますよ」

アドリエルは、相手の横顔を格子越しに観察したい気持ちに駆られた。が、結局、自分のまっすぐ前だけを見ることにした。

「告解の守秘義務のことですが」格子の向こうから甘美な声が続けた。その甘くささやくような声に、アドリエルは首筋の毛が逆立つのを感じた。「教会法によれば、医師、弁護士、そして聖職者の三つの職業上の守秘義務のうち、神父さまが課されている告解の守秘義務は、唯一、絶対的なものだとされています。この法を破った者は、破門に処されます。

例外は認められません。神父さま、もう一度、教会法典をお読みください」

そう、そのとおり。アドリエルは思った。〝秘跡的告白の守秘義務に直接背いた聴罪司祭は、使徒座に留保された伴事的破門制裁を受ける〟――教会法典第一三八六条。フランスの法律に関して言えば、守秘義務が免除される唯一の例外は、十五歳未満の未成年者に対して犯罪が行われた場合のみで、それを除けば、たとえ告解者が殺人を告白しても、聴罪神父はその秘密を自分の胸にしまっておかなければならないのだ。秘密を託された者は、守秘義務の遵守と個人的モラルとの狭間で悩み、揺れ動き、拷問のような苦悶を味わうことになる。それがどれほどつらいことか……。神も人間も、その点は気にかけなかったようだ。

人間の魂は底なしの淵のようだ――アドリエルは思った。人類はもうずいぶん前から、叡知の道を選ぶかわりに、狂気と闇と殺戮《さつりく》の道を進んできた。人類のそうした無数の罪の深淵に、自分は誰に頼ることもできず、たった一人で立ち向かわなくてはならない。

「告解の守秘には含まれないことだけでも、あの警官には知ったことをすべて話しておくべきでした」

アドリエルはそう言うと、あのセルヴァズという警官が修道院の呼び鈴を鳴らした夜に思いを馳せた。修道士たちとともに、皆で森の捜索に出た夜のことを。

「でも、神父さまはそうなさらなかった」

「そうです」

「なぜ話さなかったのです?」

アドリエルは正しい答えを探しながら思った。自分はいつしか告解を聴く側から、告解をする側になっている、と。

「それは、あなたが私の庇護を求めたからです」

「いいえ、神父さま。それは違います。あなたは、行為の結果を恐れたのです」

「恐れてなどおりません」

アドリエルはそう答えたが、その声は突如として頼りなげになった。もはや、迷える羊を導く羊飼いの声、神父がそうであるべき毅然とした声ではなくなっていた。それよりも、群れから遠くはぐれ、すぐそばに狼がいるのを察知して怯える雌羊の声に近かった。

「いいえ、あなたは恐れています。ここに座っていても、あなたの抱く恐怖の匂いが漂ってきますよ」

相手はそう言うと、格子の向こう側で長々と鼻をくんくん鳴らした。あたかも匂いを嗅ぎわけようとするように。アドリエルは、司祭服の下で全身に鳥肌が立つのを感じた。

思考はこの小さな木造の檻から抜けだそうとしていた。だが、まるで家のなかに閉じこめられた鳥のように、どれだけ考えても、もがいても、出口は見つからなかった。

「それにしても、告解の守秘義務がなかったら、あなたは証人としてかなり厄介な立場に立たされていたことでしょうね、神父さま」相手は耳元でささやくように言った。

アドリエルは、自分の喉ぼとけが髭の下で苦しげに上下するのを感じた。

相手の言葉は、明らかに脅しをほのめかすものだった。修道院のなかはひんやりとしているにもかかわらず、アドリエルは自分が司祭服のなかで汗びっしょりになっていることに気がついた。

「神父さまが葛藤なさっているのはよくわかります。あのような犯罪がまた起こるのを防ぎたいという願いと、告解の守秘義務を遵守しなければならない神父としてのお役目とのあいだで苦しんでいらっしゃるのでしょう」相手はかすかなささやき声で続けた。「ですが神父さま、わたしの告解とこれらの犯罪とは、なんの関係もありません。それは本当です」

その言葉はうつろに聞こえた。アドリエルは、自分がその言葉を微塵も信じていないことに気がついた。

「では、なぜこのリストを私に託したのです？　それに、なぜこのなかに犠牲者の名前が載っているのですか？」

「リストには、ほかの名前だってあるでしょう」

「ではあなたは、ほかの名前の人物も殺すつもりですか？」

アドリエルは自分の質問に思わず息を呑んだ。どうしてこんなことを口走ってしまったのだろうか。この衝動は理性よりも強かったのだ。

「わたしが？」

しまった。やはりこんなことを言うべきではなかった。アドリエルは下唇を噛んだ。

汗が滝のように流れている。

がらんとした身廊には、自分と相手のほかには誰もいなかった。アドリエルは、今この瞬間に、修道士たちの一人が入ってきてくれないだろうかと願った。ろうそくを交換するなり、聖歌隊席の埃を払いにくるなり、何でもいいから割りこんでくれたらいいと。そうすれば、自分は直ちにこの告解を終わらせて、急いでこの告解室から立ち去ることができる。

だが、誰一人として邪魔をする者はいなかった。

ここには、自分とこの人物の二人だけ。

「何を考えていらっしゃるのです、神父さま？」

「あなたのことを誤解していたようです」

「あら、そうですか？　どう誤解なさったのです？」

「あなたはかよわい雌羊ではなかった。あなたは、狼だ」

沈黙がおりた。ろうそくと恐怖の匂いが入り混じっている。呼吸の音が聞こえる。自分の苦しげな呼吸と、相手の穏やかな呼吸。木のベンチが軋む音がした。相手は身を乗りだして二人を隔てる格子のほうへ顔を寄せると、小さな声でささやいた。軽い吐息が耳元をなでていく。

「では神父さま、あなたは何ですか？　雌羊？　羊飼い？　それとも狼ですか？」

53

「お手上げね」洞窟の穴を前にして、ジーグラーが言った。「相手は全長百十七キロの洞窟を、自分の庭みたいによく知ってるっていうんだから。ドゥラエがここから逃亡を図ったのなら、今頃、どこにいたっておかしくないわ」

「それに、五十七もある出口のどこからか、もう這い出ているかもしれませんよ」アンガールがぜいぜい息を切らしながら言った。山の急斜面を登ってくるのは相当きつかったのだろう。明らかに気分が悪そうだ。

「この洞窟には、どういう人たちが来るんですか？」ジーグラーが同行してもらった洞窟ガイドに尋ねた。

「ここは、カルスト地形の伝説の洞窟網でしてね。この地球上で最も複雑な洞窟群の一つということで、世界中から洞窟学者たちが調査に訪れてますよ。それから、この地域には洞窟探検を趣味として楽しむケイビング・クラブがありますし、学校の野外授業に使われたり、地元の子どもたちが遊びにきたりしてますね。企業の社内レクリエーションやコミュニティセンターの青少年向け入門コースもあります。一番クラシックなコースは、深さが三百五十八メートルあるエンヌ・モルトの洞窟でしょうね。ほかにも、エレティック洞窟からペーヌ・ブランクまでのコースや、プレヴェール大洞、ピエール洞窟、コキーユ洞窟、アポカリプス洞窟、アマゾニー洞窟、ピレノア洞窟なんかがあって、全部合わせたら、五十以上の空洞があります。ですから、どこを通るか、ルートの組み合わせは無限にありますよ。それに、ドゥラエはこのへんの洞窟網を熟知してますから、先ほどおっしゃったように、今頃どこにいたっておかしくありません。追いかけるといったって、当てもない迷路みたいなもので、まず見つかりっこないでしょうね。二〇〇一年に二十人ほどの洞窟学者が地下に入って、この洞窟網全体を踏破していますが、そんな専門家集団でも、全部で二十二時間かかってますから」

セルヴァズは説明に耳を傾けながら、茂みのなかにぱっくり開いた黒い洞窟の入口をじっと見つめた。穴のそばに散らばる煙草の吸い殻や空き缶、飴玉の包み紙がやはり目についてしまう。何十と続く暗い洞穴、隠れた空洞、山の地下深く闇に沈む井戸。そして、ヘッドランプの光に照らされてふいに目覚める鍾乳洞《しょうにゅうどう》——セルヴァズはそんな光景を想像して身震いした。どうしたら地中の暗闇に潜りたいなどと思えるのだろうか？　エンヌ《Henne》・モルト洞窟とはよく言ったものだ。どうせエンヌなら、憎しみを意味するエンヌ《Haine》のほうがしっくりくるんじゃないだろうか。セルヴァズは当てつけがましくそんなことを思った。

とそのとき、アンガールの無線からざあっと音が響いた。

「はい、アンガール」

「大尉、ちょっと来てもらったほうがよさそうです」

「何があったの?」ジーグラーが横から尋ねた。

「今夜の火祭りの会場に、祭り見物とは別の集団が集まってまして」

「集団?」

「はい、ウィリアム・ゲランとその自警団の連中です」

「何をしてるの?」

「今のところは何も。ただ、連中は今夜の火祭りを妨害しようと企んでいるみたいで」

アンガールはためらいがちにジーグラーのほうを見やった。ジーグラーはうなずいた。

「わかった、今から向かう」

アンガールはそう伝えて通信を切ると、小さくぼやいた。「なんてこった」

一行は、山の急斜面を慎重におりて車へと向かった。セルヴァズは歩きながら自警団のことを思い、考えに耽った。かつて、現在の政治家よりもはるかに勇敢で洞察力があり、何より責任感のある人々によって築かれていたこの国の社会機構は、今や国中に広がるありとあらゆる分裂——社会的格差、地理的分裂、世代間の分裂、イデオロギーの分裂——によって脅かされ、壊されようとしている。新しいタイプの善悪二元論が台頭しているのだ。すべてが白か黒でなくてはならなくなっている。もはや中間のニュアンスはない。グレーゾーンはもうない。まるで人間には二種類しか存在しないかのように。完全に有罪の人間と、モラル的に一点の曇りもない完全に善良な人間しかいないかのように。

車に乗りこむと一同はエグヴィヴに向かい、午後五時頃、村外れにある空き地の前に到着した。目の前には、聖ヨハネの火祭りの主役となる巨大な柱がそびえ立っている。そして、空き地の一角には、確かに髭の大男を囲んで人だかりができていた。といっても、さしあたりその集団は、ただ静かに祭りの準備を見守っているように見えた。

空き地を見渡すと、村長のトレスが二人の職員を従えて、祭りの準備を監督しているのが目に入った。トレスは隅に陣取っている集団にちらちら視線を投げている。到着した憲兵たちに気がつくと、さっそく足早にこちらへ向かってきた。

「あの集団、かれこれもう一時間ほど前から居座ってるわ。今夜の祭りのあいだに何かを企んでいる気がするの。何か予防措置をとることはできないの？　解散するように頼むことはできないのかしら？」

ジーグラーは肩をすくめた。

「彼らには、集まる権利がありますから。どの法律でも、集会自体は禁じていません。今のところは、デモを行っているわけでもないですし、公共の秩序を乱しているわけでもなさそうですが」

「でも、祭りが始まって、そのうちに人混みができてきたら、一変するかもしれないわ」

「そうなったら、その時点で考えましょう」

セルヴァズはそばに立って二人の会話を聞きながら、おやと思った。ジーグラーもトレスも、互いに目を合わせないようにしていることに気がついたのだ。二人のあいだに前にはなかった隔たりができている。いったい何があったのだろうか？

一同は憲兵隊の本部へ戻った。ドゥラエはあいかわらず見つからなかった。あのあと、もう一度ドゥラエの自宅へ戻ってみたが、やはり家は留守のままで、近所の人たちに聞きこみをしても、何もわからずじまいだった。ドゥラエは忽然《こつぜん》と姿を消してしまった。文字どおり、いなくなってしまったのだ。行方不明の第一容疑者。一刻も早く見つけなければならない。でなければ、ジーグラーと捜査チームにとっては本格的に雲行きが怪しくなる。とはいえ、八方手を尽くして探したところで、いないものはいないのだからどうしようもない。

「どこへ行ったのよ、もう！」ジーグラーは何度も悪態をついている。

アンガールは火祭りの警備のために、自分の班を連れてすでに出発していた。奇妙なほど静まり返っている憲兵隊の建物のなかで、セルヴァズはジーグラーとほとんど二人だけになっていた。犯罪捜査部から派遣されてきた〝ギーク〟の若者のほうは別室でパソコンと格闘しているが、いまだ〈親の寝ているあいだに〉のサイトの秘密を暴くことができずにいるようだ。それにしても、現実世界のすぐそばで共存しているこのデジタルの世界とはいったいどういう世界なのだろう。セルヴァズは思った。共存するだけでは飽き足らず、今にもリアルの世界に取って代わろうとしている世界。いつしか現実世界が脇へ追いやられて、妄想《ファンタスム》や幻想のほうが現実になったら、いったいどうなるのだろうか？　いや、もしかして、すでにそうなっているのだろうか？　だとすれば、我々は、妄想や怒り、憎悪をむさぼるこの国が、いずれ大混乱《カオス》に陥るのを堰き止めることなどできるのだろうか。

「この事件、どういう決着が待っていると思う？」ジーグラーがいきなり尋ねた。

ジーグラーは鼻のピアスをいじりながら、目の前のキーボードを叩いて報告書を仕上げているところだった。

「まるで見当がつかない」セルヴァズは言った。

「あの自警団の動きが手に負えなくなったら、どうなるのかしら。あるいは、また別の犠牲者が出たら？」

「どうなるだろうな。ところで、キャスタンはどこにいる？」セルヴァズは尋ねた。

「もう戻ったわ。ヘリで」

そりゃそうだろう。セルヴァズは心でつぶやいた。キャスタンには、レールから外れないように守るべき検事のキャリアがあるのだ。万一、事態が悪化したときのことを考えて、事件とは少し距離を置いておいたほうが身のためだと考えたのにちがいない。だが逆に、ジーグラーとその捜査チームが犯人を迅速に逮捕できた暁には、キャスタンは必ずやその栄光の一部をわがものとするに決まっている。実にフェアな戦いだ。

「あのドゥラエが本当に犯人だとして、その共犯者は誰なんだろう？」セルヴァズはふと思いついて言った。「あのフランス語教師は、かなり孤独な人物に思えるのだが」

ジーグラーが、鼻先をパソコン画面からあげた。

「ドゥラエには共犯者なんていないのかもしれないわ」ジーグラーが言った。

セルヴァズはジーグラーを見つめた。

「どういう意味だ？」

「法医学者のジェラリ先生の仮説のことを考え直してみたのよ。ジェラリは、犯人は二人いるって言っていたけど、それは被害者の一人が高さと力の異なる二つの殴打を受けていた、という事実に基づいているだけ。ほかにも可能性は山ほどあるわ。たとえば、一回目に殴ったあとで被害者がよろけたせいで、二回目の殴打の位置がずれたのかもしれない。むしろ、そう考えたほうが自然な気がする。だって、うしろから頭に強烈な殴打を受けたら、誰だって、次の打撃が来るまでそのままの姿勢でいられるはずがないでしょ？」

「いや、どうだろう？　ジェラリが仮説を誤ることはめったにないんだが」セルヴァズは思案しながら言った。「ジェラリはきっと、今のきみの仮説も考えたにちがいない。そのうえで、なんらかの理由でその仮説を却下したんじゃないかな。それにもう一つ、三つ目の仮説もある」

「どんな？」

「犯人はドゥラエではない、という可能性だ。あの森でテオが一緒にいたのが、ドゥラエではなかったとしたら？　テオは、実際に一緒にいた人間を守るために、頭に最初に浮かんだ別の人物の名前を口にした。それが、たまたま学校の先生の名前だったっていうことも考えられる」

「その場合は、わたしたちの捜査は振りだしに戻る、ってことになるのね……」

「そういうことだ」

セルヴァズは、ジーグラーの表情が変化したのを見てとった。と、そのとき、ポケットのなかで携帯が振動していることに気がついた。見覚えのない番号だ。

「はい?」

「警部補どのですか? 神父のアドリエルです」

セルヴァズは椅子の上でさっと身を起こした。神父の声はささやき声のように小さかったが、そこには緊張が感じられた。ピンと張ったロープのように張り詰めている。

「どうなさいましたか、神父さま?」

電話の向こうで、沈黙があった。

「私はあなたに……非常に重要なことをお話ししなくてはなりません」

「伺います」

「あなたがお探しになっていた女性ですが……私は、その女性に会いました」

「何ですって?」

セルヴァズは思わず前のめりになった。

「いつです?」

「今から数時間前です。女性は、修道院に告解にきたのです。それに……彼女がここに来たのは、これが初めてではありません。私はあなたに……嘘をつきました」

セルヴァズは飛びあがった。心臓が胸のなかで暴れだしている。なんてことだ……マリアンヌが？　セルヴァズは大きく深呼吸をした。だが、いざ口を開くと、頼りなげな声しか出てこない。

「告解……ですか？　何をおっしゃっているのです、神父さま？」

「彼女は、あなたには何も言わないでくれと、私に約束をさせました。あなたには見つけられたくないと」

セルヴァズは大きく息を吐きだした。耳のなかで血が沸き立っている。神父の話がまるで理解できない。

「いったいどういうことです？　マリアンヌはいったい、何を告白したっていうんです？説明してください！」

またしても沈黙が流れた。だが、電話口からは、アドリエル神父の呼吸の音が聞こえていた。重々しく、苦しげな呼吸だった。まるでひどく具合が悪い人のように。

「ご存知のように、私は神父として、告解の守秘義務に縛られた身です。私の口から申しあげられるのは、あの女性はここにいる、ということだけです。そう遠くないどこかに」

「どこにいるんです？」

セルヴァズは叫んでいた。顔をあげると、ジーグラーがこちらを食い入るように見つめていた。一瞬たりとも目を離そうとしない。セルヴァズは携帯を耳から離して、スピーカーをオンにした。

「はっきりとした場所は、私にもわかりません。彼女は言いませんでした。でも、遠くはないはずです。修道院まで、歩いてきていましたから」

「神父さま、そこを動かないでください！　今すぐ行きます！」セルヴァズはそう叫ぶと、椅子を突き飛ばして一気に立ちあがった。

「もう一つ、お伝えすることがあります」神父が続けた。「初めてここを訪ねてきたとき、彼女は人の名前がいくつか書かれたリストを私に託しました。そのリストには、殺されたカメル・アイサニとマルシアル・オジエの名前がありました」

「なんですって……？」

セルヴァズは、ジーグラーを見た。ジーグラーは茫然と固まっている。

「そのリストは、まだ手元にお持ちですか？」

「はい」

「そこにいてください！　すぐに行きます！　そこから絶対に動かないでください！」

　通話を終えると、アドリエルは電話をテーブルの上に戻した。最後の晩餐を思わせる大きなオーク材のテーブル。小さな礼拝堂を思わせる自分の書斎。アドリエルは顔をあげ、壁に飾られた敬虔な絵画や、書棚にずらりと並んでいるキリスト教の文献に視線を這わせた。二千年の時を経た人類の知恵の賜物だ。その知恵も、現代ではどれほどの重みがあるのだろうか。一方では、人々の意見は画一化され、真実は消し去られ、思考は衛生化され、もう一方では、憎悪が助長され、世にもおぞましい犯罪が起きるに任せている——そんな今日の世界のどこかに、いかなる形であれ、人類の知恵と自律が占める余地など残されているのだろうか。人類はおかしくなってしまった。アドリエルはもはやそれを疑わなかった。悪がいたるところで頭をもたげている。とりわけ自分の信じる善のビジョンを他人に押しつける人々を見ていると、その確信はなおさら強まった。自分は歳を取りすぎた。疲れ果て、戦いに敗れたことが否が応でも目についてしまう。西洋世界は、新たな暗黒時代へと向かっているのだ。

　アドリエルは立ちあがった。ゆっくりと重々しく。自分は今、我が身の状況を掌握していると感じた。これから自分が何をすべきか、身の振り方を最後の動作に至るまで正確に理解していると。その確信は自分を安心させた。アドリエルは正確さを愛した。だからこそ、全生涯を聖ベネディクトの戒律のもとに委ねてきたのだ。肉体労働と知的労働、そして祈りの日課のあいだで厳格なバランスが保たれた生活。もちろん、自分には欠点もある。短気でせっかちで、自分にも他人にも厳しいところがあった。だが、自分はそうした欠点を矯《た》めては克服してきた。しかしながら、今振り返ってみれば、わが人生には自由が大きく欠けていると思った。熱意や喜び、友愛、分かち合いは身をもって味わったが、自由だけは断念してきた。自由とはつまり、自己への愛の行為にほかならない。

　アドリエルは書斎を出た。回廊を進み、階段を二つおり、中庭と教会堂のほうへ向かいながら、一人ほほ笑んだ。

今からでも遅くはない。自由を味わうのは。

そう、自分はわが人生を、自由の最たる行為で締めくくろうとしていた。解放の究極の形で。一瞬、めまいを覚えるような考えが脳裏をよぎった。この行為は、神と教会の目には、何よりも咎められるべき罪とみなされているのだ。だが、まさにその理由で、この行為は自分にとって、最大の解放だと思えるのだった。

聖歌隊席のそばにある小さな扉をくぐり、身廊へと進みながら、アドリエルは思った。この教会堂に、神の息吹はどこにも感じられない。ここは暗く冷たい墓場にすぎない。不在の神へのオマージュとして、人間が建てた壮大な石の塊だ。神の不在の名の下に、人間はこの国だけで、一万以上もの大修道院と一万五千もの小修道院を建立している。世界のほかの地域のことは言うまでもない。教会、寺院、モスク、シナゴーグ。宗教画や彫刻の無数の傑作。驚愕すべきものを創りあげておきながら、愚かな道へと堕落する人間とは、どう考えても逆説と過剰の生き物であろう。

アドリエルは側廊を進み、昨日、脚立を置いておいた場所へと向かった。修道士が切れた電球を交換するのに使う脚立だ。西側の妻壁にある高窓から、夜の光が重々しく射しこんでいる。

アルミでできた脚立はまだそこにあった。昨日と同じ場所で足を広げて立っている。それからアドリエルは、彫像の台座のうしろに隠しておいたものを見つけて、手に取った。

54

修道院の前で急ブレーキをかけると、二人は同時に車から飛びだした。すると、呼び鈴を鳴らす前に、副院長のアンセルムが門から出てきた。車のエンジンの音が聞こえたのだろうか。この谷の静寂のなかでは、確かにほかに聞こえる音はなかった。

こちらを迎えるアンセルムには、以前感じたような、傲慢で敵対的な雰囲気はすっかりなくなっていた。

セルヴァズは眉根を寄せた。何かあったようだ。アンセルムはどうやら泣いていたらしく、目が真っ赤に腫れている。黒い肩衣《スカプラリオ》の下で、組んだ両手を腹の上に置いている。

「恐ろしいことが起きました」アンセルムは前置きもなく言った。「世にも恐ろしいことが」

「何があったんです？」ジーグラーがすかさず尋ねた。

だが、アンセルムはそのまま何も言えなくなったのか、ついてくるようにと合図しながらまわれ右をした。

セルヴァズはジーグラーとともに、アンセルムのあとに続いた。アンセルムは舗装された庭を横切り、助修士の使う古い通路を通って、中庭を囲む回廊に入った。回廊を左へ進み、右に曲がって、さらに両端に石のベンチが並ぶ回廊を進み、教会堂へ入る扉にたどり着いた。扉を開けてなかに入ると、教会堂の身廊に出た。目の前には聖歌隊席がある。だがアンセルムはそこで止まらず、さらに左へ折れて側廊へ入った。セルヴァズはすぐに気がついた。側廊の一カ所に修道士たちが集まっている。その光景に、セルヴァズは一瞬、ジルダス・ドゥラエの家にあった動物たちの剝製を思い浮かべた。修道士たちは立ち尽くしたまま誰一人身じろぎもせず、黙ったまま、目を見開いて同じ方向を見あげていたのだ。なんてことだ……。

修道士たちの視線の先には、アドリエル神父がいた。首を吊っていた。繊維の粗い麻のロープが白髪まじりの顎ひげの下を通っているのが見える。顔が片側に傾いているのは、首の骨が折れたからかもしれない。だがそれを除けば、神父の姿はどこか穏やかで、キリスト教にふさわしい静謐《せいひつ》さをたたえていた。両足は床から一メートルほどのところで静かに浮いている。普段はほかの用途に使われていたはずの金属製の脚立からは、ほんの数センチほど浮いているだけだった。

サンダルの片方が足から滑り落ちていた。セルヴァズはその大きく骨ばって汚れた足に目をやった。足指は長く、親指はほかの指とほとんど向かい合わせにできるほどゆがんでいる。

セルヴァズは顔をあげ、再び神父の遺体と吊られているロープに意識を戻した。

アドリエル神父は、屋根組みの控え柱として使われている横梁にロープをかけていた。それにしても、神父は教会のなかで首を吊ったのだ。これは究極の反逆行為だった。集まっている修道士たちの顔にも、激しい恐怖とショックが浮かんでいるのが見てとれる。

まさか、こんなことになろうとは……。

自分はあとどのくらい、この谷の恐怖に耐えられるのだろうか。セルヴァズは思った。心底疲れ果てていた。神経がすっかり参っていた。思考は混沌を極め、何もまともに考えられなかった。セルヴァズはジーグラーを見やった。ジーグラーも青ざめていた。その目はアドリエル神父の亡骸《なきがら》に釘付けになっている。

セルヴァズはアンセルムのほうを向いた。目が合った。

「自らを殺すのは、一人の人間を殺すのと同じことなんです」アンセルムは、目を泣き腫らしながら、厳しい口調で言った。

「聖アウグスティヌスの言葉ですね」セルヴァズは指摘した。アンセルムは驚いた顔をしている。セルヴァズは続けた。「リストを」

「今、なんと？」

「リストを渡してください」

アンセルムは少しためらいを見せたが、やがて白い修道服のポケットに右手を入れると、二つに折りたたまれた紙を取り出した。

「ありがとう」

セルヴァズはその場で紙を開いた。リストの名前に目を走らせる。ある考えが脳裏をよぎった。

セルヴァズは紙をジーグラーに手渡した。ジーグラーもすぐに同じことを考えたらしい。上着のポケットに手を入れると、別の紙切れ――もう一つのリストを取り出した。

爆薬取扱資格のある、採石場の作業員のリストだ。

ジーグラーは最初のリストを人差し指でなぞり、続いて二つ目のリストに指を滑らせていった。

両方のリストに載っている名前が、一つだけあった。

フレデリック・ロズラン
雲はいつのまにか散っていた。空は暗くなりはじめている。じきにあたりは真っ暗になり、山々の上には星が瞬くことだろう。空気はそよとも動かず、村の街灯は黄色い光の輪を地面に落としている。どこかで犬が吠えた。吠え声は遠くのようにも近くのようにも聞こえ、夏の夜だけがもつ深みを静寂に与えていた。

いよいよ火祭りが始まろうとしていた。

トレスは松明を手に、祭壇の柱の前で控えていた。村役場の職員がライターで松明《たいまつ》に火をつける。松明はパチパチと美しい音を立てながら燃えあがった。

トレスは燃える松明を手に、厳かに祭壇のほうへ進み出た。そして、柱の根元に積みあげられた焚き木や柴の山のなかへ松明を放りこんだ。カメラマンが、その瞬間を写真に収めている。

炎は焚き木の山を駆けめぐり、祭壇の根元を包みこんだ。続いて、巨大な柱を火の蛇のごとく駆けのぼり、その頂上へとたどり着いた。暗い夜空が真っ赤に染まる。

その瞬間、人々の歓声と熱狂的な口笛があがり、一斉に拍手が沸き起こった。

トレスは儀礼上のほほ笑みを浮かべて、目の前の炎に見入った。それでも、広場の向こう側にたむろしている集団のほうへ苛立ちのまなざしを投げることも忘れなかった。そこでは、ウィリアム・ゲランが率いる自警団の連中が、これみよがしに横断幕を広げている。

トレスは辞任しろ

いったい何を考えているのだろうか？　トレスは思った。こんなことをされて、こちらがやられっぱなしで泣き寝入りするとでも？　対抗する野党勢力はこれまでことごとく敗北してきたというのに、自分だけは勝利できるとでも思っているのだろうか？　エグヴィヴの住民は多少なりとも、ウィリアムのような人物を村の代表に選びたいと思っているのか。ウィリアムに関しては、いろいろと気になる噂を耳にしていた。破産を申し立てる寸前だとか、従業員への賃金が低すぎるとか、過去には何度も倒産を経験しているとか。

ウィリアム・ゲランはおそらく、ひとかどの人物になりたいだけなのだ。トレスは考えた。

今の時代、誰もが重要人物になりたがっている。

誰もが存在感を示したがっている。脚光を浴びたいと願っているのだ。

トレスは横断幕を張っている小さな集団から視線を移し、中央の大きな火柱を経て、広場の反対側に集まるほかの村民たちのほうを眺めた。村人たちは笑いながら、拍手をしていた。その顔はどれも赤い炎に照らされて明るく輝いている。

炎の上には、火花がパチパチと音を立てながら、夜空を楽しげに途切れることなくのぼっていく。トレスは頰に燃えさかる炎の熱を感じた。

しばらくすると、すっかり火柱に吞まれた柱が、火の祭壇の根元に崩れ落ちた。その衝撃で、火の粉や真っ赤な炭火が舞いあがり、蛍の群れのようにきらめいた。

このタイミングを狙って、エグヴィヴの若者たちは、男も女も祭壇へ駆け寄り、焚き木の燃えさしを我先にかすめ取ろうとした。これが毎年のお決まりだった。

大勢の人であふれ返り、楽しげな動きと音で賑わっている火祭りの広場を見つめながら、トレスはこの谷で最近起こった一連の出来事を思った。子どもたちは大人のあいだを走り回り、人々は笑いあい、煙と火花が楽しげな声を乗せて夜空にのぼっていく。誰もがつかの間、この谷を支配する恐怖のことを忘れているように見えた。トレスは考え深くうなずいた。そう、人間には、最悪の事態から目をそらして、今ここにある喜びだけを享受する能力があるのだ。だが、この瞬間がどれほど平和に見えても、この事件はまだ終わっててはいない。トレスは燃えあがる炎を見つめながら思った。その瞬間、こちらの不安を映しだすかのように、楽しげな炎がぐらりと不穏に揺らめいて見えた。

そう、恐怖はそこにある。

まだ、何も終わってはいない。

55

午後十一時。フレデリック・ロズランはテレビを消して立ちあがると、上半身は裸のショートパンツ姿で、寝室の横のバスルームへ向かった。夜も更けたとはいえまだ暑く、空気はじっとりと重かった。少しでも風を入れようと、窓はどれも開け放してある。そのせいもあって、火祭りの笑い声や叫び声が家のなかまで届いていた。小さな分譲地の一角に三十年前に建てられたこのぼろ家は、火祭りの火柱が立つ広場からほんの数十メートルほどしか離れていないのだ。

夜に響くあの笑い声、楽しげな声ほど、人間味を感じさせるものはない。ロズランは他人が楽しそうにしているのが好きではなかった。人々が笑う声、幸福のこだまを聞かされるのは胸糞が悪い。他人が楽しそうに笑っているのに、自分は笑っていないのは屈辱的でさえある。そういうときはいつも、自分がバカみたいに思えるのだ。バカで孤独な人間だと。

ロズランは丁寧に歯を磨いた。口をゆすいで洗面台に吐きだし、生ぬるい水で流した。それから額と頬、目のまわりにしわ取りクリームを塗る。体はくたくたに疲れていた。今日の仕事もひときわきつかった。あのジョンスのゲス野郎、人をこき使いやがって。ロズランは、採石場の社長の顔を思い浮かべて悪態をついた。自分は横柄にいばり散らすあの男が大嫌いだった。いつかクビにされるようなことがあったら、必ずやつに一発お見舞いしてやると心に決めていた。それに、受付のルシーユにも言ってやるつもりだった。あんな負け犬はとっとと見捨てろと。ジョンスはルシーユをクズのように扱っているのだ。

外で物音がした。すぐそばで聞こえたようだ。ロズランは、開け放してあるバスルームの窓から外を覗いた。窓の外には、隣近所の家々のあいだを抜ける小さな路地がある。見ると、年金生活者の隣人が、ガウンとスリッパ姿で二匹のプードル犬を散歩させていた。この男も火祭りには行かなかったようだ。

ロズランは、脇と背中が汗でびっしょり濡れていることに気がついた。いくら夏とはいえ、このところの暑さは異常だった。そのうえ、このぼろ家ときたら、熱を蓄えてちっとも放出しないのだ。エアコンを買うべきだったのだろうが、つかの間の涼しさを取るか、車の修理を取るかで、自分は修理を選ばざるを得なかった。それもこれも、あのジョンスのくそ野郎が雀の涙ほどの給料しかよこさないからだ。

ほんの数軒先から広がる広場では、火祭りが佳境を迎えているらしかった。笑い声に叫び声、そして今では、爆竹がパンパン弾ける音まで夜の闇に響きわたっている。くそ。今夜は耳栓をして寝るしかなさそうだ。

と、また別の物音がした。

今度の音は、家のなかからしたような気がした。まあ、これほど蒸し暑くて空気がじっとりと動かない夏の夜なら、外からの音もよく通るんだろう。ロズランはそう思いながら、便器に向けて勢いよく小便を放った。それから下着とショートパンツを引きあげ、寝室を横切ろうとしたとき、またしても物音が聞こえた。

「おい、誰かいるのか？」

こそ泥だろうか？　火祭りで人々が家を留守にしているのをいいことに、悪ガキどもが窓の開いている家を狙って盗みを働こうとしたとしても、それほど驚くことではない。仮にそうなら、ガキどもは入る家をまちがってやがる。ロズランは腹立ちを覚えながら思った。この家には、盗むものなんかありゃしねえんだ。それでも何か盗ろうものなら、その借りは百倍にして返してやる。

「おい、くそガキども。もしそこにいるんなら、さっさとずらかったほうが身のためだぞ！　おまえらの一人でも捕まえたら、そいつは相当痛い目に遭うことになるからな」

返事はなかった。

急いで逃げ去る音でも聞こえてきそうなものだった。だが、聞こえてくるのは、祭りの喧騒と夜空に響く爆竹の音だけだ。

ロズランは何も言わずに、部屋のなかを進んだ。自分は臆病なタイプではない。だが、近頃この谷で起きていることを考えると、用心はしておいたほうがいいだろう。というのも、ロズランはすぐにピンときたからだ。一連の事件は、数年前に起きた出来事と無関係ではないと。どうやらあの男――ヴァルニエ研究所から脱走した男が絡んでいるらしい。しかも自分は、あの山の爆破の内幕を知っている……。

ロズランは寝室を出て、リビングに入った。そのとたん、ぎくりとした。テレビがついていたのだ。音だけを消されて……。さっき自分は、まちがいなくテレビを消したはずだ。得体の知れない不安に身をこわばらせる。と、キッチンのほうからブーンという音が聞こえた。耳を澄ますと、その音は止まり、電子レンジのチンという鋭い音がした。ロズランは思わず震えあがった。

自分は、電子レンジなどつけていない。

ロズランは眉を寄せながら、キッチンへ向かった。調理が終了したことを示すゼロの電光表示が薄闇のなかで光っている。ロズランはおそるおそる電子レンジの扉を開けた。その瞬間、なかから焼けた肉と羽毛の悪臭があふれだして鼻孔を直撃し、ロズランはとっさにうしろへ飛び退いた。

「くそっ！」ロズランは声をあげた。

電子レンジのガラスのターンテーブルの上には、黒焦げになって丸まった小鳥の死骸が載っていた。

何なんだ、これは……。ロズランは少なからずショックを受けた。かろうじて恐怖心は抑えているものの、不安は刻一刻と増していた。不安だけではない。怒りも同時にこみあげてくる。自分は脅されたまま黙っているような人間ではないのだ。こんなことをするくそったれには、目にもの見せてやる。

ロズランはリビングを突っ切って、テレビの横にある戸棚のほうへ向かった。庭に面したフランス窓は開けたままになっている。そばに立つイチジクの木が街灯に照らされていた。風はそよとも吹かず、木の葉はぴくりとも動かない。街灯の光は、どろりとした黄色い漆《うるし》のように、リビングのなかまで入りこんでいる。

ロズランは湿った手で戸棚の上に置いてある鍵を取り、鍵を開けて戸棚の扉を開いた。銃を入れている棚だ。だが、開けたところで、ロズランは固まった。銃がない。いつもここに入れてあるはずなのに、跡形もなくなっている。と、背後で物音がした。すぐ近くだ。ロズランはさっとうしろを振り返った。キッチンとリビングのあいだに人影が立っている。ロズランは思わずふっとほくそ笑んだ。何なんだ、このふざけた冗談は？　その人影は、リビングの戸枠のところに突っ立っている。いくらなんでも、こんなのが相手だとは。

「おい、どこのどいつか知らねえが、思い知らせてやる」ロズランは急に勢いづいて前に踏みだした。

そのとき、首のうしろに衝撃が走り、意識が飛んだ。まるで古いレコードの溝をサファイア針がスキップしたように。次に気がついたときには、ロズランはリビングの床に膝をつき、目の前に落ちる二つの人影をぼんやりと眺めていた。顔をあげると、二人のうちの一人の唇が動いているのが見えた。だが、何を言っているのかはわからない。

何なんだ、この二人は……。

こんなことがあり得るのか？

ロズランはふいに笑いだしたくなった。

そのまま立ちあがろうとしたが、すぐによろけて倒れてしまった。リビングのローテーブルと廊下のあいだで四つん這いになり、酔っているのか、ラリっているのかわからないような感覚を覚えた。部屋はぐらぐらと揺れ、今にも吐きそうだった。

ロズランは口を開け、顎を動かしてみた。とたんに後頭部に激痛が走った。ロズランは顔をしかめながら目をあげた。

「ちくしょう……おまえらなのか？　そんなの、あり得ねえ……」

ロズランは、やつらの一人がゆっくりと自分の横を通って、背後に向かうのを見た。そいつが何をしようとしているのか、今ではわかっていた。両手に鉄の棒を持っていたからだ。

次の瞬間、その棒が後頭部に振りおろされた。あまりに強烈な殴打に、意識は即座に闇のなかへと沈んでいった。

56

ロズランは目を開けた。だが視界はぼやけていた。

顔を横に向けると、玄関にかけてある鏡に自分の姿が映っているのが見えた。自分は裸で、椅子の上にくくりつけられていた。茶色の粘着テープが口をふさいでいる。両足のふくらはぎは、まとめて粘着テープでぐるぐる巻きにされ、足の先はバケツのなかに突っこまれていた。そのバケツは、やはり極太の粘着テープで椅子の横木に固定されている。両腕も同じように、椅子の背もたれにまわされて固定されていた。

視界がぼやけているのは、目になにやら液体がこぼれてくるからだと気がついた。顔にかけられた液体が目のなかに入り、焼けるような痛みに涙が出てくる。

と、ロズランは唾を呑んだ。

急いで鼻をひくつかせる。この匂いは……。顔にかけられた液体も、バケツに入っている液体も、水ではなかった。

凍りつくような恐怖が心臓を締めつける。

ガソリンだ。

くそ……。

まさか、冗談だろう？　ただこっちを怖がらせようとしているだけに決まってる……。

だが、戻ってきた二人組がガソリンタンクの残りを床にぶちまけるのを見て、ロズランは理解した。この連中がこれからやろうとしていることを。嘘だ……。ロズランはとっさに椅子の上で激しく暴れようとした。だが、体はびくともしない。連中は粘着テープを一巻き分、全部使って巻きつけたらしかった。

「うむむむーー」ロズランは、貼られた粘着テープの下からうなった。

馬鹿なことはやめろ――粘着テープがなければ、そう聞こえていたはずだ。ロズランは二人の顔を見た。こいつら、笑ってやがる。その瞬間、ロズランは決心した。もしも自分が解放されるようなことがあったら、こいつらに思い知らせてやる。絶対に容赦はしまい。

ジーグラーが広い空き地の手前で急ブレーキを踏んだ。

セルヴァズは車を降りながら、広場を見渡した。火祭りの巨大な炎をたくさんの人たちが囲んでいた。板材や焚き木がパチパチと音を立て、暗い夜空に大きな火花を散らしている。人々は踊り、笑っていた。子どもたちは駆けまわっていた。松明を振りかざしている大人もいる。

ジーグラーが人混みのなかにアンガールを見つけ、こちらに合図をよこした。さっそく二人でアンガールのもとへ急いだ。

アンガールは広場の向こう側に固まっている集団を監視していた。その集団は〈トレスは辞任しろ〉と書かれた横断幕を広げ、なにやらスローガンを叫んでいる。だが、その声は火祭りの喧騒にかき消されて、何を言っているのかは聞き取れない。炎の光に照らされて、人々の口が動いているのが見えるだけだ。

時刻はほとんど真夜中近かった。夜空は晴れわたり、星がくっきりと瞬いている。セルヴァズは思った。こんな状況でなければ、さぞ美しい祭りになったことだろう。

「フレデリック・ロズランだけど」ジーグラーはアンガールをつかまえると、単刀直入に切り出した。「どこに住んでいるか知ってる?」

「ええ、もちろん」

アンガールはそう答えながら、こちらを見た。その目は大きく見開かれている。

「ロズランがどうかしたんですか? 何を見つけたんです?」

「次はロズランの番よ」ジーグラーが言った。

「次って何が?」

「次の犠牲者ってこと」ジーグラーが答えた。「だから、どこに住んでるのか教えて」

アンガールは広場の向こう側に並ぶ家々のほうを向いて指さした。自警団の横断幕のさらに向こう側だ。

「すぐそこですよ。あそこに見える小さな住宅地のなかの一つです」アンガールはそう言って、ふと口をつぐんだ。「くそ……なんだ、あれは?」

セルヴァズはとっさに顔をそちらへ向けた。家々の屋根の上に、まるでキャンプファイアのように、火花と煙が夜空に立ちのぼっている。だが、あれは、火祭りの炎から出たものではない。正真正銘の火事だ。立ち並ぶ家の一つから火の手があがり、心臓の鼓動を刻むようにめらめらと大きくなっている。

「消防隊を呼んで！」ジーグラーはアンガールに叫ぶと、火祭りの広場を横切ろうと駆けだした。そしてこちらに視線を投げた。

「私も行く！」セルヴァズは叫んで、ジーグラーのあとを追った。

ジーグラーは群衆のなかを躊躇なくすり抜け、火柱のまわりをまわりこみ、ウィリアム・ゲランたち自警団のいるほうへ向かって突っ走った。ウィリアムは敢然と向かってくるジーグラーをじっと目で追っている。

「どいてください！」ジーグラーは集団に向かって叫んだ。「通してください！」

セルヴァズは一瞬、自警団の連中がこちらの行く手をさえぎろうとするのではないかと恐れた。だが、ジーグラーが目指しているのは自分たちではないとわかると、人々は両側にさっと道を開けた。モーセを前に紅海が分かれていくように。

ジーグラーは住宅地に入り、庭を囲む低い石垣のあいだを進んでいった。それぞれの石垣の囲いのなかには、第二次大戦後に何千となく建てられた、しごく簡素な四角い家々が建っている。ジーグラーは携帯を片手に路地へ入り、生えてくる雑草に押されてひび割れている舗道をぐんぐん駆けていく。セルヴァズはそのあとを必死に追いかけた。

燃えているのは、路地に入ってから三軒目の家だった。近所の人々は、すでに火の手から十分離れたところに避難して肩を寄せ合っている。開け放たれた窓からは炎が舞いあがり、黒い煙の柱が夜の空に向かって立ちのぼっていた。家の門扉にたどり着いたとき、消防車のサイレンが聞こえてきた。

「もう間に合わない！」ジーグラーが叫んだ。

ジーグラーは錆びついた門を押し開けて庭に駆けこんだ。だが、開いているフランス窓の前まで来ると歩を緩めた。セルヴァズはジーグラーの肘をつかんだ。家のなかでは炎が猛威を振るい、その閃光がどの窓からも見えている。炎が吐きだす熱にたまりかねて、セルヴァズは片方の手のひらで顔を覆った。

「なかには入れないよ！」セルヴァズはジーグラーを引きとめた。

「このなかにいるはずよ！」

「どうしようもないんだ、イレーヌ！　この家には入れない！」

そのとき、消防車が路地に入りこんできた。顔を向けると、そのヘッドライトに一瞬目がくらんだ。回転灯の光の束が、家々の壁や野次馬の顔を照らしながらくるくると回転している。防火服を着た消防士たちが消防車から飛び降りて、こちらに駆けてきた。そのうちの二人はすでにホースを消防ポンプにつないでいる。

「なかに人がいるんです！」ジーグラーがリーダー格の消防士にわめいて訴えた。

「わかった、わかったから！　下がってくれ！　庭から出て、こっちに任せて！」

おたくタイプの技術者は、ユーチューブでモリッシーのアルバム『ヴォックスオール・アンド・アイ』を聴いていた。まあ、あまり大きな声で言えることではないけど。〝ギーク〟《ギーク》は思った。何しろ、モリッシーは歳をとるにつれて、過激な発言ばかりする嫌な野郎になってきたからだ。でも、それを差し引いても、『ナウ・マイ・ハート・イズ・フル』を歌うこの黄金の声ときたら……。失恋の苦悩、孤独、朝、目覚めたときからつきまとう憂鬱、自分は負け犬の一族に属していて、人生は決して自分にほほ笑むことはないという気の滅入るような確信――そういったものをモリッシー以上に言葉に乗せることができるシンガーなどこの世にいるだろうか。それに、オアシスのノエル・ギャラガーだってこう言っていたではないか？「愛や憎しみ、友情について書かせたら、モリッシーにかなう者はいない。だって彼は、史上最高の作詞家だからね」

そう、モリッシーは最高だ。

ギークは自分のいる憲兵隊本部の一室をぐるりと見渡した。建物は空っぽだった。まるで全員、家へ帰ってしまったみたいだ。ギークは机に向き直ると、パソコン画面を見つめた。仕事は思ったよりも手こずっていた。やっとのことでポートスキャンと脆弱性スキャンを終えたところだった。これからいよいよ攻撃開始だ。

自分は、本物のハッカーではない。

これまでは、インストラクターが仮想のマシン上で用意した対象システムに対して、侵入《ペネトレーション》テストをしたことがあるだけだった。本物の敵に攻撃を仕掛けるのはこれが初めてだ。侵入テストにまつわる専門用語に、ホワイトハッカーとブラックハッカーというのがある。『スター・ウォーズ』でいうところの〝ジェダイ〟と〝シス〟だ。ジェダイはいわゆる善玉で、倫理的なハッカーのことを指す。一方のシスは悪玉で、悪意を持ってシステムに侵入する攻撃者のことだ。ギークは大きく息を吸いこんだ。今、自分はジェダイとして、ホワイトハッカーとして、これまでに学んだ知識と技術をいよいよ実践に移そうとしていた。

57

「家のなかに遺体がありました」

消防隊の隊長の言葉に、ジーグラーは茫然と隊長を見やった。相当ショックを受けているらしい。重い沈黙がのしかかった。暑い夜、そよとも動かない空気のなかで、誰もが口をつぐんでいる。また始まったのだ……。セルヴァズは思った。そして自分たちは、それを阻止することができなかった。到着が遅すぎた。被害者を救うことができなかった。セルヴァズは叫びだしたかった。これからは、マスコミからも、上層部からも袋叩きに遭うことだろう。能なしとこき下ろされ、更迭を要求され、辞任を迫られることだろう。

そして、今回ばかりは、検事のキャスタンも手を差し伸べてはこないだろう。キャスタンは何よりもまず、保身を考えるはずだからだ。

だが、それはあくまで二次的なことだった。一人の人間が殺されたのだ。そして自分たちは、殺戮を止められなかった。

セルヴァズは自分のなかで、憤りと悲しみ、苛立ちがないまぜになっているのを感じた。

路地には、水浸しになった焼け跡の残骸の耐えがたい悪臭が漂っていた。開け放された家の門からは、黒い水の流れが雑草のはびこる舗道の上に吐きだされている。屋根からは、あちこちから何十もの煙の筋が立ちのぼっていた。火祭りの喧騒は、今もここまで届いていた。群衆はまだ、三十分足らず前に、ほんの数十メートル先で起きた悲劇に気がついてはいないようだ。消防隊は、炎が家全体を焼きつくす前に火事を食い止め、消し止めることに成功していた。だが、フレデリック・ロズランは死んだ。

家のなかで見つかったのは、ロズランの遺体だからだ。

「あなたたち、またしてもしくじったわね」ふいに村長のトレスが、こちらをにらみながら冷たく言った。「これからわたしたちみんな、その結果に苦しむことになるわ」

トレスは、消火活動中に自分たちに加わっていた。火祭りの続行を決断したのはトレスだった。わざわざことを大きくして、野次馬を寄せつけるには及ばないと判断したのだろう。その決断は今のところ、功を奏していた。火祭りの炎と煙が、ロズランの家の火災を目立たなくしていた。だが、それも長くは続くまい。噂は立ちどころに広まって、野次馬が一斉に押しかけてくることだろう。

「そして、この厄介な事態に対応しなきゃならないのは、このわたしなんだから」トレスが言い足した。

セルヴァズは、トレスの態度に苛立ちを覚えた。優秀な政治家がそうであるように、トレスも自分が世界の中心だと考えすぎる傾向がある。とはいえ、昨今の世界は、まさしくそうやって中心に立って引っ張ってくれる政治家たちを待ち望んでいるようだ。とりわけ混乱を極めた今日の世界では……。

「今からここは犯罪現場よ」ジーグラーはトレスの発言には構わず言った。その視線は遠巻きに集まっている野次馬のほうに向けられている。「付近を封鎖して立入禁止にして」

ジーグラーが応援を呼ぼうと携帯を出したちょうどそのとき、着信があった。ジーグラーはアンガールからだと言って電話に出た。

「何ですって、ドゥラエが？」

ジーグラーは頭を振り、眉をひそめると電話に向かって叫んだ。

「捕まえて、今すぐ！　そっちへ行くから！」

ジーグラーは電話を切るとこちらを向いて言った。「ドゥラエがいたわ。祭りの群衆に紛れて、様子がおかしいそうよ。怯えてあたりをきょろきょろ見てるって」

ジーグラーはそう言うと、飛びだしていった。セルヴァズはトレスと消防隊長にちらりと視線を向けると、咳払いをした。

「じゃあ、この厄介な事態の対応はよろしく」セルヴァズはトレスに言った。

そして、ジーグラーに合流すべく、一目散に走りだした。

「何をするんですか！」ジルダス・ドゥラエは、手首に手錠をかけられて、金切り声を出して叫んだ。「何をしてるんだ！」

目には涙さえ浮かべていた。群衆は怯えるように後ずさりながら、ドゥラエと憲兵隊の一挙手一投足を見守っている。セルヴァズは、ウィリアム・ゲランの自警団の動きを心配しながらうかがった。彼らもまた、ドゥラエ逮捕の瞬間を食い入るように眺めている。火祭りは華麗なフィナーレで幕をおろすことになりそうだ。セルヴァズはひとりごちた。

ジーグラーと憲兵隊の一行は、ドゥラエを連行して広場を進んでいく。ここから憲兵隊の本部までは、距離にして三百メートルも離れていない。

「何をしようっていうんですか！」ドゥラエは腕を取られながら、繰り返し訴えている。

「その手はどうしたんです？」ジーグラーがドゥラエの右手を指して尋ねた。見ると、右手に包帯が巻かれている。

「火傷したんです」

「え、今なんて？」

「火傷ですよ！」

セルヴァズはジーグラーが投げた視線に気づいた。

「何をして火傷したんです？」ジーグラーが鋭く問いかけた。一同は広場を出て、憲兵隊本部への道を足早に進んでいた。広場に集まる群衆ほぼ全員の視線を背中に感じながら。

ドゥラエは、なぜそんな質問をされるのかといぶかるように瞬きをした。

「妻の遺品を燃やしていたんですよ。それで」

「遺品って……今頃ですか？」

歩道には一行の足音が響いていた。ジーグラーは、ドゥラエの肘をつかんで引っ張っていた。両手首は背中で手錠にかけられている。六人の憲兵たちが周囲をかためていた。セルヴァズはアンガールとともに、列の殿《しんがり》をつとめた。街灯の光の輪を一つずつ通りすぎるたびに、自分たちの影がうしろに伸び、前に伸び、を繰り返している。

「今頃燃やしたって、いいじゃないですか」

「今日は一日、どこにいたんです？」ジーグラーが尋ねた。

「山のなかですよ！　外の空気を吸いたくなったんです」

一行の足取りは速かった。セルヴァズはうしろを振り返った。

「何度も電話をしたんですよ」ジーグラーが言った。

「ええ、そのようですね。帰り道で気がつきました。山のなかでは電波が届かないので」

「着信に気がついた時点でこちらにかけ直そうとは思わなかったんですか？」

するとドゥラエは肩をすくめた。

「あなた方はどっちみち、またかけてくるだろうと思ったんです」ドゥラエはそう言って、手錠のはめられた両手を腰のあたりで動かした。「どうして私を逮捕したんです？　いったいなんの罪で？」

「ジルダス・ドゥラエ」ジーグラーは声を荒らげて告げた。「六月二十五日、月曜日、午前零時十三分。あなたの身柄をこれより二十四時間拘束します。取り調べの結果によっては、さらに二十四時間、拘束が延長されることもあります。あなたには、複数の殺人事件の容疑がかかっています」

月曜日

58

午前零時三十分

「何をして火傷したんです？」ジーグラーが繰り返した。憲兵隊の建物の一室でドゥラエの取り調べが始まっていた。

「だから、言ったでしょう。妻の遺品を燃やしていたんです。そのときにうっかり火傷してしまって」

「どこで？」

「山のなかでですよ。妻は山が好きでしたから。山間に、妻の好きだった場所があるんです。妻の遺灰もその場所に撒いて供養しました」

「でも、どうしてこの日を選んだんです？　なぜ、今だったんですか？」

「三日前が、妻の誕生日だったからですよ。それに、私はこの谷を去る決心をしたんです。疑惑とか噂とか、誹謗《ひぼう》中傷とか、もううんざりだ……。新しく生き直すなら、今だって思ったんです。これまでの生活の名残はみんな燃やして、前へ進もうって。手元には写真だけを残すことにしました。それと、いい思い出だけを。とにかく、そう考えたんです」

セルヴァズは取り調べに同席しながら、ジーグラーを横から観察した。その表情からは何も読み取れなかった。ジーグラーは感情を完全に排したまなざしで、ドゥラエの目をまっすぐに見つめている。

「そうですか。それで、さっきはあの広場で何をしていたんです？」

ドゥラエは汗をかいていた。汗で曇った眼鏡を袖の折返しで拭きながら、肩をすくめた。

「何って……ほかの人たちと同じですよ。祭りを見にいったんです。ちょっと見てまわっていただけで」

ドゥラエは断固とした口調で話そうとしているようだが、その声は震えていた。ジーグラーはうなずいている。

「じゃあ、祭りの広場へ来る前はどこにいましたか？」

「自宅です」

「あなたの家にはわたしたちも行きましたが、あなたはご不在だった」

「だから、さっきも言ったでしょう」ドゥラエは激しい苛立ちを見せながら言った。「そのときはまだ山にいたって。あなた方が帰ったあとで、家に着いたんです」

ドゥラエはあいかわらず、震える手で眼鏡を拭いていた。ジーグラーはその手を長々と見つめている。ジーグラーはわざとやっている。セルヴァズは思った。ドゥラエの手の震えにこちらが気づいていることをわからせるためだ。

「なるほど。つまり、あなたは一日中、山で奥さんの遺品を燃やしながら瞑想していた。

そういうことですか？」

「まあ、そういったところです」

「どっちなんです？」

「私は別に〝瞑想〟をしていたわけじゃありません。ただ山を散歩していたんです。妻のことを考えながら……。それから息子のことも」

セルヴァズは、ドゥラエの目が涙ぐんでいるのに気がついた。ジーグラーはしばらく黙っていた。

「わかりました。では、ドゥラエさん、フレデリック・ロズランはご存知ですか？」

セルヴァズは、ドゥラエが一瞬ためらったのを見逃さなかった。

「いいえ。誰なんです？」

「採石場の作業員です」

「採石場？　どうしてそんな人を私が知っているんです？　学校に通う子どもでもいるんですか？」

「我々の知る限りでは、子どもはいません」

「それでしたら、接点もないのに、どうして私が知っていると？」

筋は通っている。いや、通りすぎている。セルヴァズは思った。ドゥラエは嘘をついている。被害者のロズランを知っているはずだ。

ドゥラエは視線を落とし、自分の手元を眺めている。

「ドゥラエさん」ジーグラーが言葉を継いだ。「あなたは本当のことをおっしゃっていないようですね」

イレーヌも見抜いていたか――セルヴァズは思った。ドゥラエは驚いたように顔をあげた。

「今、なんと？」

「フレデリック・ロズランについて、あなたは本当のことを言っていないようだと言ったのです。違いますか？」

「めっそうもない！　私は……」

「拘束中の取り調べで嘘をついた場合、どういう結果を招くか、よく考えてみたほうがいいですよ」ジーグラーはさえぎって言った。

その声には脅しのニュアンスが多分に込められていた。ジーグラーはドゥラエを氷のように冷たいまなざしで見つめている。ドゥラエは頭を垂れた。

「ドゥラエさん、聞こえていますか？」

ドゥラエは首をたてに振った。

「はい……」

「それで？」

「ええ。いや、その……はい、ロズランのことは知っています」

ジーグラーはこちらをちらりと見やった。

「どうやって知り合ったのですか？」

「私の教え子のなかに、ロズランの甥っ子がいたんです」

「どうしてその生徒が、ロズランの甥っ子だと分かったんです？」

ドゥラエはしばらく間をおいてから答えた。

「ロズランは一度、学校の校門まで来たんです。私を脅迫しに……」

「あなたを脅迫？　どういうことですか？」

「ロズランの甥っ子は、落ちこぼれの不良少年だったんですよ」ドゥラエは吐きだすように言った。そこには怒りがこもっていた。「それに、授業を妨害する問題児でもありました。同級生たちを怖がらせ、教師たちを散々バカにするような生徒だったんです。ですから、私は何度となく叱りつけ、校長のところへ行かせました。保護者からも注意してもらいたくて、連絡帳の通信欄でもその問題行動を指摘したんです。するとある晩、ロズランが校門の前で私を待ち伏せていました。私は相手のことなど知りません。ロズランが自分で、あの生徒の叔父だと言いました」

ドゥラエはそこまで言うと、顔をあげてさっと視線を投げた。

「ロズランは私に尋ねました。どうして甥っ子を執拗にいじめるのか、なぜいつも甥っ子ばかり目の敵にするのかと。さらに、あんたは自分より弱い者には強く出て、自分より強い者にはへこへこするタイプなのかと言いました。話しているあいだも、ロズランはこれみよがしに自分のたくましい肉体を見せつけては、脅しをかけてきました。ほとんど触れんばかりにこちらに迫ってきて」

　ドゥラエのまなざしには、今や純粋な憎しみの色が浮かんでいた。

「それでも私はこう言い返しましたよ。甥っ子さんには〝弱い者〟という言葉は当てはまらないと思う、ほかの生徒たちをいじめているのは甥っ子さんのほうだ、あのふるまいはごろつき同然だ、甥っ子さんのためを思うなら、こんなふうに教師を脅しにかかるより、甥っ子さんにきちんとしつけをなさったほうがいい、と」

「それで、ロズランはどう反応したんです？」

　ドゥラエはため息をついた。

「あいつはこう言いました。もしあんたが甥っ子への仕打ちをやめないのなら、家まで押しかけてボコボコにしてやる、それから……私が……小児性愛者だという噂を広めてやると。自分はどっちの脅しに余計に震えあがったのか、今となってはわかりません」

　ジーグラーは眉をあげた。

「それで、あなたはどうしたんですか？」

　ドゥラエは、もう一度ため息をつきたいのをこらえているようだった。右目のまぶたがチックを起こしてひくひくと動いている。

「今日では、そういう噂は、あっという間に尾ひれがついて広まるのはご存知でしょう。ほんのちょっとした噂で事足りるんだ。そうなったら、公式に裁かれる前から、有罪の烙《らく》印《いん》を押されてしまう」

セルヴァズはジーグラーとともに続きを待った。

「私には意気地がありませんでした。それ以来、ロズランの甥っ子を注意するのをぴたりとやめたんです。結局のところ、ロズランの言い分にも一理あったのかもしれません。自分でも気づかないうちに、私はあの生徒ばかりを目の敵にしていたのかもしれない」

ジーグラーはドゥラエの目をじっと覗きこんだ。

「それで、うまくいったんですか？　その生徒は、それから悪さをしなくなったんですか？」

セルヴァズは、ジーグラーの口調が手厳しくなったのに気がついた。

「そんなわけがありませんよ。それどころか、前よりひどくなりました」

ジーグラーは見せかけの同情を示すように苦笑を浮かべ、そのまましばらく黙っていた。

「ドゥラエさん、あなたは以前、ダンテの『神曲』を引用した手紙を見せてくれましたね。あれはあなたが書いたのですか？」

「え？」

「質問を繰り返してほしいのですか？」

ドゥラエは首を振った。その額には玉の汗が浮かんでいる。それを見ているこちらも、汗びっしょりだった。エアコンが故障しているらしい。セルヴァズは思った。あるいは、ジーグラーがわざと切っているのかもしれない。

「いいえ」

「何が、いいえなんです？」

「あんなのを書いたのは私じゃないってことです。筆跡鑑定でも何でも、やってみたらいいじゃないですか。前に言ったでしょう。あの手紙は郵便受けのなかに入っていたんだって！」

「ですが、あれはとても文学的な文章でした。ああいったものなら、あなたもご自分の書物のなかから見つけて引用することができたのでは？」

「私じゃないって言ってるじゃないですか！」

「では、巷《ちまた》の噂で言われているように、あなたはティモテ・オジエを殴ったことがありますか？　ティモテを病院送りにしたんですか？」

「殴ってなんかいません。その質問には、前にも答えてます」

「じゃあ、殺しましたか？」

「何だって？　そんなことするわけないでしょう」

「では、ティモテの父親は？」

ドゥラエは追いつめられたような目でこちらを見た。

「はあ？」

「フレデリック・ロズランを殺したのは、あなたですか？」

「違います！」

ドゥラエは椅子の上で落ち着きをなくした。ふいに目から涙の粒があふれだし、汗で光る頰から顎へと伝っていくのが見える。

「違う」ドゥラエは繰り返した。「私は殺人犯じゃない！」

「ドゥラエさん、あなたは、フレデリック・ロズランの家に何者かが火を放った直後、現場のすぐ近くに居合わせました。そして、偶然にも右手を火傷しています。また、あなたにはロズランを憎むに足る十分な理由がある。動機という点でいえば、ティモテ・オジエを憎む理由もお持ちですね。ティモテは、息子さんに麻薬を売っていた売人でしたから」

ドゥラエは、突然顔をあげ、こちらをにらみつけるように見つめた。

「弁護士を呼んでください」

ジーグラーはさっと身を起こした。

「ドゥラエさん、先ほどあなたは、弁護士には頼らず、ご自分で質問に答えるという選択をされましたよね。身に覚えがないのなら、どうして今になって急に弁護士が必要だなんておっしゃるんです？」

「弁護士の立ち会いを希望します」ドゥラエは断固として繰り返した。

ジーグラーはため息をついた。

「わかりました。ですが、ご存知のように、この谷は現在、山崩れで道路が寸断されています。すぐに来てもらえるかはわかりませんよ。ご希望の弁護士はいますか？　そうでなければ、国選弁護人を指定することもできますが」

「じゃあ、指定してください。弁護士と話をするまでは、私はもう一言も話しません」

「どうぞご自由に」

ジーグラーは立ちあがると、部屋を出ていった。セルヴァズもそのあとを追った。廊下に出ると、ジーグラーは飲み物の自動販売機に足蹴りを入れた。

「もう！　しくじった！」

ちょうどそのとき、廊下にアンガールも出てきた。アンガールも自分の部屋で、録画ビデオの映像を見ながら取り調べの一部始終を聞いていたはずだ。

「この村に住んでいる弁護士を誰か見つけてちょうだい」ジーグラーは苛立ちを抑えきれない様子で、アンガールに言った。「見つからなかったら、弁護士会の会長を叩き起こして、国選弁護人を選任してくれって頼むしかないわ。ヘリで迎えに行かせるからって。ああ、もう！」

「ロズランの件ですが、今回も焼けた家の近くで、小石が二つ見つかりました」アンガールが報告した。「今回は、○と△でした」

ジーグラーは鋭いまなざしを投げた。

「それからもう一つ、別の問題が」アンガールが続けた。

「どんな問題？」

セルヴァズは、ジーグラーの目に不安げな表情が現れるのを見た。

「こっちに来てください」

アンガールはそう言って正面玄関に通じる廊下を進んでいった。玄関には、夜間警備のための鋼鉄の格子がおろされている。セルヴァズは、ガラス戸とその向こうの菱形の並ぶ鉄格子を通して、表の様子に目を凝らした。玄関前には村人の小さな集団ができていた。いや、実際にはそれほど小さな集団ではなさそうだ。少なくとも五十人は集まっていそうだった。

ウィリアム・ゲランの自警団が、さらに膨らんでいるらしい。

「何をしてるわけ?」ジーグラーが呆気に取られて尋ねた。

「よくわかりませんが」アンガールが答えた。「どうやら連中は、捕まったドゥラエに対する敵意をむきだしにして、なにやら叫んでいるようです」

「この動きはひどくなると思う?」

アンガールは肩をすくめた。その顔には隠しきれない不安の色がにじみ出ている。

「さあ、私にはわかりません。まさかとは思いますけど、こればかりはわかりませんからね。とにかく連中は、相当な興奮状態にあるようです。今ここに集まっているのは、とりわけ過激な連中ですよ。酔っ払っているのも何人か見かけました。酒が入ると、気も大きくなりますからね。しかも今、この村は世界から切り離されているともなれば……」

ジーグラーは険しい顔でうなずいた。

「連中から目を離さないようにしましょう。動きがあったらすぐに知らせて。万一に備えて、機動隊に応援を頼むわ」ジーグラーはそう言うと、時計を見た。「五分後にブリーフィングルームに集合。捜査会議よ」

59

午前一時五分

「さっそくだけど」ジーグラーが部屋へ入りながら言った。「機動隊の応援は出してもらえないわ。少なくとも、現時点では」

セルヴァズは、長テーブルを囲む面々を眺めた。入ってきたジーグラーはテーブルのまわりをぐるりとまわって、向こうの端に席を取った。

「上層部は、この村の状況に〝緊急性はない〟と考えてるそうよ。はっきりそう言われたわ。自分たちで制圧すべき状況だって。要するに、小さな山村の憲兵隊の軒先で、村人の一味がスローガンを叫んで満足しているだけなのに、それを鎮圧するのにヘリまで使って国家憲兵隊治安介入部隊《GIGN》を派遣したりすれば、物笑いの種になるだけだってことよ」

「まあ、まちがってはいませんよね」ヒップスターがコメントした。

セルヴァズは、ジーグラーがとっさに顔をしかめたのに気がついた。あなたの意見なんか訊いてない、とでも言いだしそうだ。だが、どうやら今は、ヒップスターを相手に果たし合いをしている場合ではないと判断したようだ。

「村長にも状況を報告したところよ。トレスは、容疑者の逮捕をほめてくれてるわ」

その言葉にまるで熱がこもっていないことは、誰の目にも明らかだった。

「もちろん、我々が逮捕したのが、真犯人であればってことだけど」案の定、ジーグラーは言い足した。そしてホワイトボードに近づきながらさらに続けた。「オーケー、じゃあ、みんなの意見を聞かせて。ドゥラエが有罪だと思う人は誰？　そうじゃないと思う人は？どうしてそう思うのか、その理由も聞かせてほしい」

セルヴァズは、テーブルを囲むチームとジーグラーとの温度差を感じた。ほとんどの者は黙ったまま、むっつりとしている。これでは発言しづらいんじゃないだろうか。セルヴァズは思った。部下に積極的な参加を促しているように見えて、そのくせ会議の最初から自分の意見を部下に押しつけ、自分に賛同する発言を優遇する上司がいるが、ジーグラーは、そういうタイプの上司に近いのかもしれない。

セルヴァズはそのまま同僚たちを観察しつづけた。誰もがベッドから引きずりだされたばかりのような顔をしているが、実際にはもう何時間も前から仕事に駆りだされているはずだ。そういう自分も、あくびが出そうになるのを必死でこらえていた。だがこれは、疲れのせいというより、神経が過敏になっているせいではないだろうか。あるいはこの暑さのせいかもしれない。とにもかくにも、自分たちは今夜、容疑者を捕まえたのだ。本来ならもう少し活気づいていてもいいはずだった。戦闘準備のラッパを鳴らしたっていいくらいなのだ。なのに、どうしてみんな浮かない顔をしているのか……。

そのとき、叫び声が聞こえた。

口笛が響く。

野次が飛ぶ。

憲兵隊の敷地にたむろしていた集団が、突如として倍増したのかと思うような騒ぎだった。このブリーフィングルームにまで音が届くほど激しくなっている。すると、誰かが正面玄関の鉄格子をつかんで、激しく揺すっている音が聞こえてきた。

「ちょっと！」ジーグラーがホワイトボードの前で声をあげた。「今度はいったい何なの？」

「この柵を開けなさい！」

叫んでいるのは、村長のトレスだった。セルヴァズはジーグラーとアンガールとともに玄関口へ走った。歩哨に立っていた憲兵が鉄格子の開閉を操作するボタンの上に指をかけていたが、まだ押すのをためらっていた。格子の向こう側には、トレスの激怒した顔があり、そのうしろには、階段を数段下がったところに熱狂する群衆が見える。

「開けてくれ！」アンガールが歩哨の憲兵にゴーサインを出した。

鉄格子が半分開くか開かないかのところで、トレスは身をかがめて柵の下をくぐってきた。続いて油圧式のガラスドアがすっと音を立てて開いた。とたんに群衆の叫び声が一段と大きく響いてきた。叫び声のなかには、〝トレスは辞任しろ！〟〝とっとと失せろ、バカ女〟といった罵倒がまじっている。さらには、あからさまに売春婦をほのめかす性差別的な侮辱の言葉まで飛び交っている。

ようやくなかに入ると、トレスは背筋を伸ばした。あれだけ興奮した群衆に囲まれたあとだというのに、トレスは怯えるどころか憤慨していた。ジーグラーに似て、トレスもさすがに肝がすわっている。セルヴァズは感心した。目の前に立ちはだかる敵意丸出しの群衆を物ともせずにここまでやってきたのだから。

「あれって、無許可のデモじゃないの？」トレスは親指でうしろの群衆を指しながら言った。「さっさと解散させたらどうなの？　さもないと、手に負えなくなるわよ」

「ですが、軽く五十人はいそうです」アンガールがいたずらを見つけられた子どもが言い訳をするように言った。「あれだけの人数を解散させるには、うちの人員が足りません」

「それなら応援を呼べばいいじゃない」トレスがいらいらしながら言った。

「もう呼びました」ジーグラーが言った。「でも、上層部はどうやら現時点では、この状況に緊急性はないと考えているようです」

「緊急性がない？　あんなことになってるのに」

セルヴァズは、トレスの目が大きく見開かれたのを見た。

「冗談でしょ？　上の連中がそう言ったの？」

トレスは愕然とした様子で頭を振った。

「それで、例の人物はどこなの？」トレスが続けて尋ねた。

「ドゥラエですか？　独房です」アンガールが言った。「でも、とりあえず場所を移しませんか。ここにいると、あの群衆がいつまでも騒ぎつづけますから」

一同は玄関に背を向けて、蛍光灯の青白い光に照らされた廊下を少し進んだ。

「それで、犯人はドゥラエでまちがいないのね？」

トレスはそう尋ねたが、アンガールの疑わしげな視線がジーグラーのほうへ向かうのを見逃さなかった。

「ちょっと、嘘でしょ？　まさか、ドゥラエじゃないかもしれないっていうの？」

トレスの視線は、二人のあいだを行ったり来たりしている。

「確証もないまま、拘束したなんて言わないでしょうね……」

ジーグラーは、その目に苛立ちの色を見せた。

「犯罪捜査としてはちゃんと手順を踏んでいます。すべてが、ドゥラエがフレデリック・ロズラン殺害の犯人であることを示しているんです」ジーグラーが説明した。「ドゥラエは今日一日中、雲隠れしていました。ようやく現れたのはロズランの家の火災現場近くで、しかも手を火傷していて、それを亡くなった妻の遺品を燃やしていたせいだと言い訳しています。アリバイはありません。ドゥラエを第一容疑者とみなす根拠はいくつもあるんです。ですが、ご存知のとおり、犯罪捜査というのは複雑なもので、我々としては検察に報告する前に、すべてを調べつくしておきたいんです」

「わかった、わかったわ」トレスは言った。「でも、表のあの連中は、本格的にヒートアップしてきてるわよ。こういう動きがどういうものか、あなたもわかってるでしょう。血に飢えた群衆にはいつだって贖罪の生け贄《にえ》が必要なの。そして今、あなたたちはその生け贄をご丁寧にお盆に載せて差しだしてしまった。男やもめで、学校教師で、インテリで、麻薬依存症の息子がいて、不愉快で、無愛想で、人を見下しては誰からも疎《うと》まれている男を……。あなたたちのためにも、犯人が本当にドゥラエであってくれることを願うわ。そうでなければ、あなた方はこの男の人生を台無しにしたことになる……。いったんこんなふうに逮捕されてしまったら、たとえあとから容疑が晴れたとしても、そのイメージを覆すのは並大抵のことじゃないわ。いつだって、火のないところに煙は立たぬって言いだす馬鹿野郎が必ずいるものだから……」

トレスはそう言って、ジーグラーに鋭い視線を投げた。それから、この自分にも。セルヴァズはその視線を受け止めた。

「とにかく、今はお帰りください」ジーグラーはトレスに言った。「またご報告します」

だがトレスは動こうとしない。

「こっちは仕事があるんです」ジーグラーがあくまで言い張った。「それから、帰りは裏口からお願いします。そうすれば目立ちませんから」

とたんにトレスは、くつわを拒む馬のようにいきり立った。

「自分の村なのに、こそこそ隠れてろなんて言わせないわよ」トレスはぴしゃりと言った。「玄関の柵を開けて。わたしは正面から堂々と出ます」

ジーグラーは肩をすくめて、憲兵に合図を送った。

トレスは正面玄関とその向こうで騒ぎ立てている群衆のほうへ向かって進んでいった。その堂々たる姿に、セルヴァズは感銘を受けた。思えばトレスは、補佐役すら連れてこずに、たった一人でここへ乗りこんできたのだ。あるいは、補佐役のほうが怖じ気づいて同行を断ったのかもしれないが。


鉄格子をくぐって外へ出た瞬間、群衆のざわめきがいっそう大きくなった。トレスは、階段の下に寄り集まっている敵意むきだしの顔や、怒りに満ちたまなざし、心ない言葉を投げてくる口の数々をさっと見渡した。それから首をすくめ、野次の攻撃から身を守りながら、階段をおりて人々の群れのなかに飛びこんでいった。すると、いくらも行かないうちに背の高い人影が現れ、行く手を阻むように目の前に立ちはだかった。

トレスは目をあげた。そこに立っていたのは、髭面で精悍な顔立ちの大男、ウィリアム・ゲランだった。

「そこを通して」トレスは言った。

「おれが付き添おう」ウィリアムが応じた。

「何ですって？」

「この集会は、おれが率いたわけじゃない。自分とはなんの関係もないんだ、イザベル。こんなことはしたくなかった。だが、物事はもうおれの手から離れてしまった。コントロールが利かなくなったんだ」

トレスは前へ進みながら、ウィリアムの顔を見つめた。ウィリアムは、自分に負けず劣らず、この状況を気に病んでいるように見える。

「コントロールが利かなくなったっていうより、そもそも制御できていなかったんじゃないかしら」

ウィリアムは、その広い肩を使って二人が通れるように道を開けていった。まわりでは野次が飛び交い、なかには明らかに無礼なものもあった。ウィリアムは群衆に向かって声を荒らげた。

「頼むから、侮辱はやめてくれ！」

トレスは、ウィリアムの指示に対して群衆が微妙な反応を示していることに気がついた。「何様だと思ってるんだ？」というささやきが聞こえたかと思うと、さらなる非難の嵐が沸き起こった。

「火に油を注ぐとどうなるか、よくわかるってものね」トレスは言った。

「言っておくが、おれたちの怒りは正当なものだ」ウィリアムは道を開けさせながら反論した。「この国はあまりに長いあいだ、おれたちの話を聞かず、おれたちを無視する連中に支配されすぎてきた。これは尊厳と正義の問題なんだ」

「正義ですって？」トレスは思わず言い返した。二人はようやく群衆から抜けだし、今は車のほうへ向かっていた。トレスは用心のため、少し離れたところに車を停めていた。

「わたしのような人間はね、物事を進展させるために昼夜、身を削って奔走してる。勤務時間なんて度外視で、プライベートも犠牲にして日々戦ってる。そこまで身を粉にして働いて、返ってくるのは脅迫や侮辱だけってこと？　それがあなたたちの正義だっていうの？」

「あんたは何も聞いちゃいない。聞こえていないんだ」

「何を聞くっていうのよ？」

「どんどん高まってるのが聞こえないのか？　人々の怒りだ。何千どころか、何百万もの怒りや憤怒、欲望や憎しみで膨れあがった波が、沖でうねり立つ怒濤のごとく押し寄せてきてるんだ。この大波はすべてをさらっていく。あんただって飲まれてしまうぞ。だから、耳を傾けて聞くべきだ」

ウィリアムは歩きながら、片手を耳元に当ててみせた。

「おれには聞こえる、この波が。どんどん近づいてる。しかも、とんでもない波だ」

「ウィリアム、わたしは人口たった四千人の小さな村の村長よ。共和国の大統領じゃないわ」

「それで何か変わると思うのか？　村だろうが、国だろうが、この巨大な波は自分たちに刃向かうものはみんな押し流すんだ。自分たちの側でないものはすべて」

「だとしたら、あなたの言うその波——要は革命ってことよね——そんなものが押し寄せてきたら、この国にとってはとんだ災禍になる。へたな薬は病気より始末が悪い、っていうやつだわ。革命なんてものは所詮、芸術家に俳優、歌手、作家、空論家たちの夢にすぎないのよ。つまり自分の幻想のなかで生きてる人たち、ただ夢見てる人たち、家族を養うために毎日汗水垂らして働かなくてもいい、そんな人たちの戯れ事にすぎないってこと。毎日必死で働いてる人たちが求めてるのは、もっと現実的な打開策なのよ。ただ暴れてひっ繰り返すだけの馬鹿げた茶番なんかじゃない。映画じゃないんだから」

トレスは、ウィリアムがほほ笑むのを見た。

「さっきはあんた、勇気がいっただろう。あの群衆のなかに飛びこむなんて、なかなかできることじゃない」

「あら、わたしったら夢を見てるのかしら？　なんだか褒め言葉に聞こえるんだけど」

「知っといてほしいんだが、おれはあんたの仕事を横取りするつもりはない」ウィリアムが言った。「楽な仕事じゃないのはよくわかってる。それにこっちは、自分の問題に対処するのでいっぱいいっぱいだ」

「これからどうするつもりなの？」トレスは尋ねた。

「製材所のほうに専念するよ」ひとしきり黙ったあとで、ウィリアムは答えた。「あんたの耳にも入ってるだろうが、うちの製材所はあれこれ問題を抱えているんだ。自警団の戦いは、もはやおれのものじゃない」

「あなたの製材所は、あなたが生まれるずっと以前からあったのよ」トレスは言った。ちょうど車にたどり着いたところだった。「いわば、この村の財産なの。近いうちに村役場へ寄ってちょうだい。村のほうで何ができるか、どういう方法ならあなたを支援できるか考えてみるわ。もちろん、あなたが権力と結託してるって非難されるのが怖くなければの話だけど」トレスは、ウィリアムの目をまっすぐ見て言った。

セルヴァズは動こうとした。とたんに背中に痛みを感じた。コンクリートのベンチの上では背中も凝るはずだ。セルヴァズは憲兵隊に二つある独房の一つで――もう一つの独房にはジルダス・ドゥラエが入っている――仮眠を取っていた。いや、さっきから目をつぶって眠ろうとしているが、眠りは自分を拒んでいた。頭には雑念が飛び交い、頭蓋骨のなかは熱がこもりすぎている。

セルヴァズは目を閉じた。また開く。やはり眠れない。思い切って立ちあがると、重いガラス戸を押し開けて廊下に出た。憲兵隊の建物は、完全に静まり返っていた。表の群衆の叫び声も今では静まっているようだ。

時計を見ると、午前二時三分だった。コーヒーが飲みたくなって、セルヴァズは自動販売機のほうへ向かってのそのそと進んだ。三本のうち二本の蛍光灯が切れている暗い廊下を歩いていると、なんだかこの世界で目覚めているのは自分一人だけであるかのような奇妙な感覚を覚えた。

とそのとき、廊下の右手のドアがいきなりバタンと開いた。セルヴァズは心臓が止まるかと思った。犯罪捜査部から派遣されてきた技術者の〝ギーク〟が飛びだしてきたのだ。

その唇には、えも言われぬ笑みが浮かんでいる。第二次世界大戦中、ナチス・ドイツの暗号機エニグマによる暗号メッセージの解読に成功したときのアラン・チューリングが浮かべていそうな笑みだった。

「やりました！　ついに入れたんです！　ちょっと来て見てください！」

「入れた？」セルヴァズはまだぼんやりした頭で尋ねた。

「あの少年のサイトですよ！」

そのとたん、ジーグラーが飛びだしてきた。アンガールもすぐに続いた。どうやらこの二人もほとんど眠っていなかったようだ。というより、完全に目が覚めているようにさえ見える。セルヴァズは、コーヒーの自動販売機を遠目に見つめた。

「どうしたの？」ジーグラーが尋ねた。

ギークは、今言ったことを繰り返した。薄暗い蛍光灯の光の下で、ジーグラーが目を細めた。

「見せてちょうだい」ジーグラーは言った。

セルヴァズはコーヒーをあきらめた。とりあえず今のところは。

ギークが詰めていた小さな部屋には、モリッシーのアルバム『ワールド・ピース・イズ・ノン・オブ・ユア・ビジネス～世界平和など貴様の知ったことじゃない』が鳴り響いていた。ギークは、モリッシーの歌う『イスタンブール』を途中で切った。

「すいません」
ギークはそう言うと、薄暗い部屋のなかで唯一の光源になっているパソコンの前に座った。ほかの面々は、ギークを囲むようにして立った。ギークは例のサイトのページを開いた。

前に見たときのように、画面には月明かりに照らされた夜の小道を歩く人影があり、小道の先にある森の空き地を暗い木々の壁が取り囲んでいた。セルヴァズはふと、映画『地獄の黙示録』のラストで、マーティン・シーンがジャングルの寺院から出てくるシーンを思い浮かべた。画面上の木々のあいだには、やはり前と同じく、残酷なほほ笑みを浮かべた小さな口がほとんどサブリミナル的に現れては消えていた。真夜中の草むらからは、これも同じく、不気味な骸骨が顔を出しては消えている。セルヴァズはまたしても、凍りつくような長い戦慄が背筋を伝っていくのを感じた。

続いて、真っ黒のスクリーンに炎の文字で〈ようこそ　親の寝ているあいだに〉と書かれたタイトルが現れ、〈パスワードを入力して、きみも仲間になろう〉という指示が続いた。ギークは眼鏡の位置を直すと、いよいよパスワードを入力した。ジーグラーも画面を食い入るように見つめている。セルヴァズは、胸のなかで心臓が聞き耳を立てるかのように、その鼓動の速度を落としていくのを感じた。

パスワードを入れると、陰鬱な音楽が流れた。低音域の声の合唱が不気味に響いている。セルヴァズはこの曲に聞き覚えがあった。リゲティの『レクイエム』だ。

続いて、地図が現れた。

エグヴィヴとその周辺の谷の地図だった。いくつかの場所が目印のように小さなアイコンで示されている。セルヴァズは脈があがっていくのを感じた。エグヴィヴの滝、マルシアル・オジエが殺されていた古い水車小屋のそばの空き地、山岳救助隊がカメル・アイサニの遺体を発見した氷の湖。さらに、フレデリック・ロズランの燃やされた家にもアイコンがあった。セルヴァズは、疲れが一気に吹き飛ぶのを感じた。

「なんてこと……」ジーグラーが隣でつぶやいた。

セルヴァズはさらに、それぞれのアイコンが小さな写真になっていることに気がついた。ギークがその写真の一つ、滝のアイコンを開いたとき、セルヴァズは飛びあがった。そこに、滝の下で縛られているティモテ・オジエが写っていたのだ。まだ生きているティモテが……。

写真のなかで、ティモテはレンズに向かって、恐怖の叫び声をあげている。

「嘘でしょ……」ジーグラーが震えながらささやいた。

セルヴァズは、全身の体毛が逆立つのを感じた。あまりの恐ろしさに、血が一気に凍りついていく。

「ほかのアイコンも同じです」ギークが怯えた声で言った。

ギークは凍った湖の写真を開いた。カメル・アイサニが裸で横たわっていた。体はすでに真っ青で、目はティモテと同じく大きく見開かれ、無言の叫びを発している。そのまなざしには、純粋な恐怖の閃光が読み取れた。

「それに、これだけじゃないんです」ギークは抑えた声で続けた。「こちらを見てくださ
い……」

そう言ってギークが指さしたのは、それぞれの場所のアイコンの脇にあるマークだった。小石に描かれていたのと同じだ。氷の張った湖のそばには×と△、滝のそばには○、△、□、×の四つ。マルシアル・オジエの遺体発見の場所には×と△、そして最後に、フレデリック・ロズランの家のそばには○と△。現場で見つかった小石とすべて一致するようだ。

「次にお見せするものですが、覚悟してください」ギーグが警告した。「相当ショッキングです」

セルヴァズは部屋の静寂がざわついているような気がした。こめかみで血管がどくどくと脈打っているせいかもしれない。とりわけ困難な捜査においては、永遠に記憶に刻まれる瞬間というものがある。これから自分はそういう瞬間を迎える――セルヴァズはそんな気がした。もはや自分に嘘をつけなくなる瞬間、この世は根本的に邪悪であり、人間は邪な生き物であることを認めざるをえない絶望的な瞬間を。

「いいから、見せて」ジーグラーがいかにも心細げな声で言った。

ギークがマークの一つをクリックした。すると、別のページが開いて四つのマークが現れた。あたかも一筋の光もない宇宙のごとき底なしの暗黒を背景に、四つのマークは左側に縦一列に並んでいた。そして、それぞれのマークの右横には顔写真があった。にこやか

で、若々しく、無邪気な顔。そう、それは子どもたちの顔だった……。十歳から十五歳くらいだろうか。視線を下へとずらした瞬間、セルヴァズは倒れそうになった。心臓は早鐘を打ち、脳は恐怖のうめきをあげている。少なくとも二人は見知った顔だったのだ。どちらも、顔を合わせてからまだ一日も経っていなかった。

マチスとテオ……。この二人が、○と□だったのだ。

「嘘でしょう……」ジーグラーが隣で喘いでいた。「こんなこと、あり得ない……」

セルヴァズは身じろぎもしなかった。それぞれの顔写真とマークの横には、得点が書かれている。おそらく、殺人への参加の度合いに応じて点数が決められているのだろう。要するにゲームなのか――セルヴァズは思った。

突如として、部屋が闇で覆いつくされていくような感覚に襲われた。そのなかで、自分は全身でその幻影を振り払おうともがいている。今度ばかりは疑いようがなかった。自分たちはたどり着いてしまったのだ。

地獄へと。

「こっちがバンジャマンです」ドゥラエが言った。「十四歳、四年生です（日本の中学二年生にあたる）」

ジーグラーはドゥラエの取り調べを再開し、セルヴァズも同席した。ドゥラエには知らせていないが、今度の尋問は前回とは大きく意味合いが異なる。少年たちをよく知るドゥラエに話を聞くことにしたのだ。

「それから、こっちはヴァランタン、十五歳。二人とも学校で問題を抱えてます。特にヴァランタンのほうはひどい。すでに二度も留年してます。どっちも暴力的な家庭で育ってましてね。いつも家族内での揉め事に悩まされてます」

セルヴァズはジーグラーのほうを見た。ドラゴマンの患者のカルテに書かれていたことを思い出したのだ。ヴァランタンもバンジャマンも、精神科医ドラゴマンのセラピーを受けていた。セルヴァズは、バンジャマンに関してファイルにメモされていた診断内容を思い出した。大人への反発、他人への攻撃的行動、社会離脱、非行、規則違反、薬物使用……。真実は、ドラゴマンの見立てをはるかにしのいでいたのだ。

「でも、どうしてこの二人に興味を持つんです？　何か見つけたんですか？」ドゥラエが尋ねた。

「あなたの家の前にスクーターで乗りつけてきたのは、この二人ですか？」ジーグラーは、ドゥラエの質問には答えずに尋ねた。

ドゥラエはうなずいた。

「はい、この二人です……。二人ともスクーターを乗り回してますよ」

「じゃあ、マチスとテオのことを教えてください。この二人もあなたの生徒ですか？」

ドゥラエは顔をしかめた。

「もう前にお話ししたでしょう。あの晩、テオと森にいたのは私じゃありません」

「そういうことをお訊きしたのではありません」ジーグラーは言った。「この二人がどういうタイプの生徒かをお訊きしたいんです」

ドゥラエは面食らった顔をして、こちらをまじまじと見つめた。

「どうしてこの子たちのことを訊くんです？」ドゥラエはまた繰り返した。

「答えてください」

「はあ……。テオは成績にむらがあります。内気な生徒です。つい最近までは、ほかの生徒たちからよくからかわれていて、特定の生徒からいじめに近いことを受けたりもしていたようです。でも、それもどうやら落ち着いてきたみたいですね。友だちでもできて、まわりに溶けこめるようになったのでしょう」

悪い仲間に溶けこんだということか。そのためにどれほどの代償を払ったことか……。セルヴァズは理解しがたい悪夢、不条理な夢のなかに放りこまれたような気がした。

「じゃあ、マチスは？」

「マチスは賢い子です。外向的で、授業にも積極的に参加します。この子は何にでも興味を示すんです。怖いものなどないというか。でも、マチスもときに……ふさいでしまうことがあります。自分の殻に引きこもってしまうんです。それから、急に火がついたように怒りだすことがあります。そのせいで、クラスのなかにはマチスのことを怖がっている子もいたと思います」

母親の愛情に恵まれないと、子どもはそんなふうになってしまうこともある。セルヴァズはやりきれない怒りがこみあげてくるのを感じた。

捜査中にこれほど強烈な悲しみを覚えることはめったになかった。マリアンヌ、そして今度は、この子どもたち。セルヴァズはジーグラーを見つめた。自分たちはあとどのくらい、こんな現実に耐えられるのだろうか。

ジーグラーが立ちあがった。

「ありがとう」ジーグラーは生気の感じられない声でぼそりと言った。「独房までお連れします」

ドゥラエは、目に希望の光をたたえながら、こちらを見つめた。

「新しい容疑者が出たんですか？　何を見つけたんです？　犯人は私じゃないって考えているんでしたら、どうして私をいつまでも拘束するんですか？」

60

午前二時三十三分

全員が黙りこくっていた。

おそらくテーブルを囲む誰もが、身近にいる子どもたちのことを思い浮かべているのだろう。弟やいずれ大きくなる息子たち、甥っ子たちとか隣人の子どもたちのことを。自分が今この瞬間、ギュスターヴのことを考えているように……。セルヴァズは思った。ここにいる誰もが打ちのめされた表情をしていた。おそらく皆、同じ思いに取り憑《つ》かれているのにちがいない。自分たちは来るところまで来てしまった、究極の恐怖を目の当たりにしている、という思いに。

ジーグラーが捜査会議を再開し、一同に状況を説明したところだった。口を開こうとする者はいなかった。沈黙が唯一の返事となる状況もある。何年か経ったとき、自分はこの瞬間を思い出すことだろう。セルヴァズは思った。これ以上の恐怖、これを凌駕《りようが》するおぞましさは存在しないという忌まわしい確信に胸をつかまれて、同じショックを分かちあったこの瞬間を。

ホワイトボードには、ジーグラーの指示で印刷され、貼り付けられた四人の少年たちの写真が並んでいた。にこやかで無邪気で、まだ幼さの残る顔。写真を眺めているうちに、セルヴァズは、あたかも自分たちのほうがこの子どもたちに見られているような奇妙な錯覚に陥った。ショックは計り知れなかったが、捜査を前進させるためには、いつまでも打ちひしがれているわけにはいかなかった。

「そういうわけで」ジーグラーがホワイトボードの前で言った。「わたしたちは極めて異例な状況に直面しているわ。この情報を公表するまでは、とにかく細心の注意を払わなくてはいけない。いったん表に出てしまったら、わたしたちは今度こそまちがいなく、世間の注目を痛いほど浴びることになる。だから、一段と慎重を期していきましょう。子どもたちを逮捕する前に、徹底的に調べつくすこと。この子たちの有罪が百パーセント確実だと言えるまでは、拘束するのはもってのほか。それから、大人の容疑者と同じように扱うことも問題外よ。わたしたちは卵の上を歩いていると思ったほうがいい」

ジーグラーは、屈託のない子どもたちの笑顔が貼られているボードを定規で軽く叩いた。

「まず最初に、このなかで未成年者による暴力沙汰や殺人事件を扱ったことがある人はいる？」

ヒップスターが手を挙げた。

「警察学校で、未成年者の事件について取り組んだことがあります」

「話してみて」ジーグラーが言った。

「未成年者による殺人事件は、毎年百件ほど起きています」ヒップスターが説明を始めた。「そのうち、三十から四十件は親殺しです。未成年者といっても、たいていの場合は十代の思春期以降の若者で、それより小さい子どもが殺人犯となるケースは非常に稀です。未成年者事件の背景としては、機能不全に陥った家庭環境とか、暴力的なビデオゲーム、麻薬への依存などが要因として挙げられることが多いですが、それですべてが説明できるわけでもありません。一見、どこにでもある平凡な家庭の子どもが破壊的な傾向を示す場合もあるんで」

ジーグラーがうなずいている。

「それから、ある特定の家族的要因に対して、その影響を受けやすいかどうかも子どもによって千差万別です。機能不全の家族が必ず機能不全の子どもを作りだすわけではないし、健全な家族の子どもが必ずしも健全な子どもだとは限らないということです」

「なるほどね」ジーグラーが言った。「今回の事件の場合、四人の子どもたちのなかに首謀者がいたのかどうか、年上の少年たちが年下の子どもたちを犯行に誘いこんだのかどうかを明らかにしていかなくてはならないわね。この四人の年齢は、上から十五歳、十四歳、十二歳、十一歳。この年頃の子どもたちにとって、この年齢差は大きいわ。そういえば、加害者が未成年者だとわかった以上、少年事件担当の予審判事も必要になるわね」

つまり、これまでこの事件の予審を任命されていた予審判事には、少年事件を扱うのに必要な権限がないということだろう。セルヴァズは推察した。

「ゆくゆくは取り調べで明らかにしていくにせよ、当面は、このウェブサイトから得られる情報に集中することが先決だわ。この地図を信じるなら、それぞれの殺人に誰が立ち会ったのかがマークで示されている。わたしたちがすでに入手している物的証拠を鑑識班に照合してもらって、このマークによる仮説を実証することができるかどうかみてみましょう。そのうえで、四人のうち、誰が実際に殺人に加わったのかを明確にする必要がある。四人全員が殺人に手を染めたのか？　それとも、傍観していただけの者もいるのか？　のちの取り調べで証言を引き出すためには、四人それぞれに仲間が口を割ったと示唆して、仲間割れさせなければならないと思う。もちろん、大人が同席する場合は、話を聞くのもさらに難しくなる。だから、逮捕して尋問を始める前に、なんとしても証拠や手がかりを最大限に集めておく必要があるのよ。さあ、みんなの意見を聞かせて。頭に浮かんだことを片っ端から出していって」ジーグラーはそう締めくくった。

「あの小石のマークですけど」若いそばかすの憲兵が声をあげた。「この四人が十代前半の少年であることを考えると、このマークがどこから来たか、おのずとわかる気がします」

皆が一斉に彼女のほうを向いた。

「この四つのマークは、プレイステーションのコントローラーについているマークじゃないでしょうか。×、△、○、□……」

部屋がしんと静まり返った。そんな単純なことだったとは……。誰もが自問しているにちがいなかった。どうして今まで誰も思いつかなかったのか、と。

「じゃあ、動機はなんだと思う？」ジーグラーが続けた。

「ゲームだったんじゃないでしょうか？」そばかすの憲兵が言った。セルヴァズは、サイト上で見たそれぞれの少年たちの得点のことを思い出した。

「詳しく説明してみて」

「クリアすべき課題を与えられて、それにチャレンジしていくようなゲームだったのではないかと。進むうちに、出される課題がどんどん非常識で、どんどん危険なものになっていって、ついには殺人に至ってしまったのでは……。いったん始めたら、やめられないタイプのゲームだったのかもしれません。〝青い鯨〟のゲームみたいに」

「え、なんのゲームだって？」セルヴァズは尋ねた。

「青い鯨《ブルー・ウエール・チャレンジ》っていう悪質なゲームがあるんですよ」ヒップスターが代わりに答えた。

「数年前にインターネット上で登場したティーンエイジャー向けのゲームで、大きな社会問題になりました。もともとは、〈フコンタクテ〉というロシア最大のソーシャルネットワークで生まれたんですが、それがフランスを含む世界中の若者のあいだで広まったんです。一日に一つのペースで、五十日間のチャレンジに挑戦するというゲームで、最初は、鯨の絵を描く、手にF57と書く、悲しい音楽を聴くといった簡単なものから始まるんですが、次第にチャレンジの内容は不穏なものになり、参加者の子どもたちをじわじわと追い込んで孤立させるように設計されています。たとえば、誰とも話さない、肌に傷をつける、朝四時二十分に起きる、親の寝ているときに陰気なビデオを観る、家の屋根の上に登る、手を短刀で刺す、自分の死ぬ日を決める、といった感じで、どんどんエスカレートしていくんです。そして最後には、究極の指示が待っています。指定した日に自殺しろ、というものです」

セルヴァズは説明を聞きながら、そんな事件があったのを思い出した。当時は、そんなのは都市伝説だと言う人もいたが、警察と国民教育省は、ツイッターや同省運営サイト〈エデュスコル〉のネットワークを通じて警告を発していた。実際、フランスでは十代の少女が首吊り自殺を図ろうとして、すんでのところで救助されているし、ほかにもこのゲームで自傷行為を行い、多少なりとも重症を負った子どもたちが出て、メディアはこの事件を我先にと報じていた。

「青い鯨チャレンジには、主に十二歳から十五歳くらいの子どもたちが参加していました」ヒップスターは説明を続けた。「この年頃の子どもたちっていうのは、自分に何ができるのかを証明したがるものですし、精神的には危うくて容易に操られやすかったり、危険に身をさらすことをためらわなかったりするところがありますよね。このゲームは、そうした少年少女の不安定な心につけこんだんです。管理者は助言者《チューター》を装って参加者をゲームに誘いこみ、ＳＮＳを通じてチャレンジを伝えます。その形だと、参加者のほうは危険を意識する間もなく、知らず知らずのうちにゲームに引きこまれてしまいます。またそこには、グループの圧力もあります。ほかの参加者たちは当の参加者を励ましては、相手の弱いところを突いてくるんです。そうすると普段から疎外感を抱いているような参加者は、まわりが珍しく自分に関心を寄せてくれている、自分はチャレンジするだけの力がある、自分には価値がある、という具合にその気にさせられてしまいます。そうやってひとたび始めてしまうと、もうあと戻りはできません。途中でやめて笑い物にされたり、まわりをがっかりさせたりするのが怖くてやめられないんです。誰にも相談できずに孤立して、グループの圧力にさらされては追いこまれていくだけです。そこでやめるなり誰かに相談するなり、何か反応するだけの強さがない限り、参加者は最後の最後まで引きずられていくでしょう。同じ原理のゲームはほかにもあります。たとえば、サウジアラビアの〈マリアム〉のゲームなんかもそうです」

セルヴァズは、ジーグラーの瞳に新たな輝きが宿っているのに気がついた。ヒップスターは、上司の関心を引くことに成功したようだ。

「とても興味深いわね」ジーグラーが認めた。「今回の事件も、それと同じ仕組みで起きたと考えることはできるかしら？　つまり、陰に潜む〝チューター〟が、裏で子どもたちを操っていたとは考えられない？　チューターは、子どもたちの不安定な精神状態や疎外感につけこんで、仲間内からの圧力の効果もうまく利用して子どもたちをその気にさせ、殺人を犯すように仕向けたという可能性はある？」

「はい、あります」ある声が断言した。

一同は一斉に声のしたほうを振り向いた。部屋の入口に犯罪捜査部の〝ギーク〟が立っていた。どうやら今のやり取りの最後の部分を聞いていたらしい。

「たった今、発見したんです。四人の少年たちは、サイト上のメッセージツールを使って、五人目の人物と連絡を取り合っていたことがわかりました」ギークが言った。「その人物のほうは、写真も名前もありません。ただディスコード（不和の意）というニックネームがあるだけです。でも、このディスコードが少年たちに指示を出していたのはまちがいありません。ディスコードがすべての黒幕だと信じるだけの理由があります。どうやって子どもたちに、あれほどおぞましい真似をさせることができたのかはわかりませんが、今皆さんでお話しになっていたゲームみたいに、少しずつ手なずけていったんじゃないかと思います。落ちこぼれの子とか傷つきやすい子、ほかの子よりも暴力的な子たちをターゲットにして……。今、僕はメッセージの発信元をたどっているところです。ディスコードがどこのサーバーからメッセージを送っていたのかを突き止めるつもりです。僕のプログラムが今、処理中なんで、詳細がわかるのも時間の問題です」

ひとしきり沈黙が流れた。この部屋にいるそれぞれが、今耳にしたばかりの新事実の意味するところをじっくりと吟味していた。

「ということは、わたしたちにはもう一人、追うべき別の真犯人がいるということになるわね」とうとうジーグラーが、皆の思いを要約して明言した。「だとしたらこの事件、すべてが変わってくるわ」

会議が終わると、セルヴァズはジーグラーに部屋の隅へ連れていかれた。

「マルタン、あなたが考えていることはわかるわ。ドラゴマンに協力を仰ぐべきだって思ってるんでしょう?」

セルヴァズはあの晩のことを思い出した。ヒステリーを起こし、平手打ちを食わし、暗に脅しをかけてきたドラゴマンのことを。

「きみはどう思う?」セルヴァズはジーグラーに尋ねた。

「ドラゴマンは精神科医として、この事件が起こる兆しに気づいていたはずよ。あの子どもたちが、自分自身にも他人にも危害を及ぼす存在だって察知していたにちがいないのよ。それなのに、ドラゴマンは何も言わなかった。引っかかるわ。まずは、ドラゴマン抜きで進めてみたほうがいいと思う」

セルヴァズはうなずいた。

「いずれにしても、外でたむろしてるあの群衆は喜ばないでしょうね」ジーグラーは指摘した。「こっちはドゥラエを釈放して、代わりに村の子どもたちを逮捕しようっていうんだから……」

61

午前三時四十三分

ディスコード。

このニックネームの裏に隠れているのは、いったいどういう種類の人間なのだろうか。セルヴァズは自問した。別の少年か？　あるいは大人か？　思いがけない展開に、セルヴァズは愕然とするばかりだった。この終わりなき夜、自分が現実の世界にいるとはどうしても思えなかった。得体の知れない不安感がつきまとって離れない。

セルヴァズは吐き気がこみあげてくるのを感じた。できることなら、自分はどこか別の場所にいたかった。ここから遠く離れて、トゥールーズでギュスターヴやレアと一緒にいたかった。あんなことは起こらなければよかったのに、と思った。あの四人の少年たちがこんな事件に巻きこまれなければよかった、この世界にこれほど暴力があふれていなければよかった、この世がこれほど不公平で、これほど愚かでなければよかった、そして、誰もがそれぞれに正気を取り戻せていたらよかったのに、と。

吐き気を覚えながらも、セルヴァズはカップに入っていたコーヒーを飲み干した。気がつくと手が震えている。もはや限界にきていた。肉体的にも、精神的にも。自分にはもう、エネルギーも気力も残っていなかった。蓄えの目盛りはゼロを指している。とにかく何もかも終わってほしい。ただそれだけだった。ジーグラーも同じように感じているのだろうか。

セルヴァズは用を足しにいった。トイレを出たとき、正面玄関のほうからガラスの割れる音が響いてぎくりとした。急いで玄関に向かうと、ホールの床に割れたガラスの破片にまじって、敷石が落ちているのが目に入った。誰かが外から石を投げたのだ。と、次の瞬間、またしてもガラスが激しく割れる音がして、別の石が飛びこんできた。表からは歓喜の叫び声があがっている。

「何なの、あれ！」ジーグラーが背後で叫んだ。

玄関の先を見て、セルヴァズははっとした。十メートルほど向こうで、一台の車が燃えているのだ。炎がパチパチと音を立て、黒い煙を勢いよく吐きだしている。まだ割られていないガラス戸に赤い炎が映り、そのシルエットがゆらゆらと舞っている。ふいに火炎瓶のガソリンの臭いが鼻をかすめ、セルヴァズは恐怖を覚えた。

「アンガール、消防を呼んで！」ジーグラーが叫んだ。「到着したら、外へ出て消防隊員たちの安全を確保して！　わたしは応援を頼んでくる！」

ジーグラーは電話に突進していった。玄関の外では、人々の叫び声がさらに激しさを増し、野蛮で好戦的な雄叫びが轟いている。アンガールはさっそく憲兵たちを集めていた。

あたかもゲルマンの森でゴート族に囲まれた古代ローマの百人隊長たちが、戦闘を前に肩を寄せあっているような光景だ。どの顔も青ざめている。だが、考えてみれば、日頃からこの谷で働いている憲兵たちなら、表で騒いでいる村人たちとは顔見知りのはずだ。握手を交わしたことも一度ではないだろうし、大半の人たちとは言葉を交わしたこともあるだろう。だが、夜の闇、集団ヒステリーの渦、互いに熱を帯びていく精神状態が、状況を一変させてしまった。今夜は何が起こってもおかしくなかった。危険なのは民衆の側だけではない。恐怖に駆られ、あるいは怒りに突き動かされた憲兵たちも、決起した暴徒に負けず劣らず危険になり得るのだ。

まさしく〝集団における没個性化〟だ。

こんな夜には、普段なら誰よりも理性的であるはずの人々までもが、常識を失ってしまう。

そしてセルヴァズは思った。燃えているのはこの世界全体なのだと。この谷とこの村の暴動が吐きだす炎は、燃えさかる火事全体のごく一部にすぎないのだ。

そのときセルヴァズは、廊下の向こうからギークがやってくるのに気がついた。だが、ジーグラーは応援要請の電話中で、アンガールは今にも部下を戦場に投入しようというところだった。状況を察したギークは、こちらへ足を向けた。セルヴァズも暴動に背を向けてギークのほうへ向かった。車をむさぼる赤い炎の色が、玄関のガラス戸を通してその若い顔に映っている。

「わかったんです」ギークが言った。「〝ディスコード〟がどこからメッセージを送っていたかを突き止めました」

ギークの広がった瞳孔に、炎が躍っているのが見える。

「どこだったんだ?」

「ルーマニアのブカレストです」

ルーマニア……。

セルヴァズは言葉が出てこないまま、ギークをひたと見つめた。それから時計を見た。あと数分で朝の四時になるところだ。相手はまだ眠っている頃だろうか。心臓の鼓動がスタンバイするように急激に速度を落とした。セルヴァズは心を決めた。

「このことをジーグラー大尉に伝えてくれ」セルヴァズは言った。「でかしたな、よくやった」

セルヴァズは建物の裏口へ向かって走りだした。非常口を見つけるのに何秒かかかったが、見つけるや否や、水平のバーと金属製のドアを一挙に押し開け、外へと飛びだした。次の瞬間、背後で非常ドアがバタンと閉まり、セルヴァズはたちまち暑い夜の空気に包まれた。

自分は一人だった。

62

午前四時

　夜明け前の空は、まだ暗かった。とはいえ、山の稜線の上はかすかに白みかけている。街灯の光は、やがて曙光に取って代わられるだろう。

　ギークの話を聞いて飛びだしたあと、セルヴァズは憲兵隊の敷地を囲む低い石垣を乗り越え、隣の庭を横切って通りに出た。そして、そのまま村の中心部へ向かった。自分の車は昨日一日、ドゥラエの家の前に駐めていたからだ。昨日、テオの家からドゥラエの家へ向かうときには自分の車を使ったが、ドゥラエの家宅捜索を終えたあとは、ジーグラーの運転するフォード・レンジャーに同乗して憲兵隊の本部まで戻っていたのだ。

　セルヴァズは今、自分の車に乗って、エグヴィヴの家々の屋根を見おろす最初の坂道をのぼっていた。街灯は次第にまばらになり、とうとう一本もなくなった。やがて、超近代的なコンクリートのトーチカがその姿を現した。ガラス窓の向こうは明かりがすっかり消され、巨大な建物は周囲の草地の上に不穏な暗い影を落としている。

　セルヴァズは邸宅の足元にある小さな駐車場に車を駐めた。隣には、ドラゴマンの新車のレンジローバーが駐まっている。

セルヴァズは広いテラスへと続くコンクリートの通路をのぼって玄関口にたどり着いた。呼び鈴を押そうとして、白い玄関ドアがわずかに開いているのに気がついた。隙間からは暗闇に沈む室内が見える。

セルヴァズはためらった。

罠だとすれば、実に見え透いている。B級映画もいいところだ。それに自分は銃を持ってきていない。ドラゴマンは、ドアを開けておけば、こちらが生け贄の子羊のようになかに入ると考えたのだろうか？　いずれにせよ、こちらの好奇心に賭けたのだろう。実際、それは的外れではなかった。自分は抑えきれない好奇心をかき立てられていた。

いや、もしかすると、なかで何かあったのかもしれない。

セルヴァズは心臓が激しく胸を叩いているのに気がついた。落ち着きを取り戻そうとうしろを振り返り、しばし息を呑むような絶景を眺める。夜明けの曙光が山脈と渓谷の上におずおずと射しはじめているところだった。ああ、くそ……。自分はどれほど早まったことをしているのか。

馬鹿だ、馬鹿だ……。

ジーグラーならまちがいなくそう言うだろう。だが、セルヴァズはすでに家のなかに足を踏み入れていた。それでも、かろうじて、玄関のドアを閉めるのだけはやめておいた。

「入って、マルタン。待っていたのよ」

ガブリエラ・ドラゴマンの声がした。静かで落ち着いた声だった。あまりに穏やかで、あたかも朝食を一緒にとるために自分を待っていたかのような口ぶりだ。

声は、室内の暗がりから聞こえてきた。そのときになって、セルヴァズは家のすべての照明が消されているわけではないのに気がついた。奥のほうに、こちらには見えないかすかな明かりが灯されているようだ。というのも、そのぼんやりとした薄明かりのなかに、二人の人影が浮かびあがっているのが見えたからだ。まるで、背中にヘッドライトを受けながら、道路の真ん中を二人並んで歩いているかのように。セルヴァズは、ドラゴマンの姿を認めた。

その隣には、別の女性がいる。

セルヴァズは、もっとよく見ようと目を凝らした。もう一人の人影も、自分には馴染みがあった……。セルヴァズは拳を握りしめた。血液が動脈を濁流のようにどくどくと駆けめぐる。その音に耳を澄ましながら、セルヴァズは大きく息を吸いこんだ。

「ここに来たということは、あなたは事情を把握しているということよね」暗がりの奥からドラゴマンの声が言った。

「ああ、そう思っている……やあ、マリアンヌ」

「久しぶりね、マルタン」

セルヴァズは、その名前を口にしながら、声がうわずってしまったことに気がついた。

マリアンヌ……。数えきれないほど心で唱えてきた名前だというのに。

「マルタン、ああ、マルタン」ドラゴマンがささやくように言った。「清廉潔白で、道義心にあふれ、弱さも抱えてる男。その狭間で葛藤して、それほどまでに心を引き裂かれて、苦しんで。毎日〝マルタン・セルヴァズ〟でいるのは楽ではないでしょうね。そうじゃないこと?」

セルヴァズは答えなかった。いつでも逃げだせるように、玄関ドアのそばから動かずにいた。

「ドアを閉めて」ドラゴマンがいきなり命令した。「言っておくけど、下手な真似はしないほうがいいわ。わたし、この手に射撃競技用の素敵な拳銃を持ってるの。二十二口径のロングライフル弾が、あなたの胸にきれいに穴を開けることになるわ。それに、腕も確かよ。週に二回は訓練しているから」

ドラゴマンはそう言って、かすかに動いてみせた。相手が嘘をついているのではないことは、ここからでもわかった。ドラゴマンの手には拳銃が握られ、銃口がまっすぐこちらを向いている。セルヴァズは躊躇した。今とっさに逃げたとして、ドラゴマンの銃弾が自分に当たる確率はどのくらいだろうか。玄関ドアまでは一メートル半も離れていない。だが、駆けだすにはまず体の向きを変えなくてはならない。あるいは、前を向いたまま後ずさるかだ。いや、だめだ、いずれにしても時間がかかりすぎる。あっさり撃たれて終わりだ。

なんて馬鹿なんだ……。セルヴァズは心のなかで繰り返した。

思えば、ある時点から、こういう結末が待っていることは薄々勘づいていた。ようやくマリアンヌに会えるという期待感は、自分をおびきだすための擬餌だったのだ。だが、釣り針が隠されていると十分わかっていたとしても、自分はやはり身を投じていただろう。

「そこから動かないで、マルタン」ドラゴマンの声はあいかわらず穏やかだったが、そこには裏にある脅しがにじみ出ていた。

「ディスコードは、きみだったんだな」セルヴァズは相手の気をそらすために言った。

「きみがあの子どもたちを操って、人殺しに仕立てあげたんだ」

「ドアを閉めて」

ここは黙って従うしかない。

「きみは、自分の生け簀《いす》から目当ての魚をすくいあげるだけでよかった」セルヴァズはドアを閉めながら言った。「自分の患者のカルテのなかから、操り人形を見繕うだけでよかった。なにしろきみは彼らの精神科医だ、相手を知りつくしている。どのボタンを押すべきか、実に正確に把握していたんだ。それにしても、どうして子どもたちなんだ？」

「どうして？　そんなの単純なことよ。子どもは大人よりも簡単にその気にさせられるからよ」ドラゴマンが言った。「知ってたかしら。統計学的視点からいうと、この世に存在する人間のなかで、最も暴力的なのは二歳児なの。二歳の子どもっていうのは、自分の欲望と本能を満たすために、殴り、嚙みつき、叫び、隣の子どものものを盗むのよ。それは、自分に許された限界を試すためでもあるわ。その後の成長過程でも、特に一部の子どもたちは限界を試しつづける。群れのなかの若いチンパンジーみたいに、大人に嫌がらせをしたりね。なぜなら、彼らのそういった攻撃性は生まれついたものだからよ。

もちろん、いくら攻撃的だといっても、殺人まで実行させるためには、少しずつ段階を踏んで、あの子たちを〝ゆがめて〟いかなくてはならなかった。でも、子どもやティーンエイジャー、若者に人殺しをさせるのは、実はそれほど難しいことじゃないの。イスラム国のリクルーターがやっていることも、毛沢東が動員した紅衛兵にさせたことも、イラン・イラク戦争中に子ども兵が動員されたことも、みんなこれと同じことよ。どんな子どもも心の底では、大人を殺したいと思ってる。でもそうしないのは、その行為の結果を恐れるからよ。だから、実行してもリスクはない、これはただのゲームにすぎない、とりわけ、ターゲットになる大人は殺されるにふさわしい下劣な人間だっていうふうに納得させられれば、もう彼らを止めるものは何もないわ。わたしがあの子たちを利用したのはそういうわけよ。簡単に操れるからってこと。ところで、あなたはいつ、このからくりに気がついたのかしら？」

「一時間ほど前、あのサイトのサーバーが、ルーマニアにあるとわかったときだ。もちろん、ヴァランタンとバンジャマンがきみの患者だったことや、マルシャソンの正体を暴いていたことも根拠の支えになったが」

「ドラゴマン……まあ、確かにこの名前じゃ、その出自を隠すのは難しいわね。マルタン、あなた、一人で来たわけ？」

「ほかの連中もじきに来るはずだ」

「そうでしょうね。でも、おそらく間に合わないわ。わたしたちはその前に裁きを下すから。そしてあなたは……」

「マチスとテオは？」セルヴァズはさえぎって尋ねた。もちろん知りたいからだが、それ以上に時間を稼ぐためでもある。「あの二人はきみの患者じゃなかった。どうして、あの二人なんだ？」

「ヴァランタンとバンジャマンに、仲間を二人引き入れるように頼んだのよ。もちろん、わたしが直接頼んだわけじゃないわ。さすがにディスコードが自分たちの精神科医だとは思っていないでしょうから。〈親の寝ているあいだに〉のサイト上で、ディスコードから指令を出したのよ。マチスとテオを選んだのは、あの二人よ。もちろん、事前に指示は与えたわ。どういうタイプの子どもを探すべきかって」

「そもそもヴァランタンとバンジャマンは、あのサイトをどうやって見つけたんだ？」

「この世で一番手っ取り早い方法よ。あの二人が気に入っているSNSにサイトのリンクを送って、クリックさせたのよ。パスワードも添えてね。あと、このサイトのことは誰にも話しちゃいけない、秘密厳守だって念を押すのも忘れなかったわ。そう言われたら、余計に好奇心がかき立てられるものだし、子どもってそういう秘密が大好きなのよ。要は、子どもたちを虜《とりこ》にするために、すべてが計算しつくされていたってこと。そしていったん、彼らがサイトに興味を抱きはじめたら、ディスコードのお出ましってわけ。サイトはルーマニアにいる技術者の友人が完成させたわ。多分、あなたは知らないでしょうけど、インターネットの世界では、ルーマニアは接続速度においても、ソフト開発者のレベルにおいても欧州のチャンピオンなの。マイクロソフト社で一番話されている言語は、英語の次はルーマニア語だってご存知かしら？　この世界はめまぐるしく変化しているのよ」

「実際に、殺しを実行したのは誰なんだ？」セルヴァズは尋ねた。

「全員よ。ティモテの殺害には、四人全員が参加した。四人でティモテを縛りあげて、滝の下に運ぶのを手伝ったの。そして四人とも、ティモテが死んでいくところを見ていたわ」

セルヴァズは、滝のほとりにマークの描かれた小石が四つあったことを思い出した。

「ほかの殺人は？」

「山に入ったカメル・アイサニのあとを追ったのは、年上のバンジャマンとヴァランタンの二人よ。ティモテの父親のマルシアルを殺したのもその二人。でも、ロズランに火をつけたのは、ヴァランタンとマチスよ」

ロズランの家の焼け跡で見つかった○と△……。セルヴァズは自分のまわりで影が揺らめき、すべてがぐるぐるとまわりはじめたような気がした。マチス……。

「じゃあ、別の夜、テオが森のなかで一緒にいたのは誰だったんだ？」

「ヴァランタンよ。十五歳だけど、足のサイズはもう42なの。テオは、どうしてもヴァランタンの名前をばらしたくなかった。そんなことをしたらどうなるか、怖かったのね。だから、嘘をついて学校の先生の名前を出したのよ」

「そして、マルシアルを水車小屋のそばに呼び出したのは、きみだったんだな」セルヴァズは納得しながら言った。マルシアルが決して疑いそうにない人物。息子の精神科医……。「なんでこんなことをしたんだ?」セルヴァズは唐突に尋ねた。「いったいなんのために?」

そのとき、もう一つの人影——マリアンヌが、こちらへ近づいてくるのが見えた。セルヴァズは唾を呑みこんだ。

「じゃあ、まだわからないのね」

マリアンヌの声……。セルヴァズは体をこわばらせた。この声。先日の夜中の電話を除けば、この声を最後に聞いたのは八年前だった。にもかかわらず、それがつい昨日のことのように感じられる。いや、そんなふうに思うのは幻想にすぎないのだと自分でもよくわかっていた。耳に残っているのは、遠く過ぎ去った時代、呪われた時代から来た人の声なのだと……。

沈黙が続くなか、セルヴァズはマリアンヌをじっと見つめた。マリアンヌは、さらに一歩前へ進み、影のなかからその美しい顔を現した。今やその顔は、自分のすぐ近くにあった。近すぎる……。間近で見るマリアンヌは、記憶のなかのマリアンヌとほとんど変わっていなかった。少し痩せて、少し色褪せてはいるかもしれない。だが、その顔立ちはそのままだった。あるいは、この薄暗がりがその輪郭を和らげているのだろうか。大きな瞳は、二つのオパール色のビー玉のように薄闇のなかでくっきりと際立ち、こちらをじっと見つめている。セルヴァズは、この顔がどれほど自分の心をかき乱すかを忘れていた。この顔をひと目見ただけで、どれほど自分が無力になってしまうかを。今、またしても、体のなかで地震が起きたように感じた。マグニチュード七の地震波が体中を駆け抜けていくのを……。

心臓が一瞬、固まった。と、次の瞬間には、重々しく力強く胸を叩く鼓動をはっきりと感じはじめた。まるで今の自分は、ここ数年来の自分にはなかったほど生きているかのように……。

それからセルヴァズは、レアのことを考えた。そして胸の内でかぶりを振った。いや、違う。やはりそんなのは嘘だ。今、自分がマリアンヌに対して抱いたと思った感覚はただの幻想にすぎない。レアは生きている。ギュスターヴも生きている。だがマリアンヌは、過去の幻影なのだ。

「わたしを抱きしめて」マリアンヌはさらにこちらへ近づきながら言った。「腕のなかに抱きしめて。お願い、マルタン……。どれだけ長いあいだ、そうしてほしかったことか……」

マリアンヌの香水の匂いが漂ってきた。そのとたん、自分の嗅覚が記憶の奥底にある過去のイメージを呼び起こした。無傷のままの記憶、きらきらと輝く懐かしく愛おしい記憶が次々と心によみがえってくる。

セルヴァズは腕を開いた。胸が締めつけられている。

マリアンヌは体をこちらに預けてきた。セルヴァズはマリアンヌのぬくもりを感じ、その胸がサマーセーターを通して上半身にあたるのを感じた。もはやドラゴマンが手にしている銃のことなど意識から飛んでいた。すぐそこにある危険も、何もかも忘れてしまった。一筋の涙が頬を伝っていく。

「わかっていないのね、マルタン」マリアンヌが耳元でささやいた。「あの男たちは、わたしにひどいことをしたの。だから、死んだのよ」

マリアンヌはこちらに腕をまわしていた。額を肩に預け、すっかり身を委ねている。セルヴァズは腕をマリアンヌの背中にまわし、両手をその腰の上にそっと載せた。ドラゴマンがこちらへ近づいてくるのが見える。まだ距離があるとはいえ、銃口はこちらを向いている。

ドラゴマンは、銃を持っていないほうの手に煙草を持っていた。そしてときどき、口元へ運んでは吸いこんで、煙草の先を真っ赤に染めている。

「マルシャソンが面談で夢の話をしたとき」ドラゴマンが言った。「すぐにピンときたの。あの話は夢なんかじゃない、マルシャソンの地下室には、本当に女性が閉じこめられているにちがいないって。もちろん、警察に通報することもできたわ。でも、わたしは男が大嫌いなの。憎らしくてしかたがないのよ。あなたもドヴェルニから聞いたでしょ？　男っていうのは、概してくだらなくて、薄っぺらで、軽蔑すべき生き物なのよ。だからある晩、マルシャソンの家をいきなり訪ねた。あのゲス男は、わたしが自分とやるために訪ねてきたんだと思いこんだわ。おめでたい男よね。あんな下劣な豚野郎が、よくもそんなことを考えられたものだわ」

セルヴァズは話を聞きながら考えた。ドラゴマンが今、引き金を引けば、銃弾を受けるのはマリアンヌだと。マリアンヌは自分の盾になっている。

「マルシャソンを銃で脅して、地下室を開けさせたわ。そして、マットレスの上で打ちひしがれているマリアンヌを見つけた。わたしはマルシャソンを階段の上までのぼらせて、マリアンヌにこいつを突き落とせと言ったの。マルシャソンは後ろ向きで真っ逆さまに転げ落ちた。その後どうなったかは、もう知ってるわね」

セルヴァズは、もはやぼんやりとしか聞いていなかった。玄関ドアの向こうから、夜明けの空に響きわたるサイレンの音が聞こえてこないかと、祈るように耳を澄ました。だが、そこにあるのは静寂だけだった。

「それから、マリアンヌをこの家に連れてくると、毎日、世話をして食事を与えたわ。マリアンヌは、自分の身に起こったことを何もかも話してくれた。あのスイス人――ハルトマンに雇われた男たちが、どうやってマリアンヌを監禁していたかを。監禁場所に監視カメラを設置したのはカメルだった。最初にハルトマンが連れていった場所も、次に移ったマルシャソンの地下室も。それから、婦人科医のマルシアルは、ギュスターヴの分娩を請け負い、あとからマリアンヌを凌辱したわ。どいつもこいつも、ハルトマンに雇われて、金をもらっていた共犯者だったのよ。だから、わたしたちは決心したの。誰かがこの男どもに罰を与えなくてはならない、裁きを下さなくてはならないって……。わたしにはわかったの。マリアンヌを助けることは自分の任務、運命がわたしの人生にマリアンヌを導いたんだって。この男たちを罰するのは、ほかの誰でもない、この自分でなくてはならない。そして、あの男たちを罰することで、この世にはびこる卑劣な男たちを一人残らず罰しなくてはならないって。『神学大全』のトマス・アクィナスも言ってるわ。〈罪を罰することは、厳密に正義の問題だ〉と」

「きみがそれほど宗教を重んじる人間だとは知らなかった」

「アドリエル神父さまと、何時間も話し合ったのよ――神父さまの魂に安らかな眠りが訪れんことを……。わたしは無神論者だけど、自分には人の法による裁きよりも、神の裁きのほうがずっとしっくりくると感じたの。裁判だの何だのって、お役所的な裁きじゃ罰の意味がないと思ったのよ。それに、何をするにしても、自分でやったほうが手っ取り早くてうまくいくものでしょう？　ついでに言っておくと、マリアンヌは神父さまに告解をしたわ。神父さまにあのリストを渡して、そこに載っているのは邪悪な人間たちだと説明したの。そして、その男たちはいずれ、自らが犯した罪の報いを受けることになると。マリアンヌは、誰かにそのことを知っておいてほしかったのよ。もちろん、神父さまは、告解の守秘義務を負っていることもわかっていたから」

「ハルトマンはどうやってこの男たちを雇ったんだ？」

「それはよくわからないわ。ハルトマンはヴァルニエ研究所から脱走してから、しばらくこの地域に潜んでいたようね。誰もが遠くへ逃げたとばかり信じていたけれど」セルヴァズは、マルサックの事件を思い出した。確かにハルトマンは、あのとき近くにいたはずだ。陰に隠れてこちらをつけ狙い、絶妙のタイミングでマリアンヌを誘拐したのだから。

「ハルトマンは、その潜伏期間中に、マルシアルや、カメル、マルシャソンと知り合ったはずだわ」ドラゴマンは続けた。「ハルトマンはどうやら、こういう腐った連中を嗅ぎわける第六感が働くみたいね。相手の化けの皮を剝ぎ、善良な仮面の下に隠されたものを見抜き、自分と同じ匂いのする人間――捕食者、サディスト、邪悪な人間を見つける。いったん誰かに目をつけたら、ハルトマンはその人間を尾行し、観察して、相手のことを調べあげるの。そこまでくれば、相手を操り、自分に協力させるのは、ハルトマンには造作もないことだわ。調べた情報とあのカリスマ性を意のままに駆使するだけでいいのだから。といっても、これはあくまでわたしの仮説にすぎないけれど」

「じゃあ、ティモテは？　ロズランは？」

「ティモテは、両親をこの谷へおびき寄せるためだけに死んでもらったのよ。要するに、おとりに使われたってこと。ティモテが妹を殺してヴァルニエ研究所に収監された時期と、ハルトマンがいた時期が重なっていたのは、単なる偶然よ。この地域には、ああいう危険な犯罪者を収容できる施設は限られているから、たまたま同時期に一緒になったって不思議はないわ。ともあれ、あの四人の子どもたちが、滝の下でティモテをいたぶって楽しんでいたのはまちがいないわね。ロズランのほうは、お金で雇って山を爆破させたのよ。あなたたちは採石場や爆薬の線も追っていたようだし、いずれはロズランにたどり着いていたでしょう。だから消えてもらうしかなかった。さあ、これでわかったかしら？　でも、実をいえば、わたしたちのターゲットは、あと一人残ってるの。リストには載っていない人物が……」

「誰だ？」

セルヴァズはそう尋ねながら、喉がからからになるのを感じた。体が動かない。答えはもうわかっていた。尋ねはしたが、それは修辞的《レトリック》な質問にすぎなかった。何秒か時間を稼ぐための質問だった。

「あなたよ、マルタン」マリアンヌがささやいた。「あなたの名前は、ガラス窓に書いておいたわ」

まるでカラスの羽にさっとなでられるかのように、マリアンヌの吐息が耳にかかった。全身に鳥肌が立つ。心臓は、頸動脈が破裂しそうなほど激しく打っている。

「この八年間、あなたはわたしを見放し、ハルトマンと結託してギュスターヴを奪い、わたしのユーゴを刑務所へ送りこんだ。もっと八方手を尽くしてわたしを探すことだってできたはずなのに、あなたはそうしなかった。あなたはわたしを裏切ったのよ、マルタン。

しかもあなたは、そのことに気づいてさえいない。あなたは、ほかの男たち以上に罪深いわ。だって、わたしを救いだせるのは、あなたしかいなかったのだから」

セルヴァズは内なる警報が鳴りはじめるのを感じた。マリアンヌを盾のようにして抱えている以上、ドラゴマンはめったなことではこちらを撃てないはずだが、それでも何かがおかしかった。セルヴァズは、必死で逃げる方法を探った。この体勢からドアを開けようとしたらどうなる？　たとえ外に出られたとして、銃もないのにどこまで逃げ切れるだろうか。高まる緊張に、息をするのも苦しかった。

「あなたが死んだら、わたしはギュスターヴを取り戻す」マリアンヌが耳元で続けた。「ユーゴももうすぐ刑期を終えて出てくるわ。そうしたら、わたしたち、また家族になれるの……ようやく」

「そうはならない。憲兵隊はすでにきみたちのあとを追っている。私が今、どこにいるかを突き止めたら、すぐにも……」

セルヴァズはそう言いながら、ゆっくりと片腕をうしろに伸ばし、玄関のドアノブに手をかけようとした。と、首にいきなり焼けつくような痛みが走った。動脈に熱い液体がほとばしる。セルヴァズは思わずマリアンヌを突き飛ばした。首筋に手をやる。マリアンヌの手には、注射器が握られていた。

もしや、マリアンヌは動脈に気泡を入れたのだろうか。そうだとすれば、肺塞栓や脳梗塞を引き起こしてしまう。

いや、気泡ではない。セルヴァズは急速に異変を感じて悟った。マリアンヌは注射器をすっかり空にはできなかったはずだが、薬物はすでに脳へ到達したらしい。意識が遠のいていく。床がせりあがってくる気がしたが、おそらく自分のほうが床に近づいているのだろう。虚無のなかへ、夜のなかへ、無意識の領域へ向かって落ちていく……。やがて床にくずおれたときには、すでに意識はなくなっていた。


ジーグラーは応援要請の通話を終えると、そばでじりじりと待っていたアンガールのほうへ向き直った。

「どうしたの？」

「ディスコードのメッセージがどこから来たかがわかりました。彼が突き止めたんです」

アンガールは、隣に立つギークを示しながら言った。

「どこだったの？」

「ルーマニアにあるサーバーでした」

ジーグラーはとっさに部屋を見渡した。

「マルタンはどこ？」

「僕がメッセージの発信元を伝えたら、あなたにそのことを伝えるように、って言い残して、外に駆けだしていきました」ギークが答えた。

「なんですって？」

63

午前五時

セルヴァズは意識を取り戻した。目を開けると、そこは広大で奇妙な空間だった。岩と静寂と影の神殿。長さ二十メートル、高さは十メートルくらいだろうか。なめらかな曲線を描く岩の塊、垂直に伸びる岩壁、ランプの光に照らされた淡い黄土色。光の届かない部分は暗くなっている。崩れ落ちた大きな岩の山があり、鍾乳石も見える。そして自分は、この過酷な惑星の中心に横たわっている。ここはいったいどこだろう。おぼろげな考えが浮かんでくるまで時間がかかった。

今、自分は人間なのか、それとも生まれ変わって動物になったのか。セルヴァズはぼんやりと思った。鉱物に囲まれた無機質な静寂のなかで、罠にかかったみたいだ。無機質とはいえ、どこかで水が流れる音がしている。不思議と美しい光景だった。だが寒くて、空気は冴えわたり、非人間的で、光が永遠に届かない場所でもある。

それにしても、ひどい頭痛がする。

トロンブ洞窟網。百十七キロにわたって延びる暗い洞穴、大洞、井戸。そう、自分は今、あの洞窟の迷宮のなかにいるのだ。だが、目の前にいるのは、ドゥラエではなかった。

セルヴァズは、自分を見おろす少年たちの顔をじっとうかがった。若々しく、曖昧で、天使のような顔。大人の年齢がまだ刻みこまれていない顔。感情の読めない不可解な顔。四人の少年たちは、自分を囲むようにして立っていた。その澄んだ瞳、感情の読めない平然としたまなざしが自分に注がれている。そういう自分は、両の手首と足首がそれぞれ縛られ、石灰質の岩にじかに寝かされていた。

バンジャマン、ヴァランタン、マチス、そしてテオ……。

小石の正体だった四人が揃っていた。×、△、○、□……。セルヴァズは身震いした。

「急ごうぜ」バンジャマンが言った。「もう朝の五時だ。早く帰らねえと、親たちがそろそろ起きてくるぞ」

バンジャマンの言葉は洞窟のなかにこだました。

――起きてくるぞ……きてくるぞ……くるぞ……

この広大な洞窟は、全体が響板になっているようだった。

少年たちは背を向けて近くの岩場へ向かい、そこでしゃがみこんだ。なにやら大きな岩を動かすような音がしたかと思うと、今度は石をぶつける音が聞こえた。

やがてこちらへ戻ってきた四人は、それぞれ重さが数キロはありそうな石を両手に抱えていた。セルヴァズは血が凍りつき、睾丸が喉元までせりあがってくるような感覚に襲われた。手首と足首を縛っているロープが皮膚に食いこんでひどく痛かった。

「頭をかち割ったやつが、一番高い得点をゲットするんだ」ヴァランタンが言った。「ディスコードがそう言ってた」

セルヴァズは唾を呑みこんだ。これは悪夢だ、今に目が覚めるに決まってる……。

「ぼくは足でいい」一番年下のテオがか細い声で、ほとんどうめくように言った。

「足なんか、ほとんど点数になんねえぞ」バンジャマンが指摘する。

セルヴァズはどんどん気分が悪くなるのを感じた。背中は石灰質の硬い岩場に当たっている。急に小便をしたくなって、自分を縛っているロープを引っ張ってみるが、きつく結ばれていてびくともしない。汗が滝のように流れている。心臓は今にも胸から飛びださんばかりに激しく暴れている。

セルヴァズは、マチスがこちらを見るのを避けていることに気がついた。岩の大きな塊を手に持ったまま、押し黙っている。その岩はあちこち角が尖っていた。あんな岩を振りおろされたら、肉はたちまち引き裂かれ、骨は砕かれ、内臓は破裂させられてしまうだろう。

「マチス」セルヴァズは声をかけた。

がらんとした洞窟には静寂が満ちていた。この空間は、今や広大な葬儀場のようだった。

「マチス」セルヴァズは親しげに、かつ父親のように寛大でたくましい声で、その名を繰り返した。「こっちを見てくれ」

――こっちを見てくれ……ちを見てくれ……てくれ……

「黙れ！」ヴァランタンが出し抜けにさえぎった。「こいつの言うことなんか聞くな、マチス。こいつは時間を稼ごうとしてるだけなんだ」

「マチス、こっちを向いて」

「聞いちゃだめだ！　こいつもほかのやつらと同じ、腐ったゲス野郎なんだ。そう言ってただろ、ディスコードが」

——ディスコードが……スコードが……ドが……

「ドラゴマンのことか？」

「なに？」ヴァランタンが言った。

「ああ、じゃあきみたちは、知らないんだな？　ディスコードの正体は、ガブリエラ・ドラゴマンだ。きみたちの精神科医だよ」

四人の少年たちは黙りこんだ。それから、自分のほうを見た。いや、マチスだけは、まだこちらを見ようとしない。

「何バカなことを言ってんだよ」バンジャマンが吐き捨てるように言った。「たった今、思いついたことを言ってるだけだろ」

——言ってるだけだろ……るだけだろ……けだろ……

セルヴァズはバンジャマンのほうへ視線を投げた。

「バンジャマン、十四歳。規則違反、頻繁に癇癪を起こす、短気、大麻の使用、アルコール依存の家族、父親は反社会的、ＤＶ歴あり、学業不振。ドラゴマンはきみのことをカルテにこう書いていた」

「うるせえ、黙れ！」

「よく考えてみるんだ。ディスコードがやけに自分のことを知っていると感じたことはなかったか？　どうやってディスコードは、きみのことをそれほど詳しく知ることができたんだ？　ディスコードが最初に接触してきたのは誰だった？　マチスとテオか？　それとも、きみときみのほうだったのか？」セルヴァズはそう言って、年長の二人を見つめた。「きみたちは二人とも、ドラゴマンの患者だった。偶然にしては、あまりに出来すぎていやしないか？　それに、あとからマチスとテオを仲間に引き入れたのは、きみたちのほうだろう？　その逆ではなかったはずだ。私はまちがっているか？」

沈黙が流れた。

「私はまちがっているか？　どうなんだ？」

「うるせえ！」ヴァランタンがいきり立ち、脇腹に痛烈な足蹴りを入れた。その瞬間、脇腹から肩にかけて電気が走った。今の衝撃で一番下の肋骨一、二本は折れていそうだ。

「ディスコードは、ドラゴマンなんだ！」セルヴァズは咳きこみながら叫んだ。「あの精神科医がきみたちを操っていたんだ！」

その瞬間、また別の足蹴りを食らった。セルヴァズは思わず顔をしかめた。

「これは、きみたちが思っているようなゲームじゃない。ドラゴマンはきみたちを使って
……」

また足蹴りが入った。

「いたっ！　くそっ。ドラゴマンは自分が気に入らない人間を消すために、きみたちを利用してたんだ！　誰をどうやって殺すか、指示をしたのはディスコードだっただろう？　マチス、こっちを見てくれ！」

「黙れ、ちくしょう！」ヴァランタンがわめいた。「その口閉じてろよ！　ディスコードがドラゴマンだったとしても、なんも変わんねえよ！」

セルヴァズは痛みに疲れ果てながらも、足蹴りをかわそうと身をよじった。

「それは違う！　その逆だ、何もかも変わってくるんだ！」セルヴァズはあらん限りの声を出して叫んだ。「ディスコードはきみたちに嘘をついたんだ、ディスコードはきみたちを利用したんだ！」

「なあ、やっちまおうぜ」バンジャマンが言った。そして、手に持った石をこちらの頭上にかざした。


「どこなの！」

ジーグラーは大声で叫ぶと、今にもその顔を歯で食いちぎらんばかりに、ドラゴマンに迫った。

書斎の隅で透明なデザインチェアーに座っているドラゴマンは、平然とした様子でほほ笑みかけてくる。背中にまわした両手には、すでに手錠をかけていた。にもかかわらず、ドラゴマンは足を組む方法を見つけて、背筋をまっすぐに伸ばしている。

「まずは誰のことをおっしゃっているのか教えていただかないと。お聞きすれば、こちらもお手伝いできるかもしれませんわ」

ジーグラーは、ドラゴマンの顔から五十センチの距離までぐっと顔を近づけて叫んだ。

「ヴァランタン、バンジャマン、マチス、テオの四人はどこ？　セルヴァズ警部補はどこにいるの！」

「もう少し落ち着かれたらどうですか。怒りは何も解決しませんわ。それから、わたしに唾を飛ばすのはやめてもらえません？」

ジーグラーは、一発お見舞いしてやりたいのを必死でこらえた。抑えきれない怒りがこみあげてくる。アンガールがじっとこちらを見守っている。

「あの子たちの両親を起こして、部屋を確認してもらったわ。四人とも消えていた。こんな時間には眠っているはずなのに、四人ともベッドからいなくなってたのよ。どこに行っ、、、たの？」

「あなた方はわたしに手錠をかけました。拘束された以上、弁護士の立ち会いを要求します」

ドラゴマンの声はあいかわらず冷ややかで、まったく動じていないようだった。

「弁護士に会わせない限り、わたしを尋問する権利はないはずよ」ドラゴマンは平然と主張した。

その淡いグレーの目は、こちらに真っ向から挑んでいた。なぜこれほど自信を持っていられるんだろうか。ジーグラーは理解できなかった。手錠をかけられたことで開き直って、少年たちにマルタンを殺させてもいいと思っているのか。それとも、マルタンさえ始末すれば、誰も少年たちと自分を結びつけることはできない、つまり、殺人教唆の容疑をかけられることはないと高を括っているのだろうか。確かに、あのサイトがルーマニアのサーバーとつながっていたからといって、それがドラゴマンの有罪を証明する証拠にはならない……。この女はいかれてる、心底いかれてる……。そっちがその気なら、こっちだってとことんやらせてもらう。そうでもしないと、マルタンが殺されてしまう。ジーグラーは覚悟を決めた。

ジーグラーは壁に飾られている大きな磔刑図の絵画のほうへ歩みよった。そして、ポケットからライターを取り出した。すると、ドラゴマンの顔が初めてかすかにゆがんだ。

「冗談でしょ。そんな勇気もないくせに」ドラゴマンはこちらに蔑むようなまなざしを投げた。

ジーグラーは構わずライターの火をつけた。小さな炎が絵のそばで揺れている。

「ちょっと何やってるのよ、そんなことできるわけがない……これは芸術作品なのよ、やめなさいよ！」

ライターの炎は、さらに絵に近づいた。

「あなた、とんでもない過ちを犯してるわ……」ドラゴマンが言ったが、その声はさっきまでの自信を失っていた。

アンガールがこちらを心配そうに見つめている。はったりを利かせているだけ、いくらなんでも本気じゃないだろうと思っているらしい。だが、こっちは本気だ。ジーグラはライターを絵にぐっと近づけた。ついに炎が絵の下部をめらめらと舐めはじめた。その瞬間、アンガールが叫んだ。

「イレーヌ！」

「やめて！」ドラゴマンが金切り声をあげた。「あなた、いかれてるわ！」

十字架にかけられた女は松明のようにめらめらと燃えあがった。その豊かな胸も炎にむさぼられていく。その姿は、まるで火刑にかけられた魔女のように見えた。その直後、火災報知器が作動した。


「なあ、やっちまおうぜ」

暗い洞窟。ランプの光で赤々と照らされた大洞。血管を流れる血は凍りついている。石灰質の岩場の上に横たわったまま、セルヴァズは目をあげた。そして終わりを覚悟した。

「今回は、誰から始める？」ヴァランタンが尋ねた。

「マチス、今度はおまえの番だろ」バンジャマンが言った。

セルヴァズはマチスを見つめた。マチスは手のなかにある石をじっと見つめている。

「マチス」セルヴァズは言った。「無理にやらなくてもいいんだ。きみが山にいなかったことは知ってる。カメルを湖の上で殺したのは、ヴァランタンとバンジャマンだった」

「黙れ！」ヴァランタンが怒号を浴びせた。セルヴァズは、一瞬、ヴァランタンが激昂のあまり、とっさに頭蓋骨を叩き割るんじゃないかと怖くなった。

「マルシアルが殺されたときも、きみは水車小屋の現場にはいなかった」

「こいつは、俺がロズランのゲス野郎を縛りあげるのを手伝ったんだ！」ヴァランタンが叫んだ。「それに、ティモテが滝の下で死んでいくのだって見てた！　こいつだって俺たちと同罪さ、もううぶなガキじゃねえんだ！」

「マチス」セルヴァズは粘った。「こっちを向くんだ」

「やれよ、マチス、おまえが始める番だろ」ヴァランタンがけしかけた。「こんなやつの言うことを聞くな！」

「いやだ、この人はやらない」マチスが唐突に言った。

「なんだって？」

「この人は、ほかのやつらとは違う。悪い人じゃないよ」

「ディスコードが、こいつを指名したんだ」ヴァランタンが言い返した。「ってことは、こいつもほかの腐った連中と同じなんだよ。ほら、やれよ！」

「ディスコードは嘘をついてる」マチスが応じた。

「こいつは俺たちの顔を見ただろ」バンジャマンが横から口を出した。「犯人は俺たちだってバレちまったんだよ。どっちにしろ、消さなきゃならねえんだよ、くそったれ！」

「そりゃそうだ」ヴァランタンが便乗した。「こいつの頭をぶっ潰せ！」

「ディスコードは嘘をついたんだよ」マチスが繰り返す。

「だからどうだっていうんだ？　それで何か変わるのか？」

「いやだ」マチスは断固として言った。「ぼくはやらない」

「それなら、俺が代わりにやってやるよ」ヴァランタンがそう言って石を振りあげた。

だが、マチスはヴァランタンの前に立ちはだかった。

「だめだよ、やっちゃいけないんだ」マチスは言い張った。

「てめえ、どういうつもりなんだよ？」バンジャマンが言い返した。「俺たちを邪魔すんのか？　そこをどけよ」

マチスは動かなかった。ヴァランタンは力ずくでマチスをどかそうとしたが、マチスは持っていた石でとっさに反撃した。ヴァランタンは目を大きく見開いて飛びあがった。その口と顎からは、血が絵の具のように垂れている。ヴァランタンは全身に激しい怒りをみなぎらせ、すかさずマチスに飛びかかった。二人は岩の地面に転がった。

ほかの二人はためらっている。

その視線は、地面の上を行ったり来たりしていたが、決着はすぐについた。ヴァランタンはあっという間にマチスを打ち負かして立ちあがった。マチスは地面に寝転んだまま泣いている。

「その石をよこせ！」ヴァランタンが怒鳴った。

ヴァランタンは三歩進んで、こちらを見おろした。バンジャマンから手渡された石をつかみながら、口をゆがめ、悪意に満ちたまなざしでにらみつけてくる。さらに一歩近づくと、足元からぐるりとまわりこもうとした。ほぼまちがいなく、頭を狙うつもりだろう。セルヴァズはヴァランタンが足元に近づくタイミングを見計らって、つながれた両足をヴァランタンの足首をめがけて真横に素早く動かし、足を払った。柔道でいう送足払《おくりあしばらい》という型破りな妙技だ。ヴァランタンはバランスを崩して、そばにいたテオの上に倒れかかった。それを見たバンジャマンが、石を拾ってこちらに襲いかかってきた。セルヴァズはとっさに横に転がって攻撃をかわしたが、狙いをはずしたバンジャマンは、すぐに体勢を立て直してこちらに向かってくる。一方、ヴァランタンはその間に起きあがり、怒り狂って雄叫びをあげた。

「俺にやらせろ！」

　だが、バンジャマンは構わずこちらに近づいてきた。セルヴァズは膝を曲げ、両足をバンジャマンの向こうずねめがけて、バネのようにぐっと伸ばした。だが、今度ははずした。バンジャマンはこちらの攻撃を巧みにかわすと、いきなり石を顔にめがけて投げつけてきた。石は左頬に当たり、セルヴァズは頬骨が爆発したかのような感覚を覚えた。目の前を白い星がちかちかしている。ぼやけた視界のなかに、今度はヴァランタンがこちらへ近づいてくるのが見えた。口のなかは血の味がする。セルヴァズは熱に浮かされた頭で、必死に最後の防戦手段を探った。だが、万策尽きて最後に浮かんだ結論は、万事休す、だった。

と、そのときだった。地面に横たわっていたマチスのポケットから音が響いた。携帯にメッセージが入ったらしい。

「おい、マチス！　携帯の電源は切っておかないとだめじゃねえか！　ルールにあっただろ！」バンジャマンががなり立てた。

だが、またしてもマチスの電話が鳴った。今度もメッセージのようだ。電波が届いている。つまりここは、地上から近いということか。セルヴァズは思った。出口はここからほんの数メートルのところにあるにちがいない。そうでなければ、メッセージは届かないはずだ……。

「マチス！　くそっ、さっさと電源を切れ！」

音がした。これもメッセージだ。

マチスは立ちあがると、顔についた血を拭い、ポケットから携帯電話を取り出した。だが、電源を切る代わりに、マチスはメッセージを開いた。

「マチス、何やってんだよ？」

マチスはバンジャマンの声を無視して、メッセージに目を走らせた。そこには――

〈やめるんだ、マチス。頼むから。今すぐみんなやめるんだ。パパ〉

マチスは青ざめた。そのまま一つ前のメッセージも読む。

〈どこにいるんだ？　みんながおまえたちを探してる。みんな知ってる。パパ〉

「ぼくたちのこと、探してる」マチスはほかの三人のほうを見ながら言った。「ぼくたちがやったこと、みんな知ってるって」

「なんだって？」

「パパからだったんだ。みんな、ぼくらを探してるって。親も、憲兵隊も」

ほかの少年たちは慌てて手にしていた石を置くと、それぞれ自分の携帯を取り出して、電源を入れた。その瞬間、どの電話からもメッセージの着信音が一斉に鳴り響いた。カリヨンの鐘のごとく、続けざまに何通も入ってくる。やはり自分たちは洞窟の入口からかなり近いところにいる。セルヴァズは確信した。それもどこかの基地局のすぐそばにいるのだ。でなければ、洞窟のなかでこれほどメッセージを受け取れるはずがない。

「これで終わりだ」セルヴァズは言った。「これ以上、事態を悪化させないほうがいい」

だが、誰も聞いてはいなかった。

四人の少年たちは、それぞれ自分の携帯電話の画面に見入っていた。こちらのことなどすでに忘れて……。みな、自分たちのバーチャルの世界へ戻っているのだ。彼らにとってのリアルな世界へ。と、そのとき、声が響いた。

「そこまでよ！　うしろへ下がって！　その人から離れて、今すぐ下がりなさい！」

ジーグラーの声だった。洞窟の壁にこだましている。

やがて、ジーグラーがアンガールと一緒に洞窟のなかに入ってくるのが見えた。ヴァランタンは、とっさに反対の方向へと逃げだした。だがすぐに、洞窟の別の出口をふさぎに行ったほかの憲兵たち二人に取り押さえられた。

ジーグラーは手にしていた銃をしまいながら、こちらへ駆け寄った。ほかの憲兵たちは少年四人に手錠をかけている。テオは泣いていた。ヴァランタンとバンジャマンは、険しい顔をしている。マチスはこのときになって、ようやくこちらを向いた。目を真っ赤に腫らして、涙を浮かべている。セルヴァズはその目に底なしの悲しみが浮かんでいるのを見てとった。マチスは目を覚ましたのだ。バーチャルの世界から、現実の世界へ戻ってきたのだ。

「マルタン、大丈夫？」ジーグラーがすぐそばで膝をつきながら尋ねた。

「ああ……大丈夫だ」

セルヴァズは、憲兵に連れられて遠ざかるマチスを目で追った。最後にもう一度、振り向いてくれるだろうかと思ったが、マチスは振り返らなかった。そうしているあいだも、ジーグラーはこちらの手足を縛っているロープを解こうと格闘していたが、結び目は固く、結局はナイフで切断した。

セルヴァズはゆっくりと起きあがった。痺れていた足を揺り動かし、痛む手首をさすった。

「ここにいるって、どうやってわかったんだ？」

「まずはドラゴマンの家へ駆けつけたのよ。でも、ドラゴマンは口を割るのを拒んだわ。あなたの居場所を絶対に言おうとしなかったの。あの磔刑の絵に火までつけて脅したんだけど」

「え、なんだって？」セルヴァズは耳を疑った。

「だって、緊急事態だったんだからしかたないじゃない。あなたが危険にさらされてるってわかってたから……。結局、ドラゴマンは言わなかったけど、そのとき思い出したのよ。前にこの洞窟の小さな入口を見にきたときに、飴玉の包み紙がいくつも落ちていたのを。覚えてる？」

　セルヴァズはうなずいた。

「それで、マリアンヌは？」セルヴァズは尋ねた。喉に心臓がせりあがってくる。

「ドラゴマンの家で見つけたわ。すっかり打ちひしがれてた。今頃、医者の診察を受けているはずよ。心配しないで、マルタン。マリアンヌは大丈夫そうだった。少なくとも……体のほうは」

　セルヴァズは一瞬うろたえて、ジーグラーを見つめた。

「どういう意味だ？」

「マリアンヌは精神科医に診てもらう必要があるわ。入院させることになると思う」

　セルヴァズはうなずいた。そして、思わずジーグラーをかき抱いた。

「ありがとう」セルヴァズは言った。

「あんなふうに、何も言わずに行ってしまうなんて……反則よ」ジーグラーもこちらを強く抱きしめながら言った。その声は心なしか震えていた。「どうやらあの絵、少なくとも二十五万ユーロ相当が灰になって消えたみたい。もし弁償させられることになってたら、って考えてみて……」

セルヴァズは、ジーグラーをいっそう強く抱きしめた。

「いや、もっとひどいことになってたかもしれないぞ。あのトーチカを、一軒丸々焼き払ってたかもしれないんだからな」

セルヴァズは、こうやってジーグラーと固く抱きあいながら、何時間でも過ごせる気がした。相手が自分にとってどれほど大事な存在であるか、それを知ってもらうためだけに、ひたすらくだらないことを言いあいながら。

64

午前十時

月曜の朝。太陽は燦々《さんさん》と光り輝いていた。洞窟を出たあと、セルヴァズは医師の診察を受け、ホテルへ戻ってシャワーを浴び、そして今、憲兵隊の本部へ向かっていた。山々をなでる陽射しはすでに暑く、通りは明るい光にあふれていた。まるで清めの光が、この谷で起きた一連の出来事を一掃し、忘れさせようとしているかに見えた。

それでいい。セルヴァズは思った。情報が次から次へと押し寄せ、集中力も記憶力も、日に日に落ちている今の時代、エグヴィヴで起きたこの事件も、いずれすぐに別の事件や別のスキャンダルに取って代わられ、人々の記憶から忘れ去られることになるだろう。

だが、自分は決して忘れない。ジーグラーもアンガールも、忘れることはないだろう。あの子どもたちの家族も。そして、子どもたち自身も。

憲兵隊の建物前には、マスコミがすでに詰めかけていた。エグヴィヴ連続殺人事件が解決し、しかも犯人は四人の少年たちだったというニュースが広まると、トゥールーズだけでなく、パリからもジャーナリストたちがヘリコプターで続々とやってきた。特に二つのニュースチャンネルは、特派員まで送りこんで憲兵隊本部前に陣取っている。

セルヴァズは肋骨の痛みで顔をしかめないようにこらえながら、玄関前の階段をのぼった。ガラス戸を開けてなかに入り、廊下を進んでいく。胸がふさがる思いだった。自分はこれから、マチスと話をさせてもらうつもりなのだ。二人きりで……。部屋に入るとジーグラーは、少し警戒するようなまなざしを投げてきた。ジーグラーには事前に頼んで、この個人的な面会を了承してもらっていた。だが、今はどうやら、それを後悔しているように見える。

「マチスとの面会だけど、撮影させてもらってもいいかしら？」案の定、ジーグラーは言った。「万一、弁護士がこの面会を槍玉に挙げて、こっちの捜査手続を台無しにしようとする場合に備えておきたいの。用心に越したことはないから」

セルヴァズは口を閉じたままうなずいた。マチスは今、どんな状態でいるのだろうか。

「面会は十五分だけ。それ以上はだめよ。殺人については一切質問しないで。捜査のことは一切話さないこと。事件の説明を求めるのもやめて。弁護士の同席なしでは、そういう尋問はしちゃいけないのよ。弁護士はまだ到着してないことだし。わかるわね？　ぶっちゃけて言えば、あなたはマチスと話す権利だってないのよ。停職中なんだから」

未成年者の扱いについては自分も心得ていた。十三歳未満の未成年者は、基本的に身柄を拘束することはできない。ごく例外的な場合のみ、警察は最大十二時間まで子どもを拘束することができるが、その場合であっても、弁護士が必ず同席しなければならず、取り調べは録画が義務付けられている。

「わかった。全部録画してくれ。マチスが自分から犯行の秘密を漏らすこともあるかもしれないし。そうでなければ、私からマチスに話すことは忘れてくれ」

セルヴァズは、ジーグラーについて廊下の端の部屋へ向かった。ジーグラーがドアを開ける。マチスは机を前に椅子に座っていた。うつむいていた顔をあげると、その目は赤く腫れていたが、セルヴァズは一瞬、そこにかすかなきらめきが宿ったのに気がついた。部屋の隅では、ビデオカメラが面会の様子を撮影している。

「座ってもいいかな？」セルヴァズは尋ねた。

マチスはうなずいた。セルヴァズは話を始める前に心を落ち着かせようと、ここに着いてから自動販売機で買っていたまずいコーヒーを一口飲んだ。

「マチス」セルヴァズは口を開いた。マチスに向かって話しながら、同時に自分たちを撮影しているカメラを意識して話しはじめた。「私はきみに質問をしにきたわけではないんだ。何があったのかを訊くためでもない。事件についての話はしないし、捜査に関係のあることについても一切尋ねたりしないよ。きみは私には何も話さなくてもいいんだ。ただ、私が言うことを聞いてくれたらいい。話をするのは私だ。わかったね？　これからきみのことを話すつもりだ。きみの将来のことを」

ひとまずマチスの関心を引くことができたらしい。セルヴァズは思った。何より〝きみの将来〟という言葉が大きかったのだろう。

「きみは何があろうと、今回のことで刑務所に行くことはない。きみの人生が一晩にして台無しになるわけじゃないんだ。でも、自分のした行いは、必ず償わなくてはならない。わかるかい？」

マチスはもう一度、首をたてに振った。その態度からは、これまで見知っていたマチスには感じたことのない深い遠慮と慎みが感じられた。そのまなざしの奥には、前から気づいていた悲しみが横たわっている。

「年上のヴァランタンとバンジャマンは、確実に刑務所へ送られるだろう。だが、きみを刑務所に入れることはできない。なぜなら、きみはまだ十三歳になっていないからだ。十三歳未満の未成年者は、何をしたとしても、刑務所に投獄することはできないんだ。わかるかな？」

セルヴァズは、この国では毎年、平均して六万人の未成年者が起訴されていることを思った。そのうち、半数以上が十六歳から十七歳で、約四十パーセントが十三歳から十五歳の少年少女たちだという。

「刑務所には行かないが、おそらくきみはどこかの更生施設に入れられることになるだろう。しばらくのあいだ、お父さんやお母さんと離れて、その施設で決められた義務や仕事、規律に従わなくてはならない」

セルヴァズは、マチスがこの知らせにはそれほどショックを受けていないことに気がついた。少なくとも、すでに受けているショック以上には動揺していないようだ。両親と離れ離れになると聞かされても、マチスは驚くほど反応が薄かった。その事実に、セルヴァズは胸が締めつけられた。そして、自分のところへ来たばかりの頃のギュスターヴを思った。自分はゆっくりと時間をかけて、息子との絆を育んでいかなければならなかった。

「きみの前には人生が広がっている。きみには将来がある。たとえ今、この場ではとてもそうは思えないとしても」セルヴァズは言った。「だが、きみたちが恐ろしい犯罪を犯したのは事実だ。きみたちは、とてもひどいことをした」

「ヴァランタンとバンジャマンがやろうって言ったんだ」マチスがおずおずと口にして、再び目を伏せた。まぶたの端からは、涙の粒がこぼれ落ちそうになっている。

「ああ、わかってる。それに何より、この事件の裏に隠れていた大人がきみたちにやらせたんだ。一番悪いのは、みんなをそそのかしたその大人だ。それでも、きみがこの恐ろしい犯罪に加担したことには変わりない。警官の私でもまず見たことがないほど、残虐な行為だ……」

　マチスは首を肩のあいだに小さくすくめた。頬には涙が伝い、光る筋をつけている。

「本当にごめんなさい」マチスが小さな声でささやいた。

　セルヴァズは沈黙が流れるに任せた。肩をすぼめるマチスを見ながら、セルヴァズは自分も胸が締めつけられていることに気がついた。まるで大きな結び目が胸をふさいでいるみたいに。セルヴァズはマチスの目をじっと見つめた。その目は今や涙であふれている。

「マチス、ディスコードはきみたちに嘘をついていたんだ。きみたちにあんな挑戦《チャレンジ》をさせて操っていたんだよ。裁判所は、そのことをきちんと考慮するはずだ。でも、私がきみに伝えたかったのは、それだけじゃない。いいかい、本当に立ち向かうべき挑戦は、一つしかない。人生の挑戦だ。生きることなんだ」

マチスはとても注意深く耳を澄ましていた。涙で潤んだ目を大きく見開いている。

自問した。自分はこの言葉をマチスに話しているのだろうか、それとも自分自身に言い聞かせているのだろうか。「きみの人生を生きること。それが本物の挑戦なんだ。きみはこれからしばらく厳しい時期を過ごすことになるだろう。でも、必ずいつかはそこから出られる。そのときこそ、きみは自分の人生をまた生きはじめるんだ。生きて、遊んで、大きくなって、学んで。生きているうちには、また別の悪い人間に出くわすこともあるかもしれない。ヴァランタンやバンジャマンのような人間に。でも、それだけじゃない。これからきみには素晴らしい人たちとの出会いもたくさん待っている。だからきみは、そういう人たちを見極めることを覚えていかなくちゃいけないよ。というのも、悪い人が善い人のふりをしていることもあるし、根は善人でも、表面的には無愛想な人に見えることもあるからね。そこに決まったルールはない。でも、これだけは覚えておくんだ。これからきみが出会う人たちや、きみが味わう出来事も経験も、どれもがきみを大きく成長させてくれる、そしてそのおかげで、きみ自身やほかの人たちのことをもっと深く理解できるようになるってことを。もちろん失敗や、悲しみ、失望も、人生の一部だ。でも、もしきみがそうした失敗から学ぶことができたら、人生にはたくさんの喜びや成功、勝利の瞬間が待っているんだ。わかるかい？」

　マチスは力強く頭を振ってうなずいた。ちくしょう、どうして自分が感極まっているんだ？　セルヴァズは胸にこみあげてくるものを必死で抑えた。どうして自分まで涙をこらえているんだ？

「本物の挑戦っていうのは、結局のところ、自分を愛することなんだ」セルヴァズは咳払いをしてから続けた。「自分を愛するっていうのは、ありのままの自分を恐れたり、恥じたりしないで、逆に自分の力にすることなんだよ、マチス。きっと人々のなかには、きみのことをからかったり、嫌なことを言ってきたり、侮辱したり、けなしたり、過去のことを持ち出しては、きみを怒らせようとする人も出てくるだろう。物を壊して、暴力を振るって、喧嘩して相手を叩きのめすことが、力や勇気の証明になるって言ってくる連中もいるだろう。でも、それはちがう。本物の力っていうのは、自分が自分のままであること、愛するのを恐れないことだ。そして何より、自分の愛する人たちを守ること、愛する人たちのためにこの世界がよくなってほしいと願うこと、暴力のない、憎しみもない、嘘のない、よりよい世界を願うことなんだ。これからもきみは、しょっちゅうつまずいたり、転んだりするだろう。でも、きみが自分のなかにこの力を持っていれば、また立ちあがれる。そしてきみは、日を経るごとにより強く、よりよい人間になっていくんだ」

　自分はどこへ行こうとしているのだろう。セルヴァズは考えた。自分は今、感情のあふれ出るままに言葉を紡いでいた。いつもの自分らしくないことだ。だが同時に、今の自分は心の底から誠実であると感じていた。自分が発した言葉の一つ一つを、自分は全身全霊で感じていた。

「なぜなら、人生に唯一、意味を与えられるのは、生きることだから。人生を全力で、意識的に生きること、過ぎ去っていく刻一刻を、一瞬一瞬を大事に生きることなんだ」

今やセルヴァズは、決定的な言葉を言おうとしていた。口に出したあとで、後悔するようなタイプの言葉だ。それでも、自分は言わなくてはならなかった。自分は、人には教訓を垂れながら、自らは決して実行しないような人間にはなりたくなかった。

「いいかい、マチス。きみが施設を出たとき」セルヴァズは言った。「助けが必要なら、私が力になろう。だが、そのためには、きみはこれから正しく生きていかなくちゃいけない。正しい道を歩んでいかなくてはいけないよ」

セルヴァズは、涙であふれるマチスの瞳に、新しい光が宿ったのを目にした。それは初めて顔を出した光だった。マチスは鼻をすすった。それから、涙に濡れた頬を拭った。

「本当？」

「ああ、本当だ」

セルヴァズはうなずいてみせた。そして、立ちあがった。胃がぎゅっと締めつけられ、心は重かった。ああは言ったが、これから先は一筋縄ではいかないだろう。

ドアのところで振り向いて、マチスともう一度、目を合わせた。十二歳のマチスはこちらをじっと見つめていた。強烈な視線だった。そのまなざしは、前とは違っていた。もちろん、その目は今も悲しみに覆われ、打ちひしがれてはいる。だが、そこには別のものが現れていた。希望のようなものだろうか？

いや、幻想を抱くのはやめよう。いずれにせよ、時が経てばわかることだ……。セルヴァズは部屋を出た。

マチスとは違って、ヴァランタンとバンジャマンのほうは、自分たちの行為の重大さをまるでわかっていないようだった。この日、長い取り調べのあいだにも（二人の年齢であれば、二十四時間、身柄を拘束することができた）、二人は罪を悔やむ言葉も自責の念も一切示さなかった。それどころか、二人があらゆることに無関心で、他人への共感をまったく持たないことが露呈されるばかりで、尋問に立ち会った憲兵たちを震えあがらせた。このあとは、精神科医が三人、少年たちとそれぞれ面会することになっている。犯罪行為に対する責任能力があるかどうかを見極めるためだが、セルヴァズは、ここでの判断を誤って、二人がわずか数カ月で出てこられるような簡易な施設に送られたりしないよう心から願った。釈放されたら、この二人はすぐにまた悪事に手を染めるだろうという確信があった。

この少年たちも、ガブリエラ・ドラゴマンに出会う前は、そこまで危険な猛獣ではなかったのかもしれない。だが、今となっては――あれほどおぞましい犯罪に手を染めてしまった今となっては、もはやあと戻りは不可能だった。もちろん、自分の思い違いでなければの話だが……。

セルヴァズはくたくたに疲れ果て、同時にひどく動揺してもいた。マチスと話した部屋を出ると、セルヴァズはジーグラーにひとまわりしてくると伝えて外へ出た。外に出て歩きたかった。外の空気を吸いたかった。肌に太陽を感じたかった。カフェのテラスでコーヒーを飲んで、自分を取り巻く人生の音を聞いていたかった。

そして、マリアンヌ……。セルヴァズは入ったカフェのテラスで、空になったコーヒーカップを陽の当たるテーブルに戻しながら思った。マリアンヌはおそらく、刑務所へ送られることになるだろう。息子のユーゴがまもなく服役を終えて、出所するところだというのに。いや、もしかすると、マリアンヌは刑務所ではなく、精神科の収監施設に入ることになるかもしれない。その可能性のほうがありそうに思えた。だが、だったら何が変わるのか？　セルヴァズは暗い気持ちで思った。二つの監禁のあいだに――ハルトマンらによる監禁と精神科施設と――マリアンヌはいったい何日間の自由を味わうことができたのだろうか。ごく短い自由だったはずだ。自分はあと少しでマリアンヌに手が届くところだったのだ。だが、またしてもマリアンヌは、こちらの手からすり抜けてしまった。結局、マリアンヌは正しかったのかもしれない。自分は心の底では、マリアンヌが再び姿を現すことを望んではいなかったのかもしれない。自分を欺き、マリアンヌを探すふりをしながらも、心のなかの奥深い影の部分では、マリアンヌが戻ってこなければいい、どこかで亡くなっていてくれたら、とひそかに願っていたのかもしれない。

いずれにせよ、今回の事件で、マリアンヌは、自分が長年のキャリアを通して檻のなかへ送りこんだ者たちの仲間入りをすることになった。それはガブリエラ・ドラゴマンも同じだ。自分の戦果リストに、また二人加わったのだ。だが、そこに達成感はなかった。何年も囚われの身だった女性を別の監禁状態に送りこんで、いったいどんな満足を味わえばいいというのか。それも、かつて自分が愛していた女性を……。

セルヴァズは、マルサックで再会したときのマリアンヌを思い出した。夏の夜、湖のほとりにある邸宅のテラスにいたマリアンヌは、カーキ色のチュニックワンピースを着ていた。ボタンが前についていて、胸にポケットが二つあるデザインで、腰には細い編みベルトをしていた。どことなく兵士のような服装だった。あの晩のマリアンヌの姿が、まるでつい昨日のことのようにありありと浮かんでくる。足は裸足で、日焼けしていた。化粧っ気はなく、薄く口紅をひいているだけだった。ブロンドの髪が片側の頬に金色の雨のようにはらりとおりていた。そして、二人でワインのグラスを傾けているあいだ、その大きな緑色の目は自分をじっと見つめ、探るように観察していた。「中年の独身男っていったところね。マルタン・セルヴァズさん」マリアンヌはそう言っていた。それから少しして、自分たちは愛を交わした。まるでそれが人生における至福のときであるかのように。まるで二人とも、それが最後だとわかっていたかのように。だが、そうした日々も今では遠い過去となってしまった。あまりに遠すぎて、ときおりあれはみんな夢だったのではないか、あんなことは起きなかったのではないかという気さえするほどだった。

セルヴァズは、頭からそんな考えを追いだした。マリアンヌのことは考えたくなかった。今はまだ。

一方で、ガブリエラ・ドラゴマンについては、刑務所へ送りこむことになんのためらいもなかった。人を操るあの女は、子どもたちを武器のように利用したのだから。それにしても、男性に対する憎悪をあそこまで膨らませるとは、ドラゴマンの過去にはどんな秘密のトラウマが隠されているのだろうか。いつかそれを知ることはできるのだろうか。ドラゴマンは、監禁されていたマリアンヌに出会い、すぐさまその戦いを自らの戦いとみなして復讐を遂げた。そこにはどんな理由があったのか？　セルヴァズは、ドラゴマンが裁判にかけられる日には必ず傍聴しようと心に決めた。その闇を理解したかった。

憲兵隊の建物に戻ったときには、ほとんど正午になっていた。アンガールが満面の笑みを浮かべてこちらにやってきた。何かあったらしい。

「やりましたよ、道路が開通しました！」

「なんだって、もう？　もっと何週間もかかるかと思っていたが」

「今日はなんだか、すごい一日ですよね」アンガールが一言で要約した。まったくそのとおりだった。

エピローグ

セルヴァズは手を洗うと、鏡の前でネクタイの結び目を直した。唾を飲みこむ。自分は怖じ気づいているのだろうか。そう、自分は少々、びくついている。

　昨夜はほとんど眠れなかった。今日の審議で弁明する内容を何度も頭のなかでシミュレーションしていたからだ。もちろん、そんな機会が与えられるかどうかもわからないのだが。パリには昨日の夕方に到着した。オルリー空港の第一ターミナルに降り立ったとき、出迎えに来てくれた労働組合代表の女性は――トゥールーズで世話になった代表とは別の人物だ――こう警告してくれていた。〝懲罰委員会のメンバーは、心優しいことで有名ではありませんからね〟

　トイレを出ながら、セルヴァズは自分に言い聞かせた。自分が警察官でいられるのは、あとほんの数時間なのだと。そのあとは市民生活に戻されて、望んでもいない自由を与えられるのだ。

　だが、セルヴァズはふと思った。今日で免職になったとしても、案外、それはそれで悪くないのかもしれない――こんなふうに考えたのは初めてのことだった。長い目で見れば、今日の結論は、自分にとって救いの道、人生における救命ブイになるかもしれない。警官というのは今や、つらく厳しいだけで報われない不毛の職業になってしまった。それを思えば、たとえ今はショックでも、数年後、自分がようやく人生の新しいページをめくることができた頃には、警察を辞めさせられて良かったと思えるようになっているかもしれない。

セルヴァズは一同を眺めた。自分が今、どこにいるのか、思い出すのに何秒かかかった。自分がここで何をしているのかも。そう、いよいよこれから懲罰委員会の審議が行われるのだ。集まった人々は、誰もが押し黙っていた。そして、部屋に入った自分にじっと視線を注いでいる。静寂のなかで、セルヴァズは息を吸いこんだ。今日を境に、自分はもう同じ人間ではいられなくなるだろう。同輩による裁きというのは、容赦なく手厳しいものだからだ。実際、懲罰委員会の審議を受けた者は、誰もが口を揃えて言う。そこで受けた攻撃は、心理的にも道義的にも、とんでもなく暴力的で、信じられないほど苛烈だったと。そして自分は、彼らの証言の真偽のほどを確かめるのにこれ以上ない立場にある。なんといっても、自分が審議にかけられるのは、この二年間で二回目なのだから。

窓の外には、七月の空の下にパリの屋根が広がっていた。自分たちのいる建物は、セーヌ川からほど近い、十五区にあるネラトン通りにそびえ立っている。部屋の正面には、非常に長いテーブルが置かれ、男性四人、女性二人の計六人が窓を背にして座っていた。そのうち、労働組合側の代表が三人、管理当局側が三人。どの顔も険しい表情を浮かべている。

　厳しい攻撃を仕掛けてくるのは、この管理当局側の三人だろう。遠慮などない。何しろ連中は、こちらを叩きのめし、追いつめるためにここにいるのだから。そして、参りましたと言わせるために。彼らは調べあげてあるこちらの失態の数々を挙げ連ね、散々こねくりまわした挙句に生き埋めにするのだ。そうやって落伍者の烙印を押してから、古ぼけた雑巾のように放りだすつもりなのだ。セルヴァズは手強い敵を前に、歯を食いしばった。

「警部補」

　国家警察長官の声だった。背の高い痩せぎすの男で、ギロチンのごとく冷ややかな笑みを浮かべ、眼鏡の下からこちらに厳しいまなざしを向けている。審議委員長として、長官の投票は二倍にカウントされるのを自分は知っている。言い換えれば、自分の将来は、この男の判断にかかっているということだ。

　長官は、ほかの審議委員らを紹介した。だが、セルヴァズはほとんど聞いていなかった。頭は別のことを考えていた。これから抗弁で訴える内容を頭のなかで反芻していたのだ。自分は昨日、十平方メートルほどの小さな味気ない部屋で、自分の身上書類の記録内容すべてに目を通すことができた。メモをとることは許されたが、写真を撮るのはだめだと言われた。理由はわからない。しかも用心のためだと言って、携帯電話も秘書に預けなければならなかった。閲覧中も、秘書はこちらに目を光らせておくため、部屋のドアを開け放したままにしていた。閲覧が許される時間は三十分きっかり。

だが、用心なら自分も負けてはいない。人からの助言に従い、もう一台、別の携帯をこっそり持ちこんでいたのだ。そして、秘書が自分の携帯で誰かと無駄話に花を咲かせているタイミングを見計らって——ヨガやウォーキングの効用についてくすくす笑いを挟みながらおしゃべりをしているのを尻目に、自分は重要書類をひそかに写真におさめていった。ファイルを調べているうちに、いくつか抜けがあることに気がついたが、あとでそれを指摘すると、秘書はいかにもお役所的な理論でもって(「わたしの担当じゃありませんから」)、ばっさりと切り捨てた。そして、素晴らしく偽善的な笑顔を見せてから、プラスチックのチェーンで吊るされた眼鏡を胸元におろし、ティーカップに入ったハーブティーをすすりはじめた。机に置かれた箱には、リンデンとレモンバーム、カモミールのブレンドティー、効能はストレス軽減、と書いてあった。

それはともかく、何百ページにも及ぶ記録をめくりながら、自分は妙に胸を打たれていた。ファイルのなかには、自分の警官としての人生がすべて詰まっていた。たとえ死刑台にのぼることになろうと、自分が生きた軌跡は確かにそこに残るのだ。人事異動、昇進、捜査報告書の数々、友情、思い出、輝かしい光景——こうした記憶が走馬灯のように浮かんでは消え、胸が熱くなった。一つの人生がここで終焉を迎える。自分が情熱的に愛し、すべてを犠牲にして身を捧げてきた警察官の職業人生がここで幕をおろすのだ——。ふと気がつくと、目が涙で曇っていた。自分はそっと顔をあげ、ヨガとハーブティーを愛する秘書の女性に泣き顔を見られていないのを確かめた。

ファイルを閲覧したあと、夜は空港で出迎えてくれた組合代表の女性と一緒に記録内容を吟味した。ちなみに、刑事手続のほうはすでに終わり、自分は刑事責任を問われずにすんでいた。裁判所は、自分がいかなる犯罪も違反も犯してはいないという判決を下していたのだ。だが、だからといって、それが同輩による裁きを免れられる保証にならないことは、自分でもよくわかっていた。

今、審議委員の面々を前にして、セルヴァズは身上書類のなかのどの要素が自分への攻撃に使われるのだろうかと考えた。もちろん審議の焦点になるのは、容疑者として勾留中だった作家エリック・ラングを誰にも知らせずに連れだし、のちにラングが火を放たれて殺されることになる場所へと連れていったことであるのは言うまでもない。いずれにせよ審議委員たちは、手を替え品を替えてこちらを糾弾しつつ、警察官の職業倫理規定を持ち出してくることだろう。それが彼らのお気に入りの戦法なのだ。厳格すぎて、現場には適用不可能な規定。この規定を基準に裁かれたら、フランスでは制裁を受けない警官など一人もいないはずだ。

「警部補」労働組合代表の一人が、手元のメモに視線を落としながら、好意的な声で始めた。

「あなたは驚くべき功績を残されていますね。わたしがこれまでに目にしたなかでも、群を抜いて素晴らしい経歴です」

「ありがとうございます」セルヴァズは謙遜と慎みを示すべく、簡潔に言った。

シャツの襟が首に当たってちくちくしていた。昨日買ったばかりのシャツだ。ネクタイも首を締めつけてくる。もう少し緩めに結んでおくべきだった。ネクタイをする習慣はとっくに手放していた。

「あなたは正真正銘、伝説の警察官です。そして模範的です。トゥールーズだけでなく、フランス中の警察官の鏡になります」

飛ばしすぎじゃないだろうか。セルヴァズは不安になった。もう少し、ほどほどに……。そう思いながら長官のほうをちらりと見やって、ふいに顔がこわばった。長官は口を一文字に結び、氷のように冷たい目で自分をじっと見つめていたのだ。それから十分ほどのあいだ、組合代表たちは、こちらに有利になるような問答を繰り返した。答えれば必ずマルタン・セルヴァズという人間の価値があがるような好意的な質問を連投し、それによって、こちらの人間性や打ち立てた偉業、チームの統率能力などについての賛辞をこれでもかというほど並べ立てていった。だが、長官は、どの話にも一向に感銘を受けたような表情は見せなかった。

「おっしゃりたいことは十分わかりました」長官はにべもなくさえぎった。一切の異議を受けつけない口調だった。

「本題に入りましょう。警部補、私の思い違いでなければ、あなたが無軌道なふるまいをしたのは、これが初めてではありませんね。あなたは昨年、オーストリアの病院で、完全に不法に銃を使用しました。そして、今回の事件です」

国家警察長官の顔には、冷淡で一切の妥協を許さない表情が浮かんでいた。

「我々がここに集まっているのは、あなたの過去の功績に陶酔するためではありません。次の二つの疑問に答えるためです。事件のあった納屋で、あなたはエリック・ラングの死を招くような過失を犯したのかどうか。そして、一年前、オーストリアにおいても、同様にそうした過失があったのかどうか。要するに、あなたは、たった今耳にしたような有能で模範的な警察官なのか、あるいは、その逆に自分の行いを制御できない警官であって、一刻も早くその任を解くべきなのか、ということです」

長官のまなざしは、鋭い釘のようにまっすぐにこちらに刺さった。


「どうしてこんなに時間がかかっているんでしょうか？」セルヴァズは尋ねた。

組合代表の女性がこちらに曖昧な視線をよこした。二人は控えの間で、審議が終わるのを待っているところだった。閉じられたドアの向こうで審議委員一同が審議を始めてから、すでに四十五分が経っていた。

「さあ。もしかすると、何かこちらに有利なことが起こってるのかもしれないわね」その明るい言葉とは裏腹に、代表の口調には悲劇的なほど確信が欠けていた。

「どういうことです？」

「今日はあなたで三人目なのよ。あなたの前に審議を受けた司法警察官は、二人とも免職になった。だから、審議委員たちももしかすると、同日に三人も罷免するのを躊躇しているのかもしれない」

運転免許の試験みたいだな。セルヴァズは思った。前の二人が不合格になると、三人目は合格させてもらえる確率がぐんとあがる。

「なるほど。前の二人は、何をやらかしたんです?」

「一人目は、パリ郊外の犯罪対策班《BAC》の警官でね。グリニーにあるグランド・ボルヌの集合住宅群で夜間パトロールをしていたんだけど、団地内に入って角を曲がったところで、若者が道のど真ん中でソファを燃やしているのに出くわしたの。警官の乗った車は特殊標識をはずして、警察車両だとはわからないようにしてあったんだけど、若者は車のナンバープレートを覚えていて、相手が警察だってすぐに気づいたらしいわ。危険な地域なのに、上層部が必要ないと判断したせいで、三年間で一度もプレートを替えてなかったのがまずかったのね。暴徒化した若者たちは、パトロール車両に向かって一斉に敷石やペタンクの金属の球を投げつけてフロントガラスを粉々にしたわ。そのうえ、火炎瓶が三つ、車両めがけて投げつけられて、車が炎上しはじめたの。運転席にいたその警官はパニックを起こして、慌てて全速力でバックした。そして、集まっていた若者の一人を轢《ひ》いてしまったの。十五歳の少年だった。少年は昏睡状態に陥って、今も入院中。その夜から三日間、暴動が起きたわ。ただこの警官はそれ以前にも、すでに一度、制裁を受けていてね。ある建物のホールで、同僚の警官と一緒に四十人ほどの若者のちんぴら集団に追いつめられて、銃を抜いたことで処罰を受けているの」

フランスの警官なら誰でもそうだが、セルヴァズは火炎瓶――別名モロトフ・カクテルという言葉を聞いて、ヴィリー＝シャティヨンの警官襲撃事件を思い出した。二〇一六年、警察車両に火炎瓶が投げこまれた事件で、複数の警官が重傷を負い、パトロール隊や犯罪対策班の警官たちにとっては、消えることのないトラウマになった。

実際、郊外団地のごろつきのボスたちは、たむろする若者たちを軍隊のように使って境界線を張らせ、警察の介入を拒む無法地帯を作っている。いっぽう、警察の上層部と政治家たちは社会的平和を買うために、この問題と闘うふりをしながら、こういった状況を受け入れた。その結果、警官を狙った不意打ちや危険な襲撃が跡を絶たず、あまりに頻発するので、もはや新聞の見出しにすら取りあげられなくなっている。

「で、もう一人は？」

「こっちはノルマンディーなんだけど、カーンの集合住宅地で行った職務質問が悲劇に転じた事件よ。麻薬捜査局の警官二人が、麻薬密売人の男を追っていたの。男は警察の気配に気がついて逃亡し、二人はすぐにあとを追ったわ。二人のうち、一人は女性で、毎年マラソンを走っていたから足が早くてね。たちまち追いついたのよ。すると追いつかれた男は足を止めて、いきなり振り返ると女性警官を激しく殴ったの。少し遅れて、現場に着いた男性警官は、同僚が地面に倒れているのを見てぶち切れて、男をめった打ちにしたってというわけ。念のために言っておくと、その密売人の男は、そこに至るまでにすでに何十回も職務質問を受けてるようなやつだったらしい。運ばれた病院で警官を告訴したそうよ。余談だけど、男は女性警官を殴った理由を、こう説明したらしいわ。ラマダン（イスラム暦における断食月）の最中に、女に捕まるなんて我慢ならなかったって」

組合代表は話し終えると、幻滅した様子で頭を振った。警官というのは、ごろつきどもと違って、過ちを犯す権利すらないのだ。

と、そのとき、審議室のドアが開いた。セルヴァズはふっとため息をつき、背筋を伸ばして立ちあがった。ネクタイの結び目を確かめる。ついに来た。いよいよ決着のときが。

「警部」長官は口を開いた。

セルヴァズは眉根を寄せた。自分はからかわれているのだろうか。警部だって？　審議委員長たる長官がこんな場面で肩書を言いまちがえるようなことがあり得るだろうか。

長官は手元のメモに視線を落とし、テーブルの上に散らばっていた書類を揃えてまとめると、眼鏡越しに厳しいまなざしをこちらに向けた。

いよいよ審判のときだ。死刑台、ギロチンの刃。切り落とされて籠に落ちる頭……。ゲーム・オーバー。

「我々審議委員会は、じっくりと審議を重ね、本件をあらゆる角度から検討し、あなたの行動を細部にわたって精査した結果、以下の結論に達しました。あなたには、とがめるべき点はありません。あなたは、我が子を守りたい一心で行動した。もちろん、いくつか職業倫理規定に違反したことは確かです。ですが、ここにいる誰もが、特定の状況においては、そうした規定がいかに適用不可能であるかを知っています。我々は、エリック・ラングの死に関して、あなたに責任はなかったと考えます。ラングの死は、すべてレミー・マンデルの策略に起因するものであり、裁判所もマンデルの有罪を認めています。また、同裁判所は、あなたが無罪であるという判決をすでに下しています」

自分は夢を見ているのだろうか。

きっと、もうすぐ目が覚める。

心臓があまりに速く、あまりに激しく胸を叩いていた。

「したがって、我々はあなたを罷免しないことを決定しました。さらに、あなたは過去に犯した過ちですでに十分、罰を受けたと考えられること、そして、この身上書類にあり余るほど記されている目覚ましい功績に鑑みて、あなたに元の階級を返還し、警部として、および犯罪捜査班の責任者としての職務に復職させることを決定しました」

長官の顔に笑みが広がった。それはさながら、送別会でうまいジョークを飛ばした同僚の顔に浮かびそうな笑みだった。

「これで、懲罰委員会の審議を終わります。階級章と拳銃を受け取って、明日から警察署での職務に復帰してください、警部」長官はそう言って締めくくった。その瞬間、長官はさっきまでとは打って変わって、素晴らしく感じのいい男に映った。

やがて長官が立ちあがると、ほかの人々も動きだし、部屋にはざわめきが広がった。祝いの言葉が飛び、歓声があがった。それからしばらく、セルヴァズは何度となく親しげに肩を叩かれた。「おれにはわかってたんだ」組合代表の一人が言った。トゥールーズで世話になった男だ。人々に囲まれながら、セルヴァズは長官のほうを見た。長官は遠目にこちらを見つめている。その額には深いしわが一本刻まれていた。その表情はあたかも、自分は正しい決断をしたのだろうかと自問しているかに見えた。セルヴァズは長官のほうへ歩いていった。

「こっちへ」そばまで行くと、長官はこちらが口を開く前にそう言って歩きだした。セルヴァズはその背中に続いて部屋の隅へ向かった。長官は軍人のように背筋をまっすぐに伸ばし、ゆうに十センチは高いところから自分を見おろしている。そして、驚くほど友情のこもった仕草でこちらの腕をとりながら言った。

「トゥールーズに戻ったら、レアに私からよろしくと伝えてください」長官は抑えた声で言った。

「え、今なんとおっしゃいましたか？」

長官は、こちらに身をかがめるようにして言った。

「小児科医のレア・ドランブル先生ですよ。レアは、あなたがあの谷で足止めされているあいだに、パリの私どものところを訪ねてきてくれたのです。私の妻と二人で、あなたのことをしきりに話していましたよ。そして私は、妻の言うことには耳を傾けることにしておりましてな。長年のキャリアにおいて、妻はいつも私の最良の助言者でした。私の妻は医者です。トゥールーズ育ちで、レアとは長い付き合いなのです。二人は高校で知り合って、一緒に医学を学んだ友人でした。そしてレアは、私どもの息子の命の恩人でもある。息子が恐ろしい病にかかったとき、レアの診断のおかげで、息子は命を取りとめることができたのです。レアに私から、くれぐれもよろしくとお伝え願いたい。頼みます」

長官はそう言って、こちらの手を握ると、同輩たちのところへ戻っていった。

「話してくれればよかったのに」セルヴァズは言った。

レアは目を伏せている。後悔しているふうにも見えるが、そうではないことはわかっている。レアは再び目をあげると、こちらを見つめた。

「あなたにダメだって断られるのが怖かったのよ」レアは言った。

「ああ、断っていただろうな」

「わたしのこと、怒ってる？」

「当然だ」

「そんなに？」

「もっとだ」

「わたしを痛めつけたい？」

「ああ、もちろん」

「わたしを縛る？」

「そうだな」

「お尻も叩く？」

「それもあり得る」

「お仕置きするの？」

「そんなことしたら、きみが喜ぶだけだ」

レアは笑った。ベッドの上を転がってくると、枕を投げてきた。それから隣に寝そべり、こちらの裸の上半身に口づけをした。

「わたしをいじめていいわ。ご主人さま」レアがささやいた。「わたしにお仕置きして。手錠はどこ？　トンファー（警棒として使われる握りのついた棒状の武器）は？」

「トンファーなんて持ってないよ」

「あら、本当？　がっかりだわ」

セルヴァズは、レアの熱い体とその肌の匂いを嗅いだ。二人が愛しあった匂いも……。朝の陽射しがブラインドの隙間から入りこみ、シーツを温めながら、レアの美しい体の曲線や艶やかな褐色の髪、腕の下になっている掛け布団の上を優しくなでている。

「スクランブルエッグにする？」レアが訊いた。

「私がやろうか」セルヴァズは言った。

熱いコーヒーの香りが、寝室にいる自分たちの鼻腔にまで届いていた。ここからでも、全自動のコーヒーマシンがキッチンでごぼごぼと音を立てているのが聞こえる。セルヴァズは、心がやすらいでいるのを感じた。穏やかで、自信に満ちていた。昨夜は、天使のようにぐっすりと眠った。いや、死人のように深い眠りだった。あの〝ギーク〟が聴いていたモリッシーなら、『ナウ・マイ・ハート・イズ・フル』と歌ったことだろう。だが、自分はモリッシーはよく知らなかった。ブルース・スプリングスティーンも、U2も、リアーナも、ローリング・ストーンズですら聴いたことがない。音楽に関していえば、自分は、現代の物質文明に背を向けて独自路線を行く〝アーミッシュ〟タイプだった。クラシックしか聴かないのだから。しかも、ほとんどマーラーだけしか。

「いいの、わたしが作るわ。コーヒーも飲みたいから」レアが答えた。「それに、ギュスターヴがもうすぐ目を覚ますでしょ」レアはそう言い添えたが、その声は心なしかかすれていた。まるで胸が詰まっているかのように。

「そうだな」

「わたしがここにいたら、きっと驚かせてしまうわ」

セルヴァズは、レアのまなざしがふいに曇ったのを見た。

「ギュスターヴはきみのことが大好きだよ」セルヴァズはレアを安心させるように言った。

「でもそれは、お医者さんとして好いてくれてるだけだわ。新しいお母さんとしてじゃない。それに、朝起きて、あなたを独り占めできなかったら、嫉妬するかもしれない」

「ギュスターヴには慣れてもらわないと。だって、これからは幾度もこういう朝を迎えることになるんだから。大丈夫だ、レア。うまくいくから。ギュスターヴにはもう話してある。ギュスターヴは賛成していた。それどころか、きみがここに来てくれるのを楽しみにしていたよ」

「ギュスターヴは、ほんの一時間か二時間、一緒にいるだけだって思ったのかも。ずっと続くことだとは思っていないかもしれない。あなたはいいの？　本当にそうしたいの？」

「ああ、本当にそうしたい。ギュスターヴにきちんときみを紹介したいんだ」

セルヴァズは目覚まし時計を見た。

「あと三時間もすれば、マルゴも到着することだし」

そう、娘のマルゴも、まもなくモントリオールからやってくることになっていた。孫を連れて……。マルゴとその赤ん坊に最後に会ったのは、半年ほど前だった。マルゴは会うたびに大人の女性になっていくが、それだけではなかった。輪郭も目鼻立ちも、父親である自分にますます似てきているのだ。さながら女性版マルタン、といったところだ。セルヴァズはレアの不安げなまなざしをとらえた。

「大丈夫だ、何もかもうまくいくよ」セルヴァズは繰り返した。「マルゴときみは、まちがいなく気が合うようにできている。太鼓判を押すよ」

レアは黙ったまままうなずいた。セルヴァズはレアを見つめた。

「それで？　腹が減ったんだけど」セルヴァズは言った。

レアはすかさず、もう一度枕でこちらを叩くと、ベッドから飛び降りた。

「毎朝、用意してもらえると思ったら大まちがいよ！」レアはシャツに袖を通し、ジーンズを素早くはきながら言った。

「もう家事分担の交渉か？」

セルヴァズは、レアが裸足のまま、まるでダンスを舞うように軽い足取りで寝室を出ていくのを目で追った。そして、自分の知っているレアという女性のことを考えた。これから発見していくであろう、まだ知らないレアのことも。マルゴの母親で、元妻のアレクサンドラとは、かなり昔、離婚するまでの十五年間を一緒に過ごした。別れたとき、自分は相手のことを何も知らなかったと気づいたものだった。

と、そのとき、リビングからレオ・フェレの歌声が聞こえてきた。レアの携帯の着信音だ。セルヴァズはつかの間、ジェローム・ゴードリーのことを考えた。レアは一時期、あの同僚医師と好意を寄せあう関係だったのだろうか。自分と出会う前に、二人は深い関係にあったことがあるのだろうか。あり得ることだ。そうだったとして、どうだというんだ？　セルヴァズは、谷に閉じこめられているあいだに、自分が抱いた疑念や嫉妬についていて考えた。そして、ふいに思いがけない考えが浮かんで驚いた。もしかすると、あの嫉妬は、自分のなかにある単なる不安の表れだったのではないだろうか。だとすれば、自分は今、幸せになれるチャンスをもう少し信じてみるべきではないだろうか。そんな不安や嫉妬を抱えていたら、レアだってそれを感じ取るはずだ。いくらさりげなくても、毎日のようにちくちくと嫉妬されたら、レアのような女性はどのくらいでうんざりしてしまうものだろうか。これればかりは、どんな男にも答えられない質問だった。

セルヴァズは、ラ・デペシュ紙とクロワッサンを買いに外へ出た。部屋には、レアとギュスターヴを二人で残してきた。起きてきたギュスターヴは、キッチンにレアがいるのを見て嬉しそうだった。それを見て、セルヴァズは外へ行こうと決めた。ギュスターヴが新しい家族の形に慣れるためには、一緒に時間を過ごすのが一番だと考えたのだ。心配はしていなかった。レアは子どもに対するふるまい方を心得ている。結局のところ、それがレアの仕事なのだから。

キャピトル広場まで来ると、セルヴァズは陽の当たるカフェのテラスに腰をおろし、コーヒーを注文した。燦々《さんさん》と降りそそぐ明るく温かな陽射しに目を細める。セルヴァズはそのまま目を閉じた。そして、朝の美しさと深い調和を感じた。惑星はみな軌道へ戻り、すべてが再び秩序を取り戻し、すべてがあるべき場所にあるのを感じた。

ウェイターがコーヒーを運んできて、カップを目の前に置いた。セルヴァズは目を開けた。そして、マリアンヌのことを考えた。事件後、マリアンヌはここから数百キロ離れたUMD——処遇困難な患者のための病棟のある精神科病院へ収容されていた（ジロンド県にもUMDがあるが、そこは男性患者しか受け入れていなかった）。施設には厳重な警備が敷かれ、収容された患者は二十四時間態勢で監視されている。とはいえ、面会することは可能で、マリアンヌが収容されてから、セルヴァズは遠い場所にもかかわらず、このUMDを六回ほど訪れていた。だが、そのたびに、精神科医から同じ説明を受けた。

「申し訳ありませんが、マリアンヌはあなたとは話したくないと言っています。我々のほうも、面会を強制することはできないのです」

「ええ、わかります。では、マリアンヌに伝えてください。来週もまた来ると。心の準備ができるまで、毎週来るからと」

精神科医は、こちらに同情のまなざしを向けた。

「先週も、そう伝えたんですよ」精神科医は穏やかに、ほとんど思いやりのこもった口調で応じた。「辛抱強く待ってあげてください。時間が必要なんです」

「どのくらいの時間でしょうか？」

「これればかりは、なんとも言えません。一週間か、一カ月か、一年か。もっとかかるかもしれないし、もしかすると、永遠に心を開かないかもしれません。申し訳ないが、私にはお答えすることができないのです。でも、どうかぜひまたお越しになってください。見放さないで。あきらめないであげてください」

「ええ、あきらめません」

セルヴァズはその精神科医に山ほど質問を浴びせたが、医師は守秘義務を盾に詳しいことは何も教えてはくれなかった。施設長からかろうじて答えてもらえたのは、マリアンヌは「今の状況で、可能な限りの良い状態だ」ということだったが、それは結局、どういうことなのだろうか。

続いてセルヴァズは、ジーグラーのことを思った。

今から二週間前、セルヴァズは、ジーグラーの恋人、ズズカの葬儀に参列した。隣県のジェール県にある小さな墓地で、空ではカラスが鳴いていた。その日は雨が降っていた。しとしとと降る温かな雨は、最後の濡れたキスを思わせた。ズズカとの最後の別れ。ジーグラーは悲しみにすっかり打ちひしがれ、見る影もなく途方に暮れていた。その姿を目の当たりにして、セルヴァズは、その日一日、ジーグラーのそばで過ごすことに決めた。そして結局は夜になり、ジーグラーが借りた小さな丘の斜面に建つ田舎家風別荘に泊まることにした。夕陽が沈み、田園地帯に広がる淡い空に星々が瞬きはじめた頃には、二人とも少し酔っ払っていた。ジーグラーはたくさん泣いた。だが、二人してかなり笑いもした。幸せな思い出を語ったり、これからの時代について考えたりもした。これについては、ジーグラーも自分も、まったく同じ絶対的な確信を抱いていた。一つの時代が終わったという確信。これから、新たな時代が幕を開ける。といっても明るい見通しではなかった。人々が不合理と暴力に堕ちていくような時代、破壊と無秩序の時代が始まるのだ。おやすみを言って自分の部屋へ入ったとき、階下の広いリビングから音楽が聞こえてきた。おそらく、ジーグラーとズズカのお気に入りの曲だったのだろう。

キャピトル広場のテラスで物思いから覚めると、セルヴァズは携帯を手にとり、電話帳から番号を探した。

「はい?」電話の向こうで、ジーグラーの声が答えた。息づかいが荒い。

「どこにいるんだ?」セルヴァズは尋ねた。「なんだが息切れしているようだが」

「ええ、息切れしてるわよ」

「何をやってるんだ？」

「何だと思う？　登って、おりて……。VMA（有酸素性最大スピード）のペースで走ってるの。つまり、VO2マックス（最大酸素摂取量）は百パーセントってこと」

「は？　何が百パーセントだって？」

「いいの、聞き流して。それよりどうしたの、マルタン？　急用？」

セルヴァズは、ジーグラーがウルトラトレイルに挑戦するためにトレーニングをしているのを思い出した。そうやって肉体を苦しめることで、ジーグラーは悲しみを少しでも紛らすことができているのだろう。セルヴァズは思った。たとえ癒やされるのはほんの一部だけだとしても。

「いや、急ぎじゃないんだ。あとでまたかけ直すよ」

「わかったわ、警部さん。ところで、マルタン？」

「なんだい？」

「スポーツっていう言葉の意味、知ってる？」

「ああ、もっとスポーツをしろって言いたいんだろう？　でも、私はもう煙草をやめたんだ。それだけでも大きな進歩だ。それに、スポーツのやりすぎは健康を害することが証明されている」

ジーグラーは、電話口でくすくす笑っている。

「また禁煙してるのね。まわりにとてもいい影響を及ぼす人たちがいるみたいね、マルタン・セルヴァズさん。レアとギュスターヴによろしく。わたしからのキスをしておいて」

セルヴァズはほほ笑んだ。通話を切ると、新聞を広げた。

ラ・デペシュ紙は、サッカーのワールドカップにたっぷり五ページの紙面を割いていた。フランスの優勝。決勝でクロアチアに四対二で勝利。ゴールを決めたのは、グリーズマン、ポグバ、エムバペ、マンジュキッチ。準決勝では、フランスはベルギーを破っている。ベルギーのゴールキーパーは往生際が悪かったようで、負けたあとも、自分たちのチームのほうが優れている、勝利に値するのはベルギーチームだったと痛烈に批判したらしい。セルヴァズは思わずふっと笑った。勝負の世界で、勝利に〝値する〟ことなど決してない。勝つか、負けるか、ただそれだけだ。

サッカー以外の紙面は、この街なり、ほかの街なりで起こったありとあらゆる恐ろしい事件であふれていた。この国はすでにずいぶん前から、理性的であることをやめてしまった。もう誰一人として、憤怒から逃れることはできないんじゃないか――ときおりそんなふうに思うこともある。テロ、冒瀆行為、強盗、窃盗、誘拐、恐喝、暴動、車強盗、破損行為、殺しを示唆する脅迫、殺人、文化財や芸術作品の破壊……。

セルヴァズは新聞を閉じた。今はそういうことを考えたくなかった。今日は素晴らしい一日だと思いたかった。ひときわ素晴らしい街、ひときわ素晴らしい人生だと……。メディアも人々も、今世紀の暴力について延々と語っているが、今世紀は前世紀と比べて、それほどひどいのだろうか？　二十世紀がいかに残虐であったかを数え上げてみればいい。第一次世界大戦、スペイン内戦、ヒトラー、スターリン、毛沢東、ピノチェト、ポル・ポトとクメール・ルージュ、ルワンダ虐殺——これらが奪った命は、いずれも数千から数百万、数千万にもおよぶ。スペイン風邪に至っては、すべてのコロナウイルスを完膚《かんぷ》なきまでに凌駕し、一九一八年から一九年のあいだに、中国から欧州にかけて五千万人から一億人もの人々の命を奪っている。それを聞いても、同じことが言えるのだろうか？

とはいえ、今世紀がどんな危険をはらんでいるのか、自分にはまるで見当がつかなかった。地球上の居住可能な土地が前例のない規模で破壊されているのを筆頭に、際限のない規制緩和で経済が暴走し、その反動で、科学と民主主義の美点を否定する新しい反啓蒙主義が台頭している現代では、どんな危険が待ち受けているのかは未知数だった。

だが、ちくしょう、自分はただ、幸せになりたいだけなのだ。セルヴァズは思った。今すぐに、何をおいても。これは高望みなのか？　何日か、何週間か、何カ月かの幸せを求めてはいけないのか？

陽の当たる広い遊歩道では、ラブラドール・レトリーバーが嬉しそうに飼い主のまわりを駆けまわっていた。セルヴァズはそんな幸せそうな犬の様子をしばらく眺めた。昔なら、自分はどちらかというと、孤独な動物のほうに目がいっていた。群れから離れて一羽で餌をついばむカラス。見捨てられ、悲しげに家を探し求める野良犬。足が一本足りないせいで、誰にも、子どもたちにさえ相手にしてもらえない猫。そんな寄る辺ない動物たちの気持ちが、自分にはわかるような気がしていた。自分も彼らと同じ。彼らの感じている孤独を、自分は誰よりも理解できると思っていた。でも、それももう終わりだ。自分には家族がいる。自分にはギュスターヴがいる。レアがいて、マルゴがいる。孫もいる。自分にはいる。自分はもう、誰にも相手にされない孤独な老犬ではないのだ。

もちろん、人生においては、何一つ確実なものはないのはよく知っていた。人生は遅かれ早かれ、与えたものを取りあげてしまうことを。それにセルヴァズは、幸福というものを信じてはいなかった。だが、レアは信じている。

思えば、今の世の中、どんなことであっても、それを信じる人々がいる。地球は平らだと信じる人々、アメリカは月面に降り立ったことなどないと信じる人々、ワクチンをめぐる陰謀論を信じる人々。何を信じるか、その選択はよりどりみどりだ。インターネットがメニューを提供している。実際、何かを信じる人々の数がこれほど増えたことはなかった。ただ、信仰の対象が以前とは変わっただけだ。

と、突然、セルヴァズは気がついた。自分も何かを信じていることに。自分はギュスターヴを信じている。レアを信じている。愛を信じている。そんなことを思うのは、おめでたいのだろうか。虚しいことだろうか。

そうかもしれない。

だが、それでもいい。セルヴァズは思った。まったく信じないより、おめでたくとも、信じられるほうがずっといい。

著者付記

いつもながら、今回も地理的な設定は自由にやらせてもらった。いわば、おもちゃで自分の世界を組み立てる子どものようなものだ。たとえば、フェリックス・トロンブ洞窟網——フランス最大の洞窟網は、実際にはコマンジュ地方からアリエージュ県にまたがっているが、私の創作した架空の谷はもう少し西寄りで、コマンジュ地方からオート＝ピレネー県の境あたりに位置している。また、これも毎度のことだが、自分たちの職業について多くを教示してくれた警察官の皆さんに、ここで感謝を捧げたい。警察官という職業の難しさやデリケートな側面について、とりわけ、すべての警官にとって懲罰委員会が象徴する試練や、今日の警察組織内に蔓延する根深い危機感についても貴重な情報をいただいた。なお、エピローグで紹介した警察官をめぐる二つの逸話は、フィクションに取り入れるうえで脚色はされているものの、部分的には事実である。いずれも、以下の非常に興味深い二冊の本のなかで見つけたものである。ギヨーム・ルボー『*Colère de flic*（警官の怒り）』、フレデリック・プロカン『*La peur a changé de camp*（恐怖は寝返った）』（いずれも未邦訳）。

謝辞

新しい小説を書くたびに、私は粘り強さを学んでいる。物語の着想当時のアイデアを見失うことなく最後まで進むためには、粘りが必要であるし、執筆に気の遠くなるような時間を費やし、あらゆる面から考えつくしたあとでも物語の新鮮さを保ちつづけるには、やはり相当の強靭さが必要だ。だからこそ、私の編集者のベルナール・フィクソとエディット・ルブロンには、その信頼に大きな感謝を捧げたい。もちろん、この冒険に加わってくれたＸＯ社の編集部の皆さんにも。それから、いつも陰ながら見守ってくれるローラにも、心からの感謝を伝えたい。

訳者あとがき

本書『黒い谷（原題 *La Vallée*）』は、ベルナール・ミニエの〈セルヴァズ警部〉シリーズ第六作である。本作には、このシリーズに欠かせないお馴染みの人物が久々に登場する。シリーズ初期の『氷結』『死者の雨』を読んでくださった方々には、その人物を含め、懐かしの再会をご堪能いただける作品となっている。もちろん前五作と同様、本編での事件捜査は独立しているうえ、これまでの経緯についても随所に情報が入っているので、シリーズ未読の方々も安心して魅惑のミニエ・ワールドをお楽しみいただきたい。

さて、その人物の話をする前に、まずは簡単にストーリーをご紹介しよう。停職処分を受けているセルヴァズのもとに思いがけない電話が入る。八年前、ある理由で行方不明になったマリアンヌ——かつての最愛の恋人であり、息子ギュスターヴの母親でもある——が助けを求めてきたのだ。マリアンヌを救うべく、セルヴァズはピレネーの谷間の村へ急行する。だが、その後マリアンヌの足取りはつかめず、村では陰惨な殺人事件が発生。さらに時を同じくして山崩れが起き、村は野放しの殺人犯とともに外部から隔絶されてしまう。マリアンヌはどこにいるのか。殺人事件との関連は？　停職中の身であるセルヴァズは、裏方として憲兵隊の捜査を支えながらマリアンヌを救い出す道を探る、というのが本書の筋書きである。

そして、その捜査を指揮するのが、前述の懐かしの人物、憲兵隊大尉のイレーヌ・ジーグラーである。かつてはセルヴァズの捜査に力を貸していたジーグラーだが、本作ではセルヴァズに助けられながら、捜査責任者としてチームを率いて活躍する。美貌と知性を兼ね備え、バイクもヘリコプターも乗りこなし、ITにも強くて自由奔放。とにかくかっこいい女性なのだが、セルヴァズの言葉を借りれば「その颯爽とした鎧の下にはもっと複雑な現実が隠れて」いて、本作ではそんなジーグラーの弱さや痛みも余すところなく描かれる。仕事の枠を超えたセルヴァズとの深い友情には、思わず目頭が熱くなる。

本作には、ジーグラーのほかにも、非常事態に陥った村を果敢に舵取りする村長や、優秀だが一癖も二癖もある精神科医といった、強烈な存在感を放つ女性たちが登場する。そんな女性たちに気圧されつつも、我らがセルヴァズの無謀っぷりは健在である。停職中だろうが、思い立ったらまっしぐら、ジーグラーに叱られても真実を求めて突進する。仏紙ル・パリジャンでも「いつも綱渡りをしているハイテク恐怖症のアンチヒーロー」といじられているセルヴァズだが（おまけに高所恐怖症と閉所恐怖症でもある）、心も体もずたずたになりながらも、自分の信条にあくまで誠実であろうとする姿にはやはりじんときてしまう。本作では、息子を思う父としての胸中も折に触れて描かれるが、それが物語の展開にどう絡んでいくのかも見守っていただきたい。

こうした魅力あふれる人物造形もさることながら、本作には登場人物の視点を通してフランス社会の動向を垣間見ることができる面白さがある。たとえばミニエは、フランス全土を揺るがした大規模な反政府デモ「黄色いベスト運動」を語らないわけにはいかなかったと話している。当局への不信感を募らせた村民が反旗を翻す姿は、件《くだん》の抗議運動であらわになった大衆の怒りを彷彿とさせる。作中の村は、亀裂の生じたフランス社会の縮図と言える。また、物事を深く理解する前に白黒をつけようとする昨今の風潮やそれを助長するSNS、警察官を取り巻く容赦ない現実、「集団における没個性化」など、ミニエはさまざまな切り口から現代社会の暗部を描き、疑問を投げかけている。この世にはびこる悪を憂える神父の言葉は、厳かな修道院を背景にいっそう心に響きわたる。

社会の反映といえば、本作を語るうえで外せない逸話がある。この本がフランスで刊行されたのは、二〇二〇年五月。世界規模のパンデミックとなった新型コロナウイルス感染症が急激に拡大した頃で、フランスでもロックダウンが実施され、学校閉鎖、外出制限など、人々は未知のウイルスと隣り合わせの不安な暮らしを余儀なくされていた。その渦中に刊行された本作には、そんな現実を見てきたかのように前代未聞の隔離状態が描かれており、当時はどの書評もこぞってこの点を熱く語っていたようだ。ミニエは本作を前年の冬に書き上げ、二〇二〇年二月の時点ですでに印刷入稿済みだったとのことで、現実とのシンクロに一番驚いたのは作家本人だったかもしれない。本作は、二〇二〇年のベストセラー第一位を獲得している。

ところで今回、いつもと毛色の異なるエンディングに気を揉まれた方もいらっしゃるかもしれない。どうぞご安心を。本シリーズは、現在フランスでは八作目まで刊行されている。次作の七作目*La Chasse*（狩り）は、鹿の頭をかぶった若い男が車にはねられ死亡するという奇怪な事件を受け、セルヴァズが新たな捜査に乗り出すという内容で、部下エスペランデューやサミラの活躍も期待できる作品である。八作目*Un œil dans la nuit*（夜の目）では、ホラー映画制作という異色の世界を物語の舞台に選んだミニエの手腕に注目したい。また本シリーズとは別に、スペインの女性刑事ルシア・シリーズ第二作*Les Effacées*（消された女たち）が今年の四月に刊行されたほか、ミニエ初の短編集*Les Chats et 14 histoires mystérieuses diaboliques cruelles*（猫たちと十四の不思議で恐るべき残酷な物語）が十月に刊行されたところで、今後もフランス・ミステリー界を牽引するミニエから目が離せない。

最後に、本書を翻訳する機会をご紹介くださり、温かく支えてくださった翻訳家の坂田雪子さん、お力添えをいただいた翻訳家の高野優先生に深く感謝申し上げます。そして、本書の日本語版刊行のためにご尽力くださったすべての方々に心から御礼申し上げます。

二〇二四年十月

訳者紹介　青木智美

大阪女子大学（現大阪公立大学）英文科卒業。ローザンヌ大学フランス語科修了。フランス文学翻訳家。おもな訳書に、ルブリ『魔女の檻』『魔王の島』（文藝春秋、共訳）、サン＝テグジュペリ『星の王子さま』（玄光社）など。

ハーパーBOOKS

黒《くろ》い谷《たに》

2024年11月25日発行　第1刷

著　者　ベルナール・ミニエ

訳　者　青木智美《あおきともみ》

発行人　鈴木幸辰

発行所　株式会社ハーパーコリンズ・ジャパン
東京都千代田区大手町1-5-1
04-2951-2000（注文）
0570-008091（読者サービス係）

印刷・製本　中央精版印刷株式会社

定価はカバーに表示してあります。

Printed in Japan
ISBN978-4-596-71853-2